U0117328

满族口头遗产传统说部丛书

碧血龙江传

崇　禄　讲述

赵东升　整理

吉林人民出版社

图书在版编目（CIP）数据

碧血龙江传 / 崇禄讲述；赵东升整理 . -- 长春：
吉林人民出版社，2019.5
（满族口头遗产传统说部丛书）
ISBN 978-7-206-16913-7

Ⅰ . ①碧… Ⅱ . ①崇… ②赵… Ⅲ . ①满族—民间故
事—中国 Ⅳ . ① I277.3

中国版本图书馆 CIP 数据核字（2019）第 293942 号

出 品 人：常　宏
产品总监：赵　岩
统　　筹：陆　雨　李相梅
责任编辑：方春红　郭　威
助理编辑：桑一萍
装帧设计：赵　谦

碧血龙江传
BIXUE LONGJIANG ZHUAN

讲　　述：崇　禄　　　　　整　　理：赵东升
出版发行：吉林人民出版社（长春市人民大街 7548 号　邮政编码：130022）
咨询电话：0431-85378007
印　　刷：吉林省优视印务有限公司
开　　本：720mm×1000mm　　1/16
印　　张：32.75　　　　　字　　数：540 千字
标准书号：ISBN 978-7-206-16913-7
版　　次：2019 年 5 月第 1 版　　印　　次：2019 年 5 月第 1 次印刷
定　　价：115.00 元

出 版 说 明

满族口头遗产传统说部是具有较高社会价值和文化价值的满族文化的百科全书。整理发掘满族说部的项目工作被文化部列为中国民族民间文化保护工作试点项目，并被国务院批准列入第一批国家级非物质文化遗产名录。

"满族口头遗产传统说部丛书"是千百年来满族各氏族对祖先英雄事迹和生存经验的传述，一代一代口耳相传，保留下来的珍贵的满族遗存资料。经过近三十年抢救整理，从二〇〇七年到二〇一七年的十年间，根据整理文本的先后，我社分四次陆续出版了五十部说部和三本研究专著。此套丛书无论从社会价值和文化价值来看，都是一套极具资料性、科研性和阅读性融为一体的满族文化的百科全书。

此次出版对以下两个方面做了调整：

一、在听取各方专家建议的基础上，对原丛书进行了筛选，选取最有价值、最有代表性的四十三部说部，删去原版本中与文本关系不紧密的彩插，对文本做了大幅的编辑校订，统一采用章回体表述方式，并按照内容分为讲述萨满史诗的"窝车库乌勒本"、讲述家族内英雄人物的"包衣乌勒本"、讲述英雄和历史人物的"巴图鲁乌勒本"、讲述说唱故事的"给孙乌春乌勒本"等，突出了说部的版本特色。

二、保留研究专著《满族说部乌勒本概论》，作为本丛书的引领，新增考古发掘的图片和口述整理的手稿彩色影印件。

特此说明。

吉林人民出版社

编 委 会

冯骥才

任何民族的文学都包括两大部分。一是个人用文字创作的、以书面传播的文学，一是民间集体口头创作的、口口相传的文学。后一部分文学是前一部分文学的源头，是根性的文学。中国作为东方文明的古国，口头文学的历史去之遥远。就像西方文学始于古希腊罗马的神话故事，我国文学史上第一部作品是《诗经》，即民间口头文学集，这表明口头文学是一个民族文学的源头。在漫长的历史中，这两部分文学一直同根并存，相互滋育，各自发展，共同构成一个民族文化与精神的极为重要的支撑。

中华民族有着巨大文学想象力和原创力。数千年间，各族人民以口头文学作为自己精神理想和生活情感最喜爱和最擅长的表达方式，创作出海量和样式纷繁的民间文学。口头文学包括史诗、神话、故事、传说、歌谣、谚语、谜语、笑话、俗语等。数千年来，像缤纷灿烂的花覆盖山河大地；如同一种神奇的文化的空气在我们的生活中无所不在；且代代相传，口口相传，直到今天。

我们的一代代先人就用这种文学方式来传承精神，表达爱憎，教育后代，传播知识，娱悦生活，抚慰心灵；农谚指导我们生产，故事教给我们做人，神话传说是节日的精神核心，史诗记录文字诞生前民族史的源头。它最鲜明和最直接地表现中华民族的精神向往、人间追求、道德准则和价值取向。中国人的气质、智慧、审美、灵气、想象力和创造力，充分彰显在这种口头的文学创造中。

这种无形地流动在民众口头间的口头文学，本来就是生生灭灭的。在社会转型期间，很容易被忽略，从而流失。

特别是在这个现代化、城市化飞速推进的信息时代，前一个历史阶段的文明必定要瓦解。口头文学是最脆弱、最易消亡。一个传说不管多么美丽，只要没人再说，转瞬即逝，而且消失得不知不觉和无影无踪，所以联合国教科文组织把口头传统和表现形式，包括作为非物质文化遗产媒介的语言列为非物质文化遗产之一。

在中国，有史诗留存的民族并不很多，此前发现的有藏族史诗《格萨尔王传》、蒙古族史诗《江格尔》、柯尔克孜族史诗《玛纳斯》、苗族史诗《亚鲁王》。作为满族民族历史和文化传统的重要载体——"说部"，是满族及其先民世代相传的极其宝贵的精神财富。它最初用"乌勒本"（满语 ulabun，为传或传记之意）指称，后受汉文化影响，改称为"说部"或"满族书""英雄传"。说部最初用满语讲述，至清末满语渐废，改用汉语并夹杂一些满语讲述。在漫长的历史进程中，满族各氏族都凝结和积累了精彩的"乌勒本"传本，如数家珍，口耳相传，代代承袭，保有民族的、地域的、传统的、原生的形态，从未形成完整的文本，是民间的口碑文学。"满族说部迥异于其他文类，不仅涵盖了口头传统，也吸纳了民俗学中多种民间文艺样式，包容性极强。"

我以为，对于无形地保留在人们记忆与口口相传中的口头文学，抢救比研究更重要。它是当下"非遗"工作的重中之重，要清醒地认识到文化和文明于人类的意义。当社会过于功利的时候，文化良知就要成为强音，专家学者要在抢救非物质文化遗产中勇于承担责任，走进民间帮助艺人传承与弘扬民间艺术，这也是知识分子的时代担当。

让人感到欣喜的是，经过吉林省的专家学者近三十年的抢救、发掘和整理，在保持满族传统说部的原创性、科学性、真实性，保持讲述人的讲述风格、特点，保持口述史的原汁原味的基础上，将巨量的无形的动态的口头存在，转化为确定的文本。作为"人类表达文化之根"的满族说部，受东北地域与多族群文化的影响，内容庞杂，传承至今已

满族口头遗产传统说部丛书

序

逾千万字。此次出版的《满族口头遗产传统说部丛书》为四十三部说部和一本概论。"说部"分为讲述萨满史诗的"窝车库乌勒本"、讲述家族内英雄人物的"包衣乌勒本"、讲述英雄和历史人物的"巴图鲁乌勒本"、讲述说唱故事的"给孙乌春乌勒本"四大部分。概论作为全套丛书的引领，从学术研究的角度对乌勒本产生的历史渊源、民族文化融合对其的影响、发展和抢救历程等多方面深入思考。

多年来"非遗"的抢救、保护、研究和弘扬，已取得卓越的成就。但未来的路途依然艰辛漫长，要做的事情无穷无尽。像口头文学这样的文化遗产的整理和出版，无法立即带来什么经济利益，反而需要巨大的投资和默默无闻的付出，能在这个物质时代坚守下来，格外困难。

文化传统和传统文化不是一个概念，我们的终极目的不是保护传统文化，而是传承文化传统。传统文化是固定的、已有既定形态的东西。我们所以要保护它，是因为这些文化里的精神在新时代应以传承，让我们的文化身份不会在国际资本背景下慢慢失落。

现在常把文化自觉与文化自信并提，这两个概念密切相关同时又有各自的内涵。文化自觉是真正认识到文化的重要性和自觉地承担；文化自信的关键是确实懂得中华文化所具有的高度和在人类文明中的价值。否则自信由何而来？

对传统文化的抢救与整理，不仅是为了传承，更为了弘扬。我们的民族渴望复兴，复兴的重要精神支撑在我们的传统和文化里，让我们担负起历史使命，让传统与文化为民族的伟大复兴发挥它无穷的力量。

冯骥才

二〇一九年五月

满族口头遗产传统说部丛书　序

目 录

第一章

1

瑷珲的山岭啊，
布满了硝烟；
黑龙江的水哟，
碧波流丹。
哪里有啊，
我们的父母；
何处是啊，
我们的家园。

俄罗斯匪徒啊，
杀人又放火；
大清国的黎民啊，
生灵涂炭。
何年何月啊，
赶跑那敌寇；
哪朝哪代啊，
收复我河山！

这是当年流行在黑龙江清军中的一支歌曲，它来源于瑷珲地区的民间歌谣。

这样歌谣的出现，绝非偶然，它反映了黑龙江地区一段悲壮的历史。

这段历史，本来不应该发生，谁知神差鬼使般就发生了。

现在，我就把这段悲惨历史故事的起根发源、来龙去脉、收场结局，一段一段地讲述出来，让人们知道，使后人记住，吾人应吸取历史的教训，自强、反思……

说的是大清光绪二十六年庚子，这一年，是极不平凡的一年，闹"义和团"，"八国联军"攻破北京，沙皇俄国入侵东三省，人们背井离乡"跑毛子"。清王朝更加衰弱，中国人民处于水深火热之中，王朝末日，路程缩短。

在这国破家亡、灾难深重的转折时期，也出现了几个忠臣良将、爱国兵民，为之牺牲流血、奋力抗争。结果是徒劳无益的，他们并不能改变局势，无力回天。

别的按下不表，单说一说东三省的大员们，特别是地处抗俄前线的黑龙江军政当局，他们克服困难，排除干扰，不怕牺牲，惊天地、泣鬼神，以实际行动谱写了气壮山河的这一段不平凡的历史，长了中国人的志气，展现了八旗将士的骨气。

闲言少叙，书归正传。

单说黑龙江东岸有座瑷珲城，清朝设有副都统衙门，八旗驻防三个军，近四千人。近来接到上峰电令，说朝廷已向"八国联军"宣战，俄国要趁机出兵，夺取东三省，让边防戒严、备战，做好迎击入侵之敌的准备。衙门动员军民修筑工事，加强防御措施。

时间已经接近黄昏。

成千上万的军民在灼热的阳光下忙碌了一天，按往常来说，应该是收工归家的时候。今天情况与往日不同，听说副都统大人今晚要亲临阵地视察战备工程，人们都不肯散去休息，反而更加努力，挥舞着手中的工具，不辞辛苦地干着。有的人，一边干着活，一边不住地向城门外张望。他们心中琢磨着，这位副都统大人是个什么样儿呢？

经过十几天的努力，沿江的炮垒很快筑起来了。从前遗留下来的墩台也经过改造与修复，变成了埋葬侵略者的坚强阵地，相互联络的战壕、坑道、掩体先后挖通、修好。

工程已经进入最紧张的收尾阶段。

城内中午就传来消息说，瑷珲城最大的军事长官、黑龙江副都统凤翔要亲临阵地，视察中央阵地上最大的炮台工程。所以，人们很早就向这一带聚拢过来。如今还不见影儿，人们未免有些焦急。

他们议论着："不能来了吧？"

"二品红顶子大官儿，哪能随便到平民老百姓堆儿里来！"

也有人坚持己见："听说这位大人不同一般，说到做到。"

"那也不好说，当官儿的心思，你能猜透？"

"反正我知道他现在的心思跟咱们一样，打毛子。"

周围有人哄笑。

这里在修筑沿江要塞炮兵阵地，由学过现代军事工程的军官设计施工，炮兵统领恒龄任总监工，从这加强恢复扩建已经松弛了多年的边备来看，俄国入侵军肯定要从这里渡江无疑了。

两个最大炮台完全按一流标准设计，工程在限定的日期内完成，已经把进度呈报到衙门，就等大人检查验收。

这天是公元一九〇〇年七月二日，正是清朝光绪二十六年六月初六。

近来局势的变化，使处于边陲的军民分外敏感。由于义和团的排外，已经引起各帝国主义的干涉，特别是虎视眈眈的沙皇俄国，早就想吃掉东三省这块肥肉。它在这里修建了一条丁字形的大铁路，叫作中东路。这条铁路的修建，像一条巨蛇，吸尽东三省的民脂民膏，再加上任意扩大铁路两侧附属地，强占民田，早已激起东三省各族人民的反抗。随着义和团运动的发展，广大东三省地区掀起一股拆毁中东路的浪潮。沙皇俄国也就是以保护中东铁路为借口，准备出兵入侵东三省。六月二十一日，清廷发布反抗列强的对外宣战上谕，紧接着沙皇俄国政府宣布沿中俄边界进入战备状态。二十九日开始军事行动，南乌苏里和外贝加尔派遣二十二个步兵营，二十六个骑兵连，配备七十门大炮，开进同吉林省接壤的中俄边境。另外，驻扎在旅顺口的俄国海军陆战队已经北上，威胁沈阳，看来出兵黑龙江只是时间问题了。瑷珲驻军已接到将军的命令：严加防范，阻止俄军过境，如俄军入境，即予迎头痛击。

修筑边防战备工事已是最后一天，军民看着这钢铁一般的防御设施，心情无比轻松，人们议论的话题又回到俄国出兵上来。

"唉！真是墙倒众人推，破鼓万人捶呀！俄国毛子看我大清国软弱了，又要出兵来打我们，真是豺狼本性，难改呀！"

众人看着方才说话的这个人，是位年近七旬的老翁，于是有个认识的走近他说道："刘大爷，你老人家活了这么大岁数，赶上几回毛子打咱们？"老翁见问，倒吸了一口气，又唉了一声："过去那些事情，还提它们干什么！四十年前，我跟奕将军在这就受够了毛子的气，这回又要来打我们，不能叫他们再过来！"

"老爷爷说得对，不能叫毛子过来打咱们。"

从人群里站出来两个小姑娘，她们穿着红衫，动作敏捷，连蹦带跳地登上一个土堆，向上游瞭望起来。人们不知出了什么事，也都随着她二人望去。对岸是风吹芦苇，树木繁茂，隐没在薄雾中的山峦被西垂的太阳染上了红边，看起来格外秀丽。除此以外，什么也没有。一个梳着冲天髻的小姑娘说："看，俄国毛子那地方有多好，他们为啥还要来打我们？"老翁瞅瞅她，说道："孩子，你知道河那边原来是谁的地方吗？"

"不是老毛子的吗？"

"那里原来是我们中国的地方，四十年前，让奕山将军割给俄国人了。"

"啊？割去那么一块好地方还不知足，要来占咱们这里？"

老翁指了指说："江东岸还有咱们六十四屯，以外，都归俄国了。"

小姑娘听到这里，抹了一把脸上的汗，冲着大家说："叔叔大爷们，哥哥姐姐们，敌人要过江来打我们，咱们要拧成一股绳，决不能怕他们，来一个，打一个，来两个，杀一双。"

老翁觉得好奇，拎着铁锹，近前问道："孩子，你是谁家的？"

"咱是外乡人。"小姑娘跳下土堆，拉起那个比她稍大一些的小姑娘，"姐，咱们走吧，快去接大人。"

两人边跑边跳地走了。老翁点点满是银发的头，赞许地说："好，好孩子，有志气！"

人群里突然又钻出一个中年汉子，三十八九的年纪，膀大腰圆，身体魁梧，操一口山东腔儿说道："乡亲们，咱要同心协力，保住边防，不叫毛子过江来祸害咱们！"

有人响应："对，不能叫老毛子过来！"

"俺姓杜，叫杜立新，是义和团的二拳师。俺从奉天来，保卫边防，扶清灭洋，愿意加入的，俺欢迎。明儿个在魁星庙设坛，请老祖，练武艺，大家都去看看热闹。"

人们一听，更加议论纷纷："义和团？怎么，这里也有义和团？"

一个了解情况的人说道："是义和团，有什么大惊小怪的！听说还是副都统大人请来的，还要和毛子打仗哩！"

有人说："这年头儿什么奇事都有，有义和团，还有红灯照。不用说，刚才那个小姑娘肯定是个红灯照，要不，民家女孩子哪有那么大的胆量？"

"听人说，义和团练的金钟罩、铁布衫，刀枪不入，所以洋人怕他们。"

"别神乎其神，眼见为实，耳听为虚……"

人多议论也多，他们又把副都统要来视察的事情搁到一边去了，都加入这人情汹涌的议论海洋里。

突然，河边的一角传来歌声，粗犷的音调在晚风中回旋着：

> 一入庚子年，
> 起了义和团。
> 折了火车道，
> 拔了电线杆，
> 杀了洋教士，
> 赶跑了外国船！
> 哎嗨哎嗨哟，
> 赶跑了外国船……

这边歌声刚落，那边又接着响起，激昂的音调在黑龙江畔回响：

> 不怕洋人不怕官，
> 刀山火海爷敢钻，
> 哪怕皇上服了外，
> 大家团结保江山！ [①]

汗水、歌声，把这些互不相识的人们的心联结在一起，他们不分领域，不分民族，只有一个信念，那就是不叫敌兵过江，守住边防。

晚霞迎去了落山的太阳，江风徐吹，干完活儿的军民们感到无比舒适、凉爽。远远近近的江岸边、沟壑旁、丘陵上，一簇簇一堆堆的人在休息，他们听着歌声，望着江水，议论着、嬉笑着，还有的愤怒地控诉着。炮垒上、战壕边，有几支整齐列队的士兵，坐在地面上等待着长官的命令。高坡上，一面杏黄龙旗在晚风中飘扬。

---

① 也有记作"不杀洋人誓不完"的，但当时黑龙江流传的都是"大家团结保江山"。

2

"副都统大人出城了!"

不知谁喊了一声,人们的精神立刻被提起来,千百双眼睛不约而同地全向城门方向望去。由远到近的一阵马蹄响,十几匹快马霎时跑到近前。他们奇怪的是这位大人既不是前呼后拥,又没摆全副执事,仅仅带了几个随员,在戈什哈①的保护下,神速一般来到了。也许是时局紧张,临战之际,一切排场从简了吧。

人们屏住呼吸,谁也不说话,更无人敢靠前。只有战备工程的总监工、炮兵统领恒龄赶紧离开苇棚,迎上前去,双拳一拱:"请大人安!"

"恒统领辛苦!"大人在马上也双拳一拱。接着,他翻身下马,有亲兵接过丝缰。几个随员也纷纷跳下坐骑,尾随在大人的后边,向一个较大的炮垒走去。

刘老翁悄声对周围的人说:"他就是副都统凤翔大人。"

"真威武!"有人暗暗吐了吐舌头。

大家注视着这位大人,五六十岁,中等身材,体格不算健壮。上唇蓄着短短的髭须,颌下刮得干干净净,双眉剑竖,二目有神,面上不带丝毫笑容。那威严气概,给人一看,便会产生一种悚然的感觉。头戴红宝石顶子的纬帽,脑后飘着孔雀花翎。穿一身五爪团龙金丝走线的马蹄袖夹袍,罩着绣有麒麟图案的补服,真是威风凛凛,相貌堂堂,人们屏住呼吸看着他的一举一动。

凤翔瞅了一会儿,终于说话了:"还得几天完工?"

总监工恒龄看出来,副都统对工程进度不满意了,忙上前解释道:"回禀大人,卑职遵照大人谕示,动员全体官兵,又有百姓协助,城防外围防御工事基本就绪,如有不妥之处,请大人明示。"

凤翔瞅了他一眼,即走上一个炮垒,说道:"你看看,这个胸墙不够高,容易挨敌人的炮弹,翻修。"

"遵令!"

凤翔下来,又指了指一处壕堑说:"深度不够,重挖。"

恒龄最担心的是中央阵地那两个最大的炮台,工程较大,又建在高

① 戈什哈:满语,即是马弁,跟随人员。

埠处，施工非常吃力。好容易建成了，可是炮位还没有修好，几门大炮还在岭下放着。凤翔略看一下，问了一句："是照原样式修筑的吗？"

"一切按照大人吩咐，没敢独出心裁。"

"那就好。"看来，他对这个艰巨的工程还算满意，又嘱咐一句，"大炮尽快安装好，局势瞬息万变，现在已到了非常时期。"

"卑职明白。"

天色已经模糊，夜幕徐徐拉开，上旬的夜晚又没有月光。但是这里跟别处不一样，即使进入夜晚，太阳的余光经过反射，仍留在空间很久很久地映照地面，使景物依然清晰。

他们又骑上马，略略巡视一下，就下来了。凤翔忽然停在一个高坡上，向飘散着袅袅炊烟的江东望去，心中似有一种感触。恒龄凑近前指指道："大人，江东的土地只剩下这六十四屯了，这次打起仗来，毛子会不会乘虚而入？"

凤翔深深呼了一口长气："恒统领，你的想法很有道理，你说该怎么办？"

"依卑职之见，赶早，迁民过江。"

"那地方呢？"凤翔又补充一句，"那不是白给人家了吗？"

"那，依大人高见……"

"电告将军，请示定夺。"

二人往回走着，列队持枪的士兵向他们敬礼。凤翔一看这些士兵，就想到瑷珲城防薄弱，驻防的八旗兵不但数量少，武器也不佳，一旦打起仗来，很难对付强大的俄军。他边走边想，寿将军一意主战，可我们目前的实力……

突然，人群里走出一个老翁，走近他们："参见大人！"

凤翔一怔："什么事？"

"听说毛子又要兴兵来打我们，这是真的吗？"

"确有此事。"

"那么，大人的主意是打还是和？"

"这要看朝廷的了。你问这个干什么？"

"小民斗胆，请大人无论如何也要抗住毛子，不能再叫他们祸害我们同胞了。"

没等凤翔回答，忽然人群里响起了口号声："誓死保卫国家！誓死守住边防！"

"反对列强侵略中国!"

"军民协力,抗击罗刹①!"

"坚决抗战,反对议和……"

老翁说:"大人,您都看见了吧,现今的中国老百姓,都有一颗爱国之心。"

凤翔从这句话里受到了启发,他望着斗志高昂的人群,心中一动:"我何不凭借百姓的力量,壮大边防?"这个念头一出来,不觉精神为之一振,对大家说道:"父老们,本都府一定尽心报国,保境安民,抗击敌兵入侵!"

人群中立刻爆发出掌声、欢呼声,还有人喊出了"大清皇帝万岁"的口号声。

老翁拱拱手,对凤翔说道:"谢谢大人!"

凤翔忽然回头问恒龄道:"恒统领,这么大的年纪,你怎么还让他出来干活儿?"

恒龄一听,苦笑道:"这个,卑职并没有让他来干活儿,是……"

老翁笑道:"是我个人愿意来的,不是恒大人让我来的。"

凤翔打量一下老翁,说道:"你老人家这么大年纪了,干吗也出来服苦役,家里没有青壮年吗?"

老翁笑道:"我才七十,不算太老。家里人嘛,都为国报效,各人有各人的职责。我出来干点活儿,也是我老汉一点儿报国的心哪!"

"啊?"凤翔惊问道,"老人家贵姓? 在哪里住?"

恒龄这时凑上来,对凤翔介绍道:"大人,老人家就是神枪手刘健的阿玛。②他还有个孙子叫刘芳,现在黑河崇大人那里干事。老人家年轻时,跟随过奕山将军。"

凤翔听完介绍,不禁肃然起敬。他令戈什哈牵过马来,请老翁上马,随他回城去休息。刘老翁不肯,执意要回屯里去。凤翔说:"老人家爱国之心,使我受教匪浅,容来日登门叩拜。"

刘老翁笑道:"老百姓的爱国之心,可以对得起过往神灵。可是就盼有个爱国的大人,带领小民,抗敌报国啊!"

凤翔慨然道:"老人家请放心,凤某食君之禄、忠君之事,保境安民,

---

① 罗刹:黑龙江沿岸居民对俄国侵略者的蔑称,毛子也是此意。

② 阿玛:满语,父亲。

实乃本分，以后还望父老们大力协助。"

离开老翁，一行人骑马奔向瑷珲城。凤翔对恒龄说："刘老翁有点儿来历，不可小看。他从前跟过奕将军，怎么又不跟了？"

恒龄道："老翁原是满洲旗人，名叫依留精阿，从小就在精奇里江打鱼，因为深识水性，又打得一手好枪，被奕山将军看中，从此他就跟随奕山将军当差。咸丰八年，奕山将军被俄国人逼迫，同俄国签订《瑷珲条约》，割让乌苏里江以东、黑龙江以北的土地，引起军民的不满。有一天，人们发现，城外的魁星楼上，原来挂着'威震龙江'的四块大匾，'震'字被人换掉，改换个'丧'字。'威丧龙江'明明是嘲笑奕山将军无能，丧权辱国，他如何不气恼？就派人访察这是谁干的事。可是访察来访察去，访察出这是依留精阿干的。奕山将军恼羞成怒，就把他革去差使，赶出瑷珲。从那以后，他立誓不进瑷珲城，一直到奕将军奉召回京。"

"有趣儿，有趣儿。"凤翔也觉挺新鲜，遂又问道，"以后，他又干什么呢？"

"从那以后，他改姓刘，夏天在江上打鱼，冬天进山里狩猎，一辈子也没成家。"

有个随行的官员问了一句："那他儿子是哪儿来的？"

"义子。"恒龄又说道，"是他捡来的一个孤儿，从小传授其枪法，百步以外，夜里打香火，白天打铜钱，百发百中，成了瑷珲有名的神枪手。"

凤翔听得出神，接过说："我认识此人，佟统领属下抬枪营的营官刘健，听说他还有个儿子也在军中当差，想不到会是这么一家人。"

天色越来越黑，工地上的军民陆续散去。凤翔回到城里，当班的差官向他报告："营务处总管来大人有事等候，现在花厅里。"

凤翔一挥手："知道了。"

夜已深了，他会有什么要紧的事情呢？无论如何，也得见一见呀！

3

先说一说凤翔的来历。

凤翔字集庭，汉军镶黄旗人，曾做过协领。中日甲午战争时，奉调随军参战，管理将军长顺所部粮饷供应。战争艰苦，交通不便，他想方设法运输粮草物资，保证了军需供应，立下功劳。停战后，授予记名副都统衔。光绪二十二年，实授阿勒楚喀[①]副都统。二十四年，调任瑷珲副都统。

瑷珲虽为边防重镇，但自签订《瑷珲条约》以来，边备松弛，驻军数量也不多。加上清廷多次对外战争失败，割地赔款，弄得国库空虚，无力更新边防军的装备。当凤翔得知沙皇俄国即将出兵东三省的消息，心里十分焦急。他曾电讯黑龙江将军战守事宜，将军寿山复电主战，并令他严守边防，阻止俄军进犯，如遇俄军渡江，即予迎头痛击。他感到事态的严重性，又考虑到瑷珲边备空虚，实力薄弱，即派人五百里加急，给将军送去一封信，请求将军审慎从事，力陈这个仗打不得。即使打，也要求得到朝廷的后援，否则孤立无援，有败无胜。可是他得到的答复，却是寿山将军亲笔写给他的一首唐诗：

> 秦时明月汉时关，
> 万里长征人未还。
> 但使龙城飞将在，
> 不教胡马度阴山。

凤翔得诗，深受感动，立誓以死相报，决不辜负寿山将军对自己的重托和信任。于是戒严，仓促筹备工事，严阵以待来犯之敌。接着寿山将军公布了三项任命：

呼伦贝尔[②]副都统依星阿为西路军翼长；

瑷珲副都统凤翔为北路军翼长；

通肯[③]副都统庆祺为东路军翼长。

另外，又调阿勒楚喀副都统钮楞额、呼兰副都统倭克津泰会兵哈尔滨，围攻俄国设立的中东铁路局。

消息虽然振奋人心，在瑷珲却遭到一个人的反对，此人就是营务处来总管。

来总管名鹤年，字翰臣，安徽合肥人，进士出身，曾随李鸿章镇压太平天国，后保升兵部郎中。光绪二十四年，和凤翔同时调到瑷珲，做

---

① 即今之黑龙江省阿城。

② 即海拉尔。

③ 即黑龙江省海伦。

主管营务处的掌关防①总管。来鹤年总管一贯追随李鸿章，处处以李鸿章为榜样，还自诩为"深谋远虑"，"老成练达"。凤翔初期反对开战，其中就有这位来总管的影响。

副都统衙门的西花厅内烛光辉煌，来鹤年正坐在太师椅上，手托着水烟袋的银座，闭目沉思。凤翔走进来，来鹤年并没觉察出来。凤翔瞅一瞅他那老态龙钟的样子，也不去惊动他，只轻轻坐在一旁的椅子上。

戈什哈送上茶来，来鹤年被惊动了。他睁开二目，不知什么时候，副都统已经坐在那里。

"凤大人日理万机，此刻不去休息，还忙碌什么？"来鹤年轻轻欠一欠身。

"来大人，不是您在这儿等候我吗？"凤翔也抱一抱拳。

"啊！"来鹤年好像刚想起一件什么事情似的，忙从怀里掏出一个纸折，轻轻弹了一下递给凤翔，"集庭，你看看这个吧。"

凤翔接过纸折，原来是一封私人信件。他不知何意，并不去拆看，又问道："翰臣兄，这是怎么回事？"

"你过一过目，不就知道了吗？"

凤翔打开折子，见上面只写了短短几行字："李中堂电示东三省将军，勿轻与俄军开衅，凡事谨慎妥办，切切。"

凤翔心里一惊，轻轻放下："这是哪儿来的？"

来鹤年打了一个呵欠，收起纸折："我就为这件事见你，从前当你提过几次了。如今是'八国联军'，我们国弱民穷，这个仗不能打。"

"将军的电示，没有露出这个意思，此说恐系谣传。当前局势动荡，鱼虾混杂，不可不防。"

"怎么，你不相信？我这是为你着想。从古至今，智者审时度势，勇者徒逞刚强，结果还不是贻笑后世！"

"翰臣兄，如今是箭在弦上，大势所趋。我辈身为武夫，除了舍身抗敌，再无他途。"

来鹤年平静地听着他说完，冷笑一声道："听起来嘛，你说得似有道理。可是你不想想，目前朝中的局势，这场祸祟，完全是端王闹出来的。端王一心想让大阿哥②取代当今圣上，恨列强不承认，利用拳匪排外，才

---

① 军事机关的铜印呈长方形，称关防。

② 大阿哥名溥儁，端王载漪子，慈禧太后为了废除光绪，特立他为大阿哥。

惹出这场乱子。寿将军紧跟端王，你又步其后尘，无论是胜是败，将来都会吃亏的。"

凤翔急了："现在是什么时候，老兄怎么还说这些！我不管他端王不端王，眼下敌兵要入境，我有守土之责！"说完，凤翔站起来，背着手踱了几步，又慢慢坐下，"翰臣兄，我刚才从城外回来，觉得百姓都有一颗爱国心。如今是同仇敌忾，众志成城，愧杀我辈朝廷命官。"

"你又来了，几个山野之民，能有什么见识？国家不安宁，还不是一群无知的愚民闹的？"

"来大人！"凤翔注视了来鹤年一会儿，喘口长气说，"古往今来，成大事者，无不依靠百姓的帮助。这就叫'得民心者昌，失民心者亡'，民众的力量不可忽视呀！"

来鹤年摇摇头："民众就像一片汪洋大海，能载舟，亦能覆舟。唐朝是如此，明朝也是如此。我朝延续二百多年，这次拳匪起事，恐非朝廷之福。"

"拳民固然可怕，但对我中华威胁最大的，还是外国强盗。俄人以保路为名，意欲灭亡我东三省，这是明摆着的事情。"

"以卵击石，不自量力。这次干戈，瑷珲决难守住，中国非败不可，若战而后和，莫如和而不战。败而后和，那苛刻的条件，国家如何吃得消？要是追究起来，主战者难辞其咎。到那个时候，后悔恐怕来不及了！"

来鹤年煞是厉害，一番话说得凤翔心惊肉跳。凤翔不是考虑不到，朝廷为了保存自己，开脱罪责，常用抛替罪羊的手段，这点他是知道的，来鹤年的见解不是没有道理。不过他已横下一条心来，"抗敌，报国，保境，安民"这八个字，就成为他现在的唯一信条。

来鹤年瞅了瞅他，心中暗道，你凤某人难道不为你的后路着想吗？他认为，方才的利害对比，会使凤翔改变初衷，从长计议。可是他万万没有料到，凤翔会说出这么几句话来："翰臣兄虑事周详，兄弟实在钦佩。不过，兄弟一介武夫，蒙恩重用，不能御敌，亦当报国。纵然以后朝廷追究轻开外衅之责，兄弟问心无愧。"

来鹤年哈哈一阵冷笑，他站起来了，不动地方地转了个身，又往椅子上一仰，慢条斯理地说道："都府大人忠勇可嘉，边陲保障，来某实在佩服，佩服！"

"不敢当。"凤翔对他的讥讽并没介意，又意味深长地对他说，"我辈军人，生于乱世，若能御强敌于国门之外，救生灵于水火之中，披肝沥胆，无为憾也！"

来鹤年无话可说了。

凤翔看他不再言语，微露笑容，真诚地说道："翰臣兄，现在是大敌当前，你我兄弟应和衷共济，请助兄弟一臂之力。待国事安定后，你我兄弟辞官归隐，息影泉林，以终今世，你看如何？"

来鹤年似乎受到他的感染，打了个唉声，像是客气又像是有意拒绝对方的意见，喃喃地说道："老朽无能，不足驱使。集庭若不嫌弃，只管吩咐，尽力而为吧！"

凤翔高兴了："翰臣兄，我想委你督办团练，把外地来的那些义和团，加上本地的拳民整顿一下，编练成军，以备应急。"

"什么，你让我编练那些拳匪？这，这不行。"

"哎，瑷珲兵力不足，这也是一支力量嘛！安定之后，可以遣散。"

来鹤年寻思寻思，虽不愿意，不好再推辞，便又讨价还价地提议道："既然你信得过我，那么一切就得听我的，编练团练拳民的事情不准别人插手，以免精力分散，令出多门，结果一事无成。"

"这自然，老兄只管放心，兄弟决不会掣肘。"

"好，那就一言为定。"

凤翔看他满口应下，也很高兴。可是哪里晓得，来鹤年打的是另外一个主意呢！

4

次日，来鹤年督办义勇拳民的消息一传出，瑷珲城里引起了一场小小的波动。凤翔由于一宿没有睡觉，起床较晚，还没有洗脸，一个戴着白顶子的青年军官不经通报就走了进来。凤翔认识，此人名叫瑞昌，驻防靖边军里的一个六品营官。因他是寿山将军的侄儿，所以凤翔以子侄相待，亲如一家，不用避讳。

"爷爷！"瑞昌一贯这么称呼凤翔，这是他叔父寿山将军的嘱咐，让他对凤翔执子侄礼。他请过安，又叫了一句："爷爷！"

凤翔瞅瞅他："瑞昌，这么早来见我，有什么事情啊？"

"爷爷，外边传言，说来大人督办团练，是您的主意，真的吗？"

"是又怎么样？"

瑞昌一惊：“若真是的话，请收回成命。”

“为什么？”凤翔奇怪地瞅瞅他。

“来大人反对开战，同意放俄军入境，这是人所共知的。他要督办团练，到时会打仗吗？再说……”

“再说什么？”

“再说，各位大人老爷们也都不服。”

“还有别的事吗？”

“义和团两位拳师要见爷爷。”

“告诉他们，有事直接找营务处。从今天起，他们一律归来大人统辖。去吧！”

“爷爷！”瑞昌着急了，他不想马上就离开，又说道，“如果这样的话，那就坏事了。”

“你说什么？混账！”

瑞昌情不自禁地喊了一声：“都府大人！”

凤翔吓了一跳，看看这位世交子侄，眼圈儿红了，心里立刻产生怜爱之情。他懂得瑞昌的用意，也知道这么做会招致很多人的不满，但是他有他的苦衷。他为大局着想，委曲求全，也是不得已呀！他只有对这位年轻军官道出心里话：“瑞昌，我明白你的意思，可是你并不明白我的意思呀！来总管向来主和，我是知道的，我想用这个办法改变他的主意，明白吗？”

“难。”

凤翔笑了，他从来很少有笑容。

“来大人是瑷珲第一流人才，举足轻重，朝中又有靠山，我敢慢待他吗？你替我向大家解释解释，不要心存芥蒂，要精诚团结，共同对敌。”

“爷爷，我懂了，您心是好心，不过……”瑞昌的话还没说完，一掀帘子走了。

凤翔目送瑞昌出去，点点头，自言自语地说道：“不愧为将军子侄，很有见识！”他赶紧洗过脸，简单吃过早点，记住瑞昌的话，传令接见义和团首领。

瑷珲的义和团是从盛京①方面来的，人数不多，又在城乡发展一些，统共不过三百来人。有两个首领，称为师兄，又叫坛主。一个叫陈永寿，

---

① 清代，沈阳叫奉天，又称盛京，因是清初的都城。

一个叫文祝山。另外还从山东来了一名拳师，名叫杜心，后改为杜立新。他们都住在寺庙里。

他们求见副都统，已经要求过多次，都没有得到允许。凤翔一意整军备战，起初也没有把义和团放在眼里。当他得知盛京、吉林两省都派有专人统辖义和团，也想效仿一下，利用义和团这股力量，充实边防。

会见之后，义和团首领陈永寿向凤翔提出两点要求：一、义和团的行动不受干涉；二、义和团配合边防军抗击沙俄，没有武器，借三百支枪，并供应子弹。

凤翔感到为难，因为他知道，连边防军的武器都不足，哪里有枪借给他们。他考虑了一下，说："这样吧，三百支枪现在没有，暂时只拨给一百支，我再请示将军，由省城供应，如何？"

陈永寿和文祝山交换了一下目光，忙起身道谢："大人说话可算数！"

"你们放心，不出十日，新枪一定送到，如数补给，决不食言。"

"那好哇！"陈永寿站起来，要同文祝山告辞，凤翔又摆手："二位稍候。"

两人不知又有什么事，原地站着未动。凤翔说："从今天开始，由营务处总管来大人统领义勇拳民，二位以后可找他接洽。"

二人相对愕然。文祝山嘿嘿一声冷笑道："这是哪儿的话呢？我们不做朝廷官，不吃朝廷俸禄，怎么还要由朝廷管？"

"二位不要误会，这是临战需要，没有统一指挥，如何能打仗？京师的拳民不是也由朝廷派员统率吗？盛京、吉林也是如此，便于抗敌。"

"可以！"文祝山大眼睛一瞪，"咱先把丑话说在前头，不管他是来大人还是去大人，他要打义和团的坏主意，可别说咱到时候谁也不认得！"

凤翔倒抽一口凉气，连说："二位义士放心，同为保国，岂能不以诚相待？"

"那就好。"

二人辞出。凤翔心想，这伙拳民好大的气派，不知可有什么真本领。即使抗战胜利了，这伙拳民也实难驾驭，他们还会找朝廷的麻烦。

凤翔近几日多少有点儿信心，因为备战事宜大体就绪，各路军队已调入阵地，虽然还不能说有十分的把握，但总可以抵挡一阵子，敌兵要从这里过境，谈何容易。可奇怪的是，俄军从东南两路侵犯盛京和吉林，而黑龙江首当其冲，却不见俄军的影子，这是怎么回事儿呢？凤翔一面严令各处守军密切注意边境情况，监视俄军动向，一面不断用电报联络省城，探听将军意图。探听的结果，得知这么几个消息：寿山将军派齐齐哈尔副都统萨保负责督办义和团练。在此之前，朝廷已经任命盛京户部侍郎[①]清锐，刑部侍郎溥颋为盛京义和团练大臣，吉林副都统成勋、伯都讷[②]副都统嵩昆为吉林义和团练大臣，责成东三省自议战守，保境安民。凤翔也依照这一模式，把来鹤年推了出来，目的是促他积极抗战，以免从中作梗。谁想事与愿违，来鹤年暗地却同心腹商量，如何取缔义和团，省得他们胡闹，影响大局。来鹤年总认为，义和团就是乱民，应劫而生。"国家将兴，必有祯祥；国家将亡，必出妖孽。"拳民就是妖孽，他们时而反清，时而扶清，反复一闹，此亡国之兆也。再说，瑷珲边防重镇，决不能让几个拳民为所欲为，他们危言耸听，欺骗宣传，凤翔误信，轻启战端，将来必会弄成骑虎难下的局面。到那时，战不能战，和不能和，朝廷怪罪，国人指责，那就什么都晚了。"不行！我一定想办法扫清这个障碍，迫使凤翔改弦易辙。"

一场主战与主和的较量在暗中进行着，表面上还看不出一点儿破绽。但是，副都统凤翔心中有数，他所依靠的还是那些同他齐心合力的抗战中坚分子，这些人都是边防驻军中的实力派。

午后，黑河统领崇玉派快马送来一份情报，说俄国船只从海兰泡下驶，并且越过分界线，偏离主航道，窥测我卡伦山阵地。经劝阻不听，警告无效，请示相宜办法。凤翔在呈文上批了一句："谨慎从事"，就打发差官回去了。

没过多久，卡伦山阵地派人来反映同样的问题，并明确提出："俄人此举意在过江。"凤翔觉得事态严重，批了个"相机处置"的答复。他赶紧把两下的情况拟成电报拍发卜魁，请示将军。很快，将军的复电通知凤翔，俄国已经出动大批军队，分成七路进犯我东三省。命令瑷珲驻防官兵，勿使俄军过境，时刻严密监视。如遇俄船下驶，必须迎头痛击，勿再姑息迁就。

凤翔看了电报，精神为之振奋，立将命令传达到全军各阵地。摩拳擦掌的广大官兵无不受到鼓舞。他们感到，为国献身的时候到来了！

---

① 盛京因是旧都，又有两处陵园，所以设五部衙门，不设吏部，其余和京师同。但五部的长官为侍郎（副部长），不设尚书（一品）。

② 伯都讷即吉林省扶余。

5

一九〇〇年七月六日，俄罗斯帝国的首都彼得堡一间金碧辉煌的宫殿里，沙皇尼古拉二世在召开关于侵华问题的御前会议。参加这次会议的人，都是侵华急先锋和好战分子。他们之中有：财政大臣维特，外交大臣穆拉维约夫，陆军大臣库罗巴特金将军等人。会上，他们讨论了中国因发生义和团所造成的局势，俄罗斯在华利益所受到的威胁。他们决定，除了继续支持并参与"八国联军"对中国的武装干涉外，还决定出兵满洲，理由是保护中东铁路，目的是实现"黄俄罗斯"计划。这些侵略成性的好战分子猖狂地叫嚷："要以义和拳为口实，把满洲变成第二个布哈拉①汗国！"会上，外交大臣穆拉维约夫拿出了一份文件，这是驻德国公使馆转来的一份鼓吹革命的小册子，题名为《俄国社会民主党人的任务》，署名为弗拉基米尔·依里奇②。这本小册子是在瑞士日内瓦出版的，早已秘密运回国内，可是俄国政府并没有查到。驻德公使好不容易搞到了一份俄文版本，像献宝一样地送给了他的上司。这本小册子号召无产阶级和革命者团结起来，推翻专制的沙皇制度，引起了俄国贵族官僚们的极大恐慌。加上近几年来俄国各地不断发生革命，反抗、暴动、起义，已经使俄国的统治者感到危机四伏。对外出兵，这是扭转国内局势的一种手段，可以用侵略战争来抵制人民的革命运动。因此，他们决定出兵中国。

根据这次会议的决定，沙皇尼古拉二世自任总司令，陆军大臣库罗巴特金为参谋长，调动十八万七千人的军队，分七路入侵东三省，名为满洲军。其具体部署是：

分北满和南满两个方面军。

北满方面军由阿穆尔省总督哥罗戴科夫为总指挥，分兵五路，占领东三省的黑龙江、吉林两地，然后南去盛京同南满方面军会师；

南满方面军由驻旅顺口的海军司令阿列克塞耶夫为总指挥，分兵两路，控制盛京，然后北去接应北满方面军。

行军入侵路线是：

---

① 中亚一个汗国，为沙俄吞并（一八六五年）。

② 即列宁：此文发表于一八九八年。

第一路，由外贝加尔地区出发，经满洲里，呼伦贝尔，越过大兴安岭，直攻黑龙江首府齐齐哈尔；

第二路，从海兰泡出发，强渡黑龙江，占领瑷珲，经墨尔根①，南下齐齐哈尔，会合第一路军；

第三路，从伯力出发，溯松花江，取道三姓②，西向哈尔滨；

第四路，从双城子出发，西攻绥芬河，取道牡丹江，去哈尔滨会合第三路军，南去吉林；

第五路，从海参崴出发，经珲春，宁古塔③入侵吉林；

以上为北满方面军，总计十三万五千人，由阿穆尔舰队配合。

第六路为驻扎旅顺口的海军陆战队组成，北占营口、鞍山、辽阳，直取盛京；

第七路是参加"八国联军"的俄国部队，在占领京、津后北撤，出山海关，占领锦州。

以上两路为南满方面军，共五万两千人。他们于盛京会合后，北上铁岭，会合北满方面军，控制全满洲。

另外，调西伯利亚第一集团军司令里涅维奇接替阿列克塞耶夫，任"八国联军"俄军指挥官，并负责指挥撤离京津后的第七路军。

野心的入侵计划即刻变成猖狂的入侵行动，雄心勃勃的沙皇尼古拉二世趾高气扬地把眼睛盯在满洲——他心目中的明珠上。在这伙侵略成性的帝国主义分子心中，梦寐以求的就是大俄罗斯帝国的版图，顷刻之间向东方扩展。

但是，陆军大臣库罗巴特金的心情并不是那么平静，俄国的革命风潮和中国的义和团起事，使他好像有了什么预感。所以，他在给各路入侵军的头目们下达命令的时候指出："这次行动要采取军事、政治兼用的灵活手段。"

6

七月八日，入侵满洲的第二路军迅速集结完毕。这一路是由外贝加

---

① 今黑龙江省嫩江。
② 今黑龙江省依兰。
③ 今黑龙江省宁安。

尔驻军中抽调出一个步兵师，加上阿穆尔省驻军组成，由阿穆尔军区司令格里布斯基任指挥官，总计三万二千多人。其中，包括一个骑兵旅，两个炮兵团，配备新式大炮几十门，机关枪若干挺。无论从装备上还是人员数量上，都远远超过瑷珲的中国驻军。

虽然如此，可当他们来到黑龙江边，望着滔滔东去的江水，仍不敢冒险，龙江天堑使他们踟蹰不前。

黑龙江，满语名为萨哈连乌拉，是一条发源肯特山、流经东西伯利亚、注入鄂霍次克海、全长八千多里的大河流。明朝时期，黑龙江两岸分布着若干女真部落，设置了众多卫所，并在下游北岸特林地方设奴儿干都司。明朝后期，女真人南移。最后合并为一，改称满洲，是在明末清初时期。清代设将军管辖黑龙江南北广大地区，先由宁古塔将军，后划分出黑龙江将军。可是到了近代，本来与黑龙江并不挨边儿的俄罗斯势力东扩，一点一点把黑龙江北岸地区夺去，就和大清国划江为界了。俄国占领黑龙江北以后，把江名改称阿穆尔河，黑龙江就出现了两个名称。俄国在占领区设阿穆尔省，改海兰泡为布拉戈维申斯克，作为阿穆尔省首府。他们移民、驻军、开矿、修路，还不满足，又把眼睛盯到江南岸，修建中东铁路，租借旅顺港口。目的非常明显，谁都看得出来，他们打的是东三省的主意。义和团这一闹事，俄罗斯认为机会来了，他们要过江南下了。理由是：保护中东铁路，那可是俄国投资修建的横贯全满洲的经济大动脉。

阿穆尔军区司令格里布斯基此刻想起一个人来，这个人被称之为小马克。

小马克的父亲老马克，是一位探险家。三十多年前，他带着一伙人从西伯利亚出发，对黑龙江进行了一次考察，深入黑龙江沿岸各屯寨部落。他又偷偷地越过黑龙江，秘密绘制了一份地图，把黑龙江南岸、小兴安岭直到卜魁①、墨尔根、布特哈、哈尔滨间的道路、桥梁、民居、兵营、防御工事注得非常详细，留做以后进军之用。地图绘制好了，可是无法带过江去。马克有一助手，叫郭尼玛，是个东正教徒。他就把地图交给郭尼玛教士，让他留在教堂，秘密保存这张图，并规定了联络暗号，马克这才返回江北。后来，马克把一路所见，写了一本《黑龙江旅行记》，受到当时的西伯利亚总督穆拉维约夫伯爵的赏识，把马克提拔重用，当

---

① 即齐齐哈尔的别名。

了远东情报处上校处长。再后来又升了官，调进首都圣彼得堡。马克知道再无回黑龙江的机会了，他把儿子推荐给远东当局，接替自己的事业。

老马克十年前死了，临死之前，他还念念不忘留在满洲那幅十分珍贵的地图，俄罗斯帝国的宏伟蓝图就在那张地图上。

小马克在阿穆尔省供职，本来默默无闻。不料紧张的局势给他提供了崭露头角的机会，他被任命为阿穆尔军区远东情报组组长，军衔是少校。

一天，阿穆尔军区司令格里布斯基召见了小马克，让他设法同郭尼玛取得联系，找出那张地图。能带过来更好，若带不过来，也要送到瑷珲一个秘密所在妥善保管，以备渡江之后，作为进军满洲的导向图。

小马克心里没底，当时父亲绘制了这张图，交给郭尼玛。可现在过去三十多年了，郭尼玛在不在，图在不在，都是个未知数。得悉郭尼玛已经升为神父，往来于瑷珲、墨尔根、卜魁、哈尔滨、宽城子、奉天等地传教，可这是十年以前的事，近几年来消息不灵，音信皆无，怎么跟他联系？

小马克踌躇了两三日，最后只好亲自出马，过江去找他的朋友托尔金。此人原在中东铁路任职，不久前转为驻卜魁商务代办，或许能知道郭尼玛的下落和地图的情况。

顺便说一下，俄国派到中国的人员，无论是传教士、外交官、商人、工程技术人员，大多都有一个搜集情报的特殊使命。他们之间平时不接触，为交换情报又相互联系，彼此情况大体掌握。但是他们有一项严格的纪律，那就是甲能联系乙，而乙能联系丙，但甲跟丙永远也不会相识的。所以，如果间谍分子落网，其他一切线索自动掐断，间谍网络难以破坏。小马克以前几次进入满洲，都找不到间谍机关。

小马克想好了联系郭尼玛神父的办法，去见司令官说出他的计划，并一再强调，目前这是唯一可行的办法，只要找到托尔金，那就什么问题都解决了。

格里布斯基中将非常赏识小马克，他自比穆拉维约夫，要做进入满洲、征服中国的急先锋。要做到这一点，必须重用马克这类人才，小马克该是发挥作用的时候了。

因为不了解瑷珲的情况，渡江计划无法实施，如果能找到当年那幅地图，当然是再好不过的。小马克提出过江去找托尔金，眼下就要采取军事行动，小马克的办法虽好，可是远水解不了近渴，格里布斯基首先否定了自己的想法，当然也就对小马克的提议持怀疑态度。

"找地图是重要的，不过时间来不及。除此之外，还有没有更好、更便捷的办法？"

"是啊，找地图恐怕要拖延时间，还不一定能找得到。"小马克规规矩矩地说，"将军阁下，我倒考虑过另一个办法。"

格里布斯基精神为之一振："快说，什么好办法？"

"假道。"

"假道！"司令官重复着这句话。

"是的。"小马克说，"假道也是一次火力侦察。"

"说说看。"

"将军阁下。"小马克说，"向中国黑龙江当局要求假道，理由是去哈尔滨保护中东铁路。如果他们惧怕俄罗斯的强大，乖乖开放边境，我们就会创造出不战而胜的奇迹。"

"中国要是不肯呢？"

"说明他边境驻有重兵，防守严密。"小马克又进一步分析道，"不过，现在'八国联军'进攻他们的京城，大清皇帝已经首尾不能相顾，敢于抗衡沙皇陛下的勇士们的中国将军，恐怕还没有降生。"

司令官一阵大笑，他就是这么想的。

"好的。少校阁下对沙皇陛下的忠诚，将是我们取得胜利的保证。假道是必须的，但是找地图更是主要的，你就按计划行事吧，回去准备一下，马上行动。"

"是！"小马克满意地敬了一个军礼，走了出去。格里布斯基将军叫过来副官哈洛夫上尉，吩咐道："拟一份致中国黑龙江地方当局的假道照会，呈送总督哥罗戴科夫阁下签署，今天就拍发出去。"

"是，钧座。"

哈洛夫上尉走向机要室，格里布斯基将军望着室外天空浮动的白云，情不自禁地向上伸出双手："沙皇尼古拉二世陛下，乌拉！"

第二章

7

嫩江平原并不是风平浪静的，坐落在嫩江岸边的首府齐齐哈尔也沸腾起来。

驻守在这里的黑龙江将军名叫寿山，汉军正白旗人。本姓袁，系明末兵部尚书袁崇焕的六世孙。他的父亲富明阿曾任吉林将军，光绪十八年，父亲去世，按清朝惯例，他为长子，袭封骑都尉世职。光绪二十年，中日甲午战争爆发，他奉命招募劲旅两营，任步兵统领，随将军依克唐阿赴辽东作战。凤凰城一战，弟弟永山牺牲，寿山左腹中弹，仍坚持战斗。和约之后，升黑龙江镇边军左路统领，驻防瑷珲。光绪二十四年，升任瑷珲副都统，后改黑龙江副都统兼帮办边防军务。光绪二十六年一月，黑龙江将军恩泽病故，寿山被任为署理黑龙江将军。一上任，他便着手整顿黑龙江军务，明确制订"铲奸弊，明赏罚，图要塞"的九字方针，对黑龙江地方多年积弊来一番改革。

改革刚刚初具规模，偏偏又遇到外敌入侵的复杂情况，一份要求假道的照会通过无线电报送到了他的案头。

寿山将军感到特别恼火。

俄国假道照会上那些带有威胁性的语言，还不能使他发那么大的脾气。足以令他气恼的是，如今国家已经到了生死存亡的紧要关头，那些文官武将们还在和与战的问题上争论不休，看来好像不是敌人来打我们，而是我们要出兵去打别人。

将军随身侍卫、亲兵统带唐家骏看将军每次会议下来都气恼好多时，便劝慰道："大帅，要多多保养身子，当以国事为重，不必跟那些毫无主见的人生气。"

将军半天没有出声，只是呆呆地望着那份俄国照会出神。

"我要自作主张！"

寿山将军突然大声说了这么一句，唐家骏吓了一跳，忙上前伺候："大帅有何吩咐？"

寿山将军意识到自己方才的鲁莽，不觉也笑了。他抬起头来："家骏，现在国家已经到了危急时刻，可恼的是那些达官贵人们不去为民族生存献计献策，却为一己私见争执不休，对俄国的讹诈也拿不出一点儿办法。"

"大帅，依小人之见，那些大人老爷们太平日子过惯了。大敌当前，他们想的是身家性命，哪里肯和大帅一心抗敌保国。"

"那么，你的主意是什么呢？"

"小人斗胆。"唐家骏双拳一拱，做一个请安状，然后抬起头来，规规矩矩地站着说，"古语说，天下兴亡，匹夫有责。如今国难当头，大帅应该挺起腰杆来，给外国人看一看，不要以为中国人都是软骨头。"

"好！"寿山将军眼珠一亮，瞅一瞅这个年轻的军官说，"国家的希望都在你们身上，记住，报国仇，雪国耻，振兴民族！"

唐家骏慌忙跪下："大帅过誉，小的实不敢当。"

"快起来。"寿山将军一摆手，"去，把那几位大人老爷们再给我请来。"

8

寿山将军是一个遇事果断的人，当然谁也左右不了他。他三番五次征求这些人的意见，就是因为自己上任时间太短，黑龙江的社会势力对他还有很大的侵蚀力。而且这些人上有根子、下有基础，如果不把他们争取过来，在抗俄问题上，会遇到种种阻力。

他已经做了最大的努力，可是并没有收到明显的效果。文武各衙门官员，除了依旧轻歌曼舞，就是瞪起眼睛瞅他的笑话。但是，寿山将军抵抗外敌入侵的决心并没有因此而改变，他要再做一次努力。

"大帅升堂！"

唐家骏的喊声刚落，随着一阵鼓乐的吹奏声，候在两厢的几十名文武官员鱼贯走进正厅，文武两行，排班肃立。

这已是第三次会议了。

寿山将军从屏后转出，徐步升入正座，众官请安礼毕，将军开言了："俄国的照会，诸位已经看过了。尽人皆知，俄国觊觎东三省几百年，近始得借保护铁路为由，遂其狡谋，幸获有衅，乘虚而入，其目的是谋据我东三省。对于这个事情，各位大人议论不一，尚不知还有什么高见，不妨直陈。"

早晨，和煦的阳光透过玻璃窗洒在议事大厅的屋地上，宽敞、明亮的大厅显得格外庄严、肃穆，寂然无声，众官俯首不语。

寿山一想，会议开了几次，始终议论不一，总之是主和的占多数。就是主战的，对俄国的照会也保持缄默，看来谁也不肯捅这个马蜂窝，主意还得自己拿。

"大帅，依卑职看来，俄国这次出兵是保路。照会仅仅要求假道，并不是要打仗。我朝列圣相承，恩德及人，不能衅自我开。"

寿山将军早已看清楚了，发言的这个人还是主和最力的老官僚，龙江道三品候补道台吴葵。此人和他父亲同年，寿山以长辈之礼事之。

"又是他领头儿！"寿山将军虽然生气，但对于他，却也无可奈何，只有再听一听别人的发言。

"大帅，吴大人此言，深明大义。俄国假道，依卑职看来，就答应他吧！"

寿山一看，此人名叫张家璧，本是四品衔，因从前和寿山为莫逆之交，最近委他为电报局总办，把他放在机要部门，期望他和自己同心。可是万万没有想到，这个张家璧处处同自己唱反调，倒向主和派一边。他如何能不生气？正好，把刚才对吴葵的一腔怒气发泄在他身上："什么假道，欺人之谈！"

寿山的话一出口，觉得激烈一些，遂又缓和了语气，进一步阐明自己的观点："俄人假道江省，分明是趁火打劫，看我大清国势衰弱，好欺负。看本将军受事日浅，无能为力，要占我东三省。哼，真是欺人太甚！"

一些主和的官员不是听不出来，这"受事日浅"的话是说给他们听的，谁还敢再开口？

几个主战的官员稀稀落落地随声附和："大帅明鉴。"

寿山将军把目光盯在右排首位站着的一员武将："济远，防务筹备得怎么样了？"

齐齐哈尔副都统萨保略一拱手："回大帅，一切就绪，只等大帅一声令下。卑职身先士卒，以扫俄氛，而靖疆土。"

寿山感激地点点头，又指示道："义和团之事，望萨大人妥善安置，可借助其力，以充实江省兵力之不足。"

"遵令！"

寿山将军又向左边众官员扫了一眼："程观察来了吗？"

"卑职在！"

随着洪亮的声音，一个戴着蓝顶子的官员挪动步子，向上面打了一躬。此人姓程，名德全，字雪楼，号称晓岚，是一个四品衔，以道员资格候补知府。因此人才高智广，机警过人，文韬武略，一身兼备，寿山特别器重，委任他为前敌营务处总理，参赞军机。可是想不到他也支持主和意见，已经跟寿山辩论过两次了。一个营务处总理同将军不是一条心，那还了得？寿山已经想好了对策，如果他今天实在不肯转变的话，那就撤掉他，另委别人。不过，寿山希望他能放弃主和念头，协助自己对俄抗战，因为在黑龙江那么大的地方，像程雪楼那种文武兼备的人是不多的。

寿山只得温和一些，对程德全又像是对着全体官员说道："俄人假道，蓄谋已久，名为保路，实欲鲸吞。以江省之力，权衡利害，当以何策对之，观察几番高论，本将军受益匪浅，今日尚须赐教。"

程德全明白，寿山这是当众将他的军，心中老大不乐意了。他转了一阵眼珠子，向站在两侧的众官员瞥了一下，不慌不忙地说道："卑职的想法，昨天已经面陈大帅。"说到这儿，停下了，望着将军。他看寿山没有什么反应，又继续说下去："依卑职看来，吴大人论断极是，俄人假道龙江，实为保护中东铁路。由于拳匪闹事，洋人受害，俄国有此保路之举，确是理所当然。谅彼不敢对我圣朝祖宗发祥之地抱有领土野心……"

这套陈词滥调寿山早已听得不耐烦了，他把手轻轻一抬，做一个制止继续发言的手势："我们堂堂中国，就可让洋人任意蹂躏了？"

程德全并没有被寿山的气势威慑住，他淡淡一笑道："当今是中华软弱，皇纲不振，列强横行，那有什么办法！"

"岂有此理！"寿山把照会啪的一声拍在案上，站了起来，"我们中国难道永远让人宰割不成！诸位大人，我等食君之禄，理当为君分忧。君辱臣死，自古有之，我意已决，请勿多言。"

众官员你瞅瞅我，我看看你，大家面面相觑，谁也不敢出声。程德全的额角冒出了冷汗，故作镇静地站在那里。

大厅的气氛骤然紧张起来，空气像凝固了一样，只有透进来的一缕晨光照见寿山将军那铁青的脸色，腮边的肌肉还微微地抽搐着。

萨保一挺胸脯，晃动着脑袋，喷着唾沫星子说："俄人明明是兴兵犯界，侵我天朝，欺我大帅，对付他的办法只有枪炮相见！"

寿山赞许地说："萨大人，真是好汉不减当年勇啊！破长毛的英名犹在，俄人闻之，定然丧胆。"

萨保被将军几句话说得飘飘然，他攥紧双拳，声嘶力竭地吵嚷道："俄国人敢过黑龙江，标下率所部之兵为大帅效命疆场，一定打他个人仰马翻！"说完，还不住地抖动两只胳膊。

寿山的情绪有些缓和，他知道早年萨保在对太平天国作战时立过功，不过是个一勇之夫，光依靠这样的人，也是办不了大事的。当今之事，须要有远见卓识、文武兼备的人，他的主意还是打在程德全等人身上："程观察，三军将士同仇敌忾，决心抗俄，本将军也只有守土保民了，观察还有何言？"

程德全见此光景，立刻转了舵："卑职愿效犬马之劳，唯大帅之命是从。"

寿山将军这回高兴了，争论不决的和与战的问题，终于以他那坚定的毅力、坚韧的性格达成了一致，拒绝假道、全力抗俄的方针就算确定下来了。

9

寿山退堂，唐家骏送来文案师爷们拟的电稿，呈送将军过目。这是寿山将军吩咐下的，拍给回答俄国要求假道的复照。寿山拿过来认真看了看，轻轻摇了摇头："不妥！"

他从案上抓过笔来，对唐家骏说："俄人态度强硬，我们不能讲什么客气，这些胆小怕事的师爷们，一个照会也拟不好。"

"是的，敌人口气硬，我们也不能软。"

"这就对了！"寿山稍一沉思，又吩咐道，"家骏，你把程观察给我请来。"

"嗻！"

唐家骏出去，寿山便笔走龙蛇地写起来，不大工夫，一份复照电稿已经拟好了。他又勾了几个字，反复看了两遍，自己颇觉满意，这才放下笔，等候程德全的到来。

程德全来得很快，寿山站起迎接："晓岚，你帮我参考参考这份复照，回击得有没有力。"

说完，未及让座，就把电稿递给程德全。

现在同大堂上相比，是另外一种情形。他们本来私交很深，除了大堂议事，要按照国家制度，有等阶之分，平时他们以兄弟相待，彼此的脾气，双方都是摸得很透的。

程德全接过一看，是答复俄国假道的复照，墨迹还没干，好像是刚才写的，看那苍劲的字体，是寿山将军亲笔起草的：

"海兰泡

大俄罗斯帝国

阿穆尔总督

哥罗戴科夫将军阁下：

贵国欲假道江省，实有妨碍中国主权。东省铁路，敝国自能保护，勿劳兴师前来。倘若贵国不顾睦邻友好，轻启衅端，强行派兵入境，本将军有守土之责，惟有以军火从事……"

看到这里，程德全沉吟了一会儿，对将军说道："大帅，这样激烈的措辞恐怕有失敦厚，一旦事出意外，将没有回旋余地。"

"我已决计主战，不想跟他有什么回旋余地。"寿山微微一笑，这才招呼他入座。

"卑职愿尽最后一言。"

"请讲。"

"几天以来，关于和战的争论，意见纷纭，卑职不是不识大体，成心媚外。可是黑龙江兵少力单，一旦事情逆转，大帅的后路将如何筹措？现在，举国上下，封疆大吏，都屈膝洋人，仅我江省如何能支持得了？还是请您三思。"

"万一局势对我们不利，寿山世受皇恩，惟有肝脑涂地而已！"

程德全赞叹地点点头："那也应当有后援啊？"

寿山说："我想要联合吉林、盛京方面，东三省全局一盘棋，不分畛域，彼此呼应，步调一致，他俄国又能怎么样？"

"那样敢情好，东三省这盘棋就活了。"程德全接着摇摇头，"不过我看，吉林、盛京不会和咱们一个步调。"

"何以见得？"

程德全说："盛京将军增祺胆小怕事，遇事从来不抻头，他肯担这个风险？吉林长顺老奸巨猾，看风使舵，这样的人怎么能指望得了？"

寿山陷入了沉思。

程德全笑一笑说："老兄参加过甲午之战，难道你没听到过辽东军中的民谣？"

寿山感到很新奇，忙问："什么民谣？"

程德全说："长将军带兵抗击日本的时候，从来不上前线，总是跟在别人的屁股后。那时军中流传几句民谣说：'依瞎打，长坐坡，宋庆一败八百多'，你真的没听说？"

寿山心里暗笑，他如何能忘记当年中日甲午战争的情形。黑龙江将军依克唐阿作战勇敢，身先士卒，每次都是打硬仗，但是败时多、胜时少。他作战没有充分计划，带有很大的盲目性，所以军中传为"依瞎打"。长顺从来不主动打硬仗，行军作战多半都殿后，保存实力，因此得了个"长坐坡"的雅号。至于宋庆，那更不值一提，身为统帅，胆小如鼠。平壤一战，败退过鸭绿江；九连城一战，败退到辽河西。所以，辽东民谣谑称"宋庆一败八百多"。寿山一想起甲午之战，至今尚耿耿于怀。倒不是因为自己在凤凰城之战身负重伤，胞弟永山牺牲。他感到堂堂天朝大国，水陆两军均败于小小日本之手，总结出一条经验：大国败于小国之手，主要是上下不齐心，互相掣肘，步调不一所致。这次面对俄国的威胁，又碰到了这类问题，再要是上下离心、相互拆台，后果是不堪设想的。想到这里，寿山情不自禁地说出了他的愿望："那已是过去的事情了，现在敌兵压境，他们不会坐视。"

"但愿如此。"

这时，忽然帘子一掀，一个人走了进来。此人是将军府里的常客，同寿山乃莫逆之交，现任电报局总办，汉军扎拉里氏张姓，名家璧。他送来一份急电，这是清廷拍发给全国各地军政大员的宣战令。宣战令表明大清皇帝同八国决意开战，决不妥协。寿山将军暗中叫好儿，不畏"八国联军"，这是何等的气魄，中华大国不能老向洋人屈膝，应该振作起来。可是，宣战令上有这么两句要紧的话，引起寿山将军极大震动："……战衅一开，各省要自保疆土，朝廷不为遥制……"

程德全见寿山将军一声不响地把电报推过来，他凑过去迅速地看了电令，便和张家璧交换了一下眼色，又瞅瞅寿山，说："大帅，朝廷不能统筹全局，让各省自保疆土，却是千古奇闻。您的意思呢？"

张家璧帮腔儿道："眉峰，依我看，朝廷的意思很明白，各省将军督抚是战是降，自己拿主意，朝廷不管。"

寿山依旧沉思不语。

程德全以为将军的思想有点动摇，又趁势劝导说："大帅，不要犹豫了，黑龙江同俄国接壤千里，咱们兵力又不足，朝廷不管，这个仗不能打。"

"二位兄台，"寿山摆一摆手，"朝廷让各省自保疆土，疆土要是丢失了，谁负罪责？"

张家璧接过来说："打仗也没有把握呀！要是打仗打丢了疆土，罪责更大，请您三思。"

"当然是没把握，不过我意已决，黑龙江首当其冲，必须守住这块疆土。"寿山尚抱有幻想，"只要东三省一盘棋，事情就不一定糟到底。否则的话，我宁肯战而后失，不能降而后失。"

程德全知道寿山决意主战，也就不再相劝，转而支持他："大帅忠心为国，气贯长虹，德全愿效死力，与大帅同心抗俄。"

"好！"寿山十分高兴，"晓岚兄，你立刻去办两件事：头一件，令瑷珲的凤集庭、呼伦贝尔的依星阿，严加戒备，不准放俄军一人一骑过境；第二件，调呼兰副都统倭克津泰、通肯副都统庆祺、肇州防御王辅元三路出兵，攻取哈尔滨俄国中东铁路局，限期攻克。"

程德全刚要退出，寿山又叫住他："且慢！另外照会吉林长将军，请求阿勒楚喀副都统从南面夹攻，配合作战，力求早日拔掉这根钉子，收回国家主权。"

程德全辞去，张家璧对寿山说："眉峰，这程大人见风使舵，心怀叵测，不可不防。"

"老兄过虑了。晓岚机智过人，才华出众，乃当今不可多得的人才，非那些老迈昏庸的禄蠹相比。"

张家璧不再多言。

"把这两份电报立刻拍发出去。"

寿山把对俄国的答复照会和吁请盛京、吉林两省将军全局筹划、共同抗俄的咨文交给了张家璧。这时，他才感到一阵轻松。如此还不放心，又令师爷拟了一份奏折，提出东三省统筹规划，不分畛域，互相支援，共同抗俄。然后，专电发往北京，请示朝廷。

不几天，朝廷发给东三省的电谕明确指示："敌兵来犯，当同心御侮，以保疆土。和之一字，万不可存于胸中。吉林、黑龙江尤为紧要，为俄兵之来路，应严守要冲，加强防御。兵力不敷，可借义和民团，以厚兵力。着派副都统萨保为黑龙江义和团练大臣，会同吉林成勋、嵩昆，妥为办理。"

得到这份上谕，寿山的信心高涨了起来。

<h1 style="text-align:center">10</h1>

程德全回到自己公馆的时候，大约是在午后两点多钟。公馆里，两位客人在等候他。

一位年轻的外交官、俄国驻齐齐哈尔商务代办托尔金站了起来，彬彬有礼地问道："程雪楼先生，敝国假道的事情，今天可有头绪？"

他的中国话说得非常流利，如果不看他的外表，根本不会相信他是外国人。近几天来，他非常关心假道的消息，每天都要来程公馆探听一下。

"将军决定了，贵国的假道已被拒绝，看来战争是不可避免的了。"程德全的心情也有些不耐烦，他想把他们搪塞出去。

"那也好！"托尔金冷笑一声，"俄罗斯的士兵是有办法渡河的。假道不过是出于礼貌上的一种形式。"

"如今拳匪肇事，得罪友邦，我从心里说，不愿和贵国发生误会，可寿山将军一意主战，我有什么办法？"

托尔金指着那个满脸大胡子的教士道："这位是敝人好友郭尼玛神父。由于贵国不安全，请程大人看在多年老朋友的份儿上，设法送他回国。"

郭尼玛神父已经在中国多年，程德全和他没有接触过，程德全从来不同外国教士往来。这时程德全想，俄国当局已经下令，南满的俄人撤到旅顺口，北满的俄人撤到哈尔滨，黑龙江当局同意境内的俄国侨民可以在限期内通过满洲里归国。可那时你们不走，现在省城被义和团控制住，你们能走得了吗？

郭尼玛神父看程德全沉吟不语，面有难色，站了起来，用生硬的汉语说道："程大人阁下，敝人以天主的名义向您请求，保护宗教界人士的安全，护送我们出境。"

"好吧，你先不要着急，等我看准时机，安排你去满洲里，从那里同侨民一起出境。"

"不！"郭尼玛一晃头，"我要回布拉戈维申斯克。"

"取道瑗珲？"程德全一惊，"那可不好办。黑龙江已经戒严，边境已经封锁，你是无法渡河的。再说，凤翔和将军同心，都是抗俄的干将，他准得把你们扣留。"

"哈哈哈哈！"托尔金一阵狂笑，"程大人乃黑龙江手眼通天的人物，这点儿小事，办法总会是有的。"

程德全被弄得哭笑不得，急切地说："你们不了解中国的特点，现在是黎民造反，官府无能，何况黑龙江的大权又不在我手里。当前是抗俄之声压倒一切，我确实无能为力啊！"

"老朋友，不要客气嘛！"托尔金傲慢地说道，"敝国出兵，实际上也是为了贵国平息拳民之乱嘛！你们中国太平了，将来我们还是真正的朋友。"

这时，郭尼玛打开随身携带的小皮箱，从里边取出一些珍奇的宝物，有玛瑙、钻石、翡翠、珍珠，还有金元宝和俄币若干，堆在桌上："程大人，敝人的安全都没有保障，要这些东西何用？算作一点儿小意思，交个朋友吧。"

程德全心里十分欣赏这几件值钱的宝物，口上却推脱说："这是何苦？能办到的事情，我自然尽力而为，何必如此多礼。"

突然，街上一阵人声喧闹，高喊着口号，不知多少人，寻声跑了过去。

两个俄国人大惊失色。

仆人进来了，程德全忙迎出去，问："外边什么事？"

仆人压低声音说："大人，外地来的义和团和本城的义和团砸教堂，抓洋人去了！"

程德全皱一皱眉，挥手让仆人退出。

两个俄国人虽然没有听清楚仆人说了些什么，也断定事情不妙。当程德全重新回到屋里时，托尔金一把抓住他的胳膊，用力地摇晃着："亲爱的朋友，您赶快想办法，明天我们要离开这里。"

"不过从瑗珲出境，那得有将军衙门的特别通行护照，这就是个难办的问题。"程德全瞅一瞅堆在桌上的宝物，"我尽力而为，尽力而为吧！"

二人谢过，就要告辞，程德全知道他们此时出去不安全，又把他们留在了公馆。傍晚，派心腹把他们转移到城中的一个旅馆，并派兵封锁街道，把他们秘密保护起来。

11

第二天清早，义和团大师兄张发带领十几个人来到程德全的公馆。

程德全懒洋洋的，刚起床，不愿接见。可是门卫拦挡不住，他们气势汹汹地闯进来。

张发瞪起双眼："程大人，郭尼玛神父这些年来披着宗教的外衣，干了多少坏事，我们昨天去抓他，不知谁走漏了风声，躲起来了。有人看见，昨天下午他在您的公馆里。"

"这……这，这是哪里话？我跟俄国教士素无来往，大家都知道，他怎么会到我这里来！"

"程大人，请您不要搪塞我们，有人看见，他进了您的公馆就没出来，您把他交出来吧！"

程德全知道他们如今受萨保约束，又有寿山将军支持，也不敢对他们如何，只得客气地说："张拳师，我敢对天盟誓，绝无此事。不信，请你们搜查。"

张发一听，搜查官员公馆，这是不妥当的，遂说："那就不必了！程大人身为朝廷命官，我想不会做出这样媚敌之事来。"他向大家一挥手，"走！到别处搜，我不信他能飞上天去！"

众人遵命退出。

"打搅了！"张发双拳一抱，转身出去。

程德全怔怔地坐在那里，气冲两肋，狠狠地说："私闯公馆，目无王法，简直是一伙乱民！将来……"话没说完，忽然想起一件事来，他连早饭也不吃，立即吩咐，"备车，我要去将军府！"

寿山将军今天起得特别早，心情也特别高兴，有两件事情使他抗战的劲头儿更足了。

一件是他的奏折派发出去不久，很快得到盛京方面的响应。盛京副都统晋昌复电寿山，表示全力支持黑龙江的抗战，一切人员、军火、粮饷全由盛京接济。另一件是夜里收到瑷珲方面的捷报，俄军两次进犯都被击退。他准备给凤翔复电，通令嘉奖瑷珲官兵。

程德全来时，寿山只得放下正在批阅的公文，接见他。

"晓岚，这么早来，一定有要紧的事情吧？"

"特来报告一个情况。"

寿山听了一惊："什么情况？"

"昨天下午，拳匪砸了教堂，包围了领事馆，官兵听之任之，大帅可知道？"

寿山放心地一笑："知道了。"

"大帅应明令限制。"

"为什么？"

"一旦惹出祸来，将无以推卸责任。"

寿山笑道："祸不是已经惹下了吗？百姓的自由行动，我无法约束。"

"闹得够受了！"程德全大声说，"扒铁路，锯电杆，砸教堂，杀洋人，简直是一伙土匪！"

"朝廷认为是义民。"寿山说着瞪了他一眼。程德全装作没看见，"唉"了一声，喃喃地说："国家将兴，必有祯祥，国家将亡，必出妖孽。朝廷信了奸臣的话，袒护拳匪，崇信妖孽，得罪友邦，这是取祸之道！"

寿山平静地说："可是洋人侵我土地，夺我财富，伤我人民，引起拳民排外，势所必然。"

"大帅，当今之世，复杂纷纭，是非颠倒，真伪难辨。俗语说得好，人无远虑，必有近忧，对俄国的问题，还需从长计议。"

寿山又笑了："他要是不兴兵来打我们，我们还是友好邻邦，我决不会找他的麻烦。"

"俄国人的船坚炮利，想必大帅早已耳闻。"

"可他兴的是不义之师！"

"哈哈！"程德全干笑一声，又施展他那雄辩的口才，"大帅，您想想，自道光二十年到现在，六十年间，几次对外战争都是中国吃亏。鸦片一役，结果订了《江宁条约》，赔款通商不算，又割了香港；甲午一战，海军覆没，陆路丧师，又订了《马关条约》，英日两国都是兴的不义之师，可他们都占了便宜。当今世道，有强权，无公理，枪炮说了算啊！历史的教训，足引为戒，不可重蹈覆辙。"

"难道我堂堂中国永远被人欺负不成？"

"天意如此，非人力所为也！"

听了程德全这一套议论，寿山将军虽然觉得很有道理，但很不满意。

他不想再听下去了，于是冷冷地说："观察所论，无非是劝我避战就和之意。还有什么事情吗？"说完，伸手摸向茶杯。程德全看他的样子是要端茶送客下逐客令了，忙说："卑职还有一点建议。"

寿山把手撤回："什么建议？"

"是这样。"程德全怕将军不耐烦，不敢拐弯抹角，直截了当地说道，"城内还有几个外国人，一旦被拳民伤害了，将来岂不麻烦？"

"俄国人不是都撤退到哈尔滨和满洲里去了吗？"寿山记得，他已经下了限期出境的命令，但城内还有没有俄国人，他还不清楚。

"俄商和侨民都走了，现在只有商务代办托尔金先生和北教堂郭尼玛神父两个人，因有一些事情要办，他们原不想走。可是昨天发生砸教堂的事情，他们受到威胁，不得不离开这里，请求放行。"

寿山果断地说："不行。现在边境已经戒严，哈尔滨正在打仗，他们没有地方可去。"

"那么，他们留在这里，实属不便。拳民正搜查他们，万一要是给伤着了，将来和约的话，恐节外生枝，可怎么解释得了啊！"

寿山思索了一下，觉得程德全的话说得很对，但一时又无所适从。程德全看寿山不表态，又紧逼了一句："曹州教案的教训，想必大帅不会忘记吧？外国人要是抓住理，向来是得寸进尺。"

寿山点了点头："那就让他们走吧！"

程德全见将军答应了，心里很高兴。

"现在边境戒严，没有特别通行护照，他们是走不了的。这个嘛，黑龙江还没有先例。"

"哈尔滨是去不得了，叫他们从满洲里过境。你给办两份儿护照，再给依星阿拍电，叫他见证放行。"

程德全遵照寿山将军的命令，立刻办好了两份儿特别通行护照，一份儿通过满洲里，一份儿取道瑷珲，分别交给了托尔金和郭尼玛两个人。同时，他又写了一封亲笔信，让郭尼玛神父到瑷珲面交营务处来总管，一旦凤翔拦阻，可求他从中斡旋，提供方便，安排渡江。

12

使寿山颇为焦虑的是，哈尔滨战况不利。

几天前，他已令倭克津泰出兵呼兰，庆祺出兵海伦，王辅元出兵肇州，三面围攻哈尔滨。不久，又得到吉林相助，阿勒楚喀副都统钮楞额出兵南面，切断俄军南逃退路，对哈尔滨形成了四面包围。

早在光绪二十一年，沙皇俄国政府就做出了修筑中东铁路的计划。从那时候起，他们就派人勘测。光绪二十四年强迫清朝政府签订《旅大租借条约》以后，他们计划把这条铁路同西伯利亚大铁路接轨，并且又以哈尔滨为中心，修筑中东铁路支线，向南延伸到旅顺口，联结俄国在远东的海军基地。这条铁路一旦修成，整个东三省的经济命脉就会被俄国垄断，所以一开始修筑时就遭到东三省人民的强烈反对。义和团运动在东三省一掀起，做的第一件事就是拆毁中东路。因俄国施工时，又违约占地，侵犯了老百姓的利益，大家乘机群起，仅仅几天的工夫，东至绥芬河，西达满洲里，北起哈尔滨，南到旅顺口，丁字形的大铁路全线瘫痪。中东铁路总工程师茹格维志见势不妙，于七月十日下令全线总撤退。东三省的将军增祺、长顺、寿山联名照会茹格维志，令其交还中东路，俄国员工和侨民可回本国，保证其安全。中东铁路护路军司令戈伦格罗斯少将一方面下令四千五百名护路军集中在哈尔滨，一方面和总工程师茹格维志联合劝告沙俄政府，不同意大举出兵，认为这么做会有损俄国声誉。俄国财政大臣维特支持这项建议，也不希望用武力占领东三省，可用贿赂的手段，贿赂李鸿章，使他以在中国政府固有的地位，影响清廷和东三省当局，以和平方式为俄国利益效劳。

他们的打算失效了，沙皇尼古拉二世决定出兵占领东三省，义和团的排外行为又给他们找到了出兵的借口。沙俄政府即令戈伦格罗斯固守哈尔滨待援，同时令边防独立兵团参谋长萨哈罗夫中将组成"援救哈尔滨兵团"，从伯力出发，沿水路出黑龙江，溯松花江而上，解哈尔滨之围。

戈伦格罗斯依仗武器优良，将侨民和铁路员工编入武装，负隅顽抗，和清军展开激战。清军虽然打了几次胜仗，但始终攻不下哈尔滨这个顽固据点，俄军反扑几次，又造成很大的伤亡，寿山得报，颇为焦虑。

寿山烦恼中退入后堂休息，他的爱妾桂珠同乳母抱着一个小女孩儿从里边走出来。桂珠来到寿山的跟前，爱怜地说："大帅，这几天都瘦了，什么事情把您劳累得这样儿？"

寿山抬头瞅一瞅："妇人家，懂得什么!"

"我知道，不就是老毛子出兵，跟大清国打仗吗?"

"不要参与军国大事。"

"天下兴亡，匹夫有责，人人都可以关心国家的安危。"桂珠向来在将军面前随随便便，什么话都可以当寿山的面说。

寿山听了她的话，笑了："如今国事繁杂，天下沸腾，仁人志士都无可奈何，你一个女流之辈会怎样?"

桂珠眉头一蹙："国破家亡，君辱臣死，夫殁妾随，这还有什么说的!"

寿山听了，好半天没有答言，瞅瞅爱妾的花容月貌，心里产生出无比的怜爱之情。随之又把眼光移到他那仅仅两岁的幼女身上，似有无限感慨。

桂珠一招手，乳母把小女孩儿抱近寿山。小女孩儿是桂珠所生的唯一幼女，又白又胖，十分讨人喜爱。寿山非常喜欢这个孩子，每当公事之余，都要多看她一会儿，这时他就会感到无比温馨。天伦之乐，是人之本性，寿山也会被这种家庭乐趣所陶醉，感到人间尚有温暖。桂珠对他体贴入微，对大夫人又敬若长上，她们之间，根本不存在嫉妒和争风吃醋等家庭纠纷问题，这样使寿山将军特别留恋这个家庭。他不像其他仕宦之家，门内森严，规矩礼法大，派头十足。他在家里都是平等相待，和睦相处。即使对下人也是如此，虽有主奴之分，并不苛待，下人无不感怀。

乳母把小女孩儿抱近将军，寿山仔细端详了一会儿，忽然想起一件事来："孩子生日快到了吧?"

桂珠笑道："你怎么还忘了? 八月初四，是她两岁生日。我想，给她定做一个金麒麟，你看怎么样?"

"好好好!"寿山也笑了，"近来我被俄人闹得少心无肠，什么事也顾不上了，你愿意怎么办就怎么办吧! 记住，生日要过，不许铺张，如今国难当头，一切从简。"

桂珠点头应下，同乳母抱着幼女退出。寿山瞅一瞅爱妾，望一望幼女，一股怅惘之情油然而生，这是从来没有过的一种预感。

唐家骏来了，向寿山报告瑷珲战况："俄国阿穆尔舰队被我边防守军击溃，黑龙江战事取得第三次重大胜利！"

"好哇！"寿山高兴地站起来，"查明战果，奏报朝廷，给那些和事佬看一看。"

第三章

13

俄国阿穆尔总督、北满方面军总指挥哥罗戴科夫的假道要求被寿山将军拒绝的当时，他立即下令，五路人马分头并进，攻向中国边境。他在采取大规模军事行动的同时，又出了一张布告，声称俄军进入满洲是为了"保护铁路，兼保良民。有顺从邪术作乱者，按妖术一律除治；有阻碍抗衡者，一律摧毁，格杀勿论……"

第二路军指挥官、阿穆尔军区司令格里布斯基奉令带着队伍来到黑龙江边，望着滔滔的江水不敢强渡。他找来小马克，商议渡江的办法。小马克考虑了一下，一时也拿不出好主意来又不能使自己的上司失望，遂提出个双管齐下的计策："钧座，派人到瑷珲去，向中国边防当局提出最后通牒，勒令他们让开大路，放我军通过，顺便和郭尼玛神父取得联系，只要拿到那张地图，我们的进军路线就一目了然。同时，估计瑷珲当局不太可能接受通牒，那么，可从黑河做偷袭性试探。不管哪处获得成功，都是沙皇陛下的伟大胜利。"

格里布斯基依了他的主意："少校阁下，去瑷珲下最后通牒，您是最合适不过的了。偷袭黑河，我另有安排。"

小马克实在不乐意亲自出马，但是他在这位性情凶狠、脾气粗暴的上司面前，不敢推脱，只得硬着头皮接受了这一任务。如果顺利的话，他还可以找机会联系托尔金，找到郭尼玛。

盛夏的黑龙江上，水影山光，景物宜人。可是，地处边防前哨的瑷珲古城却显得格外阴森可怖，一场临战前的恐怖气氛笼罩着这座具有二百多年历史的边防重镇。渔民收起丝网，商人不赶集市，城中央的钟鼓楼下，围着一伙义和团在练习刀枪，城外的魁星阁旁，大家看一个十七八岁的小姑娘卖艺。

水师营的巡逻兵严密监视着江面，沿河各炮垒大体上各就各位，只有少数人还在加固工事，安装大炮，做最后的努力。

此时，炮兵统带兼中军统领恒龄正在水师营的帐篷里同水师统领扎鲁布闲谈。他们都是满洲旗人，又都是目不识丁的莽汉，所以很谈得来。

突然，从上游的江面上飞速驶来一艘小汽艇，开始在俄国一侧航行。在接近瑷珲时，汽艇越过主航道的分界线，向西岸驶来。岸上防军感到惊诧，立即报知统领恒龄。

小汽艇驶近码头，人们早已看清楚了，船头插着一只俄国旗帜，小小的舱里站着两个人，西服礼帽，频频招手。船舷贴近码头，清军上前喝问道："你们是干什么的？"

为首的那个生着络腮胡须，穿着礼服，摘下帽子托在手上，颇有风度，彬彬有礼地对着岸上点点头。后边那个身材矮小，举止文雅，自我介绍道："这位是俄罗斯五等文官马克先生，我是他的翻译。今奉阿穆尔军区司令格里布斯基将军的命令，面见大清帝国边防长官阁下，商谈要事，请予通报。"

恒龄走上前去，瞅瞅这两位来自彼岸异国的不速之客，问了一声："你们要见副都统？"

"是的，十分抱歉，多有麻烦。"

"你们来了几个人？"

"马克先生一位，我是他的随员兼翻译。"

"好吧！"恒龄一挥手，"我送你们进城。"

因为小马克过去在中国待了几年，是有名的中国通，汉语说得十分流利，他怕被瑷珲官兵认出来，所以一句汉语也不讲，全凭这个不太高明的翻译代言。他见了凤翔，恭恭敬敬地呈上文书。文书是用中文和俄文两种文字写成的，凤翔不懂俄文，只能看中文这一边：

　　大俄罗斯帝国沙皇陛下最勇敢的武士，阿穆尔军区司令格里布斯基中将致书大清帝国北满边防军最高统帅凤翔将军阁下：

　　俄罗斯最忠诚的勇士们，他们以不可压倒的绝对优势，即将渡江去满洲，保护铁路，剿灭乱匪。中国军事当局应积极协助，不得阻挠。行经瑷珲、布特哈、墨根等城，尔地方军政长官必须约束军民人等，不得扰袭。如果阻挠行军，大军到后，斩草除根，鸡犬不留，何去何从，限二十四小时内答复，逾期，本司令将采取果断手段。

凤翔勉强看完这份充满浓郁火药味和十足讹诈性的最后通牒，心中大怒。他克制着自己，冷笑一声："我们两国一江之隔，友好相处。你们从前占了中国那么多的地方，尚且贪心不足，现在又趁火打劫，意欲吞食东三省。关外为我朝圣主发祥之地，各族人民友好相栖，岂容尔等蹂躏！回去告诉你们司令，他要是想渡江，首先把他的脑袋送过来！"

小马克本来听得明明白白，却装作不懂，让随行的翻译给他翻译一遍。他又施展起招摇撞骗的看家本领，软硬兼施地说："阁下如果提供方便的话，俄罗斯将不会亏待您，您不仅可以成为满洲最富有的人，而且还可以保证您的部下以及您管辖下的人民生命财产的安全。"

"这个，我都不需要！"

"否则的话……"

凤翔听翻译完，脸色一变："会怎么样？"

小马克急不可耐地说了句中国话："大军到处，玉石俱焚，这是你们中国人的一句俗话。"

凤翔怒容满面，瞪了他一眼："我们中国还有一句俗话：门外打狼，庙内捉鬼，你们大概也晓得！"

"我提醒阁下，请您不要忘记，贵国现在是同'八国联军'作战，应该考虑到你们的处境。"

"兵来将挡，水来土囤，这也是我们中国的老规矩。"

"不过，那已经是陈腐的观念了。"小马克蛮横地说，"俄罗斯的大炮会摧毁一切阻挡前进的障碍，包括阁下的防御设施。"

"岂有此理！"凤翔把来函原件往马克面前一摔，顺手端起茶杯。侍立在身后的戈什哈高喊一声，"送客！"

几个卫兵上前，不容分说，立即将他们驱逐出去。恒龄手按腰刀把儿随后跟出，一直把他们押上小汽艇。两个俄国人在岸上军民的一片讥笑声中，灰溜溜地向海兰泡驶去。

来鹤年得知俄国派使臣前来，不知何意，来见凤翔，刚好被他赶走。询问之后，才晓得俄国使臣下了最后通牒，又出口不逊，所以被逐。他懊悔地自怨自艾："唉，我来晚了一步。不然，事情断不至于如此……"

他进入大厅。

凤翔起身寒暄："来大人，方才的事情你都知道了？"

来鹤年长叹一声："唉！知道不知道又如何，为时已晚。"

凤翔告诉他道："这个俄国无赖真是流氓成性，跑这儿来招摇撞骗，威吓讹诈，给我下什么最后通牒。"

"通牒在哪里，我看看。"

"原件已退还给他，带回去了。"

来鹤年惊叫一声："集庭！你……"

"我是叫他们明白，中国人不吃这一套。"

来鹤年不住地摇头："失误啊，失误啊。"

"此话怎讲？"凤翔有些困惑不解。

"这么做，连回转的余地都不留，以后和约的话，怎么交代？"

"你又来了。朝旨已明白指出，'和'之一字，万不可存于胸中，你怎么还念念不忘这个字？"

来鹤年心中说，真是一勇之夫，一点儿不懂政治，遇事鲁莽。他此刻又显得很平静，半天才冒出一句话来："坐失良机。"

"什么良机？"

来鹤年由于心情平稳，说话也理顺成章了："宣战是宣战，和约是和约，宣战不论胜败，结局都是和约。"

"这个，兄弟知道。"凤翔很不高兴地瞅瞅他，"眼下是大敌当前，敌兵压境，咱们中国不能表示软弱。"

"徒逞血气之勇，于事无补，还会……"来鹤年很机智，他把话打住了，又改口道，"不过，俄国的通牒照会应当留下，将来作为一个证据。"

"没有那个必要。"

"那也好，拒绝就拒绝彻底一些，叫他知我利害，不敢轻视。"

忽然，有人来报："回禀大人，镇边军左路统领昆山大人派差官前来回事，现在门外候见。"

凤翔未及开言，来鹤年发话了："把他领到这里来吧！"

差官是个三十来岁的下级军官，看那帽子上的铜顶①，不过是个七八品以下的小武士。

差官进来单腿一跪："报！"

---

① 清代官员的帽顶区分品级，一、二品为红顶，三、四品为蓝顶，五、六品为白顶，七品以下为铜顶。

"什么事？"

差官麻利地说："回大人话，俄军伪装偷袭我军阵地，被我江岸防军阻截击退了。"

"啊？"来鹤年大惊，"会有这等事？"

凤翔一摆手，令他起来："如实报来！"

"嗻！"差官很有口才，绘声绘色地说，"今早有一艘轮船，从海兰泡那边开出来，顺着宽阔的江面向下行驶，被咱边防守军发现了……"

来鹤年眨着眼睛插问一句："发现俄船，为什么不来报告？"

"来不及了。"差官继续说，"咱们发现了俄船，不管是不是兵船，就在岸上喊话，问道：'你们是什么人？到什么地方去？干什么去？'俄船上有个人回答说：'我们是商人，到瑷珲去做买卖。'营官陈德春老爷一听不对，他说俄商早就不来贸易了，现在做的什么买卖，显然其中有诈，就命令他们停船。"

凤翔静静地听到这里，插问一句："他们停船没有？"

"没有！"差官接着说，"俄船根本不理，还是往下驶，并且加足马力，越开越快，看样子是奔向卡伦山阵地。营官陈德春老爷下令开炮，两发炮弹出去，落在距船头不远的地方，向他们警告。"

来鹤年听到这里，十分生气："大胆！没有命令，擅自开炮，成何体统。"

凤翔瞅瞅来鹤年："来大人，叫他把经过讲完。"

差官如同泼了一盆冷水，心都凉了，只得讲下去："这时，岸上人都叫喊：'靠岸检查！''靠岸检查！'那些伪装成商人的俄国兵见露了马脚，狗急跳墙，动手开枪了，我军也立即开火。"

"打得怎么样？"来鹤年瞅瞅凤翔，又盯住差官问。差官从心里感到别扭，但又不敢不说明白，"打死他们四五个，我军负伤两名，俄船掉过头向海兰泡逃去了。"

"打得好！"凤翔听完报告，传谕道，"通令嘉奖营官陈德春及其部下全体官兵，守卫边境有功！"

"且慢！"来鹤年站起来，就地转了一圈儿，"待查明真相，以后再说。"

凤翔不满地望着来鹤年，只听他又说："如果你们拦截的不是俄国兵轮，陈德春营官难逃轻开边衅之罪。"

"嗻！"差官灰心丧气，什么话也没说，告退走了。

凤翔没有因来鹤年的阻拦而改变主意，第二天一早，他还是把嘉奖令下到了全军，鼓舞着守卫边界的官兵们。

14

一计不成，又生一计。就在副都统的嘉奖令下到全军各阵地的当天中午，一件比头天更为严重的事情发生了。

这是一个天晴气朗、阳光灼热、适于游泳的好天气，无数俄国兵，装扮成老百姓，驾着舢板，在江里游泳，他们的对岸就是卡伦山清军阵地。巡逻兵立刻把这一情况报知统领昆山①，昆山命令："注意监视，看他动向。"自己也登上江岸边一个小山头察看。他看见洗澡的俄国人推动几只小舢板，小舢板显得很沉重，动转不灵活，不像空船。昆山取过望远镜一望就都看明白了，原来小舢板里边藏的是武器。昆山暗中传令，全体进入阵地，隐蔽待命。

俄军连长雅鲁科夫上尉水性极好。他夹在游泳的人群中间，注意观察西岸的情形。对面是郁郁葱葱的卡伦山，他看到的除了树木，什么也没有。他判断，岸上不太可能有准备。于是，他凭着娴熟的水下功夫潜入河底，爬到离江岸不远处探出身子，仔细一看，岸上不见一点儿动静。

太阳已经偏西，江面上映入卡伦山的倒影儿，洗澡的俄军慢慢游过中流，进入中国一侧。

昆山目不转睛地盯着这一切。忽然，他听见一声呼哨，游泳的俄军忙从小舢板里取出枪，像发疯一样向岸上拼命扑来。

昆山一挥手："打！"

"叭！"

第一枪准准确确击中雅鲁科夫上尉，只见他两手向上一抓挲，仰翻在水里。

俄军立时惊慌，不知所措。

岸上枪声大作，颗颗子弹射向江中企图登陆的俄军。

这时，一面大清国的杏黄龙旗从阵地上高高升起。

俄军惊慌片刻，即组织还击。由于连长被打死，无人指挥，有的连裤子都没来得及穿上，有的枪还没有取出来，就中弹仰翻了。其余的见

---

① 即崇玉，任黑河统领，卡伦山为其防区。

势不好，哇哇乱叫，向东岸奔去。岸上埋伏的俄军出现了。指挥官不让俄军上岸，枪毙了几个最先上岸的士兵，逼得游泳的俄军又翻身返回，蹲在水里，跟清军交火。

双方相持了约一小时，俄军除了造成更大的伤亡，不能前进一步。不多时，海兰泡方向开来两艘兵轮，前来援救。他们向岸上打了几炮，最后看实在占不着便宜，便接应水兵上船，一溜烟地开走了。

几十具俄军尸体，连同他们的雅鲁科夫上尉，顺江漂没……

15

两次偷袭虽然都没有成功，却引起副都统凤翔的格外忧虑，这也就是说，瑷珲从此日无宁静了。

来鹤年仍然不放弃一切机会，开导他："两次小胜，不足为喜，这仅仅是……"

"试探。"凤翔知道他的意思。

"那么就是说，更大规模的行动还在后头，你应做何打算？"

"龙江天堑，众志成城。"凤翔有意刺激他一下，"再加上你我兄弟同心协力，何患不能守卫疆土！"

"是啊！"来鹤年苦笑道，"提到天堑嘛，这倒令人深思。四十年前，奕山将军吃亏不就是吃在这个天堑上了吗？历史的教训，足以引以为戒啊！"

"是的。"凤翔说，"正是吸取历史上那些令人痛心的教训，吾人应奋发图强，以雪国耻。"

"谈何容易！"来鹤年向靠背椅上一仰，仰面望向天棚，叹了一口气。

凤翔忽然想起一件事来："翰臣兄，义勇拳民的事情办得咋样了？"

"无知的愚民只会给国家惹事，他们能有什么本事？依我看，遣散，赶出去算了！"

"使不得，使不得。可以借助其力，以壮抗俄声威，而补兵力不足。"

来鹤年斜睨了凤翔一眼，不再说什么了。

凤翔又问："义和团有多少人？"

来鹤年想了想："我令他们造册，如今还没有报上来。据说有五百人，还有一百多个女的，叫什么'红灯照'，净是些稀奇古怪的事情。"

"男女混杂，成何体统！男的编入行伍，女的遣散，令她们各回各家。"

"不行啊!"来鹤年睁大了眼睛,煞有介事地说,"你还不知道吧,女的是从外地来的,她们有领头儿的,并且还有妖术惑众。如今是城里城外,天翻地覆。"

凤翔吃了一惊:"会有这等事?"

"她们天天在城外魁星阁下聚众滋事,军民围观不下千人,有伤风化。"来鹤年说到这里,露出了杀气,"可以把为首的抓起来,其余的驱逐出境!"

"不必。"凤翔想了想说,"先不要惊动她们,明天我去访察访察,如果是传播邪术,自当明令禁止。"

"也好。"

来鹤年有些疲倦,辞别了凤翔,回归公馆去休息。凤翔却无睡意,转入书房,坐在椅子上沉思起来。

16

夜深了,书房里的灯光还在亮着。

内乱外患已经使凤翔顾虑重重,边防兵力不足,武器不佳,挡不住俄国人的军舰大炮,这一点他十分清楚。他也曾电告寿山将军,请求增援。得到的回复是让他就地编练五百鄂伦春壮丁,称为索伦兵,并且派来几个拳师到这里发展义和团,简直如同儿戏。

来鹤年提到的红灯照,他也有所耳闻。这个妇女组织起自天津,首领称黄莲圣母。据说她们多数是妓女、戏子、杂技马戏团演员和江湖卖艺的。她们和义和团联合起来,以赶走洋人为号召,煽动民间妇女闹事,流毒数省,甚至边防线上也有她们的人,这还了得!

"义和团,红灯照,究竟都是些什么样的人呢?"凤翔心里疑惑着。

"大人,夜深了,请休息吧。"

老家人德福关照主人,又提了一句,他已经提过不止一次了。凤翔轻轻应了一声:"你先去睡吧。我还有事情要办。"

他顺手抽出一份《邸报》①来,翻到白天看过的一篇上谕,他又把自己用朱笔划过的句子认真地看了一下:"外国以传教为名,乃肆意嚣张,

---

① 清政府公报,发到各高级官员家里,称《邸报》。

欺凌我国家，侵犯我土地，蹂躏我人民，勒索我财物。朝廷稍加迁就，彼等负其凶横，日甚一日，无所不至：小则欺压平民，大则侮慢神圣，我国赤子，仇怨郁结，此义勇拳民，焚烧教堂，杀戮教士，所由来也。"

风翔看到这里，心中说，义和团完全是由洋人在中国逞凶所激起，他们的行为旨在爱国，并不是乱民……那么，红灯照是怎么回事呢？有了，卫兵捡到过红灯照的揭帖，当时没有心思看，不知都写的什么言语，随便压在书籍里。现在他急于要看一看认为不值一瞥的纸条儿，急忙找出来。其中一张歪歪扭扭写了四四一十六个字：

> 扶清灭洋，
> 保我中华，
> 兄弟姊妹，
> 赶跑罗刹。

风翔心中一动，又抽出一张，上写：

> 还我江山还我权，
> 刀山火海俺敢钻。
> 哪怕皇上服了外，
> 不逐洋人誓不完！

他又急不可待地看了所有揭帖。看完，心中似有无限感触。摸一摸额角，已经浸出了汗珠。他呼出一口长气，望着明月映照的纱窗，凝神沉思起来……

17

格里布斯基将军两次偷袭没有成功，气得他暴跳如雷。他的最后通牒又被瑷珲拒绝，使者小马克被逐，急得他团团转。

在此之前，统帅都已经通知他，阿穆尔舰队已从伯力起航，护送军火物资运输船去海兰泡，配合第二路军渡江作战。又调外贝加尔驻军司令苏鲍提奇中将协同指挥，限于七月底之前渡过黑龙江，南下齐齐哈尔，同第一路军会合。格里布斯基企图在水陆两军到达之前，来个一举成功，创造出惊人的奇迹。可是，他的如意算盘打错了，高度警惕的中国军民打破了他的计划。这还不足以使他恼火，使他恼火的是他受到了顶头上司阿穆尔总督、北满方面军总指挥哥罗戴科夫上将的申斥，责备他性急冒进，轻举妄动，暴露目标。格里布斯基只得拿部下出气，他把小马克叫来："我的少校阁下，我不怀疑你对满洲情况的了解，我相信你对沙皇陛下的忠诚，可是我不能不对你的工作感到失望。你的瑷珲之行，并没有对俄国士兵渡江有丝毫帮助。你说，机密地图在郭尼玛神父那里，那么，郭尼玛神父又在哪里？只怕他早已见上帝了吧！"

小马克忍耐地倾听着。等他牢骚发完，才低声下气地说："郭尼玛神父现在北满，不过中国戒备很严，我们无法同他取得联系。"

"可是，我还记得，你曾经主张上奏沙皇陛下，劝陛下出兵。那么现在出兵了，不知你又做何打算？"

对于这种侮辱式的讥讽，小马克十分恼火，但他不敢当面发作，只是不软不硬地回敬一句："此一时彼一时，如今时过境迁，一切都发生了变化。"

"难道说，中国的将军们还有敢于跟我们较量的？"

"很难说。"小马克瞅瞅这位蠢得像猪一样的司令官，提醒一句，"今日的瑷珲，不是昔日的瑷珲。中国的将军，也不是昔日的将军，寿山就是一个好战的将军。"

副官哈洛夫上尉夹着一份公文匆匆走进来，敬了一礼："报告！"

"什么事？"

副官从公文夹里抽出一份电报，呈给司令。格里布斯基接过一瞧，立刻静了下来。你当电报什么内容？原来是这么几行字："统帅部电悉：陆军大臣、满洲军总参谋长库罗巴特金上将即日视察远东，将于七月二十五日到达布拉戈维申斯克，并从那里转道北京。"

小马克不愧是搞间谍活动的能手，他的消息分外灵通。他看了看电报，笑对格里布斯基说："钧座，您晓得陆军大臣此来的目的吗？"

一无所知的格里布斯基将军自信地说："那还用说，督促我们进攻满洲。"

"这还不是主要的。"小马克神秘地一笑，"陆军大臣此行，目的是去北京，担任'八国联军'总司令，那可是个大有油水的职务。"

"你怎么知道？"

"彼得堡情报机关透露的消息，不过……"小马克顿了一下说，"'八国联军'并不欣赏库罗巴特金将军的指挥才能，他们已经推举了联军统帅，这个人就是德国的瓦德西将军。"

"那么，陆军大臣去北京就没有实际意义了。"

"他不会放弃实现这一目标，如果真的达不到目的，那就很有可能向我们发泄私愤。"小马克好像一个老练的观察家，随时都想在上司面前卖弄聪明。他蛮有预见性地说，"所以，尽快攻取瑗珲，是应付陆军大臣挑剔的最好办法。"

格里布斯基知道小马克曾经同库罗巴特金共过事，熟悉他的脾气秉性，对于他的议论，似觉可信。

"你说说，黑龙江这道天然屏障我们越不过去，中国的边防我们又不熟悉，攻取瑗珲谈何容易！"

"钧座只管放心，只要阿穆尔舰队配合作战，我军渡河是不成问题的。"小马克计算了一下，"按照正常速度，估计舰队可在二十日前到达。而陆军大臣是在二十五日以后才能来，抢在他到来之前渡过江去，一切都会说明问题。"

格里布斯基高兴了。这个喜怒无常的俄国将军又憧憬着渡江作战的辉煌胜利，仿佛看到了瑗珲城熊熊的大火，倒在血泊里的中国人……

小马克见司令官的情绪有些缓和，进一步肯定地说："钧座，只要我军渡过江去，我相信，郭尼玛神父一定会把我们需要的东西送来。我父亲在回国之前，已经和他有过约定。"

"如果到了那一天，你能不能尽快同他取得联系，我的少校阁下？"

"这是毫无疑问的。"

18

瑗珲的城防，仅集中了三千六百人的兵力，只占黑龙江边防驻军的三分之一。从数量上，远远比不了俄国第二路军。兵力不足，武器又陈旧，新式大炮数量有限。因为战线较长，分布的也不集中，边防部队还有很大一部分使用老式的、生铁铸造的、用燃火施放的火炮。这一段边防线上下长达二百来里，山岭相连，交通不便，地形复杂，虽都筑了工事，修了炮台，挖了战壕，但又互不联系，打起仗来难以互相配合，只能各自独立作战。至于传递情报，通讯联络，除了黑河街设立了电报局，依靠电讯联络外，其他都是依靠驿站快马传送，没有驿道的地方只能派遣专人。所以瑷珲同外边联系，指挥行动，非常吃力。

七月十一日，黑龙江将军寿山任命瑷珲副都统凤翔为北路军马步全营翼长，节制三军，对抗俄国第二路军。三军就是镇边军、靖边军、安边军。按编制，总共十八个营，应该是九千人。实际上，每个营都不足额，这是清军很早以来就存在的弊病。凤翔又把每军分成两路，划地防守。靖边军左路统领名叫崇玉，驻守黑河，同海兰泡隔江对峙。他又派出一营兵力扼守卡伦山，监视俄军在江东设立的"结雅一号"哨所；镇边军左路统领玉庆、右路统领恒龄防卫瑷珲正面，还可以策应两翼；安边军左路统领满达海、右路统领佟贵防守下游，作为右翼。这些指挥官都是满洲八旗子弟，大多勇敢善战，精于骑射，是其祖先留下来的传统。同时，他们差不多也都是军功出身。

瑷珲的驻军中，还有一支小小的水师。这支水师原为康熙时代黑龙江将军萨布素创建，在雅克萨战争中立过大功，一度成为黑龙江的骄傲。自从咸丰年间，皇弟奕山任黑龙江将军，和俄国侵略分子穆拉维约夫签订丧权辱国的《瑷珲条约》之后，裁撤了这支水师。《条约》后来虽被清政府拒绝，但俄国已经占据黑龙江以北、乌苏里江以东的大片土地，清廷也只有以换约的形式默认了既成的事实。为了抵制俄国的威胁，又恢复了黑龙江水师的建制。这支水师，仅有三十七只木船，又从西洋购来两艘小小的汽轮，正像水师统领说的，这支水师只能巡江，不能打仗，战争一起，反而是个累赘。水师统领扎鲁布，是个蒙古血统的满洲旗人。

另外，又奉令编训一支索伦兵，由鄂伦春人和达斡尔人组成。这一支人马约有五百，编为一营，由鄂伦春人肯全统带。他们大多是猎人出身，虽然枪法好，但没有实战经验，训练又差，很难派上用场。

除此以外，又招收一支来自民间和山林的义勇团练，首领叫李得彪。他原是兴安岭上的匪首，被凤翔招抚，保举了个六品衔，编为义胜军。

如今势力最大的、抗俄最坚决的，要数义和团了。这支力量最初不过百十来人，经过几天的宣传讲演，设坛练武，队伍不断扩大，人数一天比一天增多，号称"五百龙江坛"。大首领陈永寿很有组织能力，他一活动，义和团就很快发展起来。他为人老成持重，不很出头露面。二首领文祝山，外加一个山东拳师杜心，到瑷珲后改名杜立新。二人虽然武艺高强，但都是鲁莽汉子。他们的行动自由，不受约束，引起瑷珲城上下多人不安。营务处总管来鹤年名义上负责督办义和团练，实际上义和团并不听他的指挥，而且他们彼此之间又隔膜日深。

瑷珲边防的决策人物除了来鹤年之外，还有一个资格颇老的官僚，名叫林尚义，原籍福建，自称是林文忠公的同族。早年在京城九卿衙门之一的大理寺①当过一任少卿，因秉公断案，得罪了权贵，被排挤出来。后结识黑龙江将军依克唐阿，随依将军参加中日甲午战争。战后由依将军保奏，以三品卿衔候补龙江道，但始终没得实任，遂定居瑷珲。凤翔久闻其名，叩请出山，委以边防军务，虽不能直接领兵，仍有一定权威，凤翔以下，多以尊长之礼事之。林尚义年老，又体弱多病，长期居家静养，一个月也不过去衙门四五次。每当遇到疑难问题，需要同他商量的事情，凤翔还要常常到他的府上垂询。

自从传出俄国要出兵的消息，直到击退两次俄军的伪装偷袭，前前后后已有半个多月的光景了，林尚义没有到衙门来。今天一早接到三姓副都统明顺的来电，说俄国从黑龙江水路运兵，一支舰队已从伯力启航，溯河而上，正在途中，目的地可能是海兰泡，令他提防。

凤翔犯难了，这俄船航行千里无人堵截，我该怎么办？让其从眼皮子底下溜过去，还是堵截一下？

情况越来越复杂，形势越来越严峻，要采取相应的措施，已经刻不容缓了。

"还是林少卿阅历广博，我当亲去求教，说不定他会想出好办法呢？"

19

林尚义已有七十岁的年纪，满头白发，一绺银须，但精神十足。

凤翔因为常到这里来，又执伯仲礼，他们之间，官场应酬和客套也就简化多了，彼此无论在官厅还是在家里，交谈显得随便一些。

林尚义虽然不到衙门去，却十分关心近来的局势。凤翔今天来的用意，他已猜到了七八分。他们略微寒暄两句，林尚义手捋银须，微微一笑："军务繁忙，时局紧迫，集庭忙里抽空儿来见老朽，想必是有难解之事吧？"

"老兄，凤翔正有疑虑难决之事，造府请教。"他心里焦急，直截了当地说出了来意，"俄国目前集中大批人马，屯兵海兰泡，这我倒不怕。现在又开来水师舰队策应，对我江防威胁太大，恐怕一处有失，全线震

---

① 大理寺相当于现在的最高法院，少卿即副院长，四品衔。

动。到那时，欲守不能，欲战不可，凤翔将成为上不能报君恩，下不能拯黎民的罪人。请老兄指点迷津，以开愚钝。"

"哈哈哈哈！"林尚义一阵大笑，笑过之后，不慌不忙地说道，"集庭，莫要心急嘛！"他拿起茶杯，一边让着凤翔喝茶，一边用杯盖往一边拨着漂浮在上面的茶屑，轻轻呷了几口，放下茶杯，往椅背上一靠，像背文章似的继续说，"我朝二百多年，列圣相承，海晏河清，万民乐业。自从洋鬼子打开中国大门之后，强盗们接踵而来，提出什么'门户开放，机会均等'，神州大地，豺狼横行，礼仪之邦，魑魅为伍。加上朝局动荡，权臣媚外，图一时之利，贻百年之患，以致风雨飘摇，社稷累卵。今又一反常态，藉拳民以排外，酿成八国兴师，此乃天数亡清，非人力所能挽回者也！俄之入侵，势难抗拒。然以我中华之大，四万万人口之多，岂无两三忠臣义士，甘愿抛头洒血，在强敌面前，视死如归，使洋鬼子不敢小觑我礼仪之邦、文明之国。纵然我们失败了，也给后世留下榜样，激发后人，不愁没有发愤振兴者。至于清朝嘛，是祸是福，由他自去。吾辈生于末世，只要不做辱及种族之事，皇天后土，实共鉴之！集庭以为然否？"

凤翔听了这番议论，心悦诚服，忙施一礼："多谢老兄教诲。凤翔虽不敢比忠臣义士，可是在国难当头、民族存亡的关键时刻，愿以满腔热血洒到龙江，誓死不同俄人妥协。"

林尚义轻轻点了点头，又问道："眉峰的态度可明朗？"

"寿将军抗战心切，并没有为朝局摇摆所迷惑。吉林长将军、盛京增将军若能如此，则东三省大事定矣！"

林尚义笑了："眉峰也只是眉峰，长顺是长顺，增祺是增祺。依老朽看来，黑龙江孤军作战已成定局，不要指望他们谁会协助。"

凤翔惊道："这么说来，黑龙江决难守住，瑷珲首当其冲，我当全力以保瑷珲，为寿将军解后顾之忧。"

"唯有如此。"

凤翔不敢更多迁延时间，忙转入正题："俄人又以舰队配合，意则突破我江防，不久即从此通过，当以何策对之，祈老兄赐教。"

"没有更好的办法。"林尚义思索一下，忽然眼睛一亮，说，"办法不是现成的吗！俄船必须经瑷珲去海兰泡，唯一的办法就是半路拦截。不过，能否拦截得了，我们那些大炮，唉！"

"我也如此想过，咱们的大炮，拦截他的船队，还是蛮有把握的。怕就怕内部有人掣肘，诬我首开边衅之罪。"

林尚义明白，知他指的是来鹤年总管。又考虑一会儿，提议道："清洗内部，搬掉绊脚石，放开手脚，大胆地干。"

"谈何容易！"凤翔慨叹道，"这些人都是上有根子，下有枝蔓，牵一发而动全身，了不得呀！"

"是啊！"林尚义轻轻点点头，"那也无妨。万一以后有人诬陷，朝廷追究，老夫豁出命来，前往北京为你通融，朝中自有主持公道的大臣，是非必能明了。"

"多谢老兄。"凤翔又施一礼道，"如此我就放心了。"

其实，寿山将军已经电令凤翔，如遇俄船行驶，务须迎头痛击。不过他知道，来鹤年总管反对此议，认为是取祸之道，以后难逃轻开边衅之罪。凤翔顾虑到将来事情一反复，很可能有口难分，寿山只怕也难脱罪责，那时就怕谁也顾不上谁了。因此，他接到明顺电告之时，踌躇不决。林尚义久任京官，交往颇多，只要他肯出面，有些事情就好办了。果然，他从这里得到了满意的答复。

凤翔一心想到城外的阵地上，要把他的决心变成实际行动，他要亲临阵地，向恒龄下达拦击俄国舰队的命令。

凤翔刚站起来要告辞，不想林尚义一招手："小坐片刻，老夫还有两事相告。"

"老兄请指教，凤翔洗耳恭听。"

"集庭，老夫年迈多病，近来很少去衙门。可是有的事情我得知以后，深为忧虑，趁此机会向你提示一下。"说完，林尚义手捋银须，瞅瞅凤翔，"集庭可愿听？"

"十分感谢，凤翔正求之不得。"

"那好。"林尚义习惯地环视一下室内，见屋里没有别人，表情严肃地说，"第一，义和团招摇惑众，动摇国本，不可轻信，应加以限制。"

"这个……义勇神拳，保国安民，朝廷已有明谕。"

"此乃朝廷取祸之道，不足效法。"

"这……"凤翔颇费踌躇，无所适从。

"听不听，在你。"林尚义见凤翔态度暧昧，很不高兴，顿了一下，又说，"第二，佟统领委以右翼重任，用非其人。"

凤翔愕然。他想，佟统领素与林尚义友善，他怎么会提出这类问题？不知是何用意。遂微微一笑道："佟统领老成练达，为龙江宿将，老兄岂能不知？”

"如果你不撤换他，恐怕要误事的。"

"这个……"凤翔更加踌躇了，"佟统领乃前任委用，又是寿将军亲属，怎好撤换？"

"徇私情，不顾大局，是要误事的！"

"老兄良言，凤翔受教匪浅，以后还望多多指点。"

林尚义端茶送客的同时，又叮嘱一句："老朽直言，望集庭三思，早拿主意，迟则有变。"

凤翔辞了林尚义，离开林府，没回衙门，直向东门外奔去。他要到江防阵地上看一看情况，要找到统领恒龄当面布置截击俄舰的任务。他骑在马上，一路思考着林尚义的话，确实是值得斟酌的问题。可是，他又有什么办法能变更目前这种局面呢？忽然，寿山将军的电令又从脑里闪过："如遇俄船行驶，务须迎头痛击……"

第四章

20

靠近东门的沿江工事，是防卫瑷珲城正面的中央阵地。这一阵地以斜对东门两个大炮台为核心，南北各延伸十里。整个阵地炮垒林立，沟堑相通。少数筑在高地上的炮台，由于安放新式重炮，工程比较吃力，还在紧张地忙碌着。

镇边军右路统领恒龄兼任炮兵阵地指挥官。他生得矮小粗壮，年约四十八九，满洲正蓝旗佐领。青年时代参加过平定阿古柏的叛乱，在新疆负过伤，如今左腮上还有一块刀砍的伤疤。他没文化，不识字，会说几句满语，性格粗鲁，脾气暴躁，打仗时不怕死，所以军中给他送了个绰号——虎大人。

农历六月中旬，北方的天气渐渐热起来，恒龄满脸汗水，来到阵地的边缘。他晓得四号炮台的工程还没有最后完结，最近又听说俄国兵船要过来，心里非常着急。

四号炮垒筑在江边高地上，修筑十分困难。昨夜好歹算是把大炮拖上来了，还没有来得及安装好，士兵们都累得东倒西歪，躺在两侧睡着了。

伙夫挑着饭担子，从岭下缓缓地走上来。

没有睡着的士兵，有的望着蓝天，有的望着江水，有的望着远方的群山，有的望向影影簇簇的瑷珲城，还有人望向对岸肥沃的原野、寂静的树林。

那是中国在黑龙江彼岸保留的唯一一块土地，称为"江东六十四个屯"。

有人轻声唱起歌来："一入庚子年，起了义和团……"

"不许胡闹!"年岁不大的什长喝道。

"看,那是谁来了?"

士兵往下一望,看见统领带着两个马弁朝这边走来。

"快起来!虎大人来了。"

睡觉的也被惊醒了,他们参差不齐地站起来,勉强支撑着疲倦的身子,规规矩矩地站好队,迎接长官。

恒龄到了岭下下了马,把丝缰交给马弁,拎着马鞭子带领一个马弁向岭上走来。

什长喊着口令,齐给长官敬礼:"请统领大人安!"

恒龄上来第一眼就看见大炮放在一边,还没有安装好,就火儿了。他走到大炮跟前,拍一拍炮筒,一脸怒容地问:"这家伙运来几天了?"

什长老老实实地回答:"三天。"

"三天还没安上,你们都干什么来着?"

"回禀大人,"什长怯生生地辩解道,"昨夜干了通宵,好不容易才拖上来,弟兄们都累得不行了,休息休息,吃饱饭再安装。"

"混账东西!"

什长的解释使恒龄更加生气,照着什长就撸一马鞭子:"老毛子现在要过江,你安装上又有屁用!"

"大人!"什长十分委屈地分辩道,"我们统共才十二个人,岭又高又陡,要是没有百姓帮助,明儿个也怕拖不上来呀!"

士兵们见什长无辜受责,也都为他不平,于是纷纷发言:"请大人开恩,这确实不怨我们什长。"

"不信大人请看,我们的衣服也湿透了,手掌也磨起泡了。"

"大人,我们连饭还没吃哪,饿着肚子怎么干活儿?"

什长见士兵们七言八语吵成一团,呵斥道:"别吵了!"

恒龄瞅瞅什长,又瞅瞅士兵们,看见他们个个表情疲惫,有人脸上还有汗水淌过的道子,怒气顿时消了,他问什长:"你们一营人,怎么就十二个人熬夜,他们都干什么去了?"

"营官王老爷不准来帮,他说谁的责任谁完成。"

"真的吗?"恒龄瞪起眼睛。

"小人不敢撒谎。"

"啊,怪不得呢!"恒龄又来火儿了,"王振良这狗东西,谁叫他这么干的?嗯?他在哪里?把他给我叫来!"

"喳!"什长下岭去了。

伙夫这时正好把饭担子挑上来，因有统领在场，士兵们忍着饥饿，谁也不肯去吃，都盼望统领快点儿离开。

恒龄偏不走，顺便坐在一个石墩上，望着王营官的帐篷，晨光中透出一缕炊烟。

恒龄也没有吃早饭，他看看饭担子，吩咐士兵："你们快吃饭吧!"

士兵们互相瞅瞅，谁也不敢动。

恒龄上前一把掀开苫布，仔细地看看饭桶，生气了："这样的伙食，能打仗吗?"

伙夫为难地望着统领，不知怎么回答才好，不想恒龄一把抓住他的衣领，怒不可遏地骂道："兔崽子，谁叫你做这样的吃食? 衙门拨了那么些伙食费，都弄哪儿去了? 给我说清楚!"

"大人，大人，小的实在冤枉，不干小人的事啊! 这都是营官王老爷吩咐下的，小人光烧火做饭，不经手粮钱，小人什么也不知道。"

恒龄听了伙夫的申辩，忽然想起有这么回事。从前，有人告发营官王振良克扣军饷、冒领军需、贪污伙食费，等等不法行为，告到营务处来总管那里。王营官送上一份厚礼，此事也就不予追查，不了了之了。后来副都统也耳闻这件事，曾责令严查。由于局势紧张，战备重要，没有精力顾及这些琐事。他想，从士兵的伙食来看，王振良的克扣行为确凿无疑了。他慢慢松开伙夫："你们的伙食经常这样吗?"

"伙食这样还不算，月月扣压兵饷。"

"唉!"恒龄叹息一声说，"我今儿个才知道弟兄们的苦楚，等我进城面见副都统，撤了他!"

"大人，要能撤掉王营官，弟兄们就喘过气来了。"

士兵们拿过碗筷，围着饭桶吃起饭来。

恒龄望着十一个人吃着高粱米饭，喝着半凉不热的白菜汤，心中产生了怜悯之情。他吩咐伙夫："从今日起，这个伙食一定要改，王营官不发钱粮，你去找我。"

"谢大人!"

士兵们欢腾起来，齐刷刷地端着饭碗给恒龄跪下。

"快起来! 快起来!"恒龄看着这十余个青年士卒，满怀激情地安慰道，"你们好好儿打仗，为国杀敌，立下军功。到那时候，得了赏钱，做了官儿，回到家乡娶个媳妇多好哇!"

"大人想得周到。"

"眼下要开国仗，打仗你们害怕不害怕？"

"不怕，愿意为大人效力！"

"这才是好样的。"恒龄瞅一瞅大炮，吩咐道，"吃完饭，赶快把大炮安放好，俄国的兵船要过来了。"

"放心吧，大人。俄国毛子敢过来兵船，一定把它打沉江里喂王八！"士兵们嬉笑起来，恒龄也笑了。

岭下，什长一个人急急地往回走，并不见有王营官的影子。

"兔崽子！"恒龄骂了一句，带着马弁向什长迎去。

炮台上，议论纷纷："真是阎王好见，小鬼难搪，统领脾气坏，心肠可好，对下边挺关心。"

"王营官就是苛待部下，屁大的官儿专能摆臭架子！"

一个年龄较大的老兵说："你别看统领爱骂人，外号儿'虎大人'，我知道他的根底。他也是当兵出身，打过仗、受过伤，懂得当兵的苦楚。"

"这兵荒马乱的年头儿，干啥也没意思。"一个年纪较小的士卒说，"等打完仗，我就回家，跟爷爷种地去。"

另一个年轻士卒忧郁地说："我们老家原来就在江东岸，俄国当年占地盘儿，爷爷被他们杀害了，爸爸一个人逃过江西，我要给爷爷报仇！"

小士卒的话激起了大家同仇敌忾的决心，他们遥望大江东岸，远处隐隐约约的山峦在当空的太阳的照耀下，向这边投过来无限光辉，两岸山峦显示了不可分割的依恋之情。

"那都是中国的地方，硬是叫俄国占去了，贪心不足，这回还要占到这边来……"

士卒们议论着，开始了安装大炮的繁重劳动。

21

大约九点多钟，营官王振良被部下叫醒，告诉他："统领大人来了！"

王营官在城里喝了一顿酒，半夜时候，才叫开城门溜回来。这当口儿，他酒气冲天，醉眼惺忪，伸着懒腰，打着呵欠，不得不蹭下床来，忙问："统领在哪儿？"

昨夜他回到营里的时候，吩咐部下："无论什么事情，不准惊动我。"他一躺，就打起鼾声来，不省人事。什长来找，部下没敢叫醒他，什长平时也恨营官，巴不得趁此机会在统领面前说他几句坏话。

恒龄怒不可遏，飞马来到王营官的帐前，也不用通报，拎着马鞭子就进了帐篷。

王振良刚刚下地，慌忙迎上来，睁开乜斜的眼睛，给统领请安："大人驾到，有失远迎，望大人恕罪。"

恒龄看见王振良满眼红丝，一脸晦气，衣冠也不整，和什长说的他终日饮酒相符合，更是气不打一处来："王老爷，你好自在，我来给你添麻烦了！"

"岂敢！"王振良知道事情不妙，他晓得这位上司的脾气，认为那是个粗人，容易搪塞，便编造说，"卑职昨夜巡察阵地，通宵达旦，有点儿疲劳，所以起床较迟，未能远迎大人，实属失礼。"

面对王振良的撒谎，恒龄强压怒火，盯住他问道："王老爷，你一宿的工夫，巡察了几处阵地？"

王振良精神一紧张，醉意全消，只得敷衍道："职营所属，都已……"

"住口！"恒龄没有让他蒙混下去，立刻打断他的瞎话，"我问你，四号炮台去了没有？那里大炮安放得怎么样了？"

"这个……"王振良心里没底，支支吾吾，不敢正面回答，"大人只管放心，卑职一定督促，尽快安放好。"

"现在到底安放好了没有？"

"这个……也许……早已安放停当。"

"你胡说！"恒龄刚要举起马鞭子，一看王振良是个戴着白顶子的六品官儿，不能当众羞辱他，遂在头顶上画了一个圈儿，说道，"我这是从四号炮台上来，什么都知道了，你不要拿我不识数儿。"

王振良扑通一声坐在床上，身子瘫软得像掉了骨头，好半天挣扎不起来。急得手刨脚蹬，满脸涨得通红，没有消除的酒兴又涌上来了，他差不点儿吐了出来。

恒龄一看他这副德行，心里实在厌烦，又逼问道："四号炮台是重点工程，我已经关照多次，要你亲自过问，到现在大炮还在一旁撂着，你这当的什么营官！"

"四号炮台事关重要，卑职已有明确交代，限期完成。这么说，他们是偷懒了。"

"你长着什么心肠！"恒龄又瞪了他一眼，"岭那么高，炮那么重，一共才十二个人。也不想想，怎么能弄上去？你应该多带人去，早点儿把那玩意儿安放好，敌人要进兵了，你延误军机，该当何罪？"

王振良张口结舌，惊出一身冷汗，不得不认错："卑职一时疏忽。该死！该死！"

"限你今日必须把所有的事都办好，再要出娄子，我禀明副都统，将你革职查办。"

"大人开恩，卑职知错必改。"

"还有一件事，我要问问你。"恒龄逼视着王振良，"你虐待部下，克扣军饷，有人告到副都统那儿，你可知道？"

"大人，大人，实在冤枉啊！"王振良像发了疯似的跪在恒龄脚前，号叫起来，"卑职办事认真，待部下稍严，这是实情。说我克扣军饷，纯系捏造，大人不可轻信！"

"起来吧！"恒龄看他这副狼狈相，心中又好气又好笑，"我问你，你营中现有多少人？领多少人的饷？"

"这个……"王振良心虚，含糊地说，"四哨大概有四百五十人，按数领饷，没有差错。"

"你说准，到底有多少人？到底领多少人的饷？"

"不到四百五十，大概差一二十名，饷是按四百五十领的。"

"不对！"恒龄冷笑两声，腮边的伤疤狠力抽动几下。这就是他生气时的下意识动作，王振良如何不懂得？他赶紧又搪塞了一句："大人，卑职虚领空额，实属不该。"

"你营现有实数三百二十八名，你每月按四百五十人领饷。那些钱都哪儿去了？"

"啊？"王振良见实底被戳穿，心里发毛。

"吃空头额一百多名还不知足，又贪污伙食费，你还有点儿良心没有？现在是什么时候了，要开国仗，正是士卒用命的时候。你欺上压下，应不应该军法从事？"

王振良这回心服口服了，他眼里的顶头上司表面看是一个粗莽大汉，没有想到他还是粗中有细的人。自己只有叩头认错儿。

恒龄的火气消了一些。他就是这么个性子，来火儿快，消火儿也快，一把拉起王振良："从前的不究了，以后再犯，加倍处罚。在抗俄战争中立功，将功补过吧！"

王振良千恩万谢，两人又谈了几句防务的事情，恒龄才离去。

恒龄回到指挥所，女儿云花从帐房里跳出来，后边还跟了一个女孩子。恒龄认识，这个女孩子名叫李玉妹，是马戏班的演员，前些日子随义和团来到这里。她在江边挖过战壕，会唱歌，通武术，还有一身软硬功夫，和女儿云花玩得好，人们都说，她俩像一对亲姊妹。

"你们跑这儿干什么来了？快回家去，这里随时都要开仗。"

"阿玛，我要几支枪。"云花撒娇地缠着爸爸。李玉妹也上来帮腔儿："大人，给我们几支枪吧！"

"女孩子家，要枪干什么？"

"我跟玉妹要上炮垒，打敌人。"

"什么？打敌人！你们还能打敌人？"恒龄怜爱地瞅瞅女儿，"别胡闹了，你领她回公馆玩儿去吧，这里有危险。"

"不回公馆嘛，我们也要保卫边疆。"

"保卫边疆？"恒龄听女儿说出这么一句陌生词儿，感到很新鲜，笑道，"这话是谁的？"

"玉妹教我说的。"

恒龄心中一动，瞅瞅玉妹："小姑娘，你懂得什么叫保卫边疆？"

"大人！"玉妹笑吟吟地说，"咱千程百里，干什么来了？就是要保卫边疆，不叫俄国毛子侵犯。"

恒龄听她好大的口气，又瞅瞅她弱小的身躯，反倒乐了："小小年纪，很有志气，可是你们一两个女孩子是不中用的。"

"不是我们一两个，我还领着一百多个姐妹哪！"

"你是红灯照？"

玉妹点点头："嗯！"

恒龄感到惊讶，一个十六七岁的女孩子，居然能带领一百多人，一定有不寻常的本领。他瞅瞅女儿云花，又望望玉妹，突然发现这两个人的相貌有一点儿相似之处。难怪军中议论，说她们真好比一对亲姊妹了。

这些天来，恒龄忙于军务，很少回到自己的公馆休息。他一生不曾娶过妻，年轻时当兵打仗，胯部负过伤，丧失了生育能力。十五年前，他从西北返回关外时，途中捡了一个小女孩儿，养为己女，爱如珍宝。云花自己也不知道身世，因为当时她仅有四岁，虽有一点儿模糊的印象，日久年深，也什么都忘掉了。她自幼出入军营，学会打枪、射箭，骑马如飞，练得一身骑射本领。

李玉妹来到瑷珲登台献艺，云花看到了她有一身好功夫，就主动结识了她。玉妹得知她是统领大人的千金，也靠近她，两人越来越近，亲如姐妹。恒龄虽知此事，但不知道李玉妹还是个红灯照的小头领。

"真是世道变了，女孩子千里迢迢，背井离乡，到处乱闯……"

恒龄想来想去，忽又问李玉妹道："你是什么地方人？"

"原是广宁人，后到奉天府。"

"你家中都有什么人？"

一听问到家中都有什么人，李玉妹的眼圈儿立刻红了，语调凄凉地说："我家什么人都没有了。我三岁时被舅舅卖给马戏班老板娘，从五岁就开始学艺，不知挨了多少皮鞭，才学会现在这身武艺。"

"那么，你的爹娘呢？"

"我两岁那年，他们都死了。"

"你还有哥哥姐姐吗？"

"不记得了。"玉妹想了想说，"前两年我卖艺回到家乡一趟，听乡亲们告诉我，我还有一个姐姐，比我大两岁，我娘临死时托给了我舅舅，我舅舅又送给了别人。"

恒龄心里一跳："送给了什么样的人？"

"我哪能知道？"玉妹抽动一下鼻子，"反正音信皆无，是死是活还不一定呢！"

"啊，原来是这样。"

恒龄瞅瞅这对儿小姑娘，陷入了沉思……

23

光绪十年八月，恒龄奉令由新疆调防黑龙江，途经辽西走廊，听说广宁大山①名胜古迹为关外第一风景，就顺便去游玩。游完大山，进了广宁城。这广宁城人烟稠密，商贾繁荣，市肆喧嚣，不绝于耳。奇怪的是，有一些男女老幼一见有官员从此路过，都围在车前马后讨小钱。恒龄随身带了几十个铜钱，褡子里装了一点儿零散的银子，身边只带着一

---

① 即医巫闾山。

名跟随，是个爱看热闹的小戈什哈。他从荒凉的新疆冷丁①来到这繁华的地方，处处感到新鲜，免不了游街逛景。谁知这一来，被一群讨小钱的人围住了。

"关东老爷②，赏一个大③吧，我两天没吃饭了！"

"老爷，可怜可怜吧，我的孩子病了。"

小戈什哈手中无钱，欲走又脱不了身，简直都要急哭了。恒龄闻声赶到近前，见此光景，从腰里把铜钱抓出来，往人群里一扔，人们立刻弯腰去捡铜钱，小戈什哈才脱身出来。

"老爷，咱们赶路吧，这地方站不得脚。"

恒龄笑道："这可是你惹的事。"

两人忙着出城，经过一家妓馆门口儿，见一个中年汉子拉着一个约有四五岁的小女孩儿，和妓馆老鸨讨价还价。老鸨嫌身价太高，不住地摇头："五两银子，我可犯不上买这个玩意儿。三两，不卖你就抱走。"

"掌柜的，你不算吃亏，再等十年就能挣钱，还不是棵摇钱树啊？"

"哼！说得倒轻巧，这十年我得搭多少钱？供吃、供穿、供用，还说不上长大香人不香人呢！"

"错不了。"那汉子又哀求道，"就凭俺那妹子的小模样儿，这孩子长大一定错不了，你看那两只眼睛多有神。"

恒龄他们已经走过去了，忽然听到这句话，把马停下："这是舅舅卖外甥女。"

小戈什哈说："管他呢！爱卖谁卖谁。咱走咱的路。"

"不忙。"恒龄下了马，牵着马来到近前，问那汉子道，"朋友，这个小姑娘是你什么人？"

"外甥女。"汉子一翻眼睛，"你问这个干什么？"

"我是路过打听打听。朋友，既然是你外甥女，为什么往这里卖？"

汉子又翻了他一眼："不卖，她爹娘都死了，谁养活？"

"要卖，也得卖个善良人家。这是什么地方，你忍心把外甥女送到火坑？"

"哼！管他火坑水坑，谁出钱我就卖给谁。"说完，他不理恒龄了，回头继续同老鸨讲价钱。

---

① 关东土语，即突然的意思。

② 清代，辽西一带人称从这里通过的人，不管是不是东北人，一律称"关东老爷"。

③ 清代货币单位，一个大就是一枚铜钱。

老鸨见有人干扰，心中老大不乐意，催促那汉子道："你到底卖还是不卖？"说完，摆出欲走的架势。

"再加一两吧，四两，你就领去。"

"行，你领进来吧。"老鸨说着，又对恒龄一努嘴，心中说：你多管闲事，便宜他一两银子。

那汉子拉着小女孩儿刚要往里走，恒龄一个箭步上前："慢走！"

那汉子一怔："你要干什么？"

"你不是要钱吗？我出，孩子我买了！"

"你买？拿钱来，我是认钱不认人。"

恒龄从褡袋里取出一个小银锞，足有五两，递了过去："够了吧？"

老鸨一看有人抢了她的生意，把脸一沉，阴阳怪气地说："你这人不够君子，和老娘争生意，你也不打听打听！"又厉声对汉子道，"领进来！我如数不少，给你五两。一个外乡人，不要理他！"

那汉子似乎进退两难，瞅瞅恒龄手中的银锞子，觉得这是真的。又望望老鸨的神色，一副凶恶面孔，令人生厌又生畏。忽然，他良心发现，把小姑娘领到恒龄跟前，扑通一声跪倒："这位老爷，孩子命苦，从小死了爹娘，我是她舅，家穷，实在养活不起。她还有个两岁的小妹妹，没有办法，才想卖掉她，叫她逃一条活命。除了这个门口儿，谁还会买呢！老爷是个好心人，我把孩子送给您吧，分文不要，您领走吧！"

就这样，恒龄给那汉子留下五两银子，抱着小姑娘上了马，回到黑龙江，取名云花，养为亲生女儿。从此，父女二人相依为命，一起生活了十几年。今春，经人提亲，恒龄把女儿云花许给抬枪营营官刘健之子，名叫刘芳，现在是黑河统领崇玉部下一个哨官，负责指挥炮兵。要不是时局紧张，中秋节前他们就要成亲了。

往事的回忆使恒龄想起云花舅舅说过的话，她还有个两岁的妹妹。从李玉妹的相貌上看，她们似乎有点儿近似；从家庭的身世来看，又有些吻合的地方。那么，她舅舅为什么又把这个小外甥女卖给了马戏班呢？没有卖给窑娼，也算他良心发现，多少还有一点儿人性吧。

"现在不是点破的时候，等战事平定了，再慢慢对她们姊妹讲明白。"恒龄想到这里，遂笑道，"玉妹，你来到我这里，就不要见外，你和云花姐妹相处。云花，要把玉妹当亲妹妹看待，记住了吗？"

云花高兴了："记住了。阿玛，您真好！"

"你们回去吧。"

"您还没答应我们哪！"

"答应什么？"

"枪，我们每人需要一支枪。"

"这个事儿嘛……"恒龄为难了，"等以后再说吧！"

"不行！"云花坚持着。恒龄无法，只得应付："我到城里问一问，库里要有的话，给你们每人一支。"

两个女孩儿未及答言，忽然一个士卒跑进帐来，单腿一跪："报！"

"讲！"

"回禀统领大人，副都统凤大人来了，前站顶马①已到营门外。"

恒龄一怔，副都统又干什么来了？他吩咐云花、玉妹："不要乱走，规规矩矩在这儿待着。"吩咐完，立即整理衣服，扶一扶顶帽，一声命令，"大开营门，列队迎接！"

说时迟，那时快，副都统凤翔一行已经在帐外下马了。

<h1 style="text-align:center">24</h1>

恒龄和凤翔平日关系较好，私交很深。因为清代官场礼法过严，上下级之间总有一些不可逾越的鸿沟，这就给他们的私人交往设置了障碍。

文官是如此。

武官虽然较文官排场小一些，但又军令如山，上下级之间还有个绝对服从命令问题，所以下级军官对上级军官的随便谈话，也视为命令。恒龄见了凤翔，免不了照例请安问候，凤翔一把拉住他："老兄，你我兄弟之间何须如此？我是随便到这儿看看。"

"敌情怎么样？俄国人什么时候过江来？"

"我正为此事而来。"凤翔说，"一两天内，有俄国兵船通过，海兰泡现在之所以没有动静，可能是等候这支船队。如果放他们过去，海兰泡之敌如虎添翼，不得了啊！"

"大人放心，俄兵船要是从我眼皮子底下溜过去，甘当军法！"

凤翔问道："官兵士气如何？"

恒龄忽然想起早上遇到的事情，见此是个机会，遂口快心直地说出了心里话："官兵抗敌士气旺盛。就是……"

---

① 清代武官行动时，前头有人探路报事，称作顶马。

凤翔注意倾听，见他欲言又止，知他有难言之隐，即说道："你是个痛快人，今天说起话来，为何吞吞吐吐啊？"

恒龄望了一下副都统的脸色，鼓一鼓勇气说出来："大人，卑职有一事不明，求大人开导。"

"嘿！你又来了，跟我还有什么不能说的话吗？"

恒龄脸上的疤痕忽地抽动几下，这表示了他是下了多么大的决心，他说："自从寿山将军任事以来，多次倡导革除弊政，裁汰贪官，整顿军务。像卑职管下的镇边军里，居然有人冒领军需，克扣军饷，逍遥自在，都无人过问，是何道理？卑职实在不明，请大人指教。"

"你说的是营官王振良吧？我也有所耳闻。"

"大人知道就更好了，卑职实在冒昧。"

凤翔叹了一口气："除弊政，惩贪官，说起容易做起来难啊！大清国二百多年了，积弊日深，非一省一地所能改变。就拿惩治贪官来说吧，这些人上下纵横，盘根错节，牵一发而动全局，弄不好引火烧身，如何惩治得了？瞻前顾后，投鼠忌器，在所难免。恒统领在官场二十来年，难道还看不出来吗？"

"我想，像王振良这种人留在军中一日，是要坏事的。"

"何止王振良之类的人，从朝中权贵到外省督抚，王振良不过是沧海之一粟。"

恒龄心里说："王振良是安边军佟统领的亲戚，佟统领又是寿将军的亲戚，你们官官相护，自然为他开脱。"他心里想着的事，不觉顺口说了出来，"既然大人有意庇护王营官，那何不将他调到佟统领的安边军里？"

这样讲话，若是别人，凤翔岂能容忍？因为是恒龄，却无可奈何，只得宽慰他说："老兄何必认真，兄弟以后自有处置，眼下要服从大局。"

恒龄不言语了。凤翔又告诉他说："王振良的种种做法，我曾想行文上报，这么做，怕是对林少卿林大人面上不好看。老兄知道吗，王营官是林大人的外甥。"

"啊？林尚义……"

"所以，我已明令警告，以示微惩，令其悔过自新，抗敌立功。"

恒龄笑了："还是大人高明。"

他们谈话的时间稍长，躲在里间的云花和玉妹有点儿沉不住气了，憋在这小小的暗室里如何受得了，盼副都统快走。他又不走，两个人急得团团转。玉妹拉着云花说道："姐姐，这个大人怎么还不走？"

"别出声!"云花低而有力地制止她,不想自己发出的声音比玉妹的还高,惊动了前边的人。凤翔听到了后面有人声儿,沉下脸来问道:"里边是什么人?"

恒龄一看,坏了!副都统已经发现了藏在里边的姊妹俩,再也隐瞒不住了,忙赔笑道:"大人,小女不知礼法,见大人来了,她躲了起来。"

"出来吧,我看看。"

恒龄向里一喊:"还不快出来拜见大人!"

帘子一掀,出来两个姑娘。凤翔晓得恒龄没有成过家,哪儿来的女儿。他瞅着恒龄:"这是怎么回事儿?"

"快过来,给大人请安。"

两人行过礼,站在一旁,不敢言语。恒龄指着云花说道:"这是小女,十几年前,我从阿尔泰山回来,路经广宁捡来的,今年十九岁了。"

"这个是谁?"

玉妹不待别人介绍,自己站出来:"大人,那天见过一面,怎么忘了?"

多么粗野的女孩子!凤翔暗暗称奇,转向恒龄:"她是谁家的?"

"不是当地人,她们是从奉天来的。"

不用多问,凤翔完全明白了,最近来了一些义和团和红灯照,大多是从奉天来的。他瞅瞅李玉妹:"你们一共来了多少人?"

"三十多人。"玉妹不慌不忙地回答,"来到以后,又收了些,现在有一百多人。"

"什么人领头儿?"

恒龄从旁答道:"领头儿的就是她。"

凤翔好奇地把她上下打量一下:"你多大了?叫什么名字?"

"十七了,叫李玉妹。"

凤翔点点头。

"你们此来,究竟想要干什么?"

玉妹见问,不慌不忙,从容地往腰里一摸,摸出一个小布卷儿,一抖动,展开两面三角旗,绣着金黄色的字。她把小旗呈到凤翔面前:"请大人过目。"

凤翔接在手里,展在案上,两面红色小旗上绣着八个金黄色的隶体字:

扶清灭洋

抗敌保国

"啊！"凤翔惊得呆了，他迅速地在这三个人的身上扫视一下，然后拿起小旗，"恒统领，你把两面小旗挂在营中，用它激励将士，保国杀敌。"

"卑职照办。"恒龄双手接过小旗。

"还有，"凤翔又吩咐道，"你要照看好她们，注意安全，不要让她们受到伤害。"

"这个……"恒龄犯了难，心里说：她们哪里会听我的话呀！

25

恒龄送走凤翔，因惦记着几个炮台，他不顾疲劳，又去巡视阵地了。

中午已过，阳光像火一样地烤着大地，蹲在工事里的人们都憋得喘不过气来。北方气候的特点，就是中午热一阵，早早晚晚还凉气袭人。农历六七月间，一早一晚，深山峡谷和草原森林地带凝结着雾气，好像着了一层白霜。一到中午，经阳光一晒，雾气蒸发，远望又像一条条彩带。

李玉妹近来习惯了黑龙江边的环境，并爱上了这个地方。她向远方的山峦、近处的流水望了又望，对云花说："姐姐，你们这里真好哇！"

"好是好，就是有点儿不太平。"

"咱听人说，中国的国界从前不是这条大河，还在那边很远很远，真的吗？"玉妹眨着长睫毛的大眼睛，天真地问。

"可不是咋的！你看，"云花向东北的天边一指，"听老人们说，几十年以前，直到天边的地方都归大清国，硬是叫毛子占去了，贪心不足，还要占过江来。"

"占过江来？他敢！"

"你再往这儿看，"云花指着江东岸郁郁葱葱的树林，"那就是江东六十四屯，还是咱们的地方，住的都是中国人。"

"那地方有多大？"

"谁知道多大，我也没去过，反正老大老大了，不然怎么能叫六十四屯呢！"

她们登上一个土岗儿，玉妹十分好奇地仔细观望，望了好一会儿，忽然惊叫起来："不好！毛子要占那里怎么办？"

"占哪里？"云花想了一想说，"快去告诉我阿玛，让他派兵去保护。"

"应该派兵保护，咱们也到江东去。"

云花拉了玉妹就走："走，找阿玛去！"

她们回到营房，统领恒龄不在。问过之后，才知道他又到四号炮台察看去了。

"怎么办？"玉妹又拉住云花，"姐姐，走，咱到炮台找找去。"

四号炮台已经把那门重炮安放好了，什长把十一个人分成两班，轮流执勤，换班休息。什长规定，谁也不准下岭，都在炮台上坐着，等待新的伙伴上岗。

天气十分炎热，炮台里四面不透风，士兵们有的躺在胸墙下，闭上眼睛晒太阳。值勤的站在瞭望孔前，目不转睛地注视着江面。

一个身材稍胖的士兵热得实在难受，溜到后门边，想瞅空儿出去，被什长看见了："成老根，你干什么？"

成老根见什长干预他行动，索性放起赖来了："哎呀，这么热，让我出去凉快凉快。"

"不行！"

"现在离打仗还远着呢，干啥都蹲在这儿上边，多难受哇！"成老根一边嘟囔，一边慢慢往外蹭。什长大喝一声："谁也不许动！"

"嗬，简直比虎大人还邪乎！"成老根靠在墙上，喘着粗气，不住地吵嚷，"虎大人脾气不好，但对小兵可关心了，没像你这什长动不动就训人。"

什长怒斥着："不管你怎么说，就是不准动，敌人这时要是打来了，怎么办？咱们一铆顶一楔，缺一个也不行。"

士兵们听着他们吵嚷，都聚拢上来解劝，其中一个和成老根很要好的士兵在一旁说起了风凉话："听说副都统也关心当小兵的，那天出城到咱们这里，还告诉统领恒大人叫多关照兄弟们点儿。依我说呀，越是当大官儿的越好说话，越是小官儿越会装屁！"

成老根见有人帮自己说话，立时来了精神，指桑骂槐地附和道："人家有福气，当上那么大的官儿，红顶子。你也是狸猫没长眼睛——瞎虎，到现在连个铜疙瘩还没混上呢，咋呼个啥劲儿！"

那个士兵又接过道："你别眼气人家，这回打毛子你也立了功，说不定还能升到将军大帅哪！"

"咱没那福气，看什长老爷的吧！"成老根瞪了什长一眼，"就怕当上将军，连他姥姥家姓啥都忘了！"说完，还冲什长一龇牙，一咧嘴。他出的怪态，实在难看，引起人们哄笑。

什长听着他们一唱一和，挖苦自己，虽然心里有气，但是没有发作。他横下一条心，不管你们嘀咕啥，反正不准离开炮台。

另一个士兵看什长没有发作，又同成老根开了个玩笑："老根儿，你咋没福气？看你那一身肥膘，还真是贵相哩！"

大伙瞅一瞅成老根那张赤红色、胖得油光的脸，都大笑起来。

成老根热得难受，什长不准许出去凉快，本来就挺窝火，见有人取笑他，更没好气儿了。他故意做了个鬼脸，摸了摸自己的脑袋，说道："打起仗来，吃饭的买卖不搬家，我就冲南天门磕头。"

他眯起眼睛，踉跄地移动了几步。布防施工时遗留的障碍物没有全清除掉，一块石头绊在他的脚上，他一跤扑到胸墙上，前额撞到牒口上。

"哎哟！"成老根捂住脑袋直哼哼。

大家哄然大笑。

什长上前一把拉住他："怎么不加小心？看看，碰坏没有？"

成老根不理什长，只是抱着脑袋骂："奶奶的，今儿个是倒血霉的日子！"

有人取笑他："伙计，怎么样，再有这么一下，吃饭的买卖非弄瘪不可！"

"滚犊子！"成老根气得骂人了。什长扶他坐下道："自己不加小心，还有脸骂人！"

"奶奶的……"成老根还是口中不干不净地骂着，人们不知他骂的是谁，也都不去理他。

"混账！"外边一声吆喝，随之也骂起来，"兔崽子，是谁在骂人？"

士兵们只顾闹笑话，没有想到统领恒龄来到炮台上。

什长第一个站起来："起立！"

成老根也赶忙乖乖地随大家站好，不敢吭声。

恒龄进来，只看一看已经安放好的大炮，高兴地笑了。看了一会儿，转过身来，对大家一摆手："都坐下，刚才有个倒血霉的，是谁？"

士兵们一听，糟了，统领既然听见了成老根骂人，他这回真的要倒霉了。

"是谁？给我站出来！"

"大人，您老评评理，这是什么规矩，嫌热得慌，不让出去凉快凉快。动弹动弹，还碰脑袋瓜子，人家疼得怪难受的，他们还笑呢！"

士兵们大吃一惊，平常在统领面前不敢多说一句的成老根，今天怎么这么放肆，说了这么些不在行的话，都为他捏了一把汗，因为大家都熟悉统领平日的暴躁脾气。

意外的是，统领并没发火，瞅瞅这个衣衫不整、袒胸露怀、满脸油泥、一头汗水、手还不住揉额角的成老根，问道："刚才骂人的就是你？"

"哼，骂就是骂了，大人不来，我还骂。"

"为什么骂人？"

"他们坏。"成老根瞅瞅什长说。

什长站起来："大人，别听他胡说，自己不加小心碰了脑袋，你赖谁！"

恒龄看看成老根："碰破了吗？"

"怎么没有？"成老根用手点点自己的额头，"这包有鸡蛋大呢！"

大家都笑了，恒龄也笑了："调皮鬼，自作自受。"

成老根狠狠地瞪了什长一眼，不吱声了。

恒龄对什长说："平时管得紧，战时管得宽，他要凉快，你就让他出去凉快一会儿。"

"什么去凉快，他要下河去洗澡。岭这么高，风一吹，还不够凉快的？"什长瞅瞅成老根，"离江边这么远，发生情况，你不耽误事儿吗？咱这是一铆顶一楔，到时候缺谁也不行。"

大伙七言八语地帮腔儿道："什长说得对，成老根就是不该去洗澡。"

一个士兵开了玩笑："也难怪，你看他那身肥膘，倒是比别人怕热。"一句话，又把大家逗笑了。

恒龄看看这群天真烂漫的士兵，都是八旗人家的青年子弟，心里很是喜爱，对什长这种责任心非常赞赏。他对成老根说道："不准下河洗澡，很快就要打仗了，不定明天、后天，还兴许今天……"

"大人您放心，打仗咱不怕。"成老根的勇气又来了，"到时候看谁是熊包！"

"你们来。"

恒龄把大家叫到炮位跟前，问什长："你们都检查好了？"

"好了。"

恒龄点点头："这是一门外国进口的新式大炮，你们都受过专门训练，这回打起仗叫它发挥发挥威力吧！"

什长请示道："大人，我们人数不够，打起仗来就怕手忙脚乱的。"

"副都统调来几个瞄炮生，一两天就能分到这里来，都是讲武堂出身的，怎么样？"

"那太好了！"

恒龄又察看了弹药室。这回，他放心了。

26

云花和李玉妹来到四号炮台，见父亲恒龄正在和士兵们一起登高望远，忙爬上大岭，找到他们。

恒龄一回头："你们干什么来了？"

"阿玛，我想起一件事儿来。"

"什么事？"

两姊妹拉住恒龄，向对岸的远方一指："看！"

人们不知道是什么事，都把目光集中到黑龙江上。只见浑褐色的江水从西北滚滚流来，向东南奔腾而去。远处隐约出现的高山峻岭轮廓时不时被缭绕的白云遮没，对岸肥沃的平原上散布着几个整齐的村落。东南方地势低平，一望无际；西北面丛山环绕，逶迤无边。云花问道："阿玛，那是什么地方？"

"江东六十四屯，现在咱们在江东就剩下这么一块地盘儿了。"

云花又问："两国开仗，毛子要占那个地方怎么办？"

恒龄猛然醒悟，问女儿道："你是怎么想到这儿上的？"

云花笑道："玉妹告诉我的。"

"小姑娘很有心计呀！"恒龄慈爱地瞅瞅玉妹，心里有一种说不出来的隐痛。

玉妹上前："大人，江东靠着俄国，父老们怕受害，不接过来也得派兵去呀！"

"你想得很周到，我这就进城去见副都统，把你们的意思告诉他，请他拿主意。"

忽然，一个士兵惊叫道："快看，那是什么？"

人们随着他的指点向东南望去，发现下游天水相接的地方，有几个黑点儿。黑点儿好像在游动。阳光映照，水光辉映，一片迷茫，看不真切。什长即向统领报告："大人，远处好像有船在游动。"

恒龄注视一会儿，果然发现下游很远的地方冒着几缕黑烟，确实有轮船向上游驶来。

"真来了！"恒龄吩咐亲兵，向全军传达命令，做好战争的准备。

远方的山头上，升起了袅袅炊烟，那是古时筑下的沿江烽火台，向这边发出了警报。

信号旗高高升起，清军都已进入了阵地，观测所已架起了望远镜，对准目标测量着距离。

恒龄脸上的伤疤立刻又抽动起来，他回头命令什长："炮火准备！"

成老根麻利地搬出炮弹，推进炮膛里去。

恒龄吩咐戈什哈："准备船，我去截住他们。"

"不行啊，大人。您不能自己去，有危险！"

恒龄不顾士兵的阻拦，非要亲自去拦截俄舰不可。云花和玉妹也要去，恒龄怒斥道："大队铁甲兵舰，你们胡闹什么！"

玉妹上前说："大人能去，我为什么不能去？"

"有危险！"

"大人您去不是也有危险吗？"

"我，我是带兵官，我有责任。"

玉妹还是不服："我们是中国人，大清朝的小百姓也有责任。"

云花请求道："阿玛，让我跟玉妹去吧，我们都会水。"

恒龄实在无法，只得依从："去是去，不准乱撞，要听我的话。"

两人应下，随着恒龄下岭去了。

现在已经看清，这是一支庞大的俄国船队。桅杆上的旗子迎风飘扬，机器的响声震动山谷，连樯而来的船队在水面上漂泊着，顷刻间激起汹涌的波涛，拍打着两岸的岩石。翻滚的浪花像万道愤怒的银蛇，在船队的周围咆哮着。

船队越来越近，连船上的大炮口对准西岸那吓人的架势，也映入阵地上清军官兵的眼中。

港湾里，两只小舢板飞快地荡出来，恒龄带着两个军官站在头船上，云花和玉妹划着一条小船紧随其后，拉开距离，驶向俄国船队。

"兔崽子！"恒龄骂起来，"或是鱼死，或是网破，就在这一下子了！"

第五章

27

阿穆尔舰队司令库米斯基上校率领着由五艘军舰和十二艘拖轮组成的庞大船队，耀武扬威地沿着黑龙江主航道缓缓上溯行驶。他是奉令由伯力开往海兰泡的，作为进攻满洲的渡江部队，配合第二路军的军事行动。这支船队共载了一千五百名俄国士兵和大批军火物资，一路畅通无阻，七月十四日傍晚，驶入瑷珲的江面上。

库米斯基上校傲慢地坐在舰桥上，不住用望远镜窥视右岸江边的地形。当船队驶过霍尔莫津河面的时候，他向北遥望着海兰泡的方向，命令舰队快速前进，企图闯过可能遇到的阻截。

水兵向他报告，前面不远就是瑷珲城，中国人会有准备。库米斯基并不理睬，依然命令舰队加速。

他从望远镜里观察到对岸的高埠处已经被清军扼守，大炮也许对着江心瞄准了，但是他还毫无顾忌，蛮横地不断下达命令，争取落日前赶到布拉戈维申斯克。

库米斯基上校分明知道，当他的舰队在昨天夜里通过霍尔莫津至富拉尔基一段江面时，中国军队可能就站在岸上，他们没有敢开一枪、打一炮。午前航行这段，似乎同清军隔水相望，可是还不见有一点儿动静。部下军官提醒他，不能麻痹大意，中国军队定会干预我们航行的。从烽火台上冒出的白烟来看，他们正在传递信息，部署截击。然而，舰队司令始终坚守这样一种信念，即沙皇俄国的军队，中国人是不敢碰的。

舰队驶过山弯，拐过一条不宽的河口，再行十几里就是瑷珲城了。

一个下级军官来到舰桥边："报告司令，前面就是瑷珲，中国人决不会让我们顺利通过的，右岸好像到处是明碉暗堡。"

"不会的，他们没有敢于拦截我们的胆量。"

过了几分钟，那个下级军官忽然发现岸上升起了令旗，这无疑是个警告性的信号。他慌忙指向一处山头："司令，中国人有备！"

"真的？"库米斯基上校一惊，又拿起望远镜瞭望，立马紧张起来，"加速，冲过去！"

"怕不那么容易。"下级军官建议道，"是否暂时停泊，派人同中国方面联系一下，就说我们是商船，炮舰是护航的。"

"没有那个必要！"

库米斯基之所以拒绝，因为他完全知道，黑龙江是中国的河流，尤其是这一段，两岸都是中国的土地，他们已经闯进了伏击圈，欲止不能了，他也只有凭着武力强行通过了。

说时迟，那时快，两只舢板船迎头驶来，恒龄站在头船上，手挥令旗，发出命令停航的旗语。

"不管他！"舰队司令下达命令，"继续前进！"

恒龄见俄船并不理会，立即将小舢板停住，左手的小旗高高举起，用力一挥，岸上忽然响起了炮声，两发炮弹落到俄船的前头，溅起的水花泼到船上，俄船才开始减速。

恒龄高声喊道："黑龙江是中国的河流，将军有令，外国兵船一律不准航行，你们快停下！"

俄国舰队突然加足马力，企图闯过去。一霎时波涛汹涌，冲击得小舢板直摇晃，恒龄大怒："中国河道不准航行，不准随便航行！"

突然，一声枪响，恒龄一个筋斗翻到江里，小船也险些被波浪掀翻。

"阿玛——"后边小船上的云花和玉妹跳进江里，救起恒龄，飞快地离开，转眼间进入港湾里去了。

原来恒龄并没受伤，俄船开枪的同时，一个巨浪冲动小船，他站立不稳，掉到江里，恰好俄军开枪，双方都以为打中了。恒龄被云花和玉妹救起，很快回到阵地上。

小船上的随行军官不知统领的实况，掉过船头，怒斥道："你们凭什么开枪伤人？"

"你们这伙强盗！"

俄船上又打来一排子弹，小船被穿透，漏水下沉，船夫和军官四人一齐跳进水里，潜回岸边。其中只有一人被子弹击中大腿，仗着他水性娴熟，不至于沉江，被士兵背去包扎。

这时，岸上的大炮响了。惊慌失措的俄军水兵仓皇应战，库米斯基上校才晓得中国人早已做好了准备，他们已经闯进清军大炮射程以内了。他只好命令军舰向岸上轰击。但是，没有明确目标，只能盲目地向岸上打炮。

霎时间，硝烟弥漫，炮火纷飞，一场空前的战斗在黑龙江上进行着。

江面上掀起冲天的水柱，河岸边尘土飞空，中炮起火的轮船像火龙在水上游动……

激烈的炮战进行了一个多小时，俄船遇到了意想不到的打击。他们怕装载军火物资的运输船受到更大的损失，军舰不敢远离拖轮，只得一边还击一边整队前进，力争摆脱清军的威胁。

这时，高埠处四号炮台上又吐出一团火焰，库米斯基上校的旗舰米克海尔号立刻发出巨响，舰身猛烈地颤动一下，接着向下倾斜。当船上水兵爬起来去看库米斯基上校的时候，他们的舰队司令早已倒在了甲板上……

岸上一片欢腾：“打中了！打得好！”

俄国船队失去了指挥，不得不单独逃走。舰队七零八落，溃不成军，彼此不能顾及，有的拼命闯过瑷珲江面向海兰泡逃去，有的则带着满身伤痕向下游弋去。

岸上一片欢呼：“俄国兵船逃跑了！”

“老毛子滚蛋了！”

红日西沉，战斗后的江面上，硝烟混杂着雾气，一片迷茫。

岸上被毁坏两座炮垒，江里被击中三艘船舰，一只拖船还在燃着火焰，不住地发出嗞嗞的响声。

舰队司令库米斯基受了重伤。

恒龄被云花、玉妹二人救上岸以后，仍然指挥了这场战斗，对四号炮台所发挥的威力感到满意：“我得为他们请功。”

恒龄首先想到了成老根那张油乎乎的胖脸，看他上炮弹那麻利劲儿，真是人不可貌相。

俄船失去了战斗力，彼此不能相顾。

舰队司令库米斯基上校被部下拖到海兰泡，当见到格里布斯基将军的时候，他双目不能睁，身子不能动，已经奄奄一息了。毫无疑问，这场战斗对入侵满洲的俄军士气是一个很大的打击。

与此相反，清军士气高昂，恒龄看到自己部下是如此的勇敢顽强，使他充满了必胜的信心。

云花和玉妹不住地埋怨阿玛，刚才有多危险，要不是浪大掀动小船，还很难说呢！

恒龄微微一笑："孩子，我是从枪子儿里钻出来的人，这种险事不知有几次了。我是怕你们出差错呀！刚才的事就这一回，下次决不可以。"

云花生气了："阿玛，刚才要不是我跟玉妹，哼，你还不让我们去呢！"

"哈哈哈！"恒龄大笑，"阿玛命大，几次遇险都没死，这次我女儿又救了我，行啊！"

两人也笑了。玉妹轻轻地说："大人，以后要多加小心，我同姐姐时时保护您。"

"保护我？我又是在保护谁？哈哈哈哈……"

<h1 style="text-align:center">28</h1>

黄昏时分，城里传来命令，副都统衙门连夜召开紧急军事会议，让恒龄立刻前去参加。恒龄认识传令的差官，悄悄儿问道："今天的事情，副都统大人可知详细？"差官说："正为此而开会。"

恒龄不死心地又问："副都统大人的意思是……"

差官一笑道："副都统的意思我不知道，不过营务处来总管要处罚你，会上你就知道了。"

"啊！"恒龄大惊，"这可是没有想到的事。"

果然不出差官所说。会上，有人指责恒龄惹是生非，不该拦截俄国运输船队，挑起战争，提议严加议处。但是大多数人反对这种提议，认为截击俄船是对的，因为俄军侵犯中国主权。双方意见争执不下，副都统凤翔说话了："诸位大人，俄国兴兵挑衅，意在亡我东三省，世人皆知。恒统领奉令阻截，长了中国人的志气，扬了国威，应奏闻朝廷，以兹表彰。"

一锤定音，反对意见立时不见了。

凤翔最后下令："从今以后，有俄人从江上通过，无论谁放行，一律军法从事！俄国船队大摇大摆走了那么远，直到这里才有人拦截，别人都干什么去了？分明是有意放行，违抗军令！"

虽然没有公开指名，众官员也都明白，这是指的安边军统领佟贵，因为俄船队通过他的防区右翼阵地时，他并没有阻拦。可是这个佟统领依仗和寿山将军是亲属，又和来鹤年总管友善，平时并没把凤翔放在眼里。他不但不接受凤翔的指责，而且提出一大套冠冕堂皇的理由，驳斥凤翔。他说："恒大人轻举妄动，扩大事态，为俄人入境制造口实。瑷珲兵力单薄，无力抗击外敌，应开放边境，准予俄人假道。至于今天发生的事嘛，要遣使谢罪。只有这样，才会取得俄人谅解，瑷珲方能太平无事。"

"此非寿帅本意。拒俄之心，不可动摇，万不可抱侥幸心理。不论哪里出了娄子，军法无情，各位大人自爱。"

凤翔交代了任务，统一了思想，令各指挥官连夜赶回汛地，加强防守，又做了补充调整，众军官散去。凤翔只把佟贵一个人留下，由来鹤年作陪，他们准备单独谈谈。

佟贵是一个干瘪的小老头子，年纪在六十岁左右，为人非常固执。他的安边军有一千五百人，是瑷珲各军人数最多的一支队伍。为了抓住这支队伍，培植私人势力，他在军中尽量任用亲友。他不愿意打仗，同来鹤年一唱一和，主张与俄人谈判，准予假道，以保瑷珲不受兵燹之灾。

来鹤年老奸巨猾，知道主战已成定局，什么办法也改变不了寿山、凤翔等人的主张，所以他不再坚持己见了。

佟贵则不然，他说："道咸①以来，大门已开，大清日渐衰弱。当务之急是休养生息，绝非打仗。"

凤翔一肚子火儿，勉强压下："佟大人，不是我们要打仗，列强要亡我中华，毁我大清基业，难道我们坐而待亡不成！"

佟贵的烟瘾又上来了，他打着呵欠，闭眉合眼地说："眉峰不自量力，一意孤行，又有你这位翼长成全他，唉！"

"寿帅的主张上合天心，下符民意，老百姓都自发起来，表现出极大的爱国热忱。你我身为统兵大员，岂能坐视？"

"什么百姓不百姓，无知群氓，不值得一提！我还是那句话，国家多难，当务之急是休养生息，这个仗不能打。"

佟贵闭眉合眼靠在椅上，摆出要睡觉的样子。

凤翔见此光景，十分厌恶，心想：若不是看在寿山将军的面子上，

---

① 即道光、咸丰两朝。

我马上就撤换你，另委派别人。真是一块绊脚石，搬又搬不动，偏是根子硬！

佟贵闭着眼睛，口中还喃喃地念念有词："这个仗，万万打不得……"

"既然佟大人不乐意打这个仗，那就请交卸关防，颐养天年如何？"凤翔单刀直入地将了他一军，佟贵忽然睁开眼睛，吃惊地望着凤翔："哼！说句实在话，卑职年迈多病，过不了戎马生涯。要不是大敌当前，用不着你翼长大人赶我走，我早就呈请将军辞职了。"说着，他又打了一个呵欠。

凤翔听他拿将军来压自己，心里如何好受？苦笑道："不是那个意思，既然佟统领的心目中还有将军，那么为什么不能拥护将军的主张？以后有何面目与将军相见？"

"你是赶不走我……"佟贵合上眼皮，喃喃地说。

凤翔看着他那老态龙钟的样子，心里有说不出来的反感，望一望坐在旁边一言不发的来鹤年，又说道："佟大人老成练达，独当一面，我是放心了。不过缺乏信心、麻痹大意是要吃亏的，万一老兄出了差错，我怎么对得起寿将军？"

一直听着他们谈话的来鹤年这时忽然插话了："佟大人已到耳顺①之年，戍守边疆十分难得，现在无论如何不能离开军中，那就见机行事吧！"

佟贵睁开眼睛，会意地点点头："翰臣兄，你放心，我是不会轻易离开的，那四营人马也离不了我。"

凤翔见两人一唱一和，心里实在不痛快，迅速地扫了他们一眼后，郑重地说道："既然如此，那就请佟统领速回军中，严守汛地，不得有误。"说完，他发现佟贵靠在椅背上睡着了。

"来人！"

一个年轻的戈什哈跑进来："伺候大人！"

凤翔吩咐道："照顾佟大人去休息。"

戈什哈未等上前，佟贵从椅子上站了起来："副都统，你这是什么意思？"

"老兄年事已高，鞍马劳顿，身体疲乏，睡会儿觉，天亮之前赶回

---

① 耳顺：孔子的话："吾十有五，而志于学，三十而立，四十而不惑，五十而知天命，六十而耳顺……"耳顺之年指六十岁。（见《论语》）

军中。"

"副都统大人，这你就错了。我虽无廉颇①之勇，可是还没年过八十呢！"

话虽然是这么说，可他还是随戈什哈走了，他的鸦片烟瘾早犯了，巴不得马上离开这里，到别处过一过瘾。佟贵离去休息，凤翔对来鹤年谈起了另一件事："翰臣兄，恒统领提及江东六十四屯百姓的安全问题，这的确是个要紧的事情。那里地处俄境，有数万同胞，应及早防范。"

他没有忘记，会上恒龄提出迁六十四屯百姓过江安置一事的同时，他当即命令水师统领扎鲁布集中所有船只，不分官船民船，一律统一使用，待命过江，接迎六十四屯百姓。他的意思是，委派来总管负责安置问题，因其肩负督办义和团练事宜，不知肯不肯答应，故先探听一下口风。正如预想的一样，来鹤年极力反对这一计划。他说："虽然你这是忧国忧民，未免本末倒置，仗又没打起来，忙的是什么？"

"不，兵贵神速，必须抓紧时间，万一俄人下手就来不及了。那里三万多满汉百姓皆为中华赤子，一旦被祸，吾辈于心何忍！"

"嘿嘿嘿嘿……"来鹤年一阵干笑之后，连连摆手，"集庭，你这不是杞人忧天吗？恒龄是获小胜而大骄，平白无故，危言耸听，你怎么相信他那一派胡言？"

"不，恒统领是个粗人，据说是听一个小姑娘说的，一个民女尚能虑及未来之事，岂非预兆？"

来鹤年还是不住地摇头："彼姑妄言之，我姑妄听之，何必如此认真。"

"哎呀，老兄，数万生灵，如在魔窟，上天都有好生之德，吾辈身为守土之官，岂能坐视？"凤翔有点儿急了。来鹤年仍不以为然："既然抗俄之决心已下，何必风声鹤唳，草木皆兵？况且事情并没有到你想的那么严重，还是火烧眉毛顾眼前吧！"

"江东数万生灵，不就是燃眉之急吗？"

"依我看，纵然俄国人真的从那里动手，伤了几个百姓，也不必过于紧张。三国董卓有句名言：'吾为天下计，岂惜小民哉！'"

凤翔如同挨了一棒，脑袋嗡的一声，手指着来鹤年："你……你老兄怎么会说出这样的话来！"

---

① 廉颇：战国时赵国名将，八十岁尚能领兵打仗。

来鹤年冷冷一笑："既然你们一再主战，那本身就是流血伤人，天大的祸事还不是你们造成的！"

凤翔再也无力说服对方了，知道来鹤年始终同自己大相径庭，渡江接民一事只有自己安排了。

29

来鹤年走后，凤翔伏在桌案上刚打了个盹儿，天光已经大亮，值事官前来回话："大人，黑河崇统领的差官因有急事起早前来，现在签押房候见。"

凤翔感到无比震惊，忙问："知不知道什么事情？"

"黑河防御使衙门和电报局在拂晓前被俄军炮火击毁，电讯联络中断，崇大人特派差官飞马来报，请大人谕示。"

凤翔大吃一惊："这是怎么闹的？"

值事官又说："我们隐隐听到了炮声，是北面的黑河方向，可是万没想到俄军向黑河开火。"

"叫黑河差官速来见我。"

黑河的差官被领了进来，他是一个二十多岁的年轻人，口齿伶俐，问过姓名、职务之后，知他是个有八品军功的满洲披甲①，名叫富喜，现在担任哨长②。

富喜报告道："江北海兰泡俄军天亮之前突然开炮，炮弹落在电报局的房上，爆炸后引起了火灾。电报局紧挨着防御使衙门，衙门也中弹起火，两处房子全烧毁了。"

"有多少伤亡？"

"回禀大人！"富喜报告道，"电报局译电员被打死，防御使衙门三名值班老爷被烧伤，街上老百姓死了五六人，其他还在调查中。"

"崇统领情况如何？"

"崇大人安然无恙，现正据守江边，以防俄军偷渡。"

"好！"凤翔对靖边军统领崇玉本来就十分器重，知他如此有心计，当然很满意，又很高兴，"崇统领无事还好。你速回，告知崇统领，我午

---

① 清时，满洲八旗子弟年龄到十八岁算成丁，转入预备役。一旦征集服现役，称为披甲，即武装士兵。

② 百人为一哨，哨长约等于连长，又叫哨官。

前必到。"

打发走了差官，凤翔命人叫醒了正在酣睡的佟贵。佟贵起床之后，吞了一点儿鸦片烟土，提一提精神，来到凤翔的客厅。

"翼长大人，我该走了，还有什么吩咐？"

"老兄防区为瑷珲右翼，事关重要，不知统领还有什么疑难？"

"我那边你就放心好了，佟某人吃了一辈子军粮，不是草包。"

"这样，就多劳统领分神吧！"凤翔点点头说，"我所虑者，就是怕俄军避开正面，从侧翼袭我后路，两面迂回，包围瑷珲，使我腹背受敌。今日凌晨，俄人已从左翼动手，炮轰黑河，事态严重啊！"

"什么，炮轰黑河？"佟贵吃了一惊！

"崇统领派人来报，差官刚走。"

"哼！"佟贵斜睨了凤翔一眼："翼长大人，恒统领昨日截船，这不就是报复吗！"

"自然。"凤翔心里惦记着黑河，不想耽误时间，最后又郑重地嘱咐佟贵几句，"老兄千万小心，不可麻痹大意，俄人若从那里渡江，一定给我顶住。"

佟贵看出凤翔对自己不放心，颇为不满地"唉"了一声，说道："生死存亡，凭命由天，胜败钝利，难以预料。我拼上这把老骨头，为你守住阵地，不会放一个俄国兵入境，只要翼长大人保住全境，那真是不世之功啊！"

对于佟贵讽刺，凤翔虽然有些不满，但现在也不是计较的时候，何况还忙着去黑河。他叫来亲兵戈什哈数人，吩咐他们伺候佟贵出城。

30

俄军炮轰黑河，引起瑷珲一片惊恐。

来鹤年得知凤翔要去黑河，不顾疲倦，忙来劝阻："集庭，你不能去黑河，区区小事，何劳亲往？近来听说义和团要闹事，你这一走，事情有变，当如何处置？"

"不，黑河同海兰泡一江之隔，一旦有失，瑷珲就不易守卫，我当亲往看看，才能放心。"凤翔沉思一下说，"我走以后，瑷珲的事情，有劳老兄做主了。"

凤翔又叫过满达海、玉庆、恒龄、扎鲁布、肯全等人，一一吩咐，特别指示满达海加强右翼防守，配合右路佟贵，他不好意思说出对佟贵不放心的话。然后，令瑞昌带所部一营人马随自己去黑河。

路上，瑞昌又提醒凤翔："爷爷，来总管主持瑷珲事务，恐怕要坏事的。"

"你怎么老对来大人有怀疑？"凤翔奇怪地问。

瑞昌说："来总管身负督办团练之责，是督而不办，义和团跟他的成见也很深，他也驾驭不了。"

凤翔默然无语。

瑞昌又说："当初晚辈就向爷爷提议过，来总管心存和议，主战之事他决不能尽力。再者，义和团又为他平时所反对，也用非其人。依晚辈之见，扎鲁布大人兼办团练最合适了。"

凤翔微微一笑道："扎大人资历较浅，不孚众望，况且统带水师，也难分身。来大人年高位显，威望素著，众皆悦服，有何不当？"

"小孙多嘴了！"

凤翔从心里宾服这个世交子弟，他那口快心直的性格和乃叔寿山将军有某些相似之处，而性情刚烈又胜过寿将军。心里十分喜爱他，并有意在这次对俄战争中提拔他，想了想又说："这次我想把你留在黑河，辅佐崇统领，建功立业，你看怎么样？"

"建功立业，晚辈不敢奢望，但愿以死报国，谨遵爷爷调遣。"

"是啊！"凤翔突然现出一种怅惘的神情，望着郁郁葱葱的卡伦山，长叹了一口气，"虎穴不出犬子……"

佟贵现在并没出城，他跑回自己家，关上大门，吃饱喝足，过够烟瘾，躺在床上睡了一上午。午后三点多钟才起来，吩咐套车，要赶回军营。出了东门，他看见魁星阁前的草坪上聚集了成千上万的人，问过后才知道，这是义和团设坛练武的日子，城里城外的军民都围拢过来，真成了人山人海。

佟贵一见，气不打一处来，命令停车。他本想驱散这些人，可是没人听他的，因为副都统衙门有令，对拳民的习武练功不得限制。佟贵憋了一肚子气，又转进城里，去找来鹤年。

"我的总管大人，你还高枕无忧呢，城里城外都闹翻天了！"

"老兄去而复回，什么事把你急成这样？"来鹤年对于佟贵此时还不走，故意违抗军令，心里也很不满。他本来想清闲一下，生怕有人此时打搅自己。

"你看怎么办吧，副都统刚走，城里城外就闹翻了天，成何体统！"

来鹤年越听越糊涂，佟贵这没头没脑的话使他惊疑不定："到底发生了什么事？"

佟贵颤颤巍巍地坐在椅上："拳匪招摇，蛊惑人心，外地来的拳民和本地的拳民结合在一起，设坛练武，军民多被煽惑。照这样下去，瑷珲不用亡于俄人，非亡于拳匪不可。"

来鹤年嘿嘿一笑道："此事早已司空见惯，义勇拳民嘛，副都统主张团结、保护。"

"什么义勇拳民？都是一些地痞流氓，市井无赖！自古以来，没有听说利用妖术能成大事者。"

"那有什么办法。"来鹤年本想再说点儿什么，可是看见他那心急火燎的样子，反倒什么也不想说了，只是似笑非笑地望着佟贵。

"真是胡闹！"佟贵站起来，气愤地说，"从北京到瑷珲，就有这么一伙人，崇信邪教，养痈遗患，拿乱民当宝贝。不然，何至于惹起'八国联军'……"

"那是朝廷的事，自有廷臣做主。"

"我说的是瑷珲的事，你们不做主，谁能做主？"

佟贵说完，气得要走。来鹤年哈哈哈一阵大笑，也站起来："老兄不必上火，瑷珲自从有拳民进入以后，抗俄呼声高涨，集庭为其所惑，不自量力，坚持主战。我也没有什么好办法，只有让他们如此胡闹下去。"

"我有个办法，不知你以为如何。凤集庭今日不在瑷珲，你老兄何不趁此机会，将义和团统统驱逐，以杜后患。"

来鹤年大惊道："如果赶不走他们，集庭回来如何交代？"

"你老兄聪明一世，糊涂一时。"佟贵献计道，"你依副都统名义明令驱逐，即使赶不走他们，那凤翔回来，他们自然是一场乱子。你老兄再从旁煽一煽风，不愁不弄假成真，凤翔就会真的驱赶他们。"

"事非儿戏，闹不好出了娄子，我可担待不起。"

佟贵开心地笑了："你老兄是瑷珲的智多星，跟我绕什么圈子！"

来鹤年也笑了："义和团真的走了，副都统真的主和了，那你老兄可是瑷珲的最大功臣。"

"翰臣兄不是比老朽更厌战吗！"

两人会心地大笑，来鹤年说："走，咱们出去看看。听说义和团以妖术骗人，我还没有实地见过，看明白了，也好作为口实。"

31

瑷珲城近半个月来虽然受到战争的威胁，可是却比以往更繁华、更热闹。除了守城官兵加强巡逻，城门出入盘查要严一些，其他一切正常，看不出有战前混乱恐怖那种景象。由于凤翔平日治军严谨，纪律严明，兵民不得混杂，士兵操练多在城西校军场。义和团来了以后，分驻各寺院庙宇，不进民宅，集会的时候多在城东魁星阁。彼此分别，有条不紊，秩序井然，军民虽多而不乱，士农工商各安生业。

瑷珲是一座古城，城郭较大，带有瓮城，城墙外环绕护城河，干涸时可以作为城壕。城周四面各设一门，上建敌楼，门旁各修营房一座，设官看守。在清代，门官叫作城门领，近来城门增加了守门军，城上架设了大炮。

瑷珲城原来在黑龙江左岸，明朝时叫作爱和卫，是奴儿干都司管辖下的一个卫所。清时成为北方重镇，设黑龙江将军驻守。康熙二十四年，黑龙江将军萨布素为打击沙俄的侵略，以瑷珲为根据地，发动了著名的雅克萨战争，将入侵的俄国匪徒驱逐。

雅克萨战争胜利后，清朝废了爱和卫旧城，另在右岸建造了一座规模宏大的新城，称为瑷珲，并修建了地方最高军政机关——将军衙门。之后，随着边界的变动，政治中心逐渐南移，先迁将军衙门于墨尔根，后又移到卜魁，改名齐齐哈尔，瑷珲城改由副都统驻守。《瑷珲条约》签订后，俄国从清朝索取了乌苏里江以东、黑龙江以北的大片土地，黑龙江成了中俄两国界河，瑷珲就成了北方边境上的最大军事重镇。

瑷珲城郭较大，城墙坚固。城里中央十字大街，街道宽阔，直通四门，枢纽处修建一座高达数丈的鼓楼。鼓楼为全城中心，也是最高点。登上楼顶，可以清楚地看见北来南去的黑龙江水。鼓楼的四周分布着大大小小的官衙。三街六市，小巷胡同，做买做卖，平时终日喧嚣不绝。

东门外靠近江岸有一条街叫沿河大街，大街附近的临江高埠处有一座巍峨的庙宇，就是瑷珲有名的古迹——魁星阁，俗称魁星楼。近几天，一向冷落的魁星阁突然热闹起来，原来是义和团选中了这里，每日在此设坛，演习刀枪拳脚，发表演讲，宣传抗俄。

今日的瑷珲城显得冷冷清清，俄军炮轰黑河，给这里增加了恐怖气氛，市面也比往日萧条。可是魁星阁下却大大相反，这里比起往日更加热闹。从早晨开始，人们就陆续涌向魁星阁，到了中午，已经是人山人海了。

这是义和团自来到以后，最大的一次集会，叫作设坛。设坛是义和团的术语，"坛"是义和团的编制，每坛算为一个单位，大小不等，人数也不一样。无论大小坛，每坛都有坛主，称大师兄、二师兄，有的还聘有教习武术的拳师。他们凡是开会讲演、练习武艺、举行活动，都叫设坛。通过设坛，扩大组织，吸收新成员。有时也化整为零，将人数众多的大坛分成若干小坛，分头活动，总起来还要服从大师兄的统一指挥，纪律是比较严明的。但是有的地方出现了假义和团，他们也练武讲说，却处处和义和团唱对台戏。

瑷珲的义和团一活动开，另外又有一伙义和团也在活动，他们彼此不相联系，还互相排斥，弄得人们稀里糊涂，真假难辨。

人们对于义和团的设坛本来就十分好奇，又听说有两个义和团同时设坛，更觉得有意思。他们忘却了战争带给他们的恐惧，都跑出城来看热闹。就连江岸防军、守城巡逻的八旗兵也聚拢了上来。

魁星阁前的空地上，相对搭了两个台子，左边的台前插了一杆长方形的红绸子大旗，中间绣着"义和团"三个金色大字。四周各一面三角形的小旗，写着"令"字，正中一面横额，上书"龙江坛"三个仿宋黑体字。墙壁上、树干上，贴满了五颜六色的揭帖，写的都是反帝抗俄的口号。

大旗下面，大约有一百余人，排着整齐的队伍环卫着台子。一阵金鼓响过，席棚里走出一个中年汉子，来到台子前沿，向围观群众双手一拢，转了个半圆形，然后操着山东口音说："诸位父老兄弟姐妹，俺是义和团，十天以前，俺从关内来到这个地方。"

台后又跳上一人，问道："伙计，干什么来了？"

"打毛子！俄国毛子要占咱东三省，俺决不答应！"

"打毛子要有真本领，人家问了，你有什么本领？"

"俺没什么本领，俺就有一颗铁心，放在老君炉里，炼它七七四十九天，炼不化、捶不扁的铜心铁心。"

"人家说了，你那是吹牛，不相信。"

"不信？不信你就拿去炼炼试试，谁来？就在这里边！"他"嗵"地捶了一下胸脯。

两人一唱一和，台下有的人笑起来。

"这个人，好像在哪里见过？"

"噢，那天挖战壕，他好像唱歌来着。"

"是他，那天我看准了，就是他，耳朵下边一块黑痣。"

人们正在议论中，只听那汉子又说道："三言两语的笑话，称作见面礼，现在请小师傅给诸位练上三招两式，来啊！"

两人同时往两边一闪，后台跳上一个青年，来到中间，对人群行了一礼，笑道："小的经师不明，学艺不精，练好练坏，请多包涵。内行看门道，外行看热闹。瑷珲边疆，大邦之地，高人多，能人广，请多多指教。"说罢，脱去外衣，练起一套拳术。只见他上蹿下跳，闪转腾挪，没有半点儿漏洞。有人叫好儿，也有人说，这是少林拳法，得到了真传。

青年练罢，跳下台去，回到队里。又上来一个十五六岁的少年，练了一套猴拳，别具一格，跟方才那个青年的路数大不相同，众人依然叫好儿。

他们练完拳术，台上那两个人又来到中间，年纪较轻的那个问起中年汉子："杜师兄，两位小兄弟练完了，这回该你练了。"

"俺啥也不会。"

"不会也得练。"

"你净给俺苦吃！"

"咱义和团从关里到关外，惩贪官，杀洋人，天不怕，地不怕，凭着什么？"

"凭着兄弟们齐心。"

"还凭着杜师兄练的钢筋铁骨，刀枪不入。来，练给大家看看！"

那个中年汉子脱去了上衣，赤裸着上身，紧紧裤带，又用手在肚皮上揉了几下，然后"啪"地拍了一把，双手一叉腰："献丑了。"

台下"嗖"地扔上一把刀来，青年一伸手，正好抓住刀把儿。又扔上一根约有半寸粗细的木棒，中年汉子一把抓住，横贴在肚皮上。青年将刀刃按在木棒上，手攥刀把，回头叫道："哪位有力气，来打一下。"

这时，一根铁棍"咣当"一声扔在台上，随后一个身材粗壮的大汉跳上台来，拾起铁棍，对准刀背："啪！"木棒分两段，肚皮丝毫没有伤着，壮年汉子跳下台去。

"好功夫！"群众喝彩叫好儿。

有人说："义和团练成金钟罩、铁布衫，真是名不虚传。"

也有人反驳："那不叫金钟罩、铁布衫，那是气功。"

杜师兄穿上衣服，对青年说："这回该你的了，你有什么本领？"

青年笑道："咱没啥本领，爹娘给咱一个铜头铁脑袋，压不扁、打不坏。"

"人家说，你是吹牛，俺不信。"

"不信你也试一试。"青年说着，从一旁拿起五块青砖，放在头顶上，"来！"

杜师兄抡起铁棍，一个泰山压顶，只听"咔嚓"一声响，五块砖分成十几块掉在台上，脑袋安然无损。

台下一片欢呼："好！"

"哎呀！真吓人，不敢看。"有的妇女闭上了眼，不敢抬头看吓人的场面。群众沸腾起来："义和团里有能人，怪不得他们不怕洋鬼子。"

也有人玄乎说："义和团不光功夫好，还有法术，枪炮都打不进去！"

这时，台上已经收拾干净，只剩下杜师兄一个人了。他说："有愿意加入义和团的，一会儿报名，现在给大家表演最后一个节目——刀劈洋鬼。"

"刀劈洋鬼？这可是个新鲜玩意儿！"人群的情绪高涨到了顶点，原来右边那个台子也围了很多人，现在都聚到左边来，那边台子显得很冷清，人们倒要看看"刀劈洋鬼"是怎么个劈法。

台上竖起了"洋鬼"。

"洋鬼"是纸扎的，糊裱得很结实，画着颜色。高筒礼帽，条状西服，红胡子，蓝眼睛，瓦刀脸，勾鼻子，面目可憎，相貌凶恶，活像一个西洋人。

人群沸腾起来了，不住地叫嚷："看，真像洋鬼子！"

"像俄国毛子！"

杜师兄向台后喊道："金珠，玉妹，你俩出来吧。"

"哎，来了啦！"

两个小姑娘应声儿跳上台来，年纪都在十六七，穿着一样的衣服。上身穿半截红衫，腰系黄色绸带，下身穿着云卷镶边儿的葱心儿绿裤子，头上挽着双髻。面目清秀，身材窈窕，动作敏捷，各拿一口单刀，来到台子中间一照面，迅速分在两边，面向台下，对观众行礼。

"洋鬼"已被吊在悬空，头离地面足有一丈多高，悠悠荡荡，十分滑稽，引起台下一阵哄笑。

杜师兄对着两个小姑娘，又像是对着台下群众说："你们看，这是一个俄国毛子，他要来占俺东三省，你们说，让他占不让他占？"

金珠、玉妹齐声说："不让！"

台下也有人喊："不让占！中国的土地寸土不让，不让，不让……"

杜师兄又问："不让该怎么办？"

金珠、玉妹齐说："毛子敢来，就杀了他！"

"看，他不来了吗？"杜师兄闪到一角，"就看你俩的本事了！"

台下的群众越聚越多，围了里三层外三层，简直连一点儿风丝儿也透不过来。"洋鬼"悬在半空，横眉立目，吹胡子瞪眼，盯着台下围观的群众，令人感到厌恶。

杜师兄一声高呼："诸位请看，刀劈洋鬼。"

群众的精神立刻集中到台上，屏息静气，鸦雀无声。

霎时，两个小姑娘一个急转身，双刀并举，厮杀起来。两人刀法娴熟，斗了无数回合，并无半点儿破绽，就连围观的官兵也暗伸拇指，表示称赞。百姓们心里着急，盼她们赶快"刀劈洋鬼"。

金珠、玉妹两人斗了一大气儿，又分做两下，各离"洋鬼"一定距离。说时迟，那时快，刹那间，两人一闪身形同时跳起，一片红云，两道白光，两口大刀在空中一翻，只听"当啷"一声，两口刀交叉落在"洋鬼"的脖子上，一颗纸人脑袋滚落下来。群众只见空中火星乱迸，谁也没有看清楚到底是哪口刀先砍上的，台下一片欢呼：

"好！"

"真是好功夫！"

一片喝彩，一片掌声，从四面八方响起。

金珠、玉妹扔了刀，跳下台去。站在台下用心观看她们表演的云花第一个跑上前，一把拉住玉妹："好妹妹，你的功夫真过硬！"

"这不算什么。"玉妹笑吟吟地又将同伴儿金珠介绍给云花，三人更加亲近。

云花拉着金珠、玉妹两人刚要走，不知从哪里钻出两个人，"嗖嗖"蹿上台去，拦住杜心，狞笑道："杜师傅，不够朋友，你们今天不能走，我倒要领教领教。"说罢，一甩披着的外衣，"怎么样，那就请吧！"

杜心刚要收台，准备登记加入义和团的人名，见有两个不速之客闯上台来捣乱，心里当然很生气，但他不愿惹闲气，把火儿压住了："两位有话好说，俺姓杜的不知哪里得罪你们了，也请把话讲明白。"

一个赤红面的汉子冷冷一笑："嘿！别装蒜了，你们今天灭洋，明天抗俄，说的比唱的都好听。其实是在骗人，你们是假义和团！"

杜心一听，急了："你胡言乱语，给我下去，下去！"

"嗬，我要是不下去呢？"

"那俺有办法叫你滚下去！"

杜心突然一个急转身，来一个扫堂腿，把一人扫倒在地。倒下的这人看见台上有刀，这是金珠、玉妹表演完扔下的，还没来得及收起，即被他抓在手中，一个鲤鱼打挺儿站起来。赤红面那人也抓起另一把刀，双刀向杜心逼来。杜心手无寸铁，依然挺立那儿不动："你们要干什么？"

"干什么？我要见识见识你们这伙儿假义和团。"说着，刷的就是一刀。

杜心一闪身："不得无礼！现在抗俄为重，不是打擂台的时候，请你们走开，有话到魁星阁里谈。"

"老子没工夫陪你，看刀！"说着，刷地又是一刀。

杜心刚躲过，台下"嗖嗖"蹿上两个义和团弟兄，各执兵器，逼向两人："哪来的野种，敢在这里搅闹，给我跪下！"

两人一看，势头不对，跳台要走。杜心如何肯放，飞起一脚，踢倒一个，另一个也被后上台的两人揪住。

台下群众大乱，这是怎么回事，这两个人是干什么的？有些胆小的远远躲开，胆大的仍然往前挤，倒要看看这场热闹。

"慢来——"

这时，一个约有五十来岁的汉子拖着长声跳上台去，此人名叫陈永寿，是义和团"龙江坛"的大坛主。他走近两个不速之客，慢声细语地问道："你们叫什么名字？"

"我叫聂振才，他叫杨阿太。"赤红面的汉子看出他是一个大首领，不敢放肆，老老实实地回答。

"为什么来此搅闹？"

"这……"两人张口结舌，回答不出。

"谁派你们来的？"

两人你瞅瞅我，我瞅瞅你，谁也不肯回答。

"好了，饶过这一次。只要抗敌报国，咱们都是同胞，何苦自相残害？走吧！"

两人灰溜溜地跳下台去。

"不能便宜他了！"

陈永寿微微一笑："肯定是有人指使，如今大敌当前，不能跟他们一般见识。等以后太平了，自然还有后会的日子，那时再跟他们算账。"

32

这一切，立时轰动了瑷珲城。

来鹤年总管和佟贵统领在城上看得明明白白。佟贵看机会到了，遂对来鹤年说："翰臣兄，拳匪本来是邪教惑众，现在又出来两个义和团，真假难辨，一旦识别不清，将来也难辞其咎。为今之计，只有抓住这个把柄，不分真伪，一律驱逐，谅副都统回来也不会怎样，你看呢？"

来鹤年低头沉思，心里打不定主意。佟贵不耐烦了："邪教惑众，扰乱人心，你还不拿主意，以后会越闹越大。"

来鹤年还是没有吱声。这一来，佟贵更生气了："我的总管大人，督办义和团之事，本来就是个糊涂差事，他们又没有官印文书，你知道哪个真假？趁此机会，统统驱逐，岂不省去很多麻烦？"

"老兄所言甚善，我就去办。"

来鹤年终于下了决心，佟贵满意地走了，他不敢耽搁太久，要赶回右翼阵地的军营中去。

来鹤年回到衙门，正好遇见林尚义也在，他是听说凤翔去黑河阅兵，抱病来到衙门视事的。他近来由于忧心国事，多年的头痛病又犯了。

来鹤年一见林尚义，心里立刻明亮了，恭恭敬敬地寒暄客套了一番，向他请教："林大人，近来有宗怪事，兄弟想造府请求指点，我也不知该如何是好，望林大人开导。"

"什么事啊？"

"集庭委兄弟督办义和团练，谁想现在瑷珲有两个义和团，真假难分，兄弟实在是有负上峰之托，苦无办法。有人提出，不分真伪一律驱逐，不知此事是否可行，望林大人为兄弟拿个主意。"

"噢！"林尚义摇头又像点头，说道："自古以来，未有邪教能振纲纪者。拳匪虽是义民，终属群氓无赖，于民不安，于国不利，驱逐可也！"

"兄弟谨受教。"来鹤年拱一拱手，"如果集庭反对此举，当如何？"

"那好办。"林尚义微微一笑，"集庭乃一介武夫，难免失之偏颇，老夫开导他可也!"

"谢大人!"

林尚义瞅一瞅来鹤年,慢条斯理地说:"翰臣,老朽有一言相告,不知能否听进去?"

来鹤年又一拱手:"大人金石之言,兄弟当洗耳恭听。"

"当前情势危机,俄人兵力强大,又有船坚炮利,实力优胜我们,此乃人所共知。不过吾辈受恩君亲,当以死报,万不可胸藏'和'字之念,要与瑷珲同舟共济,以涨吾人不可征服之志,不知翰臣意下如何?"

来鹤年听到这里,心里一跳,暗道:"这老头子今天刮的什么风,他怎么会知道我同凤翔不是一条心?"灵机一动,应付道:"林大人忠君爱国之心实为瑷珲楷模,兄弟谨遵教诲,为瑷珲尽一臂之力。"

"那老朽就放心了。"林尚义说完便告辞了。

送走林尚义,天色已近傍晚,来鹤年鼓足勇气准备书写驱逐义和团的布告。不料此事被瑷珲各军中大小官员得知,有的人觉得事情不妙,先后来见来鹤年。

第一个来的是镇边军左路统领玉庆,他听说来总管要驱赶义和团,心急如焚,忙来见他。

"外边传言,说来大人要赶走义和团,这事是真是假?"

来鹤年理直气壮地告诉他:"拳匪聚众滋事,不能留在瑷珲,以防有变。"

玉庆这回晓得是真的了,心里更加着急:"来大人,瑷珲兵力不足,眼下战争要起,你赶走义和团,那不是削弱防卫力量吗?"

"赤手空拳的一群乱民,还谈得上什么力量!"

"那也得等副都统回来再说呀。事关重大,要慎重从事。"

来鹤年不满意了:"勿劳统领多虑,本总管身负督办之责,自有安排。"

玉庆没有说动来鹤年,就去找安边军左路统领满达海,让他去制止来鹤年的这一举动。可是,也是无效,来鹤年明确地对满达海说:"此事经林大人同意,副都统回来又能奈何?"

满达海临别之前,郑重地警告他:"总管大人,我劝您慎重,义和团可不是好惹的,万一闹出事来,我怕您无法收拾。"

一贯仇视义和团的来鹤年如何听得进这种警告的话,他利令智昏,坚执己见:"不能一帆风顺,这个我知道。可你应该明白,拳匪蔓延起来,后患无穷，若不及早制止，瑷珲不亡于俄，必亡于匪。我担着风险，实为瑷珲军民，你们懂得什么！"

"现在是什么时候？总管大人，这是大敌当前，敌人要入侵，您这是削弱城防！"

来鹤年有林尚义的话作保证，根本不能认真考虑满达海的意见。"嘿嘿"冷笑两声说："什么削弱城防？这是玉统领那一套陈词滥调，本总管非盘膝老叟，软弱可欺！"

满达海碰了钉子，愤愤离去。

同僚中也有人一再提醒来总管："拳民惹不得，这么做欠妥。"可是来鹤年一句也听不进去，只是记住佟贵统领给他出的主意：即使义和团是个马蜂窝，也一定要捅，捅扎了，叫他们去和副都统彼此斗争吧，有林少卿的保证，谅你凤翔也不会耐我如何。

一张驱赶义和团的告示终于在次日凌晨发布出去了。

玉庆见事不好，赶紧派人飞马去黑河，将瑷珲所发生的事情报知副都统凤翔，请他速回处理善后。

第六章

33

清早，瑷珲城中央的鼓楼下聚了很多人，他们争着来看告示。

钦命头品顶戴赏戴花翎镇守瑷珲

地方副都统黑龙江马步全营翼长凤翔谕示

本地军民不得勾结拳民聚众设坛暨外地拳民宜速离开瑷珲事：

查近来俄人运兵江上，战争迫在眉睫。我军民应枕戈达旦，待机观变，以御强敌；何奈外地拳民，蜂入瑷珲，当地奸民公开勾结；设坛习武，聚众滋事，并且货色混杂，良莠不分，真伪莫辨，图借拳民之名，惑众招摇；男女授受不亲，有伤风化。本都府为严守边陲，整饬城乡，自布告之日起，外来拳民应立即离开瑷珲，本地军民要奉公守法，各安生业。今后再有设坛、讲演、比武、立擂、哗众、喧闹以及扰乱地方治安等行为，首恶杖五十，流三千里，协从枷号半月示众。违者定惩不饶，特此布告周知。

大清光绪二十六年六月二十

人们议论纷纷。

"这是怎么回事？副都统出尔反尔，都答应借枪了，现在又赶他们走。"

"义和团来这里，也是为了抗敌保国，怎么能说成闹事？"

"唉，也难怪大人震怒，这真不真假不假的，好几伙都叫义和团，信谁的？"

人们的各种议论在街上形成一股浪潮，消息传到义和团的首领陈永寿和文祝山的耳中，两人一怔："什么，赶义和团走？这是真的？"文祝山大怒，立刻要去找凤翔评理。陈永寿一摆手："且慢！副都统明明昨天去黑河了，什么时候回来的？此事大有蹊跷，我到衙门打听一下。"文祝山也要去，陈永寿怕他粗鲁闹事，让他约束好义和团兄弟们，不要慌乱，由自己出头和衙门交涉，只带了拳师杜心，领了二十几个弟兄去看告示。

杜心不认识字，叫别人给他念一遍，有的话还听不懂，大致意思明白了，副都统要赶走他们，还要惩办他们。他火儿了，上前一把扯下告示，揉成一团，攥在手里，也不顾陈永寿的拦阻，带了两个徒弟就闯进了副都统衙门。

衙门守卫士兵拦住杜心，不让他进，杜心一翻鸡蛋似的圆眼睛，大喝道："闪开！俺找你们混账大人评理！"

门卫哪里能拦住他，忙把枪举起："站住！不然我要开枪了。"

杜心一把扯开衣服扣子，露出前胸，拍了两下："好小子，有种你就往这儿打，来呀开枪吧，不敢开枪你就是狗娘养的！"说着，一步步逼近门卫。门卫吓得连连后退，哪里敢开枪："师傅，有话好说。你有事，我给你通报进去，这是衙门的规矩。"

"俺不管什么规矩不规矩，俺就是要找出写这玩意儿的人评理，他说话还算数不算数！"杜心说着，把手里的告示对门卫晃一晃。

门卫连忙收起枪，赔笑道："副都统大人不在，你找来总管去说吧，我送你去营务处。"

来鹤年虽然一早就把告示贴出去了，可心里也不平静，他不晓得会在义和团里引起什么样的反响。

门外一片喧哗，有人来报："义和团拳师来见大人。"

来鹤年一惊："别叫他进来，我不见！"

一言未了，门卫领着杜心进来子："启禀总管大人，这位要见您老。"

门卫退出，来鹤年打量下进来的人，是个满脸横肉的山东大汉，上衣纽扣被撕开，袒胸露怀，手里还攥着个纸团儿，身后跟着两个青年，每人挎一口单刀。这副架势，让来鹤年心里凉了半截，但他打起精神，装腔作势，傲慢地瞪起眼睛："你是什么人？"

"哼！俺问问你，你是不是叫来鹤年？"

"大胆！"来鹤年听到有人敢当面提名道姓，这还是从来没有过的事。

他生气了，气恼代替了忐忑："你给我滚出去！"

"你不配跟俺说话，俺要见副都统评理，问问他凭什么赶俺们走？"

来鹤年虽然受命督办义和团练，但只跟首领陈永寿见过一面，别人谁也不认识。他估计到，此人可能是个义和团的小头目，就拉着官腔儿说道："大敌当前，你们不要闹事，扰乱军心。这里既没有洋教士可杀，也没有铁路可扒，况且你们是真是假还说不定。走吧，这里不需要你们。"

杜心身后的一个徒弟出声了："是真是假，副都统大人知道。我们要保卫边防，大人也是允许的。"

"保卫边防？"来鹤年一阵干笑，"哈哈哈，保卫边防有兵有将，你们赤手空拳，是打不了仗的。掐诀念咒，挡不了洋人的枪炮，还是早点儿走开，到有铁路的地方去吧！"

这几句带有侮辱性的挖苦话，立时把杜心的火儿给勾了上来。他又是个粗人，向来不懂规矩，又不懂得忌讳，两膀一晃，大声嚷道："凤翔答应发枪，他为什么说了不算？"

"放肆！大人的官讳也是你叫的？"来鹤年翻起三角眼，"发枪？这是谁说的，痴心妄想！"

"跟你谈不明白，俺非要见见副都统不可。"杜心一腔火儿再也抑制不住了，他把一只脚用力地踏在一把椅子上。这一来，来鹤年更生气了："凤大人日理万机，哪有闲工夫跟你们这些村汉磨牙。来人哪！"

"嗻！"四个戈什哈应声儿出来。

"把他们赶出衙门！"

杜心一甩手，把揉成纸团儿的告示抛在来鹤年的身上："放你娘的狗屁！"

"你们简直要造反！"来鹤年惊叫道，"捆起来！捆起来！"

两个徒弟"刷"地拔刀出鞘，大喝一声："看谁敢动！"

戈什哈虽然也拔刀在手，但是谁也不敢上前。

杜心一挥手："上，把他拖下来！"

两个徒弟直奔来鹤年，四个戈什哈忙用刀拦住，来鹤年吓得瘫在椅子上。

门外一阵人声鼎沸，有人来报："大人，不好了，一百多名义和团团员闯进衙门来了！"

"啊？"来鹤年惊恐万状，瞪着干涩的眼睛，声嘶力竭地吼叫着，"不得无礼,你们不要侮辱朝廷的命官!"

"哼!"杜心冷笑一声,"总督将军也得拜倒在老子脚下,王爷大臣也得跟俺平起平坐,他又算得了什么!拖下来,叫他给俺跪下赔礼!"

正在难分难解、不可开交之际,大首领陈永寿进来了:"杜师傅,不得无礼,放开来大人。"

"这个狗官,不叫他知俺厉害,难出俺这口闷气。"

陈永寿走到近前:"来大人,您受惊了。小人想问您,出告示可是副都统的主意?"

来鹤年连急带气,张口结舌:"陈首领,有话……好说,何必如此。"

"我知道,副都统不在城里,您也说不清楚。等他回来,咱们再论,您还赶不赶我们走了?"陈永寿逼视着来鹤年。

"这个……"来鹤年无法表明态度。陈永寿冷笑道:"只要心存爱国,志在抗俄,那就不分畛域,不论贵贱,皆为一家,这可是凤大人说的。你们怎么会出尔反尔,行此丧心病狂之事,也不怕被天下人耻笑!"说完一挥手,"走吧!"

陈永寿第一个大步走出去,杜心和两个徒弟随后跟着,一行人离开了衙门。

亲兵戈什哈把来鹤年扶到太师椅上,给他送来碗人参汤压压惊。同僚中有人埋怨他:"拳民惹不得,大人偏不信,连太后皇上都听信他们,咱能惹得起?今日吃这眼前亏,多不值得!"

来鹤年看见杜心摔给他的那个纸团儿,摊开一看,还是他贴出去的告示,"啊?"他上气不接下气地怔了半晌,突然发疯似的大叫起来,"一群无法无天的乱民,一伙无赖,你凤集庭怎么拿这伙乱臣贼子当宝贝!"

34

凤翔从黑河回来,大约半夜时分。

中旬末的月亮出来得很晚,一出来,又被乌云遮住,边缘上溢出四溅的微光,射向远方昏暗的群山。黑龙江水奔腾咆哮,从群山中穿过,雾气淹没的对岸隐约传来几声犬吠,多么和谐宁静的夜晚哪!

江边的阵地上的帐篷、炮垒全都隐没在潮气中,清晰的城墙轮廓在西斜的月光洗涤下,分外庄严、瑰丽。

宁静的夜晚,凤翔的心情却不平静。他知道,这和平宁静的生活即将打乱了，随之而来的是连天的炮火、动乱的局面。他向犬吠的方向望了望，一股心急火燎的感情油然而生："六十四屯的百姓，必须及早接运过来。"

凤翔没有进城，回来只带八名差官，一哨亲兵随瑞昌留在黑河。

凤翔来到水师营，水师统领扎鲁布出来迎接，凤翔见面就问："扎统领，船只准备得怎么样了？天一亮就过江，你看如何？"

"大人放心，一切妥当，只等大人令下。"

"好，天明开船。"

扎鲁布面有难色："不行啊，卑职遵大人吩咐，派人过江，传谕六十四屯。可那里的百姓舍不得房屋、土地、财产、牲畜，他们不愿意搬家。"

"真是岂有此理！"凤翔命令道，"明日速派人去，说明利害，俄人要来，性命都保不住，还顾什么财产不财产！"

"遵令。"

扎鲁布吩咐人给凤翔安置床铺，凤翔哪有睡意，让扎鲁布给他拿来夜宵，要喝上几口酒，解一解乏。

凤翔吃完夜宵，喝了几口酒，更无睡意。最近他患了失眠症，老也睡不着觉，躺在床上翻了个身，又坐起来："扎统领！"

扎鲁布也一腔心事，想问几句话，又怕打搅副都统休息，只有暗自思索着。今听他叫自己，连忙起身答言："大人，还没睡吗？"

"我有这么个毛病，一过亥时就睡不着了。现在丑时已过，再有一个时辰就亮天了。"

"大人惦念船只的事，卯时开船如何？"

"不。"凤翔说道，"移民的事全托靠给你，我是放心了，可时局我不放心哪！"

"大人忧国忧民，这是自然。"扎鲁布本来担心黑河的情况，早想打听一下，又觉得副都统奔波半夜，应当休息，没好意思提及此事。现在正好趁机问一下，"大人，黑河的情况严重吗？"

"电报局被炸毁，军民死伤数十人，情况不能说不严重。但是有崇玉在，我又把瑞昌留在那里，江防还是没有问题的。"

扎鲁布试探地问道："俄国真有渡江的意图吗？"

"岂止于此！"

"那咱们的水师……"

"这个我知道。"凤翔苦笑道，"俄国有铁甲兵舰，咱们是木船，当然不堪一击。"

"不过，水兵的士气很高。"

"可惜……"凤翔不再言语了。水师统领似乎明白了副都统的心情，毅然地表示道："咱们的水师装备虽然落后，但卑职已和全体官兵誓师，为了保我中华不受侵犯，愿以死报国！"

多么可敬的部下，凤翔还能说什么呢？他借着蜡烛的光亮瞅一瞅这位中年军官，眼里流露出感激之情。

扎鲁布心中还有一事，那就是来鹤年出告示驱赶义和团的事。他不了解这是不是副都统的主意，可是为此而引起义和团大闹衙门，这也是一件严重的事儿。又一想，如果提起来，必然令凤翔气愤，劳累加生气如何受得了？也就暂时不提了。凤翔哪里能想到，他离开瑷珲这一天多，竟会发生如此意想不到的事情。他不再吱声，想到水师的命运，扎鲁布刚才的决心，难道真的叫他们葬身鱼腹吗？他左思右想，无计可施，暗叹道："国运兴衰，莫非一切都是天意……"

突然，蜡烛"噼啪"一声，烛光闪了儿闪，歪了下来。一支蜡烛已经燃完，一点儿捻头沾在蜡油上，忽闪着惨淡的微光，像萤火虫一样的晃动着。面对这不愿意消逝的蜡烛的生命，更触动了凤翔的心事，遂有所感触地低吟李商隐的两句诗："春蚕到死丝方尽，蜡炬成灰泪始干。"

扎鲁布不懂得唐诗，也不明白这两句诗的意思，只是望着凤翔那憔悴的面容，呆呆地发怔。

过了好半天，不见凤翔的动静，扎鲁布轻轻叫了声："大人。"也不见有回响，仔细一看，副都统已经坐着睡着了。

这时，天已破晓。

扎鲁布没敢惊动凤翔，拂晓起来，调集水师所有战船，准备过江接运六十四屯的百姓。一切就绪，正要出港，忽然一匹快马从城里跑来，差官传达营务处的命令，通知水师统领扎鲁布，说俄国兵船由海兰泡下驶，从水路袭击瑷珲。令他赶快率水师战船巡江阻截，误了大事，瑷珲有失，定按军法从事。

与此同时，北边黑河方向隐隐传来炮声，扎鲁布不知实情，想回去问问凤翔也来不及了，赶紧改变主意，率领船队上溯巡江。

六百名水师官兵上了战船，火轮为前导，帆船紧随，大小战船威虎三十余只，龙旗高悬，顺风上驶，向海兰泡方向迎击俄船去了。

岸上的炮垒也准备迎击，炮弹已经上膛。

扎鲁布率水师战船上溯行驶，一路上也没发现俄船的影子，当船队接近精奇里江口①，情况才弄明白。原来中国驻黑河防军奉令炮轰海兰泡，俄军发炮还击，两军隔江炮战。至于俄国兵船下驶之说纯系谣传，俄国水兵根本没有出港。

扎鲁布下令返航，他憋了一肚子气，一整天的时光白白过去，误了过江接运百姓的差事。水军官兵一边下船一边抱怨道："真是活见鬼！"

扎鲁布叹道："劳师动众，一场虚惊！"

35

凤翔醒来，有人报："水师奉令巡江，扎大人率船队开赴海兰泡去了。"凤翔大惊："怎么没告诉我？"

"来不及了，扎统领上船时才接到的紧急命令。"

"现在情况怎么样？"凤翔实在不放心。

"回禀大人，水师去了两个时辰，还没有消息。"

"这么说，没有遇上俄船？"

"小的不知。"

凤翔更觉惊疑，吩咐道："扎统领回来，叫他立即去见我。"

凤翔回到城里。

一直到下午五点来钟，探事的亲兵来报："水师没有发现俄船的踪影，现在返航了。"

凤翔此时才晓得情况搞错了，但巡江并不算多此一举，却误了接运六十四屯百姓的大事。他对来鹤年非常生气，可又无可奈何。

来鹤年被义和团拳师杜心大骂了一顿，他把一肚子气向凤翔撒来："集庭，兄弟有一事始终不明，请教一下。城里来的那些义和团，究竟是义民还是乱民，请你翼长大人开导开导。"

"义民也好，乱民也罢，我已经说过多次了，只要心存爱国，志在抗俄，那就是中华的好儿女，大清的好臣民。"

"五花八门，谁知真伪？既然你崇信异端，卑职只有告退，愿你好自为之。"来鹤年说完，起身要走。

这一招儿煞是厉害，以退为进，要挟凤翔。凤翔一肚子火也不能发

---

① 即今俄境的结雅河。

了，转而好言劝慰他："翰臣兄，你这是何苦！眼下敌兵压境，瑷珲兵力单薄，借用这股力量，以壮声势嘛！"

"这是一股危险的力量！"来鹤年大声说。凤翔从没见过他发这么大的火儿，知道事出有因，但不明内情，遂劝解道："战事平定了，我自有安排，翰臣兄不要因小失大。"

"什么？"来鹤年声音颤抖地发开了牢骚，"聚众滋事，大闹衙门，侮辱朝廷命官，够大逆不道了，你翼长大人真不知道？"

凤翔愕然。

来鹤年冷笑一声，说："拳匪大闹衙门，侮辱官员，成何体统？他们眼里还有你这个副都统吗？"

"果真有这等事？"凤翔大吃一惊！

"满城风雨，尽人皆知，你不要装聋作哑。"

"待我查明是真，一定采取果断措施，从严惩办！"

"好，我就等你这句话了。"来鹤年瞥了凤翔一眼，悻悻地走了。

一切情况很快弄清楚了，连扯掉的告示也有人保存了起来，交给副都统，凤翔这才知道，这一场轰动全城的风波还是由于来鹤年驱赶义和团引起的。

一个细心的书吏抄了一份告示，给凤翔送来："大人请过目，这是告示原文。"

凤翔看了一遍，暗暗骂道："来翰臣这个家伙只顾使性子，不顾大局，真是昏庸至极！"他正在思考如何弥合同义和团的裂痕问题，值事官来报："大人，义和团首领陈永寿求见。"

凤翔立刻吩咐一声："有请。"

陈永寿被领了进来，凤翔首先离座："本官离此一天时间，城内便发生了不愉快的事情，我全知道了，望义士多包涵。我们彼此目标一致，抗敌报国，请义士谅解。"

"这么说，布告的事情不是您副都统大人的主意？"

"事情既然过去了，就不要再提了，一切责任在我。请义士放心，保证不再发生类似事件，你我同心同德，抗击外敌。"

陈永寿到此也就不多纠缠了，他站起来对凤翔拱手一揖："那么我要借三百支枪，不知大人能不能答应？"

"哎呀，枪的事情嘛，不太好办，库内无存，军用不敷。我尽力而为吧，明天听信儿怎么样？"

"那也好。"

陈永寿走后，凤翔心里更矛盾了。

以前，他听说山东地方荒旱连年，民不聊生。起了义和团，提出"反清灭洋"口号相号召，他有反感，又有点儿害怕。作为一个旗人的一品大员来说，他为清朝的命运担心。他虽然行伍出身，但博览群书，通晓历史，对历代的兴亡都做过考察。他从考察的结果总结出一条经验，认为每个朝代的灭亡都是由于"民变"引起的，而天灾加上苛政，是产生"民变"的原因。秦朝的陈胜、吴广，汉朝的黄巾，唐朝的黄巢，明朝的李自成，就是这种"民变"的组织者和领导者，他们都是应劫而生的混世魔王。虽然本身不能成功，但对颠覆前朝、建立后朝起到铺路的作用。就是因为天灾、人祸、内乱、外患，才把好端端的一个朝代推翻了。转过来，他认为朝廷的外患深重，荒旱、水灾，加上政治腐败，前途是不堪设想了，义和团也许就是为混乱清室江山而产生出的一群怪物。起初，在朝廷剿与抚的政策中，凤翔的基本观点倾向于剿。后来，义和团的宗旨改为"扶清灭洋"，朝廷议抚，他也改变了对义和团的认识。入夏以来，义和团越闹越不像话，由烧教堂、扒铁路、锯电杆，发展到攻租界、围使馆，甚至残害外国使馆的外交官。德国驻华公使克林德、日本使馆秘书杉山彬先后被害。消息传来，使他震惊。常言说得好，两国相争，不斩来使。杀害人家外交官，这不是取祸之道吗？朝廷已经昏聩到了何等地步！"八国联军"入侵，中国到了生死存亡的紧要关头。可恨俄罗斯趁火打劫，兴兵犯界，魔爪伸向东三省，再也没有比这件事使他更加愤慨的了。他决心和寿山将军站在一起，抵制俄人。义和团，只可借用其力，不能依靠其势。当今用人之际，要搞好同他们的团结……

瑷珲的义和团，凤翔已委来鹤年督办，不想他一贯反对拳民，同义和团的关系非常紧张，这可如何是好？考虑良久，他想出一个缓和矛盾的办法：借枪的事责成来鹤年办理，好使他们沟通感情，冰释前嫌。于是他吩咐："请来总管议事！"

来鹤年等待凤翔对义和团的最后表态，得到通知后，很快来见凤翔。

"集庭，拳匪之事不知想得怎样了？闹衙辱官之事一概清楚了吧？"

"这都是误会。"凤翔很客气地说，"翰臣兄，不要因小失大。义和团是瑷珲的一条膀臂，暂借其力，以御俄人，当务之急是善抚其心。"

"什么？"来鹤年吃惊地望着他，"你仍然袒护拳匪，卑职无才无德，督办团练一事请简放他人，来某告退。"

"我知道，义和团对老兄成见很深，形同水火，我想出个缓解的办法。"

"愿闻其详。"来鹤年态度缓和下来，急切地想知道他究竟想出一个什么样的好办法来。

"义和团前已提出借枪一事，迄今没做答复。我想，此事经老兄之手办理，那义和团今后对老兄敢不俯首听命？"

来鹤年有点儿活心："枪从哪儿出？"

"前日已令各军上缴多余枪支，库内清点出少量存放，收集一二百支枪并非难事。"

来鹤年眼珠儿一转，当即应下："集庭兄如此厚爱，来某敢不从命？"

凤翔高兴了，认为来鹤年还是知趣儿的。

经过这番安排，凤翔用心良苦，使他多少宽慰了一些。退入后厅准备休息一下，还要亲临右翼防区，察看那里的情况。他从黑河回来的当时，即有人向他报告，右路军统领佟贵在城里逗留一天，离开很晚，他听后心中不安。

局势如千钧一发，凤翔哪能安静休息？他忽然想起从黑河带来的一件东西，赶紧从怀里摸出来，这是一个纸折，黑河前线一个青年军官面交给他的。据本人讲，折子里边写的是"抗俄保国破敌方案"。当时凤翔觉得此人举止很唐突，言过其实，又有点儿幼稚可笑。可是细细想来，这是难能可贵的一种民族精神。他展开折子，折子上的恭楷小字仿佛变成了千军万马，黑河阵地那如火如荼的场面又浮现在他的眼前……

36

两天前，凤翔带着瑞昌所辖一营人马驰往黑河，到达时，火灾已经救毕。

黑河防御、靖边军左路统领崇玉向他报告俄军开炮经过："江北俄军报前日截船之仇，突然开炮，集中轰击防御衙门，两炮击中电报局，爆炸后起火。由于炮火猛烈，人们无法上前救护，以至烈火成灾，烧了半条街。"

"伤亡多少人？"

"回禀大人，烧毁官衙民房二百余间，死伤约一百三十人。"

"街上有外国人吗？"

崇玉被这突如其来的询问弄得心中忐忑不安，不明白副都统的用意，只有老老实实地回答："街上原有几家俄商，一个月以前都过江了。"

"离开之前，仔细盘查了吗？"

"这个……"崇玉恍然大悟，"卑职疏忽，没能想到这一点。"

"毛病就出在这上。"凤翔严肃地说，"隔江打炮，没有目标，怎么打得这么准？"

崇玉一只腿跪在地上："卑职有罪！"

凤翔伸手把他拉起来："这又何苦！俄人以贸易做掩护，以宗教做伪装，刺探机密，使你防不胜防，人所共知。"

"大人！"崇玉不敢抬头。

"俄人亡我之心已久，阴险狡猾，这不怪你。走，到阵地看看去！"

凤翔在崇玉的陪同下，来到江边阵地，登上高埠，用望远镜观察着对岸的海兰泡城。

"你来看，俄人的兵营就在这里。"

"卑职早已查明，俄人屯兵之所就在精奇里江口。"

"你很细心。"

他们下了高埠，来到一个隐蔽的炮垒前，士兵出来，列队敬礼，一个年轻的军官跑上来："请大人安！"

凤翔进了炮垒里边，看到这个炮垒虽然不大，但是很坚固，隐蔽得也很巧妙，不易被人发现。他很奇怪，忙问崇玉："这个炮垒是谁监造的？"

"刘管带[①]自己设计、自己监修。这一边七个炮垒，都是他一手经办，并且还画了图样。"崇玉说着，即把他部下介绍给凤翔。

凤翔端详一下这个年轻的刘管带，不过二十二三岁，长得很秀气，又挺精明，心里有几分喜爱，就把他叫到近前："你叫什么名字？"

"炮队管带刘芳。"他单腿跪地，十分拘谨。

"什么出身？"

"讲武堂炮兵科出身。"

"很好。"凤翔回头对崇玉说，"崇统领，刘管带这么年轻，就得了六品功名，前途无可限量。"又转过来问刘芳，"管带多大年纪？"

"小的二十三岁。"

---

① 管带相当于连长，也称哨官。

凤翔算了算："你是光绪四年戊寅出生，属虎的吧？"

"小的正是。"

"后生可畏！将来必是一员虎将，建功立业，振兴国家。"

崇玉接言道："大人，刘管带生于世宦之家。父亲刘健是安边军里抬枪营的营官，他的爷爷当年在奕山将军手下为将，现在还活着。"

凤翔忽然想起前几天瑷珲军民赶修工事的时候，在江边遇见一个叫依留精阿的老人，遂对崇玉提起。崇玉说："正是此人，从前挣下四品军功，被奕山将军革了。"

刘芳听着两位上司谈话，听他们提到爷爷的名字，忘了尊卑之分，遂脱口而出："大人，您认识我爷爷？"

长官谈话，属下插嘴，这是不允许的。崇玉给他递了个眼色，意思是说，年轻人要规矩点儿，不可多言多语。谁想这刘芳惦念着爷爷，又不认识眼前这位长官是谁，见他戴着红顶子，估计是从瑷珲来的，黑河哪里有这么大的官儿。可是他万万没有想到，他就是黑龙江边防军最高统帅、瑷珲副都统。

崇玉笑问道："刘管带，你认识这位大人是谁吗？"

刘芳闪动着两只精明的大眼睛，不敢猜测。

"你不是跟我提过，要见一见吗？这就是你朝思暮想要见一见的副都统凤大人。"

"啊！"刘芳惊喜地跪地叩头道，"大人恕小的冒昧，小的实在不知大人虎驾亲临。"

"我是来看望弟兄们的，大家不要拘束，可随便些。"

崇玉看副都统挺随和，也把提起来的心放下了，欣然地一笑："大人体恤部下，部下愿为大人效死。刘管带，你说是吗？"

刘芳答道："为了大人，为了国家，为了当今万岁，小的愿以身图报。"

凤翔嘉许了两句，又问起另一宗事："刘管带，成家了吗？"

刘芳未及回言，崇玉代答道："刘管带年初定亲，是我做的媒，要不是时局紧张，准备八月中秋成婚。"

"好哇，不知定的谁家之女？"

"恒统领的女儿，今年十九了，两家门当户对。姑娘属马，马和虎不犯相①，他们也算天生的一对儿。"

"刘管带说个好媳妇，恒统领得个好姑爷，可喜可贺，等打退了敌人入侵，我还要喝你们的喜酒呢！"

他们边走边谈，又来到一座较大的炮垒上。凤翔走近炮位，看看大炮，见炮筒擦得连一点儿灰尘也没有，心里十分高兴。

"炮弹运足了吗？"

"整整一库，够放一个月。"一个年轻的介日回答。

凤翔瞅瞅他："你叫什么？"

"厄外委官②贵喜，现任炮长。"

凤翔瞅瞅这个口齿伶俐的八旗士兵，心里很欢喜。

"不能像演习那样，放几炮，凑凑热闹。必要时，要在最短的时间内，把所有的炮弹都扔到敌人的阵地上去。这叫战争，是一场你死我活的战争，明白吗？"

贵喜回答："小的明白！"

他们转了一会儿，凤翔对这里的防务颇为满意。

他们向崇玉的营房走去。这是一个临时性的营房，简易的房屋，四周用木桩围住。自战争的命令一下达，崇玉就离开街里，把指挥所移到江边上，所以俄军炮击防御衙门，崇玉没有受到多大的损失。

在那里等候的瑞昌迎出来，凤翔深情地望了他一眼，又对崇玉说：

"黑河为瑷珲咽喉，地位十分重要，这里兵力单薄我是知道的。今把瑞昌一营人马留下，协助崇统领严守江防。你们两人要同心协力，为国效劳，不负所托。"

崇玉、瑞昌两人同时跪下："请大人放心，我等誓死报国，与阵地共存亡。上报天子，下报黎民，决不负大人期望之托！"

"快请起，快请起。"凤翔拉起两人，"崇统领老成练达，瑞营官年轻干练，你两人相辅相成，定能保住北境，我放心了。"

一旁望着几位上司谈话的刘芳，自知官卑职微，没有参与谈话的资格，只能站在那里，想着自己的心事。他见副都统吩咐完了要走，大着胆子向前跪下："大人，小的有个破敌方案，不知大人能否采纳？"

"什么？"凤翔一愣，"破敌方案？"

---

① 旧社会，男女订婚要先合属相，看一看属相是否相犯。另外还要对命相，用五行判定是相生还是相克。

② 清朝设介于官兵之间的厄外委官，约等于准尉。

第六章

崇玉一旁笑道："刘管带有个计谋，正好对大人讲讲吧！"

"什么破敌方案？讲讲看。"凤翔似乎觉得可笑。但他还是想听一听。

"大人，小的这样设想过。"刘芳说出了他的方案，"俄国人兴兵犯界，已成事实。现在，他们正在调兵遣将，可能还没集结完毕。大人应派兵渡江，越过精奇里江，攻取海兰泡。崇大人率黑河部队从上游横渡黑龙江，两下夹攻，海兰泡一定会攻下来。只要攻下海兰泡，俄国这一路军就完蛋了。等他大兵聚齐，巢穴已失，还有什么力量来打我们？"

凤翔听到这里，笑道："海兰泡原是天朝国土，我并非无意收复。可是，凭咱们瑷珲的力量，办不到啊！另外，条约已定，涉及国策，也不是咱们能决定得了的。"

"那咱们就只有被动挨打了！"

对于刘芳的大胆直言，凤翔并不责怪，反而安慰他说："管带年轻，有此大志，定是国家希望。目前，我们要守住江防，不放俄军一人一骑过来，也不是一件容易的事。"

"大人！"刘芳激动地说，"中国的国土被人夺去，收不回来，咱们太软弱了！"

"这有什么办法呢！"凤翔慨叹地说，"你把你的想法写出来交给我，我带回去送给将军推敲一下，看看他的意思。"

"小的早已写好，经常带在身边。"刘芳说着，从怀里掏出一个纸折，双手呈上，"请大人过目。"

凤翔接过，连看也没看便揣起来了。

凤翔在黑河不敢久留，心里还惦记着瑷珲，不知这一天来瑷珲会发生什么事，他要走了。

"崇统领，黑河是江省大门、瑷珲的咽喉，一定要守住！"

"卑职明白。"

瑞昌流着眼泪跪在凤翔面前："爷爷，请您保重，晚辈不能伺候您老人家了。"

凤翔一把将他拉起："瑞昌，你要小心，我在瑷珲听你捷报。"说完，又回头对崇玉吩咐道，"事关全局，你要珍重。"

"请大人放心，有我崇玉在，俄人休想从黑河渡江！"

"好。"凤翔下了最后的命令，"从现在起，向海兰泡开炮！"

第七章

37

大清光绪二十六年六月十八日，也就是副都统凤翔离开黑河的当天晚上，黑河防御兼靖边军左路统领崇玉命令卡伦山防军炮轰海兰泡，俄人称海兰泡为布拉戈维申斯克。

在此之前，北洋大臣李鸿章两次电令东三省将军"谨慎妥办"，特别告诫黑龙江将军"不要与俄国军队发生冲突"。寿山置之不理，仍命令瑷珲驻军全力对付俄人入侵，不能抱任何幻想，所以凤翔才下达了炮击海兰泡的命令。

海兰泡笼罩在茫茫的烟雾中，火花四溅，巨大的轰鸣声震得全城一片惊慌。

被任命为满洲军第二路军指挥官的阿穆尔军区司令格里布斯基中将刚要就寝，即被炮声惊起，副官哈洛夫上尉匆匆进来向他报告："中国军队开炮了！"

很快，司令部里聚集了仓皇而来的高级军官多人，等待司令的指示。

格里布斯基是一个贵族出身的陆军将领，素以残暴、凶狠而闻名于远东。他是一个双手沾满了俄罗斯人民和亚洲各国人民鲜血的刽子手，参加过镇压俄国农奴的起义，屠杀过土耳其人民，晋升为将军后，被派往远东。他一到任，就对黑龙江彼岸垂涎三尺，上表沙皇，立誓效忠，为俄国开拓新边疆的土地，是他梦寐以求的理想。他要当侵华的急先锋，做一个阿穆尔伯爵穆拉维约夫的忠实继承者。鉴于他好战成性，侵华心切，他被任命为北满方面军第二路军指挥官，担当由瑷珲取道墨尔根进攻齐齐哈尔的正面入侵任务。

然而，格里布斯基不敢贸然从事，一面集结部队，一面等北满方面军总指挥哥罗戴科夫的通知，因为他已经向中国提出了假道的要求。在他看来，那些胆小如鼠的中国将军们会乖乖地开放边境，任其长驱直入。

令其不可思议的是，假道要求被寿山将军拒绝，而他下最后通牒的使者又被凤翔副都统驱逐。这一来，他有点儿沉不住气了，没有想到自己这一路军事行动将是五路入侵军中遇到阻力最大的。

情报组长小马克不愧为搞间谍工作的能手，以他对彼岸的了解，向格里布斯基提供了可靠的情报，使得俄军炮兵准确地击中黑河目标，黑河电报局大楼起火烧毁。这样，狂躁的格里布斯基中将的情绪才有点儿缓和。

中国军队开炮，显然是对炮击黑河的报复，这他没有预料到。

总指挥部一再来电话催问，这是怎么一回事，令他查明速报。

格里布斯基，矮胖而显得有点儿臃肿的身体坐在沙发上，气得直发抖。他那像猪嘴一样的上唇蓄着一小撮微微上翘的短胡须，不住地耸动着，翻了一阵蓝中透绿的眼珠子，不顾几名高级军官在场等待他的指示，气急败坏地摸过桌上放着的香槟酒狠狠灌了几大口，然后把酒瓶子用力地往桌上一蹾。不想用力过猛，瓶子底裂开了，酒水洒了一桌子。他并不理会，也不说话，更不想接见谁。

蹾酒瓶的声音惊动了客厅里候见的军官们，他们面带惊愕。一个生得俊美、举止文雅的中年军官说："诸位稍等，我去看看。"说完，轻轻移动脚步，进入司令的休息室。

"钧座，从今晚八点钟开始，清兵向我方开炮，我炮兵迅速反击，双方正在激战中。"

"知道了！"格里布斯基一动也没有动。

这是上校参谋长阿留申，他是彼得堡军事学院毕业的高材生，在远东的军官中，是一个后起之秀。他也是陆军大臣库罗巴特金的得意门生，最近被提为阿穆尔军区副参谋长，成为参谋长沙莫依洛夫少将的助手。现在，沙莫依洛夫在彼得堡出席军事会议，将随陆军大臣一起回归。之前，阿留申上校暂代参谋长职务。

格里布斯基中将同阿留申上校的关系非同一般，在阿穆尔军区中，只有他敢于向司令反映任何问题。

还是在炮击黑河之前，俄军向瑷珲假道被拒不久，格里布斯基将军觉得没有面子而恼火，他立即召来阿留申帮他分析局势。不想参谋长一见面就从皮夹里取出一份当天出版的《阿穆尔日报》，送到司令面前："请钧座看看这条消息。"

格里布斯基将军不知何事，急切地看起报纸来。这是一条评论，大意是："第二路军进展不利，行动迟缓。据消息灵通人士透露，外贝加尔驻军步兵第三师师长苏鲍提奇中将调往前线，将接替作战不利、进展迟缓的格里布斯基将军……"

对于这条真假难辨的消息，格里布斯基将军有些愠怒了："这是真的？"

阿留申笑一笑："这是舆论，可它代表一种倾向。"

"我去见总督，请他澄清事实。"司令官不忘礼貌地对部下客气一句，"感谢你上校阁下，给我提供如此重要的信息。"

格里布斯基将军拜会了他的顶头上司、阿穆尔总督兼北满方面军总指挥、沙皇的功臣、陆军上将哥罗戴科夫，事情才得到澄清。原来这条消息应是：苏鲍提奇中将调往前线，将协助格里布斯基将军。报纸把"协助"误为"接替"，并附加了"作战不力"四个字。自然，报纸的主编理所当然地受到了军事当局的处分，然而却给格里布斯基将军敲响了警钟。作战不力、进展迟缓，这将意味着什么？《阿穆尔日报》这是非颠倒的评论，不就是个很好的启示吗！

38

双方的炮战日益激烈，互有伤亡。

格里布斯基将军终于会见了司令部里的大小军官。

"诸位！"司令官郑重地宣布，"我告诉大家一个不幸的消息：阿穆尔舰队司令库米斯基上校于瑷珲江面身负重伤，医治无效，昨晚死于陆军医院。"

刚刚坐好的军官们突然一齐站起来，低下头，用手在胸前不住地划着十字。

宗教式的祈祷一结束，格里布斯基将军叫过他的副官："上尉，请你报告一下，库米斯基上校昨晚临死前说了些什么？"

"是，钧座。"哈洛夫上尉一挺胸脯，"他请求司令官阁下，把黑龙江的军民全部杀光，为他报仇。"

"我们一定给他报仇！"司令官咆哮着，"我们要杀的，不仅仅是黑龙江人，而是所有的满洲人，所有的中国人！"

军官们都晓得司令官的脾气，当他发火的时候，不容任何人插嘴，也不容解劝，所以大家只能唯唯诺诺地听着。

"我们的部队将在最近两天内集结完毕，马上要开始大规模的军事行动了，一定要在陆军大臣到达之前渡过黑龙江。我们要占领满洲，实现沙皇陛下的伟大理想，不过……"司令官滔滔不绝的议论戛然而止，似乎又在考虑着什么。

参谋长阿留申上校从旁给他打气："依我军的实力来看，摧毁敌人的一切军事设施，是不成问题的。"

"不！"格里布斯基将军并不欣赏他的参谋长的过高估计，回顾两次偷袭的失败，舰队被堵截，再加上近日来清军连续炮轰海兰泡，使他充分认识到，"瑷珲是一颗钉子，并且还是颗很难拔掉的钉子。"

"钧座！"小马克少校由于没有提供有价值的情报而不受上司的信任，这时候，他把已经想好的一条十分恶毒的计策讲了出来，"布拉戈维申斯克城里，尚住有七八千华人，这对我们是不利的。为了解除后顾之忧，消除隐患，首先要把他们驱赶过河，没收他们的财产。"

"驱赶过河？"格里布斯基将军所想的也就是海兰泡城里的华商侨民问题，不过考虑的不是驱赶过河，而是更加毒辣的罪恶计划。他冷笑道，"那不是太便宜了他们！"

小马克觉得司令官没有理解他的真实用意，又进一步说道："过河，那只能是他们的尸体和灵魂。这样做，不仅可以给舰队司令报仇，而且还可以瓦解清军的斗志。"

"哈哈哈哈……"司令官发疯似的一阵狂笑，他十分佩服这个老牌间谍的高见。

阿留申上校一见事情不妙，明白了他们计划的背后将意味着什么，忙建议道："钧座，这些无辜的华商和侨民……"

格里布斯基将军对他挥挥手，笑道："上校阁下，我们要在陆军大臣到来之前，创造奇迹！"

他把这项罪恶的计划交给卫戍司令连年刚波夫少将去执行，而自己却要亲率部队去外结雅地区驱赶华人，把江东六十四屯吞并为俄罗斯帝国的领土。

"钧座，请您看在上帝的面上，饶恕那些可怜的中国人吧！"

阿留申上校的阻挡并没能生效，一场血腥的暴行终于发生了。

39

布拉戈维申斯克卫戍司令连年刚波夫少将奉命回到卫戍司令部，把警察局长和宪兵队长叫来，向他们传达了指挥部的密令，交代了任务。强调要绝对保密，不准走漏一点儿风声，以免华人提前得知真情，激成大变。接着，又派出一些俄军，把海兰泡郊区农村散居的一些中国农民和渔民统统集中到指定地点。

警察局长首先找来海兰泡华商会会长潘明甫，很客气地对他说："会长阁下，目前两国已经开战，华人在这里对当局不便，而且也不安全。所以俄国决定，将华商和侨民全部送回中国，船只已经准备好，请会长阁下协助动员，俄国当局绝无歹意。"

潘明甫信以为真，表示愿意协助俄方，动员华人回国。

于是，海兰泡城里的中国商人全被"动员"出来，有的被警察和宪兵用枪驱赶出来。他们一批批地被领到警察局集中，等候遣返。开始时，警察还挺和气。等到华商及其家属全部押进警察局以后，他们的态度就变了，后来竟是强拘硬捕，青壮年还拴了绳子。

人们有些惊慌："这是怎么回事？"

不祥的预感在所有的中国人心里产生，潘明甫一看这种情形，才知道上当受骗了，要去找警察局长交涉。可是，他和他的一家人被看守在警察总局大院的一个角落里，不准行动半步，不准和任何人接触，也不准讲一句话。

这时，海兰泡街上几十家华人开的大商店全被洗劫一空，华侨家里的所有财产，值钱的全被抢走，不值钱的全被捣碎。被驱逐出家门的中国人哪里知道家中所发生的一切，他们不敢留恋苦心经营所挣到的财产，担心的只是自己一家人的命运。

开始的时候，几千名中国人被领到全城四个警察局，渐渐越聚人越多，警察局的院中已满，很快便容纳不下了。警察局的头目宣布："现在送你们过河！"

惊恐万状的中国商人和侨民身不由己，每个人都表现出无可奈何的神情。妇女吓得啼哭，小孩儿吓得嚎叫，面对着全副武装的俄国军警，大家束手无策。

警察局又宣布几条纪律：不准说话，不准哭闹，要服从遣送，发现逃跑就开枪，等等。

大约午后五点来钟，所有的中国人又被驱赶到江边一个较大的贮木场里，周围布满了岗哨，大门被封锁起来。

潘明甫被带进来，他已成了另外一个人，满脸是血，牙齿被打掉。因为他离开警察总局大院的时候，看到押送他们的武装军警，如临大敌，意识到事情的严重性，他叫了几声："毛子不怀好心，我们受骗了！"

警察立即把他拉出来："潘明甫阁下，你要不合作了，那好哇！"

警察局长见中国人已经搜捕得差不多了，华商会长也没有什么利用价值了，便凶相毕露，指挥警察们下了毒手。

潘明甫被拉到贮木场的时候，已是刚从死亡线上挣扎过来，警察拿他示众："谁要不服从，就以他为例。"

潘明甫满口喷着鲜血，像发了疯似的，声嘶力竭地喊道："同胞们，我们受骗了！毛子不怀好意，大家赶快逃命，逃出一个是一个……"

俄国警察棍棒交加，劈头盖脸，潘明甫没有喊出最后一句话便倒下了。被活活打死在场子内。

人们不敢大声哭，只能对着悲惨的场面暗暗抽泣。

场外的警戒更加严密，被看守在场子内的几千名中国人又饥又渴，加上害怕，他们既不能跑，又不敢问。

夜幕降临了。半夜里又淋了一场小雨，露宿在魔窟里的中华民族几千名男女老幼，挨过了饥、渴、寒、湿外加恐惧的百般苦楚，好不容易盼到了天明。

天亮以后，场子大门被打开，原来是俄国军警又把在郊区搜捕到的几百名农民和渔民也押到了这里。

40

俄军司令部里，格里布斯基将军召集有十余人参加的秘密会议，研究采取用何种有效办法处理这是七八千名中国商人和侨民。

连年刚波夫少将提议，可以在贮木场内集中解决。小马克少校却反对这样做，他建议道："几千名华人解决在一个场子里，终究不是个好办法，还是履行诺言，送他们过江。"

卫戍司令担忧地说："他们要是不肯渡江，集体哗变呢？"

小马克一阵狞笑："将军阁下，您的部队可以保护他们。我确信，一群散沙一般的中国人，他们会老老实实服从上帝的安排。"

格里布斯基将军认为小马克的意见是有道理的，他说："少将阁下全权处理这里的事情，我马上率兵渡结雅河，为沙皇陛下取得新的领土，那是皇冠上的一颗明珠，尽管它小得可怜。"

众人一齐站起："祝司令官阁下马到成功！"

"我宣布！"格里布斯基将军站了起来，"今天午后三点钟，我们要，同时动手！"

代参谋长阿留申上校因为反对用暴力手段对付华人，所以这次秘密会议并没有让他参加，但他还是晓得了司令官要亲自带兵去血洗六十四屯，不禁大吃一惊，忙找到已经调齐队伍、即将出发的格里布斯基将军："钧座，外结雅地区是中国领土，《瑷珲条约》已有明文规定，这不是我们采取大规模军事行动的主要目标。请司令考虑。"

格里布斯基将军不屑一顾地催开战马："上校阁下，两天以内，您就会看到惊人的奇迹！"

"我的上帝，罪孽呀罪孽……"阿留申上校慢慢地低下了头，他希望陆军大臣马上能到达这里，也许能阻止这种暴行。可是，距离陆军大臣预定的到达日期还差三日。即使库罗巴特金将军真的能够阻止这两起惨无人道的行为也为时已晚，更何况……

"伟大的俄罗斯，伟大的沙皇陛下，您的荣誉在哪里？上帝、真主，您又在哪里？"

41

贮木场最后送来的这批人中，有一个叫丁国旺的小伙子，是个渔民，昨晚半夜，被俄国警察从精奇里江口一个村子抓来的。他的年轻妻子怀抱个三岁的小男孩儿，也一同被捕。两名俄国警察在用绳子拴上丁国旺的手脚以后，还当着他的面儿轮奸了他的妻子，然后统统把他们驱赶到集中地点。

"你们这群畜生！"

丁国旺虽然被捆绑得很紧，但并不屈服，连骂带挣扎，一直到押进贮木场内，他仍骂不绝口。妻子含泪对他说："光骂有什么用，你倒想想办法，抱孩子逃出去呀！我……我不能活了……"

丁国旺见场子聚了这么多人，大叫道："咋这么老实呢？这群畜生要害人，大伙还不和他拼了！"

他的鼓动，并没有效，有人泄气地说："拼什么，手无寸铁。"

"那也不能等死啊！"

人们鉴于昨日潘明甫的惨死，如今还心有余悸，不想触怒俄国当局。他们幻想着无论历尽千辛万苦，只要能渡江回到祖国的怀抱，一切在所不惜了。

接近晌午，海兰泡的三个俄国头目——卫戍司令、宪兵队长、警察局长都来到贮木场，通过翻译宣布："现在送你们渡江，船只都已准备好，马上就走。"

全副武装的俄国军警分列两旁，七八千名中国人露宿一宵，一昼夜没有吃一口饭、喝一口水，连饥饿带害怕，被拥挤着押出了贮木场。

华商和侨民在由警察局送往贮木场的时候，很多人被捆起来，有五六个人拴在一起的，也有二三十人连成一串儿的，说是怕他们路上逃跑，实际是怕他们奋起反抗。

离开贮木场，顺着江堤而行，七八千名中国人像被驱赶牲畜一样，在俄国军警的皮鞭、木棍、刺刀、枪托的威逼下，向上游的一个沙丘走去。不管是由于几个人拴在一起行走不便而落后的，还是老弱病残走得慢的，加上饥寒交迫而生病难以行动的，都被俄国军警用刺刀刺死，一路上倒下数百人。

丁国旺反绑着手，先是被看押在一伙青壮年中，由于看押的俄国警察参与杀害行走不便的老弱病残，放松了对他们的监视。一直抱着孩子跟在他身旁的妻子瞅准警察放松看管的机会，一只手抱住孩子，另一只手迅速从怀中掏出剪刀。这是她被俄国警察强奸以后，驱赶出家门时偷偷揣到怀里的，准备再要发生那种事情，就与敌人同归于尽。没有想到今天有了大用，她偷偷把丈夫绑着的绳子剪断。丁国旺略舒展一下胳膊，见有一小队俄军从旁走过，仍然倒背双手，装作绑着的样子，幸运的是俄国人并没有发现。

走了大约一个半小时，来到一处小沙丘，沙丘前面有一条小溪拦住了去路，人们被勒令停下来。

滚滚的黑龙江水湍急地向下奔腾，侨民们望着对岸的祖国，恨不能长了翅膀飞过去。

丁国旺一看这个地方，既无码头又无船，情知不好。他相信自己的水性，悄悄对妻子说："注意，你跟我来。"妻子哭泣道："还有孩子，这可怎么办哪！"

"看机会，跳江，我能带你过去。"

他们的小声说话，被旁边走过的一个人听见。这个人大约四十多岁，看样子是个读书人，他小声对丁国旺说："兄弟，你懂水性，就找机会跑吧，逃晚了都没命了！"

"先生，那你？"

"唉，生有处、死有地，想不到我陈文举无辜身丧异乡。"说着，满眼含泪，仰天长叹，"老天爷，你睁眼看看吧，看一看我们这些可怜的人……"

丁国旺的眼里射出仇恨的火焰，他忘记了自身的处境，一挥胳膊："奶奶的，我跟他拼了！"

"小点儿声！"那位叫陈文举的先生制止了他的狂怒，"给那些魔鬼听见，连你也跑不了。"

前边的行进队伍已经被勒令停下，走在后边的被催促着往前集中，恐怖的气氛异常炽烈，人们明白了一切，但是为时已晚，他们失去了所有反抗的条件和机会。

"小兄弟，无论如何你要活着回去，要把这里发生的一切告诉国人，记住！记住！"

丁国旺被陈先生的深情打动了，他现在想的不是妻儿一家三口，而是想到了几千名中国同胞的生命，他要过江，做一个历史的活见证！

"小兄弟，我是过不去了。你要能平安地逃过江南，给我的家乡捎个信儿吧。我原是山东莱州府掖县陈官庄人，叫陈文举。记住。"

"咱俩是同乡，我是山东登州。"

"怎么来到这里？"

"我爷爷逃荒来的，五十多年了，我是这里生人。"

陈文举"唉"了一声："劫数啊，劫数……"

就在这时，一队骑兵跑过来，翻身下马，各执刀斧，向人群扑来。

丁国旺一看，红了眼，急切地向江坎下张望，寻找机会。

人群开始骚动，丁国旺顾不得老婆孩子，向江坎上一丛灌木溜去。他一跑，被一个俄国警察发现，提枪追去。不想被一个妇女从后面扯住，这就是丁国旺的妻子，她拼命地喊着："快跑！快跑！"

几名俄国警察同时跑来，被扯住衣服的警察回头给了她一刺刀，只听"哎呀"一声惨叫，她倒在了血泊中，怀里的孩子顺手脱出，被俄国警察一脚踢落在江岸下……

几个警察追到岸边的时候，丁国旺早已跳进波涛汹涌的黑龙江中，他水性好，潜水逃跑了。俄国军警打了几枪，因无目标，没有打中，小伙子幸运地游过江心，奔向南岸。

霎时，这伙豺狼兽性发作，他们挥舞着刀斧，驱赶着人们渡江。稍有迟缓，就被刀砍斧劈，鲜血染红了江堤，漂泊在咆哮奔腾的黑龙江上。人们下水以后，因为几个人或十几个人拴在一起，会水的也无法游泳，皆顺水漂没。有一部分人挣开绳索，拼命划水，又被俄军在岸上开枪射杀。哭叫声、呼喊声震动周围几十里，一场惨绝人寰的大屠杀在光天化日之下，从光绪二十六年六月二十日至二十二日，连续四次大屠杀，死难的中国人竟达七八千人之多，史称"海兰泡大屠杀"。同胞们永远记住，这是沙皇俄国欠下的一笔血债，时间是公历一九〇〇年七月十六日。

事后，俄国当局百般抵赖，无耻狡辩，企图掩盖真相。但是铁证如山，暴行就是暴行，除了逃过江来的少数幸存者的叙述而外，还有一位日本目击者石光真清，从始至终见证了俄国人施暴的全过程。后来，他著了一本书叫《谍报记》，详细而具体地记录了"海兰泡惨案"的事实经过。

瑷珲城很早就担心江东六十四屯，那里尚居住着数万中国人，怕一旦战事吃紧，居民受害。凤翔即将此顾虑报告给将军寿山，请示允许派船，将江东居民接过来再说。谁想寿山将军顾虑重重，怕移民会引起俄方警惕，制造战争的借口，命令瑷珲不要轻举妄动，以免给俄人以口实。凤翔得令，只得取消过江移民的打算，以致后来发生了那么大的惨案，造成那么严重的后果，这是寿山的过错，他应承担这一历史责任。我们当然也理解寿山将军的苦衷，他是为大局着想，怕激怒俄国人，找借口发动侵略战争，可是他对俄罗斯那些好战分子的残暴却估计不足。

42

回头再说黑河清军炮击海兰泡之后，更加注意江北俄军动向。六月二十日这天，他们发现北岸上游人喊马嘶，号哭声闻于野，看样子好像俄国兵在杀人。崇玉用望远镜看得真切，他十分气恼地骂道："这群伤天害理的畜生！"

瑞昌愤慨地说："都是同胞，我们不能见死不救哇！"遂请求率兵过江。

崇玉说："我怎么忍心同胞受害，可是俄国枪炮厉害，咱那木船靠不了岸哪！"

瑞昌坚持要去，崇玉只得依了。

果然不出崇玉所料，俄军早已防着这一手，埋伏了人马，配备了重武器，任你瑞昌如何勇敢，在强大的火力封锁下，你也靠不了近前。木船被穿透击毁好几只，清兵只好护着瑞昌，返回南岸，不但没能救下同胞，反而伤亡了数十名士兵。瑞昌见了崇玉大哭道："卑职无能，愿受军法处置。"

"我早已料到，这不能怪你。看来只好注意江面，打捞落水的人，并向瑷珲报告情况。"

按照统领崇玉的命令，江岸守军先后打捞上几十名死里逃生的人。最先上岸的是个青年小伙子，神志清楚，自报姓名叫丁国旺。其余救上来的人都不能言语，有的始终不会说话，还有的明白过来以后，大哭一声断气了。

俄军在江北杀害中国人的暴行很快传遍了全军，清军官兵没有被血腥暴行威吓住，反而同仇敌忾，斗志更加高涨。

43

海兰泡血洗华人的消息传到瑷珲，副都统凤翔不在城里，他于今早赶赴右翼阵地，到佟贵的安边军里去阅兵。

从整个瑷珲的防务来看，使凤翔最不放心的就是右翼。右翼防区在下游的霍尔莫津屯到富拉尔基站之间，有安边军四营一千五百人驻守。安边军是一支训练有素的八旗子弟兵，但是统领佟贵老迈昏庸，又一贯反对开战，这就不能不使凤翔忧心忡忡。他并非无意撤换佟贵，一来碍于寿山将军的面子，二来临战时期，轻易调换指挥官也不是个好办法。为此，他决定到右翼阅兵，用自己的影响鼓一鼓士气。

凤翔随身带了十个人，六个亲兵戈什哈，四个武官作随员。他们是索伦骑兵统带肯全、佐领兼中军左路统领玉庆、水师统领扎鲁布，还有义和团拳师杜心。

一路上，凤翔思考着佟贵这个人，他不仅是寿山将军姑表亲，而且还是他的长辈。同时，他也是瑷珲资格最老的军官之一，早年参加平定太平天国，混下一点儿功名，得了个四品顶戴、赏戴花翎[①]的荣誉。资格老加上根子硬，使他在瑷珲防军里边举足轻重，他也根本没把凤翔放在眼里。凤翔认为，这是个薄弱环节，万一俄军从这里突破，瑷珲的侧面就暴露在敌人的眼皮之下，那时将失去一角，牵动全局，打乱整个防御体系，导致全线崩溃的后果。想到这里，他感到十分可怕，恨不能一步踏入佟贵的军中。

水师统领扎鲁布想着自己的任务："大人，这江东六十四屯的居民真也可恶，几次派船去接，可他们就是离不开土地、舍不了财产，三趟接来几百人，我看算了吧！"

"老百姓故土难离，人之常情。要晓以利害，速催搬迁，再要不动就强制。"凤翔知道今天水师没有出船过江，遂吩咐道，"回去以后，急速派船，不许耽搁，迟则有变。"扎鲁布只得表示遵命照办，可他为接运一事也急得团团转，不管怎么动员，人们就是不肯过来。

玉庆所想的却是另一宗事："大人，来总管处作梗，反对抵抗，主张假道，恐怕非瑷珲之福，大人不可不防。"

凤翔望着这位忠实的同僚，微微一笑道："我是防不胜防啊！欲防无策，也就不如不防，听其自然可也。"

他说的都是实话，因为他到瑷珲的时间短，这里一切人事安排都是从前的部署，有什么权力予以变动呢？就是将军寿山，也不过是从一月前才开始接任的署理将军，他又如何能摆脱这些地头蛇的控制？而这些地头蛇又都是上有根子、下有党羽的地方实力派，天王老子也奈何不了！过江接六十四屯居民，这是凤翔的决定，事先并没得到寿山将军的允许。

佟贵对副都统一行的到来表面殷勤，心里实在不满。心里话："你到底还是不放心我！"

佟贵传下命令，令人马集合，要亲自指挥操演阵法，给凤翔看一看。凤翔知道他的用意，遂制止道："各军要严守汛地，此时不宜集中，我到阵地看看就是了。"

"那就多有慢待了！"佟贵若讥若讽地说，"翼长大人风尘仆仆，辛苦劳碌，卑职心存敬意，大人不肯赏脸，那就莫怪失礼了！"

凤翔一腔怒火被勉强压了下去，郑重地说："佟大人，我是来看看防

---

① 是清代武将插在官帽上的装饰品，花翎即孔雀翎，分单眼、双眼、三眼。赏戴花翎即是单眼，五品以上、三品以下立有军功的人能获得，一、二品官为双眼。

务，看看有没有漏洞，不过是未雨绸缪之意，请统领不要心怀芥蒂。"

佟贵冷笑一声："岂敢！大人光顾我这穷乡僻壤，卑职受宠若惊啊！"

随行的扎鲁布、玉庆等人见佟贵这么狂妄无礼，心里都不服，个个手按腰刀，怒视着这一切。他们想，佟贵这老东西会不会劫持统帅，然后放弃边防，引俄军入境？但是，凤翔却坦然地坐在那里，继续和佟贵交谈。

"佟大人，兄弟久闻老兄深谙孙子兵法，想这里的布防一定不同一般吧？"

佟贵听见副都统推崇他，趁势卖弄起来："古今用兵，在于知己知彼；排兵布阵，在于变化多端。十套阵法，变化无穷，高深莫测呀！为将者要背离十套阵法，那还打的什么仗？哈哈哈哈！"

"好，我就要看看老兄的十套阵法。兄弟无才，见识见识。"

他们离开大营，各上战马，佟贵本来乘坐两马车子，今天也只得破例换上坐骑。他们到各营汛地去视察，每到一处，佟贵都指着士兵起出一个名堂，什么一字长蛇阵、二龙吐须阵、三才阵、四方阵、五花阵、六合阵、七星阵、八卦阵、九宫阵，最后是十面埋伏阵。他说得井井有条，眉飞色舞，凤翔听得心惊胆战、满腔愤怒。察看完了，凤翔强压住怒火，说道："佟大人，现在是两国交兵，不是儿戏。即使你的阵法真的确而精，那已是古代的玩意儿了。今天是火器时代，不是刀矛剑戟的时代。全线警戒，重点防守，首尾呼应，是右翼的战法。佟统领，你看呢？"

佟贵无话可说。

"调整部署，还来得及。"

在一处阵地上，凤翔对几百名官兵简单讲了几句话："我们是军人，国家有难，我们要为国尽忠，报效皇上。不敢反抗敌人，是孬种！"

士兵们一阵欢呼。

佟贵看到这个场面，翻了翻三角眼，露出了不屑一顾的神气。

"哼，我吃了一辈子军粮，见得多了，几个小毛孩子有啥咋呼头儿！"

凤翔瞅瞅他，没有吱声。

在视察整个阵地的过程中，他们来到一处要害地方，叫作沙石口。这里港阔水深，早年筑有码头，今已废弃。这里是一个船舰靠岸登陆作战的好地方，右翼的重心可能就在这里了。

安边军的一个营驻守在这里，这个营是抬枪营。抬枪是一种明清时代生铁铸造，用引火燃放的一种武器，因为枪体很沉重，搬动需用人抬，所以叫抬枪。进入十九世纪末，这种东西已被淘汰，可是佟贵还相信抬枪的威力，用它装备了一个营，放在沙石口这个要害地方。

抬枪营的营官叫刘健，是依留精阿老人的养子。他有一个儿子，凤翔认识，就是在黑河呈献破敌方案的那个年轻军官，名叫刘芳。

凤翔看到整个右翼的要害在沙石口，可奇怪的是这里放了一个仅有三百多人、使用陈旧武器的抬枪营，而新武器装备的精干部队都用于护卫统领的大营。凤翔明白了佟贵的用意，原来是想保存实力，为自己留一条后路。他实在克制不住了："佟大人，老兄素称知兵，通晓孙子兵法，可《孙子兵法》云：'地形有通者，我可以往，彼可以来，曰通。'这个沙石口的地形正符合这个'通'字，敌人容易从这里进攻，还应重点防守。"

"哈哈哈哈……"佟贵一阵干笑，"翼长大人，你是不是多虑了？俄人不懂《孙子兵法》，他们怎么会按兵法上行事？其实嘛，卑职防区好几十里，我就一千多人马，你让我顾哪头儿？"

凤翔心里骂道："真是蠢材！"生气也没有用，还得说服他："老兄，休得儿戏！古今中外，打仗总离不开这一套老经验，疏忽是容易吃亏的！"

"既然你这么说了，那我把中营调上来，充实这里的防御能力，你看怎么样？"

"理当如此。"

佟贵要在副都统面前做做样子，立即传下一道命令："调中营营官常泰换防，率所部迅速赶到沙石口……"

44

凤翔一行进了抬枪营的军营里，营官刘健早已在帐篷外肃立躬候。

刘健是个四十五六岁的壮年汉子，中等身材，赤红面，浓眉大眼，嘴巴上几根稀疏的黄胡须接连到耳旁。戴着一顶亮白顶子的五品官帽，身穿天青色单箭袖马褂儿，腰别指挥刀。他恭恭敬敬地向长官行礼。

"刘营官是哪里人氏？"凤翔坐下后问道。

"卑职是当地人。"

"从前什么出身？"

"行伍。"刘健回答，"以前打过猎。"

凤翔点点头，又问："听说刘营官枪法好，想必是打猎练出来的吧？"

"大人抬举了。"刘健谦逊地说，"打野兽嘛，枪杆儿不直溜儿①还行？"

"打敌人，枪杆儿更得直溜儿嘛！"

"实不瞒大人说，我就是因为中国老受俄国毛子欺负，才吃军粮的。"

"好哇，真是有其父必有其子，忠贞出一门哪！"说到这里，凤翔微微一笑，"这回呀，你们一家祖孙三代我都认识了。"

"啊？"刘健不知所措，愣住了。

佟贵拉着长声，从旁插嘴道："刘营官，翼长大人如此关心，你可要知恩报效啊！"

"嗻！"刘健单膝点地，双拳一拢，"卑职明白，一定报效大人！"

他们离开大营，来到江边，见有数十名士兵望着江里，指手画脚地嬉笑着。

刘健喝问道："你们干什么呢！"

因刘健平日待部下宽厚，士兵都不怕他，他们也不管来的上司长官是谁，仍然嬉笑着说："刘老爷，你看，江里有条大鱼，一会儿上来，一会儿下沉，真有意思！"

士兵说着，忽然往江里一指："看，那不，又出来了！"

人们都看清楚了，果然一条大鱼在江里游着，常常浮出水面，尾巴一摇，有时还把浪花拍起来。

刘健轻轻从士兵手里接过枪，注视着江面。不一会儿，大鱼又浮上来，刘健刚要举枪，浪花一涌，鱼又沉没了。刘健目测一下方向距离，双手握住枪，目不转睛地盯住江面。不大工夫，水波翻滚，"哗啦"一声水响，大鱼又跃出水面。

"啪！"就在这一起一落的瞬间，枪声响了。水波一翻，江面掀起了小山一样的浪花，水里溅出一点儿殷红的血迹。

"打中了！打中了！"

岸上一片欢呼，很多人跳下水去，不大工夫，由两个士兵把一条大鱼推向岸边。这是一条约有二三十斤重的大草根鱼，被拖上来时，头部中弹受伤，还没有死，两边的鳍还一张一合地扇动着。

凤翔看得一清二楚，赞道："果然神枪手，真是名不虚传。"

---

① 当地人土语，即是准确的意思。

一个士兵接过说："大人，我们营官老爷的枪法准得出奇，空中打飞鸟，夜里打香火，百步打铜钱，都是一下一个。"

佟贵见凤翔赞赏刘健的枪法，心里很觉不是滋味，遂阴沉着脸说道："翼长大人，我的防区有这样能人，还怕老毛子来吗？"

凤翔瞅瞅他，没有答言。

他们察看了抬枪营的阵地名为抬枪营，实际只有一百来支抬枪，其余全是步枪。抬枪高高地架起来，抬枪兵个个威武雄壮，规规矩矩地站着，迎接长官的检阅。

凤翔看到了这些抬枪兵，又观察了这些陈旧武器，苦笑道："听说外国造出一种新武器，叫机关枪，放的时候，子弹一串儿一串儿往外出，威力无比。咱们如今还使用这老古董，实在是太落后了。"

刘健问道："咱们不可以向外国订购吗？"

"洋鬼子岂肯把最先进的东西卖给咱们？咱们要是强盛了，他们不就占不着便宜了？"凤翔边走边说，"去年，李鸿章中堂出使西欧，准备同英、法、德、奥各强国订购几种新式武器，其中就有机关枪，打算用来装备武卫军①。聂军门抱了很大希望，结果扑了个空。"

玉庆愤慨地说："这伙强盗，处处卡我们脖子，真是可恶至极！"

凤翔又说："所以吾人应奋发图强，振兴中华，立志自新。"

这时，不料身后跟随的义和团拳师杜心突然嚷道："洋鬼子是靠不住的！"

众人吃了一惊，佟贵翻了一下满是鱼尾纹的小眼睛："何人如此放肆！"

凤翔忙解释道："义和团杜拳师。"

"嘿！"佟贵不满意了，"一个白丁②也配跟咱说话？"

杜心一听，如何能忍耐得了，他向前蹿上几步，一把抓住佟贵："你说什么？"

"你你你……"佟贵用手指着，说不出话来。

玉庆忙上前解劝："杜师傅、佟大人，你们两位何苦，都是自家人。"

杜心虽然松开手，但大眼睛仍瞪着。佟贵瞠目结舌，不知所措，连连打了两个呵欠，鸦片烟瘾又上来了。

---

① 清朝保卫北京、天津一带畿辅地方的卫戍部队，也叫亲军，提督是聂士成。
② 清代，没有功名的人叫白丁，即是普通老百姓。

凤翔对佟贵的出言不逊很不满意，又不能说什么。只得看着这一切。

一场小小的风波总算很快平息了，好赖当着副都统的面儿，杜心的粗野性子还是有所收敛的，大家都弄得很不愉快。

45

凤翔一行回到统领的行营，晚饭已经摆上。

这时，奉令而来的中营营官常泰赶到这里。常泰大约三十六七岁的年纪，是个目不识丁的八旗子弟。谈话之后，才知他和统领佟贵有点儿亲戚关系。佟贵命令他移防沙石口，做抬枪营的后卫，即刻出发，不得有误，常泰遵令去了。

饭桌上，自然又要谈起防务的事情，凤翔提到了各军的情况。他告诉佟贵，黑河方面首当其冲，是全瑷珲的门户，和海兰泡隔江对峙。有崇玉在，此人文武全才，独当一面，可以放心；卡伦山要塞山峭地险，居高临下，敌人水陆来攻，都无法登岸。况且营官海全是瑷珲一员名将，在靖边军中以反俄著称，和崇玉紧密配合，左路军还是没有问题的；中央阵地上，炮垒林立，工事坚固，由炮兵统领恒龄防守，玉庆辅佐，又有义和团相助，瑷珲城池固若金汤；右翼左路军和右路军的防地中间隔着一条河，彼此不能呼应，一旦俄人从这里突破，那将是……所以，我已命令满达海连夜赶造浮桥。

佟贵哪里听不出来，说来说去，你不就是对我不放心吗？想到这里，他干笑两声，说道："翼长，谁是英雄、谁是好汉，打起仗来你再瞧吧！"

"老兄带兵多年，兄弟久仰。不过，如今春秋渐高，万一有点儿闪错，一世英名，付之流水，我也对不起眉峰将军。"凤翔说到这里，又瞅瞅佟贵那苍老的面容，向他表示，"现在战争跟从前大不相同，什么三韬九略，十套阵法，统统没用。俄国人船坚炮利，性情狠毒，老兄觉得支持不住，兄弟一定妥善安置。"

"反正你是想要夺我的兵权，哪有那么容易！"佟贵转念一想，假装笑脸说："翼长，卑职吃皇上俸禄多年，现在不正是报国的时候嘛！"

凤翔气恼中刚要说点儿什么，忽然江岸上巡逻兵紧急报道："大人，江东百姓纷纷往江西跑，有的驾船，有的抱着木板。问过之后，他们说毛子在上游屠杀中国人，海兰泡的华侨都被驱赶到黑龙江里淹死了。"

凤翔得知这个消息，大吃一惊："果然发生这等事！"

佟贵不相信，他说："仗还没打就人心惶惶，怕是谣传吧！"

凤翔吩咐扎鲁布："你赶快先走，派船过江，接运难民，不得迟误！"

扎鲁布领命走了。

凤翔又吩咐佟贵："看来事情有变，你赶快征集民船渔船过江。"

佟贵嘴上答应，心里却不以为然。凤翔不敢久留，又重点交代几句注意防守的话之后，一行人匆匆忙忙离开了。

第八章

46

黑龙江不是中俄两国的界河嘛，对岸怎么还会有中国领土"江东六十四屯"呢？这话说起来长了，不是三言五语能够讲清楚的。那么，今个儿就把中国同俄罗斯近二百年来的领土纠葛做一简单叙述，我们同胞就会知道在沙皇俄国的扩张政策下，中国丧失了多少美丽的河山、大片的土地。现在，沙俄打的是东三省的主意，要把我大清祖宗发祥之地变成"黄俄罗斯"。

远的不说，就拿明清两朝来说吧。明永乐年间，在黑龙江北岸设立一个军政机构叫奴儿干都司，管辖黑龙江以北、乌苏里江以东这一广阔地区。这一地区居住着大批女真人，由于部落众多，明朝设立一百多个卫所，封这些部落酋长为卫所指挥。他们投顺明朝，所居之地自然也成为明朝的国土。

明末清兴，清初就替代明朝管辖原奴儿干都司的地盘儿，这一地区仍属于中国版图。

俄罗斯原是一个欧洲小国，最先叫莫斯科公国，只占有莫斯科河流域一小块领地。以后势力不断扩大，征服一些弱小的民族和部落，特别在征服西伯利亚之后，野心迅速膨胀，向东推进，以极快的速度于大清崇德四年到达鄂霍次克海岸。他们总共用了六十年的时间，就完成了占领大兴安岭以北、东到海滨这一广阔地区，自称"发现了无人区"。即使如此，他们对中国也是毫无所知。当时有一个叫伊万的哥萨克，此人是个冒险分子，他带着一支探险队，怀着发横财的野心到处乱窜。听到了黑龙江这个名字，被传说沿岸都是财富，到处是金矿银矿。

伊万的后继者哈巴罗夫是一个流氓出身的盗匪，他深入黑龙江，屠杀当地土人，焚烧民房，无恶不作。俄国沙皇正式派军队侵入黑龙江地区，企图占领这个地方，遭到大清帝国的坚决抵抗。俄军是一伙无赖，当清兵驱逐敌人撤退之后，已经败退的俄军乘虚而至，继续骚扰。清廷为了彻底解决俄罗斯入侵问题，于康熙二十四年发动了"雅克萨战争"，全歼俄国入侵军。俄国失败后，又玩弄外交手段，同清朝讲和，双方签订了《尼布楚条约》。条约第一款规定："中俄两国边界自格尔必齐河发源处起，顺外兴安岭直达于海，凡岭南一带土地及流入黑龙江大小诸川应归中国管辖；其岭北一带土地及川流，应归俄国管辖。"

《尼布楚条约》签订后，并没有阻止沙皇俄国对中国领土的侵占，他们随意越境，杀人夺财。

在掠夺中国土地的沙俄侵略分子中，有一个重要人物值得一提，是他，把侵略中国当成毕生事业；是他，在祸害中国的罪恶活动中臭名昭著。中国人子子孙孙永远不要忘记，这个双手沾满我国各族人民鲜血的魔鬼，就是沙皇的功臣阿穆尔伯爵穆拉维约夫。

道光二十七年，沙皇尼古拉一世任命穆拉维约夫为东西伯利亚固毕乃脱尔，也就是总督。他一到任，就组织军队先后三次闯入黑龙江，全部占据江北领土，将其变为俄国所有，并强迫黑龙江将军奕山签订了《瑷珲条约》。清政府虽然予以拒绝，不承认这一不平等条约，可是已经既成事实，不承认又能如何呢？中俄两国从此也就以黑龙江为界。接着，俄罗斯得寸进尺，又占据乌苏里江以东直到海滨的大片中国领土，这些地方至今仍在俄国人手里。

这仅仅是简单交代一下中俄边界问题的来龙去脉，既不完全又不系统，若知细情，恐怕十天半月也讲不完。总之一句话，俄国侵略者给中国人造成的灾难，真是罄竹难书。

47

再说一说"江东六十四屯"是怎么回事儿。

咸丰八年签订《瑷珲条约》时，黑龙江左岸属俄，右岸属华，唯瑷珲城对面，黄河①以南至霍尔莫金屯四十八旗屯地方上下二百里是满洲人的聚居区，不便迁徙，仍准其永久居住，由满洲官员管理，中俄人民世

---

① 精奇里江的别称，为黑龙江一大支流，今俄境之结雅河。

代友好相处、永不相犯。所以，即使割让了黑龙江以北的广大地区，这块地方仍属中国所有，称作"江东六十四屯"。沙俄十分狡诈，从来不讲信义，不断向六十四屯移民、渗透，私自开垦土地，霸占满洲人的良田和牧场。同治十三年三月，道员李金镛勘察漠河金矿，顺路到瑷珲渡江，调查沙俄侵占六十四屯的情况。各屯男女老少呼冤求救，历数俄人暴行。李金镛看到原来的边界已被打乱，分不清哪儿是俄人土地，哪儿是满洲人土地，他主张只有挖壕沟为界，才能阻止俄人的吞食。他找来俄国地方官，提出挖壕分界，以免发生土地纠纷，并让俄方派人同中方一道监工。这就把俄人越界侵占的开荒平毁，总计挖壕一百七十多里，虽然没能全部挖通，但从此占地的麻烦减少多了，六十四屯居民开始有了安全感。那里土质肥沃，物产丰富，人民生活富足、殷实，各家各户差不多都置有了家产。到光绪二十六年"庚子事变"时，江东六十四屯住有满、汉、达斡尔、赫哲各族人口三万多。起先，寿山将军认为无意与俄人开衅，不宜出事，故没有允许提前移民。

六十四屯的居民消息比较灵通，两国开战的消息一传来，他们就注意局势的发展。可是，传统的私有观念又使他们徘徊，舍不了土地、房屋，丢不下财产。当瑷珲派船动员搬迁的时候，他们都不愿意离开家乡，行动迟缓，还有人抱着侥幸心理，水师船队过江两次才接来三四百人。

风云突变，海兰泡搜捕华人的消息很快传到靠精奇里江口的几个村屯，他们才有些着慌，大屠杀的惨剧一发生，便纷纷向河边奔逃，争着向右岸逃命。

可是，一切都迟了。

俄军渡过精奇里江后，格里布斯基将军立命哥萨克骑兵团团长布拉斯上校带领一连骑兵控制江岸，封锁所有渡口。下流稍远一些的还能趁俄军未到逃过江西一些，上游在俄军的铁蹄蹂躏下，连小渔船下水也不可能了。

俄军分成几路扑向各村屯，见人就抓，见东西就抢，还有的见房子就烧。仅仅几个小时的工夫，平静的生活环境被搅得天翻地覆，村村起火，屯屯冒烟，鸡鸣犬吠，号哭惨叫之声不绝于耳。

格里布斯基将军率着几百名骑兵闯到纵深地带一个较大的村镇外边，他知道这个地方驻有清朝的地方官。清政府在这儿设立了负责收缴赋税的领催衙门，直接归瑷珲副都统管辖。领催是一个六十来岁的满族老人，他让人们把财物埋在地窖里，又令铁匠炉打造刀矛等武器，把青壮年武装起来，防止俄人进犯，实行自卫。没有想到，俄军来得这么迅速、这么突然。

"走，挡住他们，不让他们进街！"领催第一个走出来，人们紧随，他们要保护自己的家园，要跟入侵之敌拼命。

格里布斯基将军来到屯外，发现了聚集的村民，他们手拿刀矛，怒目而视，挡住去路。他立住马，令翻译喊话："两国开战，你们是敌国百姓，俄罗斯当局命令，从现在起，驱赶你们出境！"

领催分开众人，走上前道："长官，我是当地父母官，代表大清当局告诉你们，这里是中国的土地，世世代代归大清皇上，你们无权驱赶我们！"

格里布斯基将军大怒道："本司令决定，这块土地归俄国所有，属于沙皇陛下所有。"

"你胡说八道！"

"你是不想活了吧？"

"你们滚开，不准霸占中国土地！"

领催一招手，无数村民各执刀矛迎上来。

格里布斯基将军狞笑一声："送他去见上帝，开枪！"

几声枪响，罪恶的子弹飞进了中国人的胸腔，领催第一个中弹，但他没有倒下，一手捂着冒血的胸口，一手指着俄军怒斥道："强盗，强盗……"话没说完便倒下了。

村民同时倒下五六个，其余的人红了眼，蜂拥上前，把头前的几个俄军打倒。格里布斯基将军拔刀出鞘，向空中一挥："给我冲！"

几百匹战马扑向村民，从纷纷倒地的尸体上踏过去。

"为同胞报仇！"

仇恨的怒火使人们忘记了恐惧，几百村民操起原始武器和生产工具同发了疯似的俄国强盗扭打在一起，他们用头颅和肉体、生命和鲜血反抗沙皇俄国的暴行。然而村民们为了捍卫家乡、捍卫祖国的每一寸领土、捍卫中华民族不可侮的尊严，全都献出了宝贵的生命。

48

惨叫声、呼喊声传到了江西岸，瑷珲军民都紧张地向对岸张望，看到了同胞被杀戮的惨状，急得直跺脚。

情况报到城里，报给营务处来总管，不料来鹤年半信半疑："海兰泡也说杀人，六十四屯也说杀人，到底哪里杀人，你们弄清楚。"

"真的，总管大人，您到江边看看就知道了。"

"唉!"来鹤年喘口长气，往太师椅上一仰，"就算是真的，隔江带水的，我有什么办法?"

阵地上，恒龄早已看明白了，他见来总管不出来，又没态度，心中大怒，飞马进城，直接找到他。

"来大人，毛子在江东杀人放火，我要带兵过江，请您派船。"

"知道了。"来鹤年不屑一顾地说，"不过，这船不能派。"

"为什么不能派?"

"道理很简单，副都统不在，谁敢擅自调动水师? 老兄，还是沉着点儿吧，你的责任是城防，守住江岸，不能擅离汛地，明白吗?"

恒龄急得了不得，哪能听进这套话，忙恳求道："总管大人，江东生灵数万，不是小事。风大人不在，您应当机立断，速派船过江营救，还来得及。"

来鹤年翻了他一眼："俄人势大，不可轻敌。再说，引兵深入邻国，取祸之道，你老兄还是少管闲事吧!"

恒龄怒不可遏地说："江东六十四屯是大清国土，保卫自己的国土，保护自己的百姓，有什么不可以的?"

"咳，虽是中国国土，毕竟是在俄境。"来鹤年叹了一声站起来要走，"上天都有好生之德，兄弟岂无怜悯之心? 可是我也没长三头六臂，海兰泡出事儿了，江东也出事儿了，你叫我顾哪一头儿?"

恒龄看他要走，大步上前拦住，眼里射出愤怒的火焰，脸上的伤疤狠力地抽动几下，头上也冒了汗。

"来大人，人命关天哪! 只要您下令水师派船，兄弟带队过江，出了娄子，我一人承担。"

来鹤年看恒龄缠着不放，冷笑道："恒大人要过江，兄弟不便阻拦，这派船一事嘛，实在难以从命。"说完就走了。

恒龄气得大骂："真没见过这样狼心狗肺的人，岂能见死不救!"

部下提醒他："这事非得翼长大人才能做主。"

一句话使恒龄猛然醒悟："对，我要连夜去找副都统，看看他有什么办法。"

49

水师统领扎鲁布离开佟贵军营急返瑷珲，在离瑷珲城大约三十里的一条小河渡口上，遇见了恒龄，恒龄急不可待地问："副都统在哪儿？"

扎鲁布一惊："出什么事了？"

"毛子在江东杀人，你们没有听到？"

"怪不得下梢有人往江西跑，俄国人真的下毒手了！"扎鲁布和恒龄顾不得天黑路不平，急催战马奔瑷珲城，扎鲁布边骑边说，"海兰泡出事，凤大人也知道了，我先回来调船，他们随后就到。"

"越快越好！"

扎鲁布不时望向江东，黑夜里，忽而火光冲天，忽而烟尘大起，吆喝、呼喊、嚎叫、啼哭、夹杂着鸡啼狗咬搅成一团。他们意识到，这工夫不知有多少中国人在死亡线上挣扎。恒龄着急道："这么大的事，瑷珲却无人过问。"

"来总管呢？"

恒龄咬牙切齿地大骂道："提那老畜生干什么，他的心不是肉长的！"

凤翔一行回到瑷珲时，刚好天交半夜，兵司掌印郎中穆立斋和户、工、刑各司主官都在等他，请他下令派船过江去接难民。东岸所发生的一切，凤翔全知道了。他已经命令亲兵提前加快回城，调动几支人马，到码头集合待命，除了水师营战船外，还征集民船二十只。

他们首先来到江边，扎鲁布上前复命："遵照大人谕示，船已备齐，候大人吩咐。"

"好。"

恒龄上前请令："让我过江吧，俄国毛子杀害我们同胞，我实在看不下去了！"

"不着忙。"

奉调而来的清军陆续到齐，集中待命。

凤翔对恒龄说："你的使命是准备炮火，掩护部队过江。过江成败，在于你炮火的威力，明白吗？"

"明白。"

凤翔又叫过来新军统领王振良，这王振良乃镇边军里一名营官，属恒龄部下，近日奉令扩编为新军，升为统领。凤翔虽不乐意，但这是寿山将军的命令。这次凤翔派他同炮队营官张震、守城新军左路统领富尼雅卡、步兵营官德保各带队伍，分三路乘船，待命出发。

一切调配停当，天色微明，大江两岸，一片迷茫。

江岸上，官兵、百姓早已站满了，有的站了二十来个小时，一口饭没吃，一口水没喝，目不转睛地望着江东，盼啊盼，就是盼不来一只船过江。他们注视着江面，偶尔救上来一个凫水过来的人，有时捞上来一具已经淹死的尸体。他们对着凤翔，声泪俱下，描述目睹的惨景。也有人大骂来总管，见死不救，不让派船。

凤翔激动地说："江东父老遇此大劫，凤某难辞其咎，大家不要着急，我一定设法尽量营救。"

朝雾越来越浓，对岸的树木、芦苇隐没在雾气中，能看到的，只有灰褐色的黑龙江水，滚动着凄凉的波纹。所有这一切，都好像是在凭吊倒在血泊中的无辜的中国百姓。

站在凤翔身边的王振良、富尼雅卡、德保谁也不吱一声，静候翼长的最后命令，他们的队伍已经等在船上急不可待了。

凤翔瞅瞅三人，果断地发出了命令："你们三人分成三路，出其不意，务将俄军歼于江东。拔掉他们一号和二号两个哨所，封锁精奇里江渡口，阻击海兰泡敌军增援，把凡是活着的人都送过江来，听明白没有？"

三人齐声说："明白！"

"去吧，听着炮响，立刻出发！"

三人分头各自上船。大炮响了，这是恒龄奉令指挥炮台开火，掩护部队过江。三支船队趁东岸俄军慌乱的时机，迅速驶向目标，并且很快登陆了。

凤翔由于劳累、紧张，这工夫说不上是激动还是兴奋，只觉头晕目眩，站立不稳，要不是亲兵扶得快，他就摔倒在地了。

"大人，大人，您怎么了？醒醒，醒醒，大人快醒醒！"

凤翔睁开眼睛，苦笑道："我要找地方睡一会儿。"的确，他已经三天三宿没有合眼了。

凤翔被送回自己的公馆里，身子刚沾床铺，便人事不知了。

老仆德福坐到寝室外边，不让任何人进屋，不准任何事情去惊扰主人，他晓得主人近来已经疲惫到极点了。

50

格里布斯基将军捣毁了领催衙门、杀死了那里所有的中国人、掠夺了大量财物之后，令布拉斯上校留在这里，一面赶杀中国人民，一面在江边构筑工事，准备建立据点，同瑷珲隔江对峙，以便于正面进攻。

格里布斯基将军入侵外结雅地区得手之后，踌躇满志，返回海兰泡，当即发布文告，荒谬地声称："从现在起，外结雅地区并入俄国，归沙皇陛下所有，被驱逐的中国人永远不准回去居住。"

可是他完全没有想到，就在这份文告刚刚发布出去，他就接到了布拉斯上校的告急，俄国军队遇到了清军的袭击，骑兵连长巴索夫上尉受伤。

"赶快增援，到嘴里的东西决不能再吐出去，要不惜一切代价！"

格里布斯基将军狂叫着，又向外结雅地区派出了增援部队。

王振良等三支清军登岸以后，仗着一股锐气，把俄军杀得七零八落。他们伏击了由一号哨所派往二号哨所的一连俄军，焚毁俄军弹药库一座，又在博尔多屯同俄军展开了白刃战，布拉斯上校支持不住，狼狈逃窜。

另一路清军在统领富尼雅卡的率领下，绕过正面，深入到里边村屯。可是，他们看到的是烟火弥漫，断壁颓垣，尸横遍野，血染稼禾，一片凄惨的景象。他们在倒塌的房屋旁、田边的蒿草里，救出几个受伤还没有死的农民，又在河边江岸找到几个奄奄待毙的渔夫，将他们分别送到船上。

清兵来到一个较大的屯子，从一所还在冒着烟火的大房子里，看到几十具烧得乌焦的尸骨，令人毛骨悚然，目不忍睹。看到这般光景，个个咬牙切齿，恨不得捉住几个毛子，砍他百十刀，才能出胸中的恶气。他们不敢久留在这令人心悸的现场，含泪上马，再去搜寻还在活着的人。

在一个靠近小溪的屯子边，清兵看见几十个哥萨克匪徒围坐在篝火旁，在火苗上用刺刀挑着人肉烤着吃。

富尼雅卡大喝一声："这是一群魔鬼，别叫他们跑了！"

几百清兵四面包围上来，当吃人肉的俄军发现已被清兵包围时，呼哨而起，企图逃窜，可是来不及了，他们都做了清兵的刀下之鬼。富尼雅卡令留下一个活的，带回瑷珲，给瑷珲军民看一看，世界上真有人吃人的魔鬼。

被王振良等人击溃的布拉斯上校很快组织反击，在南部嘎尔河西岸同富尼雅卡部遭遇，双方展开激战。富尼雅卡大刀一摆，第一个冲向敌阵，清兵拼死相随，一片"冲啊！""杀呀！"之声。给同胞报仇的呼声震撼山河，清兵如疾风暴雨，俄军不能抵抗。布拉斯上校头一个拍马落荒而逃，俄军纷纷向东北方向逃窜。

接近中午，海兰泡派出的增援部队渡过结雅河，从清兵的背后杀来。

王振良统领过江获胜，被胜利冲昏了头脑，忘记了副都统的指示，放弃了结雅河方面的防守，所以俄军得以顺利渡河。战局很快起了变化，布拉斯上校得知增援部队到了，又召集溃军，向清兵猛扑过来。王振良部下帮办富瑞、哨官沈吉恩以及炮队营官张震皆身负重伤，富尼雅卡部下哨官穆特布等数十人阵亡，清兵转入凭借有利地形和工事同俄军相持阶段。

富尼雅卡没有忘记凤翔的谕示，忙分兵救人救火，又赶修江边工事，驻守江边，防止俄军从正面袭击瑷珲。

拂晓的炮声惊动了沉睡着的来鹤年总管，他惊慌地坐起来："外边炮响，怎么回事？"

亲随报道："恒统领向江东开炮，掩护水师过江。"

"这是谁的主意？"

"副都统的命令。别人谁敢冒这个险！"

来鹤年慢慢蹭下地来，披着衣服踱了几步，自言自语道："这可怎么说呢！"

亲随看他不高兴，遂说了几句："大人，毛子在江东杀人，实在太惨了，早就应该过江去救我们的同胞。"

"大胆！"来鹤年猛地站下，狠狠地盯住亲随，"你晓得什么？"

"嘛！小的多嘴，该死。"

吃过早饭，捷报传来，江东清军大获全胜，战利品、俘虏、连同救助的难民都运过江来了。满衙门听了皆欢欣鼓舞，唯有来鹤年不以为然，他是考虑另一宗事情。依他看来，渡江作战，胜也好、败也好，反正都一样，自找麻烦。他要去见凤翔，把自己的想法对凤翔说一说。当得知凤翔已回家休息，就来到了他的公馆。

老仆德福坐在门外，拦挡一切进内的行人。

来鹤年走近前："副都统还没起床吗？"

德福轻轻应了一声，并点点头。来鹤年仰面大笑道："好自在呀！他真也能睡得着？"

德福连连摆手："总管大人，请小点儿声，他都好几天没睡觉了，难得这个机会。大人有事，下午再来，现在不能惊动。"

"哼！真懂得作威作福。"来鹤年不满地睖了德福一眼，袖子一甩走了。

来鹤年离开了凤翔公馆，暗想："反正你翼长只顾睡觉，外边什么事情也不知道。我何不出城，到江边上走走，看看情况，也好见机行事。"主意已定，他叫过几个随从，上马向城外驰去了。

51

渡江作战胜利的消息，大大鼓舞了瑷珲城的军民。

缴获的战利品、伤亡的士兵、救来的难民，分别做了安置。

捉到的那个俘虏也送过来了，这个俘虏个子很高，弯着腰，低着头，样子十分难看，表现出害怕的样子。

听说俄国毛子火烤人肉吃，加上历历在目的江东大屠杀，人人想咬这个吃人肉的魔鬼一口，士兵们也想砍他几百块，为同胞报仇。大家都要亲眼看看，人越围越多，以至通往城里的道路都堵塞了。

俘虏被押过来，走过怒目而视的人群，耷拉着脑袋，不敢看一眼。

"闪开闪开，送他进城。"

押送俘虏的士兵吆喝着让大家让路，可是人群反而越是往前拥，根本无法通过。士兵理解人们的心情，索性叫俘虏上了一个土包，给大家展览。

"站这儿，不许动！"士兵吆喝完，又对人群说，"大家看是看，谁也不许动手，大人还要审问他。"

有人问了："你叫什么名字？"

俘虏抬抬头，惊愕的眼睛望着士兵，不吭一声，因中国话他听不懂。

有人懂俄语，又用俄语问了一句。只见他嘴唇动了动，飞快地吐出一串儿字音："弗拉西米谢耶维奇。"

"说，你为什么杀了人还要吃人？"

他又嘟噜了一阵，众人不懂，那位会俄语的翻译道："他说，这是上司的命令。"

围观的人们一听，怒吼道："打死他，打死这个吃人的野兽！"

"宰了他，叫他给同胞偿命！"

押解的士兵一看情况不好，忙说："大家息怒，他一个人抵不上咱们成千上万同胞的命，大人还要审问他，不能打死。"

人们哪里能听士兵的解释，都要上前千刀万剐这个俘虏。忽然有人一指，嚷道："大家别乱来，看，副都统大人来了！"

人们一望，城墙外跑来几匹快马，直奔江边。这时，大家才让开路，各自散去，士兵方将那个俘虏押上通往城里的大道。

52

几匹快马驰到近前，原来不是副都统凤翔，而是来鹤年总管及其从人一行。

他们来到水师营，水师统领扎鲁布迎上前，来鹤年劈头问道："扎统领，引兵渡江，这是谁的主使？"

"这……这是翼长亲自下的命令，也是大家的主张。"

"岂有此理！"

扎鲁布一见来鹤年这般神气，心里早凉了半截儿，便引来鹤年先看一看运回来的战利品，并解释道："我军分三路，出其不意，一举击溃敌人，缴获大批物资，救下数百难民，侵犯六十四屯之俄人不久将被彻底肃清……"

来鹤年阴阳怪气地插了一嘴："现在怎么样了？"

"启禀总管大人，俄军虽有增援部队，但都被王统领和富统领击退。我军正在抢筑工事，力图从正面防卫瑷珲，防止俄军进犯。"

来鹤年不再说什么了，在扎鲁布的陪同下，登上水师营的瞭望塔，观察江东情况。

时间已是下午四点多钟，空中飘浮着几片阴云，时而遮没西斜的阳光，天地间一派郁闷之象。来鹤年平端着望远镜观察了好一会儿，看不清哪是俄军，哪是清兵。对岸江边，丛林密布，杂草丛生，芦苇蒲苔，遮没视线，一切都无法看得仔细。隐约中一面杏黄龙旗飘扬在丛林上空，证明江边阵地确实由清兵扼守。

"扎统领，引兵过江，师出无名，纯属非理；今又驻兵江东，更属荒谬，应及早撤回。"

扎鲁布一听，大惊失色，忙说道："总管大人，副都统英明决策，此举深得人心，卑职也备受鼓舞，怎么能说师出无名？"

来鹤年睐了他一眼，又拿起望远镜，看了一下就放下了："只图一时痛快，没有想到后果吗？"

"凤大人说，这是一劳永逸之举。江东失陷，瑷珲难守，所以副都统一再嘱咐，过江得手之后，一定据守江边，这就叫亡羊补牢。"

扎鲁布的话勾起来鹤年的火儿来："妇人之见，真是鼠目寸光。"

扎鲁布受了申斥，不敢再讲什么了，只是唯唯诺诺地点首听着。

"我要将过江的马队统统撤回来！"来鹤年瞪着眼睛喊着，同时观察水师统领的反应。

"撤回来？"扎鲁布惊叫道，"万万撤不得！"

"我偏要撤！这也是亡羊补牢，纠正荒谬，有何不可？"

"总管大人，这军千万撤不得，副都统早有严令，放弃江东阵地是要军法从事的。"

"那么我问你，孤军过江，陷入重围怎么办？"来鹤年煞有介事地问。

"不会。"扎鲁布解释道，"凤大人已有规定，遇有大批敌人出动，如若支持不住，可鸣枪报警，恒统领和义和团随后就上去。"

"胡说！"来鹤年固执地驳斥道，"兵贵神速，岂容你鸣枪报警！"他不由分说，向随来的亲兵命令道，"命令王统领、富统领，过江部队一律撤回，违者从严惩处！"

扎鲁布慌了手脚，拉住来鹤年恳求道："大人，千万不能撤军，决不能放弃江东阵地，这是副都统的谕示。"

来鹤年板起面孔："撤军是从大局着眼，并非来某人一己之见，这是营务处的决定。"

扎鲁布仍然坚持力争："这么大的事情，不请示副都统就擅自决定，恐怕不太合适吧？"

"本总管以部郎任边职，负有监军使命。"来鹤年轻蔑地冷笑道，"请副都统管他副都统的事儿，他管不了前敌营务处的事儿。"

"大人，请稍等，要撤，也要等我进城去见副都统问个明白！"扎鲁布急了。来鹤年见他处处以凤翔的话为准则，心中老大不愿意："本总管并非木雕泥塑，何须他人摆布！过江之兵不撤回，我有失职之责。"

"没有副都统的话，卑职断难从命！"

"大胆！"

水师统领的抗拒并没阻挡得了撤军，命令到底还是下达了。

"丢掉江东阵地，太可惜了。"扎鲁布哀叹地说。来鹤年发出得意的冷笑："勿劳多虑，本总管自有退敌之策。"

"我找副都统去！"扎鲁布十分恼火，揣起水师关防，上马进城。他要找凤翔去。不想再受这窝囊气了，也要找副都统诉一诉苦，并趁此机会交还印鉴，辞掉水师统领的职务。

过江部队连打了几个胜仗，又击退了海兰泡俄军的增援部队，遵照凤翔的命令，很快就把阵地工事构筑完毕。

忽然，传令兵过江来，通知他们撤回去。富尼雅卡惊问道："为什么要撤回去？这不是前功尽弃了吗？"

传令兵板起面孔，直劲儿地摇头："不知道，违抗军令，要从严惩处。"

富尼雅卡同王振良商议道："撤军，这恐怕不是副都统的主意，他一再嘱咐坚守隔江阵地，决不会这么快就更改。"

王振良打了几个胜仗，获得了大量财物，已经派人运回家去了，早就无心留在江东了，撤军的命令对他来说是求之不得。他看富尼雅卡犹豫又有怀疑，痛快地表示道："富大人，让咱们来，咱们就来；让咱们撤，咱们就撤，命令如山，谁敢不服从！"

"王大人，我觉得事有蹊跷，费了这么大的劲儿，还要撤回去，这可能吗？"富尼雅卡考虑一下又道，"我想派人过江问个明白，然后再撤。"

"算了吧！"王振良双拳一抱，"富大人，对不起，你不撤，我可要走了。"然后命令所部，全军撤回。

富尼雅卡被迫无奈，只得跟着撤回。他上了船，还不住地望着江东，感慨地说："这一撤，可是大大不利呀！"

"管他呢，孩子哭抱给他娘！"

两个指挥官，心情各异，富尼雅卡忧心忡忡，王振良却心满意足。他这一趟没白来，打了胜仗，发了横财，真也算是名利双收。

俄军见清兵突然仓促撤退，趁势夺回了阵地，并追到江岸，向船上开枪。由于没有布置掩护，后边的船员中了枪弹，伤亡掉入江里数十名，一直到岸上炮台开炮接应，俄军才停止射击，立即派人到海兰泡报捷去了。

清兵登岸以后，富尼雅卡首先碰见恒龄，他气急败坏地问道："为什么撤军？"

恒龄也吃了一惊："不知道啊，你们为什么撤军？"

"这就奇怪了，不是副都统命令撤的吗？"

恒龄摇摇头："没听说。"

富尼雅卡情知不妙，副都统下的命令，恒龄不会不知道。他一顿脚："糟了！"

恒龄劝慰道："老兄，我想大概是有人假传军令，咱们瑷珲就有这样的王八蛋，你去问问副都统就知道了。"

不用问副都统，撤军的真相很快大白了，这是来总管以前敌营务处的名义下的命令，副都统凤翔根本还不晓得呢！

"完了，一切都完了！"富尼雅卡仰天长叹一声，灰心丧气地走了。

王振良兴高采烈，以胜利者的姿态，如同凯旋的勇士，耀武扬威地整队进城。

恒龄看此光景，心中不忿。

"副都统，这是怎么回事，我非得要你解释明白！"

恒龄也催动坐下马，尾随队伍进城。

53

凤翔早已醒了，因心里有事，赶紧来到衙门。

部队渡江后的情况，正如凤翔所估计的那样，打了胜仗，驱逐了俄人，构筑了江边阵地，给瑷珲设置了一道屏障，他很放心，又很宽慰。心想，王振良虽然贪而苛，仍不失为一员猛将，江东大捷，足以证明自己用人得当。他考虑，这几支人马就留在江东，瑷珲也就高枕无忧了。

凤翔万万没有想到，水师统领扎鲁布心急火燎地来见他，一见面来不及施礼就惊呼道："翼长大人，来总管下令撤军了！"

"你说什么？"凤翔一惊，似乎没有听懂。

"撤回过江人马，命令都传下去了！"

"啊？"凤翔惊得目瞪口呆，不知所措。

扎鲁布看凤翔怔在那里，没有表示，又着急地说："现在阻止还可以挽回。"

"来不及了。"凤翔苦笑道，"渡江作战，是我自作主张，没有征得来大人的同意，所以引出这样的后果。这……不足为怪，撤就撤了吧。"

扎鲁布倒吸一口凉气，立刻变了脸色，一反平时拘谨的常态，铁青着脸，十分不满地问道："翼长大人，卑职愚昧粗鲁，有些想不通的事情，想请教请教，不知大人肯不肯听？"

"有啥话就请说吧。"

"误传军令，水师巡江，耽误过江接运百姓，所以有昨日之祸，这是一；擅自撤军，放弃正面防守，无疑引狼入室，这是二……"

凤翔看他吞吞吐吐，便追问一句："还有三呢？"

扎鲁布瞅一瞅凤翔的脸色，壮了壮胆子又说："来总管处处作梗，大人一味迁就，何时是了？卑职实在不明白大人的用意。"

"老兄言重了，来大人跟我主张不一致，这倒是实情。不过，来大人运筹帷幄，深谋远虑，颇具独到见解，怎么能说我遇事一味迁就呢？"

扎鲁布从怀里掏出水师营的关防，这是一颗长方形的铜印，外边包着一块红绫子，他双手呈上，单腿往下一跪："大人，卑职无德无能，情愿纳还印鉴，甘愿退隐还乡，请大人另选贤能。"

凤翔腾地站起来："扎鲁布，面对强敌压境，瑷珲到了生死存亡关头，你不能助我一臂之力，反而急流勇退，晒我的台，是不是？"

"大人！"扎鲁布双膝跪倒，手捧关防，以头碰地，痛哭不止，"大人，我向您请罪……"

凤翔也颇为伤感，扶起扎鲁布说："老兄，等这次战事平定了，国家太平了，我和你一同辞官归隐，你看如何？"

扎鲁布颤抖着双手将关防捧在胸前，再一次跪倒在地上："大人！"

54

江东撤兵的事情一传开，引起了瑷珲军民的极大愤慨，许多文武官员聚集在副都统衙门，强烈要求凤翔和来鹤年解释撤兵的理由。

平日不常到衙门来的林尚义也到场了。

其实，来鹤年并没有把这些人放在眼里，已经考虑好了应付的办法。他从江边回来，就大谈起从江东撤兵的理由，说得眉飞色舞、天花乱坠，免不了听些同僚们的奉承话。有人说他是"边陲之保障，龙江之中流砥柱"，还有人拍他的马屁，说什么："有来大人在，何惧俄国毛子窥视瑷珲。"来鹤年听了这些阿谀奉承的话，更觉飘飘然。

不过他也知道，在整个瑷珲防军中，支持自己的人并不多，而拥护凤翔的人却不少。这样，他就不得不慎重对待这次重要的军事会议。

凤翔本来不想多说话，但是大势所趋，在众人的一片质问声中，不得不站起来："诸位大人，江东撤兵一事，关系重大，来总管自有高明见解，请大家耐心听他解释。"

众人哪里肯听，群情激昂，纷纷离座质问："俄国在江东杀我百姓，营救已迟，反而很快撤回来，这究竟是为了什么？"

"江东阵地得而复失，会造成什么样的后果？"

"中国的土地轻易让人，是何道理？"

来鹤年对于这些激烈的斥责并不在乎，心里想："这都是你凤翔捣的鬼，唆使你的亲信围攻我。要知道，来某人也不是好欺负的，不叫你们知道我的厉害，你们也不认识我。"他只是冷笑，并不答言。凤翔有点儿沉不住气了："来大人，诸位想听听阁下的高见，以释疑团，请赐教。"

来鹤年轻轻咳嗽了一声，眨巴了几下眼睛，悠闲自得地说："大家要问起这个事儿嘛，撤兵可以纠正错误。本来，精锐过江，削弱城防，事先没有征得寿将军的允许，你们这纯属擅自冒险。"

谁都明白了，来鹤年这番话是针对凤翔说的。凤翔本来听扎鲁布告诉他，来总管不仅任意所为，独断专行，还以监军自命。现在于大庭广众之下，又拿将军来压他，使他如何受得了？对这么一个专横跋扈的人，如果不磨一磨其棱角，那以后的行动岂不更处处受他牵制，这还了得！想到这里，锐利的目光在大厅内一扫，见有不少只眼睛齐盯着自己，凤翔冷笑道："将在外，君命有所不受。兵贵神速，岂有千里请命之理！"

从江东撤回来的统领富尼雅卡一腔怒火，准备趁机发泄出来。他腾地站起来，指着来鹤年的鼻子："总管大人，今天当着众位大人我可以作证，渡江之战，决策英明。我军过去之后，一战即获全胜，拔掉俄人哨所，击溃增援俄军，救活了数百难民。进则深入敌后，牵制敌人；退可扼守江防，依为屏障。可是你断然下令，仓促撤军，自毁藩篱，反使俄人转败为胜，击伤我军数十名士兵。俄人占据江岸，隔江威胁瑷珲，后果会是什么样？你是何居心？"

富尼雅卡现身说法，理直气壮，将来鹤年驳得张口结舌，无言以对，大厅内沸腾起来，一片斥责声。不想居然有人为他辩护，这人就是王振良："富统领说得虽属实情，但不全面。来大人撤兵及时，不然的话，俄国大队人马眼看就要开过来了，咱们能抵挡得了吗？"

有人解围，来鹤年自然来了精神，眼珠儿一转，哈哈一阵冷笑，却冲着凤翔一字一板地说："集庭熟读兵书，难道不晓得孤军深入，此乃兵家之大忌吗？王统领的话不是很好的证明吗，没有招致全军覆没，这还是万幸哩！"

憋了好半天没有发言的玉庆此时再也耐不住了，也站起来："跨江为阵，这怎么能算孤军深入？"

"看来足下是不懂常识。中俄两国，接壤万里，龙江为界，东西足有八千；俄国兵船，畅行无阻，你能跨什么江、为什么阵。要是撤晚了，都别想活着回来，真是不知利害！"

玉庆哪里能服："来总管，你把话说明白点儿，到底谁不知利害？我敢断定，将来俄人非从江东运兵进攻瑷珲不可。你既然懂得常识，就不会自毁藩篱。"

"就算是自毁藩篱，那也无关大局。俄国兵要来，可以放弃小小的瑷珲，退守兴安岭嘛！"

玉庆轻蔑地冷笑一声："哼，这简直是逃跑，亏你总管大人想得出来！"

"逃跑也没什么不好，知己知彼，才能百战百胜。人家外国就是强盛，总不能拿鸡蛋撞石头吧？"

来鹤年的话刚出口，厅内哗然，恒龄、满达海、富尼雅卡、扎鲁布等纷纷站起来斥责道："我堂堂天朝大国，岂能永远受制于洋人。在洋鬼子面前，怎么能低头示弱！"

来鹤年见有这么些人攻击他，更来了章程："我来某人从前跟李中堂①打长毛②的时候，从未退缩过。现在是敌强我弱，形势不同嘛！"

说完，离座要退席了："是战是和，随你们的便吧，我是无能为力。"

众官员对于他这种傲慢无礼的态度早已司空见惯，也就不觉得奇怪了。满达海望了一眼闭目养神的林尚义，见他也没有什么反应，甚觉不平，大步上前，拦住来鹤年："来大人，不能走，您的高谈阔论，我们还没听够哪！"

来鹤年并不发火，只是拱一拱手："十分抱歉，来某不能奉陪。"说完还是要走。

其中有位官员说话挖苦，又素与来鹤年不和，想乘此机会羞辱他一

---

① 指李鸿章。
② 对太平天国的蔑称。

番:"来大人不愧为李中堂的同乡,原来都害怕洋人。"

"嘿!"来鹤年站下了,"要都怕洋人的话,我中华保证平静无事。可是有些不知天高地厚的家伙硬充好汉,嘴说不怕洋人,洋人真的来了,他什么办法也没有,只能坐在衙门里吹牛皮罢了!"

"嘀!"那官员也不服气,"这一套实在是令人啼笑皆非的鬼道理,要不是连洋人放个屁都当作炮响的人,谁能讲得出来!"

来鹤年见这个品阶比自己低、职位比自己小的官员一味嘲笑自己,如何受得了?他把对众人的一腔怒火都向他喷发了出来,"你们这些无知小辈,鼠目寸光,不自量力,反来无理取闹,你倒算个什么东西……"

"哎,你来总管不能出口不逊,张嘴骂人呐!"

"骂人?本总管的眼里,根本也没看见有人。"说完,头也不回地向外走去。大家面面相觑,都瞅着副都统,看他的态度。

玉庆轻轻叫道:"太狂妄了,简直目中无人。"

满达海气得瞪起双眼:"太放肆了,有失官员体面。"

恒龄一按腰刀把儿,噌地跳出来:"老匹夫,我去捉他回来!"

"慢!"

一直闭目养神的林尚义这时开言了:"诸位,听老朽一言。"

恒龄退回座位,众人鸦雀无声,只有银须白发的林尚义振作精神,开导众官:"老朽听了诸位和翰臣的辩论,不外都是各持己见,江东驻兵与撤兵,各有各的道理。孔子曰:'己所不欲,勿施于人。'自己的想法,不能强行使别人也接受。翰臣撤兵之举,虽属失策,然而从长远考虑,是有一定见地的,非诸公所能明了。是非曲直,盖棺才能论定,百年之后,自有公论。现在,何必纠缠不休,于事无补,这何苦来!"说着,他转向凤翔,"集庭的意思呢?"

凤翔忙欠身答道:"林大人高瞻远瞩,凤翔受教匪浅。"

瑷珲最有权威的人物开口了,大家还能说什么?

但是,也有人说,林尚义看来貌似公正,实际是袒护他外甥王振良。王振良和来鹤年一个鼻孔出气,他也就替来鹤年打了个圆场,说来说去,他们还是穿一条连裆裤的。

散会以后,恒龄边走边骂:"这些老不死的,都是瑷珲的绊脚石。"

这边,林尚义稳如泰山,在给凤翔出点子:"来翰臣乃曹操、司马懿一流人物,机变有余,诚恳不足。胜则谋王篡位,败则倾家误国,能用则用之,不能用则去之,去之不得,则除之……"

凤翔大惊:"这……这怎么成?"

林尚义手拈胡须微微一笑:"量小非君子,无毒不丈夫,妇人之仁,害莫大焉。"

"这使不得!"

凤翔比谁心里都明白,来鹤年曾说过"负有监军使命"的话,并不是没有道理,他怎么敢做出越轨的事情呢!

第九章

55

一波未平，一波又起。

来鹤年拂袖而去，他自己考虑了一宿，有点儿悔悟。他认为，在这个时候，和凤翔等人闹僵了，没有好处。所以一早就主动去找凤翔，沟通思想，缓和矛盾。

"集庭，昨日多有冒犯，我今天是来负荆请罪的。"

他满面春风，好像以前什么事情也没有发生。凤翔心里说，你来总管自以为能屈能伸，善于韬晦，软硬兼施，我得提防你这一套。

"翰臣兄，看你都说些什么。我辈身为军人，食君俸禄，职责攸关，主张各异，这也是正常的事。既是一己私见，何至耿耿于怀啊？"

两人同时笑了。

来鹤年坐在太师椅上，架起二郎腿，笑问道："林大人昨日一言不发，想必是责来某无礼？"

"非也。"凤翔如实告诉他，"林大人对老兄撤兵之举非常赞赏，说你深谋远虑，很有见地。"

来鹤年哈哈一阵大笑："林公知我心也！"

凤翔心里说："他当然知你心，不然，怎么会劝我除掉你。"

来鹤年又说了："集庭，说实在的，我不是想处处和你为难，而是虑及如今国穷民弱，太后和端王为一己私见，利用拳匪排外。八国出兵干涉，俄人趁火打劫，众寡悬殊，怎么能抵挡得了？为此而舍身，真不值得。"

"你老兄不要多说了，我们是中国人，守卫中国国土天经地义。"

来鹤年双手一抱膝盖，眼睛望着天棚："轻敌，自负，总是吃亏的。

林则徐自负，在虎门烧鸦片，只图一时痛快，结果中国大门被英人打开，天朝自此岁无宁日，洋鬼子接踵而来，天朝威仪何在？这不是由于林则徐自负闹出来的吗？"

"我看，朝廷要不是改变了主意，撤换林制军①，起用琦中堂②，事情也不一定糟到那种程度。"

"对了。"来鹤年一下抓住了把柄，"朝廷中途变卦，问题就在这里，今日主战，你知他明日就不会主和吗？"

"我看今日形势如同骑虎，战也得打，和也得打。俄国人亡我之心不死，黑龙江迟早会是一场乱子。"

来鹤年一晃脑袋："目前摆着两条道儿，都可以选择。四十年前，奕山将军鉴于俄人势大，忍辱负重，订城下之盟，免除了一场灾难。"

"不过，他已被革职查办，落了个媚外通敌的罪名，国人指为汉奸。"

"此路不能走，还可以全师而返，以待朝局。我敢断言，不出三个月，朝廷会完全改变宗旨，那时就怕把你推到前台当替罪羊。"

"放弃瑷珲，这怎么可能呢？说实在的，要不是江东之兵撤回来的话，我还真蛮有把握抵挡俄人的入侵呢！"

"那么现在呢？"

"现在？不是鱼死，就是网破，我尽我的力量罢了。"

"集庭，你……你真固执到底了！"来鹤年张口结舌，不知所措。他再也不劝说他了。

他们似乎释去前嫌，推心置腹地谈论目前的局势。门卫来报："义和团杜拳师求见。"

来鹤年一听，大惊失色，没等凤翔回言，他先下了逐客令："叫他滚开！"

"不！"凤翔扬一扬手，吩咐一声，"有请。"

门外一片吵嚷，杜心大步流星地走来，见了凤翔，气咻咻地吼道："俺要问问你，为什么成心害我们？"

凤翔一看他这副架势，感到莫名其妙。

"义士与我无冤无仇，我凤某人怎么会成心害你们？有什么事情请讲出来。"

---

① 清代，总督别称制军，林则徐道光二十年（1840）任两广总督。
② 指琦善。

"俺问问你,你给俺发的枪,不顶烧火棍用,这还不是成心跟俺过不去吗?"

"若是不够的话,还可以补发,不必上火。"凤翔知他是个粗人,有山东人那股犟脾气,也不怪他,耐心给他解释。不想,杜心的火儿更大了:"俺一支也不要,都给大人退回来了。"

"怎么?"凤翔茫然。

"你干的好事,你心里明白。"杜心一脸怒容,"一会儿就给你送来,你看看吧!"

凤翔心里纳闷儿,不知杜心为啥发这么大的脾气。他想:"我责成来总管给义和团发枪,难道还发出错儿来了?"他瞅一眼来鹤年:"翰臣兄,这是怎么回事?"

这事儿只有来鹤年心里明白,他不露声色,幸灾乐祸地说:"借给你们武器,已经是很大的照顾了。你们还不知足,又吹毛求疵。"

杜心一看是来鹤年在场,心里更没好气儿了,白了他一眼:"这事跟你来总管说不着,闭住你那破嘴,不用你吱声。俺要和副都统当面儿弄个明白,我们不要他的枪。"

突然,一阵喧哗,门卫又来报告:"大人,外边闯进来无数拳民,扛着枪,要闯二门,说是还枪来了,请大人谕示。"

杜心一撸胳膊:"好哇,都给送回来了,你去看看吧!"

"放他们进二门,我去看看。"

凤翔拉了来鹤年,一同随杜心出来。

两百支枪已经扛进来,横七竖八地堆在廊下。凤翔拿起一支摆弄一下,看看出了什么毛病,仔细看看,不觉"啊"了一声:"锈损了!"放下这支,又拿起一支,仔细看一下,是一支早已淘汰的火绳枪,枪筒也有裂纹。他连看了十来支,都是这样,没有一支能用的。

"你该明白了吧?你办的好事!"杜心双手叉腰,喘着粗气,"俺当你是好意,借给俺这种没用的家伙,还不如拿刀直接捅俺们!"

几十名义和团团员学着杜心的架势,双手叉腰,虎视眈眈地盯着凤翔。凤翔一声不吱,注意看枪支。他看了一支又一支,心里明白了,用力摔出最后一支枪,骂道:"这是哪个浑蛋捣的鬼?"

来鹤年见势不好,怕找到武器库的库官对质,库官非说是奉了来总管的命令,拨给库存陈旧枪支不可,那该有多被动。他非常机灵,眉头一皱,计上心来,若无其事地劝解道:"集庭,这点儿小事,何必生气。

那一定是库官不识大体，马虎误事，从严惩处就是了。"

"翰臣，此事责成你办理，我本来放心，谁知出了差错。"

"我也有责任。"来鹤年煞有介事地说，"我再三向库官交代，给义和团发枪一定捡好的，可谁知，真也没法……"

气恼中的凤翔听了这话，无疑火上浇油，他立即命令道："把武器库库官革职查办，收监候审！"

杜心和义和团团员愕然，他们心中说："原来这不是副都统的主意。"

凤翔又下了第二道命令："旧武器封存入库，另外给义和团拨新式枪支二百，不得有误。"

杜心眼里闪出了泪花，深鞠一躬："大人，俺是粗人，多有得罪。枪就不必拨了，俺义和团一定为大人效劳，豁出命来保护城池，报答大人的恩德。"

凤翔双手扶起："江东缴获一两百多支连珠枪①，一律拨给你们，要从谁身上出差错，定斩不饶！"

"大人！"杜心拱一拱手，带着义和团团员们满怀激情地离开了衙门。来鹤年此时不知是啥滋味，瞠目结舌，暗自庆幸，副都统没有深究下去，那个倒霉的库官却锒铛入狱，有口难辩，成了他的替罪羊。

远处响起了炮声。

惨淡的夕阳照着副都统衙门高大的屋脊，敌人大规模的武装入侵即将开始了。

56

格里布斯基将军在六十四屯和海兰泡两地血洗华人之后，立即令连年刚波夫少将为前敌指挥官，率领炮兵部队进驻黑龙江边，同瑷珲隔江对峙，以便寻找机会渡江攻城。

小马克少校献计有功，受到了司令官的表扬："阁下，我一定把这惊人的奇迹向沙皇陛下报告。不久，你就会获得彼得堡勋章。"

小马克并不显出高兴的样子。相反，他心事重重："钧座，等着我们的不一定是勋章，可能是军事法庭的被告席。"

司令官纵声大笑："我不相信这是真的。"

---

① 俄国当时制造的一种新式步枪。

"不过，反对此项行动的，大有人在。"小马克存心挑拨地说，"的确，未免残酷一些。然而为了大俄罗斯帝国，为了沙皇陛下，这是理所当然的。"

格里布斯基将军对于参谋长阿留申上校的不合作本来就非常恼火，经小马克一挑拨，又激发了他易怒易喜的暴烈脾气，他伸出手掌击在桌案上："我和我的部下都应该相信，对付东方落后的民族，采取强硬的手段是非常恰当而又及时的。"

"是的，钧座。"小马克又施展开间谍的看家本领，给司令官透露一点儿属于马路新闻性质的官方消息。每到这个时候，他都用这种办法压一压司令官的气焰，使司令官从狂躁中冷静下来。他向司令官披露了几条最新的消息：第一，统帅部指责北路军行动迟缓，敦促哥罗戴科夫将军调整部署，限期挺进满洲；第二，沙皇密令，责成关东州军事长官，驻旅顺口的太平洋舰队司令、海军中将阿列克塞耶夫亲王统一指挥满洲军事；第三，陆军大臣库罗巴特金将军改变了远东之行的计划，他不去北京了，要在海兰泡稍事休息后，即去海参崴。

格里布斯基将军对于政治是个外行，他从这几条消息里根本联系不到与自己有什么利害关系，肥硕的脑袋一扑棱："我只知道打仗，那些都与我无关。"

小马克暗暗笑他无知，试探地说："我想，这些都会关系我们的命运，钧座。"

"这是什么意思？"

"难道钧座不晓得，远东的报纸抨击我们的过火行动，彼得堡不会不追究肇事的责任者，到那个时候，有的人就会大做文章。"

此话正好触动了司令官的痛处，他更加狂躁起来："除非阿留申上校去捣鬼！讨厌的参谋长，这个哥萨克的叛徒……"

"并不单单如此。值得担心的，还是远东那些消息灵通人物——爱挑毛病的新闻记者们，他们会小题大做，哗众取宠，败坏我们的声誉。"

"不要理他！"

"可是，陆军大臣非常重视舆论，不过他也很爱钱。"

格里布斯基将军又笑了："是的，请你放心，这一点，我比你更了解，少校。"

"同时，还要伴随着大规模的军事行动，最好在陆军大臣到来之前。"

"那么，渡过江去，你的朋友托尔金先生会帮助我们找到郭尼玛神父，是吗？少校阁下。"

"是的。我想，只要他还活着的话。"

布拉戈维申斯克卫戍司令连年刚波夫少将由于屠杀海兰泡华人有功，被任为第二路军前敌指挥官。六月二十三日，他率所部一万余人携带重炮到达瑷珲对面，一驻扎下来，即下令砍伐树林，制造木筏，做大举渡江的准备。同时，海兰泡又出动轮船军舰多艘，配合作战，输送兵员，大有一举而夺下瑷珲之势。但是，清兵防守严密，炮台林立，俄军不敢轻举妄动，双方进入隔江对峙阶段。

清军阵地的四号炮台上，成老根和其他士兵端坐不动，时刻警惕对岸俄军的动向，一触即发的紧张形势使他们又变得融洽起来。

一场小雨过后的黑龙江岸，湿润清新，空中缥缈着浮云，江上散发着潮气，远处的群山隐没在薄雾中，又是一幅水墨淡雅的自然风景图画。可是人们的情绪仍然是低沉的，对前几天发生的触目惊心的事件，至今还心有余悸，血与火的暴行还历历在目，他们的头脑里只有一个简单的概念：报仇！

守卫炮台的清兵二十四名，原有十二名，又调来十二名，原来的什长升为炮长，成老根也当了五个弹药手的小头目。

一个年轻的满族士兵问道："你们谁知道前两天俄国毛子害了咱们多少人？"

年岁稍大的老兵"唉"了一声："别提了，两处加到一起，没有两万也有一万五，今早还从河里捞出死尸呢！"

"太可怕了！"炮长也搭言了，"海兰泡大屠杀以后，死尸都沉到江里。隔一天正好下雨打雷，尸首漂上来，盖满了江面。水上漂了一层油，都没法儿喝了，世界上再也没有比俄国人更凶的魔鬼了。"

士兵们个个咬牙切齿，纷纷大骂：

"魔鬼！"

"牲畜！"

"吃人的野兽！"

成老根忽然想起一宗事："哎，炮长，咱们派到江东的部队，怎么又撤回来了？"

"来总管下令撤的嘛！"

"有副都统，他算老几？"成老根不服气地说。

炮长瞅了他一眼："都比咱们官大，你还是留点儿精神运炮弹吧。"

"这咱不含糊。那天打得多漂亮啊，我成老根不比别人笨多少。"

又一个人问道："副都统官大，还是总管官大？他们谁说了算？"

那个久经世故的老兵说话了："从顶子就能分出来。副都统是红顶，总管是蓝顶，当然是副都统官大了。他们谁说了算嘛，这可就难说了。来总管是北京城来的，当然是惹不起的，副都统也惧他三分。"

"少说闲话！"炮长喝道，"那不干咱们的事儿，虎大人就恨部下议论官长，叫他知道还了得？"

忽然有人从瞭望孔里看到对岸灰雾里有什么东西在闪光，有经验的炮兵立刻意识到是什么，忙叫道："不好！敌人开炮了！"

一言未尽，隆隆的炮声响起来，炮弹带着呼哨声一串儿一串儿地在江边阵地爆炸。清兵立即还击。四号炮台又紧张忙碌起来了，成老根推上一颗颗炮弹，都带着仇恨呼啸着飞过江去，在俄军阵地开花。双方足足对射了两个多小时，各有损伤，最后还是俄军首先停止了射击。虽然俄军没有得到什么便宜，却对瑷珲构成了很大的威胁。瑷珲城的正面暴露在敌人的眼皮子底下，俄军的炮火直接可以威胁瑷珲的安全，整个中央阵地差不多都控制在俄军的大炮射程以内，增加了瑷珲防守上的困难。

57

谁也没有想到，俄军这次炮击，险些使副都统凤翔丧了命。

凤翔得知俄军扎营江边，知其意在于窥伺瑷珲，东城正是攻击目标，不得不加强防守，调了两门大炮放在城上，派去一名骁骑校[①]色全指挥。这样，他还不放心，又令满达海、玉庆等随他上城去察看。

他们顺着马道登上城墙，因为事先没有通知，又没有顶马，所以守城兵并不知道他们来。

城上的士兵们正在议论纷纷，说什么的都有。从海兰泡说到江东六十四屯，又从六十四屯说到从江东撤兵上，海阔天空，愿意说什么就说什么。

他们说来说去，不知谁提的头儿，他们骂起来鹤年来了。

"来总管这个老东西，真是成事不足，败事有余，他要是不下令撤兵，俄国毛子能占了江东？"

---

① 八旗兵中的武职，一般在七品到五品之间，约等于营连长。

凤翔走在头前，听得真真切切，心里觉得好笑。可是城上的人只顾尽情议论，谁也没有发现，几位高级长官在色全的陪同下，出现在他们面前。

"是哪一个背地诽谤长官？站出来说话！"

士兵们陡然一惊，齐站起来，慌忙给长官敬礼："请大人安！"还有的趴在地上磕头："小的该死！"

骁骑校色全也清清楚楚听见了部下的议论，他们骂来总管的话，也一字不漏地听了去。今见副都统开口，心里说："坏了，这约束不严的过错非落到自己头上不可。"他心里骂道，"一群没长眼睛的东西！"气恼也没有用，还得承担责任，"大人，卑职约束不严，部下犯上，愿受处罚。"

"色全，快起来，这不是你的过错。"凤翔一边拉起色全，一边面对士兵，"方才不是吵嚷得挺热闹嘛，现在怎么鸦雀无声了？"

色全见凤翔没有怪罪之意，转向部下厉声喝道："谁说什么来着？快站出来！"

十几个士兵规规矩矩地站在抵楼前，眼睛盯着一个青年战士，谁也不敢吭一声。

"宝蛋！我就听你叫唤得欢，也顶数你调皮，给我滚出来！"色全说着，将那个士兵扯着膀子拖出来。

"老爷，我真的什么也没说，我只说毛子在江东杀人，又占咱国土。"他吓得直哆嗦，跪在城堞旁。

"不对！"色全吼道，"还有！"

"那……那不是小的说的，那……"

凤翔瞅瞅满达海，满达海领会长官的意思，上前调解道："色全，饶过他这一次吧。"

"算你有造化，要不是满大人说情，我非罚你跪两个时辰不可！"色全一偏脑袋，"滚起来吧！"

宝蛋叩了一个头，爬起来，站到队里去。

凤翔瞅瞅士兵们，又瞅瞅随行的两个部下，然后摆一摆手："大家坐下吧，不要拘束，咱们好好儿聊聊。"

士兵们哪里敢坐，站得比以前更规矩了。

色全令人搬来两个板凳，请长官就座。凤翔坐了一个，另一个推向一边，满达海、玉庆两人两边侍立，副都统随身的四个护卫亲兵手按刀把儿站在背后。

凤翔瞅着刚才归队的战士："你叫宝蛋吗？"

"是，小的叫宝蛋。"

"你过来。"凤翔指向空着的凳子，"坐下吧，我跟你聊一聊。"

宝蛋如何敢坐？他怔在那里，心里如同揣了一个小兔子，不知是福还是祸。他想，反正我说的话你们都听见了，隐瞒也没有用，索性把要说的话全抖搂出来，是死是活那就凭天由命吧。想到这里，他大着胆子问了一句："大人，你要我说什么？"

"大胆！"色全一听脸色更变，他还从来没有见过这么放肆的部下。不想副都统和颜悦色地说道："你们好像是议论江东撤兵之事，这很好，只要说出点儿道理来，我不但不治他诽谤长官之罪，还要提拔重用。"

宝蛋低着头，不敢瞅，也不敢吱声，心里却在盘算。

色全来火儿了："怎么不说话？哑巴了！"

宝蛋鼓足勇气："大人，那我就说了。江东的兵一撤回来，俄国人占了江岸，他们可以隔江往咱这儿打炮，瑷珲城有危险……"

"混账！该死的东西，满嘴胡言。"色全一听火儿了，慌忙打断他的话。

玉庆听出点儿兴趣来，拦住色全："你叫他说下去。"

宝蛋的胆量又来了，不顾色全对他以目示意，令他谨慎。他抱着豁出去的念头，又说道："江东要是驻上人马，俄国人不用说打瑷珲城，他连海兰泡都怕保不住。现在完了，瑷珲要挨炮火了。"

凤翔点点头："很好，你很有见解，当几年兵了？"

"三年。"

"三年还是小卒，可见发现人才之难。从今日起，升为什长①，以后立功另行升赏。"

"谢大人！"宝蛋叩头起来，高兴地归队了，大家为他鼓掌。

玉庆从旁说道："连士卒都晓得，撤兵是十分荒谬的事，可见一意孤行是多么不得人心。"

凤翔没有说什么，站起来向前走去。

他们转到城头的另一角，几个义和团的团员荷枪立在垛口边。凤翔知道，为了增加守城兵员，不久前把杜心拨到这里，协助色全守卫东城，但是杜心并没有在城上，凤翔便问："你们的杜首领哪儿去了？"

---

① 什长辖十名士卒，等于班长。

"杜师傅领着兄弟们练武去了。"一个义和团团员指向城外一棵大树下，"大人，您看，就在那儿。"

凤翔向城外看了一眼，果然有一伙人围在一棵大树下，看样子正在练功习武，他笑了："当前是火器时代，练那儿古老的玩意儿，有什么用？你们为什么不练打靶？"

"杜师傅说，连珠枪是俄国造的，咱们得到的子弹不多，要是打靶用完了，拿什么打毛子？"

凤翔暗暗地点点头，瞅一瞅随行人员，他好像从这个义和团团员的话里悟彻到了什么。

"去把你们杜首领请来，我有事找他商量。"

一名义和团团员答应一声，飞快下城去了。

他们又逐一察看了架设在城上的每一门大炮，随时勉励炮手们几句，便在一门进口的大炮前停下了。

"你们认识这种炮吗？"

玉庆、满达海看了炮身上的西洋文字，不认识。但是他们知道，这种炮的威力，在瑷珲是首屈一指的。凤翔告诉他们："这种炮是德国制造的，在西洋已经是很落后的武器了，咱们还是才会使用。"

满达海说："据说这样的炮，瑷珲边防军里才有六门，其他都是旧式炮，是吗？"

"不错。"凤翔慨叹道，"西洋的利器，我中华望尘莫及。自从鸦片战争以来，中国吃亏就吃亏在武器落后上。这六门炮，两门配备在黑河，两门安放在江边炮台上，一门放在这里，另一门坏了，不能修理。"

满达海又问道："大人，鸦片战争时，林则徐在虎门造的八千斤大炮，把英国军舰打了个落花流水，比起这个来，哪个威力大？"

"那不能比，各有各的长处。不过，打榴弹的炮，总比打火药沙石的炮优越多了。"

"那种炮什么样式？"

凤翔指着垛口上一门旧式铁炮："你们看，就跟这个差不多，不过比它大得多，前年我在盛京看见过八千斤的大炮。"

"是林则徐造的吗？"没有资格参加谈话的色全突然问了一句。

凤翔瞅瞅他，还是详细地告诉他："那不是林文忠公造的，那是当年盛京将军耆英奉旨铸造的。说是要运到牛庄、营口加强海防，可是没等运出去，朝廷就和约①了。"

"现在那炮还能使用吗？"色全索性又问了一句。

"简直是废铁一块，放在盛京皇宫院里②当作摆设了。"

"真是劳民伤财！"色全忘记了顾忌，愤怒地说。

满达海婉转地说道："那种炮，今天要是放在瑷珲，也许还有点儿用处。"

"也很难说。"

他们本来要下城了，可是已令人去传见杜心，不能不等他来到。他们回到抵楼前，坐在凳子上遥望江东。

江上雾气越来越浓，对岸丛林一片迷茫。沿江阵地上异常寂静，大树下影影绰绰有人在练武，毫无疑问，这是杜心率领的守卫东门的义和团团员了。

对岸又被敌人占领，尤其是遇上这种天气，更不可疏忽大意。凤翔正想到这里，忽然发现对岸的烟雾中有无数闪光，凭着他以往参加过甲午中日战争的经验和高度的警惕与敏感，刹那间他意识到了什么。

"注意，敌人开炮了！"

顷刻间，浓烟滚滚，炮声隆隆，尘土飞扬，一场空前激烈的炮战隔着黑龙江打响了。清军阵地并不示弱，四号和八号两个炮台又一次发挥了威力，隔江阵地也是一片火海。

凤翔对中央阵地的还击非常满意，一边聚精会神地看着，一边对身边的人说："恒老虎倒真是一块儿料。"

"打得好，打得太好了！"满达海兴高采烈，不住地称赞恒龄，"恒统领真了不起，不愧是瑷珲虎将。"

大炮轰鸣，震耳欲聋，他们无法继续谈话，只能紧张地望着交战双方。爆炸后引起的气流急剧变化，撕裂开的雾层泛出一片一片的黑烟、黄烟和红色的火光。

这场炮战，来得如此突兀。

他们没有想到，俄军的轰击目标由江边阵地转移到瑷珲城，街道上、城墙上都挨了不少炮弹，城里城外滚滚烽烟。满达海、玉庆急忙上前："大人，城上危险，请下城避一避吧。"

---

① 清朝为了照顾面子，把向帝国主义投降叫作"和约"。

② 这门铁炮，现在还放在沈阳故宫院里。

凤翔不听也不动，他平端着望远镜注意观察敌军阵地。

一颗炮弹带着风声从头顶飞过，霎时，街上传来爆炸的响声。

"大人，快下城，俄国远程炮厉害！"满达海又催促一遍。

凤翔放下望远镜，命令道："满大人、玉大人，你二人速去救火，不要管我。"

"大人，这怎么行？"

"快去，违抗命令，军法从事！"

二人只得离开，刚走几步，突然一发炮弹落在城楼上，天崩地裂一声响，城楼给掀了起来，色全一个箭步蹿上去，将凤翔摁倒，自己俯在他身上。

炮弹爆炸之后，砖瓦碎石尘土断木腾空而起，像雨点儿般地落在他们身上，将二人压到瓦砾中。满达海、玉庆从地上爬起来，不顾自己身上的伤，忙去扶起副都统，见他的帽子没了，官服破了，人也失去了知觉。

58

凤翔苏醒过来，已是掌灯时分，外边的炮击早已停止。他发现自己躺在公馆里，而不是在城上，他的脑海里清楚地映着那一幕："一声巨响，城楼坍塌，色全猛地扑在自己身上……"

"色全在哪里？"

他挣扎着坐起来，第一句话问道。人们如实告诉他："骁骑校色全老爷脑壳儿被砸塌，救不活了。"

"他是为了救我才送命的。"凤翔慨叹一句，又吩咐道，"对他的家属抚恤从优，上奏朝廷，按五品例旌表，遗缺令其子承袭。"

"只要大人安然无恙，这就好。"

凤翔忽然想起一件事儿来："义和团杜拳师来了吗？"

"回禀大人，杜拳师在门房候等多时了，还有衙门很多大人。因您身体欠安，未敢惊扰。他们说不见大人一面，走了不放心。"

"请他们都进来。"

老仆德福为难地说："大人，您的身体……"

凤翔苦笑道："我不是好好儿的吗？正好我还有事儿要找他们。"

众位被领进来了，他们当中有：满达海、玉庆、王振良、富尼雅卡、恒龄、鄂伦春兵统带肯全、水师统领扎鲁布，卡伦山阵地指挥官也闻讯赶来，还有武术教习拳师杜心、义勇军首领李得彪等数十人。出人意料的是，营务处总管来鹤年也亲临慰问。

大家纳闷儿，副都统和来总管意见不合，他怎么会来看望，简直不可思议。

"诸位大人辛苦了！兄弟偶受轻伤，劳诸公大驾，实在于心不安。俄军突然开炮，毁我东门城楼，诸公汛地，益当小心。"凤翔说着，特地把来鹤年拉到榻前坐下。

"翰臣兄，今日之事，不曾预料吧？"

众官心里不忿，都盯着来鹤年，意思是你不撤江东之兵，怎么会出现这种事？都是你的过错。如果是另一个，面对现实，加上如此场面，可能会无地自容。然而来鹤年却不然，他冷笑几声，不慌不忙地说："俄军虽然得了江东阵地，可是他兵力分散，减轻我两翼的威胁，这也很好嘛！"

"对。"凤翔首先点头，"翰臣兄虑事深远，实凤某所不及。"

恒龄一听，火儿了："来大人，你说减轻两翼，那么俄国炮弹直接打到瑷珲城里，你又怎么解释？"

"你的炮弹不也是打到他们阵地去了吗？"

"你可要知道，我的炮垒被打坏十几个，士兵死伤好几十，这损失太大了！"

来鹤年冷笑一声，慢条斯理地说："恒统领，你的阵地如果没有挨打的可能，那么，花费那么大的力气修筑炮台岂不是没有必要了？"

凤翔怕他们再争执下去，忙拦住话头儿："诸位不必争论了，来大人有谋，恒统领有勇，大家要同心，才能抗拒外敌。"

恒龄不服，还要争执，玉庆暗中拉了他一下，并接过说道："恒大人的炮火厉害，这回毛子也品尝到了。只要恒大人扼守江防，俄国人过不了江，他们奈何不了咱们。"

凤翔看大家停止了议论，遂说道："怕就怕两翼被突破，到那时，瑷珲三面受敌，形势就更严峻了，我看俄人从右翼渡江的可能性最大。"

满达海担当右翼左路，忙表决心道："大人放心，如果从我那里出了娄子，我甘当军法！"

"你只能保证你自己，你能保证佟统领防地不出事吗？我真不放心他那里啊！"凤翔沉思了一会儿，然后说，"诸公请回，我要同陈首领、文首领和杜拳师单独谈谈。"

众人又问候一番，知趣儿地退出去了，凤翔却把来鹤年留住。

众位走后，室内只剩下义和团三个首领和瑷珲防军两名最高指挥官，他们要沟通一下思想，消除以前的误会，以便将来应急，这也是凤翔的一桩心事。

"从俄人今日炮击瑷珲来看，他们过江的日子不远了。江防兵力单薄，武器又不佳，光凭龙江天堑是不行的。各统领虽然决心很大，毕竟都是一勇之夫，瑷珲危急，不言而喻，我想听一听三位首领的意见。"

陈永寿是个读书人，为人老成持重。自来瑷珲以后，从不显露身份，只在暗中发展义和团，组织宣传抗俄保国。文祝山原是个莽汉，从小习武，闯荡江湖，不识字，养成个火暴性子。杜心原名杜立新，当过武教师，曾杀人越货，改名杜心，后来投奔义和团，被聘为拳师。他性情乖戾，行为粗鲁，因十分重义气，又武术过硬，人们都敬服他，成了义和团"龙江坛"的台柱。他两次大闹衙门，在瑷珲出了大名。头一次是来鹤年出告示驱赶义和团引起，第二次却因借枪闹成了误会。凤翔当时一怒之下处置了库官，过后他想开了，借枪的事是来总管经手的，武器库的库官如果不是听了谁的话，他敢吗？他估计到了，这件事八成有来总管的因素。如果是这样，那么来总管督办义和团练，又同义和团形成水火，岂不是要误大事吗？

他想调整这种关系，但又不便挑明借枪事情的真相，库官也只得暂时委屈几天。凤翔觉得，他要是不出面调停，来鹤年同义和团的成见是解不开的。他又不能收回委派来总管负责督办义和团练的成命，不能自己打自己嘴巴，何况还是得到寿山将军批准的。这种盘根错节的复杂关系使他大伤脑筋。目前，敌兵压境，事态严峻，也只有消除内部的敌对情绪，一致对外，采取一个折中的办法以救燃眉之急。

可是，他们彼此之间会怎么样呢？那还得一个一个地说服。

"三位师傅，对瑷珲的安危请不客气地讲一讲，只要有利于战事，凤某人无不采纳。"

陈永寿瞅了一下文祝山、杜心二人一眼，心里说："你们谁也不要乱来，等我考虑好再一样一样地提出来。"文祝山见大师兄瞅瞅他不言语，以为是让他发言，他不假思索地说道："大人，你对俺弟兄也算够朋友，俺没说的。就怕有的王八蛋背后算计俺们，上边说好话，下边使脚绊，净给俺们亏吃！那么这样的话，瑷珲就没好。"

凤翔又瞅了一眼杜心："杜师傅，你也说说心里话，今天是个难得的机会，咱们无拘无束地好好谈谈。"

杜心巴不得有说话的机会："大人看重俺，让俺说几句，俺是个粗人，说好说赖你要包涵。二师兄说得一点儿不假，出告示赶我们走，发给俺们破烂枪，这些您都知道，俺们这口气怎么能出？要搁到大人您的身上，您会怎么样？"

凤翔不带表情地说："我不是发现已经纠正了吗？这类事情不会再有了，这个你放心。"

杜心"唉"了一声："俺心里咽不下去啊！要不是您凤大人待俺有恩，俺早走了！"

陈永寿经过几番思索，说话了："过去的事情就叫它过去吧。从今以后，只要心存爱国，志在抗俄，咱们还是携起手来一块儿干。"

"陈首领之言深识大体。我们一定要打消成见，共同保国，做一个大清的好子民。"凤翔说着，又对着来鹤年，"翰臣兄，以前你们的误会实由我引起，今天可以开诚布公地和义士们畅谈一番，为了瑷珲的安危，我们要和衷共济。"

一向敌视义和团的来鹤年从形势发展的趋势来看，坚持僵下去也不是个办法，说不定还会激成大变，自己难逃罪责。他也想到同义和团缓和矛盾，顺便也把领导权抓到手里，以后再说。今天他理解凤翔的用意，也趁机下了台阶："来某受命督办团练，缺乏经验，又玩忽职守，以至出现种种舛错，致使义士们怨恨来某，理所当然。为了国家计，为了瑷珲计，来某愿担起督办义和团练重任，同各位共保龙江，以报天恩。"

一听来鹤年愿意担起督办团练的重任，文祝山和杜心感到十分不自在。二人坚决不肯，一再强调，不吃衙门俸、不领衙门饷，当然也就不归衙门管。凤翔解释说督办义和团练，是从朝廷到地方设置的办事机构，负责对义和团的联络，表明国家承认义和团为合法组织，并不干涉义和团的内部事务，义和团的一切活动还是自由的，但在对敌斗争上要服从朝廷统一安排，以利于抗战。这样，他们才算没有意见了。

矛盾暂时得到了缓和，来鹤年又提出一个"化整为零"的主张。他主张把义和团分成三股力量，分别派到各防区，协助官兵守卫边境。不想这一主张，立刻得到了所有人的支持。

凤翔很早就有此想法，只因来鹤年督办团练，已当他许过"遇事不能掣肘"的诺言，他有意拨出一支义和团队伍去增防沙石口，迟迟不好意思自己提出。来鹤年主动提出来，正合他的心意，暗地佩服来鹤年有超人的见识，不愧为瑷珲的智多星。

在文祝山和杜心方面，他们一来愿意上前线，不愿蹲在城里；二来也想离开瑷珲城，摆脱来鹤年的控制，到边防前线去发挥作用。

这样，彼此各揣心腹事，来鹤年旨在分散义和团力量的主张就被大家接受了。

按照来鹤年的部署，五百义和团分为三支，杜心率二百人赶赴沙石口，协助抬枪营守卫右翼要害地区；文祝山带二百人去卡伦山，做黑河屯防军的后援。剩下一百人由大首领陈永寿带领，驻守瑷珲城。

部署并没有错，三个首领欣然而去。来鹤年最后对凤翔说："集庭，右翼佟统领深恶义和团，恐怕不能容忍。我想作书劝导，也许看在我的面上肯于合作，方能减少麻烦。"

凤翔见来鹤年如此认真负责，虑事周详，十分高兴，认为他这是悔过自新了："翰臣兄运筹帷幄，决胜千里，实瑷珲一大幸事，兄弟自愧弗如也。"

"看你说哪儿去了！"来鹤年笑道，"瑷珲城好比一条线，一头儿拴你，一头儿拴我，谁也跑不了，这就叫祸福与共。"

"对，祸福与共。"凤翔又重复一遍。

来鹤年回到公馆，赶忙写了一封信，派一个手下心腹连夜送往佟贵大营去。

俄军炮击瑷珲的消息当天就传遍了右翼阵地，但佟贵并不晓得副都统在城上受了轻伤。

下书人到达霍尔莫津大营的时候，佟贵刚过足烟瘾，准备用早饭。他听说来总管有信来，饭也不顾上吃，立刻叫人传进。

来鹤年的亲笔信呈在他的面前：

佟统领仁兄台鉴：

战衅已开，时局糜烂；祸祟由来，咎因拳匪。翼长崇尚邪术，倚为长城，官民皆知其伪，莫敢异言。尔我推心，袒怀相见，谅彼此有同感也！

瑷珲拳匪，左右时局，倾家覆国，其害远矣！然拳匪首脑数人，其悍莫过杜心，闹衙辱官，穷凶极恶，此人一日不除，吾辈几时得安？弟今因势利导，将计就计，分其势，剪其翼，佯令

杜匪增援右翼，实假兄手伺而图之。余若陈文①区区小丑，不足
为患也，弟自有法，乘机扫荡，则瑷珲幸甚，天下幸甚。

佟贵看完信，沉吟片刻，心里嘀咕，来鹤年这个老狐狸，借刀杀人，
让我伺机除掉杜心，那得看一看情况。他告诉下书人说："回去对来大人
说明，信中所提之事，我一定照办，勿劳分神就是了。"他不给写回书，
怕将来落下把柄，一旦事情有变，有来总管的书信在，到时也好洗刷。

佟贵比来鹤年更狡猾，当杜心率二百义和团团员来到后，他一反过
去敌视拳民的常态，设酒宴款待一番，说了许多感激的话，就把他们派
到沙石口，同时把常泰的"忠"字营换下来。

"你借刀杀人，我也借刀杀人，俄国兵要是攻击沙石口，那就十有
八九……"

佟贵心里的鬼点子，杜心哪里能猜得透？他来时听副都统再三嘱咐，
沙石口是个重点，今天果然派往沙石口，这佟统领还挺看重义和团的力
量呢！自然，他们也就欢欢喜喜地开往沙石口，协助抬枪营防守江岸
去了。

---

① 即陈永寿、文祝山二首领。

第十章

59

俄军双管齐下，六月二十七日这天向瑷珲开炮的同时，也向黑河轰击。

防守黑河的清兵开炮还击，不到半个小时，俄军的炮火便被压了下去。

双方都停止了射击。

崇玉和刘芳同在一个炮垒上，这是黑河前线最大的炮垒，安放着大口径、远射程的大炮，炮手都是武备学堂训练的，他们是靖边军中的骨干。崇玉亲眼看见了刘芳指挥瞄炮，炮长贵喜亲自发射，大炮的确发挥了威力，每一颗炮弹都准确地击中目标，使俄军的大炮先哑了下来。崇玉十分高兴："刘管带指挥有方，贵喜技术过硬，俄国毛子这回尝到苦头儿了。"

刘芳说："可惜呀，像这样的大炮，咱们就是太少。"

"多就不为贵了。"崇玉说，"武器精良，还得人不怕死，才能打胜仗。"

"咱们瑷珲人没有怕死的，这是传统。可是，武器落后，这也是传统。"

崇玉瞅着这口齿伶俐的刘芳，又瞅瞅随行的富喜，说道："只要上下一心，众志成城，敌人也奈何不了咱们。富喜，你说呢？"

"大人的话没错。"富喜回答道。

富喜和贵喜本是亲哥儿俩，先人也是武职官员。富喜成丁入伍，转年贵喜也进了武备学堂，学习新的军事技术。三年后，兄弟二人同被派往黑龙江前线。崇玉看富喜聪明伶俐，用作亲兵管带，留在身边。贵喜忠厚老实，成了一名技术过硬的炮手。他们兄弟和刘芳年纪相仿，关系密切，经常到一起议论。

一向不大爱出声的贵喜听哥哥那么一说，居然也冒出一句话："人巧也不赶家什妙啊！"

"是这样。"崇玉笑道，"你们这家什不是很妙吗？"

"光我们妙哪儿成？上上下下二百来里江防都妙才行。"

是啊，贵喜的话很有一些道理。瑷珲防军仅有六门新式大炮，黑河配备两门，这么长的防线，够少得可怜的了，可这又有什么办法呢？

刘芳开言了："像从前刀矛苗竿①时代，不也是一样打仗吗？"

贵喜仍然不服地说："那是什么时代，这是什么时代，看人家外国的武器多先进。"

富喜看弟弟很固执，怕统领怪罪，忙打圆场："几千年来，中国人就没服输过，咱们的精神好，人人都懂得精忠报国。"

"对，精忠报国。"刘芳附和一句。崇玉转向大家："你们说呢？"

"精忠报国！"士兵异口同声。

崇玉又望着低头不语的贵喜，微笑着问了一句："贵喜，你说呢？"

贵喜没有吱声，只是使劲儿地点点头。

在海兰泡的俄军司令部里，格里布斯基将军因炮击黑河不利而恼火，他大骂炮兵司令柏克少将无能。

"这个狗熊，两次炮击都没有得手，不能给渡江作战创造有利条件，反而蒙受很大的损失，整个进军日期被推迟了。"

他很想再一次命令炮兵司令，把对岸给我炸平。但是他也明白，消灭不了清军主力，即使把对岸所有在地面上的东西都翻过来，也是无济于事，更何况清军的炮火也已对海兰泡构成了威胁。

阿留申参谋长又把他那"两翼迂回，中间突破"的战略重新提出来。这个建议已被司令官拒绝两次了，因为几次尝试都没有成功，这一次才不得不考虑参谋长的意见。

所谓"两翼迂回，中间突破"的战略，是侧重左右两翼，选择渡江登陆地点，只要两翼有一处得手，必然影响清军士气。这时，从正面大举渡江，夺取瑷珲，中国军队一定会全线崩溃，俄军就可以所向无前。

一筹莫展的格里布斯基将军至此，不得不把希望又寄托在参谋长身

---

① 即竹竿，一头削尖，作为武器，明清时代都使用过。

上："请具体谈谈您的设想，上校阁下。"

"钧座，可立即命令连年刚波夫将军停止对瑷珲的轰击，加快赶造渡江工具，严守待命。"

"为什么？"

"因为瑷珲的清军集中了优势兵力，士气正旺。同时，正面阵地居高临下，我渡江作战困难不小，并且中国人出于对海兰泡、外结雅地区两次血洗华人的仇恨心理，会不惜一切代价来保卫他们的家园。所以说，目前企图夺取瑷珲城是不现实的。"

格里布斯基将军最不愿意听参谋长提起那两次暴行事件，因为每次他都是带有批评性质或指责口吻的。今天虽然把话说得委婉一些，但是也不难听出来，目前进展不利是因为那两次血洗华人造成的，仇恨的心理驱使中国人下了坚强抵抗的决心。司令官不满意了："上校阁下，可是我并不怀疑俄罗斯士兵的勇敢和进取精神。"

参谋长笑笑："光凭美好的愿望是办不了什么事的，俄罗斯士兵的进取精神自然可贵，不过单靠这种精神并不能迫使中国人放弃抵抗。"

这无疑是在嘲笑指挥官的无能，格里布斯基将军如何能忍受得了？他不想继续听下去，也不想考虑他的建议。他只是心急火燎地在屋内来回走动，他连看也不看阿留申上校一眼。

"不！"他转过身来，迅速来到案前，用手指着地图，"我就不相信，沙皇陛下最忠诚的勇士们就过不去这条河！"

"侥幸心理，加上盲目行动，怎么能指望取得成功？"

"那么，您的建议，我可以考虑，上校阁下……"束手无策的格里布斯基将军终于重视起参谋长、一个他不喜欢的人的意见。

60

按着阿留申参谋长的计划，当天晚上，俄军派出了奇袭部队，准备夜间偷渡。他蛮有把握，认为是渡江可能成功的唯一捷径。按计划规定，他们到达南岸之后，穿过丛林，爬过纳金口，直插大头山，迂回到黑河屯的左侧，吸引黑河清军主力同俄军作战。这时，阿穆尔舰队从正面展开攻势，强渡黑龙江，黑河防线的中国军队就会彻底瓦解。

另外，马克少校手下的人已经和黑河潜伏的间谍联系上了，一旦情况发生变化，可立即报告，届时可以停止行动。

计划够周密的了。这支偷袭部队投入了一个步兵团。格里布斯基将军鉴于上两次偷袭的失败，这次也没有多大的把握，部队已经出发了，他还毫无信心地说："投入那么大的代价，是在一个毫不熟悉环境的地方作战，一切都像是在演魔术。"

不过参谋长却认为万无一失，他以为，这正如中国古代军事家所说的"出其不意，攻其不备"嘛！

格里布斯基将军当然也在憧憬着这意外的胜利，因为明天，就在明天的下午，陆军大臣的专车就要到达这里了，他要用一片胜利的欢呼来迎接这位陆军大臣的莅临。

第二路军的头目们也都为司令官捏了一把汗，他们无人不晓，自从海兰泡和六十四屯两起大屠杀以后，俄国在国际上声名狼藉，主持人道和正义的国家和人民纷纷起来谴责沙皇俄国。同时，也遭到了远东报纸的猛烈抨击。一个署名吉田良太郎的日本人以目击者的身份把事件的真相公布在一家刊物上，向全世界揭露了沙皇俄国的暴行，引起国际公愤，就连俄国的伙伴、"八国联军"中的某个国家也表示愤慨。所以，彼得堡的高明人士也指责他们的过火行为，并且谣传格里布斯基将军和他的同谋者不久将会受到军事法庭审讯的流言①。阿留申上校虽有幸灾乐祸的心理，自己并没有参与其事，但他未能阻止，如果陆军大臣追问此事的话，这都是个十分棘手又很难回答的问题。

格里布斯基将军也并非傻瓜，他心里有数，两次行动进行之前，他都征求了总督、陆军上将哥罗戴科夫的意见，起码已是得到他们的谅解和统帅部的默许。如果一旦真的要到军事法庭上，他将公开一切与此事件有关的内幕。那时，谁是真正的凶手，人们自然会一清二楚的。

"给陆军大臣备一份厚礼。"这是他几天以来精心安排的另一件事。他想，海兰泡华商遗留下来的财物，拿出不到百分之一，陆军大臣就会高兴地满载而归了。

"光这一点儿是不够的。"格里布斯基将军狂傲地说，"还得用我们的辉煌胜利来迎接他。"

阿留申上校计算一下时间，偷袭部队到达指定地点大约需要五个小时的时间，落日开始出发，半夜十二点之前能到。为此，他通知炮兵，

---

① 《辛丑条约》签订以后的一九〇一年，俄国当局将"海兰泡惨案"的制造者格里布斯基将军交付军事法庭审判，结果被判无罪，只撤销职务了事。

晚八点开始炮轰清军阵地，使他们只注意正面防守，而不会想到侧面的偷袭。

61

炮声响起的时候，崇玉偕同瑞昌刚从黑河街里出来。崇玉心中纳闷儿，白天已进行了一次炮战，为什么晚上又开炮？莫不是炮火掩护，趁黑天强渡黑龙江？

瑞昌分析一下说："俄人傍晚开炮，准是别有企图，目标还是在渡江上。"

他们登上高处，借着晚霞的余光向对岸望了好一会儿，不见有什么动静，也没发现什么异常的现象。炮声好像演习，既不激烈，又好像没有主攻目标。

"这是为什么？"崇玉更迷惑不解。

刘芳迎上来："统领大人，俄军开炮，我们是否还击？"

"等一等。"崇玉沉吟片刻，回头对刘芳一笑，"刘管带，你听听，俄军这样打炮，他想要干什么？"

"无非是虚张声势，吓唬人罢了。"

瑞昌坚持地说："不，这一定是又要搞什么鬼名堂。不要还击，严密监视江上。"

少时，设在最高处的瞭望哨跑回来报告这样一个情况，他发现对岸的俄国兵向西北方向移动，看样子好像是开赴上游，后来被障碍物挡住了，没有看清楚究竟他们开到什么地方去了。

崇玉心中一动："你看清楚了吗？"

"肯定没有看错，如有谎报，甘当军法。"

"好。"崇玉欢喜地说，"你这个情况很重要，继续观察，随时来报。"

打发走了哨兵，崇玉同瑞昌、刘芳讨论起来，研究一下俄军的用意何在，他们到底开赴哪里。

刘芳说："俄人打炮是假，偷渡是真，意图还是要过江。"

"他们究竟想要从哪里过江？"

富喜从旁接言道："上游情况我熟悉，纳金口一带山高林密，江面窄，水流也不急，他们很可能从那里偷渡。"

"对。"崇玉也认为可能性较大。他立即令瑞昌率兵二百名，一律轻装，富喜为向导，埋伏于五道沟以上、纳金口以下的江岸丛林里。

二百清兵启程后，崇玉又命令锁上所有船只，无论官船、民船一律不准下水。令刘芳监视江上，并且命令沿江各炮垒，发现江上有船游动，立即开炮。如果没发现有船下水，任凭敌人打炮，一律不准还击。

一切安排得有条不紊，崇玉坦然地回到街里，他还要搞清另外一件十分蹊跷的事情。

几天以来，人们向他反映这么一个情况：每到晚间，就有人故意把灯笼放在高处，有时还出现在山坡上，不知什么人干的，用意是什么。他想到事情太奇怪了，同时也想起了电报局被炸以前，就曾发现过此类怪异现象。当时认为是民间灯火，没有查问。从黑河遭到炮击，电报局和衙门同时被击毁，使他意识到，可能其中有鬼。

崇玉要解开这个谜，破获这个案子，并做了精心布置。不料对手狡猾得很，没有使他察觉到。后来，灯笼也就不见了。崇玉并没有放松对这一情况的侦破，布置得更为周详、更为严密。他觉得，今天晚上是个关键时刻，如果有暗藏的内奸用灯笼同江北联络的话，他绝不可能放弃这个机会。

黑河街又名大黑河屯，是个紧靠黑龙江岸的边防小镇，居民有一万多人，以满人为主，战略地位十分重要。这里又是通商口岸，俄国人经常来此贸易，并在街上设了商务代办处，是一个不是领事的领事机构，管理中俄通商贸易事项。这个商业机构，同时又是一个秘密间谍机构，混进来的间谍分子刺探机密、传递情报，并发展奸细，收买中国人中的败类为他们服务。

如今，俄国商人早已撤走，江南江北断了联系，战争时期又控制灯火，那么偶尔出现灯笼这不是怪事嘛？

当晚，由于敌人开炮，家家熄灭灯火，街上静悄悄的，只有少数查街巡逻的士兵在慢慢地游走着。

崇玉回到衙门，不大工夫有人来报："大人，街边大树上又发现了灯笼。"

崇玉心中一动："不要惊动他，注意监视。"

按照士兵报告的方向，崇玉立即做了布置，有灯笼便有人，要连人带灯笼一并拿到。

"这是一个联络暗号，很可能跟今晚俄军活动有关系。"

崇玉分析得很有道理，他坚定地说："不论他们对上暗号儿，还是对不上暗号儿，他决不会永远把灯笼放在那里，一定会有人去取。"

崇玉随身带了两名精明强干的亲兵悄悄出来，绕道而行，果然在街外一片树木里发现有一个灯笼在闪耀。这个地方三面地势高，在街里不易发现，一个不大的灯笼挂在一棵大树上。崇玉明白，在丛林的四周，百步以外都埋伏了人，不怕你飞上天去。崇玉躲在一颓垣的后面，相距百余步，注意看着这一切。

公元一九〇〇年七月二十四日，是光绪二十六年六月二十八日，月末的晚上一片朦胧，夜空里闪烁着点点繁星，江边阵地上时有炮弹爆炸的火光和掀起的尘埃。崇玉完全不管那些，他专心致志地盯住这个灯笼。可是灯笼高高吊在树丫上，人却丝毫没有踪影。

一个时辰过去了，潮气和露珠沾湿了他们的衣襟。他们忍耐着，一动不动。崇玉借着夜色星光，向江北注意望了一会儿，发现对岸也有一个灯笼似的光亮在闪动。从忽隐忽现鬼火一般的灯火闪动来看，无疑是和这边联络的信号，崇玉心里更明亮了。但是，既然他们用灯火联络，为什么连一个人影儿也不见呢？又是什么时候把灯笼送到这里来的呢？巡逻的防军为什么没有发现？这一连串的问号，使崇玉有点儿焦急。

他正在胡思乱想之际，忽听大树附近"啪"落下一块石头的声音。崇玉陡然一惊："来了！"

在石头落地声音响过不大一会儿，从另一个方向蹿出一个人来。这个人身体灵便，脚步利落，动作敏捷，几步蹿到树下，取过灯笼，上下摇了两次，又左右晃了两下，然后熄灭灯笼，快步离开。

也就在他刚要离开的一刹那，两把明晃晃的钢刀架到了他的脖子上："站住！"

崇玉令点上灯笼，重新放回原处。

奸细被带走了。

62

夜间，崇玉升堂，亲自审问奸细。

"你和什么人沟通？又和什么人联系？"

奸细狡猾得很，矢口否认，极力狡辩："小民弄灯笼是游戏，没有沟通什么人，也没和什么人联系。"

想到电报局被炸、衙门挨炮弹，崇玉顿时怒从心头起："来人，给我掌嘴！"

两个亲兵跑上来，一个打奸细的嘴巴，一个站在旁边数数儿："一、二、三、四、五、六、七、八……"

打到二十几下，奸细才"妈呀"一声吐出一口血来："大人，住手吧！我招，我招就是了。"

"谅你也不敢不招，从实招来。"

从供词中得知，这个奸细在两年前就被海兰泡当局收买了，充当内奸。平时以商人身份往来于黑河、瑷珲、海兰泡之间，刺探机密，传递情报。战争打起来了，他不能过江了，就和以经商为名的俄国间谍约定，以灯笼为联络暗号儿，传递信息，同时又制定一套灯语内容和联络方法。

"那个俄商叫什么名字？"崇玉对来过黑河的俄商基本都认识，所以追问一下。

"他叫马哈莫夫。"

崇玉知道这个人，原来是俄国驻黑河的商务代办，他是最后一个离开黑河的。

"你知不知道他受什么人指使？"

"不知道。听他说过，他的顶头上司是什么人物，我也没见过。"

"那么，你到海兰泡去同谁接头？"

"我只按照指定地点送上情报，他们给我卢布，什么也不让我知道，说这是纪律。"

不用多问了，一个背叛祖国的民族败类，为了贪图金钱，就可以把灵魂出卖给人家。崇玉最恨这种人，很想把他乱刀砍死，可是现在不能，还想从他的口中知道更多的事情。

"我再问你，为什么把灯笼放在那里就不管了？如果你今天不去取灯笼，将会怎么样？"

只听他"唉"了一声："完了，什么都完了。大人，我都对您实说吧。我们约定好，只要灯光不灭，说明一切正常。灯火要是灭了，或者被人取走，说明有变。"

"那么，你把灯笼上下左右摇晃两次，这是什么意思？"

"大人派出的部队到上游埋伏，可能是二百人。"

崇玉感到十分惊疑："你怎么知道的？"

"罪民不敢多说。"他向左右望了望。

崇玉明白他的意思，令左右退下，堂上只剩他和奸细两个人。

"你从实招来，罪行可以减轻。"崇玉追问一句，"军中可有你同党吗？"

他犹豫一下，还是做了详细供述。

据他交代，统领身边一个师爷已被俄国间谍机构收买。因为他接近崇玉，参与机密，搞到军事情报传达给他，由他同对岸联络。他们约定，俄军占领黑河之后，每人酬五千两银子奖金，二百人到上游埋伏的情报就是他提供的。他怕弄出差错，俄军来了杀头，所以不顾危险，赶紧把这一新的情报传递过去。他说，那边有专人跟他联络，也是以灯笼为信号。

崇玉这一气非同小可，连夜逮捕了那个他平日所信任的师爷，并搜了他的家。对质之下，均供认不讳。崇玉行文副都统衙门，派人押送两名案犯去瑷珲。结束这一案件的时候，天已大亮，崇玉打了一个呵欠，对左右说："真没想到，我所敬重的人还是奸细，都怪我有眼无珠，偏听偏信。"

左右愤慨地说："都是中国人内坏，给外国人当奸细，出卖本民族。要不然，什么强大的敌人，他敢进犯天朝？"

中午时候，瑞昌、富喜胜利归来，一千五百名偷袭的俄军被他们击退了，部下无一伤亡。他们留下二十人继续监视，其余全部撤回来了。

黑河阵地上是一片欢呼。

63

自然，海兰泡方面又是一场混乱。

格里布斯基将军像热锅上的蚂蚁急得团团转，用不着埋怨，阿留申参谋长比别人显得更焦急。不过，他是个很有修养的人，具有政治家的气质，他头脑颇冷静，不会像司令官那样沉不住气。

"钧座，中国军队能够在那里设防，真是意外的事。"参谋长竭力克制着自己，满腹狐疑地说："是不是走漏了消息，清军仓促防御，根据毕托中校提供的情报，那里以前是没有设防的。"

"让一切都成为过去吧！"司令官没头没脑地冒出这么一句话。他来回走动一会儿，便坐在沙发上，"请马克少校来！"

参谋长瞅瞅司令官："按照以往的常识，中国人如此聪明，恐怕这还是第一次。"

"我的上校阁下，您应该记住，我们的祖先就吃过中国人的亏。长此这么下去的话，布拉戈维申斯克也许会变成雅克萨！我们不能不承认，雅克萨的战争，是俄罗斯帝国最丢脸的战争……"

格里布斯基将军感叹着、数落着，显然是对参谋长发着牢骚。

阿留申上校是解劝，又像是回击地说道："可是，人们不会忘记，雅克萨的耻辱，已经被穆拉维约夫勋爵洗刷干净了。"

"问题就在这里。"司令官像是抓住了话柄，"我们的先驱者穆拉维约夫伯爵，为俄罗斯帝国争得了经阿穆尔通向东方出海口的航行权。可是，我们如今连这条只有一俄里宽的小河都过不去，实在遗憾得很！"

马克少校进来了。

司令官礼貌地欠欠身，点头让坐。马克少校猜测到今天为什么找他，他先主动地说道："报告钧座，据我的同事们提供的情况，黑河方面可能有变，我们的人也许已被中国当局抓获。昨天晚上，联系突然中断，不知那里发生了什么事，所以没有搞到准确的情报。"

"算了吧！"司令官耸耸肩，冷漠地一笑，"不过我怀疑，如此下去的话，您和您主持的机构有否继续存在的实际意义，不能不令人担忧。请原谅，少校阁下。"

马克心头火起，但是他克制住了，他冷笑一声，"司令官阁下，我认为，目前讨论这个问题是不合时宜的。预计陆军大臣在今天晚上到达这里，我们没有更多的时间和理由去辨别是非，请钧座考虑。"

果然有效，格里布斯基将军软了下来："筹备迎接陆军大臣，这是我请阁下来的主要议题。"

一场争执，暂告平息。他们就像什么事情也没有发生一样，集中精力，为迎接陆军大臣而倾巢出动。格里布斯基将军晓得，这次陆军大臣的好与恶，将决定他的前途和命运，他两次血洗华人的罪行也会成为受到查处的有力证据。而那两次行动的支持者马克少校和反对者阿留申上校，都是陆军大臣的红人，他既不能得罪这个，又不能得罪那个，他还企望他们在必要的时候为他斡旋呢！

司令部发布了欢迎陆军大臣的通令。

通令第九十一号
令阿穆尔军区，北满方面军
第二路军全体官兵

一九〇〇年七月二十五日

第一条　兹为隆重欢迎陆军大臣库罗巴特金将军于今天下
　　　　午六时到达这里，特令全体校级以上武职人员，偕
　　　　夫人提前半小时在车站肃立躬候；
第二条　着令军乐队奏乐；
第三条　令炮兵司令柏克少将负责，于军乐停止时，鸣欢迎
　　　　礼炮十一响；
第四条　令卫戍司令部配合警察总局，负沿途保护之责；
第五条　令全体军官均着礼服，士兵处于临战状态；
第六条　着令本司令部副官哈洛夫上尉负责维持秩序，并
　　　　主持迎接的所有事宜。

副官哈洛夫上尉显示出非凡的才能，他把欢迎的一切事宜安排得井井有条，会见、待客、宴会、舞厅，等等需要安排的，几个小时之内全部安排就绪。必不可少的，格里布斯基将军特别备了一份厚礼，当然这是在欢迎仪式日程以外的事情了。

俄国陆军大臣、满洲军总参谋长库罗巴特金将军，准时于七月二十五日午后六时，乘专车到达海兰泡。

他北京之行的计划已经取消，途中已得知瓦德西当上"八国联军"统帅的消息，便又打了另外一个主意，如果俄国武装控制全满洲以后，他要谋取满洲军总司令的职位。所以，他的远东之行的兴致仍然很浓，借以在满洲军的将领中树立威信，以便获得他们的支持。

海兰泡是他远东之行的第一站，终点是海参崴。

几十名身穿盛服、佩带勋章的陆军将校气宇轩昂地尾随陆军大臣同车到达。

格里布斯基将军率司令部全体人员到车站迎接。

总督、北满方面军总指挥哥罗戴科夫也到车站迎接。

意外的是，陆军大臣宣布，他在这里只能停留一天，然后继续东行。

北满方面军指挥也决定随车同往，他要从东线进入中国国境。

陆军大臣行动是迅速的，时间安排得也很紧凑，格里布斯基将军的一切多余活动自然就不能提到日程上来了。

在军事方面，他下令加紧对中国防军的轰击，并命令主攻部队在炮

火的掩护下，强渡黑龙江，夺取黑河屯，来一次最大的也是最坚决的冒险。他要做出点儿成绩来，给陆军大臣看一看。

64

农历六月末的天气，北方有时比较酷热，特别是中午前后大约两个小时的时间，往往晒得人们喘不过气来。

黑河街外的江边阵地上，每当炮击停止，更是忙得不可开交。经过多次的炮战，有一些炮垒和战壕被敌人毁坏了，所以炮声一停，崇玉统领就立即指挥士兵抓紧抢修。自从海兰泡事件发生以后，崇玉不止一次地对天盟誓。有一次他把全军官兵召集到江边，对着滔滔的流水，慷慨激昂地宣誓："誓死抗敌保国，为死难的同胞报仇！"从此，他把大营移到江边，天天指挥部下向对岸轰击，海兰泡整日炮火连天。俄军时有还击，双方对射，互有损伤。

近来抓获了为敌效劳的间谍，清除了内奸，阻击了黑夜偷袭，提高了官兵士气。自开战到现在，二十多天来，敌人还没有迈进黑河一步。

太阳逐渐升高，天气逐渐转热。士兵们顶着烈日，流着汗水，利用这有限的空间，赶紧抢修毁坏的炮垒，重挖填平的坑道，谁知道敌人什么时候又要开炮。崇玉巡视各地，还常常亲自动手，帮助调整炮位，指导安放。每到一处，士兵们都围着他，愿意同他说话，问这问那。崇玉也乐意跟部下谈心、闲聊，残酷的战争把官与兵之间的距离拉近了。

崇玉来到一个刚刚复原的炮垒前，一门被毁坏的旧式炮刚刚修理好。崇玉看了一下，问道："还能用吗？"

"回大人话，"士兵笑道，"保险能射出炮弹去。"

"那好，瞄准目标，试一下。"

士兵听说要试炮，立刻推上炮弹："现在就来，目标海兰泡。"

"不。"崇玉制止道，"你们先坐下歇一歇，一会儿我要亲自试。"

士兵们像往常一样，围着统领唠起嗑儿来。

"大人，咱们什么时候打过江去，夺回海兰泡，为死难的同胞报仇？"

崇玉说道："同胞的仇早晚要报，不过咱们不能过江，现在不是中国侵犯俄国，而是俄国侵犯中国。咱们不是要过江，是要阻止俄国人过江来，明白了吗？"

一个士兵眼泪汪汪，扑通跪倒："大人，打过江去吧，给我一家三口儿报仇哇！"

崇玉打量一下这个士兵，觉得很陌生，即问道："你叫什么名字？一家三口怎么的了？"

"大人儿，我叫丁国旺。"这个士兵越哭越伤心，"一家三口儿，老婆孩子都在那边……"他指向江北，"叫老毛子害了，报仇哇，死得惨哪，大人！"

崇玉惊奇地问起其他人："他是谁，到底怎么回事？"

一个哨官转过来回答："启禀大人，这个丁国旺就是前几天从海兰泡俄国屠刀下死里逃生过来的，一家三口儿死了两口儿，他会凫水，总算逃过来了。"

"逃过来的难民不是都安置了吗？军中不准容留百姓的军律，你不知道吗？"

哨官慌了手脚："大人，丁国旺要给家人报仇不肯离开，卑职就收留了。"

"谁准许的？"

"刘管带知道，他说不会放枪，可以搬炮弹，哪儿都得用人。"

崇玉听到这里，认真打量一下丁国旺，见他身强力壮，面目黧黑，年在二十四五，倒是一条汉子，何况目前正是用人之际，就顾不得计较其他了，遂问："天天打仗，你不害怕吗？"

"大人，小的是死了又还阳的人，豁出这条命也要报仇啊！"丁国旺伏地不起，痛哭哀求。崇玉深情地说："起来吧，你们记住，这笔血仇早晚要报！"

观测的士兵来报，发现对岸俄军有活动，江口有轮船出港。崇玉取过望远镜，果然看见了俄军在频繁移动。

"瞄准穿白衣的俄国兵试一炮。"

崇玉指挥炮手，调整角度，移动炮口。

"预备——"

士兵们屏住呼吸，望着江北。

"放！"

轰隆一声巨响，炮弹呼啸着飞过江去。

各炮垒先后开火。霎时，江北阵地上浓烟滚滚。

俄军的大炮开始还击了。

沿江两岸，硝烟弥漫，大江南北，火光冲天。

这是开仗以来第一次如此凶猛的轰击。清军阵地的炮垒、战壕、掩体、交通沟差不多全被破坏。一些士兵伏在地上不敢抬头，还有一些迅速转移到树林里去了。

崇玉看此光景，料到俄军必要渡江。他立刻令瑞昌调动两个营洋枪队，埋伏在江边不远的缓冲地带，以防敌军登岸。

崇玉驰马来到高地上那个大炮垒前，叫出刘芳吩咐道："注意江上，看见敌船影子就开炮。"

"遵令！"

刘芳见今日炮战如此激烈，考虑到统领的安全，忙恳求道："大人，这个炮垒坚固，请到里边躲避一下吧！"

崇玉不肯，他只带两个贴身的戈什哈飞驰在阵地上，往来巡视。

65

在双方隔江轰击最激烈的时刻，陆军大臣视察了俄军前沿阵地，这无疑是给俄国官兵打了一针强心剂。俄军士气大振，他们加紧了对清军阵地的炮击，企图打开缺口，长驱直入。

格里布斯基将军亦准备借用陆军大臣的威名，号令那些与他貌合神离的将校们。他动员全部能调动的力量，采取了所有能采取的手段，对清军发动一次前所未有的渡江攻势。

几艘载着登陆部队的舰艇开出了结雅河港口，在炮火的掩护下，斜刺里往南岸驶来。

刘芳看得真切，喊了一声："贵喜，敌船要横渡！"

贵喜并不答话，调整了炮口，对准为首的一艘铁甲舰开了一炮。这一炮不知是否打中要害，敌船反而加快速度，一边射击一边向南岸靠拢。

这时，几十只木船尾随在后，拼命向这边划来。

江岸上一片人声嘈杂："毛子渡江了！毛子兵要上岸了！"

军舰没有靠近江岸，而是搁浅在距江岸还有一百多米的水中。俄兵纷纷跳下水，向岸上猛扑过来，木船满载俄军也随后到了。

岸上大炮已失去了作用，情况万分紧急。

伏在树林里的瑞昌低声问了一声："统领，动手吧！"

"不忙，叫他们再靠近点儿。"

扑上来的俄军最快的已经登上江坎，一里多长的横渡队伍，叫嚷着像墙一般地压过来。

"守住江岸，打！"

统领一声令下，瑞昌率清兵钻出树林，一千支枪口对准江坎开火了。

俄军猝不及防，他们没有想到会有埋伏，怔了片刻，只得硬着头皮迎战。俄军在明处，清兵在暗处，又居高临下，俄军死伤累累。可是无论如何，俄军死战不退。

炮垒上的刘芳看在眼里，对贵喜说："俄国兵仗着军舰大炮的威力，要不惜一切代价企图登岸，咱们有点儿支持不住了。"

贵喜瞅了瞅："刘芳，你看，就是那艘军舰炮火凶猛，要压住它，俄军就完蛋了！"

"果然不错！"刘芳望了一下说，"贵喜，瞄准它。"

贵喜细心地转动滑轮，刘芳测一下距离："表尺一百八十度，等距七百五十码，预备——"刘芳把手一挥，"放！"

"轰隆"一声巨响之后，打中了那艘军舰，立刻引起了爆炸。原来这一炮恰好击中了舰上的弹药箱，引起了连锁反应。舰上发出了惊天动地的一阵响声之后，船身立刻倾斜，舰上士兵落水的落水、跳水的跳水，另外两艘赶紧移动位置。

抢占江岸的俄军受到军舰的影响，开始后退。这时，木船上的俄军更加凶猛地冲上来。

崇玉"刷"地拔出战刀，纵马驰向阵前："为同胞报仇，狠狠地打！"

两营清兵也跳出掩体，冲向江坎。俄军拼死登岸，清兵顽强阻击，战况异常激烈。瑞昌跑上去扯住崇玉的马镫环："统领，快避一下，这里危险！"

"我要离开，谁肯用命？"

崇玉的话音刚落，突然耳边响起了类似麻雀起飞的"秃噜秃噜"声，凭着以往的战斗经验，他知道子弹就在身前左右飞过。瑞昌看情况紧急，忙叫道："崇大人，快走！"

崇玉没等答言，身子就像被谁撞了一下，他觉得左臂向后一甩，身子向前一探，几乎闪下马来。瑞昌和亲兵把他架住，要扶他下马，崇玉不肯。

富喜寻到这里来了，他看统领衣袖上流出血来，忙上前惊叫道："大人，大人，怎么了？"

崇玉觉得半侧身子发麻，也不知道哪里疼痛，低头一看，鲜血从袖口处流出来，滴落在沙滩上。

阻击战在空前激烈地进行着。

富喜抽刀割下一块衣襟，给统领扎上。

瑞昌命令道："背统领下去！"

"不！"崇玉说。

这时，刘芳的炮垒又打中了另一艘军舰。崇玉看敌舰在江里冒烟，又望望黑河街里火光冲天，江岸还在殊死地争夺，他觉得这是生死存亡的关键时刻，瞪了富喜一眼："退下，不准多嘴！"

"大人，您的胳膊……"富喜上前拉住。

"退下！"崇玉眼里射出怒火，"胜利就在眼前，不许多言！"他又举起战刀，纵马飞奔前沿。富喜瞅了一眼瑞昌，随后跟去。

瑞昌给部队下了死命令："给我顶住！顶住！不叫毛子上岸，后退者斩！"

俄军登陆没有成功，他们扔下同伴的尸体，抛弃打坏的木船，逃上受了伤的军舰，向结雅河口退去。

强渡失败了。

太阳透过烟雾，送来了光辉，两岸又恢复了暂时的宁静。

岸上的清兵抬上伙伴儿的尸体，救下负伤的战友，紧张地处理善后。尽管清军的阵地遭受了毁灭性的破坏，他们依然站在江边，遥望退去的俄船，欢呼着、庆贺着，有的还跳跃着。他们感激高地上炮垒的支援，可是他们并不知道，他们的统领崇玉已经中弹负伤了。

66

渡江作战虽然以失败而告终，但是陆军大臣库罗巴特金将军却找到了关键所在。这位素以军事家自居的俄国陆军大将，很快就看出了第二路军的致命弱点，就是互相配合得不好，水上与陆上、炮兵与步兵没有很好地协调起来。他心里很恼火，但是表面却若无其事。

他明天一早就要离开这里，占领黑河的辉煌胜利他是看不到了。他心里暗骂，格里布斯基这个嗜杀成性的蠢猪，他的不理智行动激起了中国人反抗的决心。所以，他们成了北满方面军中最后一支进入中国的部队。

陆军大臣决定召开一次军事会议，以他的影响和威望，来说服那些各揣心腹事的将军们，以便协调他们的行动。只要彼此同心合力地攻入满洲，那么其他一切问题都是留待以后的事情了。到来的当天，也就是昨天晚上，他个别召见了阿留申参谋长、马克少校、炮兵司令柏克少将等他的亲信，又和总督、方面军总指挥哥罗戴科夫上将交换了意见。这些人总的都是对格里布斯基将军不满，特别是阿留申参谋长和柏克少将更是对两次血洗华人事件表示愤慨，认为是玷污了俄罗斯帝国的光荣历史。幸亏一份厚礼送到他的下榻处，陆军大臣才言不由衷地为他开脱几句。

精彩的好戏还是在这次军事会议上。

在灯火辉煌的阿穆尔军区，也是侵华第二路军的司令部里，他们召开了一次事关重大，并且有决定性意义的一次军事会议。

华丽宽敞的会议厅显得有些拥挤，一向冷清、威严的司令部突然热闹起来。尽管海兰泡处于战时的威严状态，负伤的士兵还在医院里流着血，黑龙江里成百俄军尸体还没有全部漂没，这些都不能动摇侵略成性的好战分子铁石一样的冷酷心肠。会议仍是轻松的，并带有和谐的气氛。

格里布斯基将军的心情并不是愉快的、平静的。虽然他的副官替他办了许多事，安排会场，筹备宴会，布置舞厅，搜罗漂亮的姑娘，可是这些都不能解除他今天渡江作战失败的懊丧心情，他显得很被动。

会议正式开始的时候，陆军大臣首先郑重地站起来："我提议。为今天渡江作战最勇敢的阵亡的俄罗斯士兵祈祷，祝愿他们的灵魂升入天堂。"

他带头在胸前画十字，竭力表示出最虔诚的样子，所有人员照行。格里布斯基将军感到无比难堪。他认为，这无疑是陆军大臣对他的无声的、强有力的责备。他忍耐着，不住耸动上唇的胡子，不吭一声。

祈祷仪式一结束，陆军大臣颇为潇洒地谈了他这次东来的目的，并介绍了各路入侵军的行动。他说，其他几路不同程度地突破了边境线，已经深入到满洲境内。而谈到这里的情况，他说，令人吃惊的是毫无进展。他感叹又有点儿愤慨地说："你们有几万优势的兵力，有精良的现代化的武器，竟不能迅速摧毁处于劣势而且装备落后的中国军队的防御力量，实在是不可思议，本大臣对此也深感遗憾。"

将校们只有默默地听着，谁也不吱一声。

库罗巴特金将军在大家的脸上扫了一眼，然后把目光停留在与他同车来的一个浑身臃肿、满脸卷毛黄胡子的将军身上："您想从这里到关东①去，亲爱的史特塞尔将军，不过可惜得很，这里的道路没有给您打通，看来您可以改变路线。"

将军们有的在微笑。

"这会有什么办法，我的上帝！"

史特塞尔将军和陆军大臣的对话引起了在场人的哄笑。格里布斯基将军再也坐不住了，他腾地站起，愤然说道："陆军大臣阁下，我请求调换我们那狗熊一样的炮兵，他们实在没有待在这里的必要。"

从西伯利亚军区调来的炮兵司令柏克少将素来就瞧不起格里布斯基将军，听他出言不逊，轻蔑地一笑，慢慢腾腾地驳斥道："阁下的话是对俄罗斯炮兵的最大侮辱。俄罗斯炮兵不是狗熊，俄罗斯的将军才是狗熊，不过这仅是个别的。"

气氛骤然紧张起来。

外贝加尔调来的步兵师长苏鲍提奇中将也轻视格里布斯基将军，他和炮兵司令柏克少将同一心理，遂支持他说："柏克将军的炮兵已经发挥了应有的威力，可惜我们的指挥官无能，俄罗斯士兵是勇敢的。"

为了欢迎陆军大臣而特地从瑷珲前线赶回来的连年刚波夫少将，为他的同事兼上司辩护起来："我认为，精诚团结，互相协作，才是取得胜利的保障。我不怀疑各位长官配合不好，我反对彼此步调不能统一起来，至少缺乏诚意。不能顺利渡江，大家都有责任，我希望陆军大臣阁下能够谋求一个统一的实施方案。"

"是的。"史特塞尔将军忙给圆场，"库罗巴特金将军的到来会使战局发生根本性的变化。俄国的大炮会使所有敢于抵抗的中国人倒下，我们的士兵会到达满洲地区的每个角落，我们的国旗愿意在什么地方升起，就在什么地方升起。"

陆军大臣很欣赏这位将军的狂言，他果断地接过来说："俄罗斯帝国的国旗无论在什么地方升起，就不能再降下来！"

"乌拉！乌拉！"

---

① 俄国人对旅大地区（旅顺、大连地区）的称呼，他们租借旅大以后，设立关东州。不久，远东总督府也驻在旅顺，史特塞尔将军为第二任远东总督，后在日俄战争中战败投降。

一阵鼓掌狂呼，气氛缓和下来。

库罗巴特金将军已经知道了第二路军将领们意见分歧，便不再让他们争论，他做了长篇讲话。他说："如果时机成熟，我们将使满洲变为第二个'布哈拉汗国'，以实现沙皇陛下在东方建立'黄俄罗斯'的伟大理想。"他接着谈到了俄军占领满洲的具体步骤和实施办法。他表示，当十八万俄军控制整个满洲地区以后，他愿意留在那里。当他谈到目前正在修筑而又被迫停工的中东铁路时，他决心保证这条同西伯利亚大铁路接轨的干线和它的支线顺利造成。他说："这条铁路，从战略意义上来说，有着不可低估的极其重要的特殊价值，会成为俄罗斯帝国生命线的一部分。"他又打了一个比喻，他说满洲这个地区近年来引起世界上广泛的注意，它好比一块肉，如果你想知道它的香味的话，那你就要赶快吃掉它，晚了会被别人抢去。他谈到中国这次闹义和团给俄国出兵满洲创造了条件。最后，他公然表示道："所以，俄国军队进入满洲境内，只能前进，不能后退，前进到长城脚下，前进到北京城……"

疯狂的战争叫嚣鼓舞了在场的所有侵略军的头目们，他的讲话时时被掌声和"乌拉"的欢呼声所打断。最后陆军大臣指示他们："消除个人成见和彼此的误会，目前要服从进军满洲的需要，精诚团结，创造奇迹。"

陆军大臣的努力收到了效果，一些彼此争权、互相排斥、貌合神离的战争罪犯们又握手言和了。

他们调整了部署，重新制订入侵计划。在陆军大臣的主持下，他们策划了一个分兵三路夺取瑷珲的作战方案。

第十一章

67

光绪二十六年七月初七日的早晨，平静了几天的黑龙江上又出现了五艘军舰，拉开距离，一字摆到江面上，看样子要试图渡江。

岸上炮垒本着有船就打的原则，开了几炮，俄国军舰并不还击，缓缓向下游弋去。

崇玉在大营里听到炮声，不顾医生嘱咐，挎着一只带伤的胳膊离开帐篷，来到高地炮垒上。

刘芳上来报告："俄国兵船又要过江，开了几炮，又缩回去了。"

刘芳一眼望见统领胳膊上缠着绷带，惊叫一声："统领，您……"

崇玉对他一扬手，若无其事地笑了笑："那天受点儿轻伤，不要紧的。"

刘芳会意，不再多言，领着统领进了炮垒。

"贵喜在哪里？"

正在修整弹仓的贵喜听见统领叫，忙出来叩见："参见大人。"

"听说那天你很卖力，打中两艘俄船，步兵才守住江岸，给你记了军功，我还要保举你。"

"谢大人！"

崇玉又瞅瞅随行的富喜说道："你们兄弟二人这次立下战功，将来加官晋爵，衣锦还乡，光宗耀祖。"

二人同时说道："感谢大人提携！"

刘芳忽然问道："统领，听说俄军昨天占了漠河金矿，他们会不会避开正面，从那里绕道过去？"

"决不会。"崇玉说，"那里山多地险，沟深林密，无路可通，只有这一条官道，他们非从瑷珲进军不可！"

"那他们消停了几天，不又在捣什么鬼。"

"是啊，俄人狡诈，不可疏忽，注意他们的活动。"

不知谁突然喊了一声："有船！"

"在哪里？"

"快看，拐过山弯来了！"

果然，西北方向上游出现一支船队，向下急驰而来。

"准备迎击！"

崇玉吩咐完，飞马跑回大营。这时，瑞昌也发现了来船。

"统领，怎么办，辨不清这是什么船，打还是不打？"

"等一等，看清楚再说。"

富喜首先看明白了："大人，看，这是自己人。那旗子杏黄色，还绣着龙呢！"

官兵们全看清楚了，船桅上的龙旗迎风飘扬，船上的人穿着清军衣号，确实是自己的队伍。

崇玉心里惊疑："自己人，自己人从什么地方来？为什么事先没有通知？"

富喜猜测道："是不是漠河金矿护矿兵逃回来了？"

崇玉没有反应。

木船顺水快速地前进。

阵地上已看清楚了船上挂着中国旗，人穿着清军衣号，不能开炮。

崇玉始终惊疑不定："没有消息说漠河护矿兵从这里通过……"

船队进入防军前沿，瑞昌着急道："统领，怎么办？俄人谲诈万分，不能麻痹大意。"

崇玉十分为难地说："我考虑及此，可是不问明白，误伤自己人，那还了得！"

"令他暂时停泊，我去问个明白。"

瑞昌下岭，崇玉令富喜升旗，发出停船的号令。

晨光钻出云层，映照在黑龙江上，江水褐中透黄，掀起万道金鳞。

一支庞大的船队继续前进，逐渐向岸边靠拢。

崇玉一时醒悟过来，护矿兵仅有三百，船上为什么这么些人，其中一定有诈，忙令富喜："通知各营，准备阻击！"

可是已经迟了，伪装的俄军甩舟登岸，抢占地形，向清兵猛扑过来。

崇玉晓得中计了，命令坚守大营。

清兵仓皇开火阻击，两军舍死相拼。

俄军得手以后，江上一艘汽轮鸣笛报信，军舰迅速返回，向岸上发动攻击，配合登陆的俄军。

清兵渐渐支持不住，大炮不能对付登岸的敌人，炮垒反被舰上重炮轰塌数座，清兵处于完全被动的局面。

登岸的俄军是在苏鲍提奇中将指挥下的步兵旅，六千人，是从外贝加尔驻军中抽调的一支最凶悍的队伍。他们仿制清兵衣号伪装起来，从上游顺流而下，清兵上了当。他们登岸以后，分成两股儿，一股儿切断江岸清兵与街里的联系，一股儿从侧面直扑黑河。

瑞昌慌忙跑进大营："统领，我们上当了，快撤下去，徐图计……"

崇玉瞪起血红的眼睛："阵地！我要阵地！你给我夺回来！"

瑞昌愕然："统领，我们被包围了，马上转移吧！"

崇玉右手握刀，冲他一指："还不给我下去，我要阵地！"

"统领保重，我去就是了。"

瑞昌组织反击，相持很久，俄军势大，部下伤亡殆尽。望望扎在高地上的统领大营，被俄军三面围住，知道大势已去，忙又跑进大营，咕咚跪倒："统领，快走吧，一会儿撤不下去了！"

正在指挥阻击的崇玉见瑞昌又返回来，扔了手中的刀，叹道："怪我一时疏忽，连累了你。"

"到什么时候了，还说这干啥？快撤出去，徐图后举。"瑞昌说着，也不管崇玉同意不同意，命令富喜，"你保统领快撤，我去挡一下，掩护你们。"

瑞昌爬上马背，刚要走，一阵排枪打来，他"啊"的一声栽下马来。战马惊恐地嘶叫一声，跳出营门飞奔而去。

"瑞昌，瑞昌！你怎么样？"

尽管崇玉呼唤，瑞昌一声也不吭，他牺牲了。

"我怎么能对得起副都统？我怎么能对得起寿将军？他是寿将军的侄儿呀！"

大营受到冲击，情况紧急万分。很多官兵支持不住，纷纷逃走。崇玉跳上马背，战刀一挥："顶住！顶住！"

富喜着急地叫道："大人，快走，毛子进街了！"

"啊？是吗？"

崇玉远望黑河街里，敌军像潮水一般，几乎把城淹没了。

"撤！"

"撤"字刚一出口，两颗子弹打中了崇玉的右臂，指挥刀"当啷"掉在地上，他晃了两晃从马上摔下来。他刚一着地，立即坐起来，四个亲兵戈什哈猫腰跑上前："大人！"

崇玉在亲兵的扶持下，重新上马。他看局面无可挽回，又怕黑河有失，不得已下达了一道命令："全军退守黑河！"

68

江边阵地被俄军全线突破，大炮也失去了作用，炮垒上的清兵有的拆卸大炮逃走，有的牺牲在阵地上。

刘芳一伙被围在高地炮垒上，一时撤不下来。他们向江上俄国军舰轰了几炮，看看没有多大的效力，就注意寻找岸上的目标。

俄军占领了对面的高地，那是统领的大营，刘芳知道，统领不是逃走，就是阵亡了。他透过尘土硝烟，望见大营的旗子也换了，全是身穿白上衣的俄军。

"怎么办？"贵喜瞅了瞅刘芳。

刘芳瞪起仇恨的眼睛，测量一下对面高地的角度和距离："还有几颗炮弹？"

"三颗。"

"给他一颗！"刘芳用力一挥手，"放！"

一声炮响之后，对面高地上尘土飞扬，俄军四散奔逃，连刚换上的俄国旗子也不见了。

"打得好！"刘芳惊喜地叫着。

贵喜又推上第二颗炮弹。

刘芳注意搜索目标，可是他找不到一个适合轰击的对象，他看到的是败退的清兵。有一支清兵慌乱地奔逃，俄军从后追击，一阵排枪，清兵倒地无数，其余还在拼命地跑着。

"咱们这回算完了！"贵喜露出畏惧的神色。

又是一排枪打来，刘芳、贵喜都伏在地上，几个炮兵来不及躲闪，他们中弹倒在炮垒上。

这个炮垒已经毁坏，胸墙全部坍塌，幸好大炮还完好无损。

贵喜悄悄爬起来，向下一看，惊叫起来："哎呀！毛子要上来，怎么办？"

刘芳一跃而起，认真瞅了一下，看见有无数俄军向这边运动，看样子是要爬岭。

"快走吧，眼瞅要下不去了！"贵喜急得不知如何是好。

刘芳眼里冒火，往远处望了一会儿，忽然又发现一支俄军向另一支败退的清兵追击。他一咬牙，指点一下目标："向那里，预备——"

"不行，"贵喜制止道，"有我们的人！"

"我来！"

刘芳调整一下角度，关好炮闩。

"不行！毛子爬上来了！"贵喜心惊肉跳地叫着。

"你先躲一躲，我放一炮，咱好走。"

"那你快点儿，快点儿！"

贵喜摸过最后一颗炮弹，放在旁边："再给你预备一个，这回可没了。"

"稍等会儿，再把表尺拨正点儿。"

"磨磨蹭蹭，分明是找死！"

不管贵喜如何焦急和抱怨，刘芳还是细心地对好准星和目标，贵喜捂上了耳朵："老天爷保佑啊！"

刘芳怀着无比的仇恨，用力一拉炮闩索，炮身颤动了一下。当开炮时的火药硝烟散去以后，他用手遮住眉毛望望那边，跟踪的俄军不见了，只剩下一支散乱的清兵，急急地跑着。

贵喜宽心地喘口长气："我算服你了！"

"赶快卸下炮闩，带走表尺，下岭找统领去！"

"这儿还有一个！"贵喜指着地下的炮弹。

"给爬岭的毛子尝尝！"

刘芳迅速捧起炮弹，往岭下掷去。他们趁敌人慌乱之际，朝相反的方向跑去。他俩飞快地下岭，穿过几道草丛树林，就转移到了安全地带。

"先回街里看看！"刘芳招呼贵喜。

他们很快追上了一股溃军，夹在溃军当中向黑河街跑去。

69

俄军很快占领了黑河。

俄军进入黑河后，见人就杀，见房子就烧，黑河街的居民除了被杀，全都逃跑了。街里街外死伤累累，平时一条繁华的街道，被淹没在火光和血泊之中。

身负重伤的崇玉退到卡伦山，收集残兵，立住阵脚，各军官陆续寻来。这时，有人来报："统领大人，瑷珲派满达海满大人率部增援，已到山南了。"

崇玉无力地点一点头，什么也没说，但是脸上露出了欣喜的神情。

他的伤势非常严重，营中虽有随军医生，但对于弹伤还是无能为力，而且也没有手术设备，古代那种红伤接骨办法已经远远行不通了。

事有凑巧，黑河失陷的当天，瑷珲正在惊恐慌乱之际，一个俄国教士来到了瑷珲的南门外，他就是齐齐哈尔大教堂郭尼玛神父。

郭尼玛经过十几天的辗转跋涉，这天终于到达了瑷珲，却被门军挡住，不准进城。

程德全派出的护卫家将上前说道："我们是奉大帅的命令来的，这里有公文、有护照，你们只管验看，哪一个敢拦挡！"门军说："你不要发火，我们光把门，别的做不了主，有话你跟城门领老爷说去吧，跟我说这些没有用！"

家将怒道："把你们守门官找来，我亲自跟他说！"

不想城门领已在抵楼里边，听得明明白白，出来一看，就火儿了："这是哪来的跳猫子，这么大的口气！"

"老爷，这个俄国教士从省城来，还说有将军衙门的护照。你看，放不放他们进来？"

"不行！"城门领对着城下瞪起了双眼，"满城炮火连天，这都是你们俄国毛子的罪孽，等战事平定了，你再进来吧！"

家将对他展示了一下护照："神父回国，这可是大帅批准的。从布特哈到墨尔根，沿途关卡哪个敢阻拦？你小小的城门领有几个脑袋！"

"不管你怎么说，我就偏不放你进来！"

家将也不示弱，冷笑一声："好吧！这有一封信，是将军衙门带给来总管的，你就给我转交上去吧。误了大事，小心你的脑袋！"

城门领立时软了下来："既然是这样，那就请你跟我去见来总管。"

"也好。"

城门开了，城门领下来："走吧，伙计。"

"神父呢？"

"对不起，暂时先在这儿委屈一会儿吧。"

他们到了营务处，见了来鹤年，家将呈上了程德全给来鹤年的信。信的大意是，郭尼玛神父是中国人的好朋友，在龙江居住多年。由于两国开战，拳民排外，恐伤害其性命。经寿山将军特许，遣送回国，要来总管设法安排渡江出境。信里还提到，战争乃取祸之道，不仅会毁灭荣华富贵，而且连身家性命都悬于千钧一发。望以大局为重，权衡利害，见机行事，早息战端。

来鹤年看完信，问道："教士在哪里？"

城门领回答："看守在城门口的班房里。"

"都有谁知道这件事？"

"除了守门军士，没人看见。"

"还好。"来鹤年神秘地对着他这个亲信说，"叫他先在你那儿休息休息，禁止同任何人接触，待我见过副都统再发落。"

城门领会意，答应一声走了。

来鹤年又问家将："你在程大人手下当差吗？"

"小人是程大人心腹。"

"程大人参赞军机，是从什么时候开始的？"

"是从俄国打来战表以后。"

"那不叫战表。"来鹤年纠正道，"那可能是假道照会吧？"

"大概是那玩意儿。"家将说，"反正从那以后，程大人就到将军衙门办事去了。"

来鹤年又问起另一件事："俄国在江东六十四屯杀人放火，程大人知道吗？"

"这……这不知道，我们在路上听说了。正是因为这个，我在路上费了好多事。"

"唉！"来鹤年为难地长叹一声，"难办哪，真难办哪！江东死了那么多人，俄国教士偏偏在这个时候要出境，谁敢放行？"

家将说："程大人当面吩咐小的，说无论如何为难，也要求总管大人方便。"

"可他远在省城，哪里知道，众怒难犯哪！"

来鹤年又拿过信来，反复看了看，心中说："早不来晚不来，偏赶上这工夫来，真是意想不到的麻烦。"

家将看出他的为难情绪，很得体地说了一句："郭尼玛神父持有将军衙门的护照，大人办事也算名正言顺。"

来鹤年听了此话，沉吟一会儿，忽然眼睛一亮，对家将说："你赶快回去，这里仗越打越大，传我的口信儿，程大人所嘱，我一一妥善安排就是了。上边的事儿，愿他好自为之。"说完，令人取来五两银子，赏给家将，把他打发走了。

来鹤年一考虑，我不能见这个教士。黑河正在打仗，边防戒备森严，一旦出事，无法洗刷。干脆派个得力手下，用一只小船送他过去算了。想到这里，他在护照上写了批文："兹谨遵将军衙门命令，着水师营派小舟威虎一只，送俄国教士渡江归国，沿途勿得阻拦。"又加盖了营务处的关防，令人护送郭尼玛神父取道水师营过江。

郭尼玛神父胸前挂着个小小的十字架，手里拎着一个精巧别致的小手提箱，骑在马上，被来总管的亲兵护送到水师营。

水师统领扎鲁布看了看护照，又看了盖有营务处关防的批文，心中犯了嘀咕："目前战事这么吃紧，怎么能允许你过江？这恐怕不妥。"

郭尼玛神父用中国话恳求道："大人，宗教界人士不问政治，不干预战争，愿上帝保佑，早日息事安民，解除苍生之痛苦。"神父说着，把一只手放平，向腹部一拢，很有风度地轻轻点一下头，"非常抱歉，阁下会可怜一个虎口余生的人，让他顺利回到自己的故乡。"

营务处的护送人员也帮腔儿道："将军准许离境，总管同意放行，请统领大人方便，我好回去复命。"

"副都统凤大人知道此事吗？"

"这个不晓得。"

"这是什么时候？过江也得副都统批准才行，没有凤大人的谕示，我是断难从命的。"

护兵看扎鲁布不肯派船，心中十分不快，仗着来总管的权势，冷笑一声说："统领大人，我劝您还是知趣点儿。上至将军，下至总管，都允许出境，到您这就卡壳了，怎么能说得过去呢？"

"啪！"扎鲁布一掌拍到案子上，"放肆！你不过是个传手本、倒夜壶的奴才，受到你主子一点儿赏识，就是你们大人对我也不能这样讲话，下去!"

护照被扔下来。

"嗻!奴才不敢。"

扎鲁布睃了他一眼:"你回去替我向来大人说明白,俄国在江东杀了我们成千上万的同胞,黑河江防又万分紧急,批准教士过江是不适宜的。没有副都统的命令,不用说派船,你就是泅渡也不行!"

郭尼玛吃惊地望着他们,神色也变了。

"统领阁下,非常遗憾,敝国杀害贵国百姓,将会受到道义上的谴责。我愿为贵国死难的百姓祈祷,请求天主让他们的灵魂得到安慰,让天主承受他们的一切痛苦……"

"这些骗人的鬼话亏你想得出来,我已经听够了!你在这儿等着,我进城去问副都。他要同意你过江,我回来就派船。"

"啊?"郭尼玛惊呆了。

70

扎鲁布一进城,来总管的亲兵反倒认为是个好机会,他果然弄到一条小船,郭尼玛神父出大价钱雇了两个水手,他们神不知鬼不觉地上了船,躲过巡逻兵的视线,悄悄儿离开江岸。

中央阵地的四号炮台上,成老根首先发现远处有一只小船在江上游动,遂叫过炮长:"你看,江上有船,打还是不打?"炮长也看清楚了,他想,上边命令有船必打,可这是一只小船,好像是往对面划去。

"不要乱来,我去请示统领。"

"哼!"成老根很不满意,"要等你请示回来,小船早没影儿了。"

"小小的舢板,怕是渔船吧?"

"渔船?"成老根白了他一眼,"这是啥时候,渔船还敢下水?"

炮长心里也明白,边境早已戒严,任何民船一律不准下水,这绝不可能是渔船。

他正在狐疑之际,统领恒龄上了炮台。

士兵报告发现江上有船的事,恒龄望了一会儿,也感到诧异。他判断,小船是从水师营方向出去的,大概是上边派出的,过江是有什么事情。那么,为什么事先没有通知呢?

"大人,打还是不打?"成老根说,"我看,这船有鬼,不像官船,又不像民船。”

“不可鲁莽！”

“大人，快看，还有一只船，好像是追赶前头那只船。”

恒龄顺着炮长指点的方向仔细一看，心里更加惊疑，后边这只小船好像是两个女子在划动，有一个穿着红衫，那不是李玉妹么？不用说，另一个准是云花了。

“这是怎么回事？”

成老根也看明白了，吓得一伸舌头，做了个鬼脸儿：“多悬哪，得亏没开炮，还是炮长老爷长三只眼。”

恒龄正要派人去问，一个亲兵慌慌张张地跑上来，气喘吁吁地说：“大……大人，有个毛子要渡江，小姐知道，追去了！”

“什么？”恒龄一怔，“毛子渡江？你说明白，到底是怎么回事？”

“是这样，”亲兵缓了一口气说，“今天从省城来个俄国教士，带着将军衙门护照，副都统验证放行，水师扎大人派小船护送。可是小姐和李玉妹听说了，她俩追去了，说非要把他追回来。”

“糊涂，真是糊涂！”恒龄生气地骂了一句，又说，“这孩子，也是多事。”

“大人，小姐说，无论如何也不能让毛子跑掉。李玉妹还说，管他将军大人，谁放毛子也不行。”

“没人拦挡吗？”

“后来，大伙儿都知道了，他们说小姐做得对。防军在岸上呐喊助威，架枪接应。”

“胡闹！”恒龄站起来，“走，我去看看。”

水师营的外边聚了很多人。大家欢声如雷：“把毛子追回来了！太好了！”

恒龄走进里边，见女儿云花和李玉妹手提大刀，押着一个洋教士。在大家的簇拥下，向大营方向走着。后边跟着两个水师营的水手，低着头，噘着嘴，不情愿又不敢抗拒地一步一挪地走着。人们越围越多，他们走得就越慢。

玉妹眼尖，一抬头看见了恒龄：“大人，这个毛子太狡猾，说啥他也不回来，还要无赖，要跳江。”玉妹说着，用刀背拍了一下郭尼玛神父的脊梁：“看看这是什么地方，再不老实，一刀宰了你！”

恒龄盯住两个水手，眼里射出愤怒的火焰：“这是怎么回事？”

水手一看是恒龄，早吓得腿肚子转筋，只得实说："恒大人，不干小的事，我俩是奉令行事。"

"扎大人派你们去的吗？"

"这个……扎大人也知道。"

"这么说，你们不是扎大人派的了？你们到底是受谁的派遣？"

另一个水手看事情不好，不敢再辩解了，忙跪地叩头："恒大人，小的该死，小的该死，求大人开恩！"

恒龄听了他如实的交代，气得七窍生烟，暗骂一声："妈拉巴子，来鹤年这个老浑蛋，没干一件好事。"

云花一把抢过郭尼玛神父手里拎着的小皮箱："这里是什么？"

"我的真主，这里是圣经，还有一点儿私人财物，请小姐原谅。"

围观的人们嚷起来："这个毛子教士可不简单，会说中国话！"

"敝人久居中国，是中国人民的好朋友，学会说中国话，可以增进友谊。不过，敝人是得到贵国政府允许才回国的，你们无故扣留宗教人士，是违背贵国法令的。"说着，郭尼玛神父拿出护照，向恒龄展示，"阁下请看，这是贵国政府签署的合法出境手续，边防长官阁下也是同意的。"

恒龄不接他递过来的护照，也不看，因为他不识字。

"上峰有令，开仗期间，禁止一切人员出入国境，我们是执行军令，别的不管。"

一听不让出境，郭尼玛神父变了招数："如果是这样，那么，我可以返回去，不过你们可要保证我的人身安全。"

"你哪儿也不能去，我们会对你的安全负责。"

郭尼玛神父一听，绝望了。他双手向上一伸，大喊大叫："我抗议！你们拘禁无辜的外国友人，是违反万国公法、是侵犯人身自由、是践踏人道的行为。"

恒龄冷笑道："你们俄国人还有什么资格讲公法、讲人道？你们任意杀人放火，侵占邻国领土，还讲什么友谊？我们不杀你，就够讲人道的了！"

郭尼玛神父软了下来："请求长官阁下宽恕一个可怜的外国教士，请您理解他渴望故乡的殷切心情，愿天主赐福于您……"

"少废话！"云花将手提箱往地上一蹾，"打开检查！"

"里边装的是一点儿私人财物，已经验看过多次了。"

"你放老实点儿！"玉妹用刀背敲了他一下，"再不老实，砍了你的头，给我们江东的同胞报仇。"

"你们这是无礼！我抗议……"

教士的行为激怒了人们，一阵愤怒的吼声从四面传来！

"真是死乞白赖不要脸，砍了他！"

"杀死他，给同胞报仇！"

郭尼玛神父怯懦地打开小皮箱："请检查，请验看。"

里边有两件精制的古玩，百余个金卢布，一些散碎银两，还有两本绿皮线装的小册子。翻开一看，是1898年圣约公会印行的中文本《马可福音》，另外有几本俄文书籍，别的什么也没有了。

郭尼玛神父看云花对着小皮箱出神，又见她仔细端详两件古玩，一会儿拿出来，一会儿又放进去，如此数次。他微微笑道："两件古玩是敝人心爱之物，小姐如果欣赏的话，敝人愿意奉献。"

"住口！"云花生气道，"谁稀罕你那玩意儿！"

玉妹提起箱子，两手托底，往外一倒，"哗啦"一声，所有东西全都倒在地上。她又把皮箱里里外外看了几遍，对云花说："姐姐，你快看，这箱子外边这么高，里边这么浅，是怎么回事？"

"谁不说呢？我也纳罕①，那么高个箱子，里边装这么点儿东西就满了，真是怪事儿！"

大伙儿听她俩一说，都注意瞅着小皮箱。只见这只精制的小手提箱长有一尺半，宽约半尺，高有一尺。赭红色油亮的皮革，四角嵌着镀金的铜叶子，外形极其美观。

云花从玉妹手里接过小提箱，上下左右敲了几下，听出声音不一样。

"玉妹，你听，这皮子都一样，上下声音为什么不一样？里头有鬼！"

玉妹侧耳听听，说道："有夹底！"

云花把小提箱撂在地上放平，玉妹用刀尖儿一戳，"嗤"的一声，刀尖儿刺进一寸左右。抽出刀来，翻过底面验看，箱底的皮面并没有损伤。

二人恍然大悟。

玉妹拿起箱子，送到恒龄面前："大人，箱子有夹底。"

恒龄早已看得真真切切，忙命："启开！"

玉妹举起刀来就劈箱子，只听教士"哇啦哇啦"几声怪叫，两手挓挲着，气急败坏地嚷道："你们不能损坏我的任何物品，我是你们政府准

---

① 此方土语，即有怀疑之意，有的地方也叫纳闷儿。

许离境的外国教士……"

不等他叫嚷完，云花和玉妹已经把皮箱的底部撬开，"刷"的一声掉下一个长方形的封筒，正面写着洋文，谁也不认识。

云花将封筒呈在恒龄面前："大人，看看这是什么？"

恒龄脸上的伤疤一抽搐，"嘿嘿"两声冷笑："教士，你这是什么？"

郭尼玛神父看事情败露了，反倒不慌不忙地辩解道："这是总领事馆托尔金先生委托敝人带给阿穆尔总督的信件，是经贵国允许的。"

"信件？"恒龄一拍封筒，"信件为什么放在夹层里？"

"由于贵国遍地闹匪……"

"住口！"玉妹举刀骂道，"你这魔鬼，死到临头还出口伤人，砍他几十块，扔大江里喂王八算了！"

"不能胡来。"恒龄怜爱地瞅瞅两个小姑娘，"你们做了一件好事，为龙江立了大功。不能伤害这个俄国教士，送到城里，大有用处。"

"太便宜他了！"

郭尼玛神父被押走了。

愤怒、激昂的呼声从后边响起：

"向毛子讨还血债！"

"以牙还牙，以血还血！"

"为死难的同胞报仇！"

71

卡伦山战况不佳，凤翔督率防军和乡勇北上应援，早已不在城中。

水师统领扎鲁布扑了个空，返回时，遇见了云花、玉妹以及边防军押着俄国教士进城。他想，既然恒统领插手这件事，如今凤翔又不在城里，那就由他去吧，自己何必多管闲事。可是他得知水手图钱帮教士渡江，就气不打一处来，立命拘捕了两个水手，扣他们一个通敌卖放的罪名。他庆幸自己没有派船，这机密要是送过江去，那还了得？他见了恒龄，十分歉意地说道："要不是令爱追回这个教士，恐怕兄弟跳到黄河也洗不清这通敌卖放的罪名，实在感谢老兄。"恒龄嘿嘿一笑："扎大人，我还以为是你派船送他的呢！下边这些玩意儿，背着长官什么事都干得出来，真是可恶！"

"兄弟一定重办就是了！"扎鲁布忽然又神秘地说道，"老兄，方才我看见令爱押送教士，这怕不妥，副都统不在城里，事情怕是有变，你可不能不防。"

"噢，多亏你老兄提醒我。"恒龄一揖道别，"我要亲自去看看。"

云花、玉妹同两个防军押着郭尼玛神父进了城，一直来到副都统衙门的大门外，不料守门的卫兵不让进。

"大人有吩咐，什么人也不准进，把人连东西交给我吧，你们走开。"

云花说："这怎么行？求你给通报一下。"

卫兵不肯。

云花怒道："这是哪个大人的吩咐，有事儿还不让进？"

"你管得着嘛，叫你走开就走开！"

玉妹一听，和卫兵吵了起来："你这不是耽误事儿吗？"

卫兵斥责道："哪怕你有天大的事儿，现在反正是不能让你进去。"

"走，你不让进，又不给通报，我们自己会去！"玉妹说着就要往里闯。卫兵用枪一拦："站住，你不能进！"

随来的防军也不满了："这么大的事儿，你不让进，又不给通报，真是太不讲理了！"

"你懂得什么！"

"嗬！一个看门狗还这么神气，你凭啥不给通报？"

"这是谁规定的？我就不信，偏要进，看你能怎么着！"玉妹一把抓住门卫的枪，轻轻一推，卫兵"扑通"坐个腚蹲儿。几个卫兵一齐站出来："哪来的野丫头，简直反了！"

他们正闹得不可开交，来鹤年从营务处走了出来。

"何人喧哗？"

卫兵见他们纠缠不休，就趁机说道："总管大人出来了，有胆量就同他说去吧。"

来鹤年踱到近前，站下了，问卫兵："他们是哪儿来的？在这儿吵嚷什么？"

"大人，我们抓到一个俄国教士，现在连人带物全都送到，可是门卫不让进去，又不给通报。"防军巴不得有人过问，以便交差。来鹤年吃了一惊："俄国教士？"他从防军手里接过封筒，又命人收起手提箱，板着面孔对防军说："你们是扎统领手下的人吗？"

"不，小的是恒统领的部下。"

一听是恒统领部下的人，来鹤年略为惊慌，暗道不好，这恒老虎要是知道其中的奥秘，将来会找麻烦的。幸亏没有跟俄国教士见过面，不然就不好办了。他故作不知地问道："教士在哪里？"

当他看清了郭尼玛神父确是一个俄国教士时，立刻沉下脸来："送到签押房小心看管。"

李玉妹来到瑷珲的时间不长，根本不认识来总管，就偷偷拉了一下云花的衣襟儿，悄声问："他是谁？"

云花轻轻一摇头，意思不让她多嘴。她也不认识来鹤年，遂问道："这是哪位总管大人？"

卫兵笑道："小姐，你真是有眼不识泰山，全瑷珲哪还有第二个总管大人。"

"来总管？"云花忙和玉妹交换了眼色，玉妹会意，大步上前，"我们要面见副都统凤大人。他老人家不在，那我们明日再送来。"说完，拥着教士要走。

"大胆！"来鹤年厉声喝道，"来人！"

四个亲兵戈什哈闻声跑过来："伺候大人！"

"将教士押走，没有我的话，不准他接近任何人，要严加看管。"

郭尼玛神父一声不吭，回头瞅瞅来总管，眼里充满了希望的神情。云花、玉妹和两个防军目瞪口呆，怔怔地站在那里。

玉妹上前要去阻拦，却被门卫用枪逼住。

"混账！"来鹤年对着门卫一挥手，"关门！"

天色已经很晚了，街上稍觉浑黑。衙门的辕门外聚拢了很多看热闹的人，卫兵将大门"哐当"一声关上了，旁边的角门也上了铁钏，持枪挂刀的门卫威武地守候在那里。

他们无法，只得离开。

无数人跟上来询问这是怎么回事，他们只有将实情告知，人们议论纷纷，嗟叹不已。

云花冲玉妹嘟囔道："这个老家伙，准是来总管，今儿个算是认识他了。"

"那有什么办法？"玉妹也扫兴地说，"偏要往城里送。"

"净怨我阿玛！"云花后悔地说，"不如在江里追上时给他一刀，省得现在麻烦。"

他们来到城门口，玉妹站下了："姐姐，我看这来总管阴阳怪气的，他要是背着副都统放了毛子，可咋办？"

云花望了一眼走在前边的防军："净怨他，看你回去怎么交差！"

防军回头一笑："小姐，快走吧，一会儿要关城门了。今天活着，说不定明天死了，管他那些干什么！"

他们刚要出城，恒龄迎面走来，两个姑娘说了方才的经过，恒龄也追悔不及。恒龄晓得是进不去衙门了，只好怏怏地同他们返回。他不敢多耽搁，因为已知俄军隔江布下了炮兵阵地，不定啥时候就要对瑷珲发动进攻了。

<h1 style="text-align:center">72</h1>

来鹤年回到营务处，拆看了封筒里边的地图，地图上的符号他看不懂，图中标明的文字他不认识。不用说，这个从省城来、经自己批准放行的俄国教士，八成露了马脚，给江岸防军扣留了。

他不懂俄文，于是请来了衙门的通事官杨通事，帮他翻译地图的内容。

这是一套军用地图，从兴安岭到墨尔根，从墨尔根经布特哈到卜奎，又从卜奎到哈尔滨，沿途山川、地形、关卡、兵营无不详尽，是一份绝密的军事资料。

杨通事翻译完了，对来鹤年说："这个教士想不到还是个间谍，幸亏没有带过江去。"

来鹤年倒抽一口凉气，咬咬牙说："既然是间谍，那就立刻正法，以杜后患。"

杨通事笑道："这可不必。依我之见，把他交给副都统处理。"

"不妥。"来鹤年摇摇头说，"自从江东出事以后，军民都恨俄国人，不杀他，众意难平啊！"

杨通事哈哈一笑，笑得来鹤年莫名其妙。

"总管大人，你真的要对教士下手吗？"

来鹤年一怔："此话怎讲？"

"你这么做，不觉得过分了吗？"

"杀俄国教士，为受害民众报仇，有何不可。"

"别做戏了！"杨通事又是一阵大笑，"咱有几句话，不妨直告。"

"请讲。"

"来大人，一个俄国教士，从省城到瑷珲，畅行无阻，险些把机密带过江去，这是一般的疏忽吗？"

来鹤年陡然一惊，忙辩解道："这可是将军批准出境的，有护照为凭。"

"难道将军会允许他带走军用地图吗？"杨通事神秘地一笑，又说，"老兄，翼长要是知道了，将会对老兄怎么样？没有凤大人的批谕，老兄竟自作主张，又令派船，这又做何解释？"

来鹤年张口结舌，脊背冒出了冷汗。

"我实在不知内情，我是按照上峰批谕，例行公事罢了。"

"恐怕不会如此简单吧！你老兄也不必过于紧张，现在不是还没有多少人知道这件事吗？敝人倒有一个两全其美的好主意。"

"什么主意？"来鹤年有些急不可待了。

"不过，你老兄应当向我交底，否则怎么能证明你对我的信任？"

"本官确实无可奉告。"来鹤年假装糊涂。不料杨通事冷笑一声站了起来："既然不能以诚相见，敝人告辞了！"

"请阁下留步。"

杨通事站起来但是没有走的意思，他打量了一下来鹤年，眯起小眼睛："我猜想，翼长要是晓得此事，弄到上边去，只怕省城要有不便之人。那时候，你们可要吃上下串通、纵敌卖放的官司，你总管大人心里不是比谁都明白吗？"

来鹤年吃惊地望着他，心里有些忐忑，不住地嘀咕："这个杨通事，好厉害，他怎么会了解我们的底细？"

"来大人！"

来鹤年的思路被打断了，惊讶地听着杨通事的分析："程晓岚观察你是熟悉的，教士出境的事，只怕与他有关，你们又是莫逆，难道他不会找你老兄帮忙吗？"

一针见血，直说得来鹤年心惊肉跳，但他还要遮掩："程大人从前和我相识，但现在已有十年并无来往，我根本不知道他的事。"

"嘿嘿嘿嘿！"杨通事胖乎乎的脸上又绽出了笑纹，"来大人，别做戏了，你难道真的不认识我了吗？"

"哦……"来鹤年睁大三角眼，惊奇地望着他，"你是？"

"我是杨炯，二十年前咱们在俄京彼得堡相识，还有程晓岚，你该记得吧？"

"哎呀，你何不早说！"来鹤年一把抓住他的手，"杨炯老弟，想不到你在瑷珲。"

来鹤年怎么能不记得，二十年前，他作为随员，跟李鸿章去了一次俄国，同行的还有程德全。杨炯当时正留学俄京，被聘为俄文翻译，所以他们成为要好的朋友。他们在俄国的一切活动，哪一样也瞒不了杨炯，杨炯也就是从那个时候了解到他们有亲俄的倾向。后来杨炯被派到公使馆当通事，回国后，又辗转到瑷珲边防军中，当一名默默无闻的通事官，已经有两年多了。

"杨老弟，记得你那时还是个青年，一晃二十年了，人也见老了，更没想到你会在这边境的小城里。"

"往事不要提了，我在这儿无非是苟图衣食，以混时光而已。"

来鹤年颇有同感地点点头："国家离乱，非吾辈建功立业之时，我早有甘老泉林之意，无奈身在虎背，一时难下呀！"

"非也！"杨通事眼睛一亮说，"我看，咱们出头露日的机会到了，眼下'八国联军'定能在中国搞出新名堂，那就是咱们大显身手的时候。"

来鹤年仿佛还记得一点，这个杨炯青年时胸怀大志，善于结交外国人。留洋回来，正赶上中日甲午战败，他向清廷上书，提倡效法西欧，实行改革，触怒了贵族，不被重用，想不到他竟会来到这里。

"杨老弟，目前这场乱子，我真不知应该怎样应付才好。昨日俄军攻破黑河，瑷珲大门已开，能守得几时？今日又出了教士的事，我实在是不知怎么办才好了。"

"老兄，俄国教士一事，事关重大。放又放不得，杀又杀不得，只有交给翼长，让凤集庭处理这件挠头事儿，你看如何？"

"对，就交给凤集庭。他是杀是放，由他自去，是个好办法。"

"这就叫将计就计。"

"高见！"来鹤年心里豁亮起来。室内已经点上蜡烛，烛光照在他俩鬼蜮一般的脸上，二人又密谈了很久。

第十二章

73

满达海率队驰援黑河刚走不过一个时辰，凤翔还不放心，又调肯全的索伦兵和李得彪的团练乡勇——义胜军随他出城，前往卡伦山亲自督战。他留下统领玉庆坚守城池，令陈永寿的义和团助守。

卡伦山地处黑河与瑷珲之间，是一道天然屏障。黑河守军退到这里，同驻守这里的右路一营防军汇合，据守险要，阻止俄军。

满达海率部从山前绕过来，互相配合，同俄军展开激战。卡伦山战火纷飞，炮声隆隆。

凤翔忧心忡忡，见天堑已失，孤城难守。唯一的希望是保住卡伦山，凭着山高林密，地势险要，捍卫瑷珲城了。出城走了不远，一个护卫亲兵从后面追上来："大人，请停下。电报！电报！"

电报是寿山将军发来的，是对黑河失守、请求增援的答复。电文一共只有八个字："坚守三日，援兵必到。"电报的紧迫感可想而知了。

凤翔对着这只有八个字的电报如同读上一篇长文，看了好半天，还不住轻声念叨："坚守三日，援兵必到……"他不敢相信这是真的，但是他又迫切希望这是真的。此时也说不上他是兴奋还是疑虑，一点儿表情也没有，催促人马急急赶路。

四支人马汇集到一起，凭借地形，各守汛地，并且抢占了制高点，封锁了通往瑷珲的大路，整个卡伦山沸腾起来。

"崇统领何在？"

凤翔来到黑河兵的驻地，焦灼万分。他什么情况也不想询问，急于要见崇玉，因为已得知崇玉身负重伤。士兵指给他临时搭起的帐篷，就是统领的住所。凤翔按照士兵的指点，来到了崇玉的帐篷里。

他见到了崇玉。

崇玉直挺挺地躺在行军床上，昏迷不醒。他的左臂缠着夹板，右胳膊的肱骨已断。更惨的是，右胸部中了枪弹，伤口不住地冒着血沫儿。

凤翔看到这般光景，心里一酸，眼圈儿一红，几乎落下泪来。他轻轻叫了一声："崇统领，你觉得怎么样？"

昏迷状态中的崇玉一声不吭、一动不动，偶尔本能地抽动一下嘴角。

亲兵戈什哈和前来探视的军官们都围在四周流泪，有的在抽泣，有的不敢在帐内哭，便在帐外大放悲声。

由于悲痛、低沉、恐怖的气氛较浓，他们对于平时连见面都不容易的副都统大人显得礼貌不周，颇为随便了。战争，残酷的战争把他们之间的距离缩小了。

凤翔的全部注意力都放在崇玉身上，根本不去理会那些官微职卑的下属们，他当机立断："准备担架，抬到城里治伤去！"

"大人，恐怕来不及了。"一个随军医生低声说，"越动弹越往外喷血。"

胳膊的流血已经扎住，胸口上的伤口却无法处置，崇玉的血液快要流尽，生命已是在死亡的边缘上挣扎了。

人们对此都毫无办法。

凤翔陷入痛苦的沉思，他回想开战前后崇玉所表现出来的勇气……

74

那还是在农历的六月初。

突然，瑷珲城里大街小巷、沿江村屯，到处传播着这样的消息："沙皇俄国又在黑龙江上大量运兵，老毛子要过江攻打瑷珲了！"

这骇人听闻的消息传到了驻守瑷珲的副都统衙门，当然引起了一场不大不小的波动，衙门中说法不一，官员的主张也不一致。当凤翔亲眼看见俄国的运兵船在黑龙江上航行时，便立即把情况电告寿山将军，请示相应办法。接着，俄国的假道照会被寿山将军拒绝，并令黑龙江防军"严加戒备"，阻止俄军入侵。

面对如此严峻的局势，战争迫在眉睫。作为边防驻军的最高统帅凤翔来说，当然他不能鲁莽从事，采取了相应的慎重态度。首先他感到兵力单薄，武器又不佳，除了少数部队参加过中日甲午战争得到点儿锻炼外，三军中的大多数是没有实战经验的。他觉得，抗击装备精良的俄国入侵者，恐怕是不会占着便宜的。虽然寿山将军赠给他一首王昌龄的《出塞》诗，以示寄托与信赖，但他还是给寿山将军写了一封劝谏书，谏阻他不要轻启衅端，慎重从事。不料他的劝谏书还没有发出去，官兵、百姓就纷纷前来请愿，要求领兵大帅要顺乎天心民意，坚决抗敌。在瑷珲的广大城乡，各族人民出于对沙俄的新仇旧恨自动组织起来，连从前一贯与朝廷作对、新近招抚不久的兴安岭匪首李得彪也编成"义胜军"，誓死报效朝廷，抗敌保国。义和团来到瑷珲后的宣传鼓动把整个瑷珲军民的抗战情绪都扇起来了，凤翔受到了感染，觉得身为将帅，世受国恩、久食君禄的大人反不如士兵和小民。于是他烧掉那封劝谏书，决心站在爱国军民一边，坚决抵抗。他致电边境的几个统兵官，珲春副都统英联、三姓副都统明顺、呼伦贝尔副都统依星阿、宁古塔副都统双龄、墨尔根副都统博栋阿等人，他们都复电响应，互为声援，共保边疆，凤翔增强了信心。

但是，使凤翔感到挠头的还在自己的内部。自警报传来，已有明显的和与战两种意见，针锋相对，这不能不说是一种危险的迹象。为了统一部下的思想，明确一下抗敌任务，他下决心召开一次军事会议，来讨论战与和的问题。

凤翔对那次会议的印象是深刻的。

那次有各军统领，各防区、汛地的指挥官，城里各衙门的高级武职官员参加会议，是凤翔自到瑷珲的两年来第一次召开的如此隆重的会议，就连德高望重的林尚义和几位退休致仕的高级官员也应邀参加了。

这一天，副都统衙门格外热闹，几十名武职官员，加上他们的亲兵、护卫、马弁、跟随、差官、家将、戈什哈、顶马等，瑷珲城官衙就显得拥挤和紊乱了。

凤翔主持了这次会议。

会议内容只有一个：战与和的问题。

来鹤年首先发言。他反复强调瑷珲守备空虚，兵力不足，决难抗衡，千万不能走当年奕山将军的老路，被困边陲，城下逼盟。

镇边军统领恒龄主张守住江防，用武力对付俄人的入侵。

安边军统领佟贵极力反对开战，主张开放边境，准予假道，以俄军不进瑷珲城作为交换条件，他基本上是和来总管一个意见。

水师统领扎鲁布申明，瑷珲水师是木船，俄国是铁甲舰，要战，也得加强水师装备。

其他官员也各抒己见，和战不一，各有主张。

在这和战意见分歧的时候，靖边军左路统领兼黑河防御使崇玉挺身而出，慷慨陈词。他说："各位大人，眼下国难当头，列强虎视天朝，势欲瓜分中国。俄罗斯趁火打劫，意在鲸吞我东三省。吾辈身为军人，国家养兵千日，用兵一时，现在正是军人精忠报国的时候。俄人过江入侵，若不给以迎头痛击，将何以对得起我圣朝列祖列宗在天之灵？又将何以对得起满蒙汉数千万赤子之心？有何面目见关东之父老兄弟？崇玉一介武夫，愿为前驱，誓率所部，严守江防。倘若俄军从黑河过境，当斩吾首以谢江省，虽死无恨！"

这一番激昂的发言使在场的军官们很受感动，林尚义首先给他一个很高的评语："深明大义，军人楷模。"立时，玉庆、王振良、满达海等人纷纷响应，各表决心，主和的风头很快被压了下去，全军一致，上下一心，坚决抵抗入侵之敌。

75

现在，时过境迁，那铿锵有力的声音还在耳边回响，崇玉却落到了这般光景，凤翔怎能不伤心呢？

帐内的军官们看到副都统心情沉重，都默不作声，静静地望着生死难测的崇玉。

枪声在不远不近的地方响得很激烈，阻击战正在进行，帐内的人都侧耳听着，个个心情显得很焦急。清兵在抗击进犯卡伦山的俄军，众寡悬殊，形势瞬息万变，他们心中都没有底。

凤翔就像什么也没听见似的，望着崇玉出神。

枪声惊动了崇玉，他痛苦地呻吟一声，睁开了布满血丝的眼睛。他似乎看见了副都统，无神的眼睛放出了一点儿光彩，苍白的脸上挂有一丝笑意，他满意地闭上了眼睛，又开始大口喘气。

凤翔俯下身子，轻轻问了一句："崇统领，你觉得怎么样？"

"大人，我……我不行了……"崇玉又微微睁开毫无光泽的二目，他上气不接下气，十分吃力地断断续续地说，"我没有……守住黑河，对不起大人，对……不起，爱……"崇玉昏厥过去。

"崇玉！"凤翔低而有力地叫了一声，可是崇玉的脸色越来越黄，出气越来越小。他们知道，崇玉的生命即将结束了。

这时候，满达海进了帐篷。他刚从战场上下来，浑身还冒着热气。他看见凤翔在这里，忙上前请安施礼："大人，卑职没有救住黑河，特来请罪！"

"队伍呢？"

"现在前沿阻击，俄军暂时退却了。"

凤翔瞥了他一眼，不再理他，又把脸转向崇玉。

满达海这时才借着明子的光亮，看见了血迹模糊的崇玉，他以为崇玉已经死了，忽然惊叫一声扑上去："崇大人，都怪兄弟来迟一步啊！"

凤翔冲他摆摆手，制止他大声说话。崇玉又被这一声惊醒，眼睛半睁半闭，颤动一下嘴唇，发出了"辽阳"两个字，就再也说不出话来了。众人上前一看，崇玉已经停止了呼吸。

凤翔和众军官一齐静静地肃立，低首默哀。

夜深了。

枪声早已停了，微风吹动着卡伦山的林木，发出"沙沙"的响声。

凤翔明白崇玉临死前说出的最后两个字"辽阳"的意思，崇玉是辽阳人，历任通肯正蓝旗佐领、黑河防御等职。于是他吩咐："将崇统领的灵柩暂厝于瑷珲寄骨寺中，以后送回辽阳安葬。"

黝黯的山谷死一般沉寂，一切都笼罩在阴郁、凄凉、恐怖之中。清军官兵们跪地宣誓："一定为统领报仇！"

76

亮天之前，瑷珲有人来找凤翔，报告了另一个紧急情况："佟统领派人告急，俄军进犯右翼。"

这本是预料中的事，可是在这个时候传来，凤翔感到格外惊慌，他一向担心的就是右翼，佟贵他是不放心的。他将黑河退下来的残部同卡伦山防军，加上瑷珲增援军队合并到一起，组成北路军，令满达海指挥，坚守卡伦山。

一番短暂的忙乱之后，凤翔急欲回城，临行前把众军官召集到一起，嘱咐道："各位大人，情况非常紧急，关系民族存亡，国家安危。你们一定要和满大人同舟共济，抗敌报国。如有临阵脱逃、遇战畏缩观望不前者，定按军法处置，决不宽贷！"

众军官一齐躬身："谨遵大人教谕！"

凤翔又给满达海下了死守的命令："限你坚守三天，明日给你送粮食来。三天以后俄军过山，与你无干；要是三天以内丢了阵地，你就不用来见我了！"

"卑职明白！"满达海单腿一跪，又麻利地站起来，对众军官命令道，"送走大人，各回汛地。"

不知怎么搞的，副都统要回城的消息传遍了黑河溃军各营各哨，他们汇集在路旁，拦住凤翔的马头。

"大人不能走，统领没了，副都统又走了，我们怎么办？"

随行的差官开言了："敌人攻打瑷珲城，大人回去破敌，你们赶快闪开，不要误事！"

士兵哪里肯听，不但不让路，反而越聚越多，把通道堵塞了。

"你们想找死吗！"差官大怒，一招手，卫队把枪举了起来，对准这些疲惫而又狼狈的黑河溃军。差官吼道："快闪开，要不开枪了！"

士兵们被激怒了："好哇！开枪啊，死在自己人手里，比死在俄国人手里好受。"

"你们当官的无能，又想溜走，抛弃我们，你们哪还有中国人的良心！"

差官怒不可遏，将马一带，想从人群中第一个闯过去。

"不许胡来！"

差官回头一看，凤翔一提辔环，赶到前边来了。

"我是凤翔，兄弟们见我，有什么话要说，就请说吧。"

人群中听见"凤翔"二字，立马静了下来。一个满身灰土、沾着血迹的士兵一瘸一拐地走上前来，离凤翔的马头不远处站住了："大人，您看看这支队伍吧，死的死、伤的伤，统领也没了，您要一走，这支队伍不是要散吗？"

凤翔瞅瞅这个负了伤的士兵，翻身下马，走到他面前，冲着他也是冲着大家说道："弟兄们的痛苦我全知道，这里有满大人，由他接替崇统领指挥。我们上下一致，誓死抗敌，给崇大人报仇，给黑河阵亡的兄弟报仇，给海兰泡和江东六十四屯的同胞报仇，大家只管放心。"

"大人，我们要的是报仇！报仇！"

人群中的哭泣声由小到大，堵塞的道路闪开了。凤翔感慨万分，他对这群好像没娘的孩子又是感激又是悯惜，安慰他们道："大家抓紧时间休息、整顿，伤员送到后方，俄军又快进攻了，你们要鼓起勇气，杀敌报国！我相信，满大人一定能守住卡伦山，阻止敌人向瑷珲进犯！"

顷刻间，哭泣声变成了口号声："誓死保卫瑷珲！"

"把毛子赶过江去！"

"夺回黑河，给崇大人报仇！"

愤怒的呼声响彻山谷，回荡在黎明的空际里，林木都在颤动。

凤翔上马，缓缓从人群中走过，还不住地频频招手："弟兄们共勉！"

士兵报以"大人一路平安！"连送行的军官们都流下了眼泪。

翻过山南，大路上有一队行人，赶紧闪在一旁，让他们通过。凤翔偶然看见这队行人护送着一副担架。不用说，他们是往城里送崇玉的遗体的。由于战事紧张，崇玉刚死即令赶紧运出，恐怕晚了送不出去，不想他们走了半宿才走到这里。凤翔忽然想起那个负责护送的军官，本是崇玉的亲兵统带，他是认得的，夜里因为气氛太凄凉，谁也没有顾得上同谁说话。途中相遇，凤翔停住马，吩咐把他叫来。

"你叫什么来着？我认识你。"

"小的叫富喜。"

"对了，你前两天去过瑷珲。"凤翔记性还算不错，这么一件小事儿他都想起来了。他知道崇玉生前很喜欢这个青年军官，因而说，"我还正惦念你们哪！你把崇大人送到城里，就不用回去了，我给你另派差使。"

"谢大人！"富喜又说，"我们一共三个人，大人最好都留下吧。"

"三个人？那两个是谁？"

"大人认得的，炮队管带刘芳，还有我弟弟贵喜。"

"他们在哪里？"

"跟我一同护送崇大人。"说罢，招呼来那两人，见过凤翔，各有一种说不出来的感受。凤翔安慰了几句，又问道："记得炮垒上还有十几个人，他们都在哪儿？"

"有的阵亡了，有的失散了，就是我们俩生死不离，逃了回来。"

刘芳的回答触动了凤翔的心事。他"唉"了一声，没有再说什么。

凤翔上马，急急地奔瑷珲城驰去。他让刘芳和富喜兄弟安排完了崇玉的后事，到衙门去找他。

卡伦山炮声隆隆，俄军开始进攻，艰苦惨烈的阻击战打响了。

77

凤翔回到瑷珲，问明了右翼情况，原来佟统领发现隔江有俄军在调动，实际还没正式进攻，他提前派人告急。

"这个胆小鬼！敌人没进攻就告急，这还能打仗吗？"凤翔立即遣人向佟贵传达口头命令，限他坚守三天，三天以后，再听通知。同时又给义和团首领杜心捎去信，请他协助佟统领，尽力阻击俄军，并且再三强调，沙石口是重点防区，要投以重兵。

送信人走后，凤翔还不放心，又写了一道手令，差人给佟贵送去。

俄军已从左翼突破，打开缺口，右翼再要出娄子，那瑷珲就全完了。凤翔心里明白，寿山将军"坚守三日，援兵必到"的电报是靠不住的。黑龙江省本来兵力不足，又抽调大批人马围攻哈尔滨，防卫力量不仅被削弱，而且久攻不下，大伤元气，如何能抵御几路入侵的俄军？他对寿山将军急躁冒进的举动感到恼火。一线希望是墨尔根副都统博栋阿及时过岭增援，尚有挽救余地。否则，即使齐齐哈尔有兵来援，三日以内也赶不到，瑷珲危在旦夕。

来鹤年进来了。

他看见凤翔那疲倦的样子、焦虑的神情，悲天悯人地叹息一声，说道："集庭，这是何苦？天意如此，非人力所能挽回。瑷珲事已至此，我看还是早拿主意，方为上策。"

凤翔正绞尽脑汁地考虑事情，似乎没有听清他的话，只是大睁着眼睛望着他那瘦削的脸。

"黑河失陷，大门已开，我看还是和了吧！"

来鹤年大声说话，把凤翔的思路打断。凤翔脱口应了一句："和？和什么？"

"遣使求和，让开大路，还来得及。"

"这绝对办不到。'和'字即是'降'字，那要留千古骂名的！"

"如果你不肯和的话，那就放弃瑷珲，暂避其锋，除此别无良策。"

凤翔只是轻轻地摇了摇头："等等将军的急电再说。孤城难守，我已经电告将军了。"

"现在是自个儿顾自个儿的时候，朝廷连社稷宗庙都不顾了，谁还能顾得了咱们？你要是再不听兄弟良言相劝，将会遗恨千古！"

凤翔苦笑道："老兄肺腑之言，我岂不知？兄弟久在旗籍，只有鞠躬尽瘁，以报朝廷。"

来鹤年轻蔑地瞅他一眼，讪讪地走出去。走到门口，又转身回来："集庭，昨天发生一件蹊跷之事，从省城来了一个俄国教士，带着将军衙门的护照，责令从这里过江，被我扣留了。我认为即使有将军的特许，这个时候过江，总是不大好吧，你看该怎么发落呢？"

凤翔一惊："会有这等事！"他的精神都放在战局上，无心过问这类事情，便说："你老兄处理得当，暂且监禁，以后再说。"

"可是……"来鹤年成心要刺激他一下，"这个教士带着我们的机密，我看是大有来头，根源在将军衙门。"

"什么？"凤翔更迷惘了，"机密，根源在将军衙门，这怎么可能呢？"

"嘿嘿！"来鹤年干笑道，"所以呀，当今世道，人心难测，我们还是多想一想好。"

"等战事平定了，这样的事我一定弄个水落石出，现在没有精力过问他。"

"眼瞅兵临城下，将至壕边，外援又不到，岂容你等到水落石出？我看你还是当机立断吧！"来鹤年给了凤翔这么大的压力，还觉得不够劲儿，又冷冷地说，"兄弟最后奉劝一句：还是聪明点儿好，少做些追悔莫及的憾事吧！"说完，匆匆地走了。

当他走得远了，凤翔狠狠地咬咬牙，自言自语道："真是一块绊脚石！"

78

接二连三的警报传来，又把凤翔的思路带到炮火纷飞的战场去。

卡伦山阻击战况不佳，并没有使凤翔感到意外惊慌，倒是俄军进犯右翼的消息传来，使他有些忐忑不安。他派出数十匹探马，轮番把各地的情报传到城里，以便掌握形势的变化。俄军要是从右翼突破，瑷珲腹背受敌，即使援兵赶到，也难挽救。他立命王振良率领守城的唯一一支精锐，南下增援，接应佟贵。

增援部队走后，他心中稍微平静一下，又想起他让刘芳、富喜、贵喜来见他，在签押房等候多时了。

他吩咐传进三人，简单勉励了几句，就把他们派到城外中央阵地的炮垒上，那里有两门新式大炮，并提升刘芳为镇边军的炮兵管带，充实到恒龄的部下。刘芳是恒龄没过门儿的女婿，彼此见面，自然欢喜。

傍晚，凤翔回归寝室休息。

跟随他的老家人德福是他唯一的亲人。德福给他泡了一壶茶，轻轻放到茶几上。凤翔就像不认识似的，把老家人端详了好半天。忽然没头没脑地问了一句："德福，你跟我几年了？"

"大人，您是让俄国毛子闹糊涂了吧。老奴自从光绪五年就跟随大人，到过伯都讷，到过宁古塔，到过三姓，两年前又从阿勒楚喀来到这儿，足足二十年了。"德福屈指算了一算，感慨地说，"老奴乍跟大人的时候，大人还正当青壮之年，一晃，如今也六十出头了。"

"你服侍我多年，挨了很多累，吃了很多苦，光绪二十年打日本，你又在凤凰城救过我一命。我没有什么报答的，有一件心爱之物从没离身，现在就送给你吧。你明日一早离开这里，回家乡去吧，再也不要来了。"说着，凤翔从怀里取出一物，是一个圆形的玉石片，边缘用金叶嵌着，中间一个圆孔，串着一根绒线。

德福如何不认得？这件宝物名叫"金镶玉"，是大人心爱之物。夏天揣在怀里，分外凉爽，据说还能去暑驱邪防治百病，是一件稀世之宝。今天大人忽然说出要送给自己，不知何意，忙笑道："大人待我天高地厚，小人结草衔环，难报大人之恩。大人如用得着老奴，老奴定当万死不辞，宝物决不敢受。"

"欸！你错领会了我的意思。"凤翔苦笑道，"眼下战事吃紧，我不知何日丧生沙场，我留它何用？"

"大人，这是说的哪里话，吉人自有天相。"老家人尽量安慰着他的主人。

"瓦罐不离井上破，将军难免阵前亡。丧身沙场，马革裹尸，这是武夫分内之事。我说的都是实话。"

"大人，老仆常听人说：'真天子百灵相助，大将军八面威风'，俄国毛子他能斗过咱们？"

"你真会说话。"凤翔笑道，"事已至此，说什么也没有用了。"

凤翔执意要德福拿走"金镶玉"，德福说什么也不收，光滑的玉片放在桌案上。老家人不肯离开他的主人，他表示要和他的主人同生死、共患难。

凤翔默默无语。

这时，一只大狸猫从后边跳出来，对着凤翔"喵喵"叫了两声。德福喝道："别叫，别叫，快走！"

原来凤翔生平喜欢猫，他的公馆里饲养猫，平日无事，回来就拿猫开心。大狸猫也真乖，每当主人回来，它都跳到近前，显现出十分亲昵的样子，凤翔也总是拍它两下。这回凤翔没有理它，德福怕主人心烦，忙把它赶走，狸猫还不住回头"喵喵"叫唤，凤翔脱口说道："这真是'运至鱼虾得脸，时乖鸟兽遭殃'！"

德福没有听清楚大人说的是什么，他转过身来，和颜悦色地说道："大人，您安歇吧，这些天也够累了。"

凤翔没有直接回答老仆人的话，郑重地对他说："明天一早，你连猫抱走，赶快出城，离开这是非之地。"

"大人，那怎么成？我不能离开您……"

"不要管我。"凤翔边说边和衣躺在床铺上，"我要趁这工夫睡上一个时辰，明天还有大仗要打。"

由于过分的疲劳，凤翔很快就睡着了。

德福坐到椅子上，在桌案前反复观赏这个玉片，圆形的一片汉白玉，周围嵌着金箍，中间有铜钱眼儿大的一个孔。玉片很薄，十分光滑，正面镌刻着三个字因日久年深，已经磨平，辨认不出来是什么字了。背面依稀可辨，是一幅太阳出海图，他常听凤翔讲述这块玉片的来历。

据说，这玉片是镜泊湖中的一件宝物。不知哪年哪月哪朝哪代，镜泊湖中水怪成灾，祸害乡民。渤海国的女王红罗女听知这件事，为了降妖救民，从她师傅莲花道长那儿借来一块宝玉，并告诉她，此物不能原封不动地投入湖中，那将会把湖底穿透，湖水就全漏下去了。只能把宝石磨成薄薄的玉片，投入湖中，才能降服水怪，永保太平。红罗女借回玉石，忙令能工巧匠不分昼夜磨制玉石，经过若干日，才磨制出这块像镜子一样的玉片。红罗女又怕玉片容易撞碎，镶了一道金箍。这天，她带领文武百官、部落首领登上龙门，望着百里湖水波浪滔天，周围民舍都被淹没，田地荒芜，人烟稀少。一物在湖中掀起巨浪，发出山摇地动的响声，红罗女对天祷告，亲手投下这玉片。只听像沉雷一声的响亮，玉片钻到水中转了几转，不大一会儿风平浪静，湖面清平，又恢复了昔日镜面一样的原貌，臣民一片欢腾。从此，逃离的人们回来了，土地五谷丰收，鱼虾繁盛，万民又过上了安乐的日子。后来，红罗女死后，人们感激她借宝镇妖，为民除害，把盛殓她的石棺吊在湖上龙门的瀑布中，流水冲刷石棺，尸体永不腐烂，后人世世代代敬仰这位靺鞨族的女国王。事情虽然是传说，红罗女的石棺仍然吊在龙门下的瀑布中，但是宝玉从此却无下落。几百年过去了，风流佳话已成为遥远的往事。谁知到了近代，这块"金镶玉"被一个渔民捞上来，人们都说，这就是当年红罗女的镇妖之宝。是真是假，谁也说不清。从此，玉片流入民间，辗转流传，时隐时现，有识者多斥为伪造。风翔当年在宁古塔副都统手下当差，不过是一个六品的骁骑校，他率领一营人马，驻扎在镜泊湖岸、当年红罗女的国都东京城负责剿匪。一次，捕获一名水寇，将要处以死刑，那水寇的家人就把这块"金镶玉"献给风翔，使他得免于死。从那以后，十几年来，风翔一直把它揣在怀里，当作防身之宝。

这一切，老家人德福都是清清楚楚的。此时，他对着玉片出神，捉摸不透大人现在打的什么主意。

那只狸猫不知什么时候悄悄地溜进来，伏在风翔的身旁打起了呼噜来。德福一抬头，看见狸猫对着大人的脸打呼噜，怕惊醒他，忙抬手驱赶狸猫。不想狸猫站起来张一张嘴、伸一伸懒腰，将爪子搭在风翔的脸上跳过去。德福一着忙，忘记了玉片，一不小心，将"金镶玉"刮到地下，只听"啪嚓"一声，玉片碎了，只剩下那个金箍滚到一旁。这时候，风翔也被惊醒。德福十分惶恐，伸手哈腰去拾玉片，风翔翻身坐起来，借着灯光已经看见有件东西掉在地上了，他轻轻问了一句："什么摔坏了？"

"老奴该死！老奴该死！"德福战战兢兢，不敢回答。

"不要着急，慢慢讲嘛。"

"大人，那个宝贝掉在地上摔碎了。老奴该死！"

"哪个宝贝？"风翔跳下地来。

德福怯生生地说道："还有哪个宝贝？就是那块'金镶玉'，大人心爱之物。"

风翔也惊了一下，当他看清楚确实是那块玉片被摔碎时，不但没责怪，反而哈哈大笑道："好哇，这真叫'宁为玉碎，不为瓦全'！"

79

天还没有亮，门上来报："林大人求见。"

老仆德福知道，尽管风翔疲劳万分，刚睡下一个来时辰，不能见任何人，可是他不能不见林尚义。

"大人，醒醒，林大人来见。"

睡梦中的凤翔正梦见自己指挥清兵和俄军相拼，他们被俄军包围了，突围不出，情况十分危急，正在苦无办法的时候，忽听有人报告："林大人来见！"他高兴了，脱口而出道："来得正好，我正要见他。"忽然惊醒，原来是做了一个梦。老家人德福轻声说："林大人要见您。"

"啊，他真的来了！有请。"

林尚义今晨显得焦灼不安，一见凤翔的面儿就一改平日沉着冷静、温文尔雅的长者之风，粗鲁地抱怨道："现在到了什么时候，你还高枕无忧哩！"

凤翔并不恼火，也不辩白，礼貌地赔笑道："大人指责，凤翔实在有愧。"

德福听了，心甚不平，暗道："我家大人日夜奔波，哪睡好一晚觉，今早刚睡，你就来，还说什么高枕无忧！你真是吃饱了、睡足了，不明不白地跑这儿教训人。"但是，他不能替主人辩护，他的地位是仆人，主人谈话是不准插嘴的。

林尚义也不过多批评，他把所有官场应酬客套那些废话都抛开了，直截了当地说："黑河已失，瑷珲危急，不久兵临城下，你做何打算？"

"固守三日。"

"固守三日？"林尚义吃惊道，"此话从何而起？"

"眉峰将军来电，令守三日，三日内援兵必到。"

不想林尚义听了这句话，顿足道："误事！误事！你怎么相信这个？不用说三日，三十日援兵也不会来！"

"我也从这方面想过。"

林尚义急躁的情绪平静了下来，他点了点头，又问道："这么说，你胸有成竹了？"

"以瑷珲的实力来看，顶多支持三日。三日以内，我当全力保城池，三日以后，恐怕与城俱尽了。"

"我就是为这个事儿来见你的。"林尚义显得又有点儿激动了，"集庭，你的性子我知道。可是你无论如何不能这么做。与城池共存亡，徒逞匹夫之勇，于事无补，可以保存实力，牵制敌人。只要有你这股力量存在，俄人就不能顺利取道省城，为眉峰将军赢得时间，以便加强防御。这样，才能上报君恩，下保黎民，使列强不敢小觑我天朝无人，你以为如何？"

凤翔如梦初醒，心里豁然开朗，连忙致谢道："大人之言，顿开茅塞，凤翔受教匪浅。"

"还有一件事儿，道听途说，不知真假，老朽想问问。"

"大人有何话说，只管讲来。"

"听说最近捉到一个俄国教士，可有此事？"

凤翔点头一笑："防军在江边捉住的，来总管已经发落了，我没有过问此事。"

"教士从哪儿来啊？"

"省城，据说是将军衙门特许放行的。"凤翔没有告诉他教士带有机密地图的事。谁知林尚义比他还清楚："特许放行，这并不奇怪。奇怪的是，教士带着我们的军事机密过江，这又做何解释？"

"啊？大人全都知道了？"

林尚义也笑了："集庭何必瞒我，这么大的事情，又发生在这个时候，你不觉得奇怪吗？"

"奇怪又有什么用？现在哪儿有精力查问这类事情，只有留待战事平定以后再说了。"

"你打算如何发落俄国教士？"

"监禁。"凤翔又补充一句，"暂时监禁。"

"这不是办法。"林尚义出主意道，"派得力的官差，将教士连东西一并送到将军衙门去。"

凤翔不明白他的意图，遂问："为什么？"

"当前流传一股谣言，说俄国教士从省城来，将军特许放行，夹带机密，将军不能不知道。只要你连人带物一并给眉峰送去，事情自然就会澄清了。"

"人言可畏！"凤翔纳闷儿道，"城里很少有人知道这件事，这么快谣言就传出去了。"

"没什么奇怪的，瑷珲就有这样的人物。"

凤翔忽然想到另一件事儿："大人，形势吃紧，贵府人口众多，在这里实有不便。我想派人送老伯阖府还乡，躲一躲这场灾难，不知意下如何？"

"哈哈哈哈！"一阵大笑，林尚义手捋银须说，"不劳集庭多虑，我已做了安排。"

"那敢情好了。何时出城？"

"出城？"林尚义又是一阵大笑，"快了，快出城了。"

"到时通知一声，以便相送。"

"好吧!"林尚义说着，起身告辞。

送走林尚义，凤翔想到俄国教士的事儿。事情不大，非常棘手，涉及面大，牵扯面广，背景复杂，杀又杀不得，放又放不得，监禁又不是办法。如果此时派人押送到省城去，不仅对寿山将军面子不好看，而且还会在这时局动荡的紧要关头给他增加压力。想来想去，终想出一个办法，他要见一见这个教士。

80

郭尼玛神父也从看守的清兵中看到了他们的紧张状态，估计到战事不利，自然他的态度也变得更加傲慢。

凤翔是这里的最高军事长官，这他是知道的。可是在他的眼里，只不过是个打了败仗的统帅。他虽在清兵武装人员的看押下，但也没有影响他以胜利者的身份自居。

他们的谈话很客气，并不是审讯形式。

首先，凤翔请郭尼玛坐下。他吃惊地发现，这个俄国教士能说一口流利的中国话，而叫来的通事官杨炯只能坐在一边旁听了。

"神父先生，部下多有冒犯。"凤翔客气了一句，突然话锋一转，"可是我要问一下，为什么偏要从这里回国？"

"敝人是远东主教派遣的，回国必先到布拉戈维申斯克朝拜。"

"那么，你带了我国的军事机密，并绘制成图，这又做何解释？"

"敝国领馆秘书托尔金先生委托带的，我根本不知道里边是什么。如果有对贵国不利的内容，我也是一无所知，不能承担任何责任！"

"请问，你这出境护照是哪里来的？"

"贵国寿山将军阁下签发的，这是毫无疑义的。"

"经哪位大人的手办理的？"

"这个……"郭尼玛支吾地说，"反正是将军衙门的人，我并不认识。"

"这就奇怪了。"凤翔瞅一瞅通事官杨炯，探询地说，"领馆人员刺探机密，又企图带出国境，上峰竟然一无所知，这可信吗？"

"大人所见不差。小人我认为，这件事关系重大，只有寿将军心里明白。"

凤翔一听杨炯无中生有地诋毁寿山将军，心中大怒，但又不好发作，他把早已想好的办法说出来："神父先生，目前战事紧张，过江不便，多有委屈，那就请自讨方便吧！"

郭尼玛简直不相信自己的耳朵，他最怕的就是碰见副都统凤翔，今天他怎么会让自己"自讨方便"呢？

"送教士出城，不许刁难，由他自去。"

杨炯见凤翔要放了教士，不知何意，忙阻拦道："大人，使不得！"

凤翔不满地横了他一眼："为什么？"

"这个……"杨炯不知所答。

凤翔冷笑道："我什么都清楚了，有的人背着我干的是什么，我也知道，我放教士有什么使不得的？"

郭尼玛神父见凤翔真的要放自己走，他反而不走了，哀求道："阁下，请允许敝人在贵军避难。我看出来了，阁下您饶了我，您的部下有人不会让我平安地活着，贵国的派系斗争非常复杂，我不能成为你们的牺牲品。"

"请神父先生放心，您的安全由我负责。"

郭尼玛神父被清兵送走后，凤翔对一些不了解内情的官员解释道："有人主张杀了教士，杀了倒容易，可是战后俄国人作为借口，提出苛刻条件，谁能答复得了？监禁不如释放，由他自去，他总不能插上翅膀飞过江去。需要用他的时候，随时都可以找到，我这么做也是实在没有别的办法啊！"

众官面面相觑，谁也无话可说。

凤翔令亲兵戈什哈抓紧时间清理档案文件，收拾金银财宝，能带走的装上车子，不能带走的付之一炬。鉴于形势的急转直下，他做了撤退的准备，二百多年的瑷珲古城要在炮火中接受严峻考验了。

"右翼！"凤翔又想到了佟贵的告急，右翼若失，全局不保。事关安危，他又写了一道手令，派一名得力的差官飞马送到佟贵军中去。

第十三章

81

光绪二十六年七月初八日凌晨，黑龙江沿岸下了一场小雨。俄军从右翼集结了大批人马，试图从沙石口渡江，夺取清兵阵地，配合黑河登岸的俄军，两路包围瑷珲。

昼夜监视敌人动向的抬枪营营官刘健发现了敌人的意图，一面令部下严阵以待，一面派人把这一非常情况报告给统领佟贵。

佟贵的习惯照例是在起床之前先吸上几口鸦片烟，然后喝上点儿茶，到九点多钟才能吃早点。黑河的失陷、崇玉的战死，对他触动很大。他昨晚足足想了半宿也没有睡觉，俄军要是从这里打过来可怎么办？

年轻俊俏的小戈什哈，斜躺在他的对面，两手熟练地搅动着烟钎子，在一个带罩的豆油灯火上烤烟泡，一支精巧的银杆小烟枪放在镂有花纹的银盘里。佟贵闭着双目，不住地用鼻子抽吸着烤鸦片的香味，心里想着事情。他的烟瘾越来越大，由每日两次增加到三次。战事使他心情忧郁，就更以鸦片烟来消愁解闷。

"完了！完了！黑河完了……"

从昨晚到今晨，他一宿光景就转念这么一句话。他一会儿怨凤翔，不应该主战；一会儿又怨寿山，不应该拒绝俄人假道，损兵折将，咎由自取。想来想去还是那个老主意："我不能走崇玉的老路。"

有人来报："统领大人，抬枪营刘老爷差人要见您。"

"干什么？"

"沙石口对岸发现有俄军在调动。"

佟贵突然一惊："这事儿还用告诉我！你叫他回去，传我的命令，坚守住江口不就得了吗？"

"嘛！"

来人刚走，瑷珲军传达手令的差官就赶到了。佟贵虽不乐意，但又不敢不见。差官很忙又很急，递上手令就走了。佟贵忙着要吸鸦片烟，就把手令放到一旁，想过足了烟瘾，有了精神再看它。他想，不会有什么新的东西，还是"坚守待援"那一套陈词滥调，他已经听得够多的了。他心想，能守便守，不能守便走，你就是一天下八道命令，那又能顶个什么用！

进来几名军官，他们都是有事儿前来，却见统领正忙于吸鸦片烟。他们都晓得这位长官的脾气，只要往烟灯旁一躺，你就是有天大的急事，也不许惊动他，非等他过足烟瘾不可。

佟贵慢腾腾地坐起来，面带不悦之色："你们有事儿吗？"

军官们互相对望了一下，谁也不肯先开口。佟贵瞅着一位中年营官说："常泰，你们不在营中督率士卒，防守阵地，一大早儿跑这儿来干什么？"

常泰只得老老实实地回答："统领，我们听说副都统又派人来下命令了，不知是什么事，所以来探听一下。"

"噢！"佟贵摸过手令，向他面前一丢，"看看吧，你自个儿看看去吧！"说完，又躺下了，小戈什哈已把烟泡烧好，擎着烟枪等他吸烟。

常泰把没有拆封的纸筒拿在手中，正面端端正正印着"手令"两个蓝字，背面写着"火急"两个潦草的黑字。他启封抽出一看，大惊失色，马上把手令又塞进封筒，双手呈给佟贵："大人！"

佟贵推开烟枪："怎么回事？"

"大人，请过目。"

佟贵情知不妙，一把拿过手令，急忙抽看，不看则已，一看不觉脑袋"嗡"的一声，眼前跳跃着的油灯火苗儿顷刻间化成一个光环围绕着他，他还哪里有心思吸什么鸦片烟呀！

军官们不知写的是什么，他们一个个都望着统领发愣。

手令从佟贵手中脱出，掉在榻上。

　　字谕佟统领：千万小心，一定坚守三日，三日以后丢了阵
　地，责任不在老兄。若是三日以内丢了阵地，我就让你的亲兵
　用棺材抬着你去见寿将军！

众军官愕然。

这时常泰说话了："统领，沙石口对岸有俄军活动。一旦敌军从那里渡江，咱们和城里的联系就断了，连退路都会被堵死。"

"那该怎么办？"

"抬枪营只有五百人，加上义和团，也不过七八百。俄军成千上万，众寡悬殊，卑职愿率所部增防沙石口，协助刘健。"

佟贵嘿嘿冷笑两声："你是想找死吗？"

"统领！"常泰惊恐地说道，"副都统指令重点防守沙石口，今天果然应验。沙石口为我右翼命脉，它要有失，瑷珲必不能保，我军将要成为孤军，后果不堪设想。"

佟贵气得翻起眼睛瞪了他好半天儿刚想要训斥他几句，忽然传来一阵枪声，枪声夹杂着炮声，听起来远而又沉闷。

"怎么回事儿？"

佟贵躺着没动，只是抬起脑袋注意听着。

伺候烧烟的小戈什哈心里一慌，手中的银钎子脱出，"当啷"一声掉在银盘里，反把佟贵吓了一跳。他霍地坐起来，看看没有异常变化，小戈什哈捡起银钎说："大人，毛子兵来了！"

久有战争经验的佟贵已听出炮声、枪声距离很远，起码也有十里以外，他镇静下来，大骂小戈什哈："小兔崽子，你慌什么！"

小戈什哈不敢违拗，继续给他烧烟，但心里嘣嘣直跳，嘴唇都哆嗦了。

佟贵看他吓成这个样子，怜爱地安慰道："别怕，离这儿远着呢！我都没怕，你怕什么？"

"报！"

外边跑进来一个人，头顶、身上已被雨淋湿，大喘了几口气说："大人，毛子兵大队人马渡江，又有大炮掩护，我的一营人不够用啊！"

佟贵一看，正是抬枪营营官刘健，从他身上看，外边肯定是下雨了。

"你给我顶住了，丢了沙石口，我拿你是问！"

"统领，敌众我寡，兵力悬殊，非是卑职不尽心抵御，请大人看在副都统的面儿上，派兵增援吧！"

一听提到看在副都统的面儿上，佟贵就火儿了："你们不是兵，简直是饭桶！"他骂了一句，又狞笑道："副都统不是夸你是神枪手吗？怎么仗还没打，就赖蛋了？"

刘健看佟贵不肯发兵，心急如焚，说道："非是卑职怕死，沙石口有失，全军难保，你统领大人将做何打算？"

佟贵气急败坏地吼道："你给我滚！要是丢了阵地，我要你的脑袋！"

刘健走出帐外，飞身上马，向阵地跑去。

常泰看此光景，又提议道："统领，俄国兵冒雨来攻，抬枪失去作用，卑职愿去接防，以保沙石口。"

"慢！"佟贵扬一扬手，又诡秘地对常泰说道，"你怎么不理解我的苦心？这次开仗，逆天而行，自取败亡，已成定局，我的安边军不能断送在这场战争里，一个抬枪营已经够了！"

常泰大惊。

"统领，这……"

佟贵没有让他说下去，横了他一眼："快去传齐队伍，到中军大帐外集合，本统领自有退敌之策。"

佟贵令所有军官退出去，叫来亲兵管带王录守卫营门，任何人不准进来，非等他过足烟瘾不可。

他吩咐小戈什哈抓紧时间烧烟。

惴惴不安的小戈什哈只得搅动银钎子，重烧烟泡。佟贵双手把住烟枪，狂吸几口，一阵吞云吐雾之后，精神大振。凡是有鸦片烟瘾的人都是这样，佟贵烟瘾上来，生死都不顾了，你就是拿刀逼住他，他也非得吸足不可。

枪声愈响愈烈、愈来愈近，佟贵终于坐不住了，他来到大帐的外边。

小雨刚刚停下，雾气还浓。西北方向的枪炮响得正厉害，声音格外凄厉。冲破浓雾的喊杀声，隐约现出开炮的闪光，防军正在和渡江的敌人开火。

不多时，常泰率领所部"忠"字营全体官兵赶到。他已经得报，抬枪营伤亡过半，俄军开始登岸了。他见了佟贵，来不及下马，就在马上一抱拳："统领大人，俄军三四千人分三路夺取沙石口，抬枪营损失太大，力不能支，我请求去接应一下。"

"我严格禁止你那样做！"佟贵申斥一句，又向四周望了望说，"等他们来齐，我要带你们一块儿走，我这点儿本钱不能全赔上。"

"啊？去哪里？"

"回省城。"佟贵煞有介事地说，"朝廷已有明谕，是战是和，自行决策，朝廷不为遥制。"

常泰大吃一惊："大人，错解上意，可不是闹着玩儿的，朝廷的意思是让自保疆土。"

"不要多说了。"佟贵看又有一营人马赶来，便吩咐，"备车！"

常泰看他不骑马让备车，知他拉出逃跑的架势，忙劝阻道："统领，临阵脱逃，可是要杀头的，请统领三思。"

"你放心。"佟贵冷笑道，"我要回卜魁面见寿将军，他副都统拥兵不救，杀头之罪不是我……"

常泰又急又气，无奈是属下，只得对长官耐住性子忠告道："沙石口有失，拥兵不救的到底是谁？人的眼睛怎么能瞒得了！"

佟贵也许意识到了这一点，他想："只要你常泰和我同心，替我说话，什么事儿都可以遮掩过去，何况寿山将军又是亲属。"想到这儿，他讨好地对常泰说："咱们不能在这里白送死，只要回到省城，我要面见将军，把你保护本统领脱难之功回禀上，何愁不能升官？"

对于统领的话，常泰十分恼火，他勉强压住，说道："大人，那阵地非丢掉不可了！"

"报！"

一匹快马跑到近前，一个下级军官在马上嚷道："俄国船靠岸了！"

"知道了，你嚷什么！"佟贵一挥手命令道，"快去传我的话：顶住，叫他刘健给我顶住！"

军官回马跑去。

二马车子已经备好，只等佟贵下令了。

佟贵又环视一下周围，见已有三个营人马分别集合在各方，拱卫着中军。他忙下了命令："'义'字营当先，'仁'字营断后，'忠'字营居中，随本统领撤退。"

佟贵刚要往车里钻，常泰驱马来到他的面前："那江防……"常泰气得说不出话来了。

"不要啰唆，反正我不许你派去一兵一卒白送死。"

"那抬枪营也得撤下来，不能扔掉不管。"

"你懂什么，舍不掉抬枪营，我们能撤得了吗？"

"大人！"常泰眼里冒火，声嘶力竭地叫了一声。

佟贵没有理他，钻进了四轮马车。

杀声震耳，烟火冲天，全军失色。

车轮刚往前转动一下，远处飞马跑来一个探事的亲兵，边跑边喊：

"统领大人，请停一下！"他来到近前，惊慌地报道，"大人，不好了，毛子兵登岸了，抬枪营退却了！"

佟贵探出脑袋："刘健那狗头呢？"

"刘营官身负重伤。"

"啊？"佟贵突然一惊，立刻吩咐，"快走！"

常泰眼里冒火："那阵地……"

"管他什么阵地不阵地，管命还管不过来呢！"

亲兵统带王录保着佟贵奔向官道。佟贵坐在马车里，微合双眼，暗中祷告："过往神灵，保佑我平安回到省城。"

走了没过一里，又是一匹快马驰来。

"统领大人，请等一等！"

抬枪营的传令兵满脸是血，气喘吁吁地恳求道："大人，信！这是刘老爷的信，请您看看吧！"说着，呈上一块白布内衬，汗水和灰土已经改变了原来的颜色。

佟贵看看刘健的求援信，是用指头醮血水写的，只有八个字："阵地将失，速发援兵。"

"真是废物！"佟贵厌恶地扔出那块儿血迹模糊的白布，吩咐御车的戈什哈，"快，快走，不许停车，叫毛子兵追上，都完蛋了！"

统领一走，他身边的随员、军官、亲兵们也都跟在后面逃走了。他们到了五里外的一个村子，这里原是常泰"忠"字营的驻地。他们集合后，忙着开赴沙石口，连帐篷都没来得及收拾，仅留下几十个人守卫着。

常泰拦在佟贵的马车前，做最后一次请求："统领，让我开赴江边阻击去吧，弟兄们都不愿意后撤。"

佟贵一摆手："你少啰唆！"

常泰冷笑一声，轻蔑地瞥了佟贵一眼，转身命令部下："是八旗的好子弟，你们就跟我来！"

他向佟贵拱一拱手："对不起统领大人，我不能听从你的命令，我要杀敌报国！"

佟贵气得张口结舌："你，你，你……"

常泰没有理他，一马当先，带着"忠"字营五百名官兵呐喊着向沙石口杀去。

这一行动，亲兵管带王录看在眼里，触动很大。王录原来是"忠"字营里的一个哨官，被佟贵看中，选为亲兵管带。可他万万没有想到，紧要关头，统领还是个贪生怕死的胆小鬼。他呆呆地望着常泰远去的身影，心想："若不是负责保护统领，随着他们一起去杀敌，那该有多好哇！"

这时，突然一颗炮弹落到前边不远的地方，掀起了一片泥水。

"你还磨蹭什么，也想找死啊？"佟贵发火儿了，"快，快走！"

激烈的枪声和喊杀声一阵紧似一阵，"忠"字营和敌人接火了。

四轮马车又"吱呀吱呀"地转动起来。

高埠处有人喊道："毛子兵上来了！毛子兵上来了！"

同时也有人嚷："统领大人走了！统领大人走了！"

这一喊不要紧，散兵游勇像一窝蜂似的四散奔逃，有的干脆连武器也扔掉了，脱下军衣，扔了号坎，化装逃走。佟贵只顾奔跑，哪里能顾得上这些。

正南防区是"仁"字营，那个矮胖子营官的马快追上了统领的马车，横头一拦问道："统领，抬枪营还在和毛子兵死战，'忠'字营又去接应了，我请求去增援，可以夺回阵地，转败为胜。"

有了常泰的教训，佟贵不敢和这个营官要态度了，遂和颜悦色地说："这是天意，非人力能挽回。你的队伍要随后跟上，保存实力，就是本钱。"

营官敬了一礼："大人保重。我在此阻击来追的敌人，以保障大人安全脱险。"

佟贵感激地叮嘱道："你要快来。"

82

王录保着统领一口气儿跑出三十多里，前面有两条大路，一条直奔西南，经过大头山东麓，通往北大岭，直达墨尔根，与南北官道汇合，是通往省城齐齐哈尔的唯一要道。一条折向正北，四十里左右，就是瑷珲南门。

一行人在三岔路口停下。

战场距离较远，对他们构不成威胁，佟贵舒了一口气，掀开车帘问道："这是到了哪里？"

王录上前答道："前边不远就是大四家屯，这里距瑷珲南门大约四十里。"

"本统领又饿又累，俄国毛子离这儿远了，你们进屯给我弄点儿吃的来。"

一个戈什哈答应着进屯去了。

佟贵躺在马车里休息。

他是上了年纪的人，几十里的颠簸震荡，已把他折腾得腰酸背痛，仰在马车里直哼哼。

王录上前请示道："大人，这里离瑷珲不远了，咱们进城吧。"

佟贵霍地坐起来，好像不认识似的盯了王录好半天，冷冷一笑道："进城？进城……"

"是的，进城。咱们逃出来，不进城，还能上哪儿去？"

"我的人马呢？"佟贵看到跟随的人寥寥无几，嘶叫一声。

"大人被吓糊涂了。"王录笑道，"'忠'字营增援沙石口，'仁'字营阻击追兵。不然，大人怎能安全逃出来？"

佟贵无言可答。

他的鸦片烟瘾又犯了，临行着忙，烟具、烟泡、烟土一样儿也没有带出来。伺候烧烟的小戈什哈虽然跟着，但却两手空空，无法满足主人。佟贵又是眼泪又是鼻涕，咳嗽加上打呵欠，瘫在马车里骂小戈什哈："小兔崽子，你，你都管什么来着？"

小戈什哈哭哭咧咧地说："我揣了一包烟土，不知怎么闹的，跑丢了。"

"快找找，一点儿也找不到了吗？小兔崽子，我要你狗命！"

小戈什哈在马车前哭着。

佟贵在马车里骂着。

随行的人都无可奈何，他们知道，这位统领一犯烟瘾，谁也劝不进去。

佟贵骂得声嘶力竭，呻吟起来，听那呻吟声，比他骂人还使人难受。

有一个跟随统领多年的老戈什哈想出了一个办法，他脱下靴子，从脚丫上搓下比黄豆粒稍小的一块汗泥，悄悄递给小戈什哈："给统领送去，就说才找到的。"

小戈什哈不敢。

老戈什哈几次鼓励，他还是不肯去，老戈什哈只得自己送去："大人，小的平日烟瘾不大，备用不多，现在剩了一粒，上好的热河烟土，孝敬给大人，聊表寸心，不成敬意。"说完，送上那粒从脚丫子抠下的汗泥。

佟贵颤颤巍巍地接过，眼里流露出感激之情，忙放到嘴里，连水都没用就吞掉了，还不住地说："好土，好土，我要重赏你。"

小戈什哈先是大吃一惊，后来见统领竟囫囵吞下，几乎笑出声来。

也许是精神作用，佟贵吞食了假烟土，反倒感觉浑身舒适，鼻涕、眼泪、咳嗽、呵欠也消失了，众人大笑。

进屯找食物的戈什哈空手回来了，说村民都已跑光，除了地面上的空房子，什么东西也找不到。佟贵听罢，打了一个唉声。

王录上前请示道："大人，进城吧！"

"不。"佟贵一摆手，"过岭，经墨尔根去省城。"

"去省城干什么？"

"我要面见寿将军。"

"您不能去！"

"为什么？"

王录冷笑一声："统领大人，不要忘了，安边军可是您的看家本钱。您要保存实力，结果把两千人马全部丢掉，您只身逃往省城，企图一走了之。试问，瑷珲军民可能答应您？翼长凤大人可能答应您？"

"他们是自己找死。本统领有好生之德，可是他们就是不听号令，咎由自取。"

王录轻蔑地盯住他："统领，您是三品朝廷命官，有守边之重任。敌兵入境，您不抵抗，贪生怕死，罪责难逃。要是都像您这样，中国不就被外国强盗灭了吗？"

"兔羔子，谁叫你顶撞长官？是什么人主使的？"

"我说的都是实话。"

佟贵忘了自己的处境，以为还像以往那样作威作福呢，喝道："把他给我捆起来！"

"捆我倒容易，只怕没人保您逃跑。"

"你，你你，你说什么？"佟贵气得浑身发抖，跨下车辕，颤颤巍巍地往前蹭着，"你，你说什么？"

王录看他一步步逼近，挺立不动，一只手叉在腰间说："大人的威风应该跟入侵的敌人去使，跟部下何必生这么大的气！"

"来人哪！"

佟贵突然发了疯似的叫嚷起来。

护车的四名戈什哈欲行又止地凑上来："伺候大人。"

佟贵颤抖的手指一点："把他给我捆……捆上！"

"兄弟们别动!"王录跨上一步,"大人,我犯了什么罪?"

"你……你扰乱军心,冒犯长官,无礼已极。"

"这么说,你弃军逃走,罪名就更大喽!"

"简直要造反!快,快给我捆起来!"

王录一招手,亲兵"刷"地将枪举起,并把马车包围在当中。

"请上车吧!"

佟贵一看这个架势,也不多说,忙往车里一钻,吩咐快走。

王录看马车奔向西南通往省城的大路,立即把枪一横,逼住赶车的戈什哈:"向北,向瑷珲,走错我崩了你!"

马车只得转过来,王录向正北一挥手:"进城!"

佟贵掀起车帘,哀求道:"王管带,你看在老夫平日待你不薄的份儿上,放我去省城。我与寿山将军是亲戚,可在他面前保荐管带,你年轻有为……"

"对不起大人。这不是你我私情,事关大局,您还是去见副都统解释吧。"

佟贵像一个泄了气的皮球瘫在马车里,无可奈何地被王录一行押送着,向瑷珲城南门的方向急驰而去。

防守沙石口的抬枪营与登岸的俄军相持了一个时辰,终因寡不敌众,全线退却,一营人马剩了不到一百,其余全躺在了阵地上。

刘健身负重伤,求援无望,自刎而亡。

在另一隅抗击俄军的二百名义和团战士在拳师杜心的率领下,挥舞大刀,和敌人展开了白刃战。他们虽然杀伤了无数敌人,但是挡不住俄军的现代化武器,二百多人全部战死,无一生还。

常泰的"忠"字营上去时,已经大势已去,他们只给佟贵逃跑赢得了时间,最后招架不住,也只有向瑷珲败退。

安边军土崩瓦解,右翼阵地落入俄军之手,南北两支俄军呈钳形向瑷珲猛扑过来。

83

瑷珲城面临着最严峻的考验。

右翼失陷,瑷珲军民一片惊慌,城里大大小小的衙门乱成一团,个别官绅收拾细软,携着家眷出城避难。凤翔令打开西、南两个城门,放百姓出城躲避，人们都明白，古城瑷珲要守不住了。

凤翔从容镇静，集中城防仅有的三千人马，力保城池。北线卡伦山阻击获得了一个胜仗，而南线的右翼阵地又丢了。他又气又恨，暗骂道："佟贵这个老浑蛋，我一再嘱咐他，结果全成废话，只一天就丢了阵地，真是该死！"

来鹤年的心里比谁都焦急，表面上却装作比谁都冷静。他要看一看凤翔的态度。

"集庭，如今两翼失陷，孤城万不可守，援兵是没有指望了，你该早拿主意，以免陷入重围。"

凤翔瞅瞅他："主意？与瑷珲共存亡，这就是我的主意。"

"我的翼长大人，事到如今，你还是这么固执。"

凤翔苦笑道："我不得不如此，翰臣兄如有他图，悉听尊便。"

"集庭！"来鹤年霍地站起来，"你把来某看成什么人了？我要和你同生死、共患难，怎么能飘身远去？"

"凤翔实在感谢！"

"你估计，瑷珲能支持多久？"

"正面有恒龄的主力，城内防军尚有三个营，加上义和团、乡勇、团练总共不下三千人。加上外围忠义军，满达海的人马，至少可以坚守三日。我想，三日内援军赶到就好了，局势定会好转。"

"那么，俄人从正面渡江来攻，水旱三路能挡得了吗？"

"可恨佟贵这该死的，右翼不失，何至于此。"

"右翼失利，不能怪佟统领自己。"来鹤年趁机为佟贵开脱了一句。凤翔明白他的用意，他是替佟贵说情来了，遂说道："现在还不能说怪谁。可是作为一个指挥官，只一日就丢了阵地，自己又首先逃跑，他逃不掉军法对他的惩处！"

"不管什么原因，集庭看在将军的面儿上，对佟统领要宽容一次。"

"但愿他能为丢掉阵地找到理由。"凤翔感到无比愤怒。来鹤年也不好再为佟贵辩护，只是连连提醒他："佟统领久著勋劳，又是寿山将军的亲戚，要慎重处理。"

凤翔不再多言，他惦记着两翼战况，又琢磨佟贵现在跑到什么地方去了呢？

安边军的败兵逃进城来一百余名，其中有抬枪营的两名哨官，他们要见副都统，报知一切。凤翔下令，叫他们通通到副都统衙门院内集合。

时间已近傍晚，天上阴云逐渐散开，西山顶透出晚霞的红光。

逃兵被领到院内，四周站满了警戒的护卫亲兵。他们心里发毛，按清朝的法律，败逃的官兵是要处以死刑的。

凤翔在亲兵家将的引导下，来到大堂前的砖阶上。

"大人到——"

一声吆喝，众官兵一齐跪下，有的跪在泥水里。他们的头低着，不敢抬，也不敢看。

凤翔瞅一瞅狼狈逃归的士兵们，很是恼火，又见有人头上缠着，胳膊包着，还有的血迹模糊，又觉得很可怜。他一摆手："都起来吧！"

"给大人叩头！"士兵们叩头起身，护卫亲兵把他们引到庑廊下站好队，等待发落。

"你们谁要见我？哪个是带兵的头目？"

一个哨官大步上前，单腿儿一跪："小的要见大人！"

"说吧！"

"小的是抬枪营刘健老爷部下哨官朱刚，向大人报告沙石口丢失的经过。"

"好。"

"大人，沙石口本不应丢。可是抬枪营儿百人顶不住三四千俄军，统领又不发救兵，刘营官抵挡不住，死在沙场，我们仅逃出一百来人，向大人请罪来了。"

"佟统领哪儿去了？"

"统领带着大队人马，不知跑到什么地方去了，刘老爷死得冤哪！"

朱刚痛哭起来。他的哭引起了所有伤兵逃将一片悲恸，整个大院悲苦凄凉。

哨官的话证实了探马的报告是千真万确的了。凤翔也不多问，只吩咐道："你们不要难过，能活着回来就好，下去休息吧！"

"不，大人，把我们编到别的军里，我们还要上前线，杀敌报仇！"朱刚请求道。

凤翔心中一动，瞅一瞅这百十来个带伤挂彩的逃兵，没有表示什么。

"大人，我们要杀敌！"

"大人，收留我们吧，我们还能打仗！"

凤翔看大伙七言八语地表明态度，忙"唉"了一声，提高嗓音说："那好。你们先歇歇，受伤的换点儿药，要打大仗，还在后边。"

人们刚要散去，这时，门卫匆匆忙忙跑进来："回禀大人，佟统领求见。"

"在哪里？"凤翔感到十分意外，连连吩咐，"快叫他进来，快叫他进来。"

不大一会儿，进来一伙人。佟贵走在头前，耷拉着脑袋，无精打采的。后边跟着四个戈什哈，情绪也很沮丧，一个年轻军官率领一队士兵整整齐齐地列队进了院子。

庑廊下的士兵一看他们统领进来，个个咬牙切齿，怒目而视。他们也认识保护统领的亲兵管带名叫王录，看到这副架势，不知道发生了什么事。

王录率部下齐给大人敬了礼，通报了姓名、职务，回过头来对佟贵说："统领大人，我护送您到地方了，怎么回事，您就对翼长如实说了吧，恕小的冒犯。"说完，一挥手，他的部下退到另一侧的廊下去，把佟贵和他的四个贴身戈什哈闪在中间。

不用问，凤翔心里也就明白了七八分。毫无疑问，这佟统领准是被部下押送到这里来了。他看见佟贵，想到右翼阵地，耳边还响着朱刚方才的控诉，再也遏制不住心中的怒火，瞪了他良久，劈头一句问道："你丢失阵地，弃军逃跑，可知罪？"

佟贵一脸晦气，紧锁双眉，哭丧着脸，一言不发。他本想辩护几句，推脱责任，可是一看见他的亲兵管带王录虎视眈眈地盯着自己，他什么话也不敢说了。整个院子静悄悄的，只有大堂两边的"肃静""回避"虎头牌迎着夕阳在闪闪发光，"钦命头品顶戴"的官衔牌今天也格外使他心里发怵。尤其是两廊下站立的两支队伍，二百来名士兵都以愤怒和轻蔑的眼神注视着他。副都统那严肃的表情使他不敢向上看一眼，心里有些忐忑，今日他是在劫难逃了，可是，为什么没有死在阵地上……

"为什么只有一日，就丢了阵地？"

佟贵惊恐地抬了抬头，还是不知道如何回答是好，心里盘算着推脱罪责、争取活命的理由。他也想过，就凭我是寿山将军的亲戚，你副都统会把我怎么样？可是凤翔能不能买他的账，他心里还没有底。

"卑职该死！用人不当。"他顾不得什么天理良心了，为了活命，赶紧洗刷自己，"俄人从沙石口渡江，都怪抬枪营阻击不力，牵动全局，才有此败。"

朱刚一听，心头火起，腾地跳出来："统领大人，你昧心说话，天良何在？刘健营官舍死抗敌，为国捐躯，你不但见死不救，还拥兵逃跑，人所共知。"

王录也站过来："佟大人，您不是要往省城跑吗？我们没有让您远走，保护您回到瑷珲，这是我的责任。"

沉闷的炮声穿过高山峡谷，隐隐约约传到瑷珲城，天色逐渐黯淡。

凤翔见天色已晚，形势万分紧张，又有防务的会议要开，不能更多耽搁时间，遂令暂把佟贵押到营务处看管，待查明后再定罪处治。他把两支人马编在一起，算作一个营，令王录代理营官，留城防守，一切就绪，天已大黑。

<h1 style="text-align:center">84</h1>

当天晚上，海兰泡俄军司令部里一片欢腾。左右两翼突袭成功，仅仅一天半的时间，黑河屯和沙石口都落到俄军手中，这使他们也感到意外和侥幸。目前，左右两翼的俄军正在苏鲍提奇将军和布拉斯上校的统率下，从南北呈钳形向瑷珲靠拢。他们手舞足蹈地陶醉在这胜利的凯歌声中。

格里布斯基将军格外兴奋。这位易喜易怒、心狠手辣、残暴成性的哥萨克将军时而耸动上唇修饰得整整齐齐的短胡须，时而摇晃那矮胖的身躯，时而又用手指点着挂在墙上的地图，划着进军的路线，脸上流露出十分得意的笑容。

他的客厅里坐着几位重要人物，他们在这个节骨眼儿上，极尽阿谀奉承、溜须拍马之能事，投其所好来满足这位将军的需求。这个说，他为沙皇陛下立下了不朽功勋；那个说，他为俄罗斯帝国创造了奇迹，争得了荣誉；还有人公然美化他，说是他为各路入侵军做出了榜样。大家都很知趣，没有一个人提到这次胜利是陆军大臣莅临斡旋的结果。在他们看来，格里布斯基将军同各指挥官似乎是亲密无间的，在他们身上根本没有发生过分歧的事情。这样一来，骄横而又急躁的格里布斯基将军更加不可一世，在不断高呼"乌拉！乌拉！"声中简直有点儿飘飘然了。

头脑清醒的参谋长阿留申上校是一个讲求实际的年轻军人，只有他才时时提醒司令官，使他从昏头昏脑的状态中冷静下来。

"钧座，我们的确胜利了，应该说是在不久的将来。可是，我们并不是第一支踏入满洲的军队，很有可能是最后一支。"

"您说什么？我的上校阁下。"

事实是这样的：七月三十日，第五路军在陆军少将契耶莫夫的指挥下，第一个突破边境线，攻陷了东部重镇珲春。珲春副都统英联奋勇抵抗，击毙了数百名侵略军之后，因众寡悬殊，不得不撤退；四路军头目艾基斯托夫少将也越过绥芬河，直取牡丹江，向宁古塔推进；第三路援救哈尔滨兵团，在萨哈罗夫中将的统率下，由伯力溯江而上，闯过三姓副都统明顺的封锁已经深入腹地，目前正游弋在巴彦苏苏^①的江面上，不久与驻守的中东路护路司令戈伦格罗斯会合。而南满方面军的驻旅顺口海军陆战队已经大举北犯，于八月一日攻陷盖平，正以破竹之势向鞍山、辽阳前进。这些，格里布斯基将军自然完全清楚，电讯和战报也不断向他传来。谁知，参谋长此时偏要给他泼点儿凉水，使他清醒清醒："方才得到消息，西路军司令官奥尔洛夫将军来电，该军已经迫近呼伦贝尔，并争取清军守将依星阿放下武器。"

听到这个消息，格里布斯基将军大吃一惊，在铁的事实面前，他不得不承认，他指挥的第二路军，确确实实是进入满洲的最后一支俄国军队，而且直到现在，连瑷珲城还没有到手呢！

"所以，用最有效的手段、最快的速度夺取瑷珲城，是我军当务之急。"

"是的。"格里布斯基将军对着他的参谋长点点头，然后一拳击到桌案上，"命令连年刚波夫少将迅速渡河，从正面夺取瑷珲！"

当阿留申参谋长转身要走的时候，司令官又兽性大发："命令，当瑷珲落入我们手中的时候，要把它铲平，毁掉！"

"我的上帝！"

阿留申上校吐了一下舌头，瞅了格里布斯基将军一眼，匆匆离去。

---

① 今黑龙江省巴彦县城，清时设协领驻守。

第十四章

85

农历七月初，从拂晓开始，天宫放晴。

俄军司令连年刚波夫少将奉令对瑷珲发动总攻。他调齐一万多军队，用木筏载骑兵，以军舰载步兵，兵分三路，从北、东、南三面横跨二十里江面，扑向瑷珲。为配合渡江作战的顺利进行，柏克少将指挥一个炮兵团也在前一天赶到，隔江对峙，威胁清兵阵地。

经过整顿的阿穆尔舰队连夜开出结雅河口，游弋在黑龙江上，企图扫荡瑷珲水师。

瑷珲城万分紧急。

清兵中央阵地虽然炮垒林立，但威力最大的还是四号和六号两座炮台。四号炮台在南，六号炮台在北，两炮台相距八里，都建在制高点上。新式大炮射程远、威力大，敌人船舰不敢接近。俄军炮火一开始虽然相当猛烈，但是他们不仅无法制服这个火力点，而且清兵的炮弹还在俄军阵地上开了花，俄军的炮兵也发挥不了多大作用，连年刚波夫少将只有借助于人多势众，冒险渡江了。

由于右翼的失陷，恒龄昼夜守护在四号炮台上，他留神敌人可能从南面包抄瑷珲，造成南北夹攻之势，又提防俄军从正面突袭，直接威胁城防。

两天前调来的刘芳也被拨到四号炮台。他虽然是恒龄的未婚女婿，可是翁婿见面却连半句家常话也没有唠过，紧张而严峻的战争形势使他们没有时间和心情去叙旧。在这里，他们只有上级与下级、长官和部下的关系。刘芳知道右翼失陷，担心父亲的安危。知道详情的恒龄怕影响他的情绪，没敢对他说实话，只含糊地告诉刘芳："安边军兵溃，伤亡不多，大部分官兵都跟佟统领逃出来了。"

同刘芳一起来的还有富喜、贵喜两兄弟。炮台上的士兵都向他们打听黑河失守的经过，大家听到崇统领战死的情况，心里难过，情绪激昂，人人誓死抗敌，为阵亡的将士报仇，为死难的同胞报仇。一般说来，人都是惜命的，蝼蚁尚且贪生，何况人乎？而这里的人却相反，他们亲眼看见了俄军残酷地杀戮我们的同胞，仇恨之心、报复之心主宰了一切。他们根本不把自己的生命当回事，所痛惜的是同胞们的生命，这就是当时黑龙江守军的心理状态。

从亮天就开始的炮击，俄军并没有得到多大的便宜，自己的炮兵阵地反而受到很大打击，俄军破釜沉舟，强行渡江。

尽管俄军做了种种努力，仍无法靠前，中央阵地上的大小炮垒发挥了应有的作用，而且配合得很默契。俄军强攻受到了阻力，暂时只得后退。

正当恒龄阻止敌军渡江来攻之时，一个令人震惊的消息传来，六号炮台被敌炮击中，炮手牺牲了。该炮台无人管理，因那是新式大炮，别人不会使用。

"大炮怎样？"恒龄吃惊地问。

"可能没坏。"

"那还好。"恒龄忽然想到刘芳会使这种炮，就迫不及待地命令他，"刘管带，快去六号炮台！"

"遵令！"

刘芳毫不迟疑，领着富喜、贵喜二人跳上快马，很快来到炮台上。

他检查了炮身的各个部位，没有发现损坏，心中大喜，连说："没坏，没坏。"问了炮台上的士兵，说是敌人军舰从侧面开炮，炮台上落下一颗炮弹，观测手和瞄炮兵都牺牲了，剩下的是弹药手。

刘芳又问："敌人军舰呢？"

"敌人不知实情，还是不敢靠前。"

"好！"刘芳高兴了，"这就还来得及。"

他们赶紧清除尘土和碎石，抬下死者尸体，由贵喜瞄炮，刘芳观测，富喜指挥运炮弹，六号炮台又死而复活了。

时间不长，俄国军舰又开始攻击了。

贵喜熟练地移动铁轴，按照刘芳的口令转动炮口。

"向左，再向左，再向左一点儿，好。"

观测所上报告敌舰的距离：

"5 800，5 750，5 700，5 600，5 500……"

刘芳下达了命令：

"各炮垒准备！"

附近几个炮垒同时发出报告：

"五号炮垒准备好了！"

"七号炮垒准备好了！"

"预备——"刘芳将手中旗子高高举起。

"4 550，4 500……"

敌舰进入大炮射程以内了，刘芳用力把旗一甩：

"开炮！"

各炮垒同时开火，几颗炮弹呼啸着向江上飞去。与此同时，俄舰上也呈现出开炮的闪光。

"隐蔽！"

刘芳最先发现了敌舰也在开炮，他叫了一声，马上卧倒，所有站着的人都俯下身去。顿时，十几颗炮弹在炮台左右爆炸，有几颗几乎击毁胸墙。刹那间，一切都被烟雾和灰尘所笼罩，数不清的弹片被胸墙挡住，有的崩进来，落在大炮跟前，有的穿过炮垒空间，飞向后边。爆炸后掀起的尘土碎石洒在士兵的身上、头上，有的人呛得咳嗽起来。

"好险！"

炮声响过之后，刘芳迅速爬起来，问道："大炮怎么样？"

"没坏。"贵喜一动不动地回答。

"能用就好。"

富喜凑到近前："毛子大炮真厉害，多亏胸墙又高又厚，不然我今儿个就完蛋了！"

俄军舰上的大炮又响了。

刘芳一边组织还击，一边察看炮垒情况。他发现，除了那门打榴弹的西洋大炮射程远、威力大以外，其他炮垒都是打霰弹的旧式炮，根本击不中目标，只起到一个助威的作用。而俄军的大炮威力太大，集中轰击目标，使人真有些招架不住。他暗中叹了一口气："这样的武器，焉能取胜？"

86

当俄军两翼迂回成功、中间突破开始的时候，凤翔又收到了寿山将军的电报，来电进一步强调"坚守待援"，通知他墨尔根副都统博栋阿已率援军出发，不日即将赶到瑷珲。另外，齐齐哈尔义和团张拳师北上增援，三路合兵，共保瑷珲。

这无疑又等于给凤翔注射了一支强心剂，使他又模模糊糊地看到了一线希望。

来鹤年有他的见解，对寿山将军的来电根本不加可否，他还是坚持原来的主张："集庭，将军的电报是靠不住的。俄军从两翼突破，今日又进犯城池，恒龄绝抵挡不住，还是及早撤守，以免玉石俱焚。"

对于这番判断，凤翔当然也觉得很有道理，但他还是把希望寄托在援军上："眉峰定不误我，也许援军指日可待，我军尚可支持一两日。"

"你非等到山穷水尽的地步吗？"来鹤年急了。他分析了目前的形势，"墨尔根距瑷珲也不过四百里，昼夜兼程两天可到，为何三日已过没闻消息？博大人是否来援，何人知晓？即使部队迟迟没能赶到，那么，为何不四百里加急送信？义和团千里迢迢，乌合之众，就算能来，也无济于事。集庭，你信我的话吧，保国守边，人人有份儿，也不光是你我的责任。"

凤翔沉默了。

"现在下令，江防撤守，全军转移。"来鹤年果断地说道。凤翔还是没有反应，虽然外面不露声色，显得很镇定，可内心却很焦急，又很矛盾，额角已经淌下了汗珠儿。

就在这期间，消息一个接着一个地传来：

"俄军进犯卡伦山被击退，毙敌上尉①一名，歼敌二百。"

"南线俄军沿途遭到民团阻击，敌人放火焚烧村屯。"

"我中央阵地南北炮台把渡江的敌人打得落花流水，木筏下沉，骑兵漂没……"

凤翔不禁为之一振："我中华民族有此抗敌精神，决不致亡国灭种，本都府同他们生死与共！"

---

① 卡伦山之战中，清军炮手引爆炸药箱，和前来夺炮的俄军连长沃尔科夫上尉同归于尽。

但是，也有不利的消息："毛子兵船又出动了，沿江炮垒大部被毁，敌兵开始横渡。"

"到城上看看去！"

他们来到东门，顺马道登上城头，远眺正在激战的江面。他们看到了俄军在上下几十里的水面上横渡黑龙江，沿江各炮垒集中火力进行阻击，硝烟弥漫，炮火纷飞，尘土凌空，水花四溅，电闪雷鸣，人声呼喊，大江两岸显现出一幅壮丽的画面，再也没有比这更引人入胜的了。

来鹤年看着看着，自言自语道："战争是残酷的。"

凤翔瞅了他一眼，没有吱声，全神贯注着阵地上那两个较大的炮台。他明白，恒龄之所以坚强地守住阵地，多一半是依靠这两座炮台上的新式大炮，今天如果没有它，那局面就不堪设想了。

俄国军舰集中向六号炮台攻击，凤翔很担心，炮台时时被大团的烟雾笼罩，他不胜惊疑。可是不一会儿，炮台依然射出炮弹，沉重地打击敌舰，他才松了一口气。

来鹤年发现远处的四号炮台受到隔江炮火的威胁，处于受攻击的地位，忙说："那个炮台应该向对岸射击，压住敌人炮火就好了。"

正说之间，忽然四号炮台被一片烟火控制住，来鹤年惊叫道："完了，完了，这回可完了！"

不大一会儿，从四号炮台飞出一串儿一串儿的炮弹，落在江东岸，俄军大炮又哑了。

"没事儿！没事儿！"来鹤年大喜道，"看，那不是，又开炮了。"

凤翔始终表情严肃，一声不响地观察着。

炮声终于沉寂下来，俄军的进攻也暂时停止。

凤翔长出一口气，终于说话了："恒老虎还是一块儿料！"

可是不久，他们终于发现，从四号炮台上跑下几个人来，少顷清晰可辨，原来是四个女子抬着两个伤兵，向城门急急走来。

"这是谁家的女孩子，炮火连天的，在那儿乱跑什么？简直是玩儿命！"

听了来鹤年的责骂，有人说道："好像是有人负伤，她们抬伤员进城。"

"这纯粹是胡闹！"

当她们跑到离城门不远的时候，城里跑出几个士兵，接替了她们。伤兵被送到救伤所去，四个女子被领到城上。

凤翔一眼就认出了为首那个姑娘，惊喜地说："啊，你是恒统领的……"

"我是云花，拜见大人。"

"你父亲现在哪里？"

"在那儿。"云花向四号炮台方向一指。

"这一个……"凤翔打量那个穿红衫的小姑娘，"好像也见过。"

"大人，真是贵人多忘事，我叫李玉妹，大人见过的。"

"啊，知道，知道。"凤翔点点头，"你们很勇敢，令人钦佩。"

就在这时，李玉妹认出了来总管，顺手拉了云花一把："姐姐，咱们走吧！"

云花生长在官家，到底有点儿教养。她虽然心里厌恶来鹤年，但是没有动。

来鹤年也想起了云花和玉妹曾经同他打过一次交道，便阴沉着脸问了一句："你们抬的什么人？"

李玉妹背过脸去，不去理他。云花如实地答道："四号炮台弹药手成老根，还有一名炮勇，他俩受伤了。"

"怎么用你们抬啊？"

"方才仗打得很激烈，炮台人手不够，我们自告奋勇，抬送伤兵来了。"

"岂有此理！"来鹤年斥骂道，"简直胡闹！女孩子不安分守己，在战场瞎闹，成何体统？"

玉妹越听越不耐烦，转过脸来，没好气地说："我们打毛子！"

"打毛子有兵、有将，哪里显着你们！"

"我们也有手，我们也是中国人！"玉妹说着，用力拉了一把云花，"姐姐，咱们走！"她们跑下城去。凤翔很觉不是滋味儿，不高兴地说："来大人，当前正是用人之际、士卒效命之时，不应给她们泼冷水，要鼓励她们、表彰她们。"

"哼！"来鹤年斜睨了凤翔一眼，"我泱泱中华真是无人了，几个毛丫头跟着跑，让外国人笑掉大牙。"

"全国的毛丫头要都能像她们这样勇敢，只怕外国人早吓掉了魂呢！"凤翔望着她们出城的背影，感叹地说，"可惜，这样的女孩子，实在太少了！"

"嘿嘿。"来鹤年干笑两声，轻蔑地白了他一眼。

"走，上炮台看看去。"

凤翔的决定使来鹤年大吃一惊："集庭，你，你这是怎么了？"

凤翔平静地说："翰臣，你上北炮台，我上南炮台，看一看那里的情况，还能支持多久。"

"好吧！"来鹤年唉了一声，"既然你翼长大人有令，我也只好凭命由天了！"

87

俄军暂时停止了攻击，但并不意味着放弃夺取瑷珲，他们需要改变一下进攻方式、人员和武器的配备，又重新做了调整。更大规模的进攻，百倍的疯狂行动，在很短的时间内，即将全面展开。

清兵十分明白这一点，也意识到眼下就是生死存亡的紧要关头，面对数倍于己的敌人，他们不害怕。他们想的不是自己的死与活，而是如何能多杀几个敌人。

在这沉寂下来的短短时间里，各营各哨官兵钻出掩体，赶紧疏通被炮火袭击而堵塞坍塌了的战壕，各炮垒检查损坏情形，并掩埋、输送死亡和负伤的士兵。

六号炮台被击坏了一角，刘芳命令，全力以赴修胸墙，没有工具和器材，就搬石头堵住豁口。他又让贵喜把炮筒擦一擦，趁着火药渣儿还没有冷却的时候，待一会硬了锈住炮膛，就擦不下去了。

贵喜边擦炮边问："毛子怎么又不攻了？"

"他们不会不攻，恐怕再攻时，比方才还要厉害。"

经历了这次战斗，度过了最紧张、最艰难的时刻，士兵都感到轻松，他们一边忙碌一边议论着："今天是万幸，毛子兵船没靠近码头，滚蛋了！"

"咱们这回损失也不小，就拿这个炮台来说，那样坚固，都给打坏了，其他可想而知。"

"可也没有奈何咱们。你看他们的军舰，起火的起火、冒烟的冒烟，怪有意思的。"

刘芳严肃地警告道："弟兄们，不要幸灾乐祸，俄军退却是暂时的，他们很快就会进行疯狂的报复，大家抓紧时间维修炮台吧。"

可是炮兵们并不把他这新来的管带放在眼里，仍旧是嬉笑加议论："俄国的大炮确实厉害嘛！要把他们的大炮给咱使，保管他们的军舰一只也别想在水上漂着。"

"哼!"一个年岁不小的弁目开言了,"可惜,咱们的大炮新式的少、旧式的多,只能防御,不能进攻,吃亏就吃到这上。"

他的话勾起了士兵们的牢骚,有的公然骂起来:"那些高官贵人们只知道自己弄钱,不知道改进武器,把国家闹到这个地步,还得让我们替他们去送死!"

"不许胡说!"刘芳忙制止道。他哪里知道,这些早已把生死置之度外、愤懑满腔的八旗子弟们只愿战死,不想生还,何况现在已是生死关头,他们还怕什么呢?自然有人嘲笑地顶撞他:"我说管带老爷,我们都是要死的人了,你让我们说几句痛快痛快。你放心,耽误不了你立功升官。"

方才挑头儿发牢骚的那个弁目又开口了:"管带刚来,你是不知道,我们都有一肚子委屈,随便说惯了,你别见怪。"

刘芳面对如此现实,头脑才有些清醒,原来这些可爱的弟兄们虽对现实有着种种的不满,但却愿为国家舍生忘死。他不能再说什么了,他很可怜他们。他来之前,不是有包括炮手在内的好几个兄弟都倒下去了吗?他从内心里谅解了他们。可是他们并不谅解他,有人公然向他提出这样一个问题:"刘管带,我看得出来,毛子方才没有攻上来,全仗咱们这门大炮。如果这门炮毁坏了,你该怎么办呢?"

这的确是个关键问题,四号和六号两座炮台构成对入侵敌人的最大威胁,他们是不会放过的。真要是敌人重点轰击这两座炮台,哪怕只毁坏一座,那瑷珲的城防就会迅速瓦解。他很忧心这个问题,但是没有什么办法。

"全力保住炮台,万一炮台保不住,我跟弟兄们一样!"

一直不吱声的富喜看出炮勇们对他们几个新来的不信任,自己无权参与争论,这回听刘芳一说,觉得是个机会,他马上接过说:"别看我们是新来的,跟大家一条心。咱们生同生,死同死!"

"好哇!"

富喜的话打动了士兵们,不由得欢呼起来,他们显得多么单纯!

这时,有人发现从东门跑出无数马匹,出城不远分做两下,一股往南,向四号炮台方面,一股直奔这里飞驰而来。

"这是怎么回事?"

刘芳凭高瞭望,很快就看清楚了,这是城里大官儿们视察阵地来了。

"贵喜，你继续抓紧时间擦炮，别的什么也不要管。富喜，你领弟兄们维修炮台，来两个人跟我清除碎石、弹片和尘土，别脏了这些大人们。"

有人不同意："现在什么时候？哪有闲工夫打扫，他爱谁来谁来。"

"不，总得看得过去，也得像个当兵的样子。"

88

正在大家手忙脚乱、毫无头绪之际，来鹤年带着随员十余人已经上了炮台。

刘芳不认识来总管，只见他身材瘦长，嘴上短须，头戴蓝顶，知道是个大官。于是集合炮台上十几个士兵，排好队，恭恭敬敬地给他们行礼。刘芳单腿一跪："靖边军炮队管带刘芳参见大人！"

来鹤年一怔："啊？靖边军不是驻守黑河吗，你怎么在这里？"

"崇统领为国捐躯后，副都统派小的到这里来。"

"噢！"来鹤年点点头，"崇玉死得可惜，又死得很英勇。"

来鹤年观察了炮台，询问了战况，见士兵们整整齐齐、干净利落地站着，心里很高兴，不住地夸奖："这样就很好，像个军人的样子。你们当兵的，无论何时，见了长官，都应该整齐、洁净。本总管从来看不惯邋里邋遢的样子，你们一定要保持下去。"

士兵们听了，都感到很别扭，可是谁也没有吱声。他们的整洁，只是在来鹤年一伙儿上岭的时候，在刘芳的命令下收拾的，他们本来不情愿多此一举，但又不能不这样做。

来鹤年口口声声强调整洁、利落，丝毫也不过问伤亡情况和炮台毁坏情况，只是这看看、那瞅瞅，刘芳早已不耐烦了："大人，如果没有别的事情，小的要继续指挥弟兄们修补炮台了。"

来鹤年一脸的高兴立刻被打消一半，他想发作，一时又找不到借口。偏巧他一眼看见了有一个人蹲在那里擦炮膛，根本没有理会他们的到来，心中立时恼怒，喝道："那是什么人？"

"瞄炮兵贵喜。"刘芳代答道。

"不晓得本总管来了吗？"

"是我让他趁热擦净炮膛的，以免火药渣粘在膛上冷却生锈。"

"滚下来！"

贵喜就像没有听见一样，继续擦抹炮膛。来鹤年的随员变脸了："停下！停下！大人叫你，没听见吗？"

贵喜只得规规矩矩地走过来，站在总管面前："给大人请安。"

来鹤年看一看这个一身尘土、满脸乌黑的炮手，实在令人恶心，立刻来了脾气："你还像个当兵的吗？衣服不换、脸也不洗，目无长官……"

"大人。"贵喜分辩道，"小的忙着擦炮，来不及洗脸，根本也没衣服可换。"

"胡说！"来鹤年喝骂道，"这么多人，偏你一个人没工夫！"

刘芳看事情闹大了，忙挺身而出，主动承担责任："他是我指派的，我让他抓紧时间擦炮，没有出来迎接大人，是我的过错。他在这次战斗中表现得很勇敢，打坏了敌人两只军舰。仗刚一停下，就忙着干活儿，连早饭还没顾得上吃呢！"

"按照你的说法，他应当是功臣了？"来鹤年拉着长声嘲讽贵喜，又说，"那好，看在你的面儿上，罪状可以减轻，自己打自己二十个嘴巴，罚跪一个时辰。"

贵喜根本就没理会他。

来鹤年的命令受到了无声的抵制，更是火上浇油："来人！"

"嗻！"一个戈什哈上来，"伺候大人。"

"掌嘴，先打三十。"

刘芳实在无法忍受，大喝一声："你们不能这样做！"

他一步步走近来鹤年："大人，我们牺牲流血，你们跑这儿来吹毛求疵，你们长的什么心肝？弟兄们要是寒心了，看谁保护你们荣华富贵！要打，你就打我好了！"

本来列队整整齐齐的士兵，"嗡"的一声队伍全乱了，大家愤愤不平地嚷起来："要打，打我们大伙！"

"谁要敢动他们一下，我跟他拼了！"

"哪个衙门老不死的，跑这儿来挑眼剥刺，他算老几？"

一个随员看乱子大了，忙靠近来鹤年耳边小声说："小不忍则乱大谋，眼下战况吃紧，打仗要紧，其他以后再说。"

来鹤年也觉骑虎难下，他这爱钻牛角尖儿、爱挑剔的毛病，已经碰了多次钉子，就是改不了，今日又在炮台上出丑。

贵喜冷笑一声，问了一句："我到底犯了什么罪？"

刘芳一摆手："算了，该干什么还干什么，他们一会儿就走，仗还得咱们打。"

富喜十分鄙视地凑近他们："你们当大人的也不想想，只知道高官得做，骏马得骑，荣华富贵，金钱美女。我们当兵的苦楚，你们知道吗？冬熬三九，夏熬三伏，这还不算，打胜仗你们加官晋级，打败仗我们去送死，你们都想过没有？"

"富喜！"刘芳怕他说出更难听的话，忙叫住他，"赶快维修炮台，敌人快进攻了。"说完，他冲着米鹤年轻轻一抱拳，"对不起，没工夫奉陪，大人乐意看什么，就请自便。"

维修炮台的作业开始了，二十来个士兵根本无视这伙大人们的存在，他们在刘芳和富喜的指挥下，继续堵塞炮台被毁坏的豁口。

米鹤年弄得十分尴尬，只好带着随行人员在一片讥笑声中离开。

89

凤翔这时已经来到了四号炮台，恒龄陪着他们察看了一下各炮垒毁坏的情形。这里，由于遭到对岸俄军炮火的轰击，损失更大，伤亡也多。大家一边抬伤员，一边掩埋尸体，一边还得维修炮垒，真是忙得脚打后脑勺儿。

凤翔惦记着往城里送伤员那几个女孩子，遂问恒龄："你的闺女真勇敢，她们抬伤员，不怕危险，现在到哪去了？"

恒龄答道："她们在岭下挖了一个窑洞，都跑那里休息去了。"

"你可千万不能再叫她们去冒险了！她们还是孩子呀！"

恒龄笑了笑："原来我也为她们操心，现在不管了，凭命由天吧！"

"可惜她们是女孩子，不然，可以博取功名，光耀门楣。"

恒龄摇摇头："当今世道，国家多难。我辈武人能像黑河崇统领全尸而还，也就算万幸了。将来尸骨落到什么地方，都没法知道，还谈什么功名不功名。咳！"

凤翔笑道："怎么，你这出名的恒老虎什么时候学会多愁善感？"

"我没有什么愁，也不会什么感，我担心大人你。"

"我？我和你一样。可是，我并不灰心，纵然不能建功立业，也要有所作为，守边重任，断不可等闲视之。"

他们一边谈话一边迈进了炮台的拱门，一个个满身灰土、面目黧黑的士兵停下手里的活儿，恭恭敬敬地迎接他们。

"你们受苦了！"凤翔挥挥手，"大家都坐下，该休息就休息吧。"

士兵们经过紧张的战斗，都疲惫不堪，他们什么也顾不得整理，此刻都坐下了。

凤翔问了伤亡情况，又问到阵地、武器的损坏情况，恒龄才把他领到那门被击坏的大炮前，两个炮手正在检查。

"坏到什么程度？还能用吗？"

"无法修理。"炮手边回答边指点着，"看，炮闩毁坏，瞄准器脱落，表尺断裂，转动的轴轮也破碎了，根本没法修理。"

恒龄惋惜地说："不能用了！"

凤翔明白，这个炮台的火力削弱了，中央阵地也就无法守卫，看来，瑷珲城的防御土崩瓦解了。但是，他又把希望寄托到援军上："无论如何，你得给我坚持到明天晚上，墨尔根援军一到，还是一盘活棋。"

"你放心，我恒老虎不会轻易丢掉阵地的。"

"我相信老兄。"凤翔的眼里流露出感激之情，他知道恒龄的为人，说出的话从无虚言。

他们又转到了一处，炮垒修得比较坚固，上面放着一门大炮，炮手们都不见了，里边坐着十来个身披红衫的女孩子，还有一个背着一把单刀，站在瞭望孔前监视江面。

"这是怎么回事？"

恒龄早已猜到他非要问不可，早做好了思想准备："这不是，你看，她们挑水、运柴、扛粮、背菜啥都干，还站岗、放哨、运炮弹，什么也少不下她们。最奇怪的是她们年岁不大，都不怕死，这是哪股邪劲呢！"

凤翔慨然道："天生斯民于斯时，信可知矣！"

"你看，这就是她们休息和睡觉的地方。"恒龄指指炮垒附近的一个窑洞，"原来是山洞，经过她们的整修，就作为窑洞，里边倒是蛮宽绰呢！"

窑洞旁边，就是弹药室，这也是凭借地势挖的山洞，里边放着炮弹。

凤翔沉吟一下，忽然命令恒龄："你赶紧把那些女孩子赶走，不要睡在这里。"

"她们不走，说睡在这里保险。"

"可是有危险！"

"危险？什么危险？"

"因为它紧靠弹药室。"

恒龄恍然大悟，立即对窑洞喊道："出来出来，赶快都出来！"

刚刚吃过饭、换上衣服的李玉妹头一个出来了："大人，什么事？"

"云花呢？"

"姐姐在里边歇着呢，她实在太累了。"

"不行，你们赶快离开这里，以后也不准再进来。"

玉妹不明其中的奥秘，不高兴地问："刚刚有了安身之处，又要折腾我们，是不是？"

"这孩子，你怎么能这样说话？"恒龄又把里边十几个女孩子都叫出来，断然下令，"从今以后，谁也不许进来！"

大家不晓得统领的用意，都很不满，恒龄又没有说明道理，所以等他和凤翔一行走后，她们又都回到窑洞里。

凤翔离开那里时，突然没头没脑地问了这么一句："老兄，我看你的千金云花和那个外地来的李玉妹长相有些相似，你注意没有？"

"啊？"

一句话触动了恒龄满腹心事，他本来很想找机会说一说，可是战争无情，分秒必争，哪有机会叙私事？现在既然你提起，三言两语又说不完，不说又机会难得，他踌躇一下，还是道出了隐情："大人，半个多月来，我为这件事煞费苦心。天下事就是这般巧，李玉妹和云花确实是一对亲姐妹，可是从小离散，眼下在一起都不能相认，太可怜了、太可怕了！"

"是吗？怎么知道的？"凤翔感到诧异。

"我那个女儿云花是我捡来的。她和玉妹都是广宁人，玉妹也不姓李，是被她舅舅从小卖到李家，也就像把云花卖给我一样，那年云花才四岁。"他停了一下，唉了一声："玉妹加入红灯照，随义和团来到这里，她们一对苦命姐妹总算见面了。我把玉妹收留在我的身边，就是让她们姐妹好好儿在一块儿，她们十五年没见了……"

这个受伤都不哼一声的硬汉子眼泪流了出来，再也说不下去了。

凤翔无限感慨，脱口说了一句："是啊，人间伤心不平的事多着呢！"

话一出口，他马上意识到，在这种场合作为军事统帅说出这话来有失身份，于是收敛了刚才的表情，正色地问道："她们这回相认了吧？"

"现在是什么时候？姐妹相认，那个悲痛劲儿能受得了吗？我怕引起她们过分伤感，从没提起此事，她们两人并不知道。"

"想得周全，你这个粗人真是粗中有细，虑事周详。你打算叫她们什么时候相认？"

"怎么也得打完这一仗，时局稳定了，再认不晚，反正我不让玉妹走了。她无依无靠，也没处去，还同小女难舍难分呢！"

"也好。"

凤翔换了一个话题："老兄，我也有一个难办的事儿，你看该怎么办好。佟统领弃军逃跑，断送右翼，已被他的部下押回城里，我到底怎么处置他好呢？"

恒龄虽知右翼失陷，并不了解内情，突然听到这个消息，一时也不知如何回答是好。

"大人英明果断，国有法、军有律，还用别人出点子吗？"

"不，我想听听大家的见解。如今是各执一词，众口纷纭，再听听你的，你是直爽人。"

"按实说，国法难容，临阵脱逃，应加重处罚。可是，佟大人年岁已高，顾念前功，可以从轻处理。"

"还有人这样说，佟统领是寿将军的亲戚，让我看在将军的面儿上，原谅他这次。"

恒龄一听就火儿了："这么说，上边有人的犯了法就宽容，上边没有人犯了法就严惩，号令怎么能严明？赏罚怎么能分明？三军将士怎么能服？"

"你要是处在我的地位，该怎么办？"

"我？我要是翼长，他不提将军，我还能饶他一命。有人用将军来压我，我非第一个拿他开刀不可！"

凤翔上前拍了他一下肩头，微微一笑："老兄，真是快人快语。"

90

送走了副都统，恒龄回到指挥所，不料云花、玉妹带领一帮女孩子在大帐外边等候他呢，她们非让恒龄说出不准住窑洞的理由，并说："窑洞是我们挖的，为什么不让住？"恒龄被缠得无法，也不敢说出窑洞紧靠弹药室有危险的话，这是军中最忌讳的话。他想了想说："你们听话，这是翼长大人的命令。"

"那我们住在哪儿？"

"先跟我在一起，过两天，我给你们另找地方。"

云花、玉妹倒是很听恒龄的话，同意了。可是金珠和其他女孩子就是不听，她们依旧是红灯照的派头，奉行"爱国有份儿，杀敌无罪，不领官家饷，不归官家管"这一套，她们依旧背着统领回到窑洞里。

中央阵地原来划分为上下两个防区，上游防区先由玉庆负责，后改新任统领王振良负责。王振良本是镇边军的一个营官，隶恒龄部下，偶然提为统领，和恒龄平起平坐，又犯了他那骄矜、横暴、贪婪的老毛病。为了统一指挥，凤翔改变了划区防守的办法，令恒龄全权指挥，以王振良为帮办。谁知这个王振良却是帮而不办，蹲在上游防区不肯动弹。恒龄本来就厌烦他，一切事情也不去找他，由他自去。

可是，王振良现在找上来了。

"恒统领，听说左右两翼都失了，佟统领被俘，凌山统领败逃不知去向，满达海孤军被包围在卡伦山，咱们还守个什么劲儿啊？"

"你在哪儿听来的这些谣言？"恒龄在他面前，仍然习惯于用长官对部下的口吻说话，何况他还鄙视王振良的为人。

"千真万确！抬枪营刘健兵溃沙石口，佟统领才被俘的，那个神枪手都逃走了。"

"不要说了！通通都是谣言。毛子正集结重兵攻打瑷珲，你说这种话，不是动摇军心吗？"

"恒统领，我这也是为你好。方才俄国毛子水陆来攻，那么厉害，咱们的炮台全完了，再要不走，白白送命，不合算哪！"

"你住口！"

恒龄眯起眼睛，脸上的伤疤微微抽动，盯盯地瞅着他："王帮办，不要忘了，你可是新升的统领，如何报答上峰提拔之恩，你可要掂量一下。"

"是！"王振良额角淌出了汗，一边后退一边点头，"多承指教，多承指教。"

一直到王振良退出大帐，恒龄端坐那里，理也没有理他。等他走出去了，才唾了一口，骂道："这样的败类，还能升官！"

如今，瑷珲的正面防卫全靠六号炮台了，那里有一门威力很大的新式炮，可是炮台上的士兵被来鹤年闹得都很不愉快。这些八旗子弟继承了他们祖先的优良性格，不怕死，就怕受侮辱，他们宁肯痛痛快快去死，也不愿受窝囊气。来鹤年一行走后，大家都低着头，憋着气干活儿，谁也不吱一声。有的还不干不净地骂着，可是谁也听不清他骂的是什么。

贵喜擦完炮，洗了脸，抖一抖衣服上的尘土，凑到大伙跟前，做了个鬼脸儿，学着来鹤年的腔调儿："你还像个当兵的吗？嗯？衣服不换，脸也不洗……"

大家先是一怔，继而又都笑起来，连刘芳也是看到贵喜第一次这么滑稽，他可一向老实厚道，不爱吱声哟！

贵喜学完，又接着骂道："那股穷酸劲儿真叫人恶心！这号人偏偏能当上大官，看那亮蓝顶，还三品官呢！"

有的士兵问道："你知道他是谁呀？"

"咱哪儿知道。"

"他就是来总管。"

"来鹤年，你咋不早说？"

贵喜后悔不迭，如果他当时要知道那个大人就是来总管的话，说不定还要好好儿奚落他一番。因为近来军中到处流传，来鹤年江东撤兵，给瑗珲造成了防守上的困难呢！

第十五章

91

凤翔回到城里，时近中午。

各路败报连续传来：

满达海兵溃卡伦山，凌山逃往四家屯，俄军右翼骑兵已进入南山开阔地带，离城只有三十里了……凌山是防守五道沟的哨官，他的逃跑直接威胁瑗珲。

凤翔沉吟不语，心里计算着时间，计算墨尔根副都统博栋阿的援军现在可能赶到什么地方了，日落以前是不是能到。这毫无指望的援军根本也不会前来，他是清清楚楚知道的。虽然如此，局势到了这般地步，那也就像一个垂危的病人一样，明知距离死亡不远了，求生的欲望使他幻想有人真的能解救他，使他转危为安。一开始，凤翔根本就不相信寿山将军那"坚守三日，以待援兵"的电令是真的，可是三天过去了，他现在反而相信博栋阿率领墨尔根的人马有可能正在途中。

这都是错觉，近一两日内，他派出数十起探马，没有一个报告发现援军的影子。

是守，是退，他拿不定主意。

来鹤年在城外炮台上讨了个没趣儿，居然向他发泄起来："你到底怎么打算的？俄人势力那么大，战又战不胜，守又守不住，难道非得坐而待毙不成？"

凤翔虽无把握，但很自信地答道："翰臣兄，在城外你也看到了我军士气高昂，同仇敌忾，还可支撑一两日。两翼虽被突破，由于地势险要，敌军一时还接近不了城池。只要援军在两日内赶到，局面完全可以扭转。"

"这叫掩耳盗铃！"

凤翔一惊："难道真的弃城逃跑不成？"

来鹤年反倒泰然了："除此以外，别无善策。"

值日官玉庆听了他们的谈话，以为真的要弃守，忙站起来："大人，瑷珲乃二百年边陲重镇，依山临江，雄踞塞上，岂能丢于俄人？虽然两翼失陷，腹背受敌，可如今三军效命，将士轻生，中华不分满汉男女，共赴国难；大人当聚拢人心，坚守待援，纵然无望，尚可同心报国，以谢天恩，万万不可有弃城之念哪！"

来鹤年大怒："真是一派胡言！"

玉庆反倒笑了："总管大人，我倒要请教请教，江东撤兵，这是谁的主意？结果又怎么样？右翼委派佟统领，这又是谁的主意？如今又如何？瑷珲早就流传放弃的谣言，这是谁放的风？目的又何在？这些加到一起，总的看来，究竟又为的是什么？请总管大人开导开导。"

来鹤年平日同玉庆不睦，见他毫不客气地嘲弄自己，这个气如何能忍受得了，他也仰面大笑起来："哈哈哈，鹏飞万里，其志岂燕雀能识哉！"

玉庆被激怒了："好一个鹏飞万里，说穿了，不过是自轻自贱、背祖忘宗，为俄国毛子效力的洋奴才！瑷珲就断送在你来鹤年的手里，后人不会忘记这笔账！"

来鹤年抬手颤抖地指着他："你，你你，你是血口喷人！"

"抵赖也没有用，你的大名早已流传远近了，你的丑行早已人所共知了。"说着，玉庆从怀中抽出手枪，向上一扔，又接住掂了掂，"今后再有人敢大言不惭地煽动弃城逃跑，我这家伙可是冒烟的。"

众人上前解劝，有人把来鹤年拉走，有人劝说玉庆："现在到了什么时候，你哪能对来总管这么不讲情面。"

玉庆冷笑一声："我就是叫他知道知道，局势如此之糟，还不是他给造成的？又想趁机溜走，我岂能容他！"

凤翔看到如此场面，触动很大，他也没有想到，一向稳重老成的玉庆今天会发这么大的火，他斥责来鹤年的话，哪一句不是正确的呢？想了想，说道："玉大人，事已至此，说又何益？来总管力主撤守，实为形势所迫，并不全无道理。"

"大人，到了今日，您还为他开脱，要不是您一味忍让迁就，事情能错到如此地步？局势自然无可挽回，大人好自为之。玉庆愿率所部七百人，誓死不离瑷珲，大人保重！"

玉庆双拳一拱，作了一个告别揖，头也不回，愤愤而去。

众人悄声议论："玉统领性情太刚直了。"

"玉佐领脾气太犟了！"

"玉大人心明眼亮，就是官微权小，无能为力。"

凤翔哪里会听不见？他觉得事情不妙，军心一涣散，严重的后果不难想象了。他的大脑里飞快地转着三个问题，促使他下了最后的决心："军心不可散，瑷珲不可丢，佟贵不可留……"

92

全军将士祭扫萨公祠。

这是凤翔为了鼓舞士气，临时决定的。

萨公祠在东北二门之间的江坎上，距离魁星阁不远，是为纪念抗俄将军萨布素而修建的。

早在康熙二十一年，由奉旨巡边的副都统郎坦奏陈：罗刹犯边四十来年，杀戮黑龙江两岸各族百姓，掠夺大批牲畜财产，要求朝廷出兵驱逐罗刹，保卫边境。康熙皇帝准奏，命镇守宁古塔将军巴海、副都统萨布素率师防卫，并在黑龙江边建造木城一座，分兵屯田，这就是最早的瑷珲城。康熙二十二年三月，任命彭春为满洲都统，全权筹划东北边境事宜。同年，改宁古塔将军巴海为吉林乌拉将军，简称吉林将军，负责筹办抗俄的水师训练和军需供给，开始做反侵略战争的准备工作。不久，康熙皇帝巡行关外，在吉林召见东北军事长官，面授抗击罗刹方略，大大鼓舞了东北军民反抗侵略的斗争决心。本年冬，任命萨布素为第一任黑龙江将军，驻守黑龙江城，即瑷珲，开始做反罗刹战争的军事部署。康熙二十四年初，命彭春为统帅，萨布素、郎坦为副，并调福建藤牌军和吉林水师溯松花江转黑龙江而上，水陆并进，直指罗刹盘踞的雅克萨城。雅克萨战争打响了。沙皇俄国远征军头目特尔布辛在清军沉重的打击下，率众投降。彭春根据康熙皇帝的旨意，优待了俘虏，放他们回去，毁掉雅克萨城，就撤兵了。谁想到了第二年，沙俄远征军头目特尔布辛又率军返回，侵入雅克萨，重建城堡，拥兵据守，继续四处掠夺，边民又告急求援。康熙皇帝命萨布素将军为统帅，第二次围攻雅克萨，击毙俄军头目特尔布辛，彻底肃清入侵的沙俄侵略军。转年，俄国遣使议和，经过反复谈判，中俄签订《尼布楚条约》，划定了两国边界，使争议多年的边界问题得以解决，以后安定了一百多年。为表彰萨布素抗俄捍边的功绩，在他去世之后，朝廷敕建专祠于黑龙江边。专祠后来毁于水灾，不久，黑龙江百姓又集资重建，以示对这位抗敌爱国将军的怀念，就是现在的这座断壁颓垣的祠堂。

萨公祠的建筑不大，是一大间起檐的建筑，周围石砌的墙垣已经出现豁口。门外的旗杆也已腐朽倒地，"加杆石"上长满了青苔，前面开阔地带茅草丛生，看来是好久没人祭扫了。

三千名守城清兵排成方阵，一直排到北门外的校军场。凤翔率领众官员烧香叩头，由一名主祭官朗读了一篇简短的祭文。然后，他们起身观看祠中的壁画。虽然蜘蛛结满雕梁，尘埃遮掩粉墙，那古朴逼真的图案仍然依稀可辨。壁画一共是两组故事，东侧这一面，画的是彭春水陆围攻雅克萨，沙俄头目跪地投降的图案；西侧这一组是萨布素第二次兵进雅克萨，俄军头目被打死，余众投降的故事。正面左边画的是康熙皇帝在吉林召开御前会议，部署抗击罗刹入侵的情景；右边画的是钦差大臣索额图同俄国使臣签署《尼布楚条约》的场景，人物栩栩如生，形象逼真，确是名家妙笔。

凤翔看了一会儿，对众官员说："各位大人，当年萨将军驱逐罗刹入侵时，何等英勇，天朝何等强盛！可是现在，俄罗斯如此嚣张，我中华何至于此，我们果真没有萨将军的骨气吗？"

众官你瞅瞅我，我看看你，谁也不知怎么回答才好。

他们离开祠堂，来到外边，三军肃立，寂然无声。

凤翔抬头望望天空，太阳已经偏西，大概未申之交，几片乌云慢慢移动，似有淹没瑷珲城之势。他环视了众官员一眼，刷地抽出腰刀，挂地跪倒。

众官员慌忙依次跪下。

"不才凤翔，功薄德微，大敌当前，一筹莫展，实有负天恩，愧对黎庶。然寸心未泯，困兽犹斗，谨致告于皇天后土，列祖列宗，国朝先烈，在天之灵：神州为礼仪之邦，满洲为发祥之地，岂容魔鬼横行，豺狼蹂躏！我八旗儿女，满汉人民，万众同心，以申天讨，伸张正义，振兴纲纪，纵然力不能抵，确壮志愈坚；即或马革裹尸，而浩气长存；不才誓与三军将士，满汉健儿，勠力同心，以捍边陲！前赴后继，永不畏缩。"

这时，一个武将霍地立起，振臂高呼："杀敌保国！誓死不降！"

惊天动地的口号声足以惊天地、泣鬼神，"杀敌保国！誓死不降！"呼声响彻大江两岸，连守卫在炮垒上的防军也遥相呼应。几刻钟的工夫，空前高涨的士气又把他们凝聚成一个不可分割的整体。

93

时近黄昏。可怕的时刻又到了。

援军连一点儿消息也没有，瑷珲至此已完全绝望。不利的情报传递频繁，北线的俄军越过卡伦山，沿大道而来，目前正和陈永寿、文祝山率领的义和团相持；南线俄军扫荡民团乡勇之后，正在大举向瑷珲南门推进。

天黑以后，又得到警报，有一小股哥萨克骑兵绕道扑向瑷珲城，插入中央阵地背后去了。虽然窜犯的敌人并不多，可是由于天黑不知虚实，引起阵地防军极大的惊恐。

恒龄接到城里的命令，要他高度警惕，坚守阵地，敌军有可能将在夜里由两路攻城，让他的炮兵部队监视两翼，阻击进犯的敌人。

形势的急剧变化，整个中央阵地又紧张、忙乱起来，边缘炮垒侧重上下两翼，中间的几座炮垒注意江面。防卫的力量本来就很薄弱，再加上注意力分散，那就更加薄弱了。

恒龄骑着快马，巡视各营各哨，恐怕部下有一点点松懈的情绪。

大约十点钟左右，突然接到城里的命令，让他向左前方不远的一个峡谷里射击，一小股窜犯的俄军眼下可能正在那里集结。

恒龄派人哨探虚实，回来只说有动静，看不清楚，好像有大批敌人隐蔽。

"废物！"

恒龄十分焦急地骂了一句，他就奔向六号炮台。

炮台的补修工作已经停下来，炮台担负着警戒正面和监视左翼的双重任务，压力是很大的。

六号炮台上，刘芳的心情特别沉重。今日听士兵们传言，右翼失陷的时候，抬枪营全军覆没，虽然还不能断定父亲刘健的吉凶如何，可他是抬枪营的营官，现在不见踪影，十有八九是凶多吉少了。除了惦念父亲以外，还惦念家里有个七十岁的爷爷。他想，万一父亲出了差错，扔下老的老、小的小家里可怎么办哪？他不敢多想，又不敢相信父亲会发生意外，很想找一个知情的人探听一下，可是又有谁了解事情的真相呢？

指挥所传来了命令："左前方十里左右峡谷地带发现敌人，六号炮台炮火准备。"

农历七月上旬末，天空本来是有大半个月亮的，但被几片乌云遮住，显得格外漆黑。不用说十里左右，就是百步以内，也是一片迷茫，找不准目标，对于炮兵来说是最苦恼的事。贵喜低声嘟囔一句："天这么黑，啥也看不见，上哪儿找目标？"

"让你放你就放，反正俄国毛子离不远了！"刘芳的心情特别烦躁，他恨不能把炮弹都抛到敌军阵地去。

贵喜提醒他："刘芳，我们的炮弹可不多了，没有准确目标地乱放，能行吗？"

"管他呢！"刘芳向前方峡谷地带一片黑乎乎的树林一指说，"贵喜，你看，那里好像有动静。"

贵喜黑暗中瞅一瞅这位患难中的伙伴，今晚情绪有些反常，没有说什么，他认真地望了起来。

这时，已经望了好久的富喜走近前："真的，快看，那边好像敌人摸上来了！"

"不，不像，那是风吹树影，不能胡来。"

贵喜的话没有使刘芳慎重从事，反而果断地下了命令："预备——"

忽然，前面远处的林子里闪了一下似乎灯火的光亮，瞬间即归于黑暗了。

刘芳惊叫一声："看，敌人照明的灯光！"

"不是，好像鬼火，不然就是萤火虫，人都说烂木香①也能放光。"贵喜沉着地表示不同的看法。

"管他呢！"刘芳气急败坏地命令道，"开炮！"

贵喜虽不情愿，但还是执行了命令。

几颗炮弹呼啸着划过夜空，在几里外的树林间爆炸了。那里并没有反应，只有朦胧的烟雾在晚风中徐徐消散着。爆炸声和开炮的闪光震动着山谷和大地，官兵都惊讶地望着。

---

① 朽木。

炮台上没有发现敌人的动静，刘芳感到势头不对，诧异地说："怪呀！那里好像没有敌人。"

"俄国毛子不是死木头疙瘩，他们不会老老实实待在那儿挨炮弹的。"贵喜情不自禁地抱怨一句。

富喜凑上来："那还用说，毛子不是见鬼去了，也是钻地洞了。"

刘芳没有理他，只望着炮击的目标，满脑疑团，自言自语："狡猾，好狡猾的敌人。"

恒龄从另一个炮台上赶到这里，急切地问道："打中了吗？"

"不一定。"刘芳心里显然没底儿。

"俄国人就在那边，好像要夺炮台，注意监视。"

"啊？"

刘芳大惊，这空山旷野，到处都可以隐蔽，谁知道他藏到哪里，怎么防？他诅咒该死的乌云，将那一点点月牙儿的光亮全都遮住了。

贵喜开口了："统领大人，炮弹不多了，再不补充，这坑意儿就没用了！"

"是啊，消耗太多，应该补充，亮天以后送来。"恒龄答应了，他又叮嘱刘芳几句，"留神，今晚事关重大，俄国毛子要夜里攻城，必然先夺这个炮台。炮台就是瑷珲的性命，明白吗？"

"伯父放心，我一定守住！"

"好。"

富喜看恒龄日夜往返各个角落，从不休息，使他想起崇玉来。他低低叫了声："大人！"

"你是谁？"

"小的叫富喜，同刘芳哥一块儿，从黑河来的。"

"啊，知道，你有什么事？"

"大人，您日夜操劳，得不到一点儿休息，保重身子要紧。"

恒龄听了这个新来的小武弁的话，心里实在感动。他说："可是你们都知道，黑河崇统领受伤不下战场，最后为国尽忠了。我和他多个脑袋差个姓，如同亲兄弟，一想起他来，心里就难受。还有江东六十四屯的百姓，海兰泡的侨民，成千上万的同胞死在毛子之手，铁石心肠的人也会落泪，我恨不能马上给他们报仇！"

恒龄的话，使刘芳、富喜、贵喜和众炮勇都流下了热泪。富喜作为黑河一战的见证人，他说："有一次，崇大人挎着一只受伤的胳膊上了炮垒。我们劝他说：'大人，您的伤这么重，该养养了，我们一定能守住江岸。'崇大人却说：'现在不是养伤的时候，等打退了敌人，咱们大家一块儿休息，一起养伤。'我说：'大人，我们一定给您报仇！'他却笑一笑对我们说：'我这不是还活着吗？海兰泡死了那么些同胞……'说到这儿，崇大人也流泪了。"

炮台上，黝黯又沉闷，气氛也很紧张。大家静静地听着，谁也不吱声。

脾气一向很暴躁的恒龄近来变得柔和了，粗鲁的性格也变得富于情感。残酷的环境能改变人，能改变人的习惯和秉性，他懂得了抓住时机激励士卒的办法。他说道："军人，就应该像崇大人那样，舍身忘我，不怕断头，做八旗子弟的好榜样。"

士兵们的情绪又被鼓动起来："大人放心，我们誓死不当逃兵……"

夜，像死一样的静。寂静加上恐怖，令人格外难耐。

沉默了多时的刘芳忽然忧郁地问道："伯父，请告诉我，我阿玛现在何处？他到底怎么样了？"

这突然的一问，恒龄事先没有思想准备，究竟告诉他还是不告诉他好呢？不告诉他，他思想背着包袱；告诉他吧，他一旦知道父亲的凶信，那将会如何？略一考虑，恒龄还是决定告诉他："刘芳，这个事情你可不要难过，我得知准确的消息，你阿玛刘健和他的抬枪营全军覆没，统统为国捐躯了！"

"啊？"

可怕的事情终于发生了，父亲果真阵亡了，刘芳冲着西南方向跪倒，呜咽道："父亲大人在天之灵，不孝儿刘芳誓为您老人家报仇！"

他恭恭敬敬地叩了三个头，一抹眼角站起来："父亲为国尽忠，儿子没能尽孝，我要报仇！"

恒龄看刘芳很坚强，也放了心。他接过说："是啊，俄国入侵者杀了我们那么多人，受害的不光你一家，这是全黑龙江百姓的大仇！"

富喜怕刘芳过分伤感，忙跟上前，劝说道："刘芳哥，想开点儿。"

"我早想开了，江里的尸体、阵地上的伤员使我早已想开了！"

黑暗中，富喜清楚地看见刘芳的脸上滚下了豆粒大的晶莹的泪珠儿。

刘芳揩揩眼角儿，咬住嘴唇，转身来到大炮前，转了几下滑轮，炮口慢慢地移动。贵喜一把按住："我的管带老爷，你要干什么？"

"干什么？我也不知道！"刘芳用力地转动着。

"不行！"贵喜制止道，"莫胡来。"

"你松开！我要打毛子，打毛子，你懂吗？"

"现在没有目标，统领大人在这儿，你不能胡来！"贵喜还是不放手。这时，炮台上的人都来到他们周围。

"刘芳！"

低而有力的声音，是恒龄在叫他，"我和你说什么来着？要你冷静，冷静！"

刘芳好像忽然明白了什么，他用力甩开贵喜的手，颓然地坐在地上了。

一个传令兵很吃力地跑上来："大人，衙门召开紧急会议，请大人马上进城。"

恒龄见刘芳神志不清，即命令富喜道："委派你为炮台协理，帮助刘芳，守住瑷珲的东大门，不得有误！"

富喜责无旁贷，挺身应诺："遵令！请大人放心，有我在，炮台在。"

94

难挨的沉寂又熬过了一个多时辰，已是下半夜的光景。炮台上的士兵困得东倒西歪，横躺竖卧。刘芳和富喜二人分成两班，一班值勤，一班休息，他们抓住这一空隙睡上一会儿，恢复一下几天以来的疲劳。

炮声响起，这是俄军的炮声。果然，俄军趁夜半天黑，又一次大举进攻。这次俄军改变了战术，把分路进攻改为一路进攻，集中优势兵力进攻右翼目标。因为在白天进攻时他们发现了右侧是个薄弱环节，所以这一次便把进攻的目标放在以四号炮台为核心的中央阵地右翼，他们放弃中间，躲过四号、六号两座炮台的交叉火力网对他们的威胁。

刘芳向东南方瞭望一会儿，跨江两岸时时闪现开炮的火光，江上一片狂呼声，伴随着轮船的汽笛声，如同瀑布从天而降发出的声音。黑黢黢的城墙在昏暗的烟雾中时隐时现。

阵地上的官兵都被惊起，惶惑地向江上、城上望着。

"我们怎么办？"贵喜焦急地问道。

"怎么办？距离这么远，总不能扛着大炮去支援。"刘芳还是想出来个好主意，"向江上开炮，把敌人注意力吸引到这边来，他们的压力就减轻了。"

"办法倒是很好，可不知毛子买不买你的账。"

他们开了几炮，俄军并没有被吸引过来，倒是跑上来一伙逃兵，进了炮台。一个脸上带伤的头目说："老爷，我们的炮垒毁坏了，你收留我们吧！"

"哪个炮垒的？"

"五号炮台右边的。"

"一共几个人？"

"六个。"刘芳也不多问，同意收留。一个老炮勇提醒他："刘管带，炮台上不准容纳外人，这是军纪。"

"什么内外都是自己人，黑灯瞎火的，你叫他们上哪儿去？"

老炮勇的话还是引起了刘芳的警惕，他立即变脸喝问道："你们倒是哪一部的？"

还是那个带伤的头目回答："老爷，没错，让我们进去吧。"

"你们不准进里边，可以在外面待着，亮天以后，再送你们回到自己的营里去。"

几个人在外边小声嘀咕了一会儿，那个头目又说道："多谢老爷，亮天我们就走。"

刘芳听见下游喊声愈来愈高，枪声代替了炮声，他估计敌人可能靠近岸边了，阻击战正在激烈进行，心想，完了，中央阵地又完了。

"刘芳！"

刘芳突然一惊，是富喜叫他。

"毛子兵登岸了，统领又不在，你拿主意吧，撤还是不撤？"

"不能撤！"

富喜向西北方向一指："怕就怕那边敌人从卡伦山过来，前后夹攻，咱们就完了。"

"那也不能撤！"

"我不是说撤，我是说情况紧急，该想出个办法，不能憋在这里。"

是啊，需要想个办法，摆脱困境。可是，这办法又能上哪儿去想呢？刘芳实在无法，他还记得富喜向统领下的保证，于是就拿这话来应挡他："你不是当统领的面儿下了决心，人在炮台在吗？"

这时，只听山崩地裂的一声巨响，四号炮台被掀起。火光中，只见碎石尘土腾空而起，江上的俄军发出一片欢呼声，和岸上的人喊马嘶声混合在一起，虽然仅有一两分钟的工夫，却惊得阵地上的官兵目瞪口呆。

刘芳等愕然。富喜看得真切，他说："四号炮台被炸毁了，俄国毛子已经登岸，光咱们的炮台在又有什么用？"

富喜的话一点儿不错，俄军炮火打中了炮台旁边那个弹药室，弹药在里边爆炸，将整个炮台掀起，守台士兵连同大炮全被抛在半空，尸骨无存。俄军前敌司令连年刚波夫少将乘势强行登岸，占领了清军阵地，清军多一半牺牲在阵地上，仅有一少部分摸黑逃走。

左右两翼俄军也击溃了清兵的阻击，向瑷珲城靠拢。三路俄军头目们碰头，经过简单磋商之后，便将瑷珲城三面围住。

俄军部署围城，刘芳他们根本不知道，还死守炮台，保卫东门外江边仅有的一小块儿阵地，大炮对过了江的俄军虽然失去作用，但对从卡伦山窜来的敌人还是个很大的威胁。敌兵没有合围，只因还有这一个死角没有打开。

刘芳心里也未免着慌，他看到四号炮台崩塌，大小炮垒一个一个被毁坏，意识到自己的生命已到了最后关头。他瞅一瞅富喜："富喜兄弟，咱们在一块儿三年了，在黑河没死，又来到这里，这真叫生有处、死有地。咱兄弟活就活在一起，死就死在一块，我听你的。"

"刘芳哥，你不能死，你阿玛为国尽忠，你还有个七十岁的爷爷呢。再说，恒大人的小姐是你没过门儿的媳妇，不能扔下她不管哪！"

刘芳一咬牙："都到这步田地了，谁还顾得上那些！"

"这一回，咱们就算彻底败了吗？"

"大局已定，无可挽回，副都统纵然有诸葛孔明那两下子，也无济于事了。"

"那你说，咱们堂堂天朝大国，为什么老打败仗？"

"那有什么法子，朝廷昏庸，上下腐败，文官三只手，武官四条腿，有几个像凤大人、崇统领那样不怕死的！"

富喜一听，立时来火儿了："这么说来，我们白去送死，毫无意义，咱们走，不给他卖命了！"

刘芳制止他："少说混话！古人说得好：'天下兴亡，匹夫有责。'咱们是中国人，要有中国人的志气。"

"有志气人受苦，没志气人享福，我的天哪……"富喜重重地一拳捶到额头上，心如刀绞，矛盾极了。他捧起一颗炮弹，迅速推到炮膛里，对他兄弟命令道："贵喜！放，对准敌人，狠狠地打！"

刘芳从极度悲伤、忧郁以至发狂，到刚刚平静下来不久，至此反倒帮助富喜解脱："生死有定数，一切都是天意，杀敌报国是你我的心愿，咱们还是不能死。"

"我们死倒也一心无挂，你可不能死，你要死了，统领那小姐怎么办？"

"到什么地步了，还说这样的混话！咱们同心协力，生死与共。"

95

恒龄赶回瑗珲城的时候，东方已经露出鱼白肚儿。

经过炮火熏陶的副都统衙门显得格外庄严、肃穆，里外一片灯火辉煌，不用说，又是一个通宵达旦，衙门的紧张情绪可想而知了。辕门外的东西大街上，早被封锁起来，全城实行戒严。旗杆上迎风飘扬的杏黄龙旗显得惨淡无力，已经失去了它往日象征天朝的尊严，一切迹象都给人一种恐怖、沉闷的感觉。

一队队亲兵挎着腰刀，荷着步枪，从辕门排到仪门，又从仪门排到大堂的石阶下。石阶上，站着四名差官，手按刀把儿，像泥塑的一般，一动不动地挺胸站在那里。

大堂外的木架上，赫然醒目的"肃静""回避"的虎头牌下，树起了两块长条形的官衔牌，恒龄虽然不认识几个字，但他熟悉那上面写的是什么。

头一块牌子上写着：钦命头品顶戴赏戴花翎镇守黑龙江地方等处副都统

另一块牌子上写着：节制北路水陆各军兼管查边事宜提调边防军务马步全营翼长加三级记录二次

大堂议事厅正中放着三把椅子，几十名大小官员分列两边。

从远处传来隆隆的炮声，给大堂增加了威严的气氛。

恒龄刚走进去，凤翔就升堂了。仪式依然如昔，举止有条不紊，如果没有远处的炮声，根本看不出来是在战争失利后的非常时刻。凤翔坐在中间，左边是来鹤年总管，右边是义和团的大首领陈永寿，他后边站着两名义和团战士。

凤翔的眼里虽然泛着红丝，但仍然威仪凛然，扫了众官员一眼，大喝道:"带佟贵!"

众官员屏住呼吸,谁也不敢出声。

恒龄偷眼一看,见两名差官将佟贵统领从二门推进来。

"佟贵!本都府现已查明,你身为统领,委以右翼重任,违抗军令,玩忽职守,导致全军溃败,现在还有何说?"

"大人!"佟贵身不由己,咕咚跪在地上,连连叩头求饶,"大人,卑职该死,卑职该死,求大人开恩!"

凤翔轻蔑地哼了一声:"你久食君禄,身为统兵大员,丢掉阵地,动摇全局,又兼临阵脱逃,罪不容诛,要不申明军法,杀一儆众,何以号令三军!"说到这里,伸手把令箭拔出一支。

佟贵亡魂皆冒,面如死灰,连连叩头:"大人,大人,饶命,饶命,看在将军的面儿上,饶卑职一条老命吧!"

"将军对你的处理,业已回电批示,你好好看看吧!"凤翔拿出一份电报译稿,往地上一扔,差官捡起,送到佟贵面前。佟贵不看则已,一看是"明正典刑"四字批语,腿肚子一软,跌倒在堂上,他再也说不出话来了。

"拉出去!"凤翔把放下的令箭如拿千斤重担一样勉强拿起,用力摔到地上。

"眉峰,眉峰,你……"佟贵喃喃自语。

差官没有理他,把他从地上架起,推着向辕门外走去。

"令家属领尸,赐棺安葬。"

众官员骇然变色,没有人敢出来讲情,就是来鹤年有心保佟贵不死,见有寿山将军回电批示,也不敢再开口了。

武士刚把佟贵推出去,忽然外边喊道:"满达海大人回来了!"

凤翔和众官员一望,只见靖边军右路统领满达海满身血污,一脸灰尘,大步跑上堂来,到阶下"咚"的一声跪倒,叩了一个头:"卑职丢了阵地,打了败仗,特来请罪。"

"知道了,起来吧!"

"卑职有负大人之托,没能守住卡伦山要塞,甘愿受处罚。"

"这不是你的过错。敌我众寡悬殊,尚能舍命抗御,虽受挫兵溃,势所必然,你起来吧。"

满达海率部于卡伦山东麓阻击俄军,伤亡过半,支持不住,退下来了,凤翔把他召进城,让他参与战守的商讨。他一进来,就看到佟贵被押出去，自料这回也难逃佟贵的下场，遂横下一条心来，生死全然不惧。意外的是，副都统并没处分他，他伏地不起，失声痛哭。

凤翔离座下堂，亲手将他扶起，安慰道："你和佟贵不同，佟统领是弃军逃跑，你是无力强支，大势所趋。责任在我，今后还要协助本都府共保江省。"

众军官心悦诚服，有的感动得流了泪，他们异口同音："大人赏罚分明，我等乐意为大人效力！"

凤翔回到台阶上，下达了最后的命令："诸位大人：俄军三面围城，瑷珲兵疲粮尽，弹药不足，援军无望，孤城难守。大家身受国恩，要全力报国，听从号令，不许退缩。若有萌生他念、动摇军心者，以佟统领为例。"

"愿意为大人效力！"

凤翔又调整了部署，抽调几营人马到两翼阻击，以防俄军合围。令满达海把所部撤到城西，接应佐领玉庆。令陈永寿率义和团拒守城北。最后令恒龄坚持到天黑，接到命令后立即放弃阵地，把队伍拉到西门外校场集合，阵地上搬不动的武器一律毁掉。大家明白，这是做撤守的部署。看来，瑷珲是要放弃了。

散会以后，众人离去，水师统领扎鲁布没走，他看人们都出去了，忙上前跪倒："大人！"

凤翔略一思索，点了点头："老兄，我明白你的意思，不就是担心水师战又不能战、走也不能走吗？"

"大人明鉴。"

"那好办。"凤翔果断地决定，"凿沉所有船只，人员撤出，随军转移。"

"遵令！"

打发走了扎鲁布，凤翔忽然想起从俄国教士手里缴获的那个小皮箱，他怕重新落到俄国人手里，命令将地图资料统统销毁，以杜后患。一切安置完毕，他连饭也顾不得吃，令人备马，要去林府见林尚义。

96

恒龄赶回阵地，阵地已经缩小，仅有以六号炮台为核心的一小块儿阵地还没失掉，分布着几个大小不同的炮垒，已经失去了战斗力。刘芳、富喜他们正在安放从毁坏的炮垒上拖来的大炮，一些丢了阵地的散兵也集中到这里。

恒龄瞅了瞅，小声告诉刘芳："不用安了。"

"那……"刘芳疑惑不解。

"反正要撤退，安也没有用了。"

"往哪儿撤？"

"确切地点不知道，反正接到命令就走。"

"那瑷珲还能守得住吗？"

"一座孤城，四面包围，实在也是没法守。"

恒龄说完又命令道："在接到命令以前，一定坚持住，不许有丝毫松懈。"

"明白。"

恒龄又来到另一个炮垒上，这里是另一番情景，只见云花、玉妹几个女孩子正围在一起哭呢！她们一见恒龄，忙扑上去：

"阿玛！"

"伯父！"

"大人！"

恒龄怔住了。他很快就发现，原来二十来个女孩子，现在只剩下四五个了，觉得不妙，忙劝慰道："别哭别哭，怎么回事儿，你们说说。"

"阿玛！"云花收住泪道，"我和玉妹几个人听了你的话，搬出那个洞了。金珠她们不听，不想旁边的弹药室爆炸，她们全被捂在洞里，一个也没出来。"

"看看，看看，我说怎么样，到底出了事儿不是？不让你们住，就是怕有这回事儿。这，这有什么法子！"

"她们十几个人全完了！这可怎么好哇？"玉妹说完，还是哭。云花拉了她一把："妹妹，别哭了，哭也不能活了。一怪她们不听话，二恨毛子打中弹药室，咱们多杀敌人，给她们报仇吧！"

玉妹止住悲啼，擦擦眼睛说："金珠也忒任性，自己找死，白瞎她那一身好武艺了。"

恒龄叹口气："唉！四号炮台翻个底儿朝天，守台官兵好几十人尸骨无存，又死了十几个女孩子，你们活着回来，也算运气。以后多加小心，得听话，不要胡来，明白没有？"

"明白。"

恒龄说："还有哇，你们不要离开我，以免走散，现在快走，都上六号炮台。"

他们刚刚上了六号炮台，还没来得及喘息时，俄军开始对这仅有巴掌大的一小块儿阵地发动进攻了。恒龄的部队只剩下几百人，一边抗击，一边做着撤退的准备。六号炮台的火力使俄军望而生畏，不敢靠前，他们千方百计躲过正面，企图从背后包抄。这是撤往城里的唯一通道，清军怎么肯轻易放弃？自然是舍死拼搏，两军就在这狭窄地带相持。

中午时分，撤退的命令下达了。

先头部队开始冲出敌人的包围圈，打开一条通道，其他撤下来的队伍随后跟进。奇怪的是，炮台上的士兵不愿撤离，他们誓死也不离开炮台。

富喜瞅瞅刘芳："怎么办？"

刘芳果断地下令："服从命令，撤！"

贵喜眼里冒火："大炮怎么办？拆不下，搬不动，还能留给敌人？"

"还是老办法，搬不走的，就炸毁它！"

"那也好。"贵喜说，"你们先走，我炸了大炮，随后就来。"

"不行。"刘芳喊道，"要走，咱们一块儿走！"

贵喜望望岭下，一阵心悸："你们快走，毛子兵爬岭了，一会儿下不去了。"

没有想到，七八个俄国士兵在一名连长的带领下，已经从隐蔽地方钻出，乘清兵不备，从另一个方向爬上岭来，他们的目的是要夺取这门新式大炮。

贵喜喊道："你们快走，我马上就来！"

刘芳、富喜带领众人刚下岭去，不料大批俄军从另一面已攀登上来，先头的连长带着士兵已摸到了炮台的围墙下。

"贵喜——快下来——"

刘芳的喊声没了，只听"轰"的一声，六号炮台在烈焰中倒塌，碎石尘土滚着钢铁碎片飞向空中，俄军连长和他的士兵也被抛向远方，贵喜和敌人同归于尽，尸骨被埋在了碎石尘土里。

"贵喜，我的好兄弟！"刘芳看得真切，他沉痛地叫了一声。富喜带着众人先已冲出，他光听炮台炸毁，还不知道兄弟的死信儿呢！

指挥部的中军帐篷已经拆除，整个阵地全部陷落，俄军向瑷珲城进一步靠拢了。

第十六章

97

七月初十午后未时左右，俄军包围瑷珲城。

瑷珲城建于康熙二十二年，首任将军萨布素率师驻守，当时城建于黑龙江左岸。因隔着黑龙江，往来公文联络诸多事项极不方便，所以于康熙二十四年迁将军衙门于江西，修筑一座木城，后改土墙，称为瑷珲新城。新城筑于三面环山、一面临江的险要之处，设有城门四座，当时新旧两城都叫黑龙江城。康熙二十九年，将军移驻墨尔根，十年后又移驻齐齐哈尔，又名卜奎，仍称镇守黑龙江等处地方将军，简称黑龙江将军，延续至今。原黑龙江城改称瑷珲，设副都统镇守。与此同时，将江东岸的旧城废弃，驻防的城守尉衙门也裁撤了。

瑷珲副都统衙门使用原黑龙江将军衙门原址，仍保留户兵礼工刑五司编制，驻军以八旗兵为主，分协领、佐领、防御、骁骑校等。到光绪年间，共有满洲八旗驻军二十四佐领，汉军二佐领，水师营官兵五百名，大小船舰二十八艘，小舟威虎二十只，负责巡江，每年分春秋两季操练。现在的水师统领是扎鲁布。军队改制后，军兵换上了新式武器，镇边军、靖边军、安边军等名目的出现，打乱了从前八旗佐领的编制，指挥系统进一步集中。

瑷珲城防北起卡伦山，南到哈达山，约一百二十里。卡伦山北约四十里有大黑河屯，对岸即是俄阿穆尔州所在地海兰泡屯，俄人占领后改为布拉戈维申斯克，如今成了入侵东三省的大本营。

黑龙江边防军总计一万八千人，分布在大黑河屯以西到哈达山东端沙石口近二百里的边防线上，守备空虚可想而知。

从六月二十一日俄军攻击五道豁洛开始，仅仅二十天的时间，上下江防、左右两翼均崩溃瓦解，瑷珲变为一座孤城，已经到了内无粮草、外无救兵的山穷水尽地步了。可是，瑷珲满汉八旗各族官兵均把生死置之度外，誓与来犯之敌决战到底。

俄国第二路军指挥官格里布斯基将军亲临前线做了攻城部署：前敌司令连年刚波夫主攻东北二门，并控制江面，防止清兵从水上逃生。外贝加尔步兵师长苏鲍提奇中将统率黑河作战部队主攻西门，并切断瑷珲通往兴安岭的大路，拦截清兵从官道撤退；布拉斯上校的哥萨克骑兵团主攻地势较平坦的南门，并负责清剿乡勇民团，监视可能从远道而来的清军和拳民增援瑷珲。从整个部署来看，俄国入侵者不仅要下最大的决心夺取瑷珲城，并且要全部歼灭清兵，不使一人逃生，计划之周密，设想之狠毒，为历来战争史上所没有。

参谋长阿留申上校为此曾提出建议："战争的胜利不在于多杀人，而是要迫使敌军放弃抵抗，包括投降、撤退和逃跑。"

格里布斯基将军阴森地一笑，耸动肩膀，双手一挓挲："上校阁下，您应该明白，这是对中国，对付中国人。"

参谋长还想争辩，不料情报组长马克少校替他解了围："钧座，卑职在中国待过，深知中国人的脾气，他们奉行这样的信念：'破釜沉舟''置之死地而后生'，我们不能给他们这种机会。"

"那该怎么办，我的少校阁下？"

"劝降。"小马克颇有信心地说，"创造不战而胜的奇迹。"

小马克说出了郭尼玛神父并没有离开瑷珲，现在仍留居城里，可通过内线向他传达司令部的指示，令他完成劝降任务。阿留申上校也帮腔儿，说这是比较理想的办法，这样可以减少伤亡，缩短进军南满的时间。他还讲出了一大套理由，什么减轻阻力，什么尽量减少俄罗斯士兵在满洲流血，什么体现大俄罗斯帝国沙皇陛下的仁义之师、文明之师，等等。

格里布斯基认为渡江作战的胜利，瑷珲城很快就可以拿下，就是清军真能投降，他也并不情愿。他说："这样，便宜了中国人。不过，我只允许一个小时的时间，一个小时，明白吗？一个小时以内，城上要不悬挂白旗，我的大炮就要说话了！"

小马克为难地说："只怕时间不够用。"

"我只能如此决定，少校阁下。"格里布斯基将军狂妄、固执地说。

就这样，郭尼玛神父只身一人又来到瑷珲城下。

上文书提到过，郭尼玛神父年轻时来到中国，以传教为名，搜集政治、军事、经济、文化各种情报，他同老马克是好朋友。老马克死后，他一个人留在中国，奔走于南北满各个教堂，老马克无法带出境的秘密地图，他珍藏了三十年之久。战争一爆发，他通过商务代办托尔金又同俄罗斯情报系统取得了联系，企图带图过江而被识破截获。他本人虽被释放，但地图却被扣留。他不甘心，没有离开瑷珲，寻找机会以求一逞。附带说明一下，自从俄罗斯发现了黑龙江这一神秘的河流以后，就对它产生了浓厚的兴趣，他们的野心就是想把黑龙江两岸都变成自己的领土，故而二百年来一直麻烦不断。俄国情报机构派出大批间谍渗入到满洲各个领域、各个角落，传教、经商、做工、讲学。甚至有的女间谍以娼妓为掩护，刺探情报，联络手段花样百出，使你防不胜防。更有的使用金钱收买中国人中的败类，为其效劳。这些汉奸不惜出卖灵魂，甘心为俄国人做事而背叛祖国，还理直气壮地声称这是反满，认为清朝是满人的天下。

98

郭尼玛神父首先见过了恒龄，由恒龄引导，来到副都统衙门。衙门还同往日一样，看不出有什么异样，更没有那种紧张、惊慌的样子。院子里一片肃静，那块儿虎头牌还在起作用，高大的官衙牌显得格外耀眼。

恒龄叫郭尼玛神父在阶下等候，他自己先走进去。

副都统凤翔刚从林尚义府上回来，他接受了林尚义的劝告，准备今天傍晚撤出瑷珲，以便保存实力，再阻击深入内地的俄军。他已把这个决定通知各战场的领兵官，指定时间和地点集合后撤退。他又下了一道死命令：在撤之前，不准有丝毫松懈，要顶住。如果敌人兵临城下，将至壕边，想撤守也来不及了，那只能束手待毙。他在去见林尚义以前，还对死守与撤退徘徊不定，他曾想过死守，抱定与瑷珲共存亡的念头。林尚义责备他道："战死疆场倒是痛快的事儿，又很简单，那么三军将士、龙江全局又由谁来负责？今之战争不比从前，机动灵活，变化莫测。为什么不相机行事，保全主力，为眉峰将军赢得时间，以便反攻恢复？而轻生塞责，徒逞匹夫之勇，纵然战死，罪莫大焉！"凤翔的撤守决心这才算下定了。当问及林尚义阖家随军撤走问题时，他反倒安然地笑了："不劳集庭多虑，老夫早已安排停当，你就放心去吧，率领三军逃出虎口，以图后举。"

现在，凤翔身边没有几个人了。将士们都派往战场，师爷们都安顿老小，有的人还准备把值钱的东西装车也带走。可大多数人只顾性命要紧，什么财产房屋，全舍弃了。

凤翔感到这么一来，会造成混乱，又下了一道命令："全军将士军卒一律不准带家眷，家属可随百姓一起逃难，不得干扰行军。"这一来，秩序才好了些。

从前天起，就打开西、南两个城门，让百姓出城躲避。百姓该逃的逃光了，不想逃的恋着家产，说什么也不肯走开。去留随便，衙门只晓以利害，并不干涉。

一切安置停当，凤翔正和来鹤年、扎鲁布等人商议撤退的具体时间，恒龄进来了："启禀大人，前日放走的那个俄国教士今又回来了，有事要见。"

凤翔一听，明白了，这个时候来见，只怕是来者不善。来鹤年怕引火烧身，干脆主张不见，令恒龄驱逐出去算了。扎鲁布也说教士去而复回，不怀好意，不能见。

凤翔微微一笑道："诸公的想法并非无道理，可事到临头，真相已大白，我不妨见识见识，看看他们俄国人还有什么把戏。"遂吩咐传进。

郭尼玛被带入大厅。

凤翔端坐不动："教士别来无恙？"

郭尼玛神父施了一个教会礼："阁下大德，敝人永生难忘。今天来见阁下，是要报阁下前日不杀之恩。"

"神父先生，前日放你回去，因为你是宗教人士、上帝信徒。我国乃礼仪之邦，有好生之德，不杀无辜。不想去而复回，真实用意何在，那就请痛快说出，本都府余暇有限，不能多时奉陪。"

郭尼玛一听这话，心里凉了半截儿。他明白了，此行的任务完不成了。他并不气馁，抱着不达目的决不罢休的信心："阁下痛快，令人钦佩。那么，敝人就诚恳相告：俄中两国，唇齿之邦，本应兄弟相处，睦邻友好。今日兵戎相见，实属误会，违背上帝意愿。敝人以天主的名义，调停两国纠纷，拯救那些无辜的生灵，使他们免于劫难。并且，也要报阁下活命之恩，这是敝人来见阁下的宗旨……"

凤翔听他拐弯抹角说个没完，早已不耐烦了。形势使他没有兴趣听那些空洞的说教，他摆一摆手："道理不用多讲，你究竟想要做什么？"

郭尼玛一怔，赶紧道出了此行的目的："我想要和平解决瑷珲问题。"

"那好哇!"凤翔盯住他说,"是俄国政府派你来的呢,还是你自己有这个想法?"

这一下使他为难了。如果说是自己的想法,那无疑问是代表不了官方意见,对方是不会相信的。要说是俄军派遣来的,过去曾一再否认同军方没有任何联系的话便成了谎言,使自己处于更加尴尬的境地。郭尼玛毕竟聪明,以他在中国居住多年的经验,很快就想出了对策:"这虽然是敝人的设想,却很合乎实际。敝军司令格里布斯基中将是我的同学,我可以说服他放弃用武力夺取瑷珲,只要阁下肯点头,问题就解决了。"

"恐怕没那么简单。"

"是的,不过那是有条件的。"

"条件?"凤翔冷笑道,"我只有一个,格里布斯基必须把他的军队撤回江北,这就是唯一的条件!"

郭尼玛愕然。

几分钟工夫,胜利者的心态又使郭尼玛恢复了理智,他迫不及待地冒出一句:"阁下,请考虑您的处境。"

按实说,事情到此,也就该结束了。可是凤翔对俄国侵略者的满腔怒火无处发泄,他要拿这个老牌间谍开开心、撒撒气:"我们的处境很不利,这我知道,那你说我该怎么办?"

郭尼玛眼睛一亮,看到了希望:"接受俄军条件,举行谈判。"

"什么条件?"

"放下武器,插上白旗,向俄军投降。"

凤翔压一压火儿,又说道:"这个条件倒不多,就是太高了点儿。我可没有提出让格里布斯基投降。"

"你们是战败国,当然没有提出这个条件的理由。"

凤翔霍地站起来:"我们还在抵抗,我们还在打仗,我们疆土广大,人口众多,你们是吞并不了的!"

郭尼玛慌了:"阁下,阁下,你听我说,你们的失败已经注定了。再不投降,俄军大炮一响,你们性命难保,俄军已把瑷珲城包围得水泄不通,你想走也走不了了!"

"啪!"一声拍案响,"无耻!"

来鹤年怕凤翔一怒杀了教士,闹出更大的乱子,他暗暗拉了凤翔一把,悄声说:"集庭,息怒,两国相争,不斩来使。"

凤翔平静一下,慢慢坐下:"神父先生,请你回去转告格里布斯基,中国人他是杀不光的，中国土地他是占不完的，中国他是征服不了的！"

接着一声"送客"的厉声呼喊，几名戈什哈上前连推带拽地把郭尼玛逐出门去。

"哈哈哈哈……"

一阵大笑，这是凤翔从来没有过的，他今天显得格外开心，望着郭尼玛狼狈而去的背影，轻蔑地说道："讹诈，这是外国强盗们惯用的伎俩！"

来鹤年今日心情特别复杂，是愤怒、是悔恨、是自责，连他自己也搞不清。瑷珲已到了这步田地，他不能不回想过去所做的种种错事，他觉得实在对不起凤翔，在好多重大问题上，他们大相径庭，这不能不说是军事失利的一个原因。他方才还害怕杀了教士，激怒俄军头目，可郭尼玛一被赶走，他又变了心思："像这样的无耻之徒，理应正法，他是个披着宗教外衣的奸细。"

"不。"凤翔并无反悔之意，"如此龌龊小人，其命犹如蝼蚁，无所作为而生，怎能令其壮烈而死，杀了他，岂不是成全了他？"

"集庭胸怀坦荡，见识深远，来某未能体察。局势如此之糟，更觉有愧，抚念前尘，追悔莫及！"

凤翔坦然地一笑："翰臣兄，这又何必！凡事自有天数，非人力所能左右。我们只能做我们该做的事，追悔、抱怨又有什么用？"

99

郭尼玛神父劝降不成，大大激怒了俄国间谍头目马克少校。这个老牌间谍自认是个"满洲通"，没有料到遭到了一连串儿的失败，他在司令官格里布斯基将军的眼里究竟是个什么形象，很让他费尽心机去捉摸了。为了挽回面子，他厚着脸皮去见司令官："将军阁下，据我所知，忠臣烈女是东方固有的意识，任何冲击都不能动摇他们这种信念，我们也只好送他们去见上帝。"

格里布斯基将军得意地耸动小胡子："我已经说过，劝降是多余的事情，而且也是最愚蠢的行动。中国人是看惯了红的鲜血，他们是不会求助于白旗的。"

"那么我建议，惩罚中国人的最好办法是让瑷珲这座古城永远从地图上消失，使它再也不会成为阻挡我们进军的障碍！"

"是的。"格里布斯基将军很赞赏地点点头,"我们应该这样做。"

俄军已经包围了瑷珲。

俄军司令部临时移到距瑷珲城仅有十里的一个山村茅屋里,他们在农民的土炕上展开地图,研究攻城部署。他们也估计到,守卫瑷珲的清军不会有多大的战斗力,但他们的决心会使俄军遇到更加顽强的抵抗,代价将是不会小的。

被胜利冲得头脑发胀的将校们由于争功心切,他们都把适合自己兵种特点的作战方案提出来,企图影响司令官,争取他的同意。

连年刚波夫少将主张重点攻其一面,利用云梯爬城。

苏鲍提奇中将同意挖地道,用地雷轰塌城墙,全力突袭。

可是格里布斯基将军对这些意见毫无兴趣,他认为速度太慢。他主张干脆用重炮轰城,让军民和瑷珲城同时毁灭。这样的话,就必须令柏克将军的炮兵旅迅速过江,不然的话,依现在的炮兵实力看,是办不到的。因为经过几天的较量,他们深深知道,清军的抵抗是顽强的,清军炮火的威力也不亚于他们。

阿留申参谋长仍然提议网开一面,以免清兵拼命死守。格里布斯基将军还是不同意,他看到中国人全部倒在血泊里才感到是快事,任何使中国人活命的主张他都不会采纳。

他们离开燥热的屋子,登上附近一个小山头,用望远镜察看了瑷珲城的位置和大致情形,一面调柏克的炮兵旅全部渡江,一面又令阿穆尔舰队靠拢东门,当总攻开始时,从江上开炮。

攻城的部署确定了,可是总攻的时间很难统一,因为不知道会遇到什么样的抵抗,而且进展的速度也不一样。他们大概预测一下,当天七点钟,各路到达指定地点,缩小包围圈,只等大炮一响,各门开始猛攻。

苏鲍提奇中将统率的外贝加尔步兵师尽管总数有八千人,但从黑河偷袭登陆以后,又经过卡伦山等地的战斗,人员已经减少。他虽然胜利了,可每前进一步都要付出高昂的代价,他不敢轻视清军。再说,他要到达西门,需要通过一条峡谷和越过两座山峰,地形复杂。而清军主力满达海的部队从卡伦山败退下来之后,正集结在那里设防,并控制了制高点,居高临下,封锁住通往城里的大路。不经过激烈的战斗、不付出重大的伤亡,要靠近城门是不可能的。

主攻北门的连年刚波夫少将是一个凶悍的将军,他在指挥渡江作战时已被炮弹片划破额角,他不下战场,缠缠绷带照样儿指挥作战,终于突破了清军江防阵地。他想第一个进入瑷珲城，他知道，瑷珲城里是很富的，不用说仕宦人家的金银财宝，就是街上店铺的财产也大大超过海兰泡的华商了。凭借战争掠夺财富是再好不过的机会。他们就在这种信念的支配下，出生入死，闯入邻国进行非正义的战争，甚至不惜好些部下和亲信以及大批士兵白白无辜地牺牲在战场上。

这位贪功心切的前敌司令竟然不顾总指挥部的命令，公然下令夺取北门。可是他没有想到，他的部队被几百名义和团牵制住了。陈永寿、文祝山率领的义和团，得到守卫北门的清军佐领玉庆的支持，将进犯的俄军阻止在一条深谷里，处于欲进不能、欲退不可的局面。

连年刚波夫少将派出一个小分队，在林木丛中穿行，企图绕到城墙下，结果还是徒劳，他派出的几十个人差不多全被消灭在草丛里。后来，他调上一个炮兵联队，准备猛轰城墙，可是总部又迟迟不下总攻的命令。天气燥热，他们被憋在山谷里透不过气来，借着树荫做短暂的休息。

四周炮声终于响起，夺取瑷珲的战斗开始了。

100

守卫北门的是黑龙江世袭佐领玉庆，其祖先是满洲八旗一名牛录[①]，世居黑龙江城，玉庆在凤翔手下做事，被任为统领。他的祖先曾在抗击罗刹战争中阵亡，因此他从小就仇恨俄国人。近来同凤翔有矛盾，认为凤翔处处祖护来鹤年，把瑷珲搞得一塌糊涂。他发誓：不投降，不撤退，不逃跑，不和凤翔见面。所以，副都统衙门召开几次紧急会议他大多没有参加。他的部下仅有七百人，因战事吃紧，又被调往外围战场一部分，现在守卫北门实有三百五十人。城上配备了四门炮，而且只能打霰弹，不能打榴弹，防守的力量还是很薄弱的。玉庆性情刚烈，脾气暴躁，他不叫苦，不求援，只和陈永寿等义和团联系，彼此配合，共保北城。

攻城的炮声响起的时候，玉庆正在城内班房里吃晚饭。听到攻城的炮声，他扔下饭碗，慌忙跑到城上，问道："怎么回事？"

守城兵报告："毛子兵攻城。"

"给我打！"玉庆望了一下，发现有大队俄国兵向城墙这边蠕动。

霰弹阻止攻城，对付敌人颇为有效，城上开了几炮之后，攻城的俄

---

① 牛录后改称佐领，是八旗中下级军官，一牛录管三百人，有功可以世袭。

军便伏地不动了。

"玉大人，你听，西门、南门打得最激烈，东门好像没有动静。"有人提醒他。玉庆向烟火冲天的四周环视一下，一声不吭，就像没有看见什么一样。

一匹马跑向这里来，来到城下，马上差官高声叫道："翼长有令，玉统领赶紧召集队伍，出西门外集合！"

玉庆听得真切，在城上问道："要干什么？"

"撤走！"

"撤走？"玉庆眼里充血，大声喝道，"这是谁的主意？"

"俄人势大，除此又能奈何！"

"你告诉副都统，玉庆生为瑷珲人，死为瑷珲鬼，决不能撤！"

差官走了不大一会儿，又是一匹快马驰来传令："玉统领立即率队转移，不得违抗军令。撤退是为了保存实力，并非逃跑，不要误解。"

"我不能走！请副都统多保重！"

突然一颗炮弹落到城上，震耳欲聋的爆炸声将玉庆几乎震倒，城上的旗帜被炸毁好几面，玉庆忙把倒掉的旗帜又竖立起来。

城外一片嚎叫："乌拉——"

无数俄军漫散着向城墙根儿扑来。

玉庆命令守城兵："步枪准备！"

"乌拉！乌拉！"

人随呼声越来越近，玉庆右手一抢："开火！"

一阵排枪，前头的倒下数十名，其余的抹头窜到隐蔽地带去了。

不多时，忽然从斜刺里跑来一股散乱的清兵，来到城下叫门要进来。守城兵请示玉庆："放不放他们进来？"

"不能开门！俄国毛子趁机而入怎么办？"

散兵中有个带队的小头目叫不开城门，冲城上喊道："这是哪个人不让进，我们不是瑷珲人吗？"

玉庆听见有人喊，探出身来，对下说道："前边有毛子，你们走西门吧，你们快走吧！"

"放屁！"

"我叫你骂！"玉庆摸过一支枪，对准城下，"快滚，再不走我就开枪了！"

"好哇，有本事你打俄国毛子，开枪吧，老子眨巴一下眼睛都不是我娘生的!"那个小头目果真赖在那里不走了。

玉庆见此光景忙把枪收回,对左右说:"不知哪个部分的,怎么离开大队单独跑回来,打了败仗还有脸进城!"

就在这工夫,随着四面炮声的震动,隐蔽了多时的俄军又钻出来,一部分尾随逃兵之后,一部分摸向城墙根儿,有的俄军迅速在城下埋地雷。

城上没有注意到,倒是被城下的逃兵发现了,他们不顾一切地对城上喊道:"弟兄们,毛子兵在城下埋地雷,你们快躲开!"

城上兵一听,有的慌了手脚,就要往下跑,玉庆愤怒地叫住了他们:"站住!你们瞎跑什么?"

"大人,毛子埋地雷……"

"看准了吗?"

"城下人告诉的。"

"不要理他们,我看看去。"

玉庆移动几步,果然发现几个窜到墙根的俄国兵已经贴近,城上步枪是打不着了。忽然一声枪响,这是城下逃兵中方才叫骂的小头目开的一枪,一个俄国兵应声倒地,地雷没来得及引爆就一命呜呼了。

俄军冲上来,一阵排枪,那一小股逃亡的清兵连同那个小头目全都倒在地上。因为除了小头目的枪膛里仅剩那么一颗子弹,方才击中了那个埋地雷的俄国工兵,他们的子弹全都打光了。

他们十几个人的牺牲使玉庆大受感动,他暗中谴责自己,不该拒绝他们进来。

俄军还是照样埋地雷,城上毫无办法。

玉庆命令一个哨长:"你快出城,干掉他们!"

"来不及了,那里离城门太远。"

"快去用挠钩跳城……"

哪里来得及,话没说完,"轰"的一声巨响,一片烟火、灰尘、砖石、倒木,加上鼎沸的人声,城墙被崩塌出一个豁口,随之是"乌拉,乌拉"的狂呼声,俄军像潮水般拥向豁口。玉庆赶紧组织阻击,可是来不及了,北门很快陷落,俄军冲入城里,玉庆部下几百清兵被隔在城上。他们相持不到半小时,清兵全部阵亡在城上,玉庆腿上中了枪弹,被俄军俘虏。

101

北门陷落的同时，另一支俄军闯入水师营，还没来得及撤退的水师统领扎鲁布凿沉船只，收齐水兵，队伍已经转移出去。他带着几名卫兵，清理水师营的档案、文件、财物，凡是带不走的，统统烧毁。所有东西差不多全烧光了，他只把水师营的关防拿在手里。这是他的命根子，不仅仅是做官的凭证，也是象征着国家的权力，无论如何不能失落。再说，别的什么东西，他人可以经营或收藏、带走，唯独这颗铜铸的官印需要自己随身携带，更不能让它落入敌人之手。

卫兵几番催促他："大人，快走吧，俄国兵越来越近了。"扎鲁布始终不慌不忙，一个劲儿地烧文件，他也怕这些东西被敌人得去，有失中国人的体面。当他把最后一份文件投到火堆里的时候，心中充满了惬意。

一片马蹄声传进了水师营的院子，扎鲁布几人还没离开一步，就被俄军堵到屋里，骑兵团长布拉斯上校第一个闯进去。

扎鲁布的卫兵见势不妙，蹿窗逃走，不想被闯进院的俄军一阵排枪，结果一个也没逃出去，一人受伤，五人毙命，六个卫兵全都倒下了。

扎鲁布一声不吱，一动不动，赶紧扶一扶头上海蓝色的顶帽，双手攥住关防，端端正正地坐在那里。

第一个是个满脸卷胡子的大个子军官，随后紧跟十余名俄军官兵。扎鲁布闭上眼睛，等着他开枪。不料他并不开枪，而是指挥两个士兵来抢他手中的关防。哇啦哇啦的俄国话他不懂，可是他明白了他们的意图，他想趁机投到江里，连人带印一朝俱尽。俄军看守挺严，不容他走动一步，他用力攥住关防，仇恨的眼睛盯住这个俄国军官。

布拉斯上校一挥手，又上来几名俄国士兵，抢夺印包。

"朝廷关防，不得无礼，不得无礼！"

扎鲁布死死不放。

布拉斯上校见怎么也抢不到手，火儿了，立命动手。俄兵用枪托狠命打他，扎鲁布不哼一声，手越攥越紧，俄军无论如何也抢不下来。

布拉斯上校从士兵手里夺过步枪，照准扎鲁布的脑壳用力一抢，只听"咔嚓"一声，头碎了，蓝色宝石顶子滚落在地，扎鲁布栽倒在地上，再也没有起来。可是，他仍紧攥印包，丝毫也没有松动。俄兵扯了几下，仍是扯不下来，不禁愕然地望着他们的团长。布拉斯狞笑一声，抽出战刀，"咔"地砍断那只胳膊，弯腰捡起印包，印包上那半截胳膊仍牢固地挂在上面，失去了知觉的五指像钳子一样钳在关防上，愈来愈紧。布拉斯和他的部下骇然失色，这伙杀人不眨眼的魔鬼今天见到了中国人的骨气。

102

守卫瑷珲的三千多名清兵迅速集结到西城，准备等到天黑撤退。

凤翔派出一小股部队，去林府接林尚义一家，随军转移。另派快马出城去通知义和团，令他们到指定地点会合，避开敌人锋芒。

快马来报："大人，玉统领不来，他说死也不离瑷珲城。"

凤翔叹道："玉庆和我成见很深，这都是从前处事，诸多舛错，现在宁死不跟我走。你再去，告诉他，就说我知错了，无论如何也要让他撤下来，不要留在这里。"

快马去后，他察看一下各官员，有谁没有来，又发现水师统领扎鲁布还没有来到，也立即命人去催。

四周枪炮震耳，喊杀连天，他知道，玉庆、恒龄、满达海正率部队同攻城的俄军相拼，这是奉了他的命令，在大军撤离瑷珲以前，不许敌人靠近城池。

申时刚过，再坚持一个时辰，到了酉时，天色见黑，就可以钻出敌人的包围，将主力部队撤走了。

形势糟得比想象的还要坏，几支阻击的部队都在伤亡过重的情况下败退回来，北门和东门又被攻破，南城和西城的俄军也步步紧逼过来，包围圈已经大大缩小。

来鹤年沉不住气了："集庭，要当机立断，不能等到天黑，稍一迟延就有走不了的危险。"

"这么走，目标太大，陷入虎口，恐怕全军覆没，无论如何也要坚持一个时辰。"

城里还留有一营部队，由营官陀林指挥，在东、北二城同俄军相拼，这时正在巷战。由于南门和西门还在清军手中，两门虽破，俄军还是不敢大批深入。

传令兵跑来报告："翼长大人，玉庆统领被毛子抓走了！"

"是吗?"凤翔大吃一惊,"是我害了他!"

"咎由自取!"来鹤年向来跟玉庆不和,听说他被俘,一股幸灾乐祸之态溢于言表,"玉佐领心高气傲,目空一切,这种人难免……"

"报!"

一个爆炸似的声音打断了他的话头,派往林府的哨长大步流星踏进来:"翼长大人,大事不好!"

"不要惊慌,慢慢说。"凤翔和周围的人都怔住了。

"林大人自缢,林府阖门尽节了!"

晴天霹雳,林尚义全家自尽,使凤翔悲痛万分,他情不自禁地喊了声:"林大人!"

他不由得想到了最后一次去林府,同林尚义话别时的情景……

"援军逾期不至,看来没有指望,瑷珲该当如何?"凤翔开门见山地问。

"不能困守孤城,坐而待毙,要保存这股力量,为眉峰将军分忧。"林尚义胸有成竹地说。

凤翔坚定了撤退信心:"从大局着想,理应如此,不过我总觉得,愧对瑷珲军民。"

林尚义笑了:"统观全局,国家为重,不能患一城一地之得失,要以黑龙江全省命运为己任,这样方不负寿帅之托。"

"那好,凤翔谨遵大人指教。请收拾一下财物,全家随军撤走,贵府人口由我指派专人沿途保护,绝不会有半点儿差错。"

"有劳集庭费心,这个就不必了。老夫风烛残年的人,行动不便,我自有办法。家口人数不多,有的在外地,有的早已转入乡下,还有几个女眷,我也自有安置,到时候自当随上就是了。"

"那就一言为定,到时我派人来接。"

看来,凤翔现在才理解林尚义话里的含义,已经晚了,他后悔不迭。

如果说林尚义全家尽节使凤翔悲愤,那么,另外两宗消息却使他无比愤怒。

很快,水师统领扎鲁布的殉难消息传来使他震惊,而玉庆的结局简直使他坐不住了。

一个受了伤的清兵被俄军放回来,给凤翔送来一个包裹:"大人,请您看看吧。"他伏地大哭起来。

凤翔神情紧张地命令:"打开!"

戈什哈上前将包裹打开一看，吓了一跳，原来是一颗人头。凤翔认得，这是玉庆的人头，他被敌人杀害了。

"快说，这是怎么回事儿？"凤翔抑制不住满腔怒火，从卫士手中一把抢下腰刀，一步步逼近那个伤兵。

"大人饶命！大人饶命！小的实说就是了。"魂不附体的伤兵跪爬几步，要去抱翼长的大腿，凤翔猛然醒悟过来，他站下了："不要慌，你一五一十地说明白。"

"大人，玉庆统领和我们八个亲兵一同被毛子俘虏。毛子的司令官就让玉大人投降，玉大人不肯，他们就打他。玉大人就破口大骂，骂他们强盗、魔鬼、野兽，谁想……"他泣不成声了。

"就把玉大人杀害了，是不是？"凤翔追问道。

"不！"伤兵忽然仰起脸来，"他要是痛快地杀害玉大人，那还有情可原。毛子兵把玉大人用刀割碎了，割一刀，玉大人骂一句，还让我们在旁边瞅着，多惨哪！"

凤翔只觉得脑袋"嗡"的一声，手中的刀"当啷"掉在地上，他晃了几晃，险些跌倒，卫兵、戈什哈忙上前把他扶到座位上。

来鹤年到此也坐不住了，他一拍案子腾地站起来："天地间还有这样惨无人道的魔鬼吗？"

凤翔平静了一下，又有气无力地问道："你是怎么把人头送回来的？"

"大人这是毛子司令官让我给大人送来的。抓去的弟兄都叫他们枪杀了，看我受伤，没有杀我，就让我给大人送来玉统领的人头。他们的通事还说……"

"还说什么？"

"还说让清兵将领看看，如不投降，捉住也这样处置。"

凤翔一听，突然发出一阵狂笑："好哇，你很忠实，他们叫你怎么说，你就怎么说！"

103

全军祭奠完了玉庆、扎鲁布和所有阵亡的官兵，已进入申时。

天，逐渐在昏暗，俄军的包围圈越缩越小，阻击的队伍越退离城门越近。城中的巷战愈来愈烈，从东、北二门入城的俄军已经控制了大半个城，抗战的清兵部队已被迫移到城中央的鼓楼一带。指挥巷战的营官陀林知道，主力部队正集结在南、西二门之间，瞅空儿就要钻出去，无论如何也不能让进城的敌人和城外的敌人联系上，要用全力顶住俄军，掩护副都统率全军撤退。

子弹打光了。

陀林"刷"地抽出刀来："弟兄们，杀敌报国，掩护全军撤退，给我上！"

士兵都拔刀在手，随着陀林向俄军反攻。他们大多会武术，施展闪转腾挪，利用街道房屋穿宅越巷，发挥了中国武术的长处，同敌人周旋。俄军的新式武器在他们面前起不了作用，又不熟悉街道环境，一时拿他们也毫无办法。

瑷珲城里的街道整齐，市肆繁华，大街小巷井井有条，官衙、商铺、作坊、居民各有所处，有条不紊。居民早已逃走大半，官员公馆、府第和富绅大贾已把贵重东西运走，来不及运的就埋在地下，或隐藏起来。俄军进城后，先扑大户，翻箱倒柜，搜索财物，往往是一场空欢喜。这样一来，又激怒了他们，豺狼本性暴露无遗。他们见人就杀、见物就抢，贪婪而又凶残的可憎面目恰似一组惊人的漫画。

一大队俄军转到了副都统衙门，遭到了陀林率领的一小股清兵的抗击。大门外的影壁已被拆掉，砖头成了顺手的武器，大堂上的瓦被揭下来，一片片飞向敌人。俄军发现了清兵的人数不多，又有枪无弹，便放心大胆地闯入副都统衙门。

一个带伤的士兵催促道："陀老爷，您快走，毛子进来了，让我挡一挡吧，反正我也走不了。"

"不行！"陀林命令他，"从后门钻出去，先找个人家躲一躲。"

"不，我实在走不了，就让我掩护您，您快走吧！"

"我不能扔下你！"

不想刹那间的工夫，一排枪弹打来，那个伤兵被打死了。陀林稍一犹豫，立刻翻身上墙，几十名护院的清兵也纷纷跳墙逃走。陀林几步蹿到鼓楼，他要以鼓楼为据点，同敌人做最后的周旋。鼓楼附近的药王庙里也聚了三十多人，加上陀林身边的二十来人，这五十多人就都集中到鼓楼上，他们被俄军团团围住。

鼓楼在全城的中枢，是一个孤立的建筑。在七米高、十五米见方的高台上，建一座起檐式的阁楼，楼里放着一面大鼓，古时是报警用的。

现在大鼓已不存在，这里的人们仍然习惯称之为鼓楼。鼓楼下面的水磨砖台，四面各有一个拱形门，站在门洞中央，穿过东南西北大街可以望到四门。城门若是开着，城外的山岭田园也能看见。上到鼓楼的最高处，可以从城堞的孔隙望见城外的江河和森林，平时这里也是最热闹的地方，衙门出告示，也大多贴在这里。

俄军看到这样的建筑，感到很惊奇，起先还以为是教堂。他们不敢上楼，又不敢进洞门，只能四面围住。

一个尉官用生硬的中国话喊道："你们下来吧，你们投降吧，俄罗斯当局是不会杀害你们的！"

上边没有回答。

这个尉官又喊："你们的抵抗是没有用的，你们不投降，只有白送死！"

"混蛋，投降的不是中国人！"上边骂了一声，嗖地飞出一块砖头，打在一个俄国兵的脑袋上。

"不投降要开枪了啦！"

嗖地又飞来一块砖，另一个士兵遭了殃。

于是，四周的枪声响起，齐向鼓楼射去，这一阵排枪好厉害，楼顶檐瓦被击落，门窗被洞穿，十几名清军士兵中弹倒下，其余的都卧俯在台上。

俄军放了一阵枪，见台上没有动静，以为人都被打死了。他们刚要迫近时，上面一阵砖瓦又砸下来，十几个俄国士兵倒了霉。

俄军取来引火易燃物，拆卸附近房屋的门窗木板，在四周放起火来，又把点燃的木板抛向鼓楼，柴草一齐燃着，顷刻工夫将鼓楼淹没在火海里。

台上的清兵见俄军四面放火，鼓楼也着了火，纷纷跳台逃窜。他们一个也没有逃出去，全都倒在了俄军的枪口下。

陀林身边只剩一个人了，他护着陀林夺路往外闯，结果没有闯得出去，都被俄军捉住了。俄军头目见陀林穿着云水翻腾的绣花衣服，头上戴着白色宝石顶帽，误认为他是个大官，就要押着他去见长官献功。谁想没有走上几步，陀林手中的腰刀向脖颈上一横，自刎了。俄军一怒，随即把那个清兵俘虏打死了。

巷战完全失败，陀林及其所部一营三百多人无一生存，全部牺牲在城内。但是，他们拖住了俄军，为主力部队突围赢得了时间。

104

突围的机会终于来了，凤翔下达了撤退的命令："兵分两路，从西、南二门撤出！"

恒龄奉令率领一支人马从南城杀出，他按照凤翔规定的时间和地点，急急赶路。走不多远，树林中突然窜出无数哥萨克骑兵，拦住了去路，并包抄着冲杀过来。

恒龄一看，眼睛都急红了，遂命令："上！"

刘芳、富喜第一个冲上去，数百名清兵随后跟进。他们虽然勇于拼命，可是俄军人多，枪弹密集，转眼的工夫倒地三十来人，刘芳、富喜险些中弹，第一次冲锋被压了回来。恒龄一看，不由得倒抽一口凉气，今日突围不成了！

忽然，清军队伍里响起了发炮声，炮弹落在俄军人群里，炸得哥萨克骑兵人仰马翻，蒙头转向，四散逃窜。刘芳、富喜看有机可乘，拍马转回，大声喊道："弟兄们，快冲啊！"他俩一马当先，大队紧随，如风驰电掣，转眼间冲出去了。俄军骑兵团长布拉斯上校闻讯赶到，尾随追袭过来，他们又中了清兵临时设下的埋伏，意外的损失一些人马，便不敢再追了。

恒龄摆脱了敌人的牵制，绝处逢生。这放炮的人是谁呢？很快查清了，原来是炮勇单世俊。他看到敌军阻截，急中生智，立刻架起重炮，打得敌人四处逃窜，挽救了全军，才得以闯出重围。

天已逐渐昏暗，山坳里泛起了灰雾，沙沙作响的树林发出了令人恐怖的响声，给人一种风声鹤唳之感。

他们穿山越岭去找大队，那么副都统凤翔到了哪里呢？

凤翔率大队离开西城，发现大路已不能通过，这是俄军苏鲍提奇中将统率的步兵师将整个道路都拥塞了。几千敌兵塞于路，凤翔所部只有一千多人，不敢硬碰，想另寻小路，又不熟悉情况。正在危难之时，军士来报，说有一个老翁要见翼长。近前一看，似乎有些面熟，忙问："老人家，兵荒马乱，不顾危险，见我何事？"

"大人，道路不通了，毛子兵占了好几十里，必须绕道而行。我给你们带路来了，快跟我走吧！"

"老人家有些面熟？"

"不用多说了，快走，快走，我头前带路，大人赶快突围。"说完，飞身上马，利落地一抖丝缰，跑在头前。清兵在他的引导下绕过敌军主力，让开大道，抄小道、近道，从俄军的空隙处钻了出去。

大军到了安全地带，老翁又返回来，对凤翔说道："大人，这里远离敌人，你们就从这山后绕过去，二十里左右就是官道，大人再见，告辞了！"

"老人家好像有些眼熟？"凤翔还在想着，"帮助大军脱险，理应重谢。"

"说哪里话？我也不是外人。大人保重。"

老翁说罢，头也不回地飞马跑去。

"老汉是个奇人。"有人议论起来。凤翔猛然想起来了，立命："快去把老人家追回来！我怎么把他忘了，他就是依留精阿老人。"

老汉并没有被追回来，凤翔和恒龄两支队伍终于汇合了。他们登上山顶，遥望东北的瑷珲方向，只见红光蔽野，烟火冲天，瑷珲变成了一片火海。凤翔看到这里，慢慢垂下了头，他是自责呢？还是怨恨呢……

第十七章

105

由于陀林率三百军士巷战，才没有使清军主力被俄军夹击消灭掉，三千来人连同军需物资，包括收发报机之类的现代化设备都安全地转移出去，俄军得了一座空城。

俄军在城里城外大肆掠夺洗劫奸淫烧杀一番，他们除了充分表演了惨无人道的暴行之外，并没有得到更实惠的东西。清兵的坚壁清野使他们兽性大发，格里布斯基将军下令，将瑷珲城用炮轰塌，然后放火烧城。火光烛天，数日不息，使这座具有二百多年历史的古城变为一片瓦砾。

关于瑷珲被劫后焚毁的情形，外国的新闻记者、评论家已有多种多样的描绘，但谁也没有获得参与焚毁古城的同谋者之言论。后来，入侵军参谋长阿留申上校在《阿穆尔日报》上发表的回忆录具有代表性，他把那次暴行基本上全部供述出来了：

> 满军部队遭受重大伤亡以后，不得不从他们英勇坚守的孤城被驱逐出去。军官和士兵大多跟着他们的统帅逃走，剩的散兵乱民及其逃亡者的家属倒霉的命运是不言而喻的了。

> 我们是从北门最后进城的。一路上，摆满了我军士兵和战马的尸体，他们是攻城时被满军击毙的。由于我军的伤亡大大超过了事先的估计，对敌人的报复心理自然是很强烈了。所以，当司令官下令允许暴行可以发展时，我也就不再打消他的高兴，并对他英明的决定报以缄默，这无疑是在支持他的超越良心和道德的一切行动，成为他的真诚合作者。

> 八月四日的黄昏，瑷珲城内的战斗基本上停息了。参加守

卫的满军，除了牺牲，就是自杀。有些满军军官在他们退走或战死之前，亲手杀了他们的家属，他们的残忍手段，却使我无比震惊！

当我巡视了好几处满军聚集家属的房子时，看到血花飞溅的四壁和地板上一片模糊，地板上躺满了年轻妇女和儿童的尸体，很难说明他们究竟是被来自阿穆尔河彼岸的占领者——俄军杀害的，还是被他们的父亲或丈夫亲手杀死的。这些多是满军高级军官的家属，而这些愚蠢的行为，在满军抵抗外来入侵战败后的举动，是有传统性的。在他们看来，这么做，才符合东方道德的传统观念。

在街道上和居民住宅里，看到的是另一番情景。成批的人被枪弹打死，有些赤身露体的妇女，她们大概被奸污后杀死或自杀，住宅全被洗劫一空。我确信，幸运者们收获一定很可观。一天以后，这座城市除了俄军的留守人员在继续烧城，不见有一个活着的中国人。

当我们一年以后胜利归来路过那里时，废墟上已经长满了蒿草，根本看不见昔日城市的影子了。为此，我毫不掩饰地说，暴行的制造者，都是来自俄罗斯的战胜者。

所以，我们可以毫不掩饰地说，瑷珲的惨状，较之布拉戈维申斯克和外结雅地区两次血洗华人的事件，实有过之而无不及……

除了俄国侵略分子自供以外，在当时，俄人暴行早已经被世界各国大肆宣扬，严厉谴责，事实真相大白于天下，俄罗斯帝国声名狼藉。

瑷珲在七月初十日晚上失守后，俄军进城烧杀奸掳，基本上符合这篇文字的报道。据事后调查统计，除了被俄人所杀之外，更有一些不甘屈辱而殉难的官员和兵民，有的全家自杀，有的也正像文中报道的那样，亲手杀死他的家口之后而自毙，其中有一些还是像林尚义一样的官员。名者，有原品休致副总管恩俊持刀自刎，云骑尉凌德投江而死，各类人士九十三名，还有很多事后无法调查统计者。特别一提的是瑷珲妇女，自尽者有一百七十五名之多，同死的还有一大批她们的子女，他们还都是不懂事的孩子呀！

在副都统凤翔手下有两位亲兄弟，姓富察氏，原是萨布素将军家族后裔。兄名依朗阿，系佐领；弟名西朗阿，委官领催。城陷之前，西朗阿想到他的胞姐，忙驾车去她家，接她一同出逃避难，其姐坚执不允。城陷后，投入火中，自焚而死。依朗阿、西朗阿兄弟随军撤出，最后双双战死于北大岭，表现了满洲八旗健儿舍身报国、宁死不屈的英雄气概。

凤翔率军突围。

各军先后退到瑷珲西南的斗沟子，在这里临时构筑了工事，驻扎下来。斗沟子地势平坦，东北距瑷珲城约七十里，是通往墨尔根到省城齐齐哈尔的必经之路。清兵在这里摆开阵势，准备阻击。

由于兵将的大量减少，凤翔又对各军进行一番整编，各军原分左右两路，现在两路合一。令兵司郎中穆立斋暂代安边军统领，骁骑校关显帮办军务；以满达海为靖边军统领，原安边军五品营官常泰调任靖边军帮办军务；恒龄仍为镇边军统领，统领衔王振良帮办军务。另外将各军炮手集中在一起，组编一个炮营，委任管带刘芳署理营官，并以五品顶戴专折保奏。

凤翔如今还在惦记两支人马没有消息，一支是由鄂伦春人、达斡尔人组编的索伦兵，这一支人马在突围时走散了，至今下落不明，也不知他们跑到哪里去了。还有义和团的主力，他们在城北抗击敌人，有可能全部被杀。凤翔知道，义和团武术拳师杜心已经战死在沙石口，义和团在瑷珲的势力就大大削弱了。

来鹤年虽然脱险，瑷珲烧城普遍传开，军心震动，人人切齿，他的心上如同捅了一刀，几天来提不起精神。

"真是一群杀人放火的魔鬼！"

他诅咒着，转而又想，瑷珲的失守，自己有干连，官兵军民必然痛恨自己。万一军心浮动，找自己的麻烦，这可如何是好？他想了两天，终于想出个急流勇退的法子，他抱着试探的目的去见凤翔。

"瑷珲之失，罪莫大焉！朝廷追究，吾辈难以诿卸，为今之计，应采取亡羊补牢之法。"

凤翔不明白他话里的含义，见他的态度是如此严肃认真，不觉为之一怔，问道："翰臣兄，此话怎讲，何为亡羊补牢之法？"

来鹤年觑一下，见左右没人，遂压低声音说："集庭，瑷珲之失，你我兄弟都有责任。究其原因，乃寿将军拥兵不救所致。可以利用此点，大做文章，运动朝廷显要，到时候替我们说句公道话，这样，方保日后不出闪错。"

"这叫什么话？凤某无能，兵败城陷，反而嫁祸于人，岂是吾辈所为！"

来鹤年笑道："我的都府大人，事情到了这步田地，也就顾不了那么多了，何况寿眉峰那'坚守三日，援兵必到'的电令成为一纸空文，这就是我们推卸罪责的依据。不然的话，你我按律当斩这是小事，只怕死后还要被国人詈骂，我们岂不成了替罪羊？"

凤翔近几天来始终对寿山将军那"坚守待援"的电令不理解。他已奉令坚守了四日，可是连一点儿援军消息也没有，最后不得不放弃城池，退出瑷珲。他想，援军不到，其中必有缘故。更兼近日得报，西路俄军已陷呼伦贝尔城，副都统依星阿退守雅克岭①，寿山将军一定是疲于奔命，无力顾及全面了。他把对将军的不满变为同情，他想到，如果自己处在将军的位置，恐怕也难以两头兼顾。

来鹤年看凤翔沉思不语，以为方才的话起了作用，在严峻的现实面前，他不能不为自己的后来着想，这就叫"人无远虑，必有近忧"。

"不要犹豫了，来某京中有人，我可以到北京为你疏通。你写好专折，我明日就动身去北京，见李鸿章中堂。"

凤翔看他不识好歹地当真了，便冷笑一声站起来："如此'亡羊补牢'之法，与禽兽何异？我凤某人生死由天、评价由人，老兄如果另有他途，悉听尊便，凤某决不强留。"说完，他头也不回，走出帐外。

"集庭，你，你听我把话说完嘛！"

来鹤年尴尬地坐在那里，望着凤翔的背影目瞪口呆。

107

凤翔刚出帐篷，有人来报："大人，岭后有一支人马，向这里赶来，不知是什么人，请大人谕示。"

"在哪里？"

---

① 即牙克石。

"刚下岭，拐过弯来就看见了。"

"传我的话，不可鲁莽从事，等看清楚再说。"凤翔估计，十有八九是败逃的军士找大队来了。

不大一会儿，大约三百多人的队伍闪现在大路上，风吹旗子，左右飘摆，旗上的字迹清晰可辨：

扶清灭洋
抗俄保国
大拳民
龙江坛

凤翔惊喜道："义和团，义和团回来了！"

转眼间，为首的两个头领来到跟前，向凤翔一抱拳："翼长大人，可找到你们了！"

凤翔上前一把拉住："陈首领，文首领，你们回来了，很好，很好！"

义和团大师兄陈永寿、二师兄文祝山被请进大帐里，来鹤年已经不知去向。他是听说义和团回来了，从后帐溜出去的。

"你们平安回来，这就好。俄军必从此处经过，还得仰仗义士们协助杀敌，共保省城。"

陈永寿点了点头，他想要说什么，没等说出来，文祝山却大手一挥："这当然！可惜啊，杜师父要是不死，我们的力量更大了。"

"杜首领的凶信儿你们知道了？"

"他带去的人，活着的都投奔我去了。他的死，是被你们当官儿的出卖的，那个老杂种佟统领见死不救。"

凤翔脸色陡然一变，严肃地说："佟统领已明正军法，二位首领不要误解。"

陈永寿刚要开言，不想文祝山又大声嚷道："要不是听说你斩了佟统领，俺弟兄说啥也不会再来找你，凤大人，你是个好官。"

"好官怎样？坏官又怎样？我们放弃瑷珲，反正都是有罪的。只指望阻击俄人于途中，将功补过，方慰我心。"

"大人，"陈永寿终于有了开口的机会，"文师傅说话粗鲁，语言冲撞，恳请大人不必介意。义和团始终跟随大人，共保江省，收复瑷珲。"

"好，多谢，多谢！"

陈永寿简单介绍了义和团转战的经过，他们在北门至卡伦山一带辗转，同俄军相拼。因寡不敌众，弟兄们牺牲了一百多人，他们不得不退走。原来打算找机会进城，见城里大火熊熊，逃难的人纷纷传言俄军烧城，官兵全已撤走，他们就边走边打听，今日找上来。

得了这支力量，清军又壮大了声势，严阵以待，准备与俄军决战。

凤翔察看了这一带的地形。

斗沟子附近地势低平，并无高山峻岭，虽然有起伏的峦岗，但仍无险可据。再说，全军总人数尚有三千多，分别驻扎在毫无掩蔽的空场上，显得十分醒目。有鉴于此，凤翔令电告寿山将军，提出放弃斗沟子，撤往北大岭，据险固守。

电报发出一日了，不见回电，他不敢擅自决定。有消息说，俄军火烧了瑷珲城后，集中大批人马沿大道开过来，前锋骑兵已距此不远。

命令下到全军："准备战斗！"

108

刘芳虽然被委任为署理炮营营官，其实他这个新组建的炮营才不过一百多人，仅有十门各种炮，其中还包括三门旧式炮。论人数，也只有一哨人马；论武器，炮又少得可怜，重炮多在突围时丢失了。这一百多人，来自各军临时凑集，彼此互不认识。幸好，有二十多名是黑河的炮兵，刘芳熟悉，他们又见面了，如有隔世之感，欢喜中带有一种凄凉之情，因为他们好些弟兄和同僚都在这次战争中牺牲了。刘芳把一百多人分为两翼，以富喜管左翼，新提的炮手单世俊管右翼，十几门炮组成一个左右呼应的犄角阵地。

他们阵地的前面有一条小河，雨后还正在涨水。左边靠近一道漫岗，灌木和杂草丛生，青葱茂密。右边大片农田，一望无际。斗沟子是个仅有几十户的小屯，农民早已跑光，草舍茅屋空无一人。清军素来纪律严明，"兵不进民宅"。所以，空着的房子也无人敢占。

刘芳登上土岗，瞭望远方。他无心观赏这大自然的景色，只是望着瑷珲的方向，心里好像丢了什么似的。

"可爱的祖国，大好的河山，你为什么这样疲惫，你为什么任凭魔鬼蹂躏！"

他自言自语，深有感触。几天来，如做梦一般，不知是怎么度过的。

战斗一停下来，他便感到空虚，种种心思一齐涌上心头，他想着更多的事情。他顺步走到土岗的尽头，下边就是炮兵阵地，忽然有人吵嚷起来："找营官刘老爷去，你凭啥张嘴骂人？"

"骂？骂还是小意思，还打你呢！"

这是富喜的声音。自从兄弟贵喜牺牲在炮台上以后，他的脾气变得更坏了。刘芳侧耳一听，又听富喜嚷道："没见过你们这群懒鬼，炮都锈啥样了，一个也不动弹，还得花钱雇人给你擦炮哇？"

"擦不擦的，你狗咬耗子多管闲事儿！"

"老子是奉令管着你们的。"

"管我们？你倒算个老几儿？看你帽子上铜疙瘩①，大不过是哪个衙门挑泔水的。"

"放肆！"富喜火儿了，上去给那个士兵一个大嘴巴，"混账，我叫你认得认得。"

"凭什么打人？"

"你有什么资格打人？走，找刘营官去评评理！"

富喜被一群士兵围在当中。

看到这里，刘芳赶紧跳下土岗，厉声喝道："你们干什么？"

有个士兵不知道他和富喜的关系，将胳膊一撸，不在乎地说："刘老爷，你来得正好。哪来这么个野种，张嘴就骂人，他说奉令来管我们，他是奉谁的命令？"

"他是奉我的命令。"

士兵愕然。

"富喜！"刘芳训斥道，"我叫你检查一下阵地情况，你干吗跟弟兄们吵吵？"

富喜不服地反驳道："炮膛锈了，我叫他们擦一擦，不应该吗？"

刘芳顺手向炮筒摸了一下，抽出手指看了看，两个指头上都沾了薄薄一层黄色灰尘，心中大为不快，忙问道："谁是炮长？"

一个大个子炮勇站出来："小的是炮长。"

"这种旧炮，沾湿返潮就爱上锈，必须勤擦，你当炮长的不懂吗？"

"回禀刘老爷，我是这么想的：这种炮有与没有，根本无关紧要，打仗不顶用，还是个累赘。不如让它上锈开膛，也省得我们经管它。"

---

① 清代低级官职为金顶，因此叫铜疙瘩，是戏称，含贬义。

"胡说！"

"营官老爷别生气，我给你擦就是了！"

"你给我擦？"刘芳瞪了一眼，"你们原来是哪个军的？"

"靖边军，满大人手下的。"

"他就是你们的管带，以后要听他的。"刘芳把富喜指给他们。士兵听了，有的吐舌头，有的做鬼脸儿，还有的扯着长长的怪腔儿："这官儿也太毛了，谁都能当管带。"

炮长本来憋了一肚子气，没处发泄，听这个士兵说阴损话，于是借题发挥："你还嚼嘴磨牙干什么？正经事儿你不干，闲事儿有余，叫你擦炮你就擦炮，以后还要凭这土玩艺儿打回瑷珲去呢。到那工夫，给你换上红顶子，那不比现在威武多了！"

这番话针对谁，刘芳不是听不出来，他十分不满地横了富喜一眼，就走近大炮："我来帮你们擦。弟兄们别上火，都怪我无能，让大家吃苦。"他擦起炮筒来。

"刘老爷，快别这么说，我们一定快擦就是。"炮长坚执不让刘芳动手。

富喜走上前来："哥儿们，对不起，都是我不好，不应该骂人，我认错儿。"

刘芳说："我看也是。早要这样，何必找这么多麻烦！"

刘芳的话引起士兵们一阵哄笑。一场口角解决了，他们就像刚才没有发生什么事情一样，十分融洽地忙活起来。

109

方才这段插曲总算结束了，刘芳的心情并没有平静下来。

他十分懊恼，独自一人转到另一个角落，这里又是一种情景：大树下面，围着一群女孩子，她们一个个哭得泪人儿一般。

"这是怎么回事？"刘芳惊疑地奔到近前，"出什么事了？"

李玉妹先止住悲声说："我们七八十名姐妹，现在就剩十来个人，我想金珠她们了。"

刘芳听了，也很难过："是啊，亲人离散，怎么能不伤心？可伤心有什么用？要把眼泪化为力量，向毛子讨还血债，为姐妹们报仇！"

"敢是的，事情你没摊上，站着说话不腰疼，光讲道理有什么用？"

李玉妹的话使刘芳无比震惊，他望着这个仅有十七岁的女孩子，说话如此挖苦，这真是一般人难以想象出来的。

刘芳往前走了几步，来到她们跟前："玉妹姑娘，你说事情没摊在我身上，真的是这样吗？我可以告诉你：我玛玛①前几天在沙石口阵亡了，我知信儿以后，能不痛心吗？可这有什么用？那海兰泡的惨景我亲眼看见过，还有江东六十四屯，这回加上瑷珲城，你们想想，俄国毛子杀了多少万中国人？这是哭能解决的问题吗？"

"你阿玛是神枪手？"

"大家都这么称呼他。"

玉妹觉得方才顶撞他的话实在有些唐突，便不好意思起来。

女孩子们的哭声止住了，她们觉得刘芳的话是有道理的。

云花在里边只顾听着玉妹和刘芳抢嘴，她不好意思参与说话。本来满洲旗人有个规矩，男女订婚以后结婚以前，是不准当面互相说话的。云花在刘芳的启发下，眼前又浮现出江东烟火冲天、哭声震耳的恐怖情景。她看大家都被他说服了，一时忘了顾忌，也开了口："对，不能光哭哭啼啼，要报仇！"

玉妹到底是孩子，她听了云花的话，反倒笑了："就是你向着他说话！"

云花脸一红："不知人家心里怪难受的，还扯屁嗑儿②呢！"

玉妹收敛了笑容，擦干了脸上的泪痕，一声口令："站好队！"

女孩子们果然听话，都规规矩矩地排成一行。

"把右手举起来，随我发誓。"

刘芳看到玉妹把十几个女孩子教练得这么规矩、整齐，不觉暗暗赞赏。

她们随玉妹宣誓："抗俄保国，捍卫中华，姐妹同心，赶走罗刹，为死难的同胞姐妹们报仇！"

一支小小的队伍，她们的呼声也没有排山倒海之势、奔腾咆哮之慨，是微乎其微的。但在刘芳的眼里，却看到了中华儿女不可征服的顽强性格，这就是国家的希望、民族的希望。刘芳这个连父亲战死都没有哭的

①　满洲土语，即父亲，与阿玛同。
②　满族民间土语，意思即开玩笑，不说正经话。

刚强青年，竟被感动得落下了热泪。

宣誓完毕，她们又恢复了无拘无束的常态，缠住刘芳，问这问那。

玉妹很顽皮，她故意瞅着云花说道："姐夫老爷，听说你升了营官，是吗？"

"这有什么用？兵荒马乱，炮火连天，说不定哪天倒下，什么官不官的。"

"那可不行！"玉妹嘴不饶人，"你要当了大大的官儿，我姐姐不就是太太夫人了吗？"

"死丫头，你疯了，胡说些什么？"云花上前揪住玉妹的耳朵，"说，还贫嘴聒舌①不了？"

玉妹将头一扬，挺立在那儿不动："管够，你揪我一天，我要动一动，哼一声，算我是个窝囊废。"

云花同玉妹这是第一次开这样的玩笑，起先她不过是吓唬，见玉妹认起真来，她也由轻微到用力，最后用到全身之力，玉妹仍然一动没动。她这才知道，玉妹练就的软硬功夫，非比寻常。她终于撒手认输："我算服你了！"

刘芳暗暗称奇，心想，怪不得玉妹不带耳环，原来她的耳朵上也有功夫，真是一个奇女子。

"算了，算了，别闹了，都回大营去吧，统领大人惦记你们了。"

110

恒龄最近顾不上照管云花、玉妹一伙女孩子，见她们伤亡太多，又失散一些，如今剩下十几个人，实在多方不便。他想来想去，想出个自以为是个保险的法子。

他把云花、玉妹等叫来，连刘芳也找来了。

"你们现在还有多少人？"他问玉妹。

"十二个人。"

恒龄"唉"了一声，说："原来七八十人，炮台上死了十多人，退却时又死了六七个，那些都哪儿去了？"

玉妹低下了头："突围时跑散了，她们是死是活，还不知道。"

---

①　满族地方土语，即乱说乱讲之意。

"天天都在打仗，实在不安全。从今日起，你们就归刘芳部下，他们是炮营，直接归副都统管辖，你们在那儿比较安全。我实在没有能力照看你们，我这儿又十分危险。"

玉妹一听，倒是挺愿意，不知刘芳是不是肯收留。不想刘芳推辞道："伯父大人，这，这恐怕多有不便。"

恒龄苦笑道："没什么不便的，云花她们由你来照应，我就放心了。"

"伯父，这怎么使得？"

"唉！那些个俗气说道都免了吧。咱们满人早先都是自由攀亲，后来学了汉人，才讲什么三从四德，男女什么不亲来着？"

"男女授受不亲。"刘芳补充一句。

"对了，是男女授受不亲，这些说道就别要了，都别要了！"

"伯父大人，恐怕侄儿照顾不好她们，万一出点儿差错，怎么交代？"

"我知道。这些孩子就是不听话。你要加强管束，谁要不听吆喝，你来找我。"恒龄又慈爱地瞅一瞅云花，"你们现在就去吧，俄国兵离这不远了，今儿个还要打仗。听刘芳的话，不要乱跑，记住了吗？"

"记住了。"

"去吧！"

刘芳随着女孩儿们走出来，心里老大不高兴呢！边走边说："这真叫没事找事！"

"怎么，你怕我们累赘你吗？"玉妹问了一句。

"不，不是这个意思。我是说，战争时期，我很难照顾好你们。"

"不用你背、不用你抬，有啥照顾不好的？"玉妹扑哧一笑，"其实，我们能跑能颠，啥也不用你操心，你就把……"她不往下说了，拿眼睛瞅着云花。

"你这个小姑娘，真厉害！"刘芳没有让她再说下去，用话岔开道，"你们可得听从我的指挥，不然，我就把你们给恒大人送回去。"

"就怕你舍不得！"玉妹拍手大笑，云花咬住下嘴唇，红着脸，低头走着。

离开大营，几个女孩子都跟上来，问统领找她俩什么事。云花没等开口，玉妹先说了："统领大人给咱们找一个能管咱们的。"

"还能管咱们，谁？"

玉妹一指刘芳："还能有谁，就是这位小老爷呗！"

"见过，见过。"有个姑娘说，"怪不得方才教训咱们一套一套的，他真当了咱们的本上仙①！"

"不敢。"刘芳笑道，"我负责你们的安全，欢迎吗？"

"欢迎，欢迎！"女孩子们拍起手来。

玉妹调皮地说："叫我们上战场，搬炮弹，都可以，叫我们混吃等死那可不成。我们都发誓了，要多杀敌人，给同胞们报仇。"

刘芳为难地说："那怎么能叫安全负责？"

"你可别忘记了，我们不是官兵，是红灯照，你高兴吗？"

"知道知道，你们的爱国之心，我知道。可是你们毕竟是女孩子，我不忍心你们再有个三长两短了，一定要听我的指挥。"

始终一言不发的云花再也憋不住了，她突然冒出来这么一句话："你别小看人！"

111

经过整编的清军部队人员虽然大大减少，但仍保留三个军的编制，主力没受重创，战斗力还是很强的。

本来，瑷珲失守的原因是众寡不敌，又孤立无援，使凤翔十分恼火。斗沟子地势不利战守，目前又无力收复瑷珲，其实那里已变成一片废墟，收复它也毫无意义。目前的战略方针是据险固守，拖住俄军步伐，为寿将军赢得时间，统筹全局，扭转危势。为此，他电示齐齐哈尔，请求撤往北大岭险要地带设防，可始终不见回电，他有点儿沉不住气了，召集各军指挥官，发了牢骚："援军若能提前一日赶到，何至于此！"

满达海劝慰道："大人，时势所迫，非战之罪也！援军不到，因路途遥远，想必还在途中，请大人耐心等待。"

"来亦迟了！"常泰等愤然地说。

凤翔道："那么，电请移防之事，为何迟迟不做答复？"

恒龄性急，站起来大声说："不要听他的，该移就移，该战就战。要不是听他的，瑷珲也不能损失那么大！"

满达海猜测道："是否电报搞错，还是将军周围事情复杂，一时下不了决心？"

---

① 方言，上司。

凤翔说："我想，眉峰将军必不负我，里边有人捣鬼，这是很可能的。"

"那么，"满达海想出个主意，"派快马六百里加急，进省面见将军，问个明白。"

凤翔摇一摇手："无此必要。哪有千里作战、远方请命的道理？何况兵贵神速，瞬息万变，不等去人到省，局势早已剧变，纵然求得方略，于事何益？"

满达海认为有道理，又建议道："既然如此，斗沟子无险可守，不如弃之，西守北大岭，方为上策。"

各指挥官也都同意这个建议。

凤翔的主张当然也是如此，但他不明朗表态，却说起另外一宗事："近来，军心浮动，有人散布流言蜚语，以讹传讹，道听途说，对时局不利，各位务须引起注意。如果发现端倪，须将实情告诉我，妖言惑众者，定按军法从事，决不宽贷！"

是的，近几日军中流传很多谣言，有的说朝廷跟"八国联军"作战，已经战败求和，将来还要惩办战争祸首。有的说黑龙江主战不是朝廷本意，以后要追究责任。这些谣言，像瘟疫一样侵蚀着每个人的心灵，军官、士兵们未免心情动摇，认为自己是白送死，这仗打得毫无意义。各军或多或少都有这种流言，特别是满达海的靖边军里更厉害，满达海也为此事而苦恼万分。他既不能制止谣言的传播，又无法查到谣言的来由，他想借助翼长之威，以澄清谣言的来龙去脉："大人，谣言的传播，定有背景，不然何以得知朝廷之隐情？长此下去，军心动摇，人无斗志，后果不堪设想。"

"这是变相效忠敌人！"

"大人明鉴不差。"满达海说，"要不是用心险恶，何能当此生死存亡的紧要关头，散布这种种奇谈怪论？"

"查出来重处！"

坐在那里一直不发言的来鹤年待散会以后，众军官退出，他才咳了一声开口了："集庭，你们提的所谓谣言之说，纯系偏见。不责自己的孤陋寡闻，而污谣传之来无据，岂非掩耳盗铃？"

凤翔一惊，他怎么会说出这样话来？莫非谣言与他有关？他不动声色地说："老兄此言，令人费解，愿闻其详。"

来鹤年冷笑一声，站起来，转入后帐，取来一个纸折，向凤翔面前一推："看看吧，你们所说的谣言都在这儿上，你们不是要追查吗？那就从这里追吧！"

凤翔急着掀看了一下，想不到，上面却写着几件他不知道的重要消息：

"八国联军"攻占天津，直隶提督聂士成阵亡；

联军进占保定，总督裕禄自尽；

日本使馆书记官杉山彬，被董福祥所部甘军杀害；

德国公使克林德被义和团所戕……

最后还有一条使人震惊的消息：

李鸿章中堂偕庆王主持政局，乾坤可望扭转，将对主战排外者议处追究云云。

凤翔大吃一惊："这是哪儿来的？"

来鹤年不去回答他，却又逼进一步道："翼长大人，这回你该醒悟了吧！追究？只怕追究起来……哼！"

"这些消息是真是假，反正与我无关。"

"怎么能说无关？如果评论抗战英雄，集庭肯落于他人之后吗？"

看他那得意的神色、苛刻的语言，凤翔完全明白了，他找到了谣言的根源。这些他是怎么知道的，还需要进一步摸清："翰臣兄消息灵通，佩服，佩服。"

"我算什么灵通，我军中有消息灵通人物，惜你未能重用，不然何至于步步走错。"

"他是谁？"凤翔的话一出口，觉得不对，这么追问他不会告诉的，于是又笑着补充道，"人才数不胜数，发现重用者少，埋没废弃者多，人逢知己，马逢伯乐，说来容易做起来难哪！"

"其实嘛，此人就在身边，可以够得上文武双全，手眼通天，瑷珲军中的凤毛麟角。"

凤翔一下子就猜中了："杨炯，杨通事官？"

"别人谁有那么大的本领。"

"他怎么同京里保持联系？上边有人？"

"这就叫大路通天，各走一边。他不但国内消息灵通，国外消息也灵通，我们没法捉摸。"

凤翔心里刻上这个名字，不想跟他更多地纠缠了，遂把纸折合上，推给来鹤年："我从来不信谣传，这种东西蛊惑人心，又于时局无补。"

"集庭!"来鹤年不满地叫了一声,见他并没答言,他收起纸折说,"朝局如此动荡,我们不要盲目,要慎之,慎之!"

"翰臣兄有何良策?"

来鹤年又以为凤翔动心了,毫无保留地亮了观点:"目前摆着两条路,可暂避祸。"

"哪两条路?"

"派人入俄军请和,暂时妥协,借以保境安民,以观朝局变化,相机行事,此为上策;如认此举于寿将军面上不好看,可引兵退避,停止流血,处身局外,保全名节,乃是中策。"

凤翔"唉"了一声:"瑷珲被毁,百姓被杀,上策实不能行;兵败失地,百姓流离,边防混乱,名节更难保全,中策亦行不通。请问,除此之外,有无下策?"

来鹤年不满地白了他一眼:"现在走的,就是下策!"

凤翔冷笑一声站起来:"下策这条路,我走定了!"

112

来鹤年愤然离去之后,凤翔思索着该怎么办。近来他觉察到,在自己的周围,似乎有一根无形的绳索在缠绕着他。从来总管忽冷忽热、左右摇摆的情况来判断,他们可能有一伙人暗中在作梗。这个通事官杨炯到底何许人也,他的消息怎么那么灵通?而他们传播出来的谣言又为什么那么快?他们在这次抗俄战争中究竟扮演什么角色?凤翔知道,来鹤年原是京城里兵部的郎中,早年跟随李鸿章平定长毛,立过战功。此人心高气傲,更多谋机变,为堂官所不喜,被排挤出京,但他终是李鸿章的亲信,谁也奈何不了他。杨炯原是李鸿章的翻译,屈处边防,当一名小小的通事官,大材小用,于心耿耿,难保不生怨意。可是他们这些人上下勾连,关系微妙,谁也拿他们没办法。想来想去,只有自我摇头:这些人动不得,不能打草惊蛇,以免弄得骑虎难下。他想到自己处境如此艰难,那么寿山将军呢?在他的左右,恐怕难题更多着呢!何况朝局变幻莫测,将军理事不到一年,他那"除奸弊,明赏罚,图要塞"的九字方针,哪一样得到很好的贯彻执行了?朝政腐败,积弊日深,清朝气数已是风烛残年,随时即可熄灭,那么满汉蒙藏等四万万同胞的命运,难道也要同清廷一道亡国灭种、一朝俱尽吗?本身作为一个中国人,一个清朝的统兵大员，处此历史的旋涡里，该当如何呢？

他心情忧郁，又十分矛盾，左思右想，无路可走，只有舍身报国，别无他念。

这时，一份告示抄送他的面前。

这是将军衙门发布的招抚告示，同时附有给各副都统的咨文，咨文的内容就是令各副都统衙门遵照将军衙门告示的精神，认真妥为办理。

凤翔看那告示，内容大致是这样的：

> "……绿林之中，向多豪杰，在关东者，士人皆曰胡子。其平日行为，专以义气为重，且心存忠愤，视洋人为宿仇。自今日始，凡我关东侠客，绿林英雄，无论行劫若干次，落草若干年，只要肯为国效劳，均准入营食饷。如能携带伙伴一齐投营者，即将为首之人提充营弁。其向来著名头目，如王老虎、唐殿荣、李得彪等，乃系有用之人，更应从优奖励，授以偏师，委以重任，使之杀敌致果。将来建功立业，均当一律保升，决不歧视。"

凤翔看到这里，心里如同开了两扇门，欣喜地说："早该如此，早该如此！"

你当他为什么对招抚告示这么大的兴趣？原来告示中提到的三个著名匪首，其中的李得彪就在他的军里。自从春天招抚了李得彪之后，凤翔专折保奏，以五品顶戴叙用，虽然获得清廷批准，但又降旨申斥他，责他"引用匪类，不拘良莠，姑允所请，下不为例"。凤翔没敢公开朝廷的旨意，他怕好不容易招抚成功，由于朝廷的不谅解，会有反复，生出事端来。他好言抚慰李得彪，并遇之甚厚，可始终不敢交给他更大的权力。中俄战事发生，李得彪的山林队改编为义胜军，凤翔也不敢重用。人所共知，王老虎、唐殿荣、李得彪这三个人是把兄弟，他们横行在兴安岭内，黑龙江边，拴秧绑票，打家劫舍，袭击官兵，杀人越货，无人敢惹。将军寿山一向主剿，凤翔认为外患日甚，内乱可解，主抚。李得彪受抚后，王老虎、唐殿荣尚在观望。后来李得彪曾多次派人下书，要求二人为朝廷出力，二人以时机不到为借口，拒绝招抚。他们从来不断信使往还，官兵也不进剿，王、唐二人也很少掠夺，彼此暂时达成默契，互不相扰。抗俄战争爆发以来，谁也没有想到，一向以打家劫舍为营生的绿林好汉，在王老虎、唐殿荣的领导下，公然打出了"抗俄救国忠义军"

的旗号，他们成了一支自发的抗俄武装力量。

凤翔高兴中还带有点儿惋惜，他认为寿山将军这样做是明智的，不过有点儿晚了，即使王、唐二人真的受招抚，也不会派上用场。再说，事到如今，他们怎肯就抚呢？

他还是找来了李得彪，把这一消息告诉了他。

李得彪是个魁梧的中年人，不到五十岁的年纪，浓眉大眼，黑红脸膛，一口山东话。此人从小闯关东，武艺高强，重感情，讲义气，打家劫舍，杀富济贫，不仅有一副侠肝义胆，更有一副爱国心肠。他看到外国不断欺负中国，特别是俄国人在中国土地上修铁路，他衡量了是非曲直之后，毅然受了招抚，投到凤翔部下，申明要为国效力。但受招抚以来，不被重用，心里总是不痛快。他是一个言而有信的人，不能出尔反尔，只有安分守己地当一名有名无实的五品官儿。

副都统召见，几个月以来，恐怕这还是第一次。

"贤弟，几个月以来，也没有和你单独谈谈，现在总算有了一点儿空闲。好在俄国兵还离这儿老远，今日我也没事，况且还要向贤弟传达一条喜讯。"

"什么喜讯？这些日来都快要把我憋死了。俄国毛子近来杀人放火，可我有劲儿使不上呀！"李得彪急得直搓手。

凤翔微微一笑："贤弟心急性耿，我是知道的。"他说着，把告示抄件拿给他，"先看看这个。"

李得彪忙道："咱不认识几个字，咱怕看不明白。"

"那我告诉你。"

凤翔即把告示的内容对他讲了，并说道："朝廷承认你们是关东豪杰，心存忠义，你为国家出力，为朝廷效忠的时候到了。"

"大人，咱闯荡江湖多年，如今洗手不干了，就是要为国家出力。可是……"他抓耳挠腮，好像有什么话又说不出。

凤翔明白他的意思，仍笑道："贤弟，这几个月来，委屈你了。古语云：'尺蠖之屈，以求伸也！'你现在才交好运，以后定能大展宏图。"

李得彪笑了："大人，我看那告示是靠不住的。洋鬼子打进来，朝廷用人会就甜言蜜语，说这道那，好哄着我们给他卖命；洋鬼子走了，我们没用了，还不得拉完磨杀驴呀！"

凤翔心里一惊，真是人不可貌相，这么一个头脑简单的粗人会考虑得那么周全。他坚定地说："贤弟放心，只要有我和寿将军在，决不亏待你，不能失信于天下豪杰。"

"那好吧，大人有什么吩咐，咱只管效劳就是了。"

"我是想，求贤弟跟王老虎、唐殿荣联系一下，请他们率部速来，共同抗俄，以保江省，你看如何？"

李得彪摇摇头："不好办。唐殿荣给我送信儿来，他已投奔宁古塔副都统双龄，保举为垦务营统带，只有王老虎一人扯起忠义军大旗，他这个人是不会归顺朝廷的。"

"他不是以抗俄为号召吗？我不是让他投降朝廷，是要求他配合我军共同抗俄。"

"这可以。"李得彪痛快地答应了，"大人放心，这个事儿包在我身上。"

送走李得彪，凤翔取过告示抄件，又看了一会儿，自言自语道："果能早如此，局势何至于斯。"

第十八章

113

近几天接连下了两场雨，军需粮草全都淋湿了，士兵的衣服也都贴在身上，十分难受。

富喜早晨起来就去找刘芳，没好气儿地问道："请问你这营官老爷，昨儿个一天没吃着饭了，今儿个的伙食怎么办？"

刘芳也十分犯愁，柴草被雨水淋湿，升不着火，加上锅灶都在露天，做饭困难，实在想不出办法。

"太阳出来后，把柴草晒晒，先叫弟兄们再克服半天吧。"

农历七月中的天气，北方的荒原沼泽湿润地区，晚间也是很凉的。特别是露水太大，一场小雨过后，地面几日不干。黑龙江军中从来没有帐篷，白天士兵忍饥挨饿地挖战壕、修工事，晚上露天宿营，衣湿地潮，苦不堪言。罪本来就够受的了，又加上吃不上饭，真是苦中有苦。刘芳实在想不出什么好办法来，就用商量的口气说服富喜："兄弟，你可不能带头儿闹事，我再慢慢想想办法。再看看别的营，看他们的伙食是怎么解决的。"

"闹事儿？弟兄们闹起来也没有法子，饿着肚子，谁能受得了！"

"别着急，慢慢想办法。"

"我这个伙夫长可没有孙悟空那七十二变的本领，弟兄们都对我有怨气，我不干了，你另派别人吧！"

富喜临时被指定为炮营的代理伙夫长，一开始就碰到了这个难题，难怪他发牢骚。

"富喜！"刘芳激动地喊了一声，随即又软了下来，"富喜兄弟，别来火儿。这不怨你，也不怪我，是老天爷跟咱们作对，是俄国毛子把咱们逼到这个道儿上的。全军好几千人都是这样，不光咱们，办法总可以想出来嘛！"

"全军？"富喜情绪缓和一些，"不用多，再有两日吃不上饭，这支部队就不存在了，人总不能饿着肚子打仗吧！"

刘芳凄然一笑："毛子兵也不比咱们享多少福，天上下雨，大家都淋着，老天爷很公平。"

是的，俄军也被淋湿了，和清兵同样受到大自然的袭击，他们因此没能发动进攻。

富喜站起来："走，我领你看看去。"

刘芳离开帐篷，随富喜来到炊事房，这里也是一个帐篷。所谓的帐篷，不过是用柴草临时搭起的用以遮雨的简陋茅棚。

云花和玉妹领着女孩子们撕捋着燃火的湿柴湿草，铁锅周围冒着气儿，简易烟囱飘出一股黑烟。

"怎么样，能烧吗？"

玉妹回头一看，是刘芳来了，笑道："对付着烧呗。"

"能对付烧，就很不简单了。"刘芳高兴了。

"这有啥。"玉妹塞进灶里一把湿柴草，用木棍一挑，湿柴也燃着了。刘芳看她如此从容、镇定，心里十分敬佩，想不到一个小姑娘这么有办法，解决了大问题。他瞅了富喜一眼，又说道："真没想到。"

玉妹回头瞅一瞅，笑道："我们家乡生火做饭全烧茅草，也经常下雨，淋湿了也是不能烧。可是，从我们祖先到现在，也没有吃生米，都是吃熟饭活着。"

富喜一听，笑了："碰上这倒霉天气，那你们用什么办法？"

"很简单，阳光一晒，风一吹，不就干了。"

"阳光一晒？那要是几天不见阳光呢？"

"那当然也有办法。"玉妹清脆地说，"你老叫苦发愁，不想想办法。"

伙夫们也一齐开口："刘营官，她真有绝招儿，就叫她当伙夫长吧！"

大家哄然一笑，玉妹脸红了，把手里柴草一扔："我不帮你们了！"

"别来气，别来气，就算我没说。"那个伙夫又哄她。玉妹到底是孩子，又笑了。她告诉大家说："我从四岁起就学会了做饭，伺候老板娘，不管刮风下雨，都得生火。遇上阴雨天，做不好饭，烧不开水，就要挨打……"她的声音哽咽了，眼里流了泪。她毕竟是从风雨里磨炼出来的硬骨头，一咬牙，忍住对往事的伤心回顾，坚强地说，"我也练会了烧火做饭的一身本领，柴湿也不要紧，只要晾干一些，先把干的点着，慢慢添湿的，火大无湿柴，这道理是人人都懂得的。"

"我怎么就干点不着呢？"伙夫又问道。

"你把湿干掺和到一起，那怎么能着？"玉妹认真地说，"千万记住，湿干不能掺在一起烧，干的点着，再加湿的，开始少加，一会儿就全着了。"

"嗬，还有一套道理呢！"富喜听了十分好奇，又问一句，"不能压灭吗？"

"你看我的。"玉妹将一大团湿草填进灶里，用棍子一挑，"这叫通风。"

果然，很快一阵烟冒过之后，湿草劈劈啪啪燃着了。

伙夫们很顺利又很痛快地做好饭，士兵们一片欢呼。

刘芳一声不响地瞅着这一幕，直到战士们开饭了，他才瞪了富喜一眼："没办法就会找我叫苦，怎不跟她们商量商量？"

富喜低着头，十分歉意地说："没想到，真是没想到……"

伙夫一边往盆里掏着饭一边笑吟吟地叨咕："真是活人让尿憋死！"

大伙又都哄笑起来。

114

刚吃过早饭，刘芳接到命令，通知他做好一切准备。据侦察得来的消息，俄军的前锋部队已经越过瑷珲西山，正在向斗沟子一带运动，他们是想闯过清军封锁线，长驱直入。

刘芳没有忘记恒龄的嘱咐，让他负责云花、玉妹等女孩子的安全，便叫她们转到小土岗后边的安全地带。可是，她们不肯，非要留在阵地上。刘芳几夜没睡觉，又被雨淋得发起烧来，难受加上困倦，实在支撑不住了。他神情恍惚，顾不得云花、玉妹她们了，他要趁着敌人进攻之前，抓紧时间睡一会儿，哪怕是睡上半个时辰也好。他叫过富喜："你替我巡视一下阵地，让我睡一会儿，有事儿赶快叫醒我。"

"你放心睡去吧，看你都熬成啥样儿了，别人都换班睡觉，可你一连几天……"

刘芳不等他说完，就往茅棚里一钻，躺在茅草堆上睡着了。

富喜执行着刘芳的命令，到各个炮位上去察看，不敢有一点儿疏忽。

他走到前天曾和炮手吵过架的那个炮位，炮手们嬉笑着和他开玩笑："嗬！人要出息一时，你现在代理营官老爷了！"

"这是哪里话，刘营官几宿没睡觉，我替他溜达溜达。"

一个小战士笑道："富老爷，你这也是孙猴子上天——神儿起空了！"

众人大笑。

富喜也笑着走到大炮跟前，一个炮手说："这回你再摸摸炮膛，看看还生没生锈？"

"滚一边儿去！"

富喜笑着骂了一句，望了一眼擦得锃亮的炮筒，满意地走了。

在一个边缘的炮位上，李玉妹和四个姑娘在里边同炮手们闲聊。富喜说："你们唠什么呢？看这热闹劲儿。"

"富哥，来坐一坐吧，听他们讲古夜①，挺有趣儿的！"玉妹站起来招呼他坐。

几天以来，官兵们同甘苦、共患难，朝夕相处，他们之间彼此熟悉了。残酷的环境把他们由不相识变为相知的朋友、弟兄、姐妹，他们之间的命运自觉或不自觉地连在一起了。富喜已巡察完整个阵地，看起来暂时平安无事，也坐下来跟炮兵们聊天。

"富老爷，你家是哪里人？"一个炮手问。

"宁古塔南边有个东京城，我家就住在城北牡丹江岸上。"富喜说完又反问道，"你是哪里人啊？"

"吉林北有个乌拉城，我家就住在城西的松花江岸上，真凑巧。"

玉妹接言道："我老家在广宁，小时候就离开了，有没有江我不知道。后来跟干妈到了奉天开原府，住到辽河岸上，那也是江。"

众人拍手大笑："这更凑巧了！"

炮兵又问富喜："唉，听说东京城附近有个镜泊湖，湖上吊着个石棺材，石棺材里盛着渤海国女王红罗女，不知是真是假。方才我们正议论这个事儿呢，你来得正好，给我们说一说。"

富喜是那里的人，当然了解当地的情况，他说："确实有个石棺材，那是真的。我小时候跟爷爷在湖上打鱼，常常看到它。"

玉妹一听，更加有兴趣了："红罗女这个人很有本事吧？"

"当然了。"富喜说。

---

① 北方土语，即故事。

"快给我们讲讲吧!"玉妹急不可待。

"听老人们说,我们家乡东京城,早先是渤海国的京城。大概在一千来年以前,咱们满洲人的祖先叫靺鞨人,靺鞨人的大首领名叫大祚荣,建立个渤海国,国都在敖东城。"

"敖东城在哪儿?"玉妹性急,插问一句。

"敖东城在吉林东部牡丹江岸,现在叫敦化。"

玉妹接过话茬儿:"敦化就是敖东城,我那年随马戏班卖艺到过敦化,那是个破烂的山沟子。"

富喜瞅她一眼,接着讲下去:"渤海国建国以后,势力渐渐扩大,就连现在咱们待的这个地方,黑河江北、瑷珲江东都是渤海国的地盘儿。可是过了一百多年以后,渤海国势力衰弱了,受到外敌的侵犯。有一次,敌人攻破京城,杀了国王,灭了渤海国。国王有个女儿,就是红罗女,嫁给了一个部落首领。她听说国王被杀了,国家灭亡了,就率领本部落人马杀敌报仇。结果在东京城一带,打败了入侵的敌人,渤海国又重新得到恢复。因为国王的家族人等都被杀了,这红罗女就做了渤海国的女王,建都在东京城,又使渤海国延续了百十来年。"

"这红罗女也算古代的女英雄吧?"玉妹听得津津有味,又插问一句。

"那当然了!这还不算,红罗女当上国王之后,听说镜泊湖里水怪逞凶,祸害百姓,她就去仙山求见她的师傅,借来一个宝贝,叫白玉降妖镜,掐诀念咒,扔进湖水里,就把水怪镇住了。从此,牡丹江水也不泛滥了,沿湖人民安居乐业。她死以后,人们怀念她的好处,特制成石棺,用铁链吊在龙头下的瀑布中,让水冲洗石棺,尸体永不腐烂。直到今天,宁古塔一带还流传着红罗女的事迹,湖上石棺可以作为历史的见证。"

富喜讲完这个故事,大伙的神情里流露出一种自豪感,他们为本民族曾经出现过这样的英雄人物而骄傲。尊敬祖先,敬重本民族的杰出人物,追溯历史,正本清源,这是满人的传统性格。正是有了这种性格,满人中的忠义之士才不畏强敌、不甘屈辱,舍身忘我,视死如归。

炮手说道:"古代女英雄可能是有,不过,有的越传越玄了点儿,就拿红罗女上山求仙借宝来说吧,这就玄了。我听人讲过,镜泊湖的怪鱼兴风作浪,总祸害人。是一个水性好的渔民手提宝剑跳进湖中,和妖怪斗了七天七夜,最后杀死怪鱼,将鱼头提上岸来,不知鱼头多大,反正骨头足足盖了一座庙，叫鱼骨庙。"

富喜笑道："这又玄了，同怪鱼打了七天七夜，这怎么可能呢？不吃饭，饿也饿死了，怎么还能打仗？鱼骨庙这是真的，那不是怪鱼头骨盖的，是当地渔民用大鱼的骨头盖起来的。鱼骨庙只是听说，没见过，早已不存在了。"

炮手也笑了，他点点头："民间传说嘛，一地流传一个样，这倒不奇怪。反正红罗女只要是真的，各种传说不论对不对，那就都算真的了。比如说，我们家乡有个白花点将台，说法就有多种多样，你们听说过吗？"

"我们祖先传留下来，叫后人不要忘记，乌拉城有个白花点将台，什么原因不知道，正好你给我讲一讲。"富喜十分高兴，以为遇到知音，恨相见之晚。

"据说，白花点将台的事也不过七八百年的历史。虽然说法各种各样，可没有红罗女那么神秘，我们相信，玄的少，真实性就可能多一些。"

这个炮手三十来岁，是个性格开朗的人，他读过书，爱谈今论古。今天同富喜邂逅，好像多年知己，很愿意同他攀谈。至于战争的残酷，他根本没放在心上。他听惯了炮声、看惯了死人，觉得自己不定哪一天也得倒下，所以战斗一停下来，他反而觉得空虚、难耐，巴不得有个爱说话的人来聊一聊，求得一时的精神安慰，使他能抛开一切、忘掉一切，然后再为国家献出一切。

玉妹没有听够红罗女的故事，又听还有白花点将台的故事，乐得心花怒放，连忙催促："讲一讲吧，真有意思。"

炮手说："好，反正现在没事儿，我给你们讲讲。提起白花点将的故事，大概离现在有八百来年。不，不到，七百多年。唉，不管几百年，反正有这么回事儿，你们别当瞎话①听。"

"哎呀，你快讲吧！"玉妹急了。

"要提白花点将的事情嘛，够说上三天三夜了。"炮手摇头晃脑，喷着唾沫星子说，"六七百年以前，我们家乡出了一个海郡王，建立个海郡国。海郡国十分弱小，常受外敌欺负。这海郡国的国王就提倡全国百姓不分男女贵贱，都要学武艺，打算靠着武艺振兴国家。这个办法果然有

① 北方土语，指荒唐无稽之谈，类似故事。

效，从那以后，海郡国就一天天强大起来了。海郡国的西北方有一个单祁国，同海郡国是冤家对头。单祁国得知海郡国很强盛，不敢来犯，派两员大将暗暗潜伏到海郡国，准备找机会下手，刺杀海郡王。"

玉妹听得急不可耐："快说白花点将是怎么回事，管他什么海郡国单祁国的！"

炮手一听，笑道："小姐，别着急，事情得有个来龙去脉，前因后果不说清楚了，听起来也糊涂。单说海郡王有一个女儿，名叫白花，从小喜爱各种花草，号称白花公主。这白花公主学会一身好武艺，长到十七岁时，海郡王由于年老体弱，又多病，执掌不了朝政，就把白花公主封为元帅，让她辅佐父王，统率三军，保护国土。这时，单祁国的奸细就把海郡王让女儿白花公主执掌兵权的事报告了单祁王。单祁王认为这是个好机会，就发来大兵，攻打海郡国，又秘密指示潜入海郡国的大将江海俊想方设法打入海郡国的内部，刺探白花公主的军事机密。偏偏事有凑巧，白花公主得知单祁国兵犯边关，要亲自领兵抵挡。大军出发之前，她要选一名先锋官，先锋官要考试武艺，谁的武艺好就选谁。考试比武之前，就在校军场修了一座好几丈高的长方形土台，这就是白花点将台。白花公主登上点将台考试武艺，不料单祁国的奸细江海俊武艺高强，夺了先锋印。白花公主又看他年轻英俊，心里十分爱慕，两个人就偷偷订下了百年之好。"

"唉，什么叫百年之好？"玉妹不懂，插问一句。富喜从旁替他解释道："两个人永远在一起，就叫百年之好。"

"那我跟云花姐老在一起，就叫百年之好吧？"

大伙都笑了。富喜说："那算什么百年之好？百年之好指的是一个男的跟一个女的成了两口子，比如说，你的云花姐跟咱们刘营官……"

"啊，我懂了，我懂了，再往下讲。"玉妹天真地一笑，不知怎么，她脸红了。

炮手又接着讲道："听说江海俊挂了先锋官的大印，满朝文武都不服。这时，有个三朝老臣巴拉公出来拦阻说，江海俊来历不明，不能交给他兵权，以防有变。可是白花公主听不进去，出兵这天，她虽然没让江海俊领兵打头阵，却让他保卫王宫。"

听到这里，玉妹"哎呀"一声："坏了！"

"谁说不是，白花公主领兵刚走出去，江海俊就闯进王宫，刺杀了海郡王，占了海郡国的京城乌拉城。白花公主得知京城有变，父王被杀，又悔又恨，悲痛欲绝。她很刚强，一咬牙收兵回来，捉拿江海俊。这江海俊凶相毕露，先杀了三朝老臣巴拉公，又抄斩了海郡王的家族和文武大臣，一时弄得乌烟瘴气。海郡国的百姓都痛恨江海俊，思念白花公主。最后到底还是白花公主在百姓的帮助下，杀死了江海俊，报了父仇，然后又领兵打败了单祁国的兵马，挽救了就要灭亡的海郡国。这里还要说一句，白花公主想到巴拉公忠心耿耿，被江海俊杀害，就找到他的尸骨，埋葬在城北的河边上。现在我们家乡乌拉城北松花江岸，还有一座大土坟，相传是巴拉公的墓，又叫巴拉铁头坟。城里的白花点将台，城外的巴拉铁头坟，就是那时候留下的两件物证，这可能是真的了。"

"白花公主呢？"玉妹关心地问了一句。

"说法不一，有的说她在那次战争中被火箭烧死了，有的说她没死，当了海郡国王。"

"千万不能烧死，让她当国王好了！"

玉妹的天真，表现了她心地纯正，是非分明，善良单纯。她听得简直入了迷，相信这是真的。不料富喜打断了她的高兴，富喜所知道的却是另一种截然不同的说法："乌拉城是我的根基，可是我们离开那里有二百多年了，我一次也没有去过，不知道故乡啥样儿。我听先人讲过这个故事，是说巴拉铁头要占白花为妻，白花不从，巴拉铁头就勾引外国，被白花公主查出来了。出兵抗敌这天，令巴拉铁头挂先锋印，答应他要能退了敌兵，胜利回来就嫁给他。巴拉铁头不知是计，高兴地随行。大军出城不远，来到江边，白花公主召巴拉铁头进帐，借口误了军令，把他杀掉了。然后令军士每人撮一捧土，把他埋上，这就是江边上那个巴拉铁头坟。"

玉妹听富喜简简单单说了几句，就把炮手讲得有根有蔓的故事推翻了，她很不高兴："你们谁讲的对呀？"

"说法各种各样，反正都是传说。"炮手不置可否地说，"什么事情年头儿一多，传起来就走样儿、添油加醋、生枝长蔓、无中生有、胡编乱造也是有的。就说咱们现在吧，你知道多少年后，人们都怎样传说？"

"不管怎样传说，我相信好的就是好的，坏的就是坏的，谁也颠倒不了。"

玉妹望了一下富喜说："对了！我信，红罗、白花是真的，都是好的。"

富喜一笑："将来，你们的故事流传开，不也是和红罗、白花一样吗？"

"咱可不敢比，人家不是女王，就是公主，咱是个平民百姓。"玉妹直摇头。

炮手也凑趣儿道："有啥不敢比的？你们也是抗敌英雄，打俄国毛子就是不简单嘛！"

富喜附和道："我看也是，多少年后，有人讲起你们打毛子的故事，也一定会很热闹的。"

玉妹到底年轻，被他们说得心里热乎乎的。

突然，枪声爆豆般地响起，刹那间战争打响了，俄军开始进攻了。

115

凤翔移防北大岭的请求没有得到寿山将军的准许，他又把队伍后撤十余里，移到斗沟子西南的大横山。

大横山是小兴安岭支脉东兴安岭最东端的一座山峰，是瑗珲通往墨尔根的必经之处。一道起伏的山梁，由东北伸向西南，连接西北东南走向的北大岭，如同兴安岭伸出的一个手指，当地俗称匡安岭。大横山为制高点，扼驿道咽喉要路，岭下是一片沼泽地，蒲苇丛生，泥塘没膝，凤翔看中了这个地点，布下了埋伏。

凤翔的防务刚刚布置完毕，军士来报："齐齐哈尔的援兵到了！"

凤翔喜出望外，吩咐随营大小军官一律出去迎接。不大工夫，一支人马如风一样迅速赶到，这不是官兵，是义和团。为首的一位头领一抱拳："参见凤大人！张发奉寿帅军令，带三百义和团弟兄前来助战。"

"多谢！"

凤翔上前拉住张发："张头领，寿帅可好？"

"寿帅事情太忙，分不开身，让我率部分弟兄来助大人，愿受大人调遣。"

义和团的到来实出意外，军官备受鼓舞，于是声威大振。义和团到来不久，由布特哈来的两营义胜军也赶到了，合兵一处，士气更加高涨。

凤翔心中纳闷儿，寿将军派了义和团来，又调布特哈防军，为什么省城不出一兵一卒呢？他想张发必知内情，遂找他问道："寿帅派张师傅来，还有别的人来吗？"

"大人，寿帅已派营官赵德春率练军一营同来助战。"

"那赵营官的队伍显然是落在后边了。"

"不，不是。赵营官走在我们头前，他赶到大青山口就按兵不动了，说是奉令接应，不准过岭。我没有听说寿帅下过这样的命令，这里头有鬼！"

凤翔思索一下说："将军深谋远虑，不做孤注一掷，也是有的。"

张发愤然道："不是那么回事，我明明听寿帅说，让我配合赵营官过岭助战，根本就没有'奉令接应'这句话。"

凤翔听了，心里更是狐疑不决。好在义胜军的两营人马，加上义和团，部队增加了一千多人，声势还是不小的。

七月十六日，也就是张发率领义和团来到的当天下午，俄军前敌司令连年刚波夫少将率领的先遣部队也赶到了。这是哥萨克骑兵部队的一个团，团长布拉斯上校仗着一股锐气决心要冲过清军的防线，闯过兴安岭，直取墨尔根。连年刚波夫少将看出这里地势险恶，制止他继续前进，可是他不听，自恃哥萨克骑术精良，顺着大路一直冲向前去。刚刚进入大横山脚下，忽听一声号角，枪声大作，伏兵齐起，挡住了俄军的去路。连年刚波夫少将下令停止前进，但已经晚了，他们钻进了清军布下的纵深数里的伏击圈。布拉斯上校一马当先，带头冲阵，可是俄军在明处，清军在暗处，顷刻之间俄军倒毙数十名。哥萨克的凶悍名不虚传，他们本已陷入困境，可是还冒死冲杀，丝毫也不退缩。就在这时，忽然一阵喊声从岭上传来："杀呀！给同胞报仇啊！"

张发带领义和团从岭上飞驰而下，几百名义和团战士每人挥动一把大刀，冲入俄军阵里。

一场激烈的白刃战开始了。

凤翔站在岭上看得明白，立命吹号。号声一响，埋伏的人马纷纷杀出，恒龄、满达海、常泰、关显等挥兵从各个方向攻来，俄军招架不住，四下乱窜。哥萨克骑兵阵势一乱不要紧，纷纷掉进泥潭里，有上百人马丧了命。布拉斯上校也陷入了沼泽，拔不出马腿来。连年刚波夫少将在后边督战，他看清兵控制大横山制高点，使他欲进不能、欲退不可，立命后边部队抢占高地。俄军下马步行爬山，又遭到清军上下夹击，疯狂的进攻变为绝望的挣扎，死伤惨重，军心顷刻瓦解。曾经猖獗得不可一世的哥萨克，他们中有好些人只顾性命，武器和战马都扔掉了，钻入密林藏了起来。就连俄军司令连年刚波夫少将本人也不管布拉斯上校还在泥沼里挣扎，匹马单枪向后逃命去了。

张发看见陷在泥沼里的布拉斯上校，他不知是骑兵团长，约莫是个职位很大的军官，就带了几个义和团的战士前去捉他。布拉斯一见情况危急，忙舍了战马，跳到泥潭里，爬进芦苇逃命。俄军大半成了落汤鸡，拔不出马蹄子的都舍蹬离鞍，滚到泥水里乱窜。眼看清军人马和义和团渐渐逼近，俄军濒临绝境之际，俄军大队赶到了。苏鲍提奇中将率领的步兵师赶来救援，哥萨克骑兵团才免遭毁灭性的打击。

滚了一身泥水、狼狈不堪的布拉斯上校看见援兵到了，他揩了一把脸上的泥水，又号叫着下了反攻的命令。

第一个阻击战获胜，清军士气倍增，他们纷纷表示决心要反攻瑷珲！

116

战争的突然爆发使富喜忘记了叫醒正在酣睡的刘芳。他迅速爬上附近的一个土山包，登高瞭望，大约五里之外，两军正在交火。富喜没敢擅自下令开炮，他干着急，可就是没有想起去叫刘芳。

一个人从后边上来，轻轻拍了他一下："呆子，在这儿瞅什么？我告诉你什么来着？"

富喜回头一看，刘芳上来了。他恍然大悟，歉意地说："忘了忘了，我想你也不会睡得那么实。"

刘芳微微一笑："当然了，第一声枪响就把我惊醒了。"

"咱们怎么办，打还是不打？"

"我请示过了，大炮暂时用不上，让听命令。"

二人一直看到清军把俄军赶下泥潭，俄军的增援部队上来把他们的败兵接应回去。

富喜着急道："毛子要跑，现在开炮正是时候。"

"不行！"刘芳果断地说，"没有命令，不准乱来。"

富喜不以为然："还拖延什么，毛子要跑了！"

"那也不行，暴露目标还了得！"

富喜瞅了他一眼，没吱声，匆匆下岭去了。刘芳没理会他，依然聚精会神地观察远处硝烟弥漫的战场。

炮响了。

刘芳一惊，见炮弹在敌军中开了火，敌军倒地一片。他并没有欢喜，而是皱起了眉头："坏事了！"

原来富喜看见俄军顺原路往回撤，估计他们要跑，他便下岭指挥边缘炮垒开了两炮。刘芳赶来制止，已经来不及了。富喜得意地炫耀道："少说，毛子也得别钺①五十个！"

"你懂得什么！"刘芳追悔莫及地说，"误事，误事！"

炮手怯懦地辩白道："刘营官，是他传你的命令让开炮的。"

"算了！"刘芳不满地横了富喜一眼，"就算是我传的命令！"

撤退中的俄军司令连年刚波夫少将听见炮声，先是一怔，继而笑道："好哇，他们的炮兵阵地是在那边。"

<h1 style="text-align:center">117</h1>

正当清军欢庆胜利的时候，俄军集中炮火向清军阵地猛轰。

说来也奇怪，差不多所有炮弹都落到刘芳的阵地上，看样子俄军已经发现了清军炮兵的目标，竭尽全力欲摧毁清军的炮兵阵地。

这猝不及防的突然袭击使刘芳失去了主动权。等他辨别清楚炮火的来源时，他的阵地已经尸横累累，几乎翻了个个儿。他心里埋怨富喜，这都是他暴露目标，引火烧身。

"刘营官，毛子的开花炮真厉害，你说怎么办吧！"

"还击！"

清兵的还击是脆弱的，整个阵地上只有两门炮能开火，其余的不是炮手被打死，就是大炮被毁坏，全都失去了战斗力。

伤兵一个接着一个倒下去。

"快抬下去！"

忙乱了一阵，刘芳才恢复对阵地的系统指挥。

"富喜？富喜哪儿去了？"

刘芳找了几个地方，不见富喜的影子，他很着急。当终于找到了富喜时，见他正在一个炮位上，修理被毁坏的大炮。炮手已被炸死，看样子，他是为让这门死炮复活而努力。

"富喜，这里危险，快走开！"

---

① 东北土语，完蛋的意思。这类土语在满族地区盛行。

富喜瞅了他一眼，没有吭声，继续修炮。

"走开！"刘芳急了。

"刘芳哥，你处罚我吧，我有罪。"富喜扑倒在刘芳脚下，伏地痛哭。

"别说了，翼长要怪罪下来有我，你快离开这地方。"刘芳拉了他一把。

"不，今天这事是我惹出来的，我要给弟兄们报仇！"

又一阵爆炸响声之后，清兵阵地上的大炮全哑了，刘芳绝望地下了命令："撤！"

可是富喜说啥也不走，他要坚持修理大炮。

"不要修了，那无济于事，快走！"

"我不能走，阵地不能丢掉，我要守住它！"

"不行，这是玩命！"

"刘芳哥，你快走吧，我没脸回去见人。"

刘芳想叫来人强制他撤退，可是四周瞅一瞅，不见一个走动的人，士兵们非伤即死，差不多全倒下了。

又是一颗炮弹落下来，在附近爆炸，刘芳被掀起的泥土埋住。当他挣扎起来去看富喜的时候，只见富喜满脸鲜血，仰卧在炮筒下。

"富喜，富喜兄弟！"刘芳不顾自身疼痛，向富喜扑了过去，他以为富喜可能牺牲了。富喜并没有死，只是额角、脸颊、腮边、脖颈被炮弹皮划破了数处，他一声不吭地翻过身来："刘芳哥，你平安比啥都好，我这叫自作自受。"

刘芳上前要背他走，这时才觉得整个身子麻木，自己的腰部被土块砸伤，不用说背别人，自己都动弹不得了。

"来人！"

刘芳喊了几声，不见一个人上来。

"完了，这回谁也不用走了。"

刘芳正急得没法儿，发出绝望的叹息时，突然一个清脆的声音传来："我来！"

李玉妹从土岗后的林子里钻出来。

"你来干什么？"刘芳怒喝一声，"快躲开！"

玉妹来到近前："我的营官老爷，别拿架子了，快来，我背你走。"

"你不行，叫他们来。"

"他们？还有哪个他们？那几个姐妹背他们还背不过来呢！"

"你?"事到如今，刘芳也只有把希望寄托在她身上，"那也好，你把富喜背下去。"

"不。"富喜挣扎着站起来，"我能将就走，你照顾刘营官吧。"他走了没几步，一跤跌倒，原来他的腰部也扭伤了。

玉妹麻利地扶住富喜："我先背你，回来再背他。"

"不，我不走，反正走哪儿都是个死，你可别折腾我了。"

"富喜!"刘芳急了，"别磨时间。"

富喜不肯起来，嘴里还不住地叨咕："生有处，死有地，人不能死两回，一回早晚脱不掉。"

刘芳眼里直冒火，大喝道："不要听他的，架他走!"

玉妹是武功超群的女孩子，抓过富喜的胳膊轻轻一提，背在身上，头也不回地冒着烟尘急急穿过。

"放开我! 放开我!"

不管富喜如何喊叫，玉妹一步不停，飞身下了土崖。正好云花寻找玉妹赶到这里，一见玉妹背着一个伤员，她要来帮。玉妹忙说："姐姐，你快上去吧，上边还有一个要紧的人。"

"谁? 什么要紧人?"云花不明情况。只听富喜还在喊："放开我，你快去救刘芳，把刘芳背下来!"

一听刘芳，云花脸腾地红了，她怎么好意思上去，遂向玉妹伸出手："把富喜交给我，你上去。"

玉妹脚不停地边走边说："快，快上去，晚了有危险!"

云花不知所措，还在迟疑。玉妹急了："还磨叽①个啥! 到什么时候了，管那些!"

云花望了一眼越走越远的玉妹，心一横，迅速蹿上土岗，顾不得避忌和害羞，急急忙忙向还在往前蠕动的刘芳跑去。

118

俄军暂时退却。

匡安岭上的清军临时阵地经过俄军的炮击，大半毁坏，不久前组编的炮兵营基本瓦解，失去了战斗力。炮兵伤亡很大，营官刘芳被土块砸

---

① 东北土语，犹豫不决的意思。

伤，经过随军医生的治疗，很快就能活动了。富喜腰部的扭伤虽然没啥大事儿，但额角、脸颊的伤口短时间无法愈合，给他缠上了绷带，整个脑袋都包了起来。

凤翔彻查了这次俄军炮击的原因，追究到炮营阵地没有奉令就擅自开炮，暴露了目标，引起敌人的疯狂报复。他心里十分生气，也不管刘芳刚治好砸伤，就派人把他传去了。

刘芳心里明白，这回坏了，违令开炮，军律当斩，这是富喜干的，如何是好？当差官传他问话他就明白了，所以一路想了很多。他想到贵喜的惨死，如今哥哥又犯罪当斩，这怎么成呢？可是，又如何能救了他呢？他还没有想好相应办法的时候，中军大营到了。

他被叫进去。

一向对他和蔼可亲的副都统今日却一反常态，厉声问道："是你们先开炮的吗？"

"是。"刘芳怯生生地回答。

"是谁的命令？"

"回禀大人，小的该死。"

"你身为营官，不准擅自开炮，以防泄露防务机密，你不懂吗？"

刘芳看事情已经复杂了，只得大着胆子辩解几句："大人，小的看俄军逃窜，怕他们跑掉，才开炮轰击，我打算把他们全部消灭掉。"

"大胆！"

刘芳立刻把头低下，不敢正视，他等待对他严厉的惩处。

凤翔生气地站起来，一边思索一边挪着步子，他在考虑对刘芳的处治。

忽然，一个人撞撞跌跌地闯进来："大人，冤枉啊！"

凤翔一回头，见此人头上缠满了绷带，腰不敢直，知道他是个伤员。

"你是谁？"

"小的富喜，参见大人。"

"你来干什么？"

"大人，刘芳冤枉，炮是我违令开的，当时刘芳并不在场，要处罚就处罚我吧"

"啊？"凤翔睁大了眼睛，盯住这个只露着嘴和眼的伤员，"你说什么？"

"炮是我开的，没有刘芳的干系，我特来领罪。"

凤翔又瞪了刘芳一眼："到底怎么回事？"

"炮是富喜开的，是我命令让他开的。"

"你撒谎！"富喜急了，"我开炮你还训斥我来着，怎么是你的命令呢？"

"我是营官，我有权命令你开炮。"

"不是那么回事儿！当时你根本不在场，事后你又训斥我，说我擅自开炮，暴露目标，我认罪。"

凤翔已经明白了事情的来龙去脉，心里暗暗佩服，好一对有情有义的青年。他的气消了大半，遂又坐在椅子上："你们谁也不要争执，是怎么回事，我已清清楚楚。富喜违令开炮，出于对敌仇恨，其情可原；刘芳实是不知，代友承担罪责，其情可悯，你们俩说，该怎么处置吧？"

"小人死而无怨。"富喜跪下叩头。

"我是营官，有亏职守，罪当重处。"

凤翔长叹一声："竖子无知，坏我大事！姑念作战勇敢，你们的父亲、弟弟皆殁于阵，你们又身负重伤，暂且饶过，下不为例。回去养伤吧，伤好以后，在我身边随营听令，争取将功补过。"

"大人！"

"大人……"

不待凤翔说完，二人早已泣不成声，他们是悔恨、是自责，而且也包含着无限感激之情。周围的将士、亲兵、侍卫、戈什哈们也都为之潸然泪下。

119

阻击战虽然胜利了，但俄军的增援部队赶到了，又炮轰了清军阵地，摧毁了整个炮兵营，凤翔心中十分懊恼。夜间，他反复思考转移的计划，他要神不知鬼不觉地移营北大岭，在那里打伏击，遏止俄军进犯齐齐哈尔。

他出了简易的帐篷，顺着山岭小路悄悄地向阵地走去，两名亲兵保持一定距离，在后边护卫着。他想探听一下军心，看看战士们都有什么反应。目前最担心是部队哗变，一旦军心瓦解，残局不可收拾。他知道，军士们的爱国热情再高，但这种种不利因素的影响，忍耐毕竟是有限的。

战斗大半日的士兵们都睡觉了，他们睡在露天的草铺上，有的枕着石块，凤翔心中更觉不安。他本来怨气也很大，那些大人老爷高官贵族们高堂华舍，锦衣美食，享不尽的人间清福。而这些可怜的八旗子弟们，抛家舍亲，背井离乡，为国家戍边。说是保卫国家，实际又是保护谁的利益呢？朝廷规定，黑龙江边防驻军不备行军帐篷，说是为了节省军费开支，这省下来的钱又流入谁的腰包呢？那些连国家兴亡都全然不顾的高官权贵们，他们的心里哪儿还有一点儿体贴别人疾苦的味道呢？他轻轻地叹了一口气，怅然地走开。

拐过一道陡坡，来到一处，看见士兵们围坐在一起，低沉而雄壮地唱起歌来。

> 瑷珲的山岭，
> 布满了硝烟；
> 黑龙江的水哟，
> 碧波流丹！
> 哪里有啊，
> 我们的父母，
> 何处是啊，
> 我们的家园！
>
> 俄罗斯匪徒啊，
> 杀人又放火；
> 大清国黎民哪，
> 生灵涂炭！
> 何年何月啊，
> 赶跑那敌寇，
> 哪朝哪代啊，
> 收复我河山！

凤翔一直听完，心中感叹道："真是天下兴亡，匹夫有责，戎马生涯尽多忠义之士啊！"他没有惊动他们，悄悄问随行人员，"这里是哪个军的防地？"

"镇边军，恒龄大人的防地。"

凤翔见军心果然不稳，不想再走下去。他转回大营，立即命令差官：

"请各军统领于黎明前寅时议事。"

120

寅时，天还没亮，各将领准时到齐了。

凤翔简捷而又果断地说道："匡安岭险要已失，故决定移营北大岭设防，各军要务要遵令，有序地撤退，不得紊乱，辰时出发。"

各将领相觑愕然，怎么刚打了一个胜仗就要后撤，这是怎么回事儿？

满达海明白翼长的心思，首先表示赞同。他说："移营之举，决策英明，事不宜迟，迟则有变。"

恒龄对于移营不太理解，他还主张坚守大横山，同俄军拼个你死我活。

一时意见纷纭，拥护、反对各有人在。凤翔以一种不容置疑的口吻说道："诸位，瑷珲虽失，我军实力未衰，当以全盛之师以保省城，收复一事，可从长计议。请勿失良机，速去安排，不要误了期限。"

正在这个时候，电报员送来寿山将军的急电，令凤翔全师退守北大岭。来得正是时候，各将领的思想才统一了。

凤翔得到将军准予移营的电令，心情豁然开朗，他立即宣布了撤军步骤：

令穆立斋率所部安边军当先开路，到达目的地后赶快构筑阵地，扼住咽喉要路，以备敌军抢在我前；

令恒龄、王振良分镇边军为两支，埋伏于左右两边山坳，夹击来追的敌军，然后速赶队伍，到指定地点待命；

令满达海护卫军需、粮草、伤员尾随前锋部队先走；

令张发、陈永寿、文祝山率领义和团掩护大队进发；

令肯全率索伦骑兵营往来接应；

令李得彪所部义胜军，偕同中军统领富尼雅卡、安边军帮办关显、靖边军帮办常泰，护卫中军大营撤退。

其中索伦骑兵统带肯全，原是鄂伦春猎户出身，对小兴安岭非常熟悉。瑷珲突围，他带队走散，在山里转了几天，终于追上了队伍，找到大横山来。这几天，他又联络了一些鄂伦春猎人，让他们组织起来，到

315

"兴安岭的大青山会合。"

于是，中前左右后五军、马步炮工辎五营各按旗色方位，排成方队，有序地撤出阵地，开往北大岭方向去了。

次日俄军又全力来攻，不见一个人影儿，知清兵转移，真是神不知鬼不觉，退得干净利落，没留下任何蛛丝马迹。布拉斯上校要报战败落水之仇，欲率军追赶，被连年刚波夫少将制止，布拉斯上校仗着是格里布斯基将军的亲信，没有把前敌司令放在眼里，擅自率军沿大路追袭，结果被恒龄、王振良两支伏兵痛击一阵，又折了好些人马，连布拉斯上校也差一点儿当了俘虏，他混在溃军中间跑了回去。

俄军停止行动，补充、整编，重新调整进攻部署，并且等待指挥官格里布斯基将军总部的到来。

第十九章

121

　　小兴安岭的走向是由西北衔接伊斯呼里山开始，直到东南的松花江岸边为止，全长八百多里，既是瑗珲的后路，又是齐齐哈尔的前门，它像一道边墙，把瑗珲和省城隔开。有一条驿道，连接瑗珲与墨尔根两城，是内地与边疆的唯一通道。扼驿道的最高峰乃大青山，俗称北大岭。整个小兴安岭多宽平的湿地，土名"甸子"，遍布山谷、丘陵，罕无人迹。唯大青山一带山峦起伏，峭壁悬崖，属于火山岩层。这里有"九岭十八坡"之称，崎岖的驿道由东向西要通过两个山口，山形在这里拐了个大弯儿，因此前山隘口偏向西北，后山隘口略占东南，通称北山口，又叫北大岭山口。两个山口的中间是因山脉回旋而形成的天然峡谷。官道几经盘桓，蜿蜒曲折三十余里，由西北钻出，直达墨尔根。墨尔根为嫩江平原北端门户，南去齐齐哈尔，水陆交通便利，为黑龙江最富庶地区，有"鱼米之乡"的称号。

　　凤翔率领清兵和义和团在岭上扎下了大营，埋锅造饭，传令休息。士兵连日战斗，又加上昼夜行军，疲惫不堪。他们不顾疲劳，吃完饭后，赶紧构筑工事，以御敌军。凤翔沿官道两侧设下埋伏，纵深八里，呈袋状，静待敌人来犯。

　　一切部署停当，天已过午。据探马来报，俄军毫无动静，现在匡安岭驻扎，补充整编，近日内来不到这里。

　　凤翔休息了半天，就率领大营内官员、师爷们察看地形地势。随行的还有各军统领、护卫亲兵、差官、戈什哈等数十人。他们登上了一座高峰，尽情地眺望兴安岭的景致。时当初秋季节，北方气候温度偏低，早晨因下雾灰茫茫一片，中午雾气蒸发，天气又明朗起来。

凤翔以前只是从官道上通过北大岭的山隘，没有登过高峰，随行人员差不多都是第一次。他们贪婪地欣赏着北国大自然的风光，被这特有的景色迷住，顿时感到心旷神怡，暂时忘记了流血牺牲的战争现实。

凤翔走在最前头，众官边走边谈，有说有笑。在他们的眼中一条漫无边际、蜿蜒起伏、绵亘不断的崇山峻岭在灼热的阳光照耀下，碧绿青葱，一片树的海洋，有几处怪石嶙峋，峭壁绝岩，险峻异常。几条茅苇篷舸的小溪，看不见流水，却听见淙淙的响声。那声音在山谷中回响，如同洪涛咆哮，万马奔腾。苍鹰在悬崖上盘桓，白云于岩石间缭绕。

"真是好景致！"凤翔看到这里，赞不绝口，又遥指着远处插天高耸的山峰说道，"这里正像古人所说的：'层峦耸翠，上出重霄。'可见古人对山河感慨颇深……"

来鹤年从旁插话道："那么说，黑龙江是'飞阁流丹，下临无地①'了？"

满达海本来就厌恶来总管，见他借题发挥，攻击凤翔，早憋了一肚子气。他沉默片刻，瞪了一眼来鹤年说："古人诗文的原句不要照搬，更不要借古讽今，歪曲古人原意。凤大人援引古人之辞，因地即景，恰如其分。来大人借喻，文不对题，相去甚远。我看这两句应改为'江水流丹，尸横遍野'，不知总管大人以为然否？"

来鹤年如何能不明白他的用意，他潇洒地环顾一下，冷笑道："满大人才气横溢，胜过古人，所改二句，堪称史笔。那也是天理昭彰，咎由自取，逆天而行的必然结果。"

"你说什么？"

一人大叫着向来鹤年奔来，众人一看，乃恒龄。他瞪大了一大一小两只眼睛，脸上的疤痕抽搐着。凤翔已经听出来鹤年讥刺他兵败弃城，心里很不高兴。又见满达海以矛刺盾来回击他，反而遭到来鹤年更露骨的攻击，在这么多人面前，他如何受得了？正想揶揄来总管几句，不想恒龄奔过来了，他怕把事情闹大，忙用话岔开："胜败乃兵家常事，如今不能患一城一地之得失，当为民族存亡的大计着想。"

不料来鹤年不知进退，得寸进尺，他反而冷笑道："要为民族大计着想，就不能拿中国人的生命当儿戏！"

一言未了，恒龄绕过几块岩石，来到来鹤年的面前，气咻咻地瞪起

---

① 唐·王勃《滕王阁序》中，有"层峦耸翠，上出重霄，飞阁流丹，下临无地"句。

了眼睛："来总管，我要问问你，什么叫拿中国人的生命当儿戏？外国强盗欺负到头顶上，我们出生入死，抗击敌人，牺牲流血，难道说全错了吗？"

几个官员也愤愤不平地附和着："对，你来大人要把话讲清楚，当儿戏，这是什么话？"

凤翔一看，来鹤年引火烧身，事情闹大了，他只得压住自己一肚子的火儿，忙给打圆场："诸位不要争执，是非曲直，后人自有公论，当前我们要精诚团结，为国效劳。至于个人见解嘛，难定可否，还是不要强加他人为宜。"

来鹤年一时使性，说出那么一句不中听的话，也感到很后悔。众人群起而攻之，自认晦气。可是见凤翔不但不乘机抓住把柄，给他更大的难堪，反而为他解围，心里着实感激。他平静了一下，讪笑着解释道："诸公不要误解，朝廷对八国宣战，这不是拿中国人的生命开玩笑是什么？战争不管胜与败，朝廷还是朝廷，流血的是我们，受害的是百姓。我们今天到了这个地步，岂不是逆潮流而行，咎由自取？"

谁知，几句话把大家说服了，没人从里边挑出毛病来。恒龄翻了一下眼睛，停下了脚步，说道："我恒老虎是个武人，只知道打仗，别的什么也不懂，也不想懂。没有你们那些喝墨水子的鬼点子多，一肚子花花肠子。"

众人哄然大笑，凤翔、来鹤年也笑了。来鹤年又特意逗他一句："老兄，那墨水子喝多了，里外都是黑的，哪能有花花肠子？"

众人更大笑不止。

紧张的气氛缓和下来，大家继续前行，登上一个山头。这个山头正对着南山隘口，驿道从山下回旋式通过，深沟望不到底，浓荫遮住蓝天，从这里看世界，显得天下小多了。又走了一段路，地势更加险要，驿道忽隐忽现，从山峰缝隙中钻出。两边矗立着悬崖峭壁，像两扇门，中间唯一的进山通道从底下延伸到这里，好像一条线，真是一个天然隘口。有人遥指道："那就是一线天，过了一线天，就快到驿站了。"

凤翔遥望这段地势，只见空山峡谷，郁郁葱葱，前后一个村庄也没有，不由得发出一阵慨叹："太疏忽了，太疏忽了！"

满达海不知何意，从旁问道："怎么？"

凤翔瞅瞅满达海，没有解释，却转向来鹤年道："翰臣兄，你看这个地方，不是太疏忽了吗？"

来鹤年望了一下，略一思索，立刻明白了凤翔的意思。他说："我朝二百多年，历来讲究边事者，不能在这里设一镇、驻一军，使瑷珲远隔岭北，孤立无援，才有今日之祸。"

"老兄高见！"凤翔十分惊奇，来总管确是非凡人物，他的见解和自己一模一样，从心里往外佩服他。

"不过，天意如此，非人力所为也！"来鹤年认定边防的疏漏也是属于天意，并不是由于决策者的失误造成的。

满达海听着他们谈话，也对来鹤年的那番议论表示信服，暗想道："不怪恒老虎说他墨水喝得多，一肚子花花肠子，偏是他这种人，就比别人见识高出一头，怪不得副都统对他有尊有让……"他正在胡思乱想，忽听凤翔又叫他："满统领，你看这个地方对咱们有利吗？"

"依卑职看来，这高山峻岭正是进可以战、退可以守的地方。"

凤翔不置可否地点点头。其实，他不完全同意这种看法，不过他是统帅，不能轻易流露自己的真实意图。

"非也！"来鹤年又高谈阔论起来，"这进能战、退能守只是暂时的，济燃眉之急，挽救不了大局。《孙子兵法》云：'不可胜者，守也；可胜者，攻也[1]'。守是处于劣势。敌人是攻，处于'可胜者'的优势。这就是说，主动权在敌而不在我，况且我军屡败，士气不振。如果外援不能及时赶到，不用说是攻，我看守也办不到。"

凤翔吃惊地望着他，怎么来总管今天所说差不多都是自己的心里话呢？难道说，这就是"明人所见略同"吗？正在狐疑，只听满达海质问了一句："何以见得？"

"这里是铁岭绝岩，远离城乡，武器给养补充困难，辎重转运不便，孤军久悬，尚能望长久乎？一旦士气动摇，军心瓦解，后果将会如何？瑷珲之鉴，何能忘记！"

满达海也服气了，他转问凤翔："大人，万一援军不到，供给断绝，下一步如何打算？"

"援军不到，这是定了。如今只有死守，决不后退，解寿将军后顾之忧。"凤翔又宽慰大家，"粮食、弹药尚可支持十日左右，这期间局势定有变化，诸公要勠力同心，为国分忧。"

有人接言道："大人放心，我们与大人相始终，决无二意！"

---

[1] 见《孙子兵法》：《形篇》。

凤翔又慨叹道："这次幸亏张拳师来，鼓舞了士气，义和团出力不小啊！"

满达海接过说："他们牺牲也不少。"

来鹤年"哧"了一声，恨恨地说道："死有余辜！这场浩劫，还不是他们闹出来的？"

凤翔前后瞅瞅，幸亏没有义和团的人跟随，不然又是一场麻烦。

在一个最高峰上，他们放眼望去，远远的山间有一处向上喷烟，有人告诉大家说："这就是兴安岭上有名的火烧山，烟火终年不息，不知是篝火还是神火，也有人叫它火山。"

大家的注意力又被这绚丽的自然景色吸引去，都十分好奇地望着。凤翔一边望着，一边对随行人员说："我满洲山川毓秀，我国家地大物博，难道终被外人蹂躏不成？"

他们又察看了阵地，直到日色西斜，才回到驻地。

122

凤翔回到中军大营，吃过晚饭，已到黄昏时分。他不住地思索白日登山的情景，来鹤年总管的见识真非一般可比。自己丢城败阵，损兵折将，自不量力，以卵击石，纵有忠君报国之心，谁会谅解？将来一旦"和约"，还不是来总管一类主和者得胜？而主战者虽然浴血抗敌，也难免死后还要受谴责。朝局变幻，到头来总是推出一批替死鬼，只要皇纲不废，管它什么是非曲直。他轻轻叹了口气，自言自语道："武夫生于乱世，难免马革裹尸，为人自有一死。武死于战，就是死得其所，身后褒贬，由人评论去吧！"这时，他又想起林尚义来。老头子曾劝他"留得青山在"，可自己阖门尽节了。而我眼看也要"柴尽山光"了，还有什么脸面活在世上！从此，凤翔抱定必死之念，排除杂思，一意抗敌。

他刚要休息，守门的卫兵来报："前沿阵地送来一个老汉，说有事要见大人。"

凤翔一怔："什么样的老汉？"

"一身猎人打扮，说是从山里来的。"

凤翔心中纳闷儿，这兴安岭百里无人烟的地方，难道还有住石洞的土人？

"他要干什么？"

卫兵回禀道："他要见大人，他说认识大人。"

这就更奇怪了，凤翔轻轻一摇头："这个地方，我没有熟人。"

"大人，那见还是不见？"

凤翔沉吟不语。卫兵又补充一句："大人还是不见的好，以防是奸细。"

卫兵不待吩咐，转身要走，凤翔立即指令道："领他来见我！"

因为听说是个老汉，又自称认识，凤翔在卫兵出去的工夫穿好外衣，提上靴子，坐在铺上等候。

老汉被领进来了，只见他合拢双拳，晃了两下："大人好！"

凤翔欠一欠身："请坐。"

老汉也不谦让，坐在旁边一个木墩子上，见凤翔瞅着他发愣，笑道："大人不认识了？"

凤翔确实有些面熟，仿佛在哪里见过，可一时又想不起来。

老汉不慌不忙，坐在木墩上，从右边的腰围上拔下一个小烟袋，顺手插在皮烟口袋里，两手抠住揉搓起来。

凤翔打量着这位老汉，几乎穿了一身皮衣：两只胳膊套着鹿皮套袖，两条腿上穿着鹿皮套裤①，腰上围着一圈儿鹿皮带子，鹿皮围裙，鹿皮兜，鹿皮烟口袋，头上还戴着鹿皮帽，鹿皮坎肩，鹿皮登山靴，好像一个鄂伦春猎人。他双手揉搓了一阵，即把装满铜锅的小烟袋拔出来放在嘴里叨着，又从左边的腰上摘下一个鹿皮荷包，顺里边取出一个嵌着铁片的皮子，这种东西叫火镰②。皮子上还缝个小兜儿，小兜儿里装着一小捏毛茸茸的东西，叫火绒。老汉把火绒按在火镰的铜片上，又摸出叫火石的一小块石头，准备打火。只听卫兵喝道："大帐内不准抽烟！"

"不得无礼，退下！"凤翔喝退卫兵，笑着对老汉说，"老人家不在此列，你只管抽烟好了。"

老汉瞪了一眼离去的卫兵，瞅瞅凤翔，根本也没理他，只顾打火点烟。

他吸了几口，喷出一团团的烟雾。凤翔这工夫似乎认出这位老汉了，但他没有把握，不敢肯定。

---

① 套裤：是一种光有裤腿、没有裤腰和裆的裤子，满族人以前普遍穿这种裤子。因为是在裤子上另外穿的，所以叫套裤。

② 火镰：一种打火的工具。形状是一条刀状的合金钢，嵌到一块皮子上，用一种特有的石子摩擦而出火，火绒就势燃着，就可使用，为火柴发明以前的引火工具。

老汉从嘴里拔出烟袋："大人，真的忘了？"

"您老人家是……"

"忘记了？我在瑷珲给你们带路来着。"

凤翔赶忙离座，一把拉住老汉："果真是您老人家！想不到哇，怎么远隔好几百里会来到这儿？"

这是依留精阿老人。

凤翔只在江边视察阵地时，同他有过一次接触，因天色已晚，没有清楚的印象。瑷珲突围又在晚间，老人给带路，当向导，使瑷珲守军逃出包围圈，可是天黑，仍然没有看清楚。这次相见又是在晚上，凤翔说什么也不会想到他那么大的年纪，相隔数百里，今天会来到这儿。他记得老汉的装束不是这个样子，种种原因，当然他是不敢认了。

凤翔十分高兴，把老人拉到榻上，令戈什哈倒茶。

"瑷珲突围，全仗您老人家，大德永不能忘。瑷珲到此三百来里，山高岭陡，崎岖不平，老人家怎么来到这里的？"

依留精阿老人把小烟袋锅向鞋底上磕了几下，磕净烟灰，又用嘴吹了吹，通气之后，才放进皮烟荷包里。

"大人，说句实话，我几天以来一直跟着你们队伍，一旦有个危难招灾①的，我老汉想再给大人出点儿力。"

凤翔吃惊道："老人家可敬可佩！凤翔无能，兵败城丢，百姓涂炭，万死不足以蔽其辜！"

"大人不能那么说，要不是毛子发兵侵占咱们，哪儿有这样的事！"老人劝了一句，又问凤翔，"大人可知道瑷珲的事吗？"

"听说城烧毁了，人杀光了。"

"是的。"老人眼里充满了仇恨，又说，"瑷珲惨哪！上万人都给俄国毛子杀害了，老人、小孩子、妇女都倒下了。"

老人干涩的眼睛里流出了泪水，凤翔也觉难过，自责道："都怪凤翔无能，没能守住瑷珲。"

依留精阿老人岔过话头道："我那个大少②为国尽忠了，这也是好事情。我那个孙子刘芳，少年无知，全靠大人栽培。"

凤翔感慨万分，想不到老人如此刚强，他伤心的不是自己的儿子，

---

① 危难招灾：北方土语，即有困难。

② 大少：北方土语，即儿子，指老人儿子刘健战死沙石口。

第十九章

是瑷珲城上万人民。能对老人说点儿什么呢？想了想，只有如此安慰老人："太平以后，我一定申奏朝廷，为您一家请求旌表，刘营官从优抚恤。"

老人摇摇头："大人费心，全都不用了。愿苍天保佑，早日赶走洋鬼子，天下太平。"

"老人家孙子刘芳已升营官，继父之职，很有心胸，以后我还要保举。"

老汉笑一笑："谢大人，不必了。打退毛子以后，叫他早点儿回家，家里没人了。"

凤翔一听，心里更觉不是滋味，他发恨道："毛子侵我土地，毁我家园，杀我百姓，国恨家仇，永世不忘！"

"大人赤心为国，小民十分敬佩。老汉今晚来见大人，有一事相商，不知可说不可说？"

依留精阿老人说着，拿眼睛前前后后左左右右溜了亲兵戈什哈一阵。凤翔明白，知他有什么机密话要说，遂手势辞退帐内警卫、勤务人员，向前一探身："有什么话请讲吧。"

"大人不要怪罪！"

"咱们是老相识了，可以无话不谈。"

"那就好。"老汉突然没头没脑地问了一句，"大人，请问，瑷珲失陷的根本原因是什么？"

"怪我调度不当。"

"这是哪里话！"

"敌我力量悬殊。"

"这只是其中一个原因。"

"还有就是孤军作战，后备无援。"

老汉点点头："大人所论不差。那么，援兵为啥不来？"

"原因很多，没法猜测。"

"依我老汉看，朝廷根本就指望不得，要想赶跑外敌，非动员民众不可。"

凤翔接过说："当然，民为邦本，民心可用。鸦片战争时的平英团，现在的义和团，都使外国人害怕。"

依留精阿老人晃晃头："义和团比不了当年的平英团。平英团是民众自发而起，以抗英人、抵制鸦片为宗旨；义和团有宗派团体，借机闹事，火中取栗，绝依靠不得。要依靠真正的民众，没有私心的民众。"

"哪里会有没有私心的民众？"

"有，就在附近。"老人神秘地说，"大人愿意不愿意争取他们，联合他们？"

凤翔惊诧道："这是真的？"

"老汉对你实说吧，兴安岭有个绿林好汉王老虎，占山作寨，成立了'抗俄报国忠义军'。他们不靠朝廷、不靠官府，不勾联义和团，现在已聚了一千多人，誓把俄国毛子赶跑，愿意同大人联合。"

"你怎么知道？"

"不瞒大人说，我已加入'抗俄报国忠义军'了，我认识大人，愿意当个联络人。"

凤翔知道有"忠义军"这个组织，他已责成李得彪去联系他们，希望取得他们的帮助，但至今毫无音信。今见依留精阿老人充当联络人，自然很高兴："老人家，请转告他们的首领，本都府同意与他们携手合作，共同抗敌。"

"大人派人去联系过，这我知道。'忠义军'有个要求，让我面见大人商量。"

"什么要求？"凤翔表态道，"能办得到的事，尽力而为。"

"请大人带领部队加入'忠义军'，大伙推举大人为'救国忠义军'的总首领。"

"那让他们全体就抚，加入官兵不好吗？"

老人一笑："那怎么可以？大人乐意加入'忠义军'的话，还有一个条件，就是彻底同朝廷断了线。这一点，怕大人做不到。"

凤翔一听，吓了一跳，连忙摆手，制止他再说下去："请不要往下讲了，此话到这儿为止。您老人家转告他们：能和本都府联合抗战，表示欢迎。要求我别的，做不到！"

"大人要三思。"

"我是旗人，朝廷一品大员，天恩浩荡，涓埃难报；凤翔只有效忠皇上，肝脑涂地，死而后已！"

依留精阿老人站起来，盯住凤翔问了一句："大人可莫后悔？"

"纵然赴汤蹈火，凤翔断不肯做背离朝廷之事。"

"大人保重，再见了！"

依留精阿老人转身要走，凤翔也不强留，叫过来亲兵吩咐道："你们把老人家送出哨卡，天黑路滑，注意照料，千万别摔了。"

老人出了帐篷，凤翔送到门口。他转过身来，做个告别状："大人再见了，保重，保重！"

凤翔也礼貌地双手一拢："后会有期！"

依留精阿老人已经离开很久了，凤翔还在发怔。良久，他喘了一口长气，望着远处的高山密林，心情十分懊丧地说道："真是岂有此理！"

123

四天以后，俄军大队人马跟踪追到兴安岭下。

据郭尼玛神父提供的线索，又从俘虏里的动摇分子口中得到证实，从瑷珲到齐齐哈尔省城，只有这一条路可通，而且还必须经过两个十分险要的隘口，地形是相当复杂的。

俄军又通过侦察得知清军已在山上构筑了工事，居高临下，依险固守。他们要实现越过黑龙江腹地、南下沈阳会师的计划，不得不竭尽全力去夺取兴安岭隘口，打通这条直达齐齐哈尔省城的唯一通道。

俄军在斗沟子战役中已经吃到了苦头儿，哥萨克骑兵团溃不成军，团长布拉斯上校受到了撤职处分，他已被调任司令部的卫队长。俄军经过补充整编，重新调整了部署。以前敌司令连年刚波夫少将为先遣队，率领两个骑兵团，首先赶到岭下。

山地作战，骑兵是有劲儿使不上，军人都懂得这一极普通的常识。可是这位俄国将军自被委以重任以来，奋不顾身，表现出异常的勇敢和凶悍。他率队于七月十八日早晨到达岭下，发现了清兵在山上扎营，他连休息的空隙都不给，立即下令，全力以赴，力争在大队人马来到之前拿下清兵据守的高地，为长驱直入黑龙江腹地创造辉煌业绩。

可是，他没有想到，他的部队恰恰钻入了清兵布置的袋状伏击圈。

124

攻守战打得很激烈，

俄军虽然中了埋伏，但仗着兵精武器优良，有进无退。

凤翔率领一批军官正在距战场不到十里的一个山头上观察战况。

同俄军交火的是满达海的靖边军和穆立斋所部安边军，两军加一块才一千多人，依仗有利地形，同俄军相持。

官兵们的心情非常紧张，他们望着战场，一会儿又望望副都统那毫无表情的脸。

来鹤年在旁边喋喋不休地嘀咕着："快把两翼调上去，满达海、关显皆非将材，难胜重任……"

若干日来，他得不到休养，显得非常苍老，牙齿已脱落了两个，眉毛显得更长，脸颊显得更瘦，额头、眼角儿满是皱纹。

凤翔只当没听见，他聚精会神地观察战局。

战场上，硝烟弥漫，土石翻飞，一片一片的树木被折断，一块一块的山石被掀起，山上山下，喊杀连天。

恒龄悄悄来到凤翔的身旁，轻而有力地叫了声："大人！"

凤翔一回头："恒统领，你来得正好，你看满达海能支持多久？"

"没法估计。"

来鹤年听着他们的谈话，睁开眼睛说："安边军素无斗志，靖边军如同惊弓之鸟，他们怎么能打胜仗？恒统领的镇边军才是久战不败的。"

恒龄本来是请战来了，听来总管这么一说，便乘机要求道："大人，俄兵死战不退，卑职愿去增援。"

"不必，时机还不到。"

来鹤年一跺脚："坐失良机，又要重演沙石口那一幕！"

"俄人没有倾巢出动，我军实力不应暴露。"

"俄军参战部队大不过一两千人，还犹豫什么？"

"你不要忘记，敌军人数超过我军十倍，我仅有恒统领这一支主力，留待对付数万俄军来犯。"

来鹤年笑一笑道："早若能顾虑到这一点，也不致落到这般地步。我看，这叫不撞南墙不回头。"

凤翔冷笑一声："来大人的话很对，正是敌强我弱，我军屡败，所以不得不谨慎、小心。"

随行众军官异口同音："大人所言极是。"

阵地的争夺战进行了两个钟头，俄军几次冲锋都没有接近隘口，折了很多人马，但是拼死不退。

凤翔看了一会儿，满意地说道："满达海机智，关显勇敢，二人配合得很好，将来都是国家栋梁也未可知。"

来鹤年一听，轻蔑地"哼"了一声，这回他什么也没说。

恒龄又走近跟前，说出了自己的看法："满大人抵抗一个时辰了，只能跟毛子杀个平手，取胜可不太容易啊！"

"你想上去是不是？"凤翔猜中他的心思，进一步说服他道，"敌军大队在后边按兵不动，是在窥测咱们的实力，且不可轻易暴露。"

恒龄嘴上不说，心里着急。

忽然，凤翔问起另一件事来："恒统领，你军还有几门炮？"

"三门，别的都在撤退时损失了。"

"这我知道。"凤翔想出一个主意，"开两炮，侦察一下敌军虚实，这也是援助满达海。"

"炮手都是新的，怕不听使唤。"

"我叫刘芳去。"

125

鏖战中的俄军突然听见清军阵地开炮，一时不知所措，还没等弄清楚开炮的方向，就被清兵击退了。满达海战刀一挥："追！"

一千多清兵向山下冲去，俄军仗着骑兵马快，沿大路没命地跑去。

凤翔在山头上看得明明白白，连连叫好儿！他认为这一仗可以提高屡败的清军士气，创造出以少胜多、以弱抵强的辉煌战绩，在军事思想上是个不可忽视的壮举。为此，凤翔对这次胜利十分重视，晚上在中军大营里，为他们举行了一个小小的祝捷宴会。

中军大营是个临时搭起的简易帐篷，里边点上蜡烛，燃起了明子，虽然算不上"灯火辉煌"，也可以说是很亮堂。

凤翔坐在正位首席，左边是来鹤年总管，右边是今天胜利的指挥者满达海、穆立斋二统领，十几个军官出席。他们围坐在临时布置的席案上，两军的帮办常泰、关显也坐在了显眼的位置。

凤翔首先端起杯来："满大人、穆大人二位统领，旗开得胜，首战告捷，增强了我军固守必胜的信心，可喜可贺！"

大家一齐离座，举起杯来。

满达海双拳一拢，转了个身，谦虚地说："上托当今圣上洪福，下赖翼长大人调度有方，再加上士卒用命，恒大人发炮相助，兄弟不过侥幸而已！"

别人没有吱声，恒龄抢先发言了："满大人，你就别咬文嚼字了，打了胜仗，这就是你的功劳！"

众官微笑，齐说："恒大人言之有理。"

"若说有功劳的话，首先应该归功恒大人，俄军拼死不退的时候，幸亏你那边开了几炮。"

恒龄哈哈一笑："这哪是我的功劳，是翼长给刘芳下的命令。"

有人不认识："刘芳是谁？"

大家坐定之后，凤翔抬头叫道："刘芳！"

"在！"

另一席上，刘芳站了起来。

"过来认识一下，这位是满大人。"

满达海重新站起来的时候，刘芳已来到近前行礼："满大人好！"

满达海借着明子光亮打量一下，连说："见过，见过！"

凤翔代为介绍道："他就是神枪手刘健的儿子，可惜他父亲阵亡于沙石口。"

经过副都统这一介绍，满达海热情地拉住刘芳的手："我和你父亲有换帖①之谊，你是我的子侄辈了。"

"拜见伯父。"刘芳行了晚辈礼。

满达海扶住道："免礼，贤侄多大年纪了？"

"二十三岁。"

"后生可畏！"满达海感叹地说，"好好儿建功立业，为国出力，为父报仇。"

"多承伯父指教。"

"娶妻了吗？"

"国无宁日，何以为家！"

"有志气！"满达海瞅瞅凤翔，"真是有志不在年高。"

凤翔微微一笑："刘芳已经定亲，要不是兵荒马乱，中秋佳节正是他们的成婚之日。"

"定的是谁家的千金？"

"恒大人的小姐，叫什么花来着？"

"云花。"恒龄回答道，"还是副都统成全的。"

"好哇！门当户对，一双佳偶。"

---

① 换帖：指结义兄弟互相交换生辰八字和三代履历的庚帖。

恒龄今晚的心情特别兴奋，黝黑的脸上泛着红光，显得黑中透紫，连他颧骨下的那块儿伤疤在烛火下好像也在闪闪发亮。凤翔似有所感地对恒龄道："听说令爱随军跋涉，旅途艰难，要多加照顾。"

满达海笑道："女孩子随军远行，自然是出于将门之家，令人钦佩。"

恒龄一摆手："哎，满大人过奖了。我那个孩子从小任性，性情粗野，又没有家教，各位见笑了。"

"不。"凤翔肯定地说，"乱世之秋，女孩走出闺房，势所必然。红灯照就是个很好的范例，民心爱国，其情可悯，其志可嘉。"

坐在那里的来鹤年总管听着他们边吃边谈，一声不吭。他不喝酒，也很少吃菜，始终没有一点儿表情，倒像是个局外人，今天的宴会与他毫不相干似的。他并没有为这次胜利而高兴，反倒忧心忡忡，想着心事。凤翔几个人的谈话忽然提到红灯照，这却触动了他的忌讳，他再也忍不住了，用指甲轻轻弹了几下席案，摇头晃脑拖着长腔说道："圣人云：'攻乎异端，斯害也已！'"

一言出口，满座皆惊。恒龄几个不通文墨的不明白这句话的意思，满达海通晓《四书》《五经》①，如何听不出来此言的含意？他一团高兴顿时被打消，抬头瞅了副都统一眼，看看他的反应。凤翔只皱一皱眉头，装作没看见、没听见，他什么也没说。满达海冷笑一声："异端也好，正道也好，只要于国家有利，就是有志气的中国人！我们国家近些年来出了那么一种人，他们行不离正道，言不背正道，却干着比异端更坏的勾当，这种人才是对国家有害的。"

经他一点明，大家也就懂得了来鹤年话的意思，都纷纷表示同意满达海的看法。恒龄将手里的杯往案上一蹾，腾地站起来："什么异端不异端，是骡子是马，拉出来遛遛！"

126

一场小小的祝捷宴会不欢而散，刘芳无精打采地回到阵地上，脑海里翻腾着宴会上的情景。大敌当前，将帅不和，这仗怎么能打胜？不由得联想到父亲的惨死，眼里滚出了泪珠儿。

他经过几处，见有的士兵还在猜拳行令，也有人大嚷大叫："喝吧，

---

① 《四书》指《大学》《中庸》《论语》《孟子》;《五经》即《诗》《书》《易》三经，加上《礼记》《春秋》共五种。《四书》《五经》列为儒家经典著作，学者必读之书。

今儿个喝醉，明儿个还说不定死活呢。喝！"刘芳想要上前管束一下，又想到这不是自己部下，根本无权过问，只得劝慰道："弟兄们，别闹起来没个完，早点儿休息吧，明天还要打大仗。"

"你是谁？你敢管老子？虎大人来我也不怕！掉脑袋大不了碗大个疤……"一个大汉醉眼惺忪，踉踉跄跄就要奔过来，刘芳不去惹他，赶紧躲开。

他又来到一个山洞前，茅草蓬生的地铺上，李玉妹正在给富喜往头上缠绷带。他的伤口刚刚愈合，全靠李玉妹精心照料。

"富喜兄弟，你的伤没好，还是回救伤所养几天吧，最近要打大仗了。"

"好了。"富喜一动不动，嘴里迸出两个字。

已是半夜时分，空山峡谷，一片寂静。下弦的月牙已经钻进后山，周围模模糊糊，偶尔传来一声枭啼，分外恐怖、凄凉。

"我也劝他回去养几天，他怎么也不听。"

富喜推开玉妹的手说："不用你包了，我好了！"

"好什么？"玉妹指指他的脑袋，"没封口，还淌血水呢！"

富喜瞪了她一眼："白话啥？"

"真的，要不，打开看看。"

刘芳一摆手："算了，我全明白了，富喜，你要听话。"

富喜一拍屁股站了起来："我这算个屁伤！我明儿个还要参加战斗，立功补过。"

"好兄弟！"刘芳高兴地抓住他的臂膀，连连摇晃，"好样儿的，好样儿的！"

玉妹扑哧一笑："刘老爷，你别光顾高兴，还不去看看你那云花小姐，她连晚饭都没吃，谁劝也不听，非得你去劝才听话呢！"

"是吗？"刘芳忙问，"她在哪儿？"

"你急啥？"玉妹向左侧一指，"在那个山石后面抹眼泪呢！"

"走，你跟我去看看。"

"还是你自个儿去吧，我得照顾这位爷，他头上的伤没包好呢！"

刘芳略一迟疑，还是快速地向那块山石后面走去。

127

俄军两个骑兵团攻山，遭到满达海、穆立斋两统领所率清兵的顽强阻击，受到挫折后，败退下来。

前敌总指挥连年刚波夫少将把担当主攻的团长大骂一顿之后，跑到第二路军司令部，面见格里布斯基将军。

格里布斯基将军的司令部已经移到这里，设在距离前线三十里的一个高地上，从这里用望远镜可以观察到战场上的硝烟。他渴望前锋部队能顺利地打通这条官道，控制住隘口，然后全军过岭，夺取墨尔根，长驱直入齐齐哈尔。他的等待简直比亲自冲锋陷阵还焦急，然而传来的却是不利的消息。通讯兵向他报告，骑兵攻山失败，损失很大，他半信半疑。

参谋长阿留申上校几次向他提示："攻山不比攻城，轻敌是不可想象的！"

格里布斯基将军仗着俄军勇敢，武器优越，前敌指挥官连年刚波夫又是一员悍将，两个精锐的骑兵团对付屡败的清兵残余部队，是没有什么问题的。

参谋长又建议，应催促柏克将军的炮兵部队尽快赶赴前线，参加攻取兴安岭的战斗。可是司令官出于对柏克将军的成见，不想让他沾半点儿功劳，加以拒绝。他很自信，确信骑兵定能出色地完成任务。他要率步兵和骑兵深入腹地，而把柏克少将的炮兵旅远远抛在后边。

其结果，证实了参谋长的推测还是正确的，攻山战役第一个回合阵亡二百多名士兵，以失败告终。容易冲动的格里布斯基将军又来了情绪："凤翔这个家伙真难对付！"

马克少校陪着郭尼玛神父进来了，教士向司令官提出了自己的见解："兴安岭山崎地险，易守难攻，别处又无路可通。依我看，不如派人去见中国的将军们，双方讲和。"

自然，这种建议是多余的，格里布斯基将军说啥也不肯接受。他表示，在勇敢的俄罗斯勇士面前，没有不屈服的人。郭尼玛神父讪讪地走开，临别时说了这么一句话："阁下如果相信武力能解决一切问题的话，那么，俄罗斯士兵的命运将是更不幸的，我的上帝！"

连年刚波夫少将匆匆赶来了，他请求给以炮火支援，摧毁清军山头阵地，攻取隘口的战斗是不难设想的。

阿留申参谋长又乘机帮腔儿："连年刚波夫将军的意见是正确的。"

格里布斯基将军固执地说："投入炮兵，暂时还没有那个必要。苏鲍提奇将军的步兵旅作为第二梯队，可以协同作战，配合行动。"

连年刚波夫少将不明白司令官的心里始终恼恨柏克将军，不知趣儿地进一步表示道："没有炮火摧毁中国军队的山头工事，投入两个旅也是白送死！"

格里布斯基将军火儿了："我就不信，屡败的军队会有那么大的魄力！"

"钧座要能亲临前线看一看实际情况，也就不会说出这种话了。"

阿留申参谋长插了一句："是的，使用炮火攻山，这是夺取胜利的必要手段。"

"大炮是沙皇陛下最珍贵的武器，每一个俄国军人都应该明白，并且还得像爱惜眼珠儿一样爱惜它。"

司令官这言不由衷的表白招致连年刚波夫少将的更大反感："那就不如把军中的所有大炮统统送到彼得堡的军事博物馆里保存起来！"

顶撞自己的上司，在连年刚波夫将军来说，还是第一次。格里布斯基将军终于理屈词穷，无言以对。阿留申参谋长看火候儿已到，又出来圆场："炮兵司令柏克将军大概能在后天赶到，我们不妨等上两天。"

"不。"格里布斯基将军立刻打断阿留申参谋长的话，"我一定要在炮兵旅到达之前，通过兴安岭隘口！"

对于司令官这种蛮横而又顽固的态度，同僚和属下是深知的，谁拿他也没有办法。连年刚波夫少将到底是他的亲信，他想了想，只得把语气缓和下来："我们完全不熟悉那里的地形，如果没有最猛烈的炮火做保障的话，要想取得进展，那将是不可能的。"

"那么，再试一试看看。"

格里布斯基将军把攻山的先锋部队两个骑兵团调回来，另委苏鲍提奇将军指挥攻山的战斗，他们从外贝加尔步兵师中抽调两个团，企图以步兵的机动灵活而取胜。第二天又攻了一上午，仍然和上次一样，还是不能靠近隘口。清兵居高临下，据险固守，俄军又一次吃了败仗。格里布斯基将军这才相信参谋长和前敌司令的建议是有道理的，他不得不改变原来力图排除炮兵旅的想法，传令柏克将军率炮兵旅火速增援。

七月十九日拂晓，柏克将军的炮兵旅赶到兴安岭下。

各路俄军在两天内集结完毕，司令部又向前移到距隘口十几里处，他们占据了兴安岭支脉的几个山头，但是不能接近隘口。

在讨论攻取隘口的军事会议上，格里布斯基将军一反常态，变得非常温和，虚心听取各将领们的意见，特别对柏克少将表示非常亲昵，就像不曾发生过龃龉一样。他们在侵略邻国、屠杀邻国百姓方面做到了相互谅解而又默契配合，露出了侵略者的本性。

格里布斯基将军综合将领们的意见，最后发布命令：兵夺取清军阵地，司令官亲自督战，仍令连年刚波夫少将为前敌总指挥，至于兵力部署、火力配合、总攻时间、行动步骤等，都进行了周密的研究，并确定下来。

第二十章

128

大清光绪二十六年七月十九日辰时开始，俄军兵分三路向北大岭清军阵地发起总攻，他们用重炮轰击清兵阵地。

俄军司令官格里布斯基将军的指挥部移到前线，设在离战场不远的一个小山头上，他亲自指挥这场战斗。为了打通前往省城齐齐哈尔的唯一路线，他下决心全力以赴夺取隘口。

司令部的人员几乎都被派往战场，有的被派往各野战部队去通讯联络或传达命令，司令官身边只剩下副官哈洛夫上尉和几个传令兵，其次就是司令部的参谋人员和随军记者。代参谋长阿留申上校陪着情报组长马克少校和郭尼玛神父，在相距不远的另一个山头上。

战斗的进展使格里布斯基焦虑而又狂怒，两个小时过去了，俄军没有一路能够突破清兵阵地，这大大超出了他的预料。

这次战斗所投入的兵力，两相对比，差距悬殊。不仅俄军投入的战斗部队要比清兵多五倍以上，就是武器装备也比清兵优越得多，机关枪除外，柏克将军的炮兵旅，包括百余尊野战炮全都投入了战斗。

格里布斯基将军从望远镜里看得清清楚楚，俄军几次冲上去，又被压下来。大炮把清兵的战壕和掩体几乎翻过来，可是不等俄军靠近，就又被顶回来。观察到的中国军队，全用步枪进行抵抗，有时冲锋，还有人挥舞着大刀。从总的战局来看，俄军不是前进而是后退了，退下来的步兵仓皇地构筑临时工事，来抵御清兵的火力。

"报告司令！"

一个通讯参谋从后面绕过来，把一份书面报告送上。

"什么事？"

格里布斯基没有接，瞪起了猫头鹰似的眼睛。

"苏鲍提奇将军请求补充弹药。"

司令官极不耐烦地接过来，略看了看，对副官说："上尉，请你去通知军需处长列宾斯基上校，马上把弹药运到西战场，交给苏鲍提奇将军。"

又一个传令兵飞马跑到跟前报告说："各炮队只有最后几颗炮弹了，柏克将军要求帮助搬运。"

"叫他自己想办法，我这里没有闲人！"

"是！"

传令兵敬礼转身离去，格里布斯基将军厌恶地骂道："废物！真是废物！"

一个司令部的参谋人员劝了一句："钧座，如果炮弹供不上去，清兵就会反攻，这可是关键时刻。"

"那么，你叫我拿什么帮助他？我的真主，愿上帝帮助他。"

"钧座，我想，警卫部队是否可以用一下？"

格里布斯基将军无话可说，为了胜利，他只有命令布拉斯上校率警卫部队前去。

残酷的战争在继续。

从望远镜里，格里布斯基将军看到的现实更令人失望，大批大批的俄军战士牺牲在山坡上和沟壑里。他赶紧换个方向，把望远镜对准另一个战斗的场面。

这时，参谋长阿留申上校从那个山头转过来，他向司令官提出一个新问题："钧座，我从那里看得明白，我们的步兵损失太大了！特别是近战，我军虽有刺刀，却不能接近敌人。事实使我相信，中国军队有武术，这是他们自古以来的传统。"

"什么武术在现代武器面前也用不上。"

"不，我觉得他们今天可能占了优势。"

格里布斯基将军放下望远镜，慢慢地回过头来："那您看应该如何，上校阁下。"

"必须压倒敌人左翼的火力，那里是突破口。"

"可是，我并没有发现这个奥秘。"

阿留申上校向一个山头伸出了手指："请钧座注意那边。"

格里布斯基将军在阿留申上校的指点下，又举起了望远镜，仔细地观察清兵的左翼阵地。他发现那里的火力严密控制着隘口的通路，使向隘口冲锋的俄军步兵和骑兵几乎全部被扫荡。他又看到那里的高地上有一个翎顶亮闪闪的清兵统帅，骑着马往来督战，时隐时现。

"这个人是谁？"格里布斯基将军问了一句。

阿留申告诉他："据郭尼玛神父说，此人可能是清军总司令凤翔将军，他在瑷珲见过此人。"

格里布斯基将军也估计到，虽然并不能十分确切地认为此人就是凤翔，但他是个中国军队的高级指挥官，这是毫不怀疑的。

格里布斯基将军看了半天，无可奈何地说："可惜得很，那里没有一个可以突破的薄弱环节。"

"钧座，您看。"阿留申上校想出了一个办法，"我突击中坚的步兵无法接近敌人阵地，其根本原因就是我炮兵不能摧毁清军的左翼，十分明显，敌人的指挥系统肯定在左翼。如果打击了左翼指挥系统，敌人必乱成一团，那时我军乘机全线突击，夺取阵地，就有胜利的把握。"

"非常遗憾，暂时无力向那里增援。"格里布斯基将军懊恼地说，"让上帝保佑我们——俄罗斯的忠诚子孙，沙皇陛下的英勇战士！"

司令官又向炮火连天的战场看了一眼，索性把眼睛闭上了，口中念念有词："我生平最爱看打仗和放火，听惯了枪声、炮声、嚎叫声。虽然这是残酷和不幸的，但是在我听来，它好像一曲抒情的赞歌，我感到那么亲切。这对于过惯了戎马生涯的军人来说，应该说是一种享受。上校阁下，您说呢？"

参谋长对司令官的这几句话，感到十分厌恶又很别扭，他没有说什么，只是轻蔑地瞥了格里布斯基将军一眼。

周围所有的人，对于司令官这异乎寻常的镇静感到惊讶，将军好像在欣赏一场游戏，似乎耳闻目睹的这场灾难反倒是娱乐。

"钧座，今天的胜利，对我们来说可能是无望了。"阿留申上校焦急地来回踱了几步，他斟酌了词句，策略地说。

"上帝会保佑他们的！"

"我们俄罗斯有句俗话：'靠上帝，也要靠自己。'所以说，上帝是不能给我们运来枪炮的，他也不会帮助我们战胜敌人。"

司令官忽地睁开眼睛："说出您的意见，我的上校阁下。"

"佯攻各路，集中突击左翼，马上调整作战部署。"

"恐怕来不及了。"

"只要钧座肯改变计划，我会有办法的。"

"那好吧。"格里布斯基将军终于同意了参谋长的意见，"这需要你的智慧和勇气，上校阁下。"

<h1 style="text-align:center">129</h1>

阿留申上校推测得不错，清军的指挥系统确实在左翼。

凤翔预料到俄军会全力来攻，以报骑兵中伏之仇，他迅速调整部署，令恒龄、王振良、满达海各军扼守左翼。左翼山高林密，地势险要，控制通往隘口的官道，封锁大路，俄军不能前进一步。

俄军一动，凤翔立即召集各军指挥官，传达了命令："今日一战，非比前天，俄人必誓死夺取隘口。事关江省存亡大局，八旗子弟们，是你们精忠报国的时候了，要不惜一切代价坚守住隘口，不许后退一步。若有畏惧不前者，临阵脱逃者，就地正法！"

凤翔治军严厉是出了名的，他本人虽年已六十开外，可奋勇不减当年，处处以身作则，用实际行动激励部下，所以军心稳定，人人效力。

俄军调整部署，被凤翔发现，他随之改变了计划，不固定待在左翼，而是扼守中军，兼顾两翼，往来照应，这样就显得既忙碌又疲惫。有一位与他始终意见不合的部下，名叫富尼雅卡，官居统领，又是骑都尉世职，却不被凤翔重用，只让他随营听调，并不派给重要差使。富尼雅卡虽也积怨难平，可这是非常时期，对待上司只有忍让。清军退守北大岭，凤翔对军队进行了整编，补上了各军指挥系统的缺员，营官常泰、骁骑校关显都得到重用，就是不将富尼雅卡派遣到重要位置。他再也无法忍受了，直接去找凤翔理论："大人，现在是敌强我弱、将士用命报国时期。卑职虽无力挽狂澜的本领，可一腔热血亦在沸腾，请大人派给卑职一个艰险差使，死而无怨。"

凤翔瞅瞅他："那你说，哪个差使是艰险的？"

"依卑职看，右翼是个薄弱环节，穆立斋没有打仗的经验，关显职位太低，帮办军务，将士不服，容易误事。"

凤翔听他一说，转过身向右翼阵地望了望，他也明白，用关显帮办右翼安边军的军务并不妥当。他只是看重了关显手下有一营人马没受到任何损失，是最为完整的一支军队，关键时刻，还指望他出力呢！于是安抚道："富统领，临战换将，乃兵家大忌，我看你还是随在我的身边，帮我督战如何？"

"大人！"富尼雅卡激动地说，"卑职忠言，您听不进……"还没等他把话说完，俄军的大炮响了。

"富统领，请坚守中军，我到那边看看。"凤翔说完，飞马向左翼跑去。

富尼雅卡虽是统领，手下并没几个兵，能指挥的也不过二百多人，其中还有一部分"西丹兵①"。即使这样，他也毫不犹豫地率队上前助战。

俄罗斯军队向清兵发起了总攻，猛烈的炮火使山上的林木折断，碎石飞空。数千俄军在大炮的掩护下，向阵地前沿扑来，清军凭借有利地形坚持不动。

俄军仰面爬山，自然要吃亏，但有大炮做后盾，他们还是逼近了清兵前沿阵地。关显所率部下四百多人，见俄军漫山遍野，足有三四千，开始有些畏惧。在俄军人多势众的压力下，他的部队逐渐后撤，俄军乘势逼近。

瞬息万变的战争形势，牵一发而动全身，关显的动摇势必影响整个战局。看看清兵支持不住了，突然形势发生了变化，一支人马从林中钻出，袭击俄军侧翼，俄军不得不全军后退，清军阵地又保住了。

真是危险。

不大工夫，统领这支队伍的头目上来了，凤翔也赶到这里。他一看，认得，原来是索伦兵统带肯全，他收拢了五百鄂伦春猎户赶来增援，挽救了一次危机。

俄军暂时退却了，还有一支哥萨克兵坚持爬山，不肯后撤。

凤翔看得明明白白，是关显贪生怕死，关键时刻军心动摇。他走到近前，二话没说，立即传令："革除帮办关显爵位，就地斩首，以申军律！令富尼雅卡接替指挥！"

关显惊得面无血色，慌忙跪到凤翔的马前："大人息怒，卑职夺回阵地就是了！"

"那你赶快！"

关显怕受军法，只得硬着头皮舍命向前。士兵看统领拼命，也从隐

---

① 没到入伍年龄的预备役，称西丹兵。

蔽的地方钻出来，人人奋勇，个个争先，经过不大一会儿的努力，把已经爬到山顶的俄军赶了下去。

富尼雅卡稳住了阵脚，极力配合，双方经过一番争夺，俄军退下去了。

俄军倒地无数，清兵的伤亡也很大，但是中央阵地终于保住了。

"这次你可以将功折罪，下不为例，丢了阵地，定按军法。"

凤翔又急忙跑向右翼。

守卫的清兵这时已和攻山的俄军开始接触，双方的攻守战正在向纵深发展。

忽然，凤翔发现俄军飞快地爬山，阵地上的抵抗越来越弱。

这是怎么回事儿？

凤翔急忙奔到那里。

这里是新军统领王振良的防地。王振良受到俄军攻击，坚持不住，吓得躲到了安全地带，只有部下士兵继续抵抗。由于没人指挥，各自为战，看看招架不住，也纷纷退避。

"王振良这个狗头！"凤翔大声命令道，"把他给我拿来！"

"嘛！"

亲兵答应一声，刚要行动，只听空中一阵"丝丝"的声音。

"不好，炮弹，大人快卧倒！"

话音刚落，就看见不远处一冒烟，"嗡"的一声巨响，炮弹在王振良躲避的地方爆炸了。

凤翔站在那里一动没动，眼睁睁看着这一瞬间发生的变化。他看到炮弹响了之后，王振良不见了，他身旁的那块大青石也被掀翻，整个形状都改变了。

亲兵爬起来，抖抖身上的灰尘，忙跑上来报告："大人，王统领被炸死了，尸体跌进沟涧里。"

凤翔一动不动："该死的东西，便宜了他！"

在阵地前沿，凤翔找到了恒龄，他是左翼三个军的总指挥，现在正和攻山的俄军相持。他看见翼长匆匆忙忙赶来，而且脸色难看，忙问："大人，出什么事了？"

"你的同伴王振良统领已经被炮弹炸死了。"

"咳！"恒龄叹息道，"想不到那个胆小鬼倒先为国尽忠了。"

"死也不能按阵亡旌表，要按避战罪处理，褫夺功名，革去禄位。"

凤翔气犹未息，愠怒地说。

恒龄长呼了一口气，声音不大地说："大人英明。"

"这里全靠你老兄了，俄军越不过左翼，其他两处都是活棋，我们就有胜利的把握。"

"大人只管放心，有我恒老虎在，阵地决不能丢！"

"要注意。"凤翔判断道，"俄人恐怕还没有发现我重点防守左翼，好像三路齐头并进。如果他们一旦醒悟，改变计划，那就坏了。"

凤翔一眼看见刘芳几个人守着一尊小炮，走过去看了看，想到了俄军的大炮，心中有无限感慨，什么也没说，颓然地离开了。

"天数，莫非真是天数……"

130

凤翔的判断是正确的。

俄军迅速调整了部署，佯攻右翼和中央两阵地，暗暗抽调主力部队，全力以赴进攻左翼。总兵力投入一个步兵旅，两个骑兵团，柏克少将的炮兵旅也调上去百门野战炮参战。另外，苏鲍提奇中将指挥的外贝加尔步兵师，除留下一半儿策应右翼而外，另一半儿作为总预备队，也向左翼运动。

战争在逐步升级。

调整后的俄军进攻部队，以连年刚波夫少将为左翼总指挥，严令他不惜一切代价，务必夺取隘口。

格里布斯基将军表现得异常镇静，和他那易喜易怒的狂躁性格相对比，简直判若两人。

"钧座！"

参谋长阿留申上校兴冲冲地前来报告："很快就会发生变化，奇迹，奇迹呀，俄罗斯战争史上不可多得的奇迹！"

"一切还在未可知中，上校阁下。"

"不。"参谋长有把握地说，"清军主力确定在左翼，那里解决了，全线就能突破，我确信这一点。"

"如果真如您所估计的那样，上帝对于中国人也许是不公平的。"司令官耸了耸肩膀。

"中国人得到惩罚，这是无可置疑的。"参谋长谄媚地说，他笑了笑，双手向外一撇，做了个潇洒的动作。

就在这时，格里布斯基将军却在望远镜里看到了这样的场面：在一阵惊天动地、震撼山谷的炮击之后，俄军抢占了山头，逼近清兵前沿。几分钟后，清兵冲出阵地，将俄军压下去，清兵反而向俄军阵地逼来。他吃惊地看着这急剧的变化，等到他看到俄军后续部队上来，清兵又退回去的时候，这才松了一口气。不大一会儿，清兵反攻，俄军又开始退却，山坡上倒下无数尸体，两军都有大批伤亡，还是穿白衣的俄军居多。他的狂躁性格又发作了，叫过一个传令兵："命令连年刚波夫将军想尽一切办法，不惜一切代价，迫使敌军放弃抵抗！"

参谋长阿留申上校脸上的笑容消失了，显出颇为担忧的样子。

"钧座，真是意外得很。"阿留申上校给司令官打气，"中国军队统共也不过半个旅的兵力，他们的大炮又少得可怜，凭着他们传统习惯是坚持不了多久的。"

"如果中国的增援部队赶到，那形势将会如何？"

司令官的提问，的确是个要害问题，阿留申上校也担心这种事情会发生。但是，他相信郭尼玛神父提供的情况："钧座放心，这是不可能的。据郭尼玛神父讲，黑龙江兵力单薄，又分散防守，他们肯放弃瑷珲，就说明这一点。"

"我想是的。"格里布斯基将军一边观察，一边自言自语道，"凤翔这个家伙很难对付！"

他不放心，又举起望远镜看了一下，现场情况更令他失望。他闭上眼睛，倚在行军椅上，晒着太阳。他有个特点，也是他的一大长处，每当遇到沮丧情况，如果没人打搅，他都会冷静下来，下意识地克制着自己："要镇静，忍耐就是胜利……"

"报告司令官！"

一个急促的声音使他睁开了眼睛。

"什么事？"

"我军伤亡惨重，连年刚波夫将军请求增援。"

"命令总预备队上！"

"是！"

军官刚走，野战医院的院长来了："司令官阁下，战地医院容纳不了那么多伤员，现有二百多人没处安置，请司令官指示。"

"可以想想办法嘛！"

"荒山野岭，医护人员太少，做不了手术，实在无办法可想。"

格里布斯基将军知道，行军之前，临时调了陆军医院的几名医生护士组成一个战地服务所，美其名曰"战地医院"。这个所谓的战地医院，只能做一点儿战地包扎、上药、缝合之类的小手术，大的问题解决不了，而且人手少伤员多，忙不过来。司令官想了一下，狠了狠心说："能处理的就处理，重伤处理不了的，就叫他们为沙皇陛下尽忠吧！"

"不，这使不得！"院长急切地说，"救死扶伤，是医生的天职，我们不能瞅着他们死去不管。"

"那你就要想办法，这不是我的责任。"

院长急得直挠头。

阿留申上校过来了："钧座，这事好办：可以把那些重伤员送到布拉戈维申斯克去，陆军医院的条件还是很不错的。"

"这一路跋山涉水，还不得折腾死。"

"即使死了，也叫伤员回到了故土，不能把他们的忠骨抛在异乡。"

格里布斯基将军立刻明白了参谋长的用意，他大加赞赏："上校阁下，我很欣赏您的智慧。"

野战医院的院长感到势头不对，连忙哀求道："使不得呀！正如您所说的，远隔千山万水，至少也有三百俄里，转运伤员，实在无益。"

"院长先生，您已经尽到了一个医生的义务，请工作去吧，这个问题就算妥善解决了。"

面对这位心狠手辣、杀人不眨眼的刽子手，野战医院的院长还能有什么办法呢？他用力跺了一下脚，懊丧地走开了。

战争持续了四个多小时，俄军还是占不着便宜，总预备队上去了，也突不破清兵阵地。炮声震撼兴安岭的层峦叠嶂，古老的原始森林发出怒吼，硝烟尘土，飞沙走石，山上山下，一片迷茫。

"俄罗斯勇敢的将军们、军官们、士兵们，要用你们的智慧和勇敢为沙皇陛下立功，为俄罗斯帝国争得荣誉，胜利是属于你们的！"

司令官的狂呼，除了他身边的人以外，谁也不会听见。

俄军发起了一次又一次进攻，都被清军一次又一次击退，他们花费了一下午的时间，所获得的结果是损兵折将，根本无法接近清军阵地。

战场上派人来请求休战，因为已近黑天。

格里布斯基将军明白地知道，"胜利"二字今天看来是没指望了，在不熟悉地形的黑夜里作战，对俄军更加不利。可是他还心存侥幸，蛮横地命令道："给我打完最后一颗炮弹、一粒子弹，然后用刺刀夺取敌人阵地，后退者一律枪毙！"

131

清军的处境已经很危急了。凤翔亲自指挥了这场阻击战。

满达海汗流浃背，一身灰尘，在义和团的配合下，打退了俄军四次进攻。没有想到俄军誓死不退，一次进攻被粉碎，接着又组织另一次进攻，看来他们是不达目的决不罢休了。

凤翔来到近前："达海，怎么样？能坚持住吗？"

"全体官兵已经发誓，剩下一个人，也要坚守到底！"满达海说着，望了一眼山下，俄军的爬山人数比上次还多。他命令部队不要动，待他们来到近前，集中开火。因为子弹不多了，又得不到补充，所以不得不节省使用。

凤翔注视着山下，看见爬山的俄军中有一个官阶较高的军官，身先士卒，带头进攻，立刻把步枪担在一块石头上，对准了他。凤翔本是行伍出身，枪法甚好，精通武术，今天的战斗，他亲自放了四百多响，这也是生平放枪最多的一次。

满达海看副都统虽然精神饱满，身体却是疲惫不堪，怜惜地劝道："大人，您应该歇歇，这里有我，请您放心。"

"不，多一个人，多一份力量，今天是紧要关头。"

二人正说着话，那个俄国军官已经爬到步枪的射程之内，他很机警，躲在一个坑里就不往上爬了，吆喝士兵向上冲锋。

清兵开始还击。

凤翔眼睛盯住那个躲起来的俄国军官，足有四五分钟的工夫不见他露面，心生一计，令满达海暂停还击。枪声刚住，俄军一片呐喊，急忙往山上冲，那个军官迅速跳出，战刀一挥，飞快地跑上来。

凤翔一扣扳机，"叭！"只见他两手向上一挓挲，扔了指挥刀，仰面栽倒在山坡上。

满达海当机立断，一挥手："上！"

清军跳出掩体，扑向俄军。俄军失去指挥，慌乱中纷纷退去。

清军又一次粉碎了敌人的进攻。

很快，俄军开始反扑。

这是俄军的总预备队上来了，战况大大超过前几个回合，而人数之多、子弹之密，都是一次超过一次。

看见这般光景，满达海叹道："我在军旅多年，大小数十战，从未见过如此凶悍之敌！"说着，他看看自己的部下，减员大半，血染山岗，一阵怒火中烧，"弟兄们，我们剩一个人，也要坚持！"

"愿为大人效劳，愿为皇上尽忠，杀敌报国！"

满达海见士气没有低落，信心又增长了几分。他见敌人火力凶猛，考虑到凤翔的安全，忙道："大人，这里危险，请回避一下。"

"生死存亡，在此一举！我要退避，谁肯向前？"

"大人！"满达海流下泪来，"你是全军统帅，没我可以，不能没有大人你呀！"说着，"扑通"一声单腿跪地。凤翔一把将他拉起："达海，不要说了，为了国家，今天唯有如此。"

凤翔清楚地看到俄军增援部队已经赶到，考虑自己后备无援，他要一走，军心必定动摇。为了鼓舞士气、稳定军心，他明明知道危险万分，也要留在这里。

清军官兵看见翼长亲临火线，指挥并参加战斗，手攥一支步枪，时时响着，立时士气倍增，军威大振。真是人人效死、个个拼命，都把生死置之度外，整个战斗打得主动灵活，攻山的俄军被阻止在封锁线以外，不能靠近一步。

就在这时，凤翔在督战中腿部中了一弹，他猝不及防，闪下马来。看看战马没有伤着，心中大喜，抓住鞍鞯，飞身上马。亲兵戈什哈见此光景都怔住了，谁也不敢上前劝说。

凤翔拖着一只受伤的腿坐在马上，往来指挥，作战中的官兵还没人知道翼长受伤了。

他来到满达海督战的前沿，满达海一眼看见凤翔腿部的血迹浸透裤角，吃了一惊："大人！您……"

凤翔急忙一摆手，制止他再说话。

凤翔在马上一连放了三枪，不想又一颗子弹打中了另一只腿的上部，只觉得整个身子一颤，一阵头晕目眩，跌下马来。满达海赶紧上前扶住："大人，大人，怎么样？"

凤翔一跃坐起："扶我上马！"

"大人，抬你去安全的地方吧！"

"不必！"凤翔说着，挣扎着站起来，因为双腿受伤，他哪里站得稳。"架我上马！"

满达海急得眼泪都流出来了："大人，您不能这样，身体要紧！"

凤翔向山下一望，见俄军步步逼近，阵地万分危急。他咬了咬牙苦笑道："我要一走，阵地必丢，你不要多说了，快架我上马。"

"大人哪！"满达海痛哭失声。

"身死疆场，马革裹尸，我辈军人分内之事，何做此儿女之态？现在不是讲私情的时候，当以国事为念。赶快扶我上马，迟则有变！"

说完，他自己挣扎着奔向战马，满达海无奈，令亲兵扶翼长上了马。凤翔加了一鞭，驰向阵地："弟兄们，为国立功杀敌，给我上！"

清军官兵见副都统受伤都不下火线，又鼓起了一股不知哪来的劲儿，以一当十，扑向了攻到山头的敌人……

<h1 style="text-align:center">132</h1>

格里布斯基将军意识到夺取隘口的计划已经落空，但他不肯下令退兵。

参谋长阿留申有点儿沉不住气了，因为调整进攻部署，侧重左翼的建议是他提出来的，不想弄巧成拙，今天碰了个硬钉子。他判断，中国方面的增援部队赶到了，否则，他们怎么能够坚持一整天，阻止了两个旅的兵力轮番进攻。他觉得在司令官面前很难堪，可是又不知道该怎么收场好。

战场上传来令人吃惊的消息："外贝加尔步兵第三团团长基里琴科上校在指挥攻山作战时中弹，在抬往野战医院的途中死亡。"

参谋长阿留申觉得情况不妙，只得硬着头皮去见格里布斯基将军："钧座，据估计，清兵的增援部队已到，不能再继续攻山了，可暂时休战，补充调整。"

格里布斯基将军看到俄军又上去了，正在和清军短兵相接，他又存有一线希望："让我们坚持最后一分钟，这一分钟也许就是胜利的时刻！"

不知谁喊了一声："上去了，上去了！看，连旗帜也换了！"

格里布斯基将军欣喜若狂，双手向上一举："乌拉！"

参谋长阿留申半信半疑，他看到的是两军展开的白刃战，目前还没见分晓，怎么能说就是胜利了呢？他又一次提醒将军："钧座，目前还说明不了我军已经胜利，敌人并没有放弃抵抗。"

"不。"司令官的手在胸前绕了一个圈，做了个滑稽的动作，这动作只有当他兴奋时才会出现。

"上校阁下，您不必担心，兴安岭的隘口已经落入了我们的手中。如果不是我狠下心来，如果把眼睛老是盯在死伤的士兵身上，稍有动摇，那胜利就从手上溜走了！"

司令官一阵狂笑之后，又说："阁下的功绩将会载入俄罗斯的光荣史册，彼得堡的勋章，这是毫无疑义的。"

参谋长阿留申十分尴尬，哭笑不得，又不能打击他的高兴，只得谄谀地说："钧座惊人的毅力，足以折服对方，不过现在……"

一言未了，战局又变成爬上山头的俄军败退下来，清兵尾追过去。格里布斯基将军急忙架起望远镜一看，山顶上的俄国旗子不见了，在夕阳余晖中迎风飘摆的，还是大清国的杏黄龙旗和四种颜色的八面狼牙旗。

"完了，全完了！"他神情颓然，有气无力地下了一道命令，"停止军事行动！"

133

凤翔见俄军退去，下令收兵，沸腾了一天的小兴安岭又寂静下来。

两千多清兵抗击了几乎十倍于己的敌人，坚持了将近十个小时，创造了以少胜多、以弱抵强、古今中外战争史上少见的奇迹，他们保住了阵地。相反，攻山的俄军却连夜撤退三十里。

不幸的是清兵最高指挥官副都统凤翔腿中两弹，身负重伤。特别是第二颗子弹击中左上腿，股动脉被切断，在战场坚持了近一个时辰，流血过多，被扶回大营时已经不省人事了。

阻击战虽然取得了胜利，可是统帅负伤，这使清军官兵懊丧万分。又饥又渴的士兵们赶紧喝水吃饭，军官们顾不得休息，营官以上的都聚拢到大营的帐篷里，探视翼长的伤势。

凤翔躺在中军大营的行军床上，脸色苍白，在昏暗的烛光下，又显得有点儿灰。随军医生已经验完伤口，不住地摇头，表示毫无办法。

中军大帐内，统领满达海、恒龄、关显、富尼雅卡、穆立斋、营官常泰、索伦兵统带肯全以及义和团首领张发、陈永寿、文祝山等二十余人，都关切地守候着。

医生小声对大家说："翼长大人的血已流尽了，神医国手也难挽救，诸位大人赶快拿主意吧。"

满达海流着眼泪轻轻唤道："大人，您有什么话要说吗？"

恒龄分开众人，挤到近前，声音颤抖地叫了一声："大人——"

有人在帐篷的里里外外点上了蜡烛和明子，护卫亲兵戒备森严，岗哨也增加了几倍。

来鹤年总管从外边进来了，他扑到凤翔身边，俯下身子，低低地叫了一声："集庭！"

他看见凤翔嚅动着嘴唇，忙命："拿水来，越快越好！"

水送上来了，给凤翔喂了几勺儿，待不一会儿，凤翔果然清醒过来，慢慢睁开了眼睛。众人异常高兴，都长出了一口气："大人醒了！"

凤翔无力地瞅了一下周围的人，沙哑着嗓子，第一句话就问："恒统领来了吗？"

"在。"恒龄在他耳边轻轻答应一声。

"我死之后，重任落在你身上了。从现在起，委你为署理北路军翼长，与诸公协力抗敌。"

恒龄单腿跪地，双拳一抱："卑职愿意代劳，大人安心养伤，诸位多多帮助！"

众官员齐说："愿听恒大人调遣！"

凤翔的脸上现出了高兴的神情，他轻轻招一招手："翰臣兄！"

"哎！"来鹤年长叹一声道，"集庭，你这是怎么闹的？来某目睹此情，实为痛心疾首，望老弟保重。"

"恒统领勇则有余，智则不足，望翰臣兄善助之……"话没说完，凤翔又合上双目。

"大人！"

"翼长大人！"

任众人如何呼唤，凤翔就是不睁眼，鼻息十分微弱。满达海知道，副都统的生命已经到了最后的时刻。

"大人，还有什么话要说吗？"

垂危中的凤翔又慢慢睁开毫无光泽的眼睛，气若游丝，用几乎很难听见的声音断断续续地说道："诸公！"

众官员前进一步，环跪在床前："大人！"

"不要放弃……北大岭……不要忘记黑龙江……"

满达海带头宣誓道："大人尽管放心，俄国人侵我疆土，杀我百姓之仇，永世不忘！"

恒龄欲哭无泪，脸上的伤疤接连抽搐了几下，毅然表示道："大人，请您放心，有我恒龄在，北大岭决不丢了！"

凤翔的嘴角挂着一丝欣慰的笑容，他一动不动、一声不吭，嘴里溢出了鲜红的血沫儿。众官员见此情景，互相对望了一下，心一下子沉了下来。

"大人，醒醒，快醒醒！"

"翼长大人，我们不能没有您！"

"副都统，您不能走啊！"

任众人如何喊叫，凤翔的呼吸已经停止。一位清朝的高级将领，为了抗击强敌的入侵，为了捍卫多难的祖国，鞠躬尽瘁，死而后已，献出了他六十一岁的生命。

满达海看见凤翔的眼睛并没阖上，左眼微眇，右眼略睁，忙上前轻轻揉揉他的眼皮："大人雄心未泯，壮志未酬，死不瞑目。"

众官员一听，更为伤心。

惨淡的烛光像鬼火一样跳跃着，凄厉的山风像哭一样的呼号着，愁漠漠的乌云在小兴安岭的上空低垂着，整个林海都沉浸在一片悲哀之中。

134

凤翔死后，清理遗物，身后萧条，无多积蓄，从书籍文件中找到了寿山将军手书王昌龄的《出塞》诗一首：

秦时明月汉时关，

万里长征人未还。

但使龙城飞将在，

不教胡马度阴山。

来鹤年看到这首诗，说道："前有将军赠诗之说，今果然证实。当今之世，即使真有飞将军李广之能，又何为哉！集庭临危受命，用死以报知己，不亦愚乎？"

忽然，他们从一摞文件里找到一份诗稿，这是凤翔在军旅忙中有暇之时写的一些诗词。其中有一首《古风》，从日期看，是瑷珲突围以后，于斗沟子到北大岭这一段时间写的。全诗分为三段，诗中记述了开战前后的真实情形，也表达了凤翔本人对这次战争的看法和预测。全文共二十四行：

> 天朝无宁日
> 罗刹犯中原
> 堕城玉石焚
> 屠民数万千
> 沃原草木腥
> 龙江流水丹
> 惊目空疾首
> 三军涕泣还

看到这里，来鹤年点点头："瑷珲撤守前后，情况就是这样。"他接着往下看：

> 边陲尽披靡
> 炮火震山川
> 壮士皆效死
> 义民斗志坚
> 将帅枉用命
> 敌我力殊悬
> 赴汤难赎罪
> 蹈火亦汗颜

来鹤年看到这里，哂笑道："这是何苦？既然知道赴汤蹈火亦不能改变局势，又何必轻生呢？真是聪明人干了件蠢事！"

他又急着看最后一段：

列强皆肆虐

神州遍烽烟

朝廷尽昏聩

疆臣倍贪婪

匹夫甘效死

豪门图苟安

爱国惟民众

振兴待他年

下边还加了一行小字：

大清光绪二十六年庚子初秋戎马倥偬有感作　集庭

来鹤年如同得了一件宝贝，立马把诗笺收藏起来，心中暗想："好哇，你凤集庭作诗抒愤怨谤朝廷，这回你的把柄又落到我来某人的手里了！"

135

俄军得知凤翔战死，又重新发动攻势。

格里布斯基将军接受前次教训，只用一个连的兵力佯攻左翼，以钳清兵主力。另以连年刚波夫少将率大队人马主攻中央清兵大营，苏鲍提奇中将的步兵师迂回于左翼同中央相隔的山谷之间，切断清兵两个阵地的呼应联系。采用的战术是"中央突破，扫荡两翼"，全歼清兵主力。

开火之前，恒龄感到右翼力量单薄，令刘芳率三百人去助守。他仍然遵循凤翔生前的部署，左翼为重点，他本人也留在那里亲自指挥。

战争打响后，恒龄发觉俄军主攻的目标不在左翼，而是中军大营。他急欲抽调兵力加强中央阵地的守卫，可是已经晚了，行军路线已被俄军堵死，绕过后山运动兵员又来不及，那要通过几个山头，时间也不允许，如今只有各自为战。他派出几伙传令兵奔赴各阵地，命令各阵地务须固守，不得放弃，违令者军法从事。

经过前天的一场恶战，整个清兵阵地都改变了形状，临时工事全被摧毁，山石断裂，树木倒地，沟涧淌着血水，枯木冒着火苗儿，漫山遍野一股硝烟味儿。

守卫大营的中军帮办关显前天虽然保住了阵地，但左翼的殊死拼搏，他看得明明白白，包括副都统的牺牲，一切的一切在他眼前，至今心有余悸。他曾想："副都统已死，就该退避，这个仗不能再打了！"

不能再打，这只是一厢情愿。那俄军不管三七二十一呀，凶猛地攻上来，漫山遍野枪炮齐鸣，一次更大规模的进攻顷刻之间在北大岭的头一道隘口展开了。

清兵怀着深仇大恨奋勇还击。

关显看到俄军势大，先有几分畏惧。可是部下官兵不管你指挥官如何，个个拼死不退，关显不得不留在阵地上指挥。

清兵被分隔成数块儿，各个战场互不联系，关显失去了左翼的支援，心中未免发毛。

不知什么时候，来鹤年总管出现在中央阵地上，他在观战，看那滚滚的烽烟、熊熊的烈火。

关显气喘吁吁地跑过来。

"总管大人，你看怎么办吧，俄国毛子那么多，能抵挡得了吗？"

来鹤年看见关显流汗的面孔被尘土烟火熏得漆黑，干笑了笑："恒老虎不是署理翼长吗？来某人何能为力。"

"不，来大人，副都统不在了，你是总管，全军就该由你说了算，他恒老虎不过是个统领。"

对于凤翔遗命由恒龄署理北路军翼长，来鹤年本来就不很服气，他怕恒龄继续走凤翔的老路，蛮干到底。谁想省城已经复电，同意凤翔的推荐，寿山将军正式任命恒龄署理黑龙江北路马步全营翼长，接替凤翔的职务。全军接到这个命令，都一致拥护将军的决定，来鹤年虽不乐意，但也不敢不服从。他反而认为，环境艰苦，敌我力量悬殊，这副重担别人也是挑不起来。他对关显说："恒老虎和凤集庭一样，都是拿鸡蛋碰石头的愣汉，瑷珲这两三千人马，他多咱折腾光才能拉倒。"

"不！"关显大声说，"八旗子弟的命就那么不值钱吗？"

来鹤年主和的念头又冒了出来，经关显这么一鼓动，他心里明镜似的。关显是满人，副都统是汉军旗人，虽说早已满汉不分、旗民一致，可像关显这样正宗满八旗的世家子弟还不忘他老祖宗传下来的优越感，轻易不把汉人放在眼里。来鹤年对这种人也是不欢迎，当此生存受到威胁的紧要关头，他们想到一块儿去了，那就是放弃抵抗，同俄人讲和。可大权又落到主战分子手里了，他们左右不了局势。关显提到八旗子弟的命值钱不值钱的问题，来鹤年借题发挥，弦外有音地说："本总管并非不知士卒困苦，可是你要知道，恒老虎能够署理翼长，那是因为寿山将军、凤翔副都统他们都是一条藤上的。"

"我就不信。"关显愤愤地说，"论资排辈，这署理翼长的重任，说啥也轮不到他头上。总管大人要挑起这副担子，关某人没啥可说的，他恒老虎算个什么！"

来鹤年微微一笑道："自然，临危受命，为国分忧，本总管义不容辞，可现在已成定局，那就只好听天由命了。"

俄军发动了总攻。

副都统凤翔的战死，全军悲痛之余，同仇敌忾，拼命相拒，又一连打退了俄军的几次攻击。俄军退而复来，十分顽强，他们的目标就是夺取清兵阵地。这个时候，无论是镇边军、靖边军、安边军的三军将士，还是义和团、义胜军等义勇民团，索伦兵加上鄂伦春猎人，无不以一当十、以十当百。古语说得好："骄兵必败，哀兵必胜。"这一点在北大岭的阻击战中，得到了很好的体现。平时同凤翔意见不合的记名统领富尼雅卡等人也舍身杀敌，经过几次攻守战，俄军终不能越过兴安岭一步，双方进入了相持阶段。

最后，附带交代几句。

副都统凤翔为国捐躯，以花甲之年阵亡于北大岭，不但未获旌表，记功受勋，反而受到"革职查办"的处分，罪名是"轻开边衅"，还要追究他的责任。至于俄罗斯入侵东三省，杀人毁城却避而不谈。清廷在西太后的把持下，为了一己私利，利用义和团排外，攻使馆，戕害驻华外交官，杀害外国传教士，做了种种蠢事还不思悔悟，公然向列强宣战，给外国侵华制造借口，引狼入室。惹下乱子，又无抗战决心，不能凝聚国人之力一致对外，保卫家园。事后又找替罪羊，忠奸不分，是非颠倒，国人无不寒心。这样的政权怎么会唤起百姓的同情和支持？何况战争一开始，朝廷就首鼠两端，并无抵抗的决心。不怪人说：大清不亡是天理难容！

凤翔是汉军镶黄旗人，现住吉林府克勤社前五家子屯[①]，生于道光二十年庚子，属鼠。祖籍云南，康熙年间迁来吉林归旗当差，据说是宋代抗辽名将杨令公之后。他少小聪敏，长而孝悌；宽厚仁慈，忠正刚烈，是非分明，嫉恶如仇。从小习文练武，由笔帖式起家，曾任蓝翎骁骑校、汉军镶红旗佐领，五常堡、乌拉、吉林协领，鸟枪营参领等职。

光绪二十年中日甲午之战，凤翔在吉林将军长顺军中管理粮草供应。由于保证了军需，立下了战功，朝廷特赏给"头品顶戴"，以副都统优先即补。光绪二十三年升珲春副都统，转年调黑龙江副都统，驻瑷珲，所以又叫瑷珲副都统。俄罗斯出兵消息一传开，黑龙江将军寿山命凤翔兼任北路军马步全营翼长，节制全军。他自知黑龙江兵力单薄，一旦出事儿，人员补充都困难，他一面做备战的准备，修炮台，挖战壕，一面招抚义和团，充实兵力。

凤翔不畏强敌，英勇献身，灵柩被部下辗转千里运回故乡。不久俄军占领吉林，到处搜寻凤翔的遗体，他家乡的百姓把遗体藏在白菜窖里，才没有被搜到。

光绪三十年，徐世昌任东三省总督，为"庚子俄难"死亡将士请功。经由黑龙江将军程德全的提奏，始撤销对凤翔等人的处分，追封凤翔为光禄大夫，正一品建威将军，并赐葬，修墓立碑。

凤翔墓在故乡永吉县桦皮厂镇大五家子屯东约三里，颇具规模，围有围墙，石人、石马、石虎、石羊一应俱全，还有石望柱、汉白玉石碑，上刻"清封光禄大夫一品建威将军"字样，也算对他做了较高的评价[②]。

---

① 今永吉县桦皮厂镇东胜村。
② 在"文革"破"四旧"时，凤翔墓被平毁。讲述此书时在"文革"前的二十世纪五十年代，凤翔墓尚在——笔者注于一九七六年。

第二十一章

136

前半部讲了瑷珲副都统凤翔被俄军逼出瑷珲，转战到北大岭据险固守，连续击退俄军数次进攻后，在战场上指挥作战中不幸被子弹击中，洞穿动脉血管，鲜血流尽而壮烈殉国。清军虽失统帅，但并没气馁，同仇敌忾，众志成城，阵地上高呼为副都统报仇的口号，将已攻到阵地前沿的俄军打得落花流水，狼狈逃窜。

清军阵地保住了。

凤翔在牺牲前，知道自己命已不久，临时指令恒龄统领权领三军，暂代翼长，继续指挥抗敌。同时又指示电告省城，请求正式任命。寿山将军准予所请，特委任恒龄为北路军马步全营翼长，接替凤翔。

瑷珲陷落之前，寿山将军电令驻守墨尔根的副都统博栋阿火速出发，倍道驰援。接着，又调布特哈副都统叶普春随后跟进，作为第二梯队。他认为，这两支人马增援瑷珲，总可以抵挡一阵子。下步棋就是等待盛京副都统晋昌的人马的到来，可以统筹全局，估计也不会有多大的闪错。另有消息传来，北京义和团将派大批拳民来黑龙江参战，领头儿的大法师叫敬际信，现已出关多日了。寿山精神振奋，立即给凤翔下了一道"坚守三日，援兵必到"的电令。可是事与愿违，第五日一早消息传来，瑷珲失守，凤翔突围，俄军大举渡过黑龙江了。这一惊非同小可，寿山忙把程德全和萨保二人找来，询问经过。

齐齐哈尔副都统萨保原本是主战中的积极分子，又授命为督办义和团练大臣，自然主战更加卖力了。他说："胜败乃兵家之常事，瑷珲虽失，我军尚可一战，大帅不必忧虑。"

程德全只是微笑，并不开口，一直听萨保津津有味地说下去。寿山将军早已听厌了他那些空话，终于打断了他的话头，问道："瑷珲之失，原因何在？博栋阿三日就可以到达瑷珲，为什么第四日就丢了城池？"

萨保并不了解情况，只是搪塞道："远道驰援，筋疲力尽，俄军势大，难以抗衡，我军不耐一战，也是有的。"

寿山将军信了萨保之说，惋惜道："凤集庭智勇双全，博栋阿精明干练，两员良将竟不能支持几日，时耶？命耶？"

"时也，亦命也！"

寿山将军见程德全说了这句话后，仍微笑不语，遂问道："晓岚兄，为今之计，当何以教我？"

程德全轻轻摇摇肥硕的脑袋，一字一板地说道："虽吕望在世，孔明复生，亦无济于事。"

他向寿山将军报告了另一个令人沮丧的消息：刚刚得到一个非常重要的情报，西路俄军攻陷呼伦贝尔城，依星阿全军退保雅克岭，又遭到俄军的包围。报告完了这一消息，他才郑重地提出自己的看法和主张："大帅，不能再犹豫了。俄军两路入境，龙江必不能保，为今之计嘛，和谈仍是上策。"

"和谈？"寿山将军不满地盯着他。

"是的。"程德全避开将军的目光，说道，"和谈才有回旋余地。"

"和谈不就是投降吗？这万万不可！大帅要有始有终，同俄人决一死战。"萨保不待寿山将军开口，先表态了。寿山将军缓缓答道："俄人入境之前，和谈尚不可持；今况其大举入境，气焰嚣张，不可一世，其欲不得必不止，纵欲和谈，不可得也！"

"决不能和谈！"萨保愤然站起来，"大帅，省城尚有精兵数千，又有义勇拳民相助，抗俄之声惊天动地，怎么能妥协和谈呢？"

程德全微微一笑："萨大人乃江省栋梁，朝廷支柱，忠勇绝伦，可钦可敬。不过，人岂有回天之力？望老兄详察。"

萨保被他几句话吹捧得飘飘然，不知该说什么是好。他张口结舌地望着寿山将军，不再坚持己见了。

寿山将军果断地决定："查明博栋阿几时到达瑷珲，是否有逗留不进或借故拖延行为，一经查实，立即参奏；令叶普春率布特哈驻军北上接应，阻止俄人深入。"

"不必查了，北边情况，我已查清。"

程德全把他知道的有关墨尔根援军的情况，对寿山将军一五一十地讲了。

原来墨尔根副都统博栋阿接到命令后,率领马步三军浩浩荡荡离开墨尔根城,当天行军百里,开到离城不远的伯根里镇驻扎下来。次日派探马前去北山口探听情况,从此按兵不动。部下向他提议,此处离瑷珲尚有五百里,非昼夜兼程,三日内决难赶到。按兵不动,误了期限,耽误大事,如何吃罪得起?博栋阿却笑道:"我根本就没想去瑷珲,不过出来转一转,给将军一点儿面子罢了。"果然两日以后,借口俄军绕道进犯墨尔根城,又把大军撤了回来。

瑷珲陷落,古城被烧,他幸灾乐祸,自认决策英明,避免了一场损兵折将的灾难。他怕寿山将军再催他增援瑷珲败兵,以攻为守,主动上了一份告急文书,胡说什么"俄人间道袭来,墨尔根城防空虚,请派义和团助守"云云。这封告急文书尚在途中,可是程德全已经了解得清清楚楚,他当然不会相信俄军"间道袭城"之说,因为俄军没长翅膀,飞不过北大岭去。

不过,程德全还是有意替博栋阿开脱:"大帅,墨尔根踞嫩江上游,为省城一大门户,博栋阿自顾不暇,他哪有援救瑷珲的力量呢?"

寿山将军认为他的话有理,就在告急文书送到之日,调派两营练军,拨出几股义和团,北上防守嫩江源、诺敏源两处,以确保嫩江平原北部门户墨尔根城的安全。

寿山将军收到凤翔请示移防的电报后,同意全军后撤,扼守北大岭。程德全又来谏阻道:"后撤则俄人乘虚深入腹地,可令凤翔于途中截击,不可移营。"

寿山将军也信了。但他晓得北路军伤亡较重,力量不足,即令练军一营营官赵德春率所部五百人北上,过岭增援。同时派义和团拳师张发带三百弟兄随同助战,又调一部官兵开往西大岭,帮助依星阿抗击西路来犯的俄军。

程德全见寿山将军除了抗战以外,根本什么也不考虑,混乱局面这么拖延下去,何时是了?他已同朝廷联系上,得知朝廷又重新起用李鸿章,不久即可到京。凭他对李鸿章的了解、对朝局的判断,他明白,政局要来一个大转变。为了走在局势发展变化的前头,显露一下自己非凡的才能,他决心先从黑龙江这个抗俄第一线来个大转变,牵着寿山将军的鼻子走和谈的道路。如何能达到这个目的呢?那就是用事实教训寿山将军,让他明白抗战是没有出路的,敌我力量是悬殊的,想抗也是抗不了的。

"我得要提前结束这场灾难！"他想。

练军一营开赴前线这日，程德全代表寿山将军前去慰劳，会见了营官赵德春，向他下了一道命令："此次北上驰援，原非大帅本意。你要切记，扼守山口，不要过岭。如果违了军令，丧失了人马，你就甭想活着回来！"

赵德春应下。所以他的部队抵达兴安岭南山口外，逗留不进，这是后话。

程德全送走了赵德春，回见将军，寿山很觉满意。程德全又进一步提醒将军："眉峰，我以密友的身份再一次忠告你：国事繁乱至此，言之令人痛心。我已申明多次，识时务者为俊杰。可你置若罔闻，以致今日形成骑虎之势，再不醒悟，将悔之无及矣！"

寿山将军平时喜读《三国演义》，手头常备一本，有工夫就翻看几页，已经成癖。他现在正从这本书里领略了点儿什么，一边听他说话，一边还在思考。听他说完，才慢慢放下书本，抬头瞅瞅他："晓岚兄，我不是不明白你的意思。可是我想，这么大个国家，任洋人欺侮，难道连一个敢碰一碰的守土之臣也没有吗？这岂不叫后辈人耻笑我们！"

"大帅此言差矣！"程德全呷了一口茶，又开始他那高谈阔论，"当今海内有识之士，依我看来，首推合肥李鸿章中堂，次则数两江总督刘坤一、湖广总督张之洞二公。像山东巡抚袁世凯中丞，亦紧步其后尘，堪称后起之秀。此数位举足轻重的人物，可谓知大局、识大体，为我朝一代楷模。我想，若能效仿他们的作为，断不致得罪友邦，贻笑天下也。"

"哼！"寿山将军不高兴了，迅速地瞅了一眼他那张笑容可掬的胖脸，即把刚掀过的《三国演义》叠上一页，用力扔在书架上，向靠背椅上一仰，眼望天棚沉思起来。

程德全的话勾起了寿山将军的一桩心事，增添了他的烦恼。

当然，寿山将军清楚朝局的左右摇摆，也时刻注意其发展变化。当宣战诏书颁布的同时，政府又通令全国，指示各省督抚将军要自保疆土，朝廷不为遥制。此令一下不要紧，随即出现了一个古今中外史无前例的大笑话，这就是"东南互保"。

国家宣布对外开战，地方臣子宣布中立，你们听说过世间还有这么离奇的事儿吗？

137

这段书专门讲一讲"东南互保",这一主张是在什么情况下提出来的,是对是错,对国家有利还是有弊,让后世去品评吧。讲之前,先把那时的朝局述说一下。

单说大清同治皇帝载淳,是文宗咸丰的独生子,母为叶赫那拉氏。同治死,本应立嗣,因他本身无子,叶赫那拉氏慈禧皇太后说什么也不同意,非要为文宗咸丰过继子嗣。如果为穆宗同治立嗣,慈禧就成了太皇太后,便不再有垂帘听政的特权。为咸丰立嗣,等于给自己过继儿子,她仍然是皇太后,可以继续垂帘听政,把持大权。她主张立醇亲王奕譞的儿子载湉为皇帝,年号光绪。载湉的生母是慈禧的亲妹妹,这个新皇帝还沾有叶赫那拉氏的血统。朝中大臣,宗室贵戚,无不知道慈禧心狠手辣,没人敢不顺从她。这样,又一个儿皇帝登基了,小皇帝光绪只有四岁,慈禧仍坐在帘子后面以听政为名,把持朝中大权。

谁知这个小皇帝逐渐长大之后,看到国家软弱,大清江山不牢,锐意图强,推行新政,授意康有为、梁启超等变法维新,结果遭到慈禧太后的镇压。康、梁二人虽逃离虎口,可新派积极分子谭嗣同等六人被处死,"百日维新"失败,太后和皇帝的矛盾更加深了。光绪皇帝被囚瀛台,失去自由,慈禧就打算废了光绪,另立能老老实实听话的新皇帝。她选中了端王载漪的次子溥儁,先立为大阿哥,是一个过渡阶段。可是要正式当皇帝,还真不是那么简单的事,第一步得先在宗族和满朝文武大臣中通过,其次还有外交上的承认,要办成这件大事,正经得费一番心思。

端王载漪是嘉庆皇帝第三子惇亲王绵恺的孙子,绵恺为道光皇帝旻宁的亲弟弟。载漪同光绪应为一个太爷公孙,虽属近支但稍远一点儿,按序,本没有继嗣的资格。只是慈禧太后一意孤行,端王又极会奉承,投其所好,处处表现了对太后忠心耿耿,慈禧就完全信任端王了。

端王载漪急着让儿子当皇帝,自己便是太上皇。他暗中活动,拉拢几位朝中大臣替他向太后提请,并许愿封官,一旦溥儁当上皇帝,对出力的人一定厚报。时有几个私心很重的人被他买动,愿意出面说服太后,早定废立。第一个是大学士徐桐,他想把持相位不放,当然得为新皇帝出力。第二个是礼部尚书启秀,一心要执政掌权。第三个是同治皇帝的老丈人承恩公崇绮，他这个女儿入宫当了皇后，可是跟慈禧不和，同治驾崩后，她已怀孕。慈禧怕她生了男孩儿继承帝位，自己就得交出权力，不等孩子出生，抢先立载湉为帝，自己仍是太后垂帘听政。同治皇后在绝望中自杀而死，腹中胎儿是男是女成了难解之谜。慈禧厌恶同治皇后，对她的娘家人自然冷淡，所以崇绮一直赋闲在家，捞不到任何职位。这次他不甘寂寞，也想在废立上出一把力，待新皇帝登基，好入朝当点儿什么。

几个人各揣心腹事，搅在了一起，挖空心思拟了一个请速行废立的折子，他们恨不得太后看后马上下旨准行照办。

可是折子写好以后，他们不敢往上递。因为虽然知道太后同光绪不和，有废立的征兆，但摸不透慈禧的真实意图。冒冒失失递上这样的折子，太后喜怒无常，一旦变脸，那可不是闹着玩儿的。他们跟端王一合计，能在太后面前说进话的人，在朝内只有一个，那就是大学士荣禄。

那么，由谁去说服荣禄呢？端王自然不便出面，徐桐本身也是大学士，和荣禄是平级，况且老迈龙钟，自己还是汉人，出头煽动这种事，有损人格。崇绮有爵位无职衔，本与慈禧有恩怨，在慈禧红人面前多嘴多舌，也不雅观。他们商量来商量去，还是启秀出面找荣禄合适。

启秀也不推辞，前往荣府，见过荣禄，首先恭维一番，然后转入正题，试探荣禄的立场，是不是支持废立。启秀满面笑容地说："近来，朝野盛传太后立端王子溥儁为大阿哥，有意取代当今皇上，这是真的吗？"

荣禄也笑了："市井之言，亦非空穴来风。不过这么大的事情，要特别慎重，弄不好，则适得其反，那麻烦就大了。"

启秀听明白了，原来你荣中堂也在关注这件事，遂大胆地挑明说："徐相国、崇公爷均赞成太后此举，我们三人经过商量，写了个劝进的折子，请太后速行，以安人心。"

荣禄说："这件事办起来难哪，国中朝野，国外列强，哪方面应付不好，都会出乱子。"

"当然了，皇帝还健在，又没有重大过失。但是，皇帝长期患病，临朝不便，我中华大国又处在时局动荡年代，非有年富力强的君主不能驾驭局面。"

荣禄听了，心中说："启秀利令智昏，不知进退，我当给他泼点儿冷水，让他清醒清醒。"遂又笑道："是啊，如此复杂的局面，确实是非有年富力强的君主不能驾驭局面。不过，我听说端王的儿子才十四岁，这能算年富力强吗？"

启秀愕然，怔了半晌，才自我解嘲地说道："太后定下的事，自有她的道理，我们做臣子自当体察上意。"说着取出折子，"中堂大人，这是徐相国让我转交荣大人的，请方便的时候递给老佛爷，还请大人成全。"

荣禄没有接，说道："荣某代奏不妥，还是你们自己上奏的好，太后问到的时候，荣某自当竭力成全。"

"好！有中堂这句话，我等就放心了。"

138

启秀回去向徐桐、崇绮二人讲述了拜会荣禄的经过。徐桐骂道："这只老狐狸，从来都是干大事不出头，到时候摘桃子。"

崇绮说："我看这事有门儿，荣禄跟太后一心，太后的事，他自当维护，只要他不在太后面前公开表明反对废立，事情就十拿九准了。"

三人商议妥当，次日早朝，徐桐递上奏折。他们办了这件事也安静下来，等待批示。

且说慈禧太后收到徐桐等人上的"请速定大位"的奏折，心里特别高兴，有大臣联名提出，这比自己主动找人商量要好得多。她为此特地召开了一次会议，皇族中的几位亲王，军机处的几位大臣，宗人府各部院尚书，大约七十多人参加了会议。按例，承恩公崇绮、尚书启秀没资格出席这样的会议，因他们是"上折子"的人，破例也在召集之列。

慈禧发话了，她故作伤心地对大臣们说："当年穆宗宾天，本应为他立嗣。可是我做错了一件事，立今上登基，朝中内外，举国上下，颇有异言，说是不合次序。可是我已经决定，不好更改，只能希望他克尽孝道，守住祖宗之法，使我大清兴盛。不料他信宠奸人，鼓吹邪说，公然要改祖宗法制。更有甚者，还与乱党勾结，图谋加害于我，我只有将他废掉，另立新君，准备转年元旦举行新皇登基大典。今日召集你们来，要大家议一议，皇帝废了以后，如何安置，当加何等封号为宜。"

崇绮抢先发言："前朝英宗被难[①]，景泰摄位。当英宗复位后，景泰降封为王，可援引此例。"

徐桐接言道："不可，应降封为昏德公。金灭北宋，封宋帝就用

---

① 指明正统时"土木之变"，英宗被蒙古人俘虏。

此号。"

这是哪儿跟哪儿？看来徐相国老糊涂了。

太后心中满意，又问道："大家还有什么要说的没有？没有就这么定了，新皇已选定端王儿子溥儁，前已立为大阿哥。"

众大臣心惊胆战，面面相觑，有事先得到一点儿消息的，更多的人事先根本不知晓。

慈禧决定道："大家无异言，就这么定了，端王载漪常进宫来，监视新皇读书，听见没有？"

"嗻！"载漪以头碰地。

"跪安吧！"慈禧说完，起身欲离去，宫女忙两边挽扶。

"慢！"这时，一人高声叫道，"太后请留步！"慈禧一团高兴立刻被打消，军机大臣孙家鼐跪在了面前。慈禧知道，这个白发苍苍的老头子性情耿直，不畏权势，他什么话都敢说。

"你要说什么？"

孙家鼐叩了一个头道："太后，此事需要缓行，事关国本，以免引起骚动。要立新帝，也必须择贤而立，还得当今万岁百年之后，确无子嗣时方可施行，请太后明察。"

听了这话，慈禧突然变色，怒道："立谁当皇帝，这是我们一家人的事。汉人没有资格说三道四。让汉大臣参加这样的会，本来就多此一举，不过是照顾你们体面罢了。"说完，转身走了出去。

端王、徐桐等人除了恨孙家鼐多嘴多舌、碰了一鼻子灰以外，还恨一个人，这个人就是在朝中一言九鼎的大学士荣禄。好你个荣禄，关键时刻装聋作哑，晒我的台，等我儿子当上皇帝再说。

139

立储会议过后，徐桐等人心中没底，没承想孙家鼐横生枝节。怎奈他德高望重，他的话有很大的影响力，大臣难免有同他一个鼻孔出气者。启秀说："太后说了，废立是家事，汉人不要说三道四，可徐相国是皇上的老师，跟一般汉大臣不同。依我看，别人说什么也没用，只要荣禄肯成全，那就不会再有变动。"

徐桐苦笑道："看来老夫得低三下四上门求情了，你们跟我去荣府，我当面向他晓以利害。"

徐桐、崇绮、启秀三人来到荣府门前，令门上通报。门上赔笑道："三位大人稍候，小的就去通报。"谁想这个守门人进去好半天才出来，回道："三位大人久等，我家相爷前日上朝回来，偶感风寒，正在煎药调治。太医嘱咐，近几日不准见任何人，公事一律到衙门去办。"

三人气得半死，好你个荣禄，你除了装聋作哑就是装病，咱们走着瞧！

启秀有了主意，他主张抓住端王不放，反正是你儿子要当皇帝，我们替你出力，你也得主动上阵。他们进不了荣府，转往端王府，嘱咐端王一定在太后面前多下功夫。再一个就是联络各地方的实力派，引为外援，这样才能万无一失。其实，慈禧太后早已把要办的事通报给各总督巡抚将军都统了，测试一下他们对废立一事的反应。测试的结果不容乐观，有几省反对废立，有几省劝朝廷慎重，大多数不表态，亦不复电。但是慈禧一意孤行，她要办的事谁也制止不了，非但没有放慢脚步，反而更加积极推进，以光绪的名义下了几道上谕，说什么"朕身染沉疴，不能理事，甘愿引退"，等等。

谁想，各省督抚提镇将军都统认为光绪自愿退让，便纷纷上书劝止，明显是反对光绪退位。

端王心里发毛，即进宫向慈禧恳请，慈禧这才想起荣禄，让荣禄帮她拿主意。

慈禧为什么那么信任荣禄呢？有一段传闻不知是真是假。

荣禄本姓瓜尔佳氏，汉译姓关，为满洲著姓。荣禄生在世宦之家，荣禄的父亲跟慈禧的父亲是好朋友。慈禧本名叫杏贞，从小跟荣禄定了亲，也算是青梅竹马，后来杏贞入宫，亲事自然作罢。杏贞当了太后，荣禄也进入仕途，二人旧情不忘，但宫禁森严，君臣有别，只能在国事上相互照应，其他无从谈起。有些传言说，慈禧跟荣禄有苟且嫌疑，这是胡说八道，说明他不懂宫廷知识。但有一点，慈禧在重大问题上依靠荣禄，而荣禄终生忠于慈禧，这却是事实。

闲言少叙。

且说慈禧太后把荣禄召到宫中，直接向他咨询："我欲用大阿哥替代皇上，为穆宗立嗣，你看可行不可行？"

荣禄说："只要太后认为可行，那就可行。"

慈禧一怔："这么说，我又一意孤行了！别人认为不可，就我一人认为可行了？"

荣禄说："当今之世，太后要做什么，谁人敢不服从？"

"哼！那天的会上，孙家鼐这个老东西就敢公然顶撞我。"

荣禄笑道："他年纪大了，不怕死，才敢说真话顶撞太后。别人怕死，只得说假话应付。"

"你那天为什么不发言？"

荣禄说："奴才当时没想明白，是说真话好，还是说假话好。"

慈禧"扑哧"一笑："别打哈哈，今天我要你说真话。"

"那奴才就要多嘴了。"荣禄说，"废立大事，不能操之过急，弄不好要出乱子。首先，各省封疆大吏手握实权，他们要是不赞成，即使办到了，他们拥兵抗命，容易造成内乱。其次，我国同列强建有邦交，列强不承认，会引起国际上的麻烦。内乱外患，太后要妥善考虑呀！"

慈禧默然。

慈禧形同骑虎，大阿哥也立了，废立会议也开了，宣示中外诏书也颁布了。事情到了这个份儿上，办也得办，不办也得办，开弓没有回头箭，箭在弦上就得发。想到这里，慈禧蛮横地说："疆臣不服，撤他几个，看谁敢不服从！至于洋鬼子，他们还管着我们家事了？"

"现在不比从前，在中国，洋人不喜欢的事情，要办起来阻力就很大。"

慈禧又来了性子："好，那我就摸摸洋鬼子的底儿，看他们敢不敢说长道短。"

140

在当时，大清国同东西方各国建有外交关系，在彼此首都设立使馆，北京皇城外的东交民巷辟为使馆区，各国派驻的外交使节都集中在这条巷内。

废立之大事必须慎重，首先要取得外国的谅解，否则会引起列强干涉中国内政。因为自鸦片战争之后，中国就开始走下坡路。中日甲午一战，大清国被一个小小的日本打败，更在国际上臭名昭著。慈禧反对维新，杀戮维新党人，更使列强看到了中国永远不会放弃专制政体，已到了无可救药的地步。

但是，慈禧仍然是专横跋扈，我行我素。她把各国公使夫人召到颐和园，游乐休闲，盛宴款待。席间她表露出要换皇帝的打算，请各国公使说服本国政府，给以支持和谅解。只要列强不反对，下一步她就会宣布皇帝病重，使大阿哥及早登基。本来，她当着公使夫人已表示皇帝病重，难当重任，所以才有此打算。谁知弄巧成拙，各国公使联名提出质问，皇帝究竟得的什么病？声称要派医生去探视治疗。还有的国家登了报纸，并发表评论指出，各友好国家只承认光绪皇帝载湉，其他则非所闻。

慈禧太后换皇帝的企图不能实现，又在国际上丢了丑，阴谋被揭穿，你想，她这个气儿能小吗？

正赶上义和团闹事，提出杀洋人、烧教堂。端王载漪看儿子当皇帝无望，又痛恨洋人作梗，就把义和团推荐给慈禧，说他们是义民。两人心里有鬼，一拍即合，这才利用义和团排外，以示报复。

义和团起自山东，原是白莲教演变而来，首领有张德成、曹福田等，他们宣扬练有金钟罩的功夫，刀枪不入。义和团的口号原是"反清灭洋"，后经招抚，又改为"扶清灭洋"。时有山东巡抚毓贤明白端王的用意，他即推波助澜，上奏朝廷，大肆吹捧义和团，说他们是义民，有神通。慈禧也就由剿而抚，来了个一百八十度大转弯。义和团得到官方承认，发展得更快，闹得也更凶，他们进入天津、北京，到了不问青红皂白、见了洋人就杀的程度。

还有红灯照起自天津，首领自称黄莲圣母。加入者都是年轻妇女，良莠不齐，成分复杂，各地亦有扩散，毕竟是女子，她们不像义和团闹得那样凶。

国家将兴，必有祯祥；国家将亡，必出妖孽。

义和团本来叫义和拳，是一个练习武术打太极拳的松散组织。只因山东一桩案子，改变了这个民间团体的性质，变为一股专与洋人作对的社会力量。

单说山东曹州有一西洋人设立的天主教堂，神父是个德国人。这个德国传教士广收信徒，发展教友，扩大势力，聚敛财物。他们宣扬世间只有一个真主，那就是耶稣，耶稣拯救一切人间苦难，世上的人就应该都归耶稣名下，造就人类的是上帝，是真主，而不是自己的祖先和父母。这同中华几千年的传统道德背道而驰，孔孟的家乡、圣人的故里，决忍不下背弃人伦的各种异说，他们讲的是"慎终追远"，行的是"孝悌忠信"，同洋人形同水火。再加上西洋传教士建教堂、侵占农民土地，时常闹纠纷。官府又庇护洋人，百姓无处申诉，多加入义和团，口号是"反清灭洋"。他们火烧曹州城大教堂，杀死传教士，抗击围剿的官兵，山东全省都动起来了，义和团才变为一个实体，形成了一股巨大的社会势力。后来朝廷招抚，他们把口号又改为"扶清灭洋"，其势愈涨，不可收拾。他们这一闹不要紧，神州大地几乎被颠覆了，使积弱多病的中国更是雪上加霜。

141

起初，清廷对义和团也是有争议的，很多大臣干脆斥为邪教，主张痛剿。就是慈禧太后在废立上出了丑，才相信端王载漪的鼓吹，利用义和团排外。

义和团在山东、山西、直隶蔓延，遍布京津地区，他们撒传单，贴标语，扒铁路，锯电杆，烧教堂，杀洋人，不分教俗，不论男女，不看老幼，见着洋人就杀，行为十分过火。社会秩序大乱，因有朝廷庇护，各地连社会治安都无法维持。义和团就像滚雪球似的越滚越大，号称百万人，不亚于东汉末年黄巾势力。自五月初义和团进入京师，几日的工夫，简直闹得天翻地覆。

义和团原来有个绝密的口号，要"杀尽一龙二虎三百羊"，先杀谁后杀谁都排了顺序，列成黑名单。清廷对此也做了防备，调五军镇守京城近郊，万一有变，即可进城捍卫皇宫。这五军中，有一支甘军，带兵头目董福祥原来是个土匪头子，招抚以后，让他当了甘肃提督，这支队伍也基本上由他手下的土匪编成。你想想，土匪变军人，这支队伍的军纪就可想而知了。

他们初到京城，被派驻城外南苑。端王为借助甘军力量，请得慈禧太后同意，调入城内。不知出于何种原因，慈禧对土匪出身的这位甘军统帅董福祥十分宠信，端王也对董福祥百般拉拢，引为挚友。

义和团的无法无天，甘肃军人的纪律涣散，这两支队伍进驻京城，又受到以太后为首的朝廷的保护，他们不出乱子才怪呢！

五月十五日，日本驻华使馆书记官杉山彬出永定门，迎接从日本国内来的外交人员，被甘军杀死。

在端王的策动下，甘军入城后干的第一件事就是包围东交民巷，攻击各国驻华使馆，义和团也加入助威，整日枪炮连天，喊杀震动全城。怎奈各公使馆团结协作，坚决反击，甘军攻了几日也没有攻进去，义和团则乘混乱之机洗劫官员住宅，他们把矛头首先对准那些主张剿杀义和团的官员们。

就在这个时候，又出了一件大事。断了外交关系的列强，特别是西方各国驻华外交官纷纷逃回本国。德国公使克林德准备奔天津从水路回去，路上怕被义和团拦截，他特备了一只手枪。车子走了不远，还没出使馆区，不想手枪走火，惊动了另一个使馆的警卫。警惕性很高的使馆警卫误认为故意向他挑衅，也开枪警告，街上值勤巡逻的清兵觉得使馆卫兵是向他们袭击，于是开枪还击。双方一交火，子弹打中克林德的头，当场毙命。这本来是由于误会引起的，可是列强借此事件大造舆论，说清兵无辜杀害外交官，因而引起国际公愤，才惹出"八国联军"出兵，扬言保护在华人员的安全，帮助中国政府平定乱党，恢复秩序。他们给清朝政府提交了一份照会，要求清政府允许外国军队入京，保护使馆，平定叛乱，严惩肇事者。

端王为了激怒太后，公开同列强决裂，和启秀等人在译文上做了手脚，塞进了他们的私货，特加上这样的句子：要求光绪皇帝代表清政府与友帮谈判议和，太后归政，退宫颐养，废除大阿哥等。

慈禧被刺到痛处，如何不恼："洋鬼子管到我家里来了！我一定给他们点儿颜色看看，不要认为大清软弱可欺……"

战与和的争论至此有了头绪，西太后决意主战，并向八国颁布了宣战诏书。

142

光绪二十六年春正月末，黑龙江将军恩泽开缺，端王保奏由副都统寿山继任。

端王根本也不认识寿山是何许人也，还是启秀等人向他提示，南方将帅都是功劳大、资格老。他们不肯轻易受人摆布，也不会支持朝廷的易帝主张，更瞧不起端王，什么"大阿哥"，在他们眼里轻如鹅毛。建议他笼络几个年纪轻、资历浅、无靠山的地方大员，可作为后盾及依靠的力量。黑龙江将军出缺，端王便保举了年仅四十一岁的寿山。寿山父亲富明阿，曾任黑龙江、吉林两任将军。富明阿有二子，长子永山在中日甲午之战中为国捐躯。寿山当时也受重伤，枪弹穿透小腹，伤及髋骨，治愈后走路尚有跛脚，但不明显。

慈禧也有选拔年富力强的地方大员、逐渐替代那些老迈昏庸的地方实力派的打算，她准了端王之请，擢升寿山为黑龙江署理将军。

三月，寿山来京引见。

他朝见了慈禧太后，但是没有见到皇帝。寿山在京逗留几日，因军务紧张，不便久停，他准备返回去。在临走的头一日晚上，一位大臣来为他送行，这个人就是礼部尚书启秀。启秀同寿山之父富明阿将军是老相识，启秀告诉他，擢升为署理将军，这完全是端王爷的力量，是端王在太后老佛爷面前替他说了不少好话，提醒寿山要感谢端王。寿山请启秀转告对端王爷的谢意，以后必能报答。启秀告诉他，端王爷不求报答，只求他能跟端王爷一条心。洋鬼子欺负我大清，端王有意将他们赶出中国。上下同心，振兴中华，使我大清千秋万代繁荣昌盛。

寿山表示道："端王爷之心，正合寿山之意。中国日益贫弱，全是列强造成的，大清要昌盛，必须把列强赶出中国。端王爷若有举措，寿山定为效力。"

"好。"启秀高兴道，"端王爷定会满意，将军仕途也一定会顺利。"

从此，京城内外传出流言，说寿山阿附端王，是端王的一党。其实，寿山始终也不认识端王载漪，他们并没见过面。再说，清朝制度，宗室王公不允许私下结交封疆大吏，像将军这样官阶地位并不算高的人，想见王公贵族的面儿都不是容易的事。

流言毕竟是流言。

俄军入境，寿山坚决抵抗，因为朝廷已宣战，黑龙江首当其冲，他没有回旋余地。论性格，寿山忠君爱国，当国家遭受侵略的时候，他只有舍身捍卫，没有别的选择，这与端王出于私心排外是两码子事。

宣战诏书全文是：

我朝二百数十年，深仁厚泽，凡远人来中国者，列祖列宗，罔不待以怀柔。迨道光咸丰年间，俯准彼等互市，并乞在我国传教。朝廷以其劝人为善，勉允所请。初亦就我范围，遵我约束，讵料三十年来，恃我国仁厚，一意拊循，乃益肆嚣张，欺凌我国家，侵犯我土地，蹂躏我人民，勒索我财物。朝廷稍加迁就，彼等负其凶横，日甚一日，无所不至。小则欺压平民，大则侮谩神圣。我国赤子，仇怨郁结，人人欲得而甘心，此义勇焚烧教堂、屠杀教民所来由也。

朝廷仍不开衅，如前保护者，恐伤我人民耳。故再降旨申禁，保卫使馆，加恤教民，故前日有拳民教民皆我赤子之谕。原为民教解释宿嫌，朝廷柔服远人，至矣尽矣。乃彼等不知感激，反肆要挟。昨日公然有杜士立照会，令我退出大沽口炮台，归伊看管。否则以力袭取，危词恫吓，意则肆其猖獗，震动畿辅。平日交邦之道，我未尝失礼于彼，彼自称教化之国，乃无礼横行。专恃兵坚器利，自取决裂如此乎？

朕临御将三十年，待百姓如子孙，百姓亦戴朕如天帝。况慈圣中兴宇宙，恩德所被，浃体沦肌，祖宗凭依，神祇感格，旷代所无。

朕今涕泣以告先庙，慷慨以誓师徒。与其苟且图存，贻羞万古；孰若大张挞伐，一决雌雄！连日召见大小臣工，询谋佥同。近畿及山东等省义兵，同日不期而至者，不下数十万人。下至五尺童子，亦能执干戈，卫社稷。彼尚诈谋，我恃天理；彼凭悍力，我恃人心。无论我国忠信甲胄，礼义干橹，人人敢死，即土地广有二十余省，人民多至四百余兆，何难翦彼凶焰，张国之威！其有同仇敌忾，临阵冲锋，抑或仗义捐资，助益饷项，朝廷不惜破格懋赏，奖励忠勋。苟其自外生成，临阵退缩，甘心从逆，竟作汉奸，即刻严诛，决无宽贷！

尔普天臣庶，其各怀忠义之心，共泄神人之愤，朕实有厚望焉！钦此。

第二十二章

143

且说端王同启秀等密谋，为了激怒慈禧太后主战不动摇，特在洋人照会中加上"太后归政"句子，慈禧如何能容忍？她立即召集大臣们议事，讨论宣战上谕如何起草，抗战军力如何部署，对义和团如何使用。因为她信了端王的蛊惑，相信义和团有神力、有法术，足可以拒住洋人的进犯。

大臣中，有多一半儿不同意同八国开战，认为众寡不敌，绝难取胜，义和团妖术不管用，洋兵一旦打到京城，社稷则危矣。反对主战的大臣中，有兵部尚书徐用仪、户部尚书立山、吏部侍郎许景澄、内阁学士联元、太常寺卿袁昶等。西太后的宠臣、大学士荣禄也站在了慈禧的反面，反对开战，主张痛剿义和团。

特别是太常寺卿袁昶，公然提出一个别人不敢提的问题。他说，根据他几年来同洋人打交道的经验判断，洋人照会有"太后归政"内容这不可能，是不是有人从中做了手脚也未可知。

这正揭了端王老底儿，刺到他的痛处，他把袁昶恨得要死。慈禧令荣禄查一查军机处来电原文，看看到底是怎么回事。

刑部尚书赵舒翘已近八十岁了，他只知道迎合权贵，也跟端王一个鼻孔出气，支持太后主战。

主战通过了，当天就发了宣战上谕。

荣禄查询的结果也把洋人照会弄明白了，原来文件并无"太后归政"一语，是一个译电的军机章京在端王和启秀的授意下加上去的。慈禧至此才明白，她是被端王等蒙蔽了，但为时已晚，宣战诏书已经宣示中外了。

"把载漪给我叫来！"

西太后震怒之下，令太监把端王叫到宫里，问道："这洋人的照会是怎么回事？你狗胆包天，竟敢篡改内容蒙蔽我，好叫我早日换皇帝，让你儿子登基，你当摄政王是不是？"

载漪以头碰地："奴才不敢。照会之事，奴才也不知情，奴才不懂洋文，都是军机处一手办的。"

慈禧冷笑道："你名叫载漪，这个'漪'字用得好哇。'漪'字带有'犬'字旁，犬就是狗，这个名字和你这个人倒挺般配。你给我滚出去！把你儿子领走，想当太上皇，从今你死了这条心吧，只要有我在世一天，你就休想！"

端王吓得满头大汗，不敢吱声。待慈禧骂完了，他才连叩几个响头："奴才该死，奴才该死。"

"下去吧！"

奇怪的是端王仍跪着不起，也不抬头。

太后身后的李莲英开言了："端王爷，老佛爷叫你起来哪！"

端王还是不起。

慈禧知他有话，消一消气儿说道："你还有什么话要说？要说就痛快点儿。"

端王这才叩了个头："奴才有下情禀告。"

"讲吧。"

"奴才派人暗中访察，朝中有人串通洋人，他们背主求荣，甘当汉奸，应严加惩治。"

慈禧突然一惊："谁？"

"吏部侍郎许景澄、太常寺卿袁昶，他们暗中勾通洋人，证据确凿，理应治罪。"端王特别加了一句，"'太后归政'这句假话，他们都当真了，已用军机处的名义通报各省督抚，皇帝也知道这件事儿。"

西太后听到这里，也不考虑这里有挟私报怨的成分，只要触及她"归政"这个禁区，便丝毫不肯让步，对端王说："你去告诉刑部查一查，查实报我。"

"还有，"端王又叩了一个头道，"老佛爷谕示军机处通令各省扶持义和团、格杀洋人的旨意，都经他们篡改，变成'痛剿义和团，保护洋人'，这不是汉奸是什么！"

"竟有此事？"

"奴才说的句句是实，现有直隶总督李秉衡找到军机处，提出上谕前后不一致，疆臣无所适从，让军机处给以明示。"

慈禧一听，心中大怒："你去把刚毅、赵舒翘给我叫来，他们军机处近来都干了些什么！"

"嗻！"

端王叩头退出，心中窃喜。好你个袁昶，就是你鼓动荣禄查军机处档案，查出"太后归政"的原委，使我落到这般地步。可是你的把柄也落在我手里，看我怎样出这口恶气！

吏部尚书刚毅、刑部尚书赵舒翘都是太后的心腹，拥护太后废光绪、收抚义和团、排外杀洋人的主张，也是对外宣战的鼓吹者，自然对许景澄、袁昶等人恨之入骨。他们奉了太后的旨意，将许、袁二人逮捕入狱，然后搜集他们的罪证。在外敌入侵、军民抗战之初，内部自相倾轧，兴起大狱。

144

许景澄，浙江嘉兴人，进士出身。出任过驻德、驻俄使臣，考察过西洋各国，在办理外交上，为维护国家主权多所出力。庚子事变，他反对利用义和团排外、反对围攻使馆，认为是违背国际公法的，这自然会触怒端王、刚毅等人。袁昶也是进士出身，浙江桐庐人。平日与许景澄很是友善，政见一致，坚决反对杀戮外国教士，认为应保护外国使馆。认为义和团为邪教，不可依恃、不可放纵。他特别揭露端王、启秀等人为激怒慈禧主战，篡改照会，促成太后决心向八国宣战。然而，他们主张对外妥协、保护外国使馆的言论被认为是汉奸，经过端王、刚毅等人的草率审理，定为死罪，最先被杀于菜市口。

许、袁二人判死以后，主战派得势。这时，"八国联军"已经攻下天津，慈禧太后召开御前会，商议退敌的办法。端王仍坚持义和团有法术，可退敌兵。兵部尚书立山，蒙古正黄旗人，他一向反对端王。局势到了如此地步，见端王还在吹捧义和团的法术，他说道："拳民说是有法术，可是没有一样灵验。"端王大怒，向太后奏道："既然拳民法术不验，那就请太后下旨，令立山率兵退敌。"立山说："主战的祸首是载漪，臣主和，可让载漪领兵破敌好了。"端王更加仇视。

还有内阁学士联元，满洲镶红旗人。他见天津已陷，载漪等人还一意主战，对慈禧说道："甲午之战，一个小小的日本都不能胜，何况'八国联军'。倘若战败，宗庙如何卫护？"

端王骂道："你出此不祥之言，惑乱人心。"

联元笑道："我出此不祥之言？你信纵邪教，蒙蔽两宫，干的是不祥之事。自古以来，未有信邪教而成大事者。倘使邪教真的得势，则生灵涂炭，祸延子孙，悔之晚矣！"

还有一位兵部尚书徐用仪，反对攻使馆、杀洋人，建议朝廷停战议和，也得罪了慈禧和端王。不久，在联军攻入北京之前，三人皆以汉奸罪被处死。朝野称其冤，事后得到平反昭雪、旌表、立祠，时人以许景澄、袁昶、徐用仪、立山、联元为"五忠"。

五大臣一死，当时形成一边倒，主战占了上风，就连反对开战，并且同慈禧太后有点儿特殊关系的荣禄荣中堂也缄口无言，静观形势的发展变化，一切听天由命了。

145

补叙一下"东南互保"的事儿。

原来西太后向列强下了宣战上谕的同时，又提出"各省自保疆土，朝廷不为遥制"之说，这便惊动了一个大人物，此人是历咸丰、同治、光绪三朝的元老重臣、时任两江总督的刘坤一。他分析了当时的形势，认为列强日盛，中国日衰。自鸦片战争之后，遭洪杨之变，英法联军火烧圆明园，甲午中日之战，中国已是千疮百孔，万民疲惫。如今太后为一己之私见，相信邪术，仇教排外，又要与"八国联军"开战，这不是以卵击石、自取灭亡吗？他上书谏阻开战，没有被采纳。急了好几日。他想，东南海疆万里，洋人船坚炮利，随时可来。海防薄弱，防不胜防，东南从此将岁无宁日。他断定，开战绝无胜之可能，一旦战败，全国皆被蹂躏，地方难免受洋人宰割。必须采取个两全其美的法子，为朝廷以后和约留有回旋余地，以免全国卷入旋涡。他把这种想法电告沿海各疆臣——两广总督李鸿章、浙闽总督许应骙、山东巡抚袁世凯等人，各地回电响应，均支持刘坤一的主张。

刘坤一得到沿海各省督抚的支持，心中有底儿了。正在考虑如何施行的时候，偏偏也凑巧，上海租界内的商人怂恿该国领事出面，向中国地方当局提出交涉，请求地方当局保护租界的安全，拳民不得侵入。刘坤一借题发挥，倡议"东南互保"。他提出：朝廷与各国宣战，东南沿海各省局外中立，外国亦不得进犯海疆，地方保证外国侨民的安全。这个主张一提出，除了沿海有关省份积极响应，就是与沿海不沾边儿的各省也表态支持，都愿意加入"互保"。特别是湖广总督张之洞，凭他的资格和威望，足以影响一大批地方官员。这几个举足轻重的大人物一鼓噪，便有多人联名，这就形成了北边抗战、南方中立，一国两分的特殊局面。当时，除了两江、两广、浙闽和山东沿海外，内陆省的地方官员响应"互保"的有二十多人。也有反对的，直隶总督裕禄、巡阅长江水师大臣李秉衡等人拥护主战，反对"互保"，但这并不能改变东南各省的局面。刘坤一见各省督抚大半响应，特别是有李鸿章、张之洞这样重量级人物的支持，便信心十足，即派出通商大臣盛宣怀、上海道余联沅二人为使，会见各国驻上海领事，经过磋商谈判，订立了《东南互保条约》，共八条：

（一）上海租界归各国公使保护，长江及苏杭内地归各省督抚保护，以保全中外商民生命财产为宗旨；

（二）长江及苏杭内地，洋商及教士产业由地方官一体保护，并禁止谣言，严拿匪徒；

（三）各口岸外国兵轮仍照常停泊，惟约束水手人等不得上岸；

（四）各国以后如不待中国督抚商允，竟派兵轮驶入长江等处，以致百姓怀疑，伤害洋商教士生命产业，事后中国不认赔偿；

（五）长江及吴淞口各炮台，各国兵轮不得近台停泊；

（六）内地如有各国洋教士及游客，不得自往僻地，致遭不测；

（七）东南沿海及内地不准拳民进入，亦不准当地有义和团组织，扰乱社会治安；

（八）租界内各种防护须安静办理，切勿张惶，动摇人心。

八条《互保》章程一公布，舆论哗然。有说他们"老成持重，深谋远虑；造福东南，国家有幸"的；也有骂他们是"列强走狗，洋人奴才；寡廉鲜耻，利令智昏"的。可是传到北京，执掌朝政的慈禧太后却大加赞赏，誉他们"用心良苦，体察圣意，不可多得的中兴功臣"。在她的眼里，战争不论是胜利与失败，以后都大有回旋余地。哪怕耗尽民脂民膏，只要大清皇统不废，保住爱新觉罗的江山，那一切在所不惜。

"东南互保"看上去是保住了东南半壁江山免遭蹂躏，实际是帮了洋人的忙。根据这个协定，东南和内地各省对国家的反侵略战争一不出兵，二不助饷，而是"严守中立"，在境内驱赶、搜捕义和团，保护了洋教士生命财产的安全。反过来说，也抑制了义和团等杀戮洋人的过火行为。从山东到广西的万里海疆连成一片，因为有《互保》章程，取得外国人的谅解，所以"八国联军"的军舰不骚扰沿海各省，集中兵力攻打天津和北京。京津得不到各地支持，孤军作战，义和团妖术不灵，终于失败，以致慈禧太后挟持光绪皇帝出逃西安，北京陷入空前的浩劫。

<h1 style="text-align:center">146</h1>

"东南互保"的章程传到东三省，在疆臣中引起了不小的波动。盛京将军增祺觉得所辖地靠黄海渤海，也有意与山东联在一起，但又有直隶相隔，天津为联军主攻目标，他想联也联不上。更何况副都统晋昌统率育字军，坚持主战，他已同黑龙江将军寿山取得联系，出兵援救龙江。

吉林将军长顺老奸巨猾，不肯轻易表态，他要看一看局势的发展趋向，"东南互保"在吉林并没引起人们的关注。

黑龙江地处边陲，俄人入侵必经之地，瑷珲抗战已失败，边城失守，清军退守北大岭。此处一失，江省自不能保，这就把寿山将军置于风口浪尖上，进退都没有回旋余地。

最先得到"东南互保"章程的是程德全，他同电报局总办张家璧意见一致，认为这个仗决不能打，打则必败。不料战火从瑷珲烧起，结果凤翔阵亡，现在孤军困守北大岭，想阻俄人谈何容易？他得到"东南互保"的电讯，抄录了原文，马上来见寿山将军。他说："大帅，时局真是瞬息万变，京津在抗战，南方倡互保，古今中外，真是闻所未闻。"

"什么？"寿山将军一怔，似乎没听懂他说的是什么。程德全满面春风地把手中文件摊在桌案上："请过目，南方各省已经宣布中立了。"

寿山将军看了《东南互保》章程的八项内容，苦笑道："国家有难，疆臣局外中立，亏他们想得出来。"

"不光是刘、张、李、袁诸公，列名的还有很多，他们都积极拥护'东南互保'章程。只有这样，才能保境安民。"程德全说，"这上还有一大串儿名单和头衔呢！"

将军一动不动，闭上二目，往后一靠："说说看，都是哪些人？"

"好。"程德全照名单念道，"两江总督刘坤一、两广总督李鸿章、湖广总督张之洞、浙闽总督许应骙、四川总督奎俊、陕甘总督魏光焘、成都将军绰哈布、福州将军善联、山东巡抚袁世凯、浙江巡抚刘树棠、安徽巡抚王之春、广东巡抚德寿、江苏巡抚鹿传霖、湖南巡抚俞廉三、湖北巡抚于荫霖、陕西巡抚端方……"

"行了。"寿山将军睁开眼睛，从椅子上站起来，"我就知道，他们串通一气，只顾保自己的小地盘儿，国家存亡他们完全不管！"

程德全先是一愣，接着笑道："刘、张、李诸公老成练达，为我朝不可多得的良臣。"

程德全指名推崇这几个人，就是暗示"东南互保"这件事，正好刺到寿山将军的痛处。他如鲠在喉，沉默半晌，才瞪大眼睛一字一板地说出这么句话来："难道说，我再联合吉林、奉天，来一个'东北互保'不成？"

程德全一听将军语带讥讽，连忙解释道："东南十数省参与互保，置国家战局于不顾，而联军专伺京津，朝廷势孤，哪有不败之理！拳匪的邪术蒙蔽太后，端王借拳匪以逞私心，虽有两三省忠义之士肯为大局着想，其结果还不是徒劳无益？此次天津失陷、保定失守，罗荣光、聂士成、裕禄诸公殁于王事，京城震动，朝野惶悚，凶兆已显。盛京、吉林犹在观望，俄人四面长驱直入，龙江腹背受敌，我们连哈尔滨一个铁路局都打不下来，抵抗十数万俄军，岂不是螳臂当车？以愚之见……"

说到此突然顿住，观察寿山将军表情的变化，见他几次紧锁眉头，知道是听不进去了。

"老兄有什么高见哪？"

语气之轻慢，使程德全不得不改变原来的说法。他本想要说："继刘、李、张、袁诸公之后，以东三省数百千万生灵为念，折节求和，顺应潮流。"可他看到寿山将军的态度，猜测他心理的变化，肯定是大有反感，于是就随机应变，换了这种说法："还应冷静观察，以待朝局更新。"

寿山将军当然也明白他所说的更新指的是什么，他是幻想李鸿章回京主政之后，继续推行他那妥协主和的路线，将已经点燃的抗战之火熄灭。原来寿山将军平时最反对李鸿章，对他在办理外交上一味迎合洋人、妥协退让、委曲求全，并且自己得实惠的一系列做法深恶痛绝。尤其是中日甲午之战后，李鸿章赴日谈判，被日本刺客击伤。加上日本对他种种要挟，签订丧权辱国的《马关条约》之后，回来又转向亲俄，采取"联俄抵日"的政策。他曾运动俄国出面，联合德意志、法兰西两国向日本施加压力，迫使日本让出辽东半岛，这就是所谓"三国干涉还辽"的闹剧。结果是，德意志租借了胶州湾，法兰西租借了广州湾。而俄罗斯捞到的好处更多，不仅租借了旅顺大连，租期为九十九年，并获得建筑中东铁路、在东三省驻兵的权利。这种种事情的发生，无不和李鸿章推行的"门户开放，利益均沾"的政策联系在了一起。他倡导的"以夷制夷"的结果，使中国的领土主权丧失更多，列强得寸进尺，贪得无厌，卷起一股瓜分中国的狂潮。义和团的产生，就是在这种历史背景下的产物。寿山将军面对列强的瓜分狂潮，特别对沙皇俄国的侵略野心早有察觉，一上任就提出"图要塞"的方针，就是为了对付沙皇俄国的。所以，他对朝野瞩目的"中兴"人物、权倾一时的李鸿章中堂，始终抱有反感。然而，他也知道，李鸿章是西太后最信任的重臣，贵族王公又极力拉拢巴结，自己一个小小的将军怎敢对其菲薄呢？有人说寿山将军阿附端王载漪，其实是因端王同李鸿章意见不合。又因儿子溥儁立为大阿哥，将有代替光绪之说，西太后试探各国公使的态度，遭到各国公使的反对。端王儿子当不上皇帝，西太后废不了光绪皇帝，才臭味相投，搞到一起，利用义和团仇教排外，这纯属出于一己私见。但寿山将军不了解内情，他支持端王的主战，是出于对洋人欺凌中国之愤激，他们个人之间没有内在联系。不明真相的人就制造舆论，说他攀附权贵，紧跟端王。程德全和寿山交好多年，形同伯仲，不是不了解寿山将军的为人。可是他出于另外的政治目的，也散布寿山阿附端王之说，除了有意降低寿山将军的威信以外，还企图将此说当作手中的一张王牌，借以挟持寿山将军，使其一步一步地乖乖就范。

寿山将军哪里知道他这位密友的深远用心，遂脱口说出："老兄所说的更新，不过几位和事佬儿厚着脸皮在洋人面前低三下四地侮辱本国同胞，以讨洋人欢喜罢了！"

程德全浑身一震，手中的茶杯险些掉在地上。他很知趣儿，马上换了话题："自然，朝局如何发展，那是以后的事，目前当务之急，是想方设法阻止俄人进占省城。不然，吾辈将死无葬身之地。"

"只有打下去，才能阻止俄人。除此以外，别无他途。"

程德全笑了："眉峰，打并不是唯一办法。瑷珲之失，由打而起，足以为戒。"

"我实在没有别的办法。"

"宣布中立，尚能挽救。"

"战衅已开，纵使有中立之说，事实亦不可得，况且我已决意不与俄人妥协。"

"这好办。"程德全还是不放弃争取将军,"眉峰,若能改变初衷,与俄周旋之事由我筹划。只要你下令停止对哈尔滨的进攻,令凤翔率军退出防地,俄人必以礼相待。俄人出兵所剿者,拳匪也;所保者,铁路也,并不是与官兵为难。"

"梦话!"

程德全碰了一个钉子,但是还没有死心,他仍要做最后一次努力:"东南互保,可以效仿;刘、张、李、袁诸公堪为榜样,大帅不可固执到底。"

"哼!东南互保,真是千古奇闻!皇上下诏宣战,疆臣严守中立,也不怕贻笑后世?亏他们想得出来!"寿山将军又有些激动了,伸手摸过《三国演义》,轻轻弹了一下,就压在肘下。

程德全好像找到了新的话题:"眉峰熟读《三国演义》,岂不知汉室衰微,此乃天意,虽诸葛武侯之智,无能为力也!"

"汉室之所以如此,细考其原因,却在这里。"寿山将军将书掀到他叠过的那一页,推给程德全,似笑非笑,又有点儿激动地说道,"晓岚兄,请你琢磨琢磨,是不是这个道理?"

程德全接过书来一看,心中为之一沉,忙把书放下,他像不认识似的盯了寿山好一会儿。

寿山将军也在观察他的表情,只见他怔了一下,拿起书,看了几眼又放下,再拿起再放下,最后对着第九十三回《武乡侯骂死王朗》里的几句话呆呆出神。

> ……因庙堂之上,朽木为官,殿陛之间,禽兽食禄;狼心狗肺之辈,衮衮当朝,奴颜婢膝之徒,纷纷秉政。以致社稷坵墟,苍生涂炭……

程德全怔了一会儿,心里说:"普天之下,就你寿山一个人是忠臣?多么狂妄,真是荒谬已极!"他不敢公然表示出来,装出笑脸儿,轻轻放下书说道:"大帅借古讽今,卑职深服高见。既已深虑及此,何不从长计议?"

他是不会放弃任何机会的,决心使对方改弦易辙,不料寿山将军的固执却出人意料:"孔明六出祁山,明知不可为而为之,鞠躬尽瘁,死而后已!"

没有任何商量的余地，程德全只好言不由衷地叹道："大帅有古圣贤之风，心如铁石，虽斧钺加颈，利禄萦身，不可易也！"

寿山也笑了："晓岚兄岂不知，三军可夺帅，匹夫不可夺志也！"

147

寿山将军明明知道，程德全想方设法说服他放弃抗战，一来出于私交情深，为他的身家性命、前途利害着想；二来他是代表齐齐哈尔官绅上层人士的意见，他的主张也是省城大官僚们的共同主张。这伙人抓住程德全参赞军机、时时接近将军的有利条件，极力吹捧他、拉拢他，让他在寿山将军面前起到他们这伙人所起不到的作用。程德全也就背靠这些人，以他上有根子、下有支柱，并和寿山莫逆之交，又帷幄幕府，参赞军机种种便利条件，敢于同寿山将军争执辩论。他也算左右逢源，手眼通天，在黑龙江成为举足轻重的很有影响之人物。

寿山将军的心情是矛盾的。

他看到了程德全的种种作为会对抗战不利，可是又珍惜他们之间的友谊，体会他对自己的一片苦心，这是出于私人感情。但从国家大计着想，他们的观点是背道而驰的。寿山将军对他虽不喜欢，又不敢疏远他，因考虑到程德全也许是将来收拾黑龙江残局不可多得的人物。他们之间就是这样各有目的，互相利用，在错综复杂的情况下，相辅相成。

程德全主张，瑷珲军队不得后撤，就地设防，寿山将军也信了，所以对凤翔移营的请示不予答复。

唐家骏从外边急匆匆地走进来，手里拿着一封电报，送到将军面前："吉林来的。"

一听是吉林来电，寿山将军满怀希望，可是看过之后，他颓然地扔在案上，半晌不知所措。自从黑龙江边境战争打响以来，他认为盛京、吉林库存武器粮饷充足，两省的将军都是满人，他们不会像刘坤一、张之洞那样，只为保全自身利益，而置朝廷的宣战于不顾。东三省为清朝皇帝开基的地方，也是满人入主中原的根据地，祖宗陵墓多在境内，他们不能不对俄国的入侵有所抵制。所以，寿山将军提出"不分畛域"，"东三省一盘棋"的主张，希望得到两省将军的响应。盛京倒是有了回响，副都统晋昌首先来电，表示全力支持抗战，并答应粮饷器械由盛京接济，不久援军即可北上助战。盛京的义和团也源源不断地来到黑龙江各地，助长了抗战士气。他对吉林将军长顺的要求只有两点：一是由阿勒楚喀出兵会攻哈尔滨，二是派吉林义和团来黑龙江参战，同时供应一点吉林库存的武器等军用物资。他认为，这是完全可以办到的事。不错，阿勒楚喀副都统钮楞额奉令出兵了，虽然作战不力，避实就虚，但总算是行动了。这供应武器、支援军需虽没及时答复，寿山将军判断，可能在装运中，不久即可到达，因此他是满怀信心、翘首期待的。

吉林的答复拖了多日，今日终于来了：

"……省无精团，库无存械，自用不敷，难允所请。据闻，京津将派拳民二十四人出关赴吉，到时可使转往贵处助战……"

寿山将军待了一会儿，见唐家骏规规矩矩地站在那里，眼睛盯住电报，遂苦笑道："他们不肯援助，是要看我的笑话。"

"大帅，这些将军大人们根本就不能指望。长将军是有名的'内战内行，外战外行'，他连吉林管境内的珲春、三姓两处抗战都不管，能帮助咱们？"

寿山将军本来喜欢这个年轻的亲兵统带，口齿伶俐，头脑清晰，平时也愿意跟他议论几句军情大事。每次他的发言都使将军感到满意，常夸赞"后生可畏"，"青出于蓝而胜于蓝"。

"家骏，你还有事吗？"将军抬头瞅瞅他。唐家骏以为将军对他的多嘴不耐烦了，于是很知趣儿地敬了一礼："大帅如果没吩咐，小的告退。"

说完，转身就要走。

寿山将军一招手："家骏，你要没什么事，在这儿坐一会儿，跟我说几句话，这两天心里闷得慌。"

唐家骏清楚将军心情不好，只知道这是由于俄人入侵，加上瑷珲之失引起的。可是并不知道将军的心情矛盾，多一半还是内部和战之说干扰了他，在抗俄战争中得不到支持而又不甘妥协，这就使他深深陷入了苦恼之中。

"大帅关心国事，日夜操劳，心情自然是沉闷的。"

寿山将军笑了，这是痛苦的笑，他说："出人意料啊！大清国养士二百多年，可是净养些利禄之徒，国势怎能强大？"

唐家骏刚要劝说几句，安慰一下寿山将军，忽然门上来报："张总办求见。"

"家璧来了！"寿山沉吟一下，心里不住转念，"他又来干什么？"

电报局总办张家璧与寿山将军乃莫逆之交，挚友兼心腹，过从甚密。自从同俄国开战以来，二人分歧越来越大，张家璧站在主和派一边，反对抵抗。起初，他也像程德全一样，以利害对比，劝说寿山将军不要冒这个险，放弃抵抗的主张。看将军不听，一意主战，他便转过来又同程德全串连到一起，积极反对主战。经过种种努力，仍然阻挠不了，他不顾他们之间多年的友谊，在省城散布流言，想方设法破坏寿山将军的威信，企图彻底孤立他。在他们看来，将军在黑龙江一孤立，又得不到外援，他就会早日醒悟，改变主意，和谈就能成功。至于他散布的一些流言，硬说将军是旗人，只顾效忠朝廷，不自量力，不管百姓死活，拿黑龙江千百万生灵当儿戏，通通去送死。这谣言一传开，那些主和的人们更加来了精神，不遗余力地破坏抗战。有人不明真相，背地里大骂寿山将军。这种种情况都被唐家骏访察出来了，几次提醒将军让他注意张家璧这个人，寿山将军记下了。

他今日前来，不能不引起寿山将军的注意。

"故人近来少见，不知今日什么风又把老兄吹来了？"

从这冷冰冰的话语来看，寿山将军对这位多日不曾见面的挚友并不欢迎，也不亲热。张家璧深知将军的性格，不以为然地说："眉峰，我今特来告诉你一件事。"

"请讲。"将军还是神情淡漠。

张家璧不在乎地微微一笑："近来城里有人散布流言，对局势有些忧虑，你一点儿也没听说吗？"

"多少知道一点儿，不太详细，不过我已找到了谣言的根源。"寿山将军瞥了他一眼，好像不以为然地说，"乱世年头嘛，人心不稳，民情鼎沸也是可以理解的，何须大惊小怪啊！"

"并非全是如此。"张家璧说着，瞅了一眼侍立一旁的唐家骏。

寿山将军看在眼里，明白了他的意思，冲唐家骏摆了摆手，唐家骏转身出去了。

"还有什么？我想听一听。"

"据我听说，城里官绅各界和黎民百姓好像对你有怨言。"

"我并没侵犯百姓的利益，他们怨我哪一点呢？"

"信不信由你，近来街上流传着几句民谣，我学给你听一听：'满不满，汉不汉，硬往石头撞鸡蛋。只顾博得好名声，葬送民众千百万！'这不是说你又是说谁呢?"

将军听了,心头火起。他知道,自己是汉人,先人袁崇焕为明朝效忠,结果被崇祯皇帝残酷杀害。清世祖入关,悯袁氏冤屈,特为袁崇焕立专祠,并将袁氏家族改隶汉军正白旗,子孙辈辈为将。从这几句民谣来看,确实是挖空心思,侮辱中伤,讽刺他这个旗人是"满不满,汉不汉",抗战是"鸡蛋撞石头",不自量力。他强压了压火儿,又问了一句:"还有什么?"

"这就够了。"张家璧狡黠地眨了几下眼睛,似笑非笑地盯着寿山将军,"眉峰,我特意为此来见你,希望老弟能俯顺舆情,悬崖勒马。"

寿山将军冷笑一声,断然地说道:"多谢老兄关照,请你转告那些人,我不能俯顺民贼、汉奸们的舆情。满也好,汉也罢,寿山是中国人,造谣诽谤,听其自便。我想,这么多的民众,这么大个国家,不乏忠义之士。本将军的所作所为,上不能愧对祖宗,下不能愧对黎庶,天下自有公论,岂以小人之谗而折吾志耶!"

寿山将军说完,将茶杯一端,立在身后的戈什哈高喊一声:"送客!"

唐家骏从外边撩起帘子,向里一伸手:"请!"

张家璧十分尴尬,讪讪地退了出去。

148

寿山将军十分气恼地退入后堂,自言自语道:"真是画龙画虎难画骨,知人知面不知心。想不到素称莫逆之人,紧要关头也拆我的台。"他顺手从匣中取出一支小手枪,托在手上,端详了一会儿。这是爱妾桂珠保管的一支小巧玲珑、从外国购进的手枪,桂珠用它一来作为玩具,二来防身。因为有一次,桂珠外出回来,途中险些被歹徒劫持,从那以后,寿山便给她买了这支手枪备用。今日他拿在手中,摆弄一会儿,苦笑道:"这个家伙,以后难道真的能杀人?"

寿山将军刚要休息,又是一份急电送来,请他批示。这是瑷珲前线凤翔发来的,请示移营,这已经是第三次请求了。寿山将军正在气头上,顺手批了个"不准后移,就地待援",吩咐速速拍发。然后叮嘱门卫,任何事也不准惊扰他,已经好几宿没有睡好觉了,实在是太疲倦了。

寿山将军转入寝室,爱妾桂珠服侍他卸去官带朝服,侍女捧上银盆,递上毛巾。将军净一净面,然后仰卧在躺椅中,却没有睡意,辗转反侧,一连几次。桂珠从侍女手上的托盘中拿过镂有花纹图案的银质水烟壶，轻轻走到将军身旁："想吸烟吗？"

寿山将军伸出手来，桂珠忙递过去，他接过瞅了一眼，一口没吸，又放到了身旁的茶几上。

"大帅，你今儿个怎么了？心情这么沉重，是前线情况吃紧吗？"桂珠娇声细语地问道，将军没有作声。

"你好好休息休息吧，睡不好觉，怎么能受得了。"桂珠说罢，给侍女递个眼色，侍女放下托盘，随桂珠退出。

"回来！"寿山将军坐起来了。

桂珠惊疑地转过身："我的爷，你安安静静休息一会儿吧，我们不再打搅你了。"

"其实，我根本就不想睡觉。"寿山将军微微一笑道，"我想起一宗事儿来，今儿个是几儿了？"

"七月十五①，你忘了？"桂珠也笑了。

寿山将军点点头："我心思很乱，忘了很多事。你记住，八月初四这天，还是按原来打算办。"

八月初四是他们小女儿的两岁生日，将军曾经吩咐过，生日要过，一切从简。因在战争时期，不要铺张，亦不招待贵客。桂珠遵从将军吩咐，只给孩子定做了两件生日礼物，一个小小的金麒麟，一只小小的银凤凰，这两样东西还没有制成，原定于月底送来。桂珠这些天来给女儿过生日就成了她唯一要忙的事儿，因见将军心绪不宁，没敢在他面前提起，怕牵扯将军的精力。现在将军既然提起此事，正好是个机会，可以进一步同将军商量商量，主要亲属送礼致贺还是要招待一下的。她不知怎么提起才好，想了想，想出这么句话来："妞儿更乖了，会说不少话了。"

"是吗？好几天没看着了，抱来我看看。"

桂珠很高兴，立刻吩咐侍女去叫乳母，把孩子抱过来。不大工夫，一个干净利落的中年妇女抱着女儿来到将军面前，寿山将军注视着这个不足两岁的幼女，一声不吭。

"放下，叫她自己走两步。"桂珠笑吟吟地说。

乳母把女儿放在地毯上，又白又胖的女儿趔趔趄趄地迈了两步，一下扑到桂珠的腿上，说啥也不走了。

---

① 指农历，即一九〇〇年八月二十八日。

"净撒娇!"桂珠弯腰抱起小女儿,亲了一下她的胖脸,"妞儿,叫阿玛。"

"阿玛!"妞儿甜甜地叫了一声。

"再叫额莫①。"桂珠亲了亲女儿的脸蛋儿。

小姑娘瞅瞅乳母,没有吱声。乳母微微一笑,从桂珠手里接过妞儿。她心里明白,清朝的规矩礼法是不允许管姨太太叫额莫的。贵族官僚人家,不管孩子是谁生的,只能称大夫人为额莫,姨太太被称作姨娘,姨娘的地位跟乳母、侍女差不多。只是因为她们是大人或老爷的小老婆,在家庭生活中似乎有半个主人的身份,比一般下人高一等。这位桂珠姑娘的身份比较特殊,她原是北京城里的名妓,虽在青楼②,不失名节,和寿山将军相识后,被将军赎了出来。她烈性刚强,色艺无双,深受将军敬重,引为红颜知己。寿山离京,桂珠随来,凭着她的才色,加上和寿山将军的不寻常关系,居然成了第二夫人,享有分外的自由。大夫人也喜欢她,一家相处得很和睦。寿山将军本是个开创型的新派人物,不墨守成规,所以对桂珠有些超越礼法的行为也不以为怪。

"叫额莫,叫,叫啊!"

桂珠仍然逗着亲生的小女儿,目的是想使将军高兴些。寿山将军却蹙起双眉,自言自语地说:"没福,没福,偏生乱世。"

乳母望了将军一眼,只见他合上眼睛,不知在思虑着什么。乳母很知趣儿,她明白,这是将军心情烦乱的表示,于是赶快抱起孩子走了。

桂珠此刻不忍离去,她要想方设法使将军解除烦恼,想用另一件事情来冲淡他的情绪:"妞儿生日那天,一定很热闹,收的礼物准不能少,我保险那个程胖子不送个金马驹才怪呢! 还有那个黄眼珠子的萨保,他一定能孝敬一匹蒙古马。这样的事儿,他们从不落别人后头。"

寿山睁开眼睛:"什么也不要,一切全免。"

"我知道。"桂珠柔声说,"他们真的要送呢? 总不能拒之门外吧?"

"当然要拒之门外。"

"干吗这么不近人情?"

"干吗? 这很简单,现在正在打仗,将士们在战场流血,凭什么为一个小孩子的生日如此铺张!"

---

① 额莫:满语,妈妈。
② 青楼:妓院。

"战场离这儿千八百里，哪个大人府里不是轻歌曼舞、歌舞升平的。"

寿山将军长叹了一口气："这倒也是，不过咱们不能这样。"

"大帅，你……"桂珠忍不住流下泪来。寿山将军怜爱地望着爱妾："瑷珲城都烧毁了，俄国人不一定哪天打到这里。我想，过两天派人送你去乡下躲一躲，把妞儿也带去，太平时候再接你们回来。"

"不，我哪儿也不去。离开你，我还不放心呢！"

"俄国人要是来了呢？"

"我有手枪一支，宝剑一口，什么也不怕。"

寿山将军笑了，那是痛苦的笑："千军万马都抵挡不住，你那手枪、宝剑又能顶什么用？"

"我是说有了它，毛子就休想靠近我！"

寿山将军心头一震，睁大眼睛盯了她好一会儿，才呼出一口长气："也好。"

由于天气燥热，人体自然疲乏困顿，寿山将军重新躺下不久，便进入半醒半睡状态。疲乏加之困倦，又患失眠症、思绪烦乱，很多事情使他心中不安。先从义和团杀洋人，甘肃兵进京围攻东交民巷各国大使馆，到"八国联军"炮轰大沽口，攻陷天津城等一系列重大事件的发生，使他万分焦虑。甚至哈尔滨战事失利，瑷珲前线吃紧，都没能超过他对北京局势的关心。聂士成、罗荣光这些能征善战的将军都阵亡了，听说德国兵使用绿气炮，炮响后一股儿绿烟，人要闻上立刻毙倒，这如何能抵挡得了？万一联军攻入北京城，那大清国的江山也就岌岌可危了，中国也就要沦为列强的殖民地了。怎么办？他把唯一的希望寄托在吉林、盛京两省上，只要他们同自己一样坚决抗战，保住满洲地区，将来和谈时就有回旋余地，中国也不至于被列强瓜分。可是，两省的将军态度暧昧，没有积极的表现，实现这个计划又怎么可能呢？朦胧中，他依稀闪过另外一种念头，尽快结束黑龙江的战争，腾出手来，带兵入卫，进京勤王……

当人的思维固化的时候，大脑的活动处于静止状态，便容易入睡。

寿山将军昏昏沉沉地睡着了。他做了个梦，梦见无数外国侵略军从四面八方向省城攻来。他率领部队分头抵挡，看着抵挡不住，忽然发现凤翔率领瑷珲部队杀来，吉林、盛京两地的援兵也同时赶到，他们互相配合，把洋人打得大败而逃。他高兴了，高声命令道："奋力追，把他们赶出中国去！"

留在身边服侍的桂珠，忽听将军梦中叫嚷："奋力追，把他们赶出中国去！"吓了一跳，忙轻轻摇晃着将军："大帅，醒醒，醒醒。"

寿山将军呼出一口长气，咳嗽两声，翻过身来："唉，魇住了。"

桂珠猜测道："大帅忧国忧民，梦中还追杀敌人，是不是？"

"唉，要真能实现梦中的情景，该有多好哇！"寿山将军坐起身来，揉一揉眼睛说，"我很想见一见集庭，这几天实在想他。"

"那还不容易，拍个电报，叫他回来一趟呗！"

"不行，他现在不能离开前线。"一句话刚出口，冷不丁想到一件事，"叫家骏快来！"

原来，寿山将军想起了凤翔几次请示移营，未获准许，只因自己当时情绪不好，缺乏周密考虑。现在神情平静一些，考虑到斗沟子地势平坦，无险可守，阻击不利，撤守北大岭才是万全之策，不能孤军困守在绝地上。他想到了这一点，便改变了以前的决定，同意移防北大岭。

唐家骏进来了。

寿山将军在外间见了他，吩咐道："你立即去办一件事：这有一份电报，赶快发出，越快越好。"

说完，递过去刚才拟好的电稿。

唐家骏接过略看一下，上写：着令凤翔全军速撤北大岭。

唐家骏不敢怠慢，转身告退。寿山将军看他匆匆忙忙走了，好像了却了一件心事，长长地舒了一口气。

第二十三章

149

清兵溃退的时候，刘芳一伙被隔在右翼的一个小山沟里。他奉令助守右翼，刚绕道过来，还没等进入阵地，没想到中军大营已经失守了。刘芳欲进不能，要退不可，同各处又联系不上，成了一支孤军。

这两天富喜头上的伤口感染化脓，脸部浮肿，跟在军中，行动非常吃力。

再有，云花、玉妹几个女孩子也由刘芳负责保护，更觉得担子重了。他考虑过，准备让云花、玉妹等保护富喜，藏在民间躲避几天，可是这一带又没有居民。

累赘，有什么办法？幸好相隔几个山沟的俄军还没有发现他们，他们人少，不敢拿鸡蛋去碰石头，只有追赶大队。可谁又知道，大队撤到什么地方去了呢？

"这回我们完了，彻底完了。"刘芳心里说。富喜由于头部浮肿，眼皮睁不开，看不清楚远处的一切变化。他不用人架、不用人扶，硬是逞刚强，跟在军中爬山。

"这是往哪里走哇，怎么越走离毛子越远了？"

刘芳并不回答，一边走着，一边想着。

天已黑下来。

南山隘口的战事早已停止，俄军正在狂欢胜利，清兵大队人马连影子也不见了。

山路崎岖，攀登困难，刘芳也不知该往哪里走好。

"停下休息。"刘芳命令部下歇息一会儿，接着又走。

"这是往哪儿走？"

"闭上眼睛过桥——瞎走呗！"

"那碰上毛子兵怎么办？"

"碰上就打，打不过就跑，跑不了就死，死不了算你命大。"

士兵七嘴八舌，边走边议论。刘芳听得清清楚楚心里也很着急。天黑路不熟，连方向也辨别不出，盲目地走，这的确不是个办法。

又走了大约一个时辰，也不知这是走到了哪里，四周黑黝黝的，上边仅能看见一条狭长的空间。走着走着，前面的山路断了，不远的地方似乎是断崖。

侦察员回来报告说，正前方一道深涧，两边是峭壁，上下无路可通。刘芳亲自到前边察看究竟，吩咐点起明子，借着光亮一看，果然是一条看不见底的深涧。

"坏了！"刘芳心想，只顾摆脱敌人，追赶大队，不问路径，竟走到这绝地来。他问大家："弟兄们，有没有熟悉这里环境的？"

一个士兵答言道："刘老爷，这条涧叫红石涧，原是山层断裂形成的，不用说人，就是山中野兽也越不过去。"

"你怎么知道？"

"小时候跟爷爷打猎到过这里，我是岭后人，当兵才到瑷珲的。"

刘芳心中欢喜："这么说，你就是个地理通了？你知道这道沟涧有多宽多深吗？"

"宽有七八丈，深不见底，下边和地河相通。"

"附近还有路可通吗？"

士兵想了想："只有一条上山的小路，必须从红石涧的下稍贴山过去。走的时候要加小心，一时不注意，掉进沟涧就没命了。"

刘芳一想，要走这条路，三百来人，危险万分，还有伤员，无论如何不能扔下他们不管。又问："有没有别的路可走？"

"没有。"士兵摇摇头。

"回去，走原路！"

"不能往回走。"士兵说，"刚刚离毛子远了，回去不是送死吗？"

大家也嚷起来："不能回去！"

刘芳拗不过众人，只有走这条险路，他让这个士兵带路，队伍在后面跟着。刘芳揽着富喜，云花、玉妹等女孩子夹在中间，沿着沟涧贴着山边一步一步地挨过去。约莫走了五六里，果然发现红石涧的末梢有一条登山的小路，路是在一个巨大的石灰岩的缝隙中间通过的。仔细一瞧，两边石壁高有数丈，石缝大约四五尺宽，上方形成一条线，星光在空中闪烁。影影绰绰的树木交叉，如同悬在半空中一般，星光就是从树木交叉的缝隙中透出来的，一闪一闪，如同鬼火和流萤，这就是"一线天"。

看了这样一条险路，刘芳心里不免有点儿担心。自己虽然从小跟爷爷打猎，钻山越岭已成习惯，可是从来没有见过这样险要的路径。他问道："这条路，平时有人走吗？"

"没有人走，除了猎人，再不就是野兽。"

"上去是什么地方？"

"上去再向南拐，经过蟒蛇洞，下到沟里就是大甸子，那里有三条道可通。"

"都通什么地方？"

"向东翻过几道山梁，不远就是孙吴县；往西出了沟口，就是通往墨尔根的大路；正南从大岭翻过去，就到了德都县。"

"不管往哪儿走，咱们先到大甸子找着路，亮天以后再顺道打听队伍的去向。"

士兵们互相照应着，小心翼翼地在"一线天"中往前蠕动。

"跟上，跟上，不要掉队，走不动的提出来。"

刘芳贴在石壁上，借着明子的光亮，一个一个地叮嘱着，恐怕有人掉队。当云花、玉妹她们从他身边走过的时候，他还特别问了一下："都谁走不动了？"可是她们无声无响，默默地从他身边过去了。

队伍基本过完了，他并没有发现队伍里缺谁少谁，于是随在队伍的后边跟着上去了。

路面的石头大小不等，凸凹不平，有的长了青苔，踩上去会滑倒。士兵们怕滑倒，只得手扶石壁走。刘芳边走边寻思，总觉得好像缺了谁，回头喊了几次，也不见有人答应。因他精神没有集中在走路上，天又黑咕隆咚的，也不知滑了几个趔趄，好不容易爬到这长约五百米的"一线天"的顶上。

队伍聚拢到一起，暂且休息，清点人数，没有发现少谁。

刘芳突然一惊："富喜！富喜！你在哪儿？"

不见有人应声。

刘芳着急地问大家："看见富喜了吗？"

"没有，没有。"

刘芳找着云花和玉妹："你们看见富喜了吗？"

"富喜?"玉妹说,"富喜不是跟你在一起吗?"

刘芳说:"过沟洞时我扶着他,来到山下就分开了,他说自个儿扶石壁能上来。"

"那可没看见。"

"糟糕!"刘芳更着急了,"他伤没好,八成掉队了。"说着顾不得疲劳,忙向下边跑去,"富喜——你在哪里?"任怎样呼喊,就是不见答应。

刘芳踉踉跄跄到了"一线天"的入口处,发现了富喜,还倚着石壁坐着。

刘芳放心了:"富喜兄弟,你走不动,要吱一声啊?这黑灯瞎火的,险些把你丢了!"

富喜一声不吭,也不抬头。

"富喜,你觉得不好受吗?"刘芳来到近前,蹲下身子,"来,我背你走。"

富喜既不吱声也不动,好像是睡着了。

其实,富喜正在昏迷中。经过长时间的颠簸,折腾得他头晕目眩,刚到山脚,就一阵发晕,仰靠在石壁上不省人事了。刘芳指挥队伍攀登上岭时,谁也没有注意到他。

刘芳抓住富喜的胳膊背在背上,咬着牙,用尽全身的力气将他背起来向上爬了将近一半,又下来几个弟兄帮着把富喜抬到山顶上。

富喜慢慢苏醒过来。

"富喜兄弟,你这是怎么了?"

富喜无精打采地说道:"我就觉得一阵迷糊,便啥也不知道了。"

<h1 style="text-align:center">150</h1>

初秋的夜里露水是很大的,行军露宿的士兵们汗水加上露水,饥饿加上疲乏,衣服贴在身上,真是又凉又累又难受。

好不容易熬到天光放亮儿,

大家就像看到了希望,打起精神,又开始前进。

走了一段山路,来到一个高有几丈的石壁下,石壁的一隅有一个洞穴。那个熟悉环境的士兵说,这就是蟒蛇洞,穿过蟒蛇洞,就是大甸子。

刘芳看了看周围险恶的地势,问道:"这地儿为什么叫蟒蛇洞?"

士兵说:"这个大洞穴里边有无数个小洞穴,小洞穴里有很多蟒蛇,最大的有一尺多粗，要是碰上大蟒蛇出来，还会伤害人。猎户一个也不敢从这里过去，想要过去，必须绕道几十里外。"

听了士兵的话，大家心里发毛，你瞅我，我瞅你，大眼瞪小眼，谁也不敢往里钻。

刘芳见无路可走，决心要钻洞穴，遂说道："不要自己吓唬自己，哪来那么大的蟒蛇。你说说，要从这里过去，得钻多远洞穴？"

"这是个天然隧道，听说进去走上二百多步，上边就露天了。"

"我先走，什么大蟒蛇，我全不怕。"

士兵们见刘芳要领头钻洞，一齐拦住他："刘老爷，你不能先进去。万一出了事儿，这三百来人由谁带领？"

大伙一致拦阻，不让刘芳钻洞，可是却没有一个人自告奋勇先钻。

那个做向导的士兵又说："常听人们说，大蟒蛇每天早晨出来打食①，要碰上可就坏了。"

有个士兵笑道："这好哇？蟒蛇出来，咱们再进去，不就安全了吗？"

"别闹别闹，到这地步了，还扯屁嗑呢！"

"我说的是实话，真的。"

"就算是真的，那要钻出一个长虫精来，还了得！"

"真要出来个白娘娘和小青青②，哈哈，说不定是谁的福气哪！"

刘芳见士兵们同那个引路的士兵争论不休，不耐烦地训斥道："中了，别吵了，想想办法过洞。"

这办法的确难想，谁也不知道里边是不是真有大蟒蛇。

刘芳命令道："我领头钻洞，大家跟上，谁也别落下。"说着，他向大家一摆手，"随我来！"

刘芳刚向洞口迈了几步，就在这时，忽然从洞里传出一阵"呜呜"的风声。

"不好！"那个当向导的士兵向后退了几步说，"注意！风声响准有怪物，不是老虎就是大长虫，大家往后躲一躲。"

站在最前头的士兵们下意识地向后退了几步，后边的又向前靠近了一些，大家紧张地望着洞口，看看到底有什么玩意儿。

风声先在洞里响了好大一阵，后来又吹得洞口外边的蒿草翻飞。人

---

① 打食：北方土语，就是寻找食物。
② 神话传说《白蛇传》里的两条蛇仙。

们向洞口望去，只见黑咕隆咚的洞口里一道光亮闪了几下，"刷"的一声，从洞里钻出一条黄白黑三色的花纹大蟒蛇来，头部抬起，有三尺多高。两只流星似的眼睛放着寒光，身子足有一尺多粗，摇尾晃头，口里吐着信子。它整个身子爬出来后，便横在洞口儿，只是蜷缩着身子不往前爬了。

"哎呀，长虫精，长虫精……"

前边的边嚷边躲避，后边的惊慌四散开，人忙无智，谁也没有想起来自己的手中还有冒烟的家巴什儿。

几秒钟后，才有人嚷道："快开枪，开枪！"

还有人叫道："千万别开枪！这么大的蛇都有半仙之体，打不得啊！"

开枪又怕打不着蟒蛇，激怒蟒蛇又怕它发狂伤人，多数人吓得往后躲闪，四面散开，个别人吓酥骨了，连枪都端不起来了。

这个大怪物往洞口一横，谁还敢钻洞？不钻又无路可走，大家干着急没办法，都望着刘芳："刘老爷，怎么办？"

刘芳不听邪，忙从士兵手中拿过一支步枪，对准蟒蛇一扣扳机："喤——"

这一枪没打中，刘芳刚要开第二枪，有人急忙喊道："不能开枪，这是神蛇，不中伤害！"

这时，蟒蛇凭空跃起，旋转着蜷曲的身形，张开大口，吐出一尺来长的信子，疯狂地向人群扑来。

"哎呀，不好！"

人们惊叫着四下逃窜，蟒蛇昂头追逐人群。富喜因脸部浮肿，睁不开眼睛，没有看见大蟒蛇奔他这边来。

"富喜，快离开，快！"

刘芳叫了一声，富喜动也不动。刘芳急了，跑到近前，拉起富喜："快走！"

蟒蛇快爬到他们跟前了，众人大惊失色，一齐高喊："刘老爷，快躲开！"

他们不敢开枪，一怕伤了自己人，二怕激怒了蟒蛇，引起灾难。

刘芳死死拉住富喜不放。不知好歹的富喜这工夫只有一个念头，不活了。

"放开我，你走吧！"

"富喜兄弟，我不能抛下你不管，咱们都是从瑷珲逃出来的。"

二人推拉的时候，蟒蛇已接近他们，想跑也来不及了。

"啊！"刘芳惊倒在地，松开富喜，吓得连喊叫都出不来声了。

就在这千钧一发之际，人群中冲出一个穿红衫的少女，手提单刀，飞一般奔向蟒蛇。

"啊？是玉妹！"刘芳看清楚了，叫她快躲开，此刻这话只能在心里说，却发不出声音来。

说时迟，那时快，李玉妹纵身一跃，跃到一棵小树上，又从树上向下一跳，只见刀光一闪，"啪"的一声刀背儿拍在蛇头上，蟒蛇受了惊吓，晃着脑袋向旁边旋转着滚去。它没有爬进洞，而是顺着岩石边的草丛爬去了，又从沟涧爬向深谷，只见蒿草翻飞，所过之处蒿草大片卷倒。不大一会儿，听到山谷里"呜呜"了好一阵，便无声无息了。

大家扶起刘芳和富喜，不住地说："好险，好险！"刘芳心里明白，今天要不是玉妹，他和富喜谁也别想活。

有个士兵笑道："玉妹真是个女英雄，艺高胆大。"

大家围住玉妹，赞扬她、感激她。刘芳定一定神，来到玉妹面前："谢谢你救了我和富喜，赶走了蟒蛇，我代表全营弟兄们向你表示敬意！"说着，双拳一抱，深深地鞠了一躬。玉妹忙躲闪开："咱可担当不起。"

刘芳问道："玉妹，你十几岁的年纪，哪来这么大胆子？"

玉妹微微一笑："什么东西都怕人。"

士兵们忘掉了饥饿和寒冷，情绪都被刚才这一幕提了起来，他们围住玉妹议论开了。

"哥们儿，你懂吗？这功夫叫'草上飞'，是轻功。没有'草上飞'的功夫，就上不了树尖儿，上不了树尖儿就接近不了蟒蛇。"

"当年汉高祖斩白蛇，那是古人的传说。就算是有这么回事，究竟斩了多大个儿的白蛇，这就很难说了。"

有一个老兵肯定地说："那个白蛇不会有多大，根本不能跟这个大长虫比。你们想想，汉高祖刘邦是个泗上亭长，没有什么武艺，要遇到方才这个东西，不用说斩，吓也把他吓死了。"

大伙哄然一笑。

有人问玉妹："你怎么没把它劈成两段，光用刀背儿拍了一下子？"

"不能伤害它，这么大的蟒蛇都成仙得道了，千万不能伤害。"

玉妹听着他们议论加争论，并不答言，她向云花走去。

"这回算开了眼界，想不到小姑娘有这么一身好武艺。"

突然有个士兵惊叫道："噢，我想起来了，在瑷珲打擂台'刀劈洋鬼'的就是她，还是个'红灯照'，没错！"

"哎呀，没想到……"

人们七言八语地光顾议论了，那个带路的士兵来到刘芳的面前："蟒蛇已跑，过洞还是不过，请刘老爷下令。"

这时，士兵们才意识到，他们目前还在险境中，蟒蛇赶走了，仍然没有安全感。这上不着天下不着地的，困在岩石堆里，多咱是个头儿哇！

刘芳又望了一眼崇山峻岭，四处无路可通，钻洞是唯一的途径。他心里没底，自言自语道："里边还会不会有大蛇？"

带路的士兵说："山里人的经验，这样大的蟒蛇，一个洞穴不能容两条，雄蛇和雌蛇平时各自独居，只有交配时才到一起。你看两座山头各有一块儿雾，这两块雾要是连在一起，那就是雄蛇和雌蛇到一块儿了。"

刘芳笑道："你知道这么多？"

"真的，山里人都这样说。"

刘芳心里说，我也是山里人，怎么没有听说这些玩意儿呢？

"真的，现在过洞，我敢保险不会再出来大蟒蛇。"

"你敢头前带路吗？"

"我敢，敢带路。"

"那好，现在仍由你带路，通过蟒蛇洞！"

151

兴安岭的西山口驻有省城派来的练军一个营，营官赵德春本是奉令增防北大岭，援助瑷珲撤下来的部队。可是他听了程德全的训诫，来到山口，按兵不动。南山隘口失守，恒龄兵溃，大军退到西北山口，赵德春才知道副都统凤翔已经战死，由统领恒龄暂署北路军翼长。这一惊非同小可，他觉得事情的后果严重，以后将军追查起来，自己误了军令，这还了得！

"我当拼死一战，以补过失，除此以外，别无他途！"

赵营官想到这里，召集全营官兵，发誓道："弟兄们，俄国人侵犯疆土，屠杀百姓，翼长凤大人为国尽忠了。我们要为他报仇，大家随我宣誓：驱逐俄寇，收复瑷珲，杀敌报国，不怕流血！"

五百官兵齐声高呼一遍，愤怒之声，震撼原野。

赵德春拔出战刀，用力一挥："进山！"

他们进山不到十里，便和俄军遭遇。这支俄军是追袭恒龄的先头部队，在南山隘口得手之后，尾随而来。

两军展开了遭遇战。

赵德春身先士卒，带头冲入敌阵，五百官兵生龙活虎，将俄军杀得七零八落。可是，俄军越来越多，把五百清兵包围在中间。没过多久，清兵伤亡二百多名，营官赵德春也身中数弹，口吐鲜血，倒地而亡，临死时只喊出一句话："杀敌……"

营官阵亡，清兵失去指挥，越战越少，最后只剩下四十几名。俄军欺其人少，停止射击，端起刺刀，要抓活的。他们没有想到，中国人自古以来就有一种宁死不辱的斗志，直到最后一个人倒下，也没有让他们抓住一个。虽然练军一营五百官兵，包括营官赵德春在内，这一仗全部壮烈牺牲，无一生还，但是却拖住了俄军，使他们没有追赶上清兵主力，恒龄所部瑷珲人马得以安全撤到西北山口，安营扎寨，守卫最后一道隘口。

刘芳率领三百人几经辗转，终于寻到西北山口，大约再有十几里，就可到隘口了，那就是清兵防守的要塞。

让刘芳震惊的是，这里好像刚刚打过仗，虽然现在不见一个人影儿，但满地尸体，血染山岗，说明不久前曾进行过激烈的战斗。

"找一找，看看还有没有活着的、有没有认识的人。"

刘芳看那衣号，差不多全是清兵，心里明白，这一仗我们又打败了。

士兵们寻找了多时，没有发现一个活着的，谁都没有认识的。看样子，仗是昨天打的，尸体已经僵硬了。

尸体中，刘芳发现一个领兵官，大约三十来岁，头戴白顶，大概是个五品军官，不认识，在瑷珲没有见过这个人。刘芳心里狐疑，从瑷珲到黑河，营官以上的老爷大人差不多我全认识，即使不知叫啥名字，也熟悉他的面孔。那么，这个人是谁，我怎么没有印象呢？找到倒地的旗帜，他才发现，这支部队不是瑷珲守军，原来是省防练军。

"啊？省城的援兵到了！"

援兵既已失败，刘芳意识到，大局更是无可挽救了。

又经过短时的辗转，刘芳终于找到了大部队，这是瑷珲清兵退守的最后一道隘口。他来到中军，见到了署理翼长恒龄，报告了迷路走散的经过，最后又说看见了省城派来的援兵。

"有多少人？"恒龄不很相信。

"大概战死了五六百人，其他不知去向。"

恒龄呆了半晌，长出一口气，说道："怎么会有这样的事？"

"真的，我亲眼看见的，从旗帜来看，是省防练军。"

"唉，我们谁也不指望了。"恒龄叹息道，"副都统也没了，我想，我也快了。"

"大人何出此言？"

"我有一宗心事，趁现在还活着，得交代明白。我要死了，就永远也解不开这个谜了。"恒龄稍停一下，吩咐刘芳道，"你去，把云花和玉妹给我找来。"

刘芳很快将二人叫来了。

"云花，我要问你一件事，这件事在我心里一直藏了好久，再要不说出来，恐怕就不会有这个机会了。"

云花愕然，瞪起一双眼睛直盯盯地望着父亲，好像望着一个陌生人："什么事？阿玛说吧。"

"你可有个亲妹妹吗？"

云花更觉惊疑，这已是多年的往事了，今日为什么突然提起这件事，她不明白父亲的用意："事隔多年了，还提这干啥？"

"你记得不记得妹妹长什么样儿？她的头上脚下，有没有什么印迹？"

云花摇摇头："我啥也不记得，跟妹妹分手那年，我才三四岁，她不过两三岁。"

"你再好好儿想想，真的连一点儿印象也记不起来了吗？"

父亲这是怎么的了，今天干吗非要提起这件事，态度又如此的严肃认真？云花想了想，想出一点儿线索："记得我小妹的耳朵后有一个小红点儿，都说那是痣，长大也不掉。"说到这里，云花颇有感触，显得很伤心，"可是，她眼下在哪里，是死是活，谁知道哇！"

恒龄向呆呆怔在一旁的玉妹一招手："玉妹，来。"

玉妹半惊半疑地走到近前，"扑通"一声跪倒："大人！"

恒龄上前掀开玉妹的头发，招呼云花："你来看！"

云花一瞅，大吃一惊，这李玉妹的左耳轮后有苞米粒儿大的一块儿红痣！我的天，这是怎么回事？

"这就是你的亲妹妹！"恒龄抑制住自己的感情，压低了声音，"你们分散多年，真是老天有眼，现在终于见面了。"

云花、玉妹两个人起先还是怔怔地听着，似乎对他的话还不很理解。可是她们很快就反应过来，一对苦命的姐妹几经辗转，意外地在这硝烟弥漫、炮火纷飞的小兴安岭相认了。

二人抱头大哭，哭得是那样伤心，旁边的人见了，无不为之潸然泪下。

"不要哭了。"恒龄劝住二人，"我早就想把这件事情告诉你们，可天天老打仗，没有时间。再说，你们知道早了，会更伤心难受。我想，等你们混熟了，再告诉你们实情，也就不觉得突然了。如今，战事吃紧，我说不定哪一天倒下了，要等我去撵副都统，那就什么都晚了。趁我现在还活着，你们姐妹相认，这很好，很好。"

二人止住悲啼，一齐跪倒："阿玛！"

"大人！"

恒龄一手拉着一个："起来，快起来，我今儿个要为你们姐妹相认设宴庆贺！"

152

七月二十日，第一路俄军在司令官奥尔洛夫少将的指挥下，在攻陷西部边防重镇呼伦贝尔城以后，又夺取牙克石，清军副都统、西路军翼长依星阿向博克图败退，坚守西大岭的统领保全阵亡。这一消息传到小兴安岭，大大鼓舞了沙俄北路军官兵，他们决心乘胜前进，尽快越过兴安岭最后一道障碍，早日抵达齐齐哈尔，提前同西路军会师。

这些天来，格里布斯基中将残忍和狂暴的性格得到了充分发挥，他血洗海兰泡，屠杀江东六十四屯，火烧瑷珲城。这几件"举世闻名"的举动仍然不能满足他的兽欲。在斗沟子战役、兴安岭战役中，他公然下令杀害所有伤员和俘虏，就连重伤的俄军士兵因为不能及时运送回国治疗，也无一例外死亡。他的所作所为大大激怒了司令部里的所有军官。

"不可理喻！"

"太过分了！"

俄军中有一部分校尉级军官开始动摇了，酝酿着逃跑和哗变。他们反对司令官的一味蛮横，暗中拥护性情比较温和一些的苏鲍提奇将军做他们的指挥官，并一再请求阿留申上校出面，向彼得堡统帅部揭发格里布斯基将军的暴行。

阿留申上校心里明白，这些即使是百分之百的正确，彼得堡也不会做出什么反应，这位哥萨克贵族出身的将军，在俄国上层社会有着非常复杂的社会关系，就连宫廷里边也会有人为他开脱罪责，真的上了军事法庭，又能把他怎么样呢？

有一点可以确信，陆军大臣库罗巴特金将军是讨厌这位中将的，然而，他却也接受了格里布斯基将军的厚礼。

聪明的阿留申参谋长知道，军官们的做法是错误的，也是危险的，在目前这种紧要关头，维护司令官的指挥权是取得胜利、实现军事目标的有利保障。他拒绝了军官们的请求，表示可以说服司令官，改变以往的做法。

他去见格里布斯基将军。

"钧座，我军虽然取得了很大的胜利，但是，原定计划却大大推迟了，下一步将做何打算？"

"那还用说，消灭全部清兵，夺取最后一道隘口，长驱直入！"显然，格里布斯基将军已被胜利冲昏了头脑。

参谋长摇摇头："不过，我觉得困难对我们来说，不是越来越小，而是越来越大了。"

格里布斯基将军一阵大笑："哈哈哈，真是神经过敏！"

"我提请钧座注意。"参谋长郑重地说，"中国是个地大物博、人口众多的国家，它不能和布哈拉汗国相比。"

格里布斯基将军抬起头，盯了阿留申参谋长好一会儿："上校阁下，我明白您的意思，对待中国人的手段，我是不是太简单了？"

"钧座既有自知之明，那就会理解到，过分粗暴会伤害中国人的感情，促使他们联合起来抵抗我们。所以，处于劣势的中国军队联合起他们的民众，会成为我们前进的巨大障碍。"

"不要忘记，我们已经创造了惊人的奇迹，我们还要创造出更大的奇迹。我想这并非神话，上校阁下。"

阿留申参谋长微微一笑："不过我还知道，创造奇迹的并不仅仅是我们，还有'八国联军'，他们打到了中国的北京，神话般的奇迹还是在那边。"

格里布斯基将军浑身一震，意识到了阿留申参谋长此话的分量，但他又自我解嘲地说道："我们的目标是满洲。北京城，哼！那是里涅维奇将军的事。"

"不错。"阿留申上校平静地说，"可是沙皇陛下的旨意是，联军进驻北京之后，俄军撤退出关，作为南满方面军的右翼控制辽西。"

司令官当然知道俄军分七路的具体部署，参加联军的俄国部队在完成占领北京后撤退出关内，进驻辽西。从军事上的眼光看，他是理解的，可是从政治上的意义看，他就糊涂了："我不相信，山海关外会比北京城更有价值。"

阿留申上校看准了时机，这是说服司令官的最好当口，于是侃侃而谈："钧座，事情是很明白的。目前，联军兵临北京城下，这个古老国家的最高统治者即将不存在了，今后的现实问题是如何分割这块土地。中国地大物博，人口众多，任何一个国家也控制不了，况且东南又有互保之约。就是说，清王朝不存在了，还是中国人统治中国地，任何西方国家也驾驭不了。所以，我们的目标只能放在满洲，这是我们出兵的重要意义。"

"这是毫无疑问的，满洲就是第二个布哈拉！"

阿留申参谋长笑了："但愿能成为现实。不过，我对此并无多大的信心。要知道，满洲处于俄日两强之间，日本先租关东州①，后来转租俄国，肯定不会甘心。我担心，日俄两国将来在辽东问题上会有更大的冲突。所以，俄国要牢牢地控制住满洲，不使日本的势力伸入，就必须同中国人合作，取得中国人的帮助才有可能。如果我们伤害了中国人的感情，中国人要是起来反抗俄，日本再乘机渗入煽动，那对俄罗斯帝国将是不幸的事。"

听了阿留申参谋长的话，格里布斯基将军回想起自海兰泡到兴安岭的一系列行为，苦笑道："晚了，一切都晚了。"

"不。"阿留申参谋长严肃地说，"只要钧座能以俄罗斯帝国的利益为重，那一切都会顺利的。"

"您的见解很对，上校阁下。"格里布斯基将军面有喜色，唇上的短胡须仍然是一耸一耸的。他又问道，"联军进入北京，那对我们会怎么样？"

"这很清楚，只有联军威胁清政府的京城，才会给我们造成占领满洲

---

① 关东州：指旅顺、大连地区。

的机会，机会难得。"

"联军统帅部会不会对我们出兵提出异议？"

"其实嘛，联军总司令名义上是瓦德西元帅。实际上，英国的英格利斯将军、法国的西摩尔将军和俄国的里涅维奇将军是实权者，而我们的里涅维奇上将才是真正的总司令，因为俄国是参加联军出兵最多的又是对大清帝国影响最大的国家。"

格里布斯基将军口头上称赞参谋长见识高明，心里却很轻蔑："你哪里是军人，分明是个政客！"

阿留申参谋长最后提到俄军内部意见不一，暗示他有些军官密谋哗变的事，委婉地劝说司令官要审慎从事，不要弄得太僵了。最后格里布斯基将军采纳了阿留申参谋长的建议，决定在攻下小兴安岭最后一道隘口之后，他要返回布拉戈维申斯克，遥控指挥第二路军分兵两路，一路由苏鲍提奇中将率领，救援哈尔滨，然后南下沈阳会师。另一路则由连年刚波夫少将指挥，由墨尔根进兵齐齐哈尔，会合西路军。

格里布斯基将军召开了军事会议，他在会上宣布了这项决定。并且按照阿留申参谋长的指点，又大要了一番笼络人心的手段。他说："对中国人不能一味地粗暴，要采取怀柔政策，收买亲俄分子，镇压反俄势力。特别要在清军指挥系统里寻求合作者，不要更大地刺激中国人，使他们尽快忘掉外结雅、瑷珲城和布拉戈维申斯克那些不愉快的事情。"

这一反常态的表演使俄军高级指挥官和在场的所有将校们都感到无比震惊。他们无论如何也想不通，司令官怎么会在一夜之间突然变成了另一个人。情报组长马克少校会后不无讽刺地说："中国人有句俗话，这就叫：'放下屠刀，立地成佛'。"

出主意的阿留申参谋长极力维护司令官的信誉，他在同事们中盛赞格里布斯基将军的笨拙表演为"明智"的策略。他又向司令官建议，郭尼玛神父的作用不可忽视，因为他在满洲多年，那里他有很多熟人和朋友，说不定这些人之中会有左右时局的要人。

"那么，我命令全军将士们，要迅速夺取清兵守卫的最后一道隘口，创造出惊人的奇迹，至少要在我离开之前。"

"是的。"阿留申参谋长恭维地接过说，"这一点是毫无疑问的，我确信。"

平静了一天多的兴安岭，顷刻之间又淹没在硝烟火海之中，俄军又开始攻山了。

153

清兵大营刚刚祭奠了殉国的副都统凤翔和所有阵亡的清军官兵。然后，恒龄派人护送灵车，将凤翔的遗体运回故里安葬，又清理了战场，掩埋了作战牺牲的官兵的尸体，他的心里多多少少得到一点儿安慰。

振奋人心的消息一个接着一个传来，东三省各路援兵纷纷赶赴北大岭增援，阻击沙俄军队内犯，不久即将到达。

"早干什么来着？人也死了，城也丢了，才想要来。"恒龄对这些消息并不乐观，他认为，瑷珲已毁，副都统已死，纵有援兵，来亦何益？满达海劝慰道："只要确保北大岭不失，俄军被阻于岭外，寿将军必能腾出手来统筹全局，我满洲龙兴之地免遭蹂躏，这就叫'亡羊补牢'，还来得及。"

"各省来援的消息可靠吗？"恒龄始终不相信这会是真的。满达海抱着莫大的希望："千真万确，营务处收到多封电报，来总管也相信这不会有假。"

"哼！副都统还不是相信那些鬼话，才弄到今天这个地步。"

"此一时彼一时，俄军要是过岭，他们谁也不会安宁，出于自身可虑，也该出点儿血本了。"

"不可靠啊！"恒龄望向远处的山峦，"毛子出兵也不是这一路，宁古塔、三姓、珲春，东边三镇已陷，南边又逼近鞍山、辽阳，他们会顾及这边？我看，指望不得，指望不得呀！"

"老兄勿疑，据来电得知，盛京副都统晋昌亲率育字军北上增援，吉林副都统成勋率练军十二营移镇北大岭，不日即可到达。寿将军又督令布特哈副都统叶普春和墨尔根副都统博栋阿，昼夜兼程，限期赶到，他本人也将亲率人马，决心要同俄人血战一场。"

"就算是真的，我们也指望不得。远水解不了近渴，俄人哪里会等到他们来齐了再出动，我还说不定什么时候倒下去，能等到那时？"

"是啊！"满达海怅然地说，"战争多变，实难预料。我看，只要坚持几天，局势会好转的，所以说未来有望了。"

恒龄微微一笑，反复叨念着这句话："有望了，有望了。"

就在这时，监视俄军动向的哨兵来报："大人，毛子兵开始频繁移动，看样子要攻山了。"

恒龄一摆手："再探！"

"嘛！"

哨兵退去，恒龄望着怔在那里的满达海，严峻地一笑："怎么样，毛子兵来得比我们想得都快，援兵在哪里？我们还指望什么？"

"唉！"满达海长叹一声，默默地走了，他要回到防地指挥阻击。

恒龄叫过刘芳、云花、玉妹几个人："毛子兵出动了，今儿个的仗打得大，我是死是活，还说不定。刘芳，你带着她们姐妹俩赶快走吧，我不能叫你们在这儿白白送死，你们还年轻。"

"不！大人，我不能离开你，我要保护你。"刘芳跪倒在地，他晓得不久的将来准会有一场大的战斗，也许这就是瑗珲清兵和署理翼长恒龄的生死关头，他怎么肯知难而退，就此离开呢？

"伯父，我们谁也不能走。大难当头，咱们要生在一起、死在一块儿！"

"胡说！"

云花看父亲动了气，忙拉着玉妹跪下了："阿玛，刘芳说得对，在这个时候，我们谁能忍心离开？"

恒龄不理她俩，却瞅着刘芳："你阿玛已经为国尽忠了，我怎么能再叫你……"

"国难当头，谁也管不了那么多了。"

"都起来吧！"恒龄"唉"了声，点点头，说道，"从古至今，国家有难，抛头颅洒热血的都是咱们这些人；天下太平，享清福掌大权的，还是那些人。那些人得便宜还卖乖，幸灾乐祸，恐怕还要讥笑咱们虎干玩儿命呢！"

刘芳站起来道："大人的见解很对。不过，忠臣良将不能白死，青史留名，流芳百世。像凤大人，将来百姓不能忘记他的。乱臣贼子，纵然逞一时之能，捞到实惠，也难免千古骂名，遗臭万年！"

听到这里，恒龄脸上的疤痕又抽动了两下："可那又有什么用？"

第二十四章

154

兴安岭兵败、凤翔殉国的消息没有传到齐齐哈尔之前，寿山将军对局势还多少抱有些幻想，这是因为盛京副都统晋昌的兵马指日可待，再加上吉林长顺将军来电表示愿意第二次助攻哈尔滨。寿山将军认为，如果是这样的话，可能又是一盘活棋。

第一次攻打哈尔滨的战斗，是从六月二十八日凌晨开始的。东路军翼长、通肯副都统庆祺和年近七旬的老将、呼兰副都统倭克津泰负责指挥，营务帮办、肇州防御王辅元协同作战。他们分别从西北东三面包围哈尔滨，约定，南面阿勒楚喀副都统钮楞额督兵北上。加上吉林、黑龙江两省的义和团，总兵力不下一万人，声势浩大，期望一举攻克，拔掉这根钉子。

麇集在哈尔滨的俄国武装力量，计有三千五百人，分八个步兵连、十个哥萨克骑兵连、五个义勇队。他们在中东铁路护路军司令戈伦葛洛斯少将和总工程师茹格维志的指挥下，负隅顽抗，以待萨哈罗夫援救兵团的到来。

庆祺和倭克津泰知道了俄国人的意图，一面指挥猛攻，一面电请寿山将军接济枪支弹药。寿山将军向吉林将军长顺求援，长顺复电答应，结果是清军和义和团得不到枪支弹药补充，伤亡惨重，可是他们仍在坚持。长顺反过来又谎称"库存无械"，拒不发给。前线指挥官统领定禄负伤，钮楞额的南线部队始终没有向北靠拢，清军被迫撤退，第一次总攻就这样失败了。

衰老病弱的倭克津泰对这次失败并不甘心，他向东路军翼长庆祺抱怨道："这次总的是南岸失利，江北获胜。长将军要能接济武器弹药，这个沙俄老巢就攻下来了，功败垂成，真正可恨。"

庆祺安慰道："老兄，长顺素来瞧不起眉峰，更反对他抗战。你想想，这种人怎么能跟咱们一条心？我们也算为国家尽到力了，你老兄年事已高，不要再操这份儿心了。"

"老弟何出此言？"倭克津泰仍不服气，"胜败乃兵家常事，我想再攻一次。"

"算了。"庆祺摇摇头道，"西北两路战事吃紧，江省力量单薄，吉林又不肯援助，咱们有什么力量再攻？"

倭克津泰想一想说："有个办法，可以争取吉林的支援。"

庆祺半信半疑："那当然很好。"

倭克津泰说："伯都讷副都统嵩昆同我是亲戚，我可以致电嵩昆，请他代求长将军，我想这事一定能妥。"

庆祺点点头："是个好办法，嵩昆现为吉林义和团练大臣，他在长顺面前说话还是有效的。"

就这样，倭克津泰给吉林义和团练大臣伯都讷副都统嵩昆发了一份电报。这次很痛快，长顺很快复电寿山，同意助剿，却又说："省无精团，库无存械，唯盛京拨来敬大法师，不日即可到省。俟到后，与成大臣同时拨往江省，统率吉林与龙江两省兵勇民团，协力助战。

庆祺和倭克津泰得知这一消息，信以为真，又重新组织第二次围攻哈尔滨的战斗。

可是他们哪里知道，就在答复"同意助剿"的当时，长顺却派记名副都统达桂秘密到哈尔滨会见总工程师茹格维志，谈判投降条件，双方正讨价还价哩！

就在这时，俄国由远东军组成的"援救哈尔滨兵团"在萨哈罗夫中将的率领下，溯松花江而上，闯过三姓副都统明顺的拦截，到达哈尔滨。俄国护路军如虎添翼，士气大振，根本不把中国军民放在眼里。加上瑷珲、呼伦贝尔、珲春等要塞相继失守，长顺唯恐投降晚了会罹致更大的灾难，指令谈判代表达桂无条件投降。

投降的协约刚签完，大法师敬际信率领七十二名义和团头目来到了。他是由北京动身，受大师兄张德成的派遣，途经沈阳、吉林赴哈尔滨组织领导东三省的义和团，协助黑龙江抗战，七月十四日到达吉林城外。

长顺感到事情很棘手，把成勋、嵩昆二人找来商议："江省已经被祸，吉林经我筹划，方转危为安。他这一来，全盘计划都完了，二位可有什么好主意？”

成勋说：“要么就派他们去哈尔滨，要么就打发他们回去，无论如何不能留在吉林。”

嵩昆本是长顺一手提拔的，事已至此，也不顾亲戚倭克津泰的面子了，一味迎合长顺：“大帅，我听说这敬大法师很有号召力，现在正是国人仇俄排外的时候，要再经他一煽动，大局就不可挽救了。依我之见……”

长顺一扬手：“我明白了！你二位赶快通知阖城文武官员，到城外迎接，要好言抚慰，就说我有事外出未归，不能使他们有一点儿疑心。”

长顺，字鹤汀，姓郭博罗氏，达斡尔族，满洲正白旗人。参与镇压太平军，以骁勇著称。同治三年，平定宁夏马化隆的起义，晋升副都统。后镇压甘肃民变有功，升哈密帮办大臣。光绪十四年，调任吉林将军。光绪二十年中日甲午战争时，长顺奉命节制奉天各军，坚守辽阳，挡住日军。其后每战必败，军中传为“长坐坡”。光绪二十五年，复任吉林将军。从此，对外让步求和，特别反对抗击俄军入侵，主张痛剿义和团，时人称其为老成持重。

长顺为了排斥真义和团，却操纵一些假义和团，使之互相牵制，为我所用。敬际信的到来使他想到了对自己俯首帖耳的假义和团，遂把几伙假义和团的头目召来，对他们说：“你们都是朝廷准许的义勇拳民，本将军深为倚重。可是从北京来的这位敬大法师不顾朝廷法令，蛊惑人心，扰乱治安，又要将你们置于他的操纵之下，这么闹下去，不得了啊！”

假义和团本来对真义和团恨之入骨，经长顺一挑动，立刻炸了锅：“他们是国家的叛逆，乱臣贼子！”

“不能叫他留在吉林，让他趁早滚蛋！”

“我们就听大帅的话，谁也别想管我们！”

长顺见把他们挑动来火儿了，于是微微一笑：“是的，他们确是乱臣贼子，这种人到处惹是生非，还能留他吗？”

“不能留，要干掉他！”

“那就先下手为强。”长顺阴森地一笑，“你们能听本将军的话吗？”

“听从大帅指挥！”

“那好吧，你们要依我的计策行事，事成之后，必有重赏。”

长顺定下了谋杀敬际信的计策，命嵩昆负责办理此事。为了不使义和团跑掉一个人，又特调省城驻防的吉胜军二百名，四面围堵。

大法师敬际信进入吉林城后，住在魁星楼的院内，七十多人分成两处住宿。他们宣传了几日，收编了很多人，准备七月二十一日离开吉林，去哈尔滨助战。没有想到，事情就发生在二十日的夜里。

四处活动了一天的敬际信已经累了，他要好好儿睡上一觉，次日继续北上。人员已经约定了时间、地点，集合以后，整队出发。虽然很乏，但是敬际信却毫无睡意，想到在吉林城内的种种活动，想到哈尔滨的战局急待增援，也想到了吉林将军长顺那阴一套阳一套的表演，凡此种种，都促使他要尽快离开这里。

他想着想着，忽然守卫庙门的来报："大法师，现有义和团练大臣嵩昆有事要见。"

敬际信一怔："深更半夜，他来干什么？"

"他说要和大法师商谈北上的事情。"

敬际信几天以来经常跟嵩昆打交道，没有看出他有什么异样的地方，所以没有怀疑："请进来。"

不想庙门刚开，数百名假义和团团员一拥而进，直奔卧房。敬际信知道有变，急披衣起床，可是已经晚了，一伙暴徒先将敬际信砍倒，便一阵乱刀，敬际信被砍成数块，同屋睡觉的四十名义和团头目也都被杀死。另一个屋内的三十几人手无寸铁，不敢反抗，全被活捉。嵩昆吩咐掩埋尸体，打扫现场，将捉住的义和团团员全都监禁在大牢里。

长顺见计策成功，撕下了模棱两可的假面具，一面复电寿山："军事不利，未可再言轻战"，一面串通盛京将军增祺，联衔会奏："寿山与晋昌不能知己知彼，一味鲁莽图功，以至数十万生灵遭涂炭，卒至东三省皆不能支。"

另外，长顺派人公开打着白旗，引导由珲春侵入的俄军长驱直入，表示彻底投降。

哈尔滨的俄军腾出手来，进行反扑，并向黑龙江的首府齐齐哈尔挺进。

155

围攻哈尔滨的失败使寿山将军懊恼异常，无论如何也想不到这是长顺在拆自己的台。他抱怨部下将领们不争气，大骂庆祺和倭克津泰"老迈昏庸无能"。

唐家骏又把最新得到的消息向他报告："哈尔滨的俄国护路军和入侵的俄军遥相呼应，眼下正经由兰西、青岗向省城扑来。"

寿山将军所关心的，主要是北边前线的情况："北路军可有消息吗？"

"大概还在北大岭坚守。"

"快了，再坚守几日，盛京副都统晋昌的兵马一到，局势可望扭转。"

唐家骏又说："大帅可知道吉林、盛京的消息吗？"

"他们也是和我一样，铲除俄孽，力扶危局。"

"不一定吧。"唐家骏欲言又止。寿山将军觉得话里有话，忙追问道："家骏，你都听到一些什么消息？"

"虽然没经证实，但我相信这不会是假的。"唐家骏既忧伤，又显得愤愤不平地说，"大帅，您被他们欺骗了，吉林长顺将军昨天已经派出代表向俄国人投降了！据说，盛京增祺将军也准备效仿。"

"这消息可靠吗？"寿山将军无比震惊。

"俄国报纸都登出来了，两省已经发出通电，提出和平主张，避免战祸。"

寿山将军默然无语。

唐家骏又劝道："大帅，局势既然如此艰辛，依小的之见，也不妨从长计议。北大岭孤军奋战，万一有失，江省必被蹂躏，到时候朝局一变，投降误国的有功，抗敌爱国的反倒有罪，是非曲直，谁能公断？"

寿山将军觉得这些话不是没有道理，也经常为此而万分苦恼和矛盾。可是他沉思一下却说："家骏，你不明白我的心，我不能忘记，我是大清皇帝的臣子，我是一个中国人！"

"那长将军、增将军他们……"

"是啊！"寿山将军轻轻点点头打断道，"想不到大清国养士二百多年，养出这么些没长骨头的将军来。"

唐家骏"扑通"一声跪倒在地，大哭道："大帅，您心如铁石，吉人必有天相啊！"

寿山将军一把拉起来，苦笑道："我也知道，从古至今，老天总不向着吉人，命耶？时耶？"

这时，门上来报："程大人在前厅候见，说有急事要见大帅。"

"好。"寿山将军急忙站起，"我正要找他！"

156

近来，程德全特别留心京城那边的局势，他在北京有些熟人，通过他们，随时可以得到朝局的最新消息。这些消息都是通过电报传递的。为此，他又和电报局总办张家璧打得火热。他们两人虽然都是寿山将军的密友，可是平时关系并不融洽。只是在时局问题上，二人的立场有些相同，最近关系才搞得和谐一些，频繁往还，暗里联系。他们想方设法要熄灭黑龙江这场抗战之火，以求同俄国缓和已经挑起的矛盾冲突。

朝局的动向，形势的发展，程德全比寿山将军敏感得多。今日来见将军之前，他先到了张家璧那里，从那里得知北大岭兵溃、凤翔战死的消息。

程德全虽然预料到会有这种结果，但乍听起来也略有些吃惊："什么时候？"

"今早收到北大岭前线电报，他们催援兵速去，迟则兴安岭要塞必不能保。"

"眉峰知道这一消息吗？"

"我这就准备告诉他去。"

"还好。"程德全点点头，"西路刚败，北路又失，首尾不能相顾，这个仗不能再打了。"

"可是你要知道，眉峰未必认输。"

"那好办，我这就去见他，看看他的情绪，我要想方设法使他改变主意。"

程德全说完刚要走，张家璧道："请随我来，给你看几样东西。"

他把程德全引到密室，从保险柜里取出几封密电："老兄，这都是拍给你的。"

程德全急忙翻动几下，都是京城发来的。程德全如获至宝，连声叫好，这回寿山将军该无话可说了吧！

张家璧指着一份署名"芝轩"的电报，问了一句："这个人是谁？"

程德全指点了一下："他就是军机章京金铎，早年和兄弟游过外洋，既是李中堂办洋务的得力助手，又是庆王爷的儿女亲家。"

"噢！"张家璧笑道，"怪不得你老兄左右逢源，善观局变，原来上边有这样的耳目神，自然是……"

"你别打哈哈。"程德全一本正经地打断道，"朝局果真如此，我等身家性命不能不先于为计，决不能叫眉峰一意孤行给断送了。"

"是的。"张家璧点点头，"老兄身为营务处总理，参赞军务，自然会有办法制止眉峰再胡闹下去。"

程德全沉思一会儿，又笑道："老兄，你不是江省有名的小诸葛吗？你帮我想个万全之策，怎么能使这位将军放弃打仗、实现和平？"

"难哪！"张家璧摇摇头，"眉峰的脾气你不是不知道，现在城内还有十二个营的兵力，你还得防备他背城一战。"

程德全像得到了什么启示，连连点头："你老兄不愧是小诸葛，想得真周到。高，高哇！"

"你别开我的玩笑。"张家璧又急着问了一句，"两路失败，告急求援，你看怎么办？"

"先拖一拖，见机行事。"程德全摇晃着胖大的身躯站起来，"你等我的消息，我这就去见他。"

坐在正厅里的程德全见寿山将军好半天才出来，心里便有点儿不耐烦，暗道："哼！山穷水复疑无路，看你怎么收拾这个乱摊子。"

寿山将军还没有坐好，程德全便凑过来，故作惊恐地说道："大事不好，我们上当受骗了！"

"此话从何说起？"

程德全退回座位，平静地说："我早说过，朝局变幻莫测，今果然如此。老佛爷①已经下旨，同洋人停战求和。忽而要战，忽而要和，我们不是上当受骗了是啥？"

"这……这恐怕不可能吧？"

"最新消息，千真万确。"程德全掏出署名"芝轩"的那份电报，往寿山将军面前一放："请过目。"

寿山拿起电报，见上面写道：

　　晓岚兄：朝旨下，因拳匪滋事，得罪友邦，除责令督抚诸臣痛剿而外，着令庆王会同大学士李鸿章妥为办理善后事宜。闻江省战事甚急，兄当设法止之，龙兴之地，被兵燹之祸，罪莫大焉！

---

① 慈禧太后让人们称她为"老佛爷"。

寿山将军反复看了几遍，轻轻一推："蛊惑人心，朝旨并没有正式颁布，我从来不信那些报纸上的新闻。"

"眉峰还在梦里。"程德全哂笑道，"联军已经逼近京城，朝廷不改弦易辙，则大势去矣！"

"我要守住江省，同俄人决一死战！"

"能守住当然很好，那要守不住呢？"

"依星阿虽然败退，凤集庭还在坚持，奉天的援兵一到，形势便会扭转。"

程德全心里说："简直白日做梦！"他瞅瞅寿山将军，故意"唉"了一声："大帅还不知道吧，凤翔昨天战死在北大岭，前线正在吃紧。"说着，他又递上北路军前线的电报："电报局今早收到，呈交给营务处的，我收到后就急忙送来了。"

寿山将军不看电报还好，一看是凤翔殉国的消息，大叫一声："天亡我也！"立时不省人事了。

唐家骏闻声过来，和程德全唤了半天，好不容易才把寿山将军叫醒。桂珠闻讯赶来，又灌了几口人参汤，寿山将军一明白过来就大哭不止："集庭，我误了你，是我误了你呀！"

程德全劝道："眉峰，你不能这样，凤集庭鲁莽乖戾，绝非持重人物，不能倚为长城，惜不听良言，致有此败。"

"不，集庭文武全才，是我害了他。"

寿山将军忍住泪，又拿起电报看了看，看到有告急求援的内容，他像发了疯似的把电报拍在桌案上："援兵，我的援兵！博栋阿这个老混蛋，他干什么去了？"

程德全为其开脱道："博栋阿也是泥菩萨过河——自身难保。据说，俄军间道袭击墨尔根，博大人也是不敢远离汛地。"

"误事！都是一帮误国的奸臣，只求自身安危，不管他人死活，我要参革他！"

"眉峰息怒。"程德全一看是火候儿了，进一步劝道，"西大岭已失，北大岭又吃紧，朝局变幻不定，咱们也该设身处地想一想了。"

不料寿山将军一拍桌案站起来："我谁也不指望，我要亲自带兵去增援北大岭！"

程德全出了将军府，立刻来到电报局，张家璧笑着迎上来："程大人，怎么样，眉峰可有悔悟？"

"别提了，事情越闹越大，眉峰要亲自带兵北上增援北大岭，糟得很哪！"

"你不能劝阻他吗？"

"没用。"程德全摇了摇头，把脸贴近张家璧，"他听见凤翔一死，简直像发了疯似的，别人谁也信不着，非要亲自去不可，你说这可怎么办吧？"

老练的张家璧略一沉思，说道："你我都是眉峰的好友，我们不能看他的笑话。这一去身处绝地，他那刚烈性子，决不能妥协停战，我看是凶多吉少。无论如何，也要阻止他北大岭冒险之行。"

"我也是这个意思，所以来找老兄。"

"我有一个办法，你看是否可行。"

"说说看。"

"不过，你老兄可要担点儿风险，我看程大人不妨辛苦一趟，代眉峰一行。"

"我？"程德全吃惊道，"这怎么可能，他怎肯把兵权交给我？"

张家璧笑道："人都说你程大人聪明盖世，怎么一时也糊涂起来？眉峰身为将军，岂能轻易离开省城？再说，西大岭战况不佳，俄军过了牙克石，不久就可逼近齐齐哈尔。他要一走，省城有失，谁负罪责？依我看，他要亲自带兵北上，不过是出于一时的激愤，冷静下来会慎重考虑的。如今命令已下，形同骑虎，不去也得去了。如果有个人敢挑这副担子，代他一行，这不是求之不得吗？"

程德全恍然大悟，哈哈笑道："你这位小诸葛，真是名不虚传！"

张家璧郑重地说："事不宜迟，迟则有变，以免别人捷足先登。"

程德全点点头："是啊，那五六千人马，我一定抓到手。这样，我可以左右局势，保江省众生免遭涂炭，也好使眉峰改弦更张。"

"问题的要害就在这里，如果你把五六千人马一带走，那齐齐哈尔不是唱空城计了？司马懿大兵一至，降也得降，不降也得降。你老兄保护江省免遭洗劫之苦，这不是功德无量吗！"

"好。"程德全满怀信心地说道，"我试试看，但愿能成功。"

157

寿山将军决定亲自督兵北上，一来是出于激愤，二来也是为了给凤翔报仇心切。命令传出去后，他冷静下来，思考一番，也觉得此行未免欠妥。自己一走，省城空虚，俄军要是从西路逼近，那可如何是好？只得找来副都统萨保，守城之事指令给他，令他同义和团合作，坚守城池，以待奉天晋昌的援兵。

中午时分，公事大体完毕，寿山将军回府又安排一下家事。将军府里得知寿山要领兵北去，早已人心惶惶。儿子荣谦[①]劝谏道："父帅，看来俄军势不可挡，胜利没有希望，和谈的路可走，请父帅慎重考虑。"

"这个我也想过。"寿山将军叹了一口气，"唉，大势已去，前途不堪设想，我岂不知？我家世受国恩，更兼民意难拂，若不破釜沉舟，背城一战，怎么能上对君恩、下对黎庶？"

"那可太危险了！请父帅三思。"

"是啊。胜败存亡，难以预料，凶多吉少我是知道的。万一侥幸成功，扼住俄人，则江省苍生之福，败则我一身足矣！"

荣谦听父亲说出这样的话来，心里有些发毛，知道再劝也没用，赶忙出来了。他想："这个时候，能说服父亲的人，只有程德全。除了他以外，任何人的话也不会听进去。对，去找程观察，希望程德全能劝阻父亲，免得身入危境。"

荣谦去找程德全，程德全满口答应，一定劝住将军北大岭之行。荣谦表示感谢，他根本不知道程德全同张家璧密谋之后，心里已打定了鬼主意。

寿山将军仓促中整装出发，惊动了衙门上上下下大大小小的官员，在副都统萨保的倡议下，他们都到十里长亭之外，准备给将军饯行。

马弁牵过坐骑，在门外上马石旁等候。亲兵队在唐家骏的指挥下，排列在二堂到大门中间的两侧，整个将军府里一片战争的恐怖气氛，只等寿山将军校场了。

未时，寿山将军准时离开后堂，进了前厅。他已吩咐过，全家人等谁也不许送行，怕送行时有人哭泣，影响他的情绪。所以，阖宅男女眷属只能趴在窗子里偷看，没有人敢出来。

寿山将军转过前厅走上台阶，面对影壁[②]出了一会儿神。他看见亲兵卫队肃立躬候，心里颇为坦然，毅然地迈步下阶。

---

① 即袁庆恩，寿山长子。

② 影壁：清代官府的院子中间砌一堵墙，挡住大门，叫作影壁。还有的官绅人家在大门外的正中间砌影壁，一般影壁上有彩绘和图案。

"大帅!"一个娇而有力的声音从后面传来,寿山将军一回头,爱姜桂珠追过来了,"大帅真的要上前线吗?"

"难道这是儿戏不成!"寿山将军怒斥道,"我已吩咐过,不许出来,你怎么不听?"

"何止是出来,我还要跟你去呐!"桂珠走近将军,背过脸去,"大帅身入龙潭虎穴,你能放心,我还不放心哪!"

"不许胡说!"

"胡说吗?不,这是真的。"桂珠转过脸来,寿山将军看见她眼角挂着晶莹的泪珠儿,心软了:"我这次要能打胜仗回来,咱们阖家团聚,百姓有福。我要是打了败仗,你们远走高飞吧!"

一颗豆粒儿大珍珠一般的泪花儿从桂珠那芙蓉一般的美丽脸上滚落下来,寿山将军心碎了。他迈着沉重的步子下了台阶。桂珠跟在后边说:"我今日定要随你去。"

"那怎么行?出兵带姬妾,为我朝所不许,你不要给我找麻烦。"

"说是这样说。其实,哪个将军大人出兵打仗不带几个小老婆,我在北京看得多了。再说,我这次随你去,不光是为了伺候你,还要上阵打仗呢!"

"战场上出生入死,也是女人去的吗?"

"红灯照全是女的,跟外国强盗打过仗,听说洪秀全反南京那咱,还有长毛女兵呢!女人上战场,古来就有,穆桂英、梁红玉家喻户晓。"

"你能比了那些古人吗?"

"比是比不了,学还学得来。"

寿山将军没有再说什么。

他们下了台阶,唐家骏迎上来:"启禀大帅,省防练军十二营全都集合完毕,候大帅军令。"

寿山将军命令道:"去校场阅兵,祭纛出发。"

出了府门,寿山将军在上马石上乘跨坐骑,桂珠身披一件猩红色斗篷,跨上一匹白马,紧随在将军的后边。唐家骏率领二百名亲兵卫队,前呼后拥,缓缓向校场进发。

刚行到十字街口,义和团的首领石林骑着快马跑到近前,高声喊道:"大帅留步!"

寿山将军停止前进,在马上一拱手:"石兄来得正好,兄弟今日亲赴北边,誓与俄人决一雌雄,守城的重任全依靠你了。"

石林在马上一躬身说道："大帅今日走得这么迅速，真是出人意外呀！"

"敌兵已经深入腹地，决不能让他们兵临城下，将至壕边。"

"大帅兵力不足，我已约集各路兄弟们，随后赶去助战怎么样？"

"不必了。张拳师已在北大岭，有他就足矣！省城空虚，望石兄和萨大臣同心协力。我很快就会回来。"

石林又一拱手："大帅放心，有我石林和三百义和团弟兄在，齐齐哈尔决不能丢！"

"好。"寿山将军双拳一拱，"那就拜托了！"

石林走后，寿山将军急向校场进发，他知道，六千人马正在那里集合等着他呢！刚转到城门，程德全带着几个亲随骑马迎上来。

"请大帅暂停！"

寿山将军一怔："他干什么来了？"桂珠在后悄声说："咱们走，不要理他！"寿山将军点点头，没有停下，但是放慢了速度。

程德全翻身下马，将缰绳交给从人，大步上前，一把扯住寿山将军的马嚼环："眉峰，你这是何苦，怎么事先我一点儿也不知道？"

寿山将军礼貌地一拱手："晓岚兄，我这次统兵北上，城守、治安等事就有劳大驾分神了。"

"不！无论如何，你不能去冒这个险。卑职虽不才，尚明大义，愿代大帅一行。"

"晓岚兄，你这说哪儿去了！行军打仗，出生入死，岂能代替得了？"寿山将军又拱手点点头，"弟领此情，兄请回吧！"

程德全紧紧攥住马嚼环，说什么也不放手，额角上的汗珠儿都淌下来了。

"卑职深蒙大帅赏识，引为知己，委以重任。久思结草，以报知遇之恩。某虽庸才，不堪驱使，然自帷幄幕府以来，参赞军机，言听计从。古云：'马逢伯乐则嘶，人为知己则死。'当此危难之时，德全愿统一旅之师，御敌保国，为大帅分忧。上报君恩，下全友谊，赴汤蹈火，万死不辞。"

"晓岚兄，授命于危时，差人以险地，此乃不义之举，弟怎肯委兄代我去入危境？"

程德全"咕咚"跪在地上，将马缰绳缠到自己脖子上："大帅不纳忠言，程某先死在马前，我不能睁着眼睛看你去冒险。"

寿山将军慌忙跳下马来，双手将他扶起："兄台厚爱，弟实铭感五衷，寿山从命就是了。”

程德全胖胖的脸上露出了笑容："这就对了，其实嘛，杀鸡焉用宰牛刀，将军岂能离汛地！"

158

校场内，寿山将军宣布命令："委任程雪楼观察为北路援军总统，节制诸路人马，便宜行事，统率省防练军十二营，克日出发，北上御俄。"

这一突然的改变，不仅唐家骏感到吃惊，就连全体官兵也惊诧莫名。他们明明知道，将军亲自领兵北上，怎么又换上程德全了？

寿山将军发布命令，授权以后，又并马一直把程德全送到北极门外。临别时拉着程德全的手叮嘱道："今将生死存亡的大事托付吾兄，望兄好自为之，沿途要相度地形，以备临时扼守。若大军到达之前，北大岭失守，也要激励诸军将士，一定守住讷漠尔河南岸，不使俄人深入内地。"

程德全应下，并下了保证："眉峰只管放心，北路有我，万无一失。西路俄军最为危险，省城守备空虚，值得忧虑。"

"是的。"寿山将军认为程德全确实关心自己的安危，心里十分感激，便告诉他，"兄只管放心前去。我令副都统萨保一面操练义和团民，一面挖沟掘壕，准备固守。"

"义和团千万依靠不得，朝廷要不是依靠义和团，能有今日之祸？"

寿山将军点点头："是啊！可是你走之后，城防练军仅有两营，眼下不靠义和团，还有什么办法！"

程德全不再多言，告别走了。

寿山将军进城回府，唐家骏跟在后面，看到这一场面，心里总觉不是滋味，想了想，很策略地问了一句："大帅，您的决定是对的，但不知这位程大人能否完成使命？"

"担心是多余的，程观察一定不负所托。"

"但愿如此。"唐家骏靠近了一点儿，头向前探着，"大帅，我记得这位程大人可是主和的呀！"

"此一时彼一时，凭我和他的交往，他能不畏艰难，代我一行，我们尽可放心。"

唐家骏只是轻轻摇了摇头，不再说什么。

桂珠见寿山将军改变了主意，不上前线了，当然很乐意。可是她对程德全领兵，心里实在反感，却又不敢阻拦。女人不准参与军政，这是寿山将军的家规，但她心里不平，抱怨道："别人怎么劝说，你就是不听，怎么这个姓程的一说，你就信了？"

"别人是纸上谈兵，晓岚才是真正为我分忧。"寿山将军没有瞅她，猛加一鞭，驰到前头。桂珠追上又问："程胖子这个人能说会道，嘴甜心苦，他靠得住吗？"

寿山将军冷笑一声："你一个妇道人家，懂得什么！"

桂珠不服道："我看程胖子这个人白眼球大，黑眼珠小，说话直眨巴，一副奸臣相。人都说这样的人心术不正了，可你偏是信他！"

"住口！"寿山将军大怒，这是他第一次向爱妾发脾气，"军国大事，你少跟着搅和，菲薄他人，岂有此理！"说着，他又加了一鞭，又回过头来横了一眼，"真是庸人自扰！"

北极门外的十里长亭，几十名文武官员在那里恭候，他们是为寿山将军送行的。大军来到近前，程德全滚鞍下马，满面春风，向众官员拱手点头："有劳诸位大人，程某实不敢当。德全蒙大帅委以重任，总统全军，北上御敌，胜败难以预料。德全为了江省免遭涂炭，唯尽心努力也！"

众官员大惊失色，面面相觑。奇怪，原来寿山将军并不亲去前线，而是派遣程德全领兵北上。

候补侍郎衔、时任龙江道吴葵见不是寿山亲往，而是程德全代行，一颗提溜着的心开始放下一半儿。他年岁最大、资格最老，第一个走上前去："程大人临危受命，其志可嘉。我等阖城文武官员，聊备薄酒三杯，予程大人以壮行色，不成敬意。"

"多谢了。"

程德全只得扔下马缰，接过他们敬上来的酒，连饮三杯，然后抱拳拱手："多谢多谢，程某此行，感诸公厚谊，一定设法扭转危局。"

吴葵听得话里有音，即问道："请问，扭转危局，程大人有何具体打算？"

"审时度势，量力而为。"

"好。"吴葵面有喜色，白花花的胡子不住地颤抖，"龙江天堑已失，瑷珲付之一炬，北大岭又朝不保夕，如此残局，非程大人亲征，不能收拾。程大人乃龙江人杰，关东翘楚，江省官绅父老实有厚望焉。"

"过奖了。"程德全深鞠一躬,"程某受将军之托,自当为江省安全而竭尽全力,不敢存半点儿私心,鞠躬尽瘁,死而后已!"

吴葵大吃一惊:"程大人,我军屡败,大势已去,俄人锐不可当,这个仗不能打,以免引狼入室。"

"吴大人之言甚善,程某斟酌再三,自有转危为安之法。"

众官员一致欢声雷动:"那太好了!太好了!"

吴葵还是不放心:"前车之鉴不远,这个仗,可打不得呀!"

众人附和:"程大人,吴大人深谋远虑,程大人可要三思啊!"

程德全飞身上马,潇洒地一拱手:"诸公放心,眉峰将军已误,德全岂容再误?待我到了北大岭,自有办法挽此危局,诸位大人请回府,德全告辞了!"

说完,程德全策马率军而去。

吴葵等人望着军马过后掀起的尘土,还肃立恭维:"我等身家性命,全凭程大人做主哇!"

159

程德全统军北上的次日,张家璧面带惊慌之色急匆匆地来见寿山将军,一见面就嚷道:"坏了,坏了,真是没想到,真是没想到啊!"

说完,递上电报。

寿山将军每天都从这位老友手中收看电报不下几十件,可从来没有看见他今天这种神色,估计是出什么大事了。他接过电报,又问了一句:"怎么回事儿?"

"你看看就知道了。"

寿山将军急忙展看,这是来自北京的急电,收报人是程德全,电文很简单:

> 两宫西狩,帝后蒙尘。端王已革,朝局已变,上命李中堂偕庆王主持和约。

"啊?"寿山将军大惊,"这是真的?"

张家璧反倒平静下来了,他微微一笑:"洋鬼子要进京,帝后出逃这是自然的事,没什么大惊小怪的。"

"那……那社稷宗庙还要不要了？"

"太后皇上比我们怕死，管命还管不过来呢，还管他什么宗庙社稷。"

"这太突然了，真是没想到。"

"眉峰，局势已经明朗，你让程德全统兵北去，这可不是个办法。"张家璧望一望满腹惆怅的寿山将军，觉得机会来了，"依我看，赶紧悬崖勒马，走和谈的道路，是时候了。"

"向俄国人投降？改隶俄籍？连祖宗也不要了？"

"眉峰，你好糊涂！事到如今，你还犹豫什么？不投降又能有什么办法呢？"

寿山将军火儿了："那海兰泡，那江东六十四屯几万人的性命，还有那瑷珲城，那北大岭军民的鲜血就算白流了？"

张家璧冷冷一笑："要不怎么说让你悬崖勒马呢！恕我直言，当初要能听愚兄一言两语，哪能生出这么些事端来？如今怎么样，说句不中听的话吧，这就叫大势已去。"

寿山将军听了这话，如同心上扎了一把刀子，被噎得半天喘不过气来。他怔怔地盯着这位多年深交的好友，不知该说什么才好。张家璧又"嘿嘿"冷笑两声："当断不断，反受其乱，你再好好儿想想。逆天而行则亡，顺天而行则昌，这个道理你应该明白。"说完，瞥了寿山一眼，走了。寿山将军呆呆地望着他离去的背影儿，喘了一口长气，自言自语地叨咕道："这就是我多年的莫逆之交吗？"

下午，张家璧又来了，告诉寿山将军，太后偕皇帝离京出走的消息已经证实，清廷致各省通电再一次宣称：战守事宜，自行酌处，唯不使事态扩大，以至局面支离，不可收拾。

朝局急转直下，慈禧太后和光绪皇帝离开北京，向西安逃跑，责令庆亲王奕劻和大学士李鸿章全权处理"和约"事宜，这是朝廷向"八国联军"投降了。可是黑龙江这个乱摊子该怎么收拾呀？寿山将军矛盾了。

张家璧的态度一下子变得积极起来，似乎"八国联军"的胜利就是他的胜利一样，有多年交情的寿山将军好像不是故友，而是个阻拦黑龙江和平的障碍物，要想尽办法搬掉他，起码也要使他改头换面。

"你想得怎样了？我早说过，这个仗不能打，朝廷本来就没有开战的决心，全是那义和团闹起来的。端王主战，如今怎么样，还不是发配新疆永远监禁？"

寿山将军一想到上午张家璧对他说话那么刻薄，心里就没好气儿。他不软不硬地驳了一句："我是疆臣，有守土之责，这和端王有什么关系！"

张家璧心里说："得了吧，谁不知道你寿山阿附端王，你的主战，完全是受端王载漪的唆使。今天你还充硬汉，不认账，那好，我再教训教训你。"想到这里，张家璧笑了："眉峰，京城的事，自有朝廷去管，我们还是考虑考虑黑龙江这个乱摊子吧，你到底打算怎么去收拾它？"

"只要俄人不从黑龙江过境，我就撤兵停战，决不会去找他们的麻烦。"

"真是做梦！"这是张家璧心里想的，但没敢说出来。他略一思索，眉毛一扬，煞有介事地说："哎，前些日子有人扶乩，太上老君临凡，写出四句乩语，我看正应在当前。"

"噢，还有这等事？"寿山将军不以为然地摇摇头，"国家将兴，必有祯祥，国家将亡，必出妖孽。到这时候了，奇异怪诞的事总是有的，我从来就不信那些'攻乎异端，怪力乱神'的事情。"

"不，千真万确，不可强信，又不可不信。我认为这种时候更应该多听听这种事情。"张家璧不管寿山将军乐意听不乐意听，就一本正经地背诵起乩语：

> 我人应来红遍了，
> 万里尸横异域好。
> 腾身直上八洲风，
> 六合乾坤如电扫。

寿山将军冷笑道："真是挖空心思，造谣惑众，你怎么也信这个？"

"这是天机，信与不信由不得人。"张家璧一本正经地说，"听我给你解释解释：开头两句应在当前：'我'字和'人'合到一起是个'俄'字，是说俄国人应该来。红色是鲜血，俄国人要来，到处要流血，这是红遍了。第二句是，中国不太平，还是外国好，'异域'指外国。后两句是未来之事，不敢妄断，大意是科学在发展，世界要毁灭，天地间如电扫一般，八成也是指的中国。"

寿山将军哈哈大笑道："这么说，电扫世界，那谁也剩不下了？"

"不，受害的还是中国。看来，中国要完了，外国人来了杀人放火，这是天意。你想想，当今中国这些王公大人为了利己，都把外国人当靠山，不惜出卖主权，引狼入室，有利可图就媚外，无利可图就排外。媚外、排外，不顾国家民族，全凭个人好恶，他们眼里哪还有什么天下、百姓，这样的国家不亡待何？你替它去卖命，值得吗？你看看吉林长将军、盛京增将军，人家才是识时务的俊杰……"

"算了！"不待他说完，寿山将军腾地站起来，"张兄，你我是莫逆之交，可不要在我去见祖宗之前伤了和气，来人！"

唐家骏应声而进："伺候大帅。"

"给我送客！"

张家璧刚离开，营务处送上一份密令：

　　军机处谕示吉黑两省将军，速撤围攻哈尔滨之兵，约束民团义勇，保护侨民，尽快恢复东清铁路通车，违者革职拿问。

寿山将军这一惊非同小可，他叹息道："真没想到啊，早知今日，何必当初。"

第二十五章

160

东清铁路又称中东铁路，就是后来改称的中长铁路。

这条铁路的修建非比一般，从设计到开工，均遭到东三省百姓的一致反对，真是修了又扒，扒了又修，反反复复，总算建成通车了。可在庚子年又被义和团扒了，清军对中东铁路局所在地哈尔滨展开围攻，这是为什么？

现在从头交代一下它的来龙去脉。

大清国建立之初，是在关东大地白山黑水之间，隔着长城，关内是明朝。明朝后期发生变乱，李自成、张献忠带领农民造反，把明朝推翻，崇祯皇帝吊死煤山，明朝江山就完了。李自成进了北京以后，仍不改流寇土匪习气，杀人放火，抢劫财物，掠夺美女，官宦人家被劫掠一空，还拷打官员索要财物，那几天的北京城变成了人间地狱，社会秩序混乱。

也该然李自成失败，他没有坐江山的命，北京城那么些美女还不够抢，偏偏把山海关总兵吴三桂的美妾陈圆圆抢去了，又杀了吴三桂的父亲吴襄一家，这就自然而然地把吴三桂逼反了。吴三桂要报国恨家仇，请清兵入关，帮助平叛。吴三桂只顾率兵追赶李自成，清世祖顺治在多尔衮的保护下进驻北京，大清国就从关外进入关内，取代明朝，一统天下。说来都是天意，要不是李自成推翻明朝，就不会有吴三桂借清兵的事发生，大清国到现在也不一定离开关东。清朝把东北带进关里，中国的地盘儿更大了。

大清国一统华夏，征服四方，平定各地，领土辽阔，国富民强，周边邻国纳贡称臣。又北征俄罗斯，平定罗刹入侵，签订《尼布楚条约》，划定中俄边界，百余年罗刹未敢内犯。

自从鸦片战争以后，中国开始转弱。列强看中国大门已开，争先恐后挤进来，用各种手段掠夺中国资源，占领中国土地，划租界，建教堂，开洋行，办工厂，以各种手段掠夺中国经济。当然，中国周边两个近邻日本和俄罗斯，在侵略中国方面是最积极的。

光绪二十年，中日发生"甲午之战"，大清国战败，割地赔款，将关东唯一的天然良港旅顺大连割给日本，这就和欲独霸满洲的俄国发生了冲突。俄国联合德意志和法兰西两国，以帮助清政府为名，向日本施压，迫使日本归还辽东半岛，名义上是"维护中国领土完整"，实则是别有用心。

这就是所谓的"三国干涉还辽"的丑剧。

天下没有免费的午餐。果不其然，俄国以帮助中国收回辽东为理由，向清政府提出在满洲修建"中东铁路"的要求。按照俄国的计划，铁路纵横南北东西，呈丁字形，主线西起满洲里，横穿齐齐哈尔、哈尔滨、牡丹江。东出绥芬河，与俄国远东铁路接轨直达海参崴。西出满洲里，接西伯利亚大铁道，成为俄国向远东运输物资最便捷的交通线。支线从哈尔滨起，经长春、沈阳直达大连。不久，又强租了被他干涉归还的辽东半岛，俄罗斯蚕食中国之野心又一次暴露无遗。

161

俄国取得在满洲修筑铁路的权利这件大事，必须通过条约来实现。俄国政客欺骗中国政府说，修筑铁路是为了"共同防备日本"，日本以后有入侵中国的情形，俄国便于向远东运兵帮助中国。

据说当时清政府的谈判代表李鸿章也不肯答应，沙皇拿出一百万卢布①行贿，李鸿章才背着清政府，于俄国首都莫斯科同俄国财政大臣维特签订了《中俄密约》。《密约》签订不久，又订了一份《中俄合办东省铁路公司合同》(又称《中东铁路合同》)。《合同》规定，修路用地由中国拨给，不收地税，占用民地可付给补偿。俄国免费使用该铁路，中国使用收半价，铁路沿线治安由地方官办理，唯俄国可在铁路区域内派驻警察，以打击侵犯俄铁路员工及家属的不法之徒，等等，均是保障俄人

---

① 有的文献记载，俄国出三百万卢布，一百万是先交部分。

利益的条款。主支两条铁路于光绪二十三年八月初一在三岔口①举行开工典礼，施工时却不按条约的规定，大量收买土地，大量砍伐木材，任意开采沿途的矿山。致使大批民众倾家荡产，流离失所，这自然会激起百姓的反抗与斗争。

当时有个铁路总监工齐文斯基，这家伙非常蛮横，根本不管条约和章程的各项规定，率领勘测人员勘测哈尔滨到绥芬河段时，不论田地、房屋、坟茔，任意钉界桩，犯了众怒，引起百姓大规模地反抗。他们拔掉木桩，烧毁枕木，打乱了俄国的施工计划。当地百姓恨透了这个俄国总监工，发现他从帽儿山到一面坡指挥施工，便伏击了他。还算他幸运，带伤逃走，保住了一条命。

枕木被毁，仍需重新砍伐，俄国铁路公司同吉林将军商定，由靠近五常厅林区拨地供应木材。为防止俄人任意盗伐森林，特成立一个"划界小组"，任命交涉局总办杜玉衡为组长，提调盛文翰为副手。因指定的砍伐区涉及乌拉贡山范围，乌拉打牲总管衙门特派五品委署翼领海成、六品骁骑校双庆、七品委官富春参与其事，监督划界。俄国铁路公司也派出工程师索尔梅斯、古里格利克二人为代表，双方会谈。

事先，吉林当局已做好了准备，由乌拉总管衙门的代表海成、双庆等拟了个草案，并绘制了一张地图，把俄国砍伐木材的地点规定在东西六里宽、南北二十里长的范围内。俄国代表不干，要求放宽，增加砍伐面积。海成、双庆警告他道："贡山重地为皇家园林，本不应砍伐树木。鉴于铁路工程所需，能够让出这么一块儿已是破例了，更改计划断无此理！"

第一次会谈不欢而散。

两天后，开始第二轮谈判。俄方代表古里格利克准备一份地图，要求按此图划界，被海成、双庆断然拒绝。两方几次也谈不拢，乌拉代表寸步不让。事情一连僵持了近十天之久，因工地催料紧急，俄方才在中方提交的文本上签了字。

双方商定的条款如下：

俄立东北界桩字迹

---

① 今东宁县境，当时归吉林，现属黑龙江。

兰林河①铁路公司树木交界丈量数目，及至何处，为列于左：

南北在兰林河沿左长共二十里，宽六里；

北边的交界牌至石头河及兰林河二江口，共长十四里；

南边交界在两江口石头河上，长六里；

东边交界在兰林河沿为止；

两边交界横宽六里，以兰林河沿起，长共二十里。

俄国铁路委员　索尔梅斯

　　　　　　　古里格利克

吉林将军指界委员　杜玉衡

　　　　　　　　盛文翰

乌拉总管勘分委员　海　成

　　　　　　　　双　庆

　　　　　　　　富　春

俄历一八九八年十月二十一日　大清光绪二十四年九月十九日立

正文之外，中方向俄方提交一份备忘录，对指界的具体方位予以认定，当时俄方也接受了。

备忘录全文如下：

东南树号Ⅰ

铁路木植东南界北角，四合川黄姓，南五股溜。中俄东北界桩起至此兰林河、石头河两江会口止，计三千五百俄弓为俄七里，作中国十四里；

西北树号Ⅹ

铁路木植西北界，东起兰林河至此一千五百俄弓为俄三里，作中国六里；

西南树号Ⅲ

铁路木植西南界，东至青嘴子山麓大松树起，至此杨木顶子后背止，计一千五百俄弓为俄三里，作中国六里；

---

① 即拉林河，松花江一大支流，上源为黄泥河，发源于敦化境土顶子山。

东南树号由石头河起 Ⅱ

北自兰林河、石头河会口起，至此兰林河岸大松树止，计一千五百俄弓为俄三里，作中国六里。

南北长共计五千俄弓为俄十里，作中国二十里。

（附注：五百绳为俄一里，作华二里）

吉林将军委员　杜玉衡

　　　　　　　盛文翰

乌拉总管委员　海　成

　　　　　　　双　庆

　　　　　　　富　春

光绪二十四年九月二十日会勘①

事情到此本应该圆满结束，双方均能接受这一结果。不料风云突变，没过一年，引起了一股更大的反俄浪潮，兰林河铁路公司被捣毁。

161

兰林河铁路公司是负责修建东清铁路支线的，由哈尔滨至宽城子段。沿途平川，无林木可采，故选定五常厅临近的石头河一带的山场。二百多年来，这一带属于打牲乌拉贡山范围，封禁多年，山高林密，原始森林木材储量、奇珍异兽、人参松子、猴头蜂蜜，均为关东之冠。枕木采集定在这里，便于运输，木材可以从兰林河装船，顺流而下，由兰林上岸转运到工地，方便省事。中方提供长二十里、宽六里的采伐点，木材足以够用。可谁知这"兰林河铁路公司"并不仅仅是铺枕木用，还开办一个木材加工厂，大批木材加工成品，倒卖到哈尔滨、长春、沈阳等地。这且不算，他们还勾结中国奸商，倒卖原木，从中渔利。这样，自然对木材需求量大，划定长二十里、宽六里的面积已远远不够。俄国人就不顾条约的规定，突破《备忘录》标示的界限，向贡山深处非法开采。俄国人为了迷惑地方官府，雇佣一些中国奸民进山砍伐，不料被巡山的官兵发现，拿住一个叫乔三的奸民，审问之下，才知是受雇于兰林河铁路

---

① 以上两件副本现均藏于双庆后人家中。另外，还有乌拉勘界委员致总管衙门的报告书原稿一件，可作为历史的见证。

425

公司，为俄国人砍伐木材。乌拉总管衙门派出官兵搜山捕盗，与俄国护路队遭遇，他们依仗人多武器好，反而把搜山的中国官兵赶出贡山。俄国人得寸进尺，无视中国主权和百姓生命财产的安全，拆民房、毁稼禾、占土地、平茔墓，干得更凶了，任意扩大铁路两侧附属地，一场不可调和的冲突终于爆发。

光绪二十五年八月，俄国在哈尔滨设立警察署，宣布在中东铁路沿线设立特别行政区，实行治外法权，企图把掠夺的土地合法化。这就激怒了中国满汉蒙回各族人民，他们联合起来，在一个渔民吴七的率领下，集合了四百多农夫，夜间闯入俄人封锁区，捣毁了设在兰林站的中东铁路局兰林河铁路公司。当年松花江、兰林河泛滥成灾，铁路公司原址被水淹没，从此没有再设立。俄国人称捣毁铁路公司的中国农民为红胡子，从此沿线加强了警戒，这类红胡子也就滋生蔓延，遍地皆是。到了光绪二十六年，义和团起事，红胡子又跟义和团结合在一起，他们提出的共同口号是"反俄，扒铁路，烧教堂，杀洋人"。

162

一入庚子年，
起了义和团。
扒了火车道，
拉了电线杆；
杀了洋教士，
赶跑了外国船。

这是光绪二十六年开始流行传唱的一首歌谣，特别在山东、直隶、京津、东三省一带北方地区最为流行，几乎家喻户晓，妇孺皆知。

义和团闹事，还有不少无业游民也跟着闹事，有不少人乘社会混乱之机，"捆绺子"，"拉竿子"，"立山头"，"报字号"。他们大者上百人，小者十几个，说的是"驱逐洋人"，干的却是打家劫舍、拴秧子、绑票、砸窑、剪径的勾当，被称为"红胡子"。

出现这种情况并不奇怪，是长期聚积的社会矛盾的大爆发。土地高度集中，奸商垄断市场，外国资本输入，传统经济瓦解，百姓没有活路，只有铤而走险。所以，义和团振臂一呼，应者上万。

当时社会上管这种现象叫作"民变"，哪里有"民变"，哪里就不太平。

俄国为了保护中东铁路的安全，扩大了护路队的编制。护路队司令戈伦葛洛斯少将下属军官五十六名，八个步兵连计一千九百五十人，九个骑兵连计有哥萨克骑兵二千四百五十人，马两千多匹。另有一支直属侦察队，总共从俄罗斯国内调来军事人员计五千人，编成中东铁路护路队，分布在西起满洲里，东到绥芬河，北起哈尔滨，南到熊岳城这条丁字形干支两条线上。他们分驻在海拉尔、扎兰屯、富拉尔基、卜魁、哈尔滨、玉泉、帽儿山、一面坡、石头河、横道河子、马桥河、绥芬河等处，支线则驻在双城堡、老少沟、宽城子、铁岭、大石桥、熊岳城等地。

义和团闹得最凶的时候，黑龙江将军寿山考虑到俄国人的安全，也怕大批俄人被义和团杀害，将来引起更大的麻烦，特给中东铁路总工程师茹格维志和护路队司令戈伦葛洛斯少将发去照会。令他们组织铁路员工及其家属，包括侨民、驻军，统统从满洲里出境，撤回本国，由清兵沿途保护，避免受到伤害。俄国人倒是遵令撤回一部分人员，可是他们把大批人员集中在哈尔滨，拒绝撤离。护路队也收缩兵力，据守哈尔滨，准备武装对抗。这么一来，激怒了寿山将军，调动三路军马围攻哈尔滨，准备拔掉俄国中东铁路局这根钉子。黑龙江军从江北、江西两面攻打，南岸属吉林地界，特邀阿勒楚喀副都统钮楞额出兵助攻。钮楞额电请吉林将军长顺，经过允许，他率领一千五百名马队北上，到了平房则不再前进，要看一看局势再说。

在他离开阿什河城两天时，驻守帽儿山、一面坡等处的俄军第四骑兵连和第九骑兵连在撤往哈尔滨的途中被包围在阿什河火车站，火车站在阿什河城外，与城尚有一段距离，中间隔着一条小溪，是阿什河一条支流，原是一条季节河，现在正是雨大涨水之时，既无桥梁又无渡船。俄国护路队几百人来到这里，加上原有筑路工人和职员军人，差不多有一千人。这么些人聚到一起，被中国军民四面包围，过了几天，粮食用尽，吃饭成了问题。俄国人手里有卢布、有银元，就是买不到粮食。集市关闭，民间的粮食都藏在窖里，他们找不到。没有办法，他们只有找这一段铁路工程的总负责人希尔科夫亲王。希尔科夫亲王是俄皇亚历山大的宗亲，任职于中东铁路局，担任哈尔滨至牡丹江段的工程师。因其有贵族的特殊身份，在中东铁路内部颇受尊重。

希尔科夫亲王从哈尔滨专程来到阿什河，准备进城去见中国最高级别的官员。最高级别官员是钮楞额，为正二品副都统，可是他已带兵出征去了，现在哈尔滨近郊平房驻扎，在阿什河城中最高级别的官员就是三品协领依凌厄了。希尔科夫亲王带上两名随员来到阿什河城下，由随员兼翻译向城上喊话，说是有要事面见长官。依凌厄协领听说来了三个俄国人，心中说："来得好，我正想要几个俄国人的脑袋报功呢！"遂吩咐手下，"放他们进来，听我号令，我发话叫你们动手时，你们就麻溜①把他们斩首，不要漏掉一个。"有一位佐领说："大人，这使不得，两国相争，不斩来使，无辜杀害使者，将来要受追究的。"依凌厄说："现在义和团到处杀洋人，连老人带小孩都杀了，我们当官儿的要不宰几个俄国人，也说不过去呀！"佐领摇摇头，不再言语。是啊，现在中国大地刮起一股杀洋人之风，这总不是好事。洋人虽然可杀，也得分开青白玉石眼儿吧，不能盲目蛮干。

城门打开，三名俄国人被领进来，进了协领衙门。依凌厄协领高坐堂上，眼睛盯着这三个俄国人。

三人来到进前，摘下礼帽，托在手上，鞠了一躬，说道："长官阁下，会见您深感荣幸。"

"你们是什么人？见本协领有何事？"

那位翻译答道："这位是俄国沙皇陛下宗亲，彼得·希尔科夫亲王殿下，我是亲王殿下的随员兼翻译、八等文官维尔斯特。"说完，又鞠了一躬。

一听说这个家伙是亲王，协领愣住了，亲王、贵族动不得，动不得呀！他又重复一句："你们见我何事？"

翻译说："请阁下开仓，供给我们一些粮食，我们按价付给你们卢布。"

"开仓？本协领没有那个权力，你们找副都统去吧。"

希尔科夫亲王礼貌地笑了笑："长官阁下，我请您开放市场，允许俄国人用卢布购买粮食和蔬菜，我们会公平交易。"

"本协领乃大清帝国朝廷命官，不管那些鸡毛蒜皮的小事儿。你们另想办法去吧！"说完一摸茶杯，戈什哈一声高喊："送客！"

三人被驱逐出来，希尔科夫亲王还不住地回头叫嚷："长官阁下，您不要蛮不讲理，我对阁下的做法表示遗憾……"

---

① 麻溜：土语，即迅速之意，麻溜一词来源于满语方言。

说什么也没用，他们被阿勒楚喀协领赶出城去，灰溜溜地回到了阿什河火车站。

依凌厄看俄国人走了，冷笑道："哼，要不是亲王，这几个俄国毛子休想活着回去！"

希尔科夫亲王没有弄到粮食，即给哈尔滨发电，向茹格维志总工程师戈伦葛洛斯少将报告经过。得到的回复却是"自己想办法，可采取一切必要的手段"。

人都说狗急跳墙。俄国人得不到粮食，当然不可能坐以待毙。他们像发了疯似的冲破包围，抢夺周边农民的粮食以及猪、羊、牛、马、鸡鸭、鹅、狗，见什么抢什么，园田里的蔬菜甚至被连根拔去。这还不算，他们将两个哥萨克骑兵连组编到一起，向阿什河城发动攻击。依凌厄协领招架不住，急发电给副都统，钮楞额怕阿什河失陷，忙撤兵返回。这一路撤退不要紧，影响了其他三路清军的士气。不久，倭克津泰、庆祺两位副都统也被俄军击败。俄罗斯远东舰队组成的援救哈尔滨兵团在萨哈罗夫中将的率领下，闯过三姓封锁线，击溃通河、方正拦截部队，抵达哈尔滨，与中东铁路护路队会合了。

四路清兵约一万人，连一个小小的中东铁路局都攻不下来，直至俄国援兵到来把他们各个击溃，寿山将军心里能好受吗？反过来说，董福祥的甘军一万多人，加上义和团数万人，如此声势浩大，连东交民巷使馆区都攻不进去，老佛爷又做何感想？

几千年历史的泱泱大国，哺育万邦的盛世天朝，大势去矣！

163

形势急转直下，朝廷在利用义和团排外并不能奏效，又惹出更大的麻烦之后，才开始悔悟。反对义和团的主和派占了上风，利用义和团的主战派被打下去。朝局转向，少不得又有一批倒霉蛋儿成了替罪羊。

"八国联军"指名要人，凡是主战的，袒护义和团的都被指为罪魁祸首。在洋人列的罪魁名单中，为首的是慈禧皇太后叶赫那拉氏，第二名是光绪皇帝爱新觉罗·载湉。他们的罪名是利用邪教杀害各国教民和外交官，主持对外宣战，破坏邦交友好。其次是端王载漪，操纵义和团排外，大学士徐桐、军机大臣刚毅、启秀、庄亲王载勋、尚书赵舒翘、崇绮等，都上了联军的名单。

慈禧太后得知这一信息，心里非常害怕，她打定主意，只要洋人能放过她，那么要什么条件答应什么条件，要谁的脑袋给谁的脑袋，决不吝惜。

所以，后来在定诸臣刑罚的时候，慈禧太后毫无怜惜之情，从严处罚，尽量使洋人满意。

毓贤仇教是出了名的，先任山东巡抚，在任上适遇义和团起事，义和团烧教堂、杀洋人越闹越凶。因起自山东，他有失察之责，他却以退为进，反而把义和团推荐给朝廷。说拳民皆怀忠义之心，又有神术，朝廷可借助其力，驱逐洋鬼子。端王抱着不可告人的目的向慈禧太后极力推崇，两人各怀心事，彼此心照不宣，一拍即合，义和团从此进入京师。

毓贤为朝廷所器重，不久改任山西。他到山西后，更是鼓励义和团排外，故而外国教士及其家属在山西的死得最多。

联军进京，两宫西狩，朝局转向。主张宣战的推崇义和团的王公大臣一夜之间从天上掉下来，跌落到深渊里。不用说洋人恨之入骨，慈禧太后拉完磨杀驴，迎合洋人心理，大肆诛戮朝臣。她翻手为云，覆手为雨，把战争的责任全部推到大臣的头上，大开杀戒，反目无情，毓贤的末日自然不会太远。他先奉旨发配新疆，行到甘肃，又被监禁。

自他入狱之日起，毓贤的门客，还有义和团的拳师就打算联手劫狱，救他出来，躲一个时期看一看形势，待风头过后，再做打算。家人利用探监告知这一消息，毓贤不准。他让家人告诉营救他的那些人，说自己无罪，他所做的一切都是为了太后，庆亲王可以做证。事到紧急关头，庆王爷不会袖手旁观，他会替自己在太后面前说句公道话。

他对慈禧太后抱有幻想，总认为她不会那么绝情。

他的想法错了。太后以皇帝的名义下了谕旨，毓贤在甘肃就地正法。消息一传出，毓贤的幕僚、门客联合义和团首领，组织了上千人，准备行刑之日劫法场。第一天，由数百人联名，贴出请愿书，上书朝廷，为毓贤鸣冤，要求朝廷免毓贤之罪，官复原职。

兰州城闹翻了天。

署理陕甘总督李廷箫原是毓贤旧属，毓贤崇信义和团，杀洋人，他也参与其中。毓贤监禁于兰州，李廷箫坐卧不安，恐怕被牵连，他也暗中支持甘肃民众请愿保毓贤无罪。没有想到的是，慈禧太后并不怜惜为自己出过力的人，这就是人们所说的"伴君如伴虎"，不定什么时候就咬你一口，而这一口非送命不可。李廷箫见什么办法也救不了毓贤一命，特向毓贤通报朝廷已下旨论斩，让毓贤速与民众通融，用群力压朝廷改判。毓贤非常固执，根本不听，他对李廷箫说："死有什么可怕的？死是我分内之事，我不会向洋鬼子乞哀活命，后世自有公论。"李廷箫见说不动毓贤，一不忍心亲手杀毓贤，二又怕以后追究他附和毓贤纵匪排外之罪，于除夕晚服毒自尽。次日，即光绪二十七年元旦，兰州城里传出总督自杀的凶信，但没人知道内情。

总督先死，没人负责监斩毓贤，电告西安行在，复电令其自裁。毓贤得旨，把他在狱中写的诗词交由幕僚保存，叫过随他来的小妾，告诉道："我为时局而死，死得理直气壮。你若从我而去，应自断，不然，可自寻生路。"又叫过儿子："不要忘记，洋鬼子亡我之心不死，将来要忠君报国，为吾雪耻。"毓贤嘱毕，甘愿服刑。当局怕引起骚乱，未敢设法场，送毓贤于住所，令其自我了断，以便复命。毓贤引刀自刺其颈，血流而不死，大呼求死。随侍看其惨状，不忍其迁延时间多受罪，用刀结束了他的生命。他的小妾遵从毓贤遗愿，亦自尽。

毓贤字佐臣，内务府汉军正黄旗人，监生出身，任过知府、知州、按察使、布政使。为官严厉而清廉，在他任职的地方少有盗匪，因为他抓住盗匪不问情由、不分首从，立杀无赦，人人畏惧，无敢为非。光绪二十四年署理江宁将军，大刀阔斧地改革陋习，扫除积弊，仅一年就为国家节省开支万两白银，受到朝廷嘉奖，接着便调任山东巡抚，后转任山西。毓贤对洋人有偏见，所以支持拳民仇教排外。拳民最初的名号是"义和拳"，毓贤认为"拳"字意义狭窄，给改为"义和团"。义和团的来由，实毓贤杰作也。

庚子肇祸诸臣受到严惩的，莫如军机大臣、刑部尚书赵舒翘最为冤屈了。

赵舒翘，字展如，陕西长安县人，进士出身，是清廷中少有的懂得法律的人才。赵心性豁达，办事认真，任职地方时，革除弊政，平反冤狱，政绩颇佳。西太后看他办事认真，为人干练，调京委以重任，很快进入军机。

赵入军机后，行为更加谨慎，远离朋党，一切看西太后眼色行事。

义和团起，赵的态度模棱两可，既不排斥，又不袒护。当他得知慈禧太后和端王利用义和团排外，打的另一种主意时，感到事关重大，自己是汉人，不要掺和在里头，故而辞去军机大臣一职。拳民入京，秩序混乱，慈禧太后召开御前会议，讨论义和团的事，多数大臣都反对招抚义和团，反对向外宣战。当问及赵舒翘时，他说："拳民不要紧。"这本是态度暧昧之言，"不要紧"不等于宠信义和团。吏部尚书刚毅态度坚决，支持西太后和端王招抚拳民，用以对外。刚毅又说服赵舒翘，太后宠信拳民是权宜之计，不过是借助其力量对付洋鬼子。洋鬼子自鸦片战争以来，一直欺压中国人，太后要振作起来，将他们赶回老家去，特别是那些兴风作浪的传教士。赵舒翘就这样上了贼船，稀里糊涂地站在了西太后、端王的立场上，但崇绮、徐桐、启秀等人同太后密谋废立，端王为使儿子早日登基的一切幕后活动，赵全然不晓。义和团进京攻使馆，董福祥甘军配合，不能克。兵匪即攻使馆，慈禧太后即许诺，又暗使人给使馆送去慰劳品，授计董福祥不要真攻，只是吓唬吓唬洋鬼子。所以事后太后对外宣称，压根儿我就没想攻下使馆，要不一个小小的东交民巷，又在北京城内，哪有攻不下来的道理！董福祥起初不了解西太后用意，很想一鼓作气拿下使馆，向荣禄借大炮用。荣禄告诉他，禁军有的是大炮，借与不借你找老佛爷，她要借，我就给你拿去。董福祥又找赵舒翘问这是怎么回事？赵舒翘只表示什么也不清楚，你只要领会太后心思就可以了，别的什么也不要问。这话传到慈禧太后耳中，她对赵产生了不满。

联军攻破天津，慈禧太后指令王文韶、赵舒翘二军机大臣去使馆道歉，表示慰问。王文韶感到事情棘手，有辱国格，以年老多病为托词。没办法，只好令赵舒翘独往。赵回答："臣资历浅，远不如文韶。"也托故不去，这又惹起西太后的不满。

两宫西狩，王、赵二人皆随驾扈从。到西安，洋人提出赵舒翘也是罪魁，应严惩。慈禧太后明知赵既不宠信拳民，又不主张排外，为了讨好洋人，开脱自己，逮捕了赵舒翘，定为斩监候。可是联军不答应，尤其是日俄两国，非要置赵于死地。慈禧太后询问诸臣意见，众皆言，赵既无袒匪之举，又无排外之念，所罪何来？还有的大臣说："杀赵绝无天理，是非何能颠倒到如此地步！"慈禧太后说："我也知道赵舒翘是冤枉的，可这是洋人提出来的，我保不了他，那就着恩免上刑场，赐令自尽吧。"谕令即下，命随来的广西巡抚岑春煊去监视，定于酉时回来复命。

消息传出，西安城上千人集会，为赵请愿、为赵鸣冤，众人有劫法场的动向。可他们不知道，赵舒翘并没有上刑场，而是指令在被监视的住所里自杀。

赵舒翘被赐死，他一直都不相信这是真的。因为他没罪，又忠心耿耿地维护西太后的权威，不管凭哪一点，老佛爷都会放他一条生路。所以在自尽其间，用了多个办法，总是拖延，还不住地问"有没有后旨？"并一再相信，"一定会有后旨的"。

直到晚上，赵仍不死，钦差岑春煊急了，因为酉时他必须回去交旨。没办法，岑只得采取黄纸醮烧酒敷面的办法，将赵捂死。

事过之后，慈禧太后曾对人说，赵舒翘没有袒护拳匪，没有罪，都是洋人逼的。这又有什么用呢？洋人也提出端王载漪是祸首，董福祥攻使馆为罪魁，要求严惩，慈禧太后为什么不照办呢？端王远戍新疆，董福祥革职了事，这又怎么解释呢？

纵观庚子之变，一切祸乱都是由慈禧太后一人引起，她翻手为云，覆手为雨，朝令夕改，毫无章法可循。初期惩办反对宣战的，成破利害的话一句也听不进去，一心想废掉光绪，立大阿哥，杀了那么些忠谏的大臣。后来战争失败，又把罪责推到支持主战、宠信拳匪的臣民头上，杀了那么多大臣和义和团骨干。和约时丧权辱国，完全不顾百姓死活，国家安危，奴颜婢膝，取悦于洋人。应该说，慈禧太后自发动"辛酉政变"掌权以来，没干多少好事。挪用海军军款修建颐和园，导致"甲午战争"失败；镇压"百日维新"，屠杀谭嗣同等"六君子"，阻碍了中国改革自强图存之路；"庚子事变"更把大清王朝推向绝路，一个国家有这样的人当权，能好吗？

慈禧西逃以后，那首歌谣又有所改动，原文是：

一入庚子年，
起了义和团，
拆了火车道，
拔了电线杆，
惊惊惊，
洋人把兵搬。

攻破大沽口，
上来火轮船，
失了天津卫，
太后把家搬，
慌慌慌，
太后奔长安。

第二十六章

164

回头再说一说北大岭的战斗情况。

且说署理北路军翼长、镇边军统领恒龄在北大岭最后一道防线阻击俄军的时候，忽然从林子里钻出一个老翁，一身猎人打扮，要见恒龄，士兵只好把他送到中军大营里。

恒龄一看，暗吃一惊，这不是依留精阿老人吗？好几百里，钻山爬岭，他那么大年纪，是怎么找到这里来的？

老汉一见恒龄，叹息道："唉，想不到啊，事情糟到这般地步。凤翔大人也没了，恒统领你孤立无援，下一步做何打算？"

"支撑一时是一时，下一步就看寿将军的安排了。"

"这不行。"老汉说，"我来，就是为你军的安危而来。将军那边指望不得，义和团更靠不住，如果这一路要失去的话，那就吹喇叭掉江——缓不过气儿来了。"

恒龄有心想笑，却笑不起来，遂苦笑着说："老人家还是那么风趣，可是你要知道，我又有什么法子呢？挺一会儿算一会儿吧，大不了追随副都统去见阿布卡恩都力，我这一百来斤豁出去了！"

"哎！不能说这话，人们不是常说，'车到山前必有路'吗？我现在看出一步好棋，一步走对，满盘皆活。"

恒龄知道这位老爷子有点儿道行，心情豁然开朗，请求道："那就请您老人家给我指一条路吧！"

老汉十分认真地说道："我今儿个来，就是给你出主意的。"

"那太好了，快说是什么好主意？"

"东山里，有一伙'忠义军'，他们既反朝廷又反洋鬼子，现在打出抗俄旗号，统领要能放弃成见，可以跟他们联合。"

恒龄说："都到啥时候了，还什么成见不成见的，只要抗俄，都是一家，可怎么和他们取得联系呢？"

"这好办。"老汉说，"我认识他们的头领，只要你愿意，我去请。"

"离这儿能有多远？"

"一百里左右，来回一趟得三天工夫。"

"好。"恒龄兴奋起来，"您老人家这么大年纪，能吃得消吗？"

"没事儿。"

这时，云花拉着玉妹跑进来，边跑边嚷道："阿玛，毛子兵又退了！"

恒龄长长地呼了一口气，说："孩子，快来看看，这是谁？"

"爷爷！"云花认得，他是刘芳的爷爷。玉妹上前打量一下，笑道："这位老爷爷好像在哪儿见过。"

刘老汉一眼就认出了玉妹："孩子，在江边修炮垒，你不是会唱歌的小姑娘吗？"

云花忙给介绍道："她是我妹妹，亲妹妹，失散多年，又找到了。"

恒龄忽然想起一件事来，对姐妹二人说："老人家要去一趟东山里，我想叫玉妹陪他去，也好早点儿送回消息。"随即简单说了去东山里的意义，是请"忠义军"相助。

刘老汉又说："为了表示诚意，要派一名军官随行，代表统领。"

恒龄果断地决定："那就派刘芳随爷爷去，各方面都好说话。"

于是决定，由刘芳和玉妹同行，约定三日之内，不管事情成与不成，刘芳和玉妹必须回来一个人报信。

军情紧急，刘老汉带着刘芳、玉妹立即启程。不知为什么，云花和玉妹分别时，两人心中都好像失落了什么，云花一再嘱咐，不管事情办成办不成，三天必须回来。

联合"忠义军"是恒龄秘密进行的，没让其他官员知道，因为瑷珲的官员对"忠义救国军"抱有成见，始终认为那是一伙不随王化的土匪。

165

就在依留精阿老人一行三人连夜出发的次日清晨，兴安岭的形势发生了急剧的变化，天刚一放亮儿，俄军的总攻就开始了。

清军仍然采取分区防守、互相配合的战术，但因伤亡太重，各路已基本溃不成军。在人员锐减、弹药不足的情况下，各统领只能凭借有利地形，顽强抵抗。

俄军似乎已经发觉了清军的秘密，他们依靠装备的优势，一开始就用多门重炮轰击两翼，清军各阵地之间联络中断。恒龄部下只有常泰一个营的兵力扼守中坚，但光听炮响，却不见有步兵爬山。恒龄即令用炮火支援两翼，防止左右被突破包抄。无论如何，他也要坚持三天，等待依留精阿老人的消息。

俄军摧毁了清军两翼阵地之后，集中火力轰击中央主阵地，恒龄看看支持不住，他横下一条心，无论如何也不能丢弃这通往省城的最后一道隘口，哪怕只剩下一个人。

战斗到日挂东南，士兵纷纷来报告："炮弹用完！"

"炮弹用完！"恒龄重复一句，知道问题比预想的还要严重。他皱一皱眉头，赶紧跑到一个炮位上，冲那里一筹莫展的炮兵问，"炮弹光了吗？"

"回禀大人，一颗也没有了。"

"赶快将炮毁掉！"恒龄果断地下了命令，"你们都退下！"

炮手刚走，云花冒着硝烟跑来，拉住恒龄的胳膊："阿玛，这枪没枪子，炮没炮弹，怎么打仗？来大人一伙儿都走了，咱也撤下去吧！"

恒龄眼里冒出火来，厉声呵斥女儿："走开，不要在这儿扰乱军心！"

"阿玛！"云花抱住恒龄的胳膊不放，"咱不能在这儿等死啊！我求求你了！"

恒龄十分怜爱地瞅一瞅女儿，温和地说："你快走吧，刘芳和玉妹很快就回来了。我身负重任，不能走啊！"

正在这时，一串串的炮弹向这边飞来，都在指挥部周围爆炸，看来俄军已发现了目标。

亲兵忙催促云花："小姐，快转到后边安全地带，这儿有危险。"

恒龄命令贴身的一名亲兵："快，把她给我送走，你也不用回来了。"

"嗻！"

"我不走！"云花不让亲兵靠前，说什么也不松手。

"你想干什么？"恒龄慈爱地望着女儿，心里也觉得不好受。云花贴在他的身边："阿玛，我不能离开你老人家。"

恒龄又瞅了她一眼，咧了咧嘴角儿，没有说什么。

突然，震耳欲聋的声音淹没了一切，几颗炮弹同时在周围爆炸，恒龄、云花和几名亲兵全被埋在灰土里。云花惨叫一声，滚到一边。

爆炸声响过之后，躲在远处的两个亲兵赶紧跑上来，一个去扶恒龄，一个去拉云花："小姐，小姐！"

从土里钻出来的亲兵立刻把恒龄抬到山石后边，平放在草坪上，唤道："大人，大人！"

恒龄睁开眼睛，面部痛苦地抽搐了一下，又闭上了眼睛。亲兵一看，恒龄左胳膊不见了，血肉模糊，沾满尘土，惊得目瞪口呆。

"快，快把大人抬到大营去！"

一个亲兵问："哪个大营？"

"来总管的大营！"

"早拔营撤下去了，谁知他现在什么地方？"

"少啰唆，叫你抬你就抬，晚了还了得！"

当他们再去抬云花时，这才发现，云花已经气绝身亡。检查伤势，别处哪儿也没有伤着，只是一片炮弹皮从后脑切入。士兵们十分怜惜她，他们冒着生命危险，在敌人的炮火轰鸣下，把她抬到一棵大树下，埋在炮弹坑里，上边又搬来一块大石头压上，然后肃立鞠躬，默默地走开。

清军左中右三处阵地顷刻瓦解，俄军的步兵开始向山顶围攻。

常泰此时被隔在一条沟涧的外边，已看清楚了两翼受创，中央主阵地旗倒兵散，但他还不服输，忙令人去探听恒统领的消息。结果探明，恒统领全军撤走，毛子兵三面登山。部下官兵一听也毛了，纷纷要求撤走，常泰"刷"地拔出战刀，厉声喝道："不许胡说！八旗子弟个个是好样儿的，给我顶住，谁也不许后退一步！"

当清军被俄军击退、署理翼长恒龄身负重伤、全军大撤退的时候，唯有常泰率一营三百人死守不退，被俄军包围在深山密林中。俄军一不知虚实，二不识地形，也未敢深入。

清军撤到北大岭的西南山口，扼守住通往墨尔根的大路。

经过调整，重新部署，虽然减员过半，重武器都抛弃了，清军仍有两千人左右，但战斗力已大大下降。这就要借助一向不被重视的两支力量，即张发领导的义和团和李得彪统率的山林武装——义胜军。

恒龄身负重伤，失去一臂，当夜身死。军中又失去了一位最高指挥官。众统领议定，暂由满达海代行翼长职权，并电告寿山将军请求委任。如今清军唯一的打算是扼住山口，封锁大路，阻止俄人向嫩江平原推进。他们已接到电令，省防练军十二营正昼夜兼程赶赴前线，不久就到了，清军士气又一次振奋起来。

166

刘芳同玉妹跟随爷爷依留精阿老人进东山里去找"忠义军",想不到扑了个空。三天以前,他们拉走了队伍,去向不明。刘老汉觉得事出意外,没法儿向恒龄交代,便先打发二人回营报信儿,说是自己去打听打听,二人也怕恒龄急盼消息,遂连夜返回。刘芳和玉妹哪里知道,就在他们刚走不久,依留精阿老人纵身跳了山涧。

二人回到阵地上,万万没有想到,仅仅两天的工夫,阵地全变样儿了,好像不久前这里进行过一场恶战,满山冈都是清军尸体,大营不见了,一些临时性的帐篷已被踏碎,连山头都改变了形状。满山谷空荡荡的,散发着硝烟掺和着血腥的味道,也不见有俄军的影子。

队伍哪儿去了?恒统领、云花,还有大营里的来总管,他们都哪儿去了?

二人来到一处已经改变了形状的小山包上,仔细端详了一会儿,刘芳说:"咱走的时候,恒大人就在这里,前边是扎营的地方,没错。"玉妹点点头说:"是这块儿,我跟姐姐就在这儿分的手,找找看。"

他们验看尸体,看一看有没有认识的人?结果认出了几个恒龄的亲兵戈什哈,心里说,不好!统领亲兵都死了,那仗打得一定很大,统领只怕凶多吉少。玉妹心神愈加不安,她暗暗叨咕着:"姐姐,姐姐,你在哪里?"

二人毫无目的地来到一块大石头旁,石旁有一株柞树,枝丫折断无数,看样子也受过战火的摧残,浓密的枝叶显得格外凋零,树干上还带有炮弹皮擦伤的痕迹。刘芳是炮兵出身,他明白了,这里并没有发生短兵相接的格斗,而是承受过炮火的摧残。他判断,死人不会是很多的。他的判断使玉妹为之振奋,只要姐姐云花和统领大人平安无事,那就谢天谢地!她看刘芳心神不安地瞅着那块大石发怔,忙催促道:"走吧,找队伍去,我姐和大人都不会有事儿。"

刘芳一动不动,盯着这块大石。他发现,大石头原来不在这个地方,好像是被人移来的。如果是被炮弹掀来的,早滚到山下去了,可人为什么要移动大石头呢?其中必有奥秘。大石头的周围,是明显的炮弹坑,沾染血迹的草木已蒙上灰尘,变成了黑色。

奇怪的是，石头底下怎么压着新翻过的土？炮火连天，哪还有翻土的工夫，这里边一定有文章。

"搬开石头，看看下面是怎么回事。"

玉妹只得依他，二人用力把大石头掀到一旁，刘芳顺手捡起一把腰刀，轻轻探了探，土是软的。他放下刀，用手扒了几下，露出一块儿衣角儿来："哎呀，这里埋着个人。"

玉妹眼尖，一看衣角儿的颜色，心里"咯噔"一下子，是那么熟悉。但是，她不敢动手扒，有一种恐惧感，害怕真的成为现实。

刘芳看见衣角儿，急不可待地将土扒出，很快露出一具女尸。他惊呆了："玉妹，快看，这是谁？""姐姐！"玉妹扑过去，抱住云花大哭起来。

二人痛哭了好大一会儿，还是刘芳先止住泪，劝解玉妹："我们不要管死的了，还是找活的去吧。这种不幸的事，我们看得多了，都是国家无能、朝廷腐败造成的。"

他们又重新埋好云花的尸体，将大石头仍然移上压好，刘芳非常感激那些不知名的士兵，是他们想出此法，免使尸身遭到破损。刘芳记下了周围的环境特征，等以后平静了，再来取尸骨另行安葬。他断定，队伍没有全军覆没，是撤走了，不然哪还会有人掩埋云花？玉妹对着大石头跪下，叩了三个头："姐姐，我要走了，过些日子我来接你回去。"

二人走了几步，无意中发现一个蓝顶琉璃球，刘芳感到不妙，这不是恒统领的顶戴吗？这么说，统领也是凶多吉少了。他们不敢耽搁，急忙去找队伍，只有找到队伍，才能得悉一切。

167

北大岭兵溃之时，程德全统率省防练军十二营昼夜兼程，已经过了讷莫尔河，会见了布特哈副都统叶普春。他并没在城里停留，而是急奔墨尔根城，要见一见墨尔根副都统博栋阿。他见博栋阿，事关紧要，博栋阿的态度，关系他此次北大岭之行的成功与失败。原来他心里装着议和，能否同俄军达成协议，墨尔根城是关键，如果博栋阿设防阻击，那他的全盘计划就都打乱了。

博栋阿，达斡尔族人，有才干，精通汉、满、蒙古文字。同治七年，在呼兰副都统任上，因剿匪不利，受到降级处分。光绪十一年，钦差大臣穆图善改革东三省兵制，起用博栋阿担任黑龙江新军翼长，光绪十四年恢复原官，调任墨尔根城副都统。从此，他遇事谨慎小心，年岁愈大，胆子愈小。俄军从瑷珲过江后，寿山将军几次电催过岭增援，他为了保存实力，阳奉阴违，一直到北大岭兵溃也没派出一兵一卒。

程德全深知，墨尔根城地当要冲，为俄军必经之路，如果博栋阿一抵抗，那和谈就无望了，黑龙江的灾害更要严重得多。

程德全到达之后，将队伍驻扎在城外，亲去拜会博栋阿。

博栋阿早已获悉有大军过境，为了做做样子，他已森严壁垒，墨尔根城一派战争气氛，程德全见此光景未免心神不宁。

博栋阿原与程德全并无来往，见面时，说话自然要格外小心。他先问程德全："北大岭的局面已不堪收拾，请问程大人，此行可有挽救的良策？"程德全暗骂一声"老滑头"，便皮笑肉不笑地说："程某临危受命，唯有知恩图报。至于北大岭的局势嘛，皆是由督兵守土之臣救援不力而造成的。如今朝野哗然，纷纷请求惩办拥兵不前、坐观成败的将帅，寿将军也已提名参革。"博栋阿一听，心里未免着忙，这程德全所指，明明是对自己来的。他怔了一下，像是为自己开脱又像是回击："黑龙江地大人稀，守备空虚，各地又有各地的难处，如余之所守墨尔根城，自顾尚且不暇，何以有出兵过岭之力？他处更是鞭长莫及，想寿帅定能体察下情，不致道听途说。"

程德全微微一笑："如按老兄说来，那三令五申的电报岂不是多余的？"

博栋阿当然明白违抗军令的后果，便无可奈何地辩白道："老朽年事已高，事过之后，甘老泉林，余愿足矣！"

程德全哈哈大笑道："朝廷追究的是以前和现在，而并非将来。"说完，站起身来，"兄弟，军情紧迫，恕不奉陪，告辞了！"

博栋阿一看程德全要走，心中更没底了，忙起身劝住："老朽遇事糊涂，还望程大人开导，墨尔根战守事宜，唯程大人之命是从。"

程德全瞅了他一眼，停了一会儿才说道："那好吧，兄弟这次奉寿将军密谕，战和事宜，相机行事，待我到北边实地察看完了再说。如今的形势是，战又难胜，和又无望，我也不知道该怎么收拾这个乱摊子才好。"

博栋阿听出了程德全的弦外之音，立刻来了精神，谄谀地说："局势紊乱至此，非程大人这样的有识之士无以补救，老朽愿受驱使。"

"有老兄这句话，程某也就放心了。兄弟到达北大岭之后，一定想出个两全其美的办法，尽量避免生灵再遭涂炭。"最后他又说，"老兄放心好了，只要今后以大局为重，同寿将军步调一致，一切都会转危为安的。"

博栋阿心里说，什么跟寿将军步调一致，还不是跟你一致？但他也深深知道，要保住自己的禄位和身家性命，目前也只有同这位程大人达成默契了。他表示道："墨尔根之事，全凭程大人一句话，老朽义无反顾。"

程德全得到博栋阿的保证之后，这才放心了，立即率领人马开赴北大岭。

168

程德全率军到达北大岭的时候，瑷珲清军已在岭外设置了最后一道防线，他们盼望援军早日到来，以便阻挡住锐不可当的俄军向内地深入。他们万万没有想到，程总统刚一到达，还没来得及了解军情，就宣布寿山将军两项命令：一、瑷珲所属各军一律归程德全统一指挥，北路军翼长裁撤；二、阵地上一律挂上白旗，以免发生冲突，并派员到俄军司令部商谈议和事宜。

命令一下，各军哗然，这哪里是增援？分明是来投降的。众军官虽然不服，谁也不敢违抗军令，因为程德全受命为全军总统，是代表寿山将军来的。来鹤年总管自然积极支持程德全的主张，他又推荐瑷珲通事官杨炯作为谈判代表之一，随程德全派出的代表团到俄军联系。俄军司令部派了中国通郭尼玛神父去见程德全，经过反复商定，达成四项协议：

一、清军从兴安岭全部撤退；

二、拆毁自兴安岭到齐齐哈尔沿途一切防御工事，所过城乡一律挂白旗以示投降；

三、所过城乡，俄军停止报复性杀戮行为，确保中国军民的生命财产安全；

四、中国军民不得有任何抵抗行为，清军为俄军前驱向导，俄军南下沈阳途经齐齐哈尔，中国要负担全部军需供应，但俄军不得进齐齐哈尔城。

四项和谈条件一宣布，全军愤怒，官兵们纷纷痛骂这是卖国投降。

李得彪连夜把"义胜军"拉走，从此脱离了清军，这支山林武装后来加入了"忠义军"，最后转战通化山区。

还有一支武装拒绝服从命令，独立作战，誓死抗俄到底，这就是瑷珲的义和团。瑷珲的义和团人数本来不多，经过几次战斗，又牺牲了一部分。在退到北大岭后，齐齐哈尔义和团首领张发率队来援，势力又开始壮大，他们现有五百多人，统一由张发指挥。

义和团的行动使程德全大伤脑筋，因为这样一来，俄军就会借口撕毁已经达成的协议，流血的事件还要发生。他请来了几位瑷珲官员共同商量办法。

瑷珲军心涣散，兵无斗志，多数军官都拥护程德全的和谈主张，有的则认为和谈的条件过于屈辱，简直是无条件投降，丧失了中国人的尊严，伤害了黑龙江军民的感情。也有对这一主张佩服得五体投地的人，这就是营务处总管来鹤年。

自从程德全到达这里，他们或公开或秘密已经会见多次了，投降的四项条件也有来总管一份功劳。为了义和团的问题，来鹤年又给程德全出了更高明的一招儿，他说："瑷珲的拳民已为数不多，陈永寿、文祝山早已厌战思归。唯独这张首领桀骜不驯，很难驾驭，此人不除，必坏大事。"

"此人不除，必坏大事"。不错，国家的事情坏就坏在那些不识大体的人身上。他们凭着一己之成见，不顾后果，惹是生非，程德全周密地考虑了除掉义和团大首领张发的办法。

张发，河北人，早年参加过捻军，后加入哥老会。义和团兴起时，他又成为河北义和团的小头目。义和团最初的口号是"反清灭洋"，张发活动得最为积极。"八国联军"干涉以后，他受大首领张德成的派遣，率领三百弟兄来黑龙江助战抗俄。寿山将军很重视这支力量，力排众议，允许他在齐齐哈尔城设坛发展。瑷珲陷落后，又派他们赶赴北大岭增援。因为这伙人都会武术，阻击战中发挥了近地战的优势，几次给俄军以重创，成为北大岭阻击战中一支举足轻重的武装力量。他们还有另外一个特点，那就是独立作战，不受官兵干预，亦不听清军调遣。

对付这样一支武装力量确实不太容易，程德全当然更懂得"擒贼先擒王"的道理，这"王"也并不那么好擒。

他到底老谋深算，办法终于想出来了。神不知鬼不觉地定下了干掉张发的阴谋诡计。

一切都按照程德全的计划进行着。

晚上，大营里灯火辉煌，程德全举行宴会，招待两支军队的所有军官，营官以上的都被邀请来了，这是他到来的第二天匆忙中筹备的。因为他已同俄军约定，明日即刻拔营后撤，不能耽误第二路军南下沈阳同南满方面军会师的日期，拟定的会师地点在铁岭，然后分头控制东三省。如果不解决张发，义和团从中作梗，影响俄军计划，那后果不堪设想。

张发已在被邀之列，他不知是程德全设的毒计。接到的通知上说，邀请指挥官和首领入营筹划和战事宜。张发一想，这也好，只有在会上力争，说服众军官同心抗战，可以拖住俄军。陈永寿、文祝山二头领不在邀请之列，他们俩感到蹊跷，便劝说道："大师兄，这位程大人一来，就挂白旗投降，现在还筹划什么和战事宜？我看这里边有说道①，还是不去为好。"

张发虽是粗人，但经验丰富，当然也考虑到这不怀好意的宴会。他仗着武术高强，弟兄们又同心协力，谅他程德全一个小小的道员敢把自己怎么样？他大手一摆说："二位师弟放心，我是受寿山将军派遣，谁敢打我的坏主意！"

深谋远虑的陈永寿说道："不可大意，朝廷官员靠不得。"

火躁性子的文祝山一拍大腿站起来："不要紧，我跟大哥去，他敢怎么样！"

于是商定，由文祝山带弟兄五人，藏好防身兵刃，赶赴大营。

营门警戒森严，清兵按次序站岗，凡是进营者都要通报姓名，交验请帖。陈永寿还不放心，又派了三十名弟兄暗中尾随。张发走在前头，大摇大摆地进了营门，文祝山带领弟兄们随后跟进，却被岗哨拦住："干什么的？"文祝山大眼睛一翻："开会的，你管得着吗？"

"叫什么名字？"

他没好气儿地说："文祝山！"

"文祝山？不知道，你是干什么的？"

文祝山一听，这就怪了，瑷珲的官兵一提起我文祝山，没有不知道的。再说，上至统领翼长，下至伍长马弁，也没有一个不认识我文祝

---

① 说道：东北土语，意思就是"内情，诡计"，"有说道"就是有不可告人的目的，有文章、有问题之意。

山的。

"这就怪了，怎么一提我文祝山，你们假装不认识。好，叫你们老爷出来！"

"那么，交出请帖吧。"

"方才不是交过了吗？"

"那是他的，我要看你的。"

张发见此光景，调解道："你们是程大人手下，刚来不久，当然不会认识，这位文师傅是我随员。"

"我不管你文师傅武师傅，大人有令，一律不准带随员。"

张发一看，官员们也没有带随员马弁的，有护卫来的全都挡在营门外，他也不敢破坏人家的规矩，于是说："这样吧，文师弟你们就在外面等吧，我快点儿出来就是了。"

"大哥，要不这个会咱不开，还是一同回去吧！"

张发心想，说服军官们同心抗敌，这个机会不能错过，遂笑一笑说："咱既然来了，好赖也得参加，这个会很重要。"

文祝山边退边回头："大哥，千万小心！"

169

与会人员基本到齐了，统共不过十来名，这里根本也没有宴会的安排。张发忽然意识到上当了，刚要甩衣抽刀，程德全却从后帐转出来，哈哈一笑道："张师傅，还认识我程某人吗？"

"你们这是要干什么？"

程德全招招手："请坐，请坐，我这次代大帅统军前来，要和张师傅合作，只有你和我才能收拾这个乱摊子，所以请足下前来议事，不要误会嘛！"

张发没有坐，留神注意后边的动静，只见旁边坐着那位来鹤年总管，手捋稀疏的胡须左顾右盼，知道不好，忙追问一句："有什么话你就快说吧，俺没有多大工夫，不说俺可要走了。"

"既来之，则安之，不要着急嘛，快坐下！"程德全还是皮笑肉不笑地让座："事关国家，岂是三言两语能说完全的，我还想听一听您的高见。"

张发心直口快，不假思索地说："程大人，只要你能决心抵抗，俺和几百弟兄们愿舍命报效国家。"

"那朝廷若是议和呢？"

张发腾地站起来："俺弟兄跟毛子拼了，决不投降！"

不用试探了，张拳师确是一块绊脚石，老谋深算的程德全立刻换了另一副嘴脸，讪笑道："张师傅心存爱国，其志可嘉。程某此来，还需仰仗贵部弟兄，同逐俄寇，以安江省。"

听到这里，张发心里犯了嘀咕，既然你来逐俄寇，为什么一枪不放、一仗不打就挂白旗讲和？正好，何不借此机会问个明白。

"程大人，兄弟有一事不明，那挂白旗是怎么回事？"

一句话戳到对方的痛处，善于应变的程德全对付张发一类人物还是不费吹灰之力的。他干笑两声，一本正经地说："兵法云：'兵者，诡道也。利而诱之，乱而取之，实而备之，强而避之①。'我军屡败，士无战心，程某又远道驱驰，三军疲惫。此时若不以利诱之，则俄人势大，何以拒之？出此下策，权宜之计，你难道还不明白？"

张发虽然不懂《孙子兵法》，但听他说得条条是道，句句有理，也不觉对程德全放心了。他此时完全相信了程德全，认为他足智多谋，定能破敌。此刻忽然想到，文祝山还带着弟兄们在营门外等着，不可久留，起身一抱拳："兄弟愿同程大人协力，抗敌到底。弟兄有事等我，现在告辞了！"

"不忙不忙，正事尚没有办，外边弟兄可请他们进来。"程德全说罢，一招手，"看酒来！"早已准备的酒宴成桌地抬上来，共是两桌，程德全指手画脚地让众人入席，还特意关照张发，"张师傅，请！边吃边谈。"张发惦念着外边的随行人员，犹豫不肯入座。程德全早已看出他的心事，一声吩咐："张师傅的随从一律让前帐招待，各位大人随员也一同照办。今晚议论军国大事，时间要长，告诉他们耐心等候。"

至此，张发的戒备心理开始松动，被让到客位，在程德全等官员的陪同下，开怀畅饮起来。张发就有这么个毛病，爱贪杯，一喝起酒来，什么也不顾了。义和团的规矩是不准饮酒，张发已有好几个月不曾饮酒了，今日偶然得酒，又犯了老毛病，不醉不罢休。这样，他的戒备之心彻底解除了，一身武功派不上用场，被程德全摔杯为号，就地擒获。张发并没有全醉，头脑尚清醒，至此才知上当受骗被捆绑得结结实实，身

---

① 见《孙子兵法·计篇》。

子动弹不得。程德全凶相毕露，厉声喝道："大帅有令：拳匪张发，招摇惑众，破坏和局，就地正法！"张发骂道："好你个程雪楼，陷害忠义，通敌卖国……"程德全恶狠狠地一挥手："斩！"张发就这样不明不白地被杀害了。

被诳到别帐的文祝山等几十名弟兄听到大帐人声鼎沸，一片杀声，知道有变。他们仗着武艺高强，闯出帐去，回到驻地报信儿。次日清晨，才知张发被杀，陈永寿觉得情况危急，传齐部下，钻山越岭而去。齐齐哈尔来的三百义和团也因首领张拳师被杀，四散逃亡，抗敌的势力从此削弱。

<h1 style="text-align:center">170</h1>

义和团的溃散使程德全大喜过望，果然是张发一除，他们就旗倒兵散了。从此，兴安岭军中，再也无人敢作梗了，我程某要战就战，要和就和，自己说了算。

就在张拳师被杀、义和团旗倒兵散的当天下午，北大岭军中突然接到寿山将军发来的电报：

> 朝局议和，罢兵息战，江省和战事宜，委晓岚兄全权筹措，望审慎施行，且不可有损国威，贻笑后世。

程德全看罢，说道："怎么样？还不是我程某人有先见之明，这一条路是非走不可的。"他把寿山将军的电令传示全军，并命令一律撤出阵地，禁止任何抵抗行动，违令者格杀勿论。命令传达到瑗珲军中，一半儿人痛哭流涕，咒骂将军出卖了他们；一半人却欢欣鼓舞，认为将军当机立断，避免更大的流血牺牲。

被围在山谷里的常泰接到撤离的命令，急忙聚拢部下二百多人，准备撤出阵地。不料俄军不肯让路，提出条件，必须缴械，方准撤离，还得打着白旗通过。常泰本来就不情愿执行程德全的命令，今见俄人刁难，更加义愤填膺，誓死不退。他占住一块高地，控制谷口，阻击通过的俄军。俄军绕山包围，因地形复杂，也无法合拢。清军的食物断绝，供给不应，已经一天没吃饭了，仍坚守不退。俄军看这支清军不肯放下武器，重新调整队伍攻山，企图把他们全部消灭掉。

俄军约有一个团的兵力在爬山，这已是第四次攻势了。

常泰一脚蹬在石上，一手叉腰向下瞭望，观看俄国士兵爬山，发现俄军从三个方向而来，看样子是欲达到聚歼之目的。二百多清兵也注视着这一切，单等常泰下命令。

"大人，打不打？"一个哨官问了一句。

常泰并没回头："省点儿子弹，靠近再打。"

他们的子弹确实不多了，阵亡官兵剩余的子弹被他们收集起来，就凭着这一点支撑着阵地，俄军两天两夜没有攻下来。如今已是最后关头，常泰知道，他们已经到了生与死的边缘。

俄军爬到了半山腰，开始鸣枪射击，山下的大炮也向山上开火，步兵在炮兵的掩护下加紧了攻势。

"开火！"

随着常泰一声命令，清军扼住山头，投入反击。大约经过两个小时的攻防战，俄军攻山部队后撤，两方的伤亡都很大，清军仅剩下一百五十多人，而且大半都没有子弹了。山头阵地也被大炮摧毁，清军只能靠山石掩护。

子弹已经没有了，这仗该怎么打？常泰的心里也不是滋味。瞅瞅大部分受伤挂彩的战士，不由生起怜悯之心，他把余众集合到跟前说道："咱们的仗打败了，再顶下去，也挽救不了大局，弟兄们各自逃生去吧！常某身受国恩，今日只有赴死而已，你们家都有妻儿老小，不要再玩儿命了。"

士兵们听了此话，又瞅一瞅躺在阵地上伙伴儿们的尸体，还有重伤没死的弟兄在挣扎呻吟，个个眼里冒火，异口同音地说："愿随大人效死！"

常泰又重复一遍："你们不要无辜送命了，赶快走吧！"

可是，谁也不肯走。

三面爬山的俄军越来越近，常泰高举战刀，腾身跳下去，后边的士兵也纷纷跳下，一场白刃战展开了。清军居高临下占了优势，又加上拼命，就把已经爬到山头上的俄军压了下去。

前头的俄军退下之后，后继的俄军卧倒射击，清兵几乎全部倒下。常泰一只手拄着刀，一只手叉着腰，右脚用力蹬着一块大石头，目不转睛地瞪着远方，他的前后心都浸透了鲜血，满洲八旗的好儿子常泰牺牲了。

北大岭的局势变得更加明朗化，张发的被害、常泰的战死、义和团的溃散、寿将军的电谕，都给程德全提供了契机。程德全名正言顺地同俄军举行正式谈判，接受俄军提出的所有条件。于是，中国方面以程德全为首，俄方以前敌司令连年刚波夫少将为首，双方在原有四项和谈条件上签了字，黑龙江当局正式向俄国入侵军投降。

战争停止了、战火熄灭了，有一些人吹捧程德全，说他的魄力能使俄军让步，仅仅通过，不进省城，百姓免遭涂炭。可更多的人却说他"打着白旗，为俄军做前导，丢尽了天朝大国的脸"。这话传到程德全的耳中，他不但不恼火，反而洋洋自得地说："这算什么丢脸！太后和皇上连宫殿都不要就跑了，谁敢说他丢脸！"

171

按照停战议和条款第四项，清军放下武器，要为俄军头前带路。程德全下令拔营后撤，为俄军扫清一路障碍。他行动迅速而又谨慎，在他看来，只要尽快把俄国人马平安无事地送出黑龙江地界，不进省城，一场灾难就可避免，至于到别的省如何，他就不管了。保住了将军、保住了省城，将来朝廷和约的时候，这就是奇功一件。想到这里，他把瑷珲撤下来的部队调做前锋，使自己所带的省防练军断后，监视他们，以免与俄军摩擦，引起事端。应该说，部署得也真够严密的了，满以为俄军这回该心满意足了。

瑷珲军在前，省防军居中，俄国兵在后，离开兴安岭山区，沿着官道行进。

大批难民扶老携幼，推车担担，拥挤在官道上，里边还夹杂着许多脱掉军装的散兵游勇。因为这一段路，一边是沟涧，一边是山缘，逃难的人群拥在官道上，堵塞了道路，影响了俄军进军的速度。

俄军派代表来找程德全，向他提出抗议，申明前敌指挥官连年刚波夫将军的意见，清军必须保证俄军在月底以前通过齐齐哈尔，以便克期同第一路军会师，南下沈阳。程德全早已发现大批逃难的百姓充塞道路，哭声震耳，惨不忍睹。他的心里虽然很着急，也想不出什么好办法，俄军曾几次催他速行，他以"前边有百姓阻路"为由加以抗拒。这一下不要紧，惹恼了俄国人，司令官直接干预了。程德全看一看这里的环境，无可奈何地答复道："请转告贵司令阁下，不必着急，过了这一段险路，到宽敞地方就好办了，总不能从难民的头上飞过去。"俄军代表去不多时，又来了。

"程将军阁下，司令官坚决指示，如果耽搁了我军行程，俄方对履行四项协议将无法保证。"程德全听了，心里又气又急，一面派人传达命令，让百姓靠两边，闪出中间大道，放军队过去，一面对俄军代表说："我们只能做到这一点，别无他法。这样还是不行的话，告诉贵司令官，他有办法他想！"

"好的，阁下态度明朗，我们当然是有办法的，谢谢。"俄军代表敬了一礼，走了。

为时不久，突然传来山崩地裂的炮声，程德全惊问道："怎么回事？"士兵慌慌忙忙地跑来报告："大人，不好了，毛子兵开炮轰击逃难的老百姓。除了炸死的以外，很多人掉进沟涧里，他们都在骂程大人。"

"有这等事！"程德全赶忙架起望远镜。

来鹤年走到他身边："晓岚，俄人已经答应确保我军民生命安全，为什么又对老百姓开炮？"

程德全轻轻地摇了摇肥硕的脑袋，瞅瞅来鹤年，叹了一口气。很显然，他的脑袋几天以来，消瘦得多了。

这时，走过来许多军官，皆愤愤不平，甚至有的提出废除协议，掉转枪口，就地阻击俄军。程德全忙制止道："不要因小失大，抗击是死路一条。"

"他们这不是破坏协议吗？"

"兵贵神速，俄人进兵心切，哪里顾及那么多。"程德全辩护了一句，又自我解嘲地说道，"无知的百姓啊，分明是自己找死，哪里逃不了，偏往官道上跑！"

众人还是不服地纷纷表示意见："毛子素来残暴而无信，无端破坏协议，我们不能答应！"

"向他们抗议！"

"跟他们决一死战，报瑗珲之仇！"

程德全见此光景，厉声喝道："一派胡言！你们别天上祸不惹，偏惹地上祸，净给我找麻烦。现在就连咱们的命都在俄国人手里攥着，事已至此，有何办法？眼下要顾全大局，只能委曲求全。"

又有士兵来报："我逃难的百姓被俄军大炮驱散，伤亡惨重，好些受伤的，掉沟的，哭爹喊娘，如何处理，请大人谕示。"

程德全心神不安地下了命令："不要管他，倍道前进！"

第二十七章

172

现在说一说"八国联军"对中国人民所犯下的罪行，真是令人发指！我中华儿女一定要自强，雪洗这段耻辱。

话得从头说起。

自光绪二十六年五月二十五日清廷正式发布对外宣战的上谕以来，就把大清国置于列强的对立面。于是德意志、意大利、英吉利、法兰西、美利坚、奥地利、俄罗斯和日本八个世界强国臭味相投，狼狈为奸，结成强盗团伙，组成"八国联军"，利用中国民变为口实，想趁机达到瓜分中国的目的。昏庸朝廷不知天高地厚，公然操纵"义和团"，说他们是"义民"。"义民"杀洋人，当然是由洋人传教士在中国胡作非为引起的。可是"义和团"的行为也有些过火，他们不顾大局，为国家添乱。西太后和端王为一己私见，鼓励他们排外。这些无法无天的乱民不怕乱子大，不管三七二十一，见洋人就杀，见教堂就砸，老幼妇孺不分青红皂白，只要是洋人，一个不留，斩草除根，只图一时之快。朝廷不加制止，反而认为他们爱国，是义民。

西太后听信了端王的蛊惑，令董福祥的甘军围攻外国驻华使馆区，几万义和团配合助攻。这本来就是违背"国际公法"的错误行动，一个天朝大国竟干出这等蠢事，真是利令智昏！

列强的联军开到大沽口外，停泊于渤海湾，他们要做的头一件事就是保护使馆，免被清兵及义和团攻入。

五月二十九日，由法国驻天津总领事杜士兰出面，代表各国领事向大清国直隶总督裕禄提出要求，声称使馆被围，形势紧迫，联军各派兵一百名进京护卫。裕禄总督以国家主权为由，断然拒绝。按说这种无理要求被拒绝是理所当然的，可是"联军"不甘心，他们绕开地方当局，直接向朝廷提出交涉，欺骗朝廷说，只派卫队保护使馆，决无他意，并保证"联军"决不进京。这种鬼话，慈禧太后信以为真，居然同意了。主战的大臣们一致反对，说既然宣战，已成敌国，放护卫进京等于如虎添翼，要么就从使馆撤围，要么就阻止他来京。可是慈禧皇太后自宣战一开始就抱着侥幸心理，并没有坚决抗战的决心。宣战只是做做样子，警告一下列强，不要干涉大清国皇室事务。她也指示王公大臣们，为日后和谈留有余地。你想想，这样的战争如何能打赢？可是义和团不管那一套，只要朝廷不限制他们，那么排外、杀洋人越闹越凶。慈禧太后深居宫中，对外边的事情全然不晓，唯相信端王、刚毅、启秀等人的奏报。

五月三十日，联军六百人从天津乘火车进京，除了奥地利、意大利两国未派人，其他六国各一百人。奥、意两国为什么没派卫护进京呢？因为他们虽加入"八国联军"，但所出的兵甚少，虚张声势，只想趁机捞点儿好处罢了。

六百名使馆卫队进京后，使馆增加了防卫力量，能够抵御甘军董福祥部加上义和团的围攻，长达两个月之久。朝野议论慈禧太后昏庸至极，既下诏宣战，又搞妥协，自毁家园，误国害民，引狼入室。

173

六月初，联军开始进攻，他们占了大沽口、塘沽，沿海河扑向天津。天津是当时北方最大的商业都市，有百万人，还有外国租界地。这里需要特别提到的是，与中国近邻的两个国家，即日本和俄罗斯。这两个邻邦有史以来，对中国的贪欲越来越甚，对中国的危害也越来越大，他们杀害中国百姓，比任何一个国家都凶。"八国联军"攻天津时，日俄两国分西线和东线，夹海河而上。这两支兽军一路杀人放火，强奸妇女，连老妪和孩子都不放过，毫无人性。他们在残害中国人的暴行中，居然搞竞赛，谁也不肯落在后边，比赛谁掠的财物最多。他们疯狂了，他们忘掉了本身是有理性、有感情的动物——人，他们比野兽还野兽。可以说，他们运用了人是万物之灵的智慧，想方设法，挖空心思，干尽了伤天害理的坏事。可以说，别的国家离中国较远，不搭边儿、不接壤，侵害中国是有限的，总不能把中国的土地像割肉似的割去一块贴到他的版图上。而日本和俄罗斯则不然。日本割去澎湖、台湾，还要吞并全中国，凭的是什么？就凭他同中国是近邻。俄罗斯对中国的祸害更是有目共睹，黑龙江以北、乌苏里江以东的大好河山，为什么会并入俄境？因为中俄两国是近邻。

就拿俄国人在"八国联军"进攻天津时来说吧，

先是联军兵舰屯于渤海湾，照会大沽口炮台守军，限令当日中午十二点之前让出炮台，过期便开炮强攻。海军提督罗荣光严词拒绝，并做好了迎战的准备。

炮战一开始，清军占了上风，联军无法进港。这时德国水兵施放一种绿气炮①，这是国际禁止使用的毒气炮，他们对中国用上了。清军闻到毒气立即倒毙，大沽炮台就这么落入联军之手，罗荣光提督失陷炮台，服药自杀。

进攻天津，遇到了劲敌，直隶提督聂士成骁勇善战，攻天津的两路洋兵都得不到便宜。俄国人想出个损招儿，他们把抓来的妇女剥光衣裤，令其裸体排在俄军的前面，俄军躲在她们的后头放枪。清军看到这般光景，自己的同胞姊妹在前，被洋人驱赶当炮灰，如何下得了手开枪，只气得咬牙切齿，挥军后撤。撤退时又被义和团截住，因为聂士成提督剿过义和团，趁此机会，他们要报仇。聂军前后遭袭，全军溃败，聂士成也被义和团击落马下，被俄国兵乱枪打死。目击者说，聂军门死得最惨，连个全尸都没保住，天下闻而悲之！

这些抗敌报国的英雄流芳千古，永载史册，后世不可忘记他们。

174

"八国联军"的总人数不过二万六千四百五十人，船舰三十几艘。如果朝廷抗敌意志坚定，从全国各地调兵入援，加上义和团的几十万之众，对付这几个洋人则不成问题。怎奈慈禧太后太软弱，宣战一开始就首鼠两端，仗还没打就给和谈留了后路。也许是经过英法联军火烧圆明园，中日甲午之战两次失败，被洋人的船坚炮利吓破了胆。当时世上传言，说刘坤一、张之洞这些地方实力派搞"东南互保"，就是慈禧太后授意的。这一点，从事后褒奖他们"老成持重""顾全大局"来看，也可能是真的。

---

① 绿气炮，英国制造。

朝廷玩弄鬼把戏，下边不知实情，可苦了千千万万的中国老百姓，他们被拖进了万丈深渊。

六百名使馆卫护兵到京后，"八国联军"就把攻击的目标放在北京。他们干什么来了？就是奔着中国京城皇宫里的珍宝来了，这是一伙明火打劫的强盗。

联军的人数以日本为最多，一万二千人。俄军为次，八千人。其次是英军和美军，各二千五百人。法军一千人，德军先头部队二百五十人，奥军一百五十人，意大利五十人，由一个中尉指挥。英国海军中将西摩尔为联军司令，后来德国将军瓦德西率队前来，正式出任联军统帅，乱糟糟的"八国联军"才有了统一指挥。他们所到之处，杀人放火，强奸妇女，抢掠财物，银行、商店、官衙、民宅全被洗劫一空。这些禽兽不如的强盗，对待我们中国那些手无寸铁的平民百姓，其残酷程度你都无法想象，恐怕天地间最凶恶的野兽也无法与之比拟。

仅举一个例子。六月初，联军进攻大沽口，无意中发现两只逃难的民船。这是大沽口附近的渔民得知联军要攻城，整村人携家远逃，被英军发现。英军从渔船上搜到九十八名中国女人，有老妪和少女，老者五六十岁，小的仅有十五岁。英国兽兵把这些妇女强奸之后，全部推下海，只留下三个老太太幸免于难，成了这段不为人知的历史的活见证。

在众多暴行中，这还是比较小的一次事件。

天津陷落后，联军借口搜索躲藏起来的"义和团"，挨家挨户抢夺妇女。一个奥地利中尉军官指挥他的部下三十多人轮奸了一个年轻妇女之后，便把她扔到海河里。

他们攻入北京后，更疯狂了，瓦德西公然下令洗劫三天。实际上，在北京的暴行比在天津胜过十倍，说是三天，从进入北京那天起，到退出北京为止，兽行一天也没有停止过。据调查统计，"八国联军"强盗共掠去黄金五吨多，白银近四亿两，文物珍宝九千多万件，屠杀中国同胞二百多万人，其中老人和孩子四十多万，妇女近三十万。在东三省的俄军更是疯狂至极，他们所过之处，田庐为墟，到处找"马达姆①"。东三省妇女一听"毛子"二字，心胆俱裂，多少年之后提起来仍然很恐惧。

---

① 女人。

175

且说执掌朝中大权的慈禧太后，前边已经提到，她虽颁布了宣战诏书，却没有决心和信心抵抗到底，处处表现出对洋人既痛恨又拉拢。当联军步步向北京逼近的时候，她几次派人给联军送慰劳品，又把远派广州的李鸿章调回京，重新接任直隶总督北洋大臣。因为她知道，同洋人和谈，李鸿章是最合适的人选，他同洋人打交道多年，有经验。

这样的朝廷居然向八国宣战，不是拿国人的性命开玩笑，又是什么呢？可以这样说，"八国联军"的暴行固然可恨，西太后也难辞其咎。祸是她惹出来的，紧要关头，她扔下京城，扔下江山社稷逃跑了。

七月十八日，联军攻陷通州，进逼京城。二十日，英国将军英格利斯到达北京，慈禧太后准备外逃。

她把光绪皇帝找来，让其化装成老百姓的模样，省得逃跑中被人认出来，增加麻烦。光绪本来已经失去自由，没有自主权，任凭太后摆布。再说了，慈禧的安排，他也不敢不遵。慈禧太后挑选了几个平日亲信的大臣，带上皇后和瑾妃，几个近侍太监、宫女随行，其余全留下，并命令几个大臣随后跟来，其他也顾及不到了，是福是祸那就听天由命吧。

慈禧太后临走之前，忽然想起一件事来，前年因干预朝政的光绪爱妃珍妃还在禁中，便命人把她叫来。西太后告诉她，洋人打到京城了，皇帝要出去躲一躲，时间紧迫，带不了那么多人，留在京里也不方便，问珍妃打算怎么办。珍妃表示死活也要跟皇上在一块儿，愿意随皇上出宫。慈禧明确告诉她，一来没有那么多车子，二来跟在皇上身边也不放心，最好暂回娘家避一避风头。珍妃誓死不从，非要跟车驾随行，并表示没有车子，可以步行。

慈禧太后看珍妃实在难缠，外边联军又不断打炮，她心里着忙，非常生气，便对珍妃吼道："你绝对不准跟去，让你先回娘家你不干，我不管了，是死是活随你的便！"

谁想烈性的珍妃又一次顶撞太后："你不带我走，我就死给你看！"

西太后也动了气："愿意死你就去死好了！"随后吩咐御车的太监："不要管她，咱们走！"

珍妃绝望已极，四下一望，看见一口浇花的水井，悲愤中向井口跑去。慈禧太后一看，这孩子真要跳井，成何体统？忙命太监崔玉桂赶快过去拉住珍妃。崔玉桂刚到井边，一伸手没拉住，珍妃已经头朝下跃入井中。

众人大惊。西太后不知是悔还是气，只叹了一声说："唉，我说的是气话，她竟当真了。"

奇怪的是，慈禧太后并没有命人打捞救护，而是让崔玉桂等太监找石头把井口封死，以免被洋人得到尸体，有损皇家威仪。

后来有些书上说，珍妃是西太后让崔玉桂推到井里的，这不是事实。但珍妃的死确与慈禧太后有直接关系，说她害死珍妃亦不为过。

176

七月二十一日两宫离京，"八国联军"完全控制了北京，各国又源源不断地增兵来华，瓦德西将军任联军总司令。他们杀人、强奸、盗窃珍宝、破坏文物，干尽了坏事。

联军入京，首先搜索朝中主战的大臣，曾收抚、利用义和团的官员，也上了他们的名单。相国徐桐是力主废光绪的军机大臣，同慈禧太后一个鼻孔出气，支持宣战，他自然成为联军的眼中钉。徐桐为人刚烈，国破家亡，君辱臣死，久已深入脑髓。

联军进京，徐桐没有跟太后逃走，也知道前景不妙，遂把全家人召集到一起，商量应对之策。他的儿子徐承煜已是刑部侍郎，前几天处置许景澄、袁昶二人时，他是监斩官，当时何等气焰。可是事到今日，他却没有其父徐相国那么有骨气，而是想牺牲父亲保全自己。据目击者传言，许、袁二人被处死时，徐承煜令刽子手剥去二人朝服，被二人拒绝。二人说："我们奉旨处斩，并没奉旨革职"。死后，家人收尸，他也不准。京城朝野明知二人冤死，却无人敢去收尸。兵部尚书徐用仪实在看不下去，冒着风险，含泪收尸入棺，不想触犯了端王、刚毅等人，不久以莫须有的罪名杀害了徐用仪尚书。

还有一说，当时许、袁行刑前，对徐承煜说："你不要逞凶，我们虽死无罪，是清白的。联军不久必来，你们父子谁也逃脱不了，我们在阴司等你父子。"

今日真的到了这一步，徐承煜才想起许、袁二人说过的话，一时吓得六神无主。唯一保全自己的办法只有把父亲推下火海，因为他地位高、权力重、名声大。

当下徐承煜说:"联军所恨者,唯吾父子,父亲若能先殉于社稷,或许尚能保全吾家。"

徐桐冷笑一声:"用不着你提醒,我早已打算好了。"

联军进入北京城,第一个放火烧了徐桐府第,除了徐桐、徐承煜父子例行朝会不在家,阖府人员无一幸免,连侍女、仆人都没有留下一个。联军入京后,最先被祸的,要算徐相国府了。

徐桐受命主持朝政,慈禧临行前,指定他会同留守王公大臣处理日常政务,他仍在恪尽职守、尽心尽力,不料得知府第被焚,急回来看到大火还在燃烧,欲哭无泪,连说:"休矣,休矣,华族从此危矣!"

傍晚,徐桐趁人不备,纵身跳入火堆,再也没有出来。七十多岁的体仁阁大学士投火自焚,为慈禧太后尽忠了。

次日,他的儿子徐承煜和吏部尚书启秀被日本兵捕获。这二人是主战最力者,早为联军所切齿。被俘后,日本准备联合德、法、英、俄等指挥官,组织军事法庭判他们的罪。事情被留京办事的庆亲王奕劻得知,他和廷臣议论道,启秀、徐承煜是国家大臣,被外国判刑,有失中国体面。后同日本交涉,由清廷以主战罪魁论处,押赴菜市口斩立决。

这仅仅是开始,联军捕杀清朝大臣的行动还在后面。

177

北京被"八国联军"占领,标志着清政府的对外宣战已经彻底失败了,慈禧太后只顾保命西逃,却把京城数十万生灵推向痛苦的深渊。

一开始,联军尚在克制,表面看来军纪很严。他们举行"入城式",分占京城四面城门,划分防守范围,一切供应全由留京的朝廷办事人员筹措。

进京当天,留守的八旗官兵和义和团进行了英勇抵抗,但因力量悬殊,被联军剿杀六百多人,联军也伤亡二十几名。

在联军中,俄国最积极,他们从大沽口上岸,由旅顺要塞司令、关东州军事长官、海军中将阿列克塞耶夫亲王率领,总兵力达一万八千人,并且军种齐全、装备精良。他们把驻南满精锐部队都开到了北直隶战场,其他各国除先头部队到京外,还源源不断地向中国增兵。英国本土距中国较远,特调殖民地印度士兵就近增援。法国又增兵三千五百人,德国将军瓦德西被任命为"八国联军"统帅,率领后续部队启程来华,大有一鼓作气瓜分中国之势。

联军初进北京，总司令暂由英国海军中将西摩尔担任。这家伙坏得出奇，公然下令各国军队"自由行动"三天，这三天就意味着烧杀抢劫、奸淫妇女可以任意而行，不受军纪约束。总司令发了话，那些远离家乡的兽兵立即放下"欧洲文明"的架子，撕掉"高度素养"的伪装，他们干下的罪恶勾当要讲都没法启齿。最可恨的是他们强奸中国妇女，事后大体都被杀了，不留活口。我京城内外女同胞被残害致死有数千人之多，另有成百上千的女人失踪，秩序恢复后也没有找到，活不见人、死不见尸。

西摩尔中将还有一项野蛮行为，他让炮兵在城里放炮。两宫西走，北京已不设防，联军攻城并没用上大炮，炮弹就剩下了。西摩尔下令，把这些累赘玩意儿都在北京城消化掉，创下了攻城不用炮，攻入城内乱开炮的新纪录。开炮的目标先是有过义和团设坛的王府，端王府、庄王府都被炮弹摧毁了，很多古建筑也成为瞄准的目标，城门楼亦未能幸免。联军士兵每当开炮即爬到高处，对炮击起火兴高采烈，当作一种娱乐。他们开炮上了瘾，往往借口某处曾有义和团设过坛场，不管真与假，便立即放炮炸掉。这在古今中外战争史上也是罕见的，他们这是对中国、对中国百姓犯罪！我看到有的书上说"联军纪律严明，秋毫无犯，闹事者都是中国歹徒和乱民，趁混乱之机掠夺财物"。这种现象可能有，毕竟是少数。给北京造成最大破坏的，实是"八国联军"的兽兵，连他们自己都直言不讳，过后当作趣谈，还有的人著书撰文，宣扬他们的"业绩"。不知我们中国文人根据什么对联军佩服得五体投地，对洋鬼子惨无人道的兽行为什么视而不见！

户部的银库是国家的命脉，库存都被俄罗斯、日本两国官兵洗劫一空，户部衙门仅剩几座空房。俄军事后来检查，得知户部尚书崇绮亦信任拳民，又在户部设坛演练过金钟罩的功夫，便放了一把火，把户部几处空房化为灰烬。

崇绮为同治皇后之父，依例封承恩公。同治崩，皇后与慈禧不睦，不堪凌辱而自杀，崇绮受到牵连，被慈禧太后解职，长期赋闲在家。只是慈禧欲行废立，崇绮有了复出的机会，他同启秀、徐桐等人积极支持，深得慈禧信赖，起用为户部尚书，入军机，从此更加忠于慈禧。

联军进京之前，崇绮随荣禄避难于保定。联军入京，当夜就闯进了他的府邸，轮奸了他的儿媳和所有婢女，强奸完又每人刺了一刀。崇绮夫人瓜尔佳氏早已做好了准备，事先在院中挖了深坑，还没来得及派上用场就发生了屈辱之事。联军离开宅院后，瓜尔佳氏把全家人集合在大厅中，对他们说："老爷追随太后，得罪了洋鬼子，今太后、皇上已走，我等断无生理。今晚的奇耻大辱都怪我行事不果，现在该是我家殉节的时候了。"她命令阖家人等全部自缢，她的儿子葆初已做了散秩大臣，也不例外。同时安排仆人，待全家毙命以后，将尸体统统投入坑内掩埋，将府里值钱的东西拿走逃生去吧！

承恩公阖门尽节的噩耗传到保定，崇绮痛不欲生，悄悄儿自缢于莲花书院的门梁上。

178

且说慈禧太后带着光绪皇帝、皇后、瑾妃及少数王公大臣在京营九门提督马玉昆的保护下，共约两千来人出了德胜门，来到颐和园，在园中简单吃了饭，把园中珍贵的宝物收拾一番，装了箱子，未敢更多停留，即离开北京从官道向西北方向进发。

慈禧离京前也曾有人谏阻，认为皇帝离京不妥，有皇帝坐镇，可征召勤王兵援救。一旦皇帝离开，表明这个国家就完了，天下会乱成一盘散沙。慈禧大怒，她听人说洋兵使用绿气炮，人一闻到烟味就立刻毙命，罗荣光就是因为这个才丢失了大沽口炮台。她斥责主张留京的官员说："洋鬼子绿气炮厉害，我不能坐着等死！"同时吩咐快走，赶快出城，保命要紧，管它什么宗庙社稷军民百姓。

因为走得仓促，慈禧来不及梳头洗脸，换上平民百姓的蓝衫，光绪皇帝也穿了青纱袍褂儿，两宫形象极为狼狈。

离京第一站，一行人来到昌平州。知州不在，守城的是一位满洲旗人，名叫凤昌，官居霸昌道，他关闭城门，禁止通行。

一行人来到城下，太监上去叫门，说是太后、皇上到了，命令他们快出城迎驾。凤道员事先没有得到两宫路过的通知，又见这支人马军容不整，十分散乱。他不相信是太后和皇上，皇家的威仪他也见过，不可能这么散漫无纪。

"哪里来的匪徒，竟敢冒充太后、皇上，骗我开城？你们赶快走开。不然的话，我可要开炮了！"下边越是叫喊，他越命令关紧城门，不准放一人一骑进来。

慈禧太后有苦难言，自己轻装出走，没有往日执事卤簿的威严气派，这兵荒马乱的年头儿，难怪人家不信。虽然很气恼，可气恼也没用，她反而赞许守城官兵恪尽职守呢！

她问身边的人："昌平州知州是谁？"

左右答："知州叫裴敏中。"

太后点点头："好，这样的人应该提拔重用。"接着问："方才城上那个人就是他吗？"

随行大臣有一个和裴敏中关系好的人，不开城门已经使太后发怒，至此想为裴敏中开脱罪责，乘机进言道："裴知州已告病多日，现不在城上。"

谁知好事变成了坏事，本意是为开脱，相反却触怒了太后。慈禧说："好哇！如今国难当头，他却装病在家，玩忽职守，以后定要重办！"

进不了昌平城，那就转道去怀来。怀来县令吴永已经接到了延庆州的公文，通知他两宫车驾最近到达，令他做好接驾的准备，还要筹办皇室和随行军兵们的生活供应。同时送去一张饭单，盖有延庆州的红色大印，那饭单上写着：

皇太后	
皇上	满汉全席一桌
庆王	
礼王	
端王	各一品锅
肃王	
那王	
澜公爷	
泽公爷	
定公爷	各一品锅
棣贝子	
伦贝子	
振大爷	
军机大臣	
刚中堂	各一品锅
赵大人	

英大人　　　　　各一品锅

神机营

虎神营

随驾官员军兵不知多少，应多备食物粮草。

光绪二十六年七月二十二日

怀来知县吴永也不是无名之辈，他的岳父就是曾文正公国藩的大儿子、曾任过驻外公使的曾纪泽。本人也是两榜进士出身，是一个出生于浙江吴兴的世家子弟，任怀来知县才三年，就碰上这桩令他措手不及的麻烦差事。

义和团在怀来闹得也很凶，他一个小小的七品县官，无论是剿还是抚，都没有权力决定，只好听之任之，静待上边的变化。现在太后和皇上又突然驾临，真是惶恐到了极点。属员说："现在是乱世，有些事情真假难辨，太后和皇上能来这里，这不可能。"

吴永说："这不会有假，延庆州秦奎良写的字我还是熟悉的。"

有的说："就算是真的，咱这荒凉的山沟子本是个穷地方，拿什么去办迎驾的差事？"

还有人给吴永出主意，干脆弃官躲避。不然，迎驾的差事办不好，也得定罪受处罚。

吴永想，我一个小小的七品芝麻官儿，能赶上迎驾这么个大事，一生也是难遇的机会，豁出去了，胆小不得将军做，是福是祸听天由命吧！

这就叫福至心灵。吴永力排众议，决定冒险迎驾，这为他以后仕途的发展创造了条件。

吴永既然豁出去了，也就不再惶恐不安了，他平静一下慌乱的心情，准备迎驾。

两宫在昌平碰了钉子，进入怀来地界，距县城二十五里的榆林堡，作为出京以后的第一站驻扎下来。

榆林堡是京城入山西的要道，设有驿站，有站丁，还有几名听差办事人员，驿马三百匹。如今，多一半已被兵匪掠夺，现仅剩五六十匹。两宫车驾暂驻驿站，地方供奉饮食。

吴永雇佣三个厨师，置办了一些蔬菜、肉类、海鲜、粮食，按照伙食单上提供的标准安排饭菜。他既不懂得什么叫"满汉全席"，也不知"一品锅"的标准是啥样的，只能尽其所能，力争办得丰盛一点儿就是了。

吴永先派一个厨子去榆林堡伺候，没承想在城门口被义和团阻住。怀来城内义和团已集中了三百多人，控制住全城，任何人进出都要经过他们的查验。城门出不去，没办法，只好用绳子把他从城角吊下去。当晚，吴永带上其余人等准备出城，连夜去榆林堡迎驾，也被义和团拦住。为首者问道："干什么去？"

吴永照实回答："出城，迎圣驾。"

"哪个圣驾？"

"皇太后和皇上，两宫圣驾。"

义和团首领厉声道："他们扔下京城逃走，哪里还配称太后、皇上！"

吴永说："皇上出来是巡狩，就像我当县官，可以到县内任何一个地方访察一样，这很正常。"

义和团头领一听，更为生气，对兄弟们说："这是二毛子口气，大家动手，把他给我宰了！"

众人大喊着围上来，吴永急退回县衙，命令护兵："有闯县衙的，你们就开枪，不要怕！"

义和团看到这架势，只得暂时退出去。

<h1 style="text-align:center">179</h1>

慈禧太后挟持光绪皇帝逃出京城，首站昌平州，被拒不得入，只好转道怀来县。怀来知县吴永是个很有心机的人，他没有听从师爷们的意见，冒着风险，决定迎驾。

怀来县和昌平州的巨大反差使慈禧太后特别满意。大凡人在难中，生存条件也自然降低。延庆州送来的饭单上有"满汉全席"，你想一个山区小城，兵荒马乱，义和团还在闹事，上哪里去弄？吴永几乎倾囊而出，尽了最大的努力，也没有凑成"满汉全席"的所有菜肴。可是慈禧太后十分满意，连夸吴永办事周详，问他一些闲话，如出身、籍贯、家事等。当听到吴永妻子是曾侯爷纪泽之女时，格外显得亲切。西太后不会忘记，当年要不是曾国藩湘军的出力，太平天国还难以平复呢！"中兴"的功臣，永不能忘。吴永又诉说妻子已于前年病故，现在还住署衙独居，慈禧又勉励几句。从此，在西逃的路上，吴永就成了西太后的红人，留在身边，随时咨询。

慈禧太后器重吴永，越发怨恨昌平知州裴敏中，她要在怀来多住两天，派人去昌平，宣知州裴敏中到怀来见圣驾。裴敏中早知已经闯下大祸，他如何敢来？带着家小偷偷地躲了起来。慈禧派去的人扑了个空，回去禀报说，裴知州已经逃走，去向不明。慈禧发狠道："你躲了初一，也躲不了十五。早晚我非要找到你不可！"后来裴敏中畏罪自杀。慈禧太后住了两天，启驾西行。自七月二十一日逃出北京，到九月初四日到达西安，行程两千多里，历时一个半月，风餐露宿，艰苦备尝，沿途虽有地方官员供奉，如果同禁城皇宫相比，不啻天壤之别。

到了西安，离北京遥远，洋兵来不到这里，慈禧太后才有安全感，正式开始恢复朝廷那一套礼法，六部九卿，军机处也临时找了办公地点。西太后那套极其奢华的生活又得以恢复，规定每餐需要二百两银子，责成陕甘总督、陕西巡抚和西安将军共同筹办。荣禄外放时做过西安将军，对陕西情况还比较了解，他向慈禧太后进言道："西安地处偏僻，陕民贫困，地方财力不足。"他提这个意见就是说，陕西地方贫穷，如此巨大的开销怕是供应不起，希望西太后能节俭点儿。他虽然没敢明说，但慈禧太后是何等精明，如何听不出来嘛！她斥责荣禄道："这个我不管，皇家总该有皇家的派头，普天之下莫非王土？"

荣禄连连叩头称"是，是是。"退下之后，即去找筹办迎驾的岑春煊中丞，让他随时规劝太后节俭。

逃跑的路上，西太后还遇到一桩伤心事，她的宠臣刚毅途中病死了。失去了一个得力助手，再加上局面如此之糟，她那些难以实现的阴谋也只好付之东流。

一切安定下来，朝廷开始审查事变中各省疆臣的表现，褒功惩过。首先得到褒奖的是两江总督刘坤一、湖广总督张之洞这些"东南互保"的倡议者，他们"顾全大局，老成持重"。其次则是表彰盛京将军增祺、吉林将军长顺、黑龙江副都统萨保等人，因为他们在俄兵入境时不战而降，保护了地方免受蹂躏。此令一下，朝野哗然，投降有功，抵抗有罪，怎么能令天下人信服？但是这种处理恰恰迎合了"八国联军"，这是大清国的耻辱！至于战死的那些将士，罗荣光、聂士成等，也未得到抚恤。更有甚者，对东三省坚决抗俄的将帅寿山、凤翔、晋昌等，给以撤职查办。有的虽然殉国了，也要追究他们"擅开外衅"之罪。

军机大臣目前只有两个人还在主事，大学士荣禄和王文韶，一满一汉。他们向慈禧太后密陈，黑龙江将军寿山阖家尽节，以死报国，不应谴责。慈禧说："寿山不是端王引荐的吗？他们这些人成事不足、败事有余，咎由自取，罪有应得！"

"这……这恐怕有失人心，以后谁还肯为朝廷献身？"

慈禧太后默然无语，瞅瞅花白胡子的军机大臣王文韶，无可奈何地说："暂时先放一放，目前和谈刚有点儿眉目，不要刺激洋鬼子，自找麻烦。"

二人诺诺而退。

可叹中华大国，朝廷行事仰人鼻息，不亦悲乎！

第二十八章

180

回头再说一说黑龙江的事儿。

北大岭兵溃以后，卜魁的援军在程德全的统率下也赶到了。他到前线，不但不援助瑷珲清兵收复失地，却设计杀害了义和团的拳师张发，又假托寿山将军的命令，清军一律放下武器，投降俄军。此令一传出，全军为之哗然。特别是那些从瑷珲退下来的八旗将士，他们想的是为副都统报仇，为阵亡军兵、为流血牺牲的八旗子弟报仇，为海兰泡和江东六十四屯罹难的百姓报仇，他们拒绝接受投降的命令。

程德全看到事情挺棘手，便找到来鹤年总管，经来总管协调各军统领，好歹算安抚下来了。不过瑷珲军坚决不挂白旗，自动撤退，也不同俄人为难。程德全心说："挂不挂白旗倒无所谓，只要不闹事就行。"

俄国阿穆尔总督哥罗戴科夫命令布拉戈维申斯克卫戍司令连年刚波夫少将率领第二路军先头部队一个混成旅，限期抵达齐齐哈尔，总指挥、阿穆尔军区司令格里布斯基中将随后跟进，力争在俄历九月初同南满方面军会师于铁岭，实现全部占领东三省的计划。

寿山将军派出的北上援军一枪不打，同俄军停战议和，接受俄军提出的四项投降条件。程德全也不管军中骂他是"汉奸""卖国贼"，他的想法只有一个，那就是俄军赶快离开黑龙江南去，保住省城不受害，其他一概不管。他的想法，在当时抗战不利的情况下，也未必不是一步好棋。可是他对敌人估计不足，看不清俄人的狡诈，让俄军不进省城，安全通过，那只是程德全一厢情愿，所以江省失陷，时人多骂他媚敌卖国，也并不为过。

闲言少叙。

单说俄军先头部队在程德全统率的清兵引导下，很快通过墨尔根、布特哈两城。墨尔根副都统博栋阿因早与程德全有约，他对俄军的到来心中有数，采取的措施是避而不见，只命令在城头挂白旗，表示投降。布特哈副都统叶普春大开城门，插上白旗，而他本人不敢和俄人会面，跑出城外，到乡间躲起来了。俄军并没有因两城投降而放过他们，进城劫掠一番之后，继续南下。两城商铺十室九空，总算没有被放火焚毁，居民也自当庆幸了，因为他们已经知道了瑷珲的惨状。

讷莫尔河南岸原有驻军两个营，由一个协领指挥，这时也接到程德全的命令，拆毁工事，弃营而遁。所以俄军一路上并没有遇到什么有力的抵抗，长驱直入，很快就进入齐齐哈尔的外围，离城十里，驻扎下来。

四项协议约定，黑龙江清军放弃抵抗，挂白旗投降。俄军途经齐齐哈尔，只在城外补给，休整两天，即南去吉林。这两天内，俄军既不进城，又不攻城。程德全只要保证驻防清军和义和团不袭击俄军，俄军绝对恪守和平协议。

清、俄两军驻扎停当，程德全即去会见俄军司令，商量俄军所需供给的数量，多少帐篷、多少粮草，俄军开出清单，他好进城办理。

就在这个时候，俄军第二路军总指挥格里布斯基将军来电，他让连年刚波夫少将提出个意想不到的要求："贵国寿山将军阁下英名久著，本司令不胜钦佩，要亲身拜会，望程先生转达敬仰之意，并确定会见地点。"

"啊？"程德全大吃一惊，协约在先，现在又提出这等无礼要求，这不是捉弄我吗？但他不敢得罪俄人，又不敢贸然答应这件事，只是含糊地说，"感谢司令官阁下盛情，奈敝国已有规定，将军出城做外交上的会晤，须由皇上恩准。"

"不，程先生误会了。"连年刚波夫笑一笑道，"这不是外交上的会晤，是私人性质的会面，而且不需将军阁下出城，本司令过府拜访。"

问题严重了。俄军司令进城，这不是违背兴安岭上的四条和平协议中俄军不进齐齐哈尔城的条款吗？看来，事情要棘手。

"那好，我把贵司令官阁下的美意转告寿山将军，依愚之见，他是会欢迎的。"

程德全的话并没能搪塞住俄军司令，他露出骄矜之色，强硬地说道："本司令重申一遍，如果寿山阁下没有友好的诚意，那么，我可以采取另一种方式同他见面，若是那样的话，恐怕就不太体面了。"

程德全还能说什么呢？胜利者的战争叫嚣、傲慢、狂妄溢于言表。他怔了一下，赶紧忍气吞声地说："请司令官阁下放心，敝国得罪友邦，军事失利，江省决不做天津第二，寿山将军也不能重蹈凤翔覆辙。"

"这就对了。"连年刚波夫少将点点头，"我不怕他寿山有三头六臂。当然，这是你们中国人的说法。好吧，这就有劳程先生费心了，愿我们的合作善始善终。"

浑身冒汗的程德全离开俄军大营，站在路旁风凉一会儿，寻思着进城该怎么办呢？这寿山将军要是不出城同俄军司令会面，俄军就可以借口撕毁四项和平协议，以前的努力、所取得的成果都将化为泡影，自己两面不讨好，还会被世人误解。当务之急，只能息战以安黎庶，千万不能得罪俄人。

他正在思绪万千的时候，随员轻轻提醒道："大人，怎么办？"

程德全略微提了提神，轻轻咳了一声，望着齐齐哈尔城墙上军旗招展，一派紧张的战争气氛，果断地下令："队伍驻扎在这里，你们随我进城再说。"

181

程德全进城以后，首先宣布闭城，断绝城里城外出入。仅留东北一门，令人严加守卫，除有程德全的手谕，任何人禁止通行。城上的军旗一律撤下，换上白旗。打开仓库，将帐篷、衣被、粮食送到城外俄军驻地，以免俄人等得不耐烦攻击城池。这一切做得基本还使俄方满意，在此之前，齐齐哈尔的百姓根本也不晓得俄军来得如此之快，这天还同往常一样，一大早就拥上街头，叫买叫卖，大街小巷熙熙攘攘，繁华闹市一派昌隆景象。可是时过不久，情况就变了，各门紧闭，城头竖起白旗，通往东北门的街道也开始戒严，禁止人们行动，一辆辆拉着军需物资的大车通过这条街道运往城外，消息灵通的人传起流言："老毛子来了，将军投降了。"

程德全知道，大事临头，全凭自己的智慧和魄力了。那些不懂国事的愚民，那些唯利是图的商人，还有那些终日纸醉金迷的膏粱子弟，加上那些饱食终日、无所用心、得过且过、颟顸无能的官吏们，谁又肯把国难时局放在心上？

他出了安民告示，申明俄人不进省城，越境南下，官民毋庸惊慌，更不许造谣惑众。

城里一些关心时局的官员得悉程德全回来了，他们串联了一批人来找他，一时间，同僚、好友、幕僚、宾客们猬集在程公馆，探听准确的消息。

程德全一看，施展抱负的机会来了，他抱拳秉手，向大家致意："诸位勿慌，兄弟把实情相告，还望诸位大人理解与协助，以撑危局。"

有人答言："我们依赖程大人了，程大人是江省保障，我们一切听从。"

"吾等身家性命，全托付程大人了！"

程德全一看这些人除了"身家性命"之外，别的什么也不会说，真该吓一吓他们，于是如实地说道："诸位大人，程某以实相告，俄军现在已到达城外了。"

众人大吃一惊："啊？怎么这么快！""这可如何是好？"

程德全瞅一瞅众人的脸色，又是可笑又是来气。他看众人洋相百出，才慢条斯理地说："凤集庭战死北大岭，军无斗志。俄军势不可挡，连下墨尔根、布特哈两城。博栋阿投降，叶普春弃城逃跑，如今两城已被洗劫一空，官绅人家片瓦无存，老百姓家鸡犬不留，我怎么能挡得了啊！"

大伙听到这里，简直炸开了锅，一个劲儿地请求程德全保护他们。程德全本来看不起这些庸碌之辈，因为还有一场好戏要演，现在唯一的办法是争取他们，扩大自己的势力，以便达到最后的目的。那就是，利用这些人去压寿山将军，让他答应俄方的要求，开城投降，亲到俄军司令部谢罪，这样可保齐齐哈尔免遭蹂躏。他瞅着这些人七言八语地说个没完没了，便对一位坐在旁边始终不发一言的吴葵侍郎说道："吴大人，几天以前，我对大人的许诺您还记得吗？"

吴葵提了提精神，拱一拱手："大家慌什么？程大人临危受命，必有力挽狂澜之策，老朽心里有数。"

"知我者，吴大人也。"程德全笑了，"时候不早了，我有一事相求，望诸公助程某一臂之力，早日息事宁人。"

"只要程大人能保护我等身家性命，所有吩咐皆当效力。"

"那好。"程德全说，"俄军司令提出，要眉峰将军到俄营会面，以示和平诚意，只怕他不肯。"

"将军到俄营投降？"有的人一想到寿山，不觉倒抽一口凉气，表示事情难办。也有人轻轻摇头："这可是件难事儿，寿山将军是主战的顽固分子，他的耳朵里听惯了枪炮声。据说甲午之战，他在凤凰城负伤，子弹穿透髋骨还不下战场，连日本人都对付不了他。"

"此一时彼一时，如今是兵临城下，大势已去，他不投降还坐而待毙不成？"程德全激愤地说，"请诸位速去将军府，晓以利害，让他以全城数万生灵为念，不要一味固执，要顺应潮流，忍辱负重，答应俄人的要求。"

劝寿山将军投降，谈何容易。原来程德全是想让大家到将军府，代表官绅百姓，压将军就范。十几个人你望望我，我瞅瞅你，谁也不肯表态，还是老谋深算的吴葵开口了："眉峰的脾气，诸位皆知，要他屈膝投降，除非有皇上谕旨。可是，除此又无法免除兵燹之灾，为今之计，只有冒险一试。"

一个老官僚龇着豁牙，结结巴巴地说："办……办法总……总算可以，但不……不知将军的打算。"

"这个嘛，兄弟在北边时就已致函眉峰，陈明利害，劝其审时度势，惜忠言逆耳，未予理睬。诸公代表全城请愿，他也许会迫于民情，改变初衷。"

于是，众人推举吴葵为领头，他们经过短暂的磋商之后，就同去将军府请愿。

老奸巨猾的程德全此时不肯露面，他要等吴葵一行请愿的结果。趁此机会，他要休息半日。的确，他太疲劳了，少说也能掉了十斤膘。他盘算一下，俄军所需已经按数供应，没有什么漏洞之处。只要寿山将军一出城，同俄军司令连年刚波夫一会面，大功就可告成。

他躺在榻上，闭不上眼，睡不着觉，脑海里闪出俄军洗劫墨尔根的情景。原来商定，所过秋毫无犯，可是，俄军履行协议所承担的哪一项义务了？将来如何向国人交代？他恨俄国人不讲信义，又怕惹恼俄国对自己不利……

忽然门上来报："大人，义和团首领石师傅求见。"

"是石林？"程德全一听此人之名就头疼，这些都是实现和平的绊脚石，踢又踢不开，搬又搬不动。他生气了，"我不是吩咐过吗？我要休息，谁也不见。"

"禀大人，"门卫战战兢兢地说，"小的怎敢不如实告诉他，可他说什么也要见大人，说从将军衙门来，有急事要见大人。"

程德全心中一动，他从将军衙门来，必有什么好消息，立即起身，吩咐传见。

程德全不能不见石林，他手下还有三百名义和团，也是实现和平的障碍。他要被说服，寿山将军就失去了最后一点儿本钱，民迫于内，敌困于外，不降也得降。他正胡思乱想，石林已被门卫领进来。

石林快人快语："程大人，你领兵北上御敌，怎么这么快就回来了？北大岭消息如何？张首领他们怎样？"

见面的头一句话就把程德全问了个张口结舌。他支吾了半晌，抛开正面话题，应付地说："程某无能，深负大帅之托。战既不胜，当别图良策，总不能叫俄军斩尽杀绝啊！"

石林冷笑一声："今日一早城上挂了白旗，这是怎么回事？"

"大势所趋，实不得已而为之。再说，大帅也有承诺，非程某一人之见。"

"好哇！"石林指指程德全，"你打错了算盘，省城有我石林在，献城投降，你休想！"

有人急着来报："大人，城上白旗全被换掉，请大人定夺。"

程德全一惊："这是谁干的，真是胆大包天，快给我查一查。"

石林笑了："不用查了，这是我的主意，也是大帅的意思。"

"你？你……"程德全气得半晌说不出话来。

"程大人不要着急，俺已派义和团弟兄防守城门，大人尽管放心。"

"你坏了我的大事！"

"什么大事，不就是误了你的卖国投降吗？我誓死也不降，义和团决心跟毛子拼到底！"

程德全一想，糟了，俄军要是借口攻城，那还了得！他现在不敢跟石林来硬的，知道这位义和团首领的脾气，山东汉子，吃软不吃硬。他缓和一下口气，耐心地说服道："石师傅的壮志固然可嘉，可眼下到了这种地步，实在别无他法。北京都叫联军占了，我黑龙江偏僻之壤，能有什么作为？瑷珲的教训，北大岭的失败，我们打不过呀！"

石林翻了翻眼睛："可义和团还在战斗。"

程德全一扭头："得了吧，天津义和团攻打紫竹林租界时，死了那么多人。罗荣光提督一战即败，洋人枪炮厉害，能抵挡得了吗？"

"可是俺懂得这么个道理，'天下兴亡，匹夫有责'。"

"唉，"程德全叹了一声道，"古往今来，就是有强权，无公理。你想想，程某身为四品黄堂，统率数千官兵，都不能战胜，难道我食君之禄，不能为君分忧吗？识时务者为俊杰嘛！"

"亏你食君之禄，竟做出这样不要脸的事来！齐齐哈尔有我在，要投降，你休想！"石林愤愤地走出去。

程德全气得直翻眼珠子，豆大的汗珠儿从头上滚落下来。

仆人送上毛巾："请大人拭面。"程德全一把掠过毛巾，用力往脸上揩了两把，然后狠力一摔："愚民，真是成事不足、败事有余的一群愚民！"

182

将军府，一切还都蒙在鼓里。

桂珠坐在卧榻旁，劝慰寿山将军："大帅请放宽心，奉天的电报已经来了，只要奉军一到，局势还可以挽回，不至于一败涂地。这个程胖子，当初我就对他不放心，今日果然出卖了大帅，跟俄国毛子串通起来，亏他还厚着脸皮给你送信来。"

"哼！"寿山将军瞅了她一眼，并不答言，只轻轻动了下身子。这是他得到程德全不战即降的消息后，气得犯了胃病。

桂珠见将军的情绪愈来愈坏，心急如焚，不知道用什么样的话才能解除他的烦恼。

"你纵然气坏了身子，也无济于事，反倒给那些汉奸们耻笑，目前要紧的是采取对策。"

桂珠的话使寿山将军颇为震动。他"霍"地翻身坐起，从侍女手中接过已经捧了多时的人参汤，一口气喝了下去。

"叫家骏来！"

寿山将军精神好了许多，忽然记起唐家骏有事，已在外间等候多时了。

唐家骏闻听将军传唤，赶紧进入，桂珠已转入后堂。

"请大帅安！"

寿山将军问道："还有什么消息，你都说说吧。"

"回大帅话。"唐家骏又一拱手，"俄军连下墨尔根、布特哈两城后，向这里倍道行军，据说已到城外。"

俄军的到来是意料中的事，但没有想到会如此之块。前天程德全派人送信来还说，俄军刚渡讷莫尔河，仅仅两天的工夫就到城外了，这怎么可能？

"萨保在哪里？你快去给我找来。"

"萨大人他……"唐家骏欲言又止。

"萨大人他怎么了？你快说呀！"

"萨大人已有好几天不到衙门办事了，说是有病，小的去过他的府邸，门上不让进。"

"啊，我明白了，这是躲起来了。"寿山将军挥挥手，"你去给我请他！"

唐家骏转身要走，又站住了，回头叫了一声："大帅！"

"还有什么事？"

"容小的进一言。"

"说吧！"

"大帅！"唐家骏大着胆子，把要说的话和盘托出，"时局艰难，现在是各揣心腹事，有几个像大帅忠贞不渝的？形势既然到了这步田地，依小的之见，不若弃城而去，暂避其锋。一不向俄人妥协，免负投降之名；二又阖府安全，以图后举，岂不比坐守孤城、束手无策强得多吗？望大帅慎重考虑。"

寿山将军叹息道："唉，难为你一片忠心，说的虽是，可我不能这样做。我有守土之责，土守不佳，有负皇恩，弃城更是罪上加罪。"

"大帅不可固执，皇上、太后都弃京城而去，谁不为身家性命着想啊！"

"不许胡说！"寿山将军摆一摆手，"你快去吧，容我思之。"

"大帅要当机立断，不可犹豫。"唐家骏深情地望了将军一眼，退了出去。

桂珠从屏后转出来，方才的话，她听得清清楚楚，心里有些发慌。

"家骏说得对，出城暂避是一步好棋。"

"你都听见了？"寿山将军盯着他的爱妾，意味深长地说道，"你害怕了？我叫亲兵把你送到乡下去躲一躲，这可以了吧？"

"不，我不能离开你。"

"我是朝廷守土之臣，失地尽节，这是分内的事，你们何辜？"

桂珠一只手扶搭在将军的肩上，滴下泪来："你当我是怕死吗？你报效国家来日方长，现在就轻生，值得吗？"

寿山将军把她的手轻轻一推："不要多说了。我叫萨保率义和团背城一战，坚持到盛京的援兵到来，局势尚可挽救。"

他这是安慰桂珠的话，也是他最盼望的一着棋。可是萨保闭门不出，这使他十分恼火，危难之时，萨保竟晒他的台，把他逼向绝路。

门上戈什哈来报："吴大人率本城官绅求见大帅，在前厅等候。"

"他们要干什么？"

"听他们说，一来献策，二来请愿。"

寿山将军"嘿嘿"冷笑两声："他们献策？请愿？好，我倒要领教领教。"

桂珠劝阻道："这位吴大人倚老卖老，净给你出难题，还是不见他好。"

"不，我应该见见。"将军一边更衣一边说，"我倒要看看，这帮吃我的饭、拆我的台的家伙们，在我山穷水尽之时，还有什么把戏！"

183

寿山将军很快来到前厅，会见了等候他的官绅们。

吴葵看将军出来了，忙向众人示意。

寿山将军锐利的目光在厅内一扫，来的十几位官绅大都认识，大家忙起坐躬迎。

"诸位久等了。"寿山将军礼貌地拱一拱手，"诸位光临，不知有何见教？"他也顾不得寒暄客套，开门见山地说，然后对着领头儿的吴葵略一点头，"吴大人是不常露面儿的人，今日驾临，当何以教我？"

语气之冷淡，态度之傲慢，使在座的官绅们心凉了半截，知道此行又是白费心机了。

吴葵沉着老练，又摆起老资格："眉峰日夜操劳，精心国事，未敢打搅，所以多日不曾过府。"

"那么，今日做什么来了？"寿山将军逼问一句。

"今日，今日……"吴葵感到尴尬，回头看了一眼众官绅，"诸位有事要见大帅，吴某做个引见人。"

"你们一块儿来的吗？"寿山将军又瞅瞅那十几个人，只听他们参差不齐地应着："是，是这样。"

"那好。"寿山将军轻轻一挥手，"那就开诚布公地谈谈吧！"

众人一看寿山将军威严傲慢的神气，心里发毛，他们不约而同地盯着吴葵，希望他能出头说话。吴葵脸上红一阵白一阵的，心中懊恼。有心不讲，又带着众人来了，讲了也是白碰钉子。他镇定一会，干咳一声，刚要开口，又听寿山将军冷冷地催促道："诸位有事，要长话短说，请痛痛快快，简明扼要，兄弟无多大时间奉陪。敌人大兵压境，今日非清谈之时。"

官绅中有人说："吴大人，你就把大家的意思对大帅说一说吧！"

吴葵推辞不得，只有硬着头皮，直截了当地说："敌兵压境，某等正为此而来。"

"那敢情好。"寿山将军轻蔑地白了他们一眼，"想必有退敌之策，某当洗耳恭听。"

本来就十分尴尬的吴葵，听得寿山将军如此不讲情面，又挖苦自己，心中更为恼火。他又想起程德全的嘱咐，无论如何也要使寿山投降，否则身家性命则无保障。他到此也顾不得许多了，厚着老脸皮大声说道："我等今天是为全城百姓而来。"他声音很高，一字一板。

"愿闻其详。"

"当前联军入都，天下沸腾；江省战火蔓延，生灵涂炭。俄军已兵临城下，眼见得孤城难守，百姓遭殃。"说到这里，吴葵止住了，观察起寿山将军的表情变化。

"既然是这样，你说该怎么办才能免祸？"

"从目前来看，只有投降一着，方可免祸。"

"本将军不知城内的民意如何，未敢擅自决定。"

吴葵眼睛一亮："你问问他们，他们都是本城仕绅，代表民意来见大帅。"

寿山将军扬起脸来："你们都谁代表民意来见我？"

士绅们似乎看到了一点儿希望，抓住时机，踊跃地说："我们是代表民意来见大帅的。"

"都是吗？"寿山将军瞅瞅大家。

"是，都是。"

"都是代表民意。"

"那好。"将军冷静地说道，"那就请把民意讲一讲吧。"

一位上了年纪的士绅望着吴葵："由吴大人代陈。"

另一位官员帮腔儿道："吴大人，你就把大家议好的对大帅说一说吧。"

满心不乐意的吴葵瞥了他们一眼，不得不从怀中掏出一份纸折，呈给寿山将军："这是民众的请愿书，恳求您顾念全城十数万生灵，避免流血，挂白旗投降，免得做瑷珲第二。当以吉林长将军为榜样，忍辱负重，保境安民。"

不提长将军，寿山的气还小点儿。在寿山看来，正是吉林将军长顺出卖了他。本来他们有约，黑龙江带头发难，屏蔽吉林，由吉林增援兵力，供应武器弹药，寿山才放心大胆地干起来。谁知在紧要关头，他却回复说什么"境无精锐，库无存械"，吞食了诺言。更使人气恼的是，当四路合攻哈尔滨铁路局时，眼看就要得手，长顺忽然命令阿勒楚喀副都统钮楞额撤军南逃，致使功败垂成。最近又派使去哈尔滨谈判，派人打着白旗去珲春投降，并引导俄军入境，而他寿山却骑虎难下，被他们出卖了。这一切的一切勾起他的懊恼，使他来了情绪。

"你们都是代表哪个民意？"寿山将军并不去接请愿书，只是对吴葵挥一挥手。

吴葵怔住了，众士绅也惊呆了。

"说呀！"将军那咄咄逼人的神气令众人惊慌失措。

室内静了下来，气氛异常紧张。约有两三分钟的工夫，还是将军打破了尴尬的局面。他冷笑一声："你们只能代表几个官绅，怕自己身家财产受损失，以民意要挟本将军，真是岂有此理！"

有人低声说了一句："不敢。"将军气更大了，"啪！"一掌拍在桌案上，斩钉截铁地说道："请转告你们所代表的那些人，叫他们老老实实苟且偷生，万一城毁了，本将军为大清守土之臣，生为中国人，死为中国鬼，决不连累民众。"

将军愤愤地站起，对众人一拱手："恕不奉陪，诸位请便。"

士绅们看将军要走，个个面面相觑，束手无策。还是吴葵依着资格老，仗着人多，又有程德全做后盾，他大着胆子上前拉住寿山将军的衣襟儿，大声说道："大帅当以群情为重，当为我等着想，你答应也得答应，不答应也得答应，不说清楚，你不能走！"

寿山将军嗖地从腰里抽出手枪，拿在手里掂了掂："你们问问它吧，看它让不让我答应。"

吴葵以目示意，众士绅忽地围了上来："大帅！""将军！"

寿山大怒："你们要干什么？滚开！再要胡搅蛮缠，莫怪本将军不讲情面！"

侍立的戈什哈大喊一声："送客！"

门上打起帘子，不容分说，十几名官绅被驱出了门外。

184

寿山将军十分气恼地回到后堂，他细想方才发生的事，肯定有人主谋，其目的是压他投降。这个人能是谁呢？程德全？他不在城内；是萨保？他有病在家，躲起来了，也不可能这么做。毫无疑问，就是吴葵那老东西搞的鬼，依仗年纪大、资格老，又是父辈中人，全不把自己放在眼里。他明白，如今是大势已去，众叛亲离，难道真的到了"山重水复疑无路"的地步了吗？他计算着时间，唐家骏去请萨保只怕快要回来了。他坐在茶几旁的小凳上，瞅着程德全给他的信，又勾起他更大的烦恼。

"程德全被俄人吓破了胆，也不该投降毛子吧？我叫他战守事宜，相机行事，也不是叫他去投降啊！既然你已经投降了，还有何脸面来辩解？现在还大言不惭地说空话，真是个口是心非的伪君子……"

焦灼、痛苦、矛盾的寿山将军又拿过程德全的信，从头看起。

> ……我朝致命弱点是政治腐败，国弱民庸……秦亡于政，而非亡于制，秦虽二世而亡，而秦制沿袭至今，两千余年，天下唯有德者居之，无德者失之……目前内乱外患，天理昭然，已非吉兆……宁亡于寇，勿亡于匪，列强入寇，不致动摇根本，庶可永保富贵；匪势猖獗，定能导致覆宗，后果不堪设想。所以同俄人和约，实为保家卫国之上策，故德全审时度势，与俄人订立四项和平协约……

他看着看着，心绪更加烦乱。桂珠进来，见将军拿着书信发呆，她啐了一口唾沫骂道："真是无耻的汉奸，信上那些混账话，亏他讲得出口！"

寿山将军瞅瞅她，没有言语，把书信扔到桌案上，又去想方才吴葵率众士绅请愿的情景，感到压力很大。

工夫不大，唐家骏急匆匆地赶回来，向将军报告了两条最新的消息：

北路俄军已部署攻城，西路俄军已渡过雅鲁河，向嫩江西岸扑来。

"这么快！"寿山将军虽然早有预料，但闻此消息也不免一怔。他显得很沉着，他目前主要关注的是内部，便问起他最关心的事来，"你见着萨大人了吗？"

"见着了。"唐家骏报告道，"萨大人愿与大帅共挽狂澜，他已开始视事，调集部下守城。"

"很好！"寿山高兴道，"只要他能与我同心，坚持几日，待盛京援军一到，大局尚不至于不可收拾。"

唐家骏见将军有些盲目乐观，提醒他说："奉天增援部队，远水不解近渴。城内实无军队，除了小的统带的二百亲兵，再就是石林手下的三百名义和团，萨大人手下也不过几百人，这怎么能守住呢？"

是啊，省防新军十二营全被程德全带走了，他不但不战不阻，反而引狼入室，如今确实是无兵可调了。寿山将军望着这位忠心耿耿的卫队管带，无言以答。

"小的再一次恳求大帅，还是离城躲一躲吧，以观形势，徐图后举。"

寿山将军轻轻摇摇头。

"大帅不肯离城的话，那么，先把府上眷属们送走如何？"

"这个……"将军仍是摇头，"也不必。"

"那么，还有全城文武百官，不妨请他们出出主意。"

寿山将军长吁一口气，说道："这些大人先生们饱食终日，无所用心，平时作威作福，国家有难，他们谁肯舍身？他们要的是身家性命，资财珠宝，哪还管你天下兴亡，国破族灭呢！刚才他们不是来过了吗？闹着要我投降，嘿嘿，这帮家伙……"

"那也得想个办法，是战，是守，是和，是走，总不能离开这几步棋吧。"

唐家骏一步也没猜对，都不是。寿山将军其实早已抱定了决心，那就是死。他此刻不能明白表露出来，说道："我自有主意，不必多言。你再给我跑一趟，通知义和团首领石林，请他协助副都统萨保，全力守城，以待奉天援军。"

唐家骏走出不久，辕门外突然一阵喧闹，卫兵慌慌张张地进来报告："街上聚了几百人，吵嚷着要闯辕门，说是找大帅，门卫拦阻不听，现在厮打起来了！"

寿山一惊："都是什么人？"

"说是本城的旗人，他们非要面见大帅不可。"

"他们要干什么？"

"说是请愿来了。"

奇怪。寿山明白了，这又是请愿，背后总会有人捣鬼。

"传我的话，放他们进来！"

辕门大开，约有二百来人一拥而入，卫兵荷枪实弹在两边警戒，八名执勤差官手按刀把儿分立大堂门两侧。

"站住！"

卫兵制止了众人，众人不敢往里闯，几乎同时停住了脚步。

神采奕奕的寿山将军在四名亲兵的护卫下，从容地走出来，站在台阶上，向庭院里黑压压的一群人扫视两眼，先声夺人地说："你们何事要见本将军？"

人们见将军出来，扑通通齐跪在地上："大帅！你可不要投降啊，我们愿为大帅效死！"

寿山将军瞅一瞅这些衣甲不整的八旗子弟，心中充满了悲愤，沉默一会儿，招招手说："起来，都起来，你们的一片忠心非常难得，本将军不会做对不起国家、对不起父老、对不起你们的事。"

"谢大帅！"

众人叩了头，爬起来，拍打拍打膝盖，蜂拥地退出了。

"民心可嘉！"寿山将军不无感慨地说，"国难当头，那些高官厚禄、脑满肠肥的人是靠不住的，他们平时只会欺压百姓，作威作福。一到关键时候，他们首先想的是家产资财，国家民族对于他们来说并不重要了。"

桂珠这时已走出来，听了将军的慨叹，凑上前说道："那你为什么还这样固执？"

寿山将军苦笑道："方才退出去的这帮人，他们又是为的什么？"

第二十九章

185

俄军三面围城，卜魁到了内无粮草、外无救兵的地步，寿山将军至此已经陷入了绝望之中。他面对啼哭的一家老小，无言而又烦躁地直皱眉头，心里恨透了程德全。是他，带走了守城的部队；是他，背着自己私与俄人订约，引导俄军长驱直入，造成兵临城下的严酷现实；是他，出卖了自己。

唐家骏早已集合了二百名亲兵家将，准备保将军突围，可是他又不肯，念念不忘的只是四个字——守土之责。那么，"土"若是守不住，后果怎样。他不去想，也不敢想。几天以来，他只有一个念头，他不说，他不敢当惊慌失措、痛哭流涕的家眷们说。

"得了得了！生死有命，富贵在天，何惧之有？"这是他的一句口头禅。

将军夫人是个深明大义的大家闺秀，擦一擦眼泪，强作欢颜说道："臣死社稷，妻死夫，这没什么可怕的。可是我们上负朝廷眷顾之恩，下愧对江省家乡父老，生灵涂炭，后世岂能谅解？"

夫人的话，刺到了寿山将军的痛处。他想，黑龙江的局势到此不堪收拾的地步，全怪自己轻举妄动。朝廷虽然颁发了宣战上谕，可是又申明"各督抚疆臣和战事宜自行酌处。朝廷不为遥制"，自己为什么没有深刻领会朝廷的意思，孤军作战，引火烧身。

"这个世界上，没有我的路子可走。苍天哪，你在哪里？"寿山将军突然产生出一种被人遗弃的失落感，他想了很多：天津之战，罗荣光全军覆没；杨村之战，聂士成壮烈殉国。从瑷珲的大火，到凤翔的阵亡；从皇帝、太后的西逃，到"八国联军"血洗京师。当然，他也想到了江南五省中立自保，到奉天、吉林两省的不战而降。这一切的一切，都是他从来没有想到过的。

桂珠虽然心急如焚，但她没有流泪，还不时地劝慰将军："大帅不用忧虑，天无绝人之路，奉天的援军不是快到了吗？"

是的，寿山将军唯一的希望就是盛京副都统晋昌统率的奉天育字军若能及时赶到，或许尚有回旋余地。如今，晋昌你在哪里？俄人已经兵临城下，卜魁已经到了生死存亡的紧要关头。

"不用指望了。"他轻轻摇摇头。

"那也得想个办法呀，毛子真要进城了可怎么办？"

"你怕了？"寿山将军瞅一瞅他的爱妾，忽然眼睛里透出一股凶光。桂珠感到一阵心悸，心脏"咚咚"地跳个不停，她有一种难言的苦衷，不祥的预感，她勉强克制着自己，故作镇定地望着窗子。

寿山将军呼出一口长气，回到前厅，有人来报："哈尔滨的俄军也向卜魁扑来，他们已在东门外会师了。"

大局已定，大势已去，卜魁已经成了釜中之鱼，天神下界也不能使其起死回生。

"打开城门！"寿山将军命令着，"宣谕百姓自愿逃亡者，不许干涉。"

"那毛子要是乘机入城……"

"管不了那么多了，速去打开南面两个门。"

<h1 style="text-align:center">186</h1>

将军衙门空旷的大院内，除了几个亲兵在担任警卫任务以外，一个文武官员也不露面。寿山将军传唤了几个属下，可是谁也不肯进衙门办事。

唐家骏愤愤地说："这帮家伙，平日作威作福，今天一旦有变，都怕树叶掉下来打脑袋。"

寿山将军沉默不语。于是，一个"阖家尽节"的念头倏地闪了一下。他忽然一阵迷惘，怔了一会儿，一个可怕的幻觉隐隐约约浮现出来。

"这就是我应该走的路吗？"

忽听有人报告："程观察从岭北回来了，现在辕门求见。"

"啊？"寿山将军感到十分意外，他不相信背叛了自己的程德全此刻还能回来见他。

"叫他进来!"

正在这时,程德全带着四个亲兵马弁,已经从辕门闯进来。

"大帅可好?"程德全转着眼珠子,敷衍地寒暄一句。

"久违了。"寿山将军冷冷地一伸手,"坐吧。"

寿山将军想:"你投降了俄军,引导俄军围城,今天又进城,难道你带人来抓我不成?"他暗中摸了下手枪,以待机应变。

"卑职给大帅的信可曾收到?"

"拜读过了。"

"我是完全按着大帅给我的手谕办事,卑职遵照大帅罢兵息战的谕示,已同俄人讲和,卑职在信中已详陈。想必大帅已体察卑职苦衷,遵约守信,拯救时艰。"

"可我没叫你投降,没叫你有损国威,没叫你引狼入室!"

程德全冷笑一声:"太后老佛爷带着皇上都逃出京城了,还谈什么国威不国威?真正引狼入室的是那些攻使馆、杀洋人的拳匪,把你逼上绝路的也是那些拳匪,你该清醒了。"

寿山将军气得说不出话来。

程德全见将军不语,又说:"我这么做也是不得已的事,我是为江省百十万黎民百姓着想。大局已定,你不能一意孤行了。"

程德全的口气越来越硬,寿山将军明白,他这是依仗俄国人的势力,公然不把自己放在眼里,已经到了丧心病狂的程度。

"你,你……"

程德全嘿嘿一笑:"不要激动,连大帅我也保证,一切都会平安、顺利。只要你答应一件事,你将军还是将军。"

"一件什么事?"

"很简单,"程德全从怀里取出一份文本,往寿山将军面前一放,"只要你在这上签个字,然后出城到俄营,同俄军司令官见一面,就可以化干戈为玉帛。"

文件是用中俄两种文字写成的投降书,上面开列了程德全同俄人达成的条款。会见俄军司令官,分明是以实际行动表示投降。寿山将军怒不可遏,一推文本,果断地答复道:"请你转告俄军司令,本将军今日失败,有死而已。我中华四万万同胞决不会屈服于洋鬼脚下,后世子孙自强不息,有朝一日,必雪国耻!"说完,寿山将军转入后堂,侍立的戈什哈一打帘子:"请吧,程观察。"

程德全尴尬地站起，翻了一阵眼珠子，又嘿嘿一阵冷笑道："寿眉峰，我看你是活得不耐烦了，你不签字，你不见俄军司令，这可由不得你了！"他收起文本，转身而去。

卜魁城的防务、治安已经控制在程德全手里，将军衙门已经成了断绝与外界往来的孤岛。全城遍插白旗，并贴出了以将军名义出的安民告示，晓谕城内军民不得传播谣言，不得袭击俄军，维护城内秩序。

寿山将军对城内的新情况、新变化一无所知，他这时除了暗骂程德全之外，还能有什么作为呢？

187

程德全的要求被寿山将军拒绝之后，感到事情不妙。因为他已在俄军先遣司令连年刚波夫少将面前下了保证，要寿山将军签署投降书，出城到俄营同俄军司令会面，结果均没实现。他怕俄军借口攻城，撕毁已达成的协议，自己里外不是人。他忽然想起一个人来，或许此人能助自己一臂之力，而且在他领兵北上之前，也曾有过口头承诺，只要他肯站在自己这边，事情就好办多了。

这个人就是齐齐哈尔副都统萨保。最初，萨保支持寿山将军拒俄，是个主战派。自从受到程德全的开导，局势又糟到不可收拾的地步，他改变了初衷，转向主和。

程德全到萨保府上陈述利害，二人一拍即合，双方商定，由萨保代表将军，以寿山的名义向俄军投降。

他们来到俄军司令部。

俄军先遣司令连年刚波夫少将坚持要寿山将军亲自到场，否则，只能接受萨保副都统的个人投降，而不是接受黑龙江当局的和平谈判。如果寿山将军不肯出城，他就要带兵入城，拜会寿山将军。

一听到俄军司令要带兵入城，程德全大吃一惊，他感到局势严峻，转而怨恨寿山固执己见，不顾大局。

"司令官阁下，寿山将军近来身体不适，不能视事，特委托萨大人全权代办，这不会有错，请阁下相信。"

连年刚波夫少将双肩一耸，摊开手一笑："您让我相信什么呢？那么，请交验全权委任证书，可是你们没有，这怎么能说明寿山阁下的诚意？"

程德全脸上变了颜色，他无法回答俄军司令的质询，可是又不甘心："司令官阁下，你不是要验看全权委任证书吗？那好，我可以办到。"

连年刚波夫少将说："程德全先生阁下，请不要激动，也许您会拿到全权委任证书，可是我不会相信这是真的。显而易见，贵将军寿山阁下不会同我们合作，他是贵国将军中很少见的硬汉子，本司令官十分敬重。所以，与寿山阁下会面是我的荣幸，您该明白本司令官的意思了吧？"

程德全如同受到了无比难堪的侮辱，他如坐针毡，脸上淌下豆粒儿大的汗珠子。萨保坐在旁边不知所措，他瞅瞅俄军司令官，又瞅瞅程德全，有时还溜一溜双方的翻译。

连年刚波夫少将主动打破了僵局："感谢二位阁下的合作，您的友好与真诚将载入俄清友谊的史册。来，为我们的合作成功干杯！"

他站起来，举起了盛满白兰地的酒杯。

气氛缓和下来，双方充满了春意，在招待程德全和萨保的午餐上，程德全大言不惭地说："寿山将军的事，包在我身上，我有办法叫他同司令官会见。"

"多承关照，谢谢。"

离开俄军司令部，萨保疑虑重重地说："将军的脾气你不是不知道，他决不肯会见俄人，你的保证恐怕……"

"这个你放心。"程德全蛮有把握地说，"兵临城下，寿山已成瓮中之鳖，他还能跑到天上去？"

"他要是走绝路呢？"萨保提醒一句。

"很有可能！"程德全最怕的就是这一步，暗说不好，无论如何，也不能叫他走这一步。

程德全的本意是要保全寿山将军，他不愿意看到血淋淋的现实，他不希望寿山重蹈凤翔的覆辙，更不想卜魁变成瑷珲第二，他要竭尽全力去阻止不幸事件的发生。

<h1 style="text-align:center">188</h1>

程德全带萨保去俄军司令部投降的事，寿山将军一无所知。他一个人闷在书房里，谁也不让进来打扰，要自己静坐想一想，如何应付这险恶的局面。他恨吉林将军长顺，本来事前答应，黑龙江举兵拒俄，武器弹药由吉林供应。可是战火燃起来，他却推诿"库无存械"，吞食了诺

言。奉天答应出兵支援，可到现在仍无消息，这些说话不算数的将军们分明是成心看我的笑话。更使他迷惑不解的还是朝廷的态度，忽而坚决主战，忽而下诏求和，还要追究主战的罪魁。朝局这么反复无常，疆臣无所适从，战也不是，和也不是，最终都难逃贻误大局的罪责，他确实感到自己走向绝路了。

"我不见阎罗，谁见阎罗？"自己一肚子委屈，看来只有跟阎罗王说去了。

他心情烦躁，转入后室，准备安排一下家事。

这时，乳母抱着寿山将军的两岁幼女金妞儿从沐浴间里出来，她刚给孩子洗过澡，看样子是准备外逃，只等将军下令了。

"抱过来！"

乳母听见将军要金妞儿，她不敢不送过去。孩子是姨太太桂珠所生，平日将军爱如掌上明珠，金妞儿长得又白又胖，聪明伶俐，十分可人。

"阿玛！"

金妞儿乖巧地叫着，寿山将军接过金妞儿，端详一下，苦笑道："偏生在这样乱世，偏生在我这人家。"

说着，顺手"嗖"的一声，从窗口将金妞儿投到檐下的浇花缸里，金妞儿一声没有叫唤出来就灌迷糊了。

乳母哭叫着跑出去，不顾一切地把孩子从缸里捞出来，金妞儿嘴里冒着白沫子，只剩下一口气。

后堂的人闻声全跑出来，见此光景，个个心惊胆战。桂珠看看孩子已经奄奄一息，心疼得大叫着扑过去："哎呀，这是怎么了，我的老天爷呀……"

"住声！"将军喝道，"现在是臣死社稷、妻死丈夫、儿死父母的时候，这是气数！"他说着取出手枪，指点一下还在喘气儿的金妞儿，"放下，叫她快点儿死，省得遭罪。"

乳母紧紧用身子护住孩子，哭喊着："大帅，你不能这样啊，孩子太小，可怜哪！"

"你不撒手，连你也打死！"将军吼叫着，要扣动扳机。

桂珠发疯一般扑到将军跟前，抱住将军的胳膊跪倒地上："来吧，你先开枪打死我吧，孩子何辜，你心也太狠了……"

毕竟是亲生骨肉，寿山将军心软了，他一脚踢倒桂珠，扔了手枪，毫无目的地奔回后堂去。

桂珠爬起来，立即吩咐乳母："你把这个苦命的孩子抱走吧，赶快逃命去吧，再也不要进这个院子了。"

乳母不敢怠慢，含着眼泪，抱起正在苏醒的金妞儿："太太放心，我会照看好小姐的，太平了，就给你送回来。"

"不必了！"桂珠望着慌忙外逃的乳母，果断地说。

寿山将军进了后宅，他的脑海里浮现已久的影子更加清晰了。那是第二次鸦片战争时期，英国海军闯入长江口，直扑南京城，不想在镇江江面遭到满军都统海龄的拦击。英军依仗船坚炮利打败了清军，并对镇江实行疯狂的报复。破城时，海龄拒绝投降，放火烧了住宅，全家跳入火中，自焚而死。

"我也得走海龄的路哇！"

寿山将军几天以来考虑的阖家自焚的念头更坚定了，他要步罗荣光、聂士成、凤翔等人的后尘，可他们都是战死沙场，死得轰轰烈烈，而今自己却屈辱而死，没法同他们相比。他改变了主意，认为自焚之举不妥，放火必使市民惊恐，不能纵火扰民，反正怎么都是个死。想到这儿，他抓过笔来，给俄军司令写了一封简单的信：

俄军司令官阁下：

本将军守土无方，城破在即，然本将军是大清封疆之臣，不能改隶俄籍，惟有死而已。望阁下勿杀吾民，本将军于九泉之下，铭感五衷矣。

大清光绪二十六年八月

按照清朝的制度，即使寿山将军此刻能够逃出城去，日后也必将以战败出逃的罪名而追究责任。何况满怀忠君报国思想的寿山将军决心要在外敌入侵、力量悬殊的俄国侵略者面前表现出一个中国将军的气概，虽然于大局无补，但也足以使那些骄傲的胜利者们胆战心惊，让他们看到中国人的硬骨头，是不会在强大的入侵者面前屈服的，并以此激励后人。

一个戈什哈慌慌张张地跑进来报告："禀大帅，夫人已按大帅的吩咐，悬梁尽节了。"

"啊？"寿山将军不由得惊叫一声，是的，这是自己吩咐过的。他随着戈什哈来到一间空房，结发的妻子服饰官带，吊在梁上，已经气绝，她是皇帝诰封一品夫人。寿山将军只说了声"好",转身走了。

夫人遗体被放下来,放在临时搭起的板铺上,侍女们围住饮泣,不敢高声痛哭。

寿山将军此时的想法是,自己和夫人殉死就够了,他让家里其他人逃生去。将军不知从什么地方找来一块鸦片烟土,塞进嘴里吞下,然后躺在床上,闭上眼睛,等大烟毒性发作自毙。不料被唐家骏发现,赶忙让亲兵给他灌药,令他呕吐,他被救下了。

唐家骏指挥救下了将军,并对他说:"大帅,您不能这样,还不到走这一步的时候。小的派出亲信回来报告,奉天援兵来了,很快就会到达。"

"消息可靠吗?"

"绝对可靠。"唐家骏说,"我们完全有挽回局势的可能。据报,奉天兵足有好几千人,还拉着大炮呢!"

中午刚过,喜讯传来,盛京副都统晋昌的"育"字军已经赶到,前锋过水师营了。

"上城!"

寿山将军一行来到城头,望见一支骑兵扑向俄军阵地,"育"字旗迎风招展,果然是奉天援军,没有构筑工事,就向俄军冲杀过去。

俄军列队,迎击奉天军,双方展开了激战。霎时,枪炮齐鸣,喊杀连天,这是自俄军围城以来第一次交火,俄军受到了一次意想不到的冲击。

这时,一个差官飞马跑到城下,高声喊道:"盛京副都统晋昌大人请寿将军派兵出城,协同作战,赶走俄人!"

他喊了三遍,因枪炮、厮杀声嘈杂,城上听不真切。差官不等城上答话,拨转马头飞驰而去。

两军相持不到半个时辰,一支俄军从西北方上来增援,这是从龙沙渡江的西路俄军,奉天军遭到了强有力的抗击,但他们凭着一股锐气,同仇敌忾,死战不退。

寿山将军在城头上望见奉天军骑兵直冲俄军阵地,迫使俄军后撤二里。俄援军绕城而来,配合作战,夺回了失去的阵地。

双方相持足有两个多钟头,忽然从奉天军的侧面出现一支清军,寿山将军远远望去,似乎看明白了这是程德全统率的黑龙江新军。他想,很好,来得正是时候,双方协同作战,定败俄军无疑。

瞬息万变的战场形势出现了令寿山将军惊诧莫名的严峻现实,奉天军全线崩溃,落荒而逃。寿山将军看到这里,心里一着急,将自己的舌头咬破,血顺嘴角儿流出。原来他清楚地望见奉天军败退如此之速,是那支清军从侧面袭击奉军,奉军腹背受敌,支持不住才溃败了。

有人向将军报告:"程德全命令部下向奉天军开火,奉天军才吃了大亏,败退逃走。"

"该死!可恨!"

寿山将军大叫一声,喷出一口鲜血,昏倒城上,不省人事。

189

寿山将军醒来时,已经是半夜。

将军夫人的灵柩已运出城去,送往原籍,将军宅内一片寂静,阴森可怖。目前在将军身旁的,只有爱妾桂珠,长子荣谦①,亲兵管带唐家骏等人,二百名亲兵严密警卫将军衙门,做应变的准备。

他醒来第一句话就问:"奉天军在哪里?晋统领在何处?"

唐家骏已得到了侦探的报告,奉天军伤亡二百余名,向洮南方面撤退。副都统晋昌还大骂寿山说:"我千里来援,你却不助阵,真是背信弃义的小人!"这一切的一切,他不敢如实禀报,只是敷衍道:"胜败乃兵家常事,奉天军暂时退走,说不定很快就会反攻的。"

"一切我全明白,这是老天有意绝我,晋统领他会恨我的。"

"大帅宽心吧。"

寿山将军取过手枪,放在枕下,众人谁也不敢劝阻。

晚间的卜魁城外,乱乱哄哄,俄军在频繁调动,准备入城,却遭到了

小股义和团的抵抗,城里城外乱成一团。

因为事先程德全就和俄军约定,卜魁全城投降,决不抵抗。只有几伙义和团站在寿山将军一边,捣乱闹事,可以慢慢清剿。他要求俄军攻城不要开炮,怕激起民变,于和平不利。俄军司令感谢程德全的合作,支持他们击退奉天援军,断绝了寿山的一切希望,并实践约言,不向城内开炮。

---

① 即袁庆恩。

当天夜里，俄军后续部队在阿穆尔军区司令格里布斯基中将的率领下，到达卜魁城外，同西路军头目以及哈尔滨中东铁路护路军头目会合。他们都有这个愿望，就是要会见寿山将军，并从他的手上接过由寿山签署的投降书，然后拔营南去沈阳，与南满方面军会师于铁岭。

俄军先遣司令连年刚波夫没有提前攻城，主要是等待第二路军总指挥格里布斯基中将的后续部队，原指望在总指挥到来之前能拿到寿山将军签署的投降书，那可是奇功一件啊！看来，这一愿望落空了。他找来程德全，让他转达俄军提出要寿山投降的最后通牒，限二十四小时以内答复。否则，俄方认为是敌对行为，俄军将以武力入城，不再保证卜魁的和平与安全。

程德全愕然。

俄军虽限二十四小时以内答复，但在程德全走后即调集军队向城内运动，已逼近东北两面的几个城门，守门的清军早已不知去向。

情况紧急万分。

程德全心急火燎地来到将军衙门，不管寿山将军乐意不乐意，敦促道："眉峰，你无论如何也要见一见俄军司令，再要固执己见，全城就要大祸临头了！"他没有敢提"最后通牒"的事，知道寿山将军决不会接受，只有用城中百姓的生命安危打动他。

寿山将军瞪了他好半天，指着他的鼻子："你说，你是不是向奉天军开枪了？"

"奉天军不识大体，破坏和平协议，不叫他快点儿滚开，受害的是江省。"

"亏你说得出口！史有传，书有评，你将遗臭千古！"

程德全满不在乎地冷笑一声："那是遥远的事情，可现在俄国人要进城，你要不答应会见他们，卜魁将变成第二个瑷珲！"

"你这汉奸！"

"自古以来就是胜者王侯败者贼，识时务者为俊杰！"程德全气急败坏地威胁道，"俄军司令的要求，你必须答复。今天你愿意见也得见，不愿意见也得见，由不得你一意孤行了！"说罢，一摔帘子走了。一个更为恶毒的计划产生了，他急忙去找副都统萨保。他要取得萨保的支持，发动兵变，以武力劫持寿山将军去俄军司令部投降。

又是一阵枪声传来，已经平静了的卜魁城里喊杀连天，俄军正从北面城门冲入。义和团已经不见踪影，俄军向平民开枪，警报一个接着一个，让将军拿主意。不然，俄人闯入将军衙门，大家都得当俘虏。

寿山将军反倒镇静了，他只说了这么一句话："我不能亲眼看见这种事！"

然后取过一块碎金吞入腹中。

"阿玛！"站在旁边的大公子荣谦哭叫一声，却不敢拦阻。

寿山将军企图吞金自尽，他正一正珊瑚亮红顶纬帽，理一理身上的五爪团龙绣袍，从容地躺在早已备好的棺材里，心爱的手枪依然放在枕下。

外边的喊声越来越大，也越来越近，棺材周围的人都战战兢兢地望着躺在棺材里闭目待毙的寿山将军。大家屏住呼吸，几乎都能听到心跳的声音。

寿山将军并没有死，金入腹中，作用是因体重堕穿胃肠而致人于死，需要有一个较长的过程，更何况将军吞金后即躺下，穿透力更慢。

府外，人声鼎沸。

府内，人心惶惶。

寿山将军意识到自己短时间内还难以毙命，从枕下摸过手枪，吩咐公子荣谦："我死以后，速扶棺出城，万不可叫俄人得着尸首。"

大公子含泪点头应下，将军把手枪递过去，闭上眼睛，一拍胸脯："赶快开枪，向这儿！"

大公子接过手枪，手颤抖得厉害，说啥也举不起来。

将军闭着眼睛等死，半天不见动静，耳朵里除了哭泣声就是喊杀声。他睁开眼睛，瞅瞅哭泣的儿子，"快！"将军催促道，"不要挨时间，再晚就出不去城了。"

一个家将慌慌张张地跑进来报告："要出城赶快走吧，毛子兵占了各门，就剩下南城两个门了，街上死人无数。"

在场所有的人听了无不惊慌失措。

将军分明也听清楚了，又催促荣谦："快！迟早一死，岂可误事？"

"父帅！"

大公子实在不得已，狠了狠心对准阿玛的胸膛开了一枪。因他不忍看，闭着眼睛扣动扳机，手一颤抖，子弹从将军的左肩穿过去。

"哎唷！"

将军意识到自己还活着，本能地叫唤一声，呻吟起来。但他是个刚强的汉子，忍着剧痛，尽量不呼出声音。

鲜血顺着胳膊流下，浸湿了衣服和铺垫。

唐家骏在旁看见将军活受罪，拿过枪说道："活受罪不如快点儿死，反正大帅为国尽忠之心已决。"说完，他向棺内开了一枪。

这一枪并没击中要害，而是击中了腹部的伤疤处。五年前的中日甲午之战时，寿山与弟弟永山随黑龙江将军依克唐阿到辽东前线，在与日军争夺辽东重镇凤凰城之战中，永山阵亡，寿山身负重伤，子弹穿透小腹，后来他被救活了。治好伤后，腹部留下伤疤，每到天冷、刮风或阴雨天，伤疤发痒作痛。不想今天这一枪穿透旧伤疤，无法忍受的剧痛使寿山将军大叫不已。大家心碎了、手软了，谁也不肯再开枪。

周围的人悲哀地哭泣着；

将军痛苦地呻吟着；

外边喊声时时地喧嚣着；

时间在一点一点地消逝着。

一切都在艰难中……

在后堂等待命令的姨太太桂珠听到前堂两声枪响，知道不妙，忙转出来，扑到棺前，望见棺内流淌的血迹，她惊叫一声："大帅！"

唐家骏对她说道："太太，现在应当叫大帅赶快归天，免受痛苦折磨，太太拿主意吧！"

桂珠一咬牙，疾速从自己怀里掏出一只小巧玲珑的手枪，对准将军的胸口，"叭"的一声响过之后，寿山将军不喊也不叫了，不再翻转扭动了，他怀着无限的遗憾，永远离开了这个混乱的世界。

将军气绝身亡。

桂珠凄惨地叫了一声："大帅，你好苦哇，我来了！"然后毫不犹豫地举起枪对准自己的脑壳开了一枪……

190

企图劫持寿山将军投降的程德全约会萨保，带着一队亲兵闯入将军衙门时，整个大院空无一人，他晚来了一步，唐家骏已经护卫着将军的灵柩出城了。

萨保瞅瞅程德全："怎么办？"

"他不会跑多远，你老兄带兵去追，我留下搜查府第，我就不信他能上天！"

萨保走后，程德全带着随行人员进入将军后宅，吩咐手下："你们给我仔细搜查，能找到一个人也行。"

他转到书房，案头上还放着将军平时喜读的《第一才子书》①，有一册尚翻着。程德全略看一下，几行由将军用朱笔圈点过的句子映入眼帘，那正是"诸葛孔明骂王朗"的话：

······狼心狗行之辈，衮衮当朝；奴颜婢膝之徒，纷纷秉政，以至社稷为墟，生灵涂炭······

"嘿嘿。"程德全冷笑一声向内室走去。

在后堂，他看到的是另一番情景。一个青年妇女躺在地上，头顶血糊糊的，右手握着一只小手枪，身体温软，呼吸已经停止。程德全认识，她就是将军的爱妾、姨太太桂珠，看样子好像是自杀。

"这是何苦！"

程德全命令士兵抬出去，买棺盛殓。

将军府的一切家具衣物均无有动，就是不见一人。跑了还是死了。到底儿哪去了？这么迅速，真的能出得了城去？

幸好，士兵在厨房里找到一个年老的厨子，把他带到程德全面前。

"将军哪儿去了？你说实话。"

老厨子不认识程德全，没好气地说："不知道。"

"刚才我来时，还见过他，仅仅一会儿工夫就不见了，你会不知道？"程德全威胁道，"你说还是不说？"

"我说。"老厨子细细打量一下程德全，"你不问将军吗？实话告诉你吧，为国尽忠了。"

"真的？"程德全虽在预料之中，也未免吃了一惊，"他怎么会走绝路？"

"都怪那个程雪楼，丧尽天良，勾引毛子，真是无耻的汉奸！"

一个士兵走上前："不许胡说，这就是······"程德全忙摆摆手，制止士兵说出来。他向前靠近厨子："程观察同俄军讲和，保住江省不受祸害，有什么不好？"

"呸！别替他遮羞了，汉奸就是汉奸，卖国就是卖国，老百姓心里

---

① 即《三国演义》，当时木刻版或泥活字印刷时均列为《第一才子书》。

有数。"

程德全苦笑道："你认识程观察吗？"

"我认识那个畜生干什么！"

程德全强压住火儿："将军真的死了吗？"

"尽忠就是尽忠，这不含糊。将来青史留名，不能像程雪楼卖国投敌，骂名千古。"

程德全听这个厨子口口声声地谩骂自己，心头火起，刚要发作，一想，还得从他口中得到将军的准确行踪，只得耐着性子："城里全是俄国兵，将军根本出不去城，他是不是躲到哪个大人家里避难去了？"

"不知道！我就知道将军为国尽忠是事实。"厨子用疑惑的目光盯着程德全，"你是谁？追问将军的下落干什么？"

"我是水师营总管，找他有急事。"程德全撒谎说，"我是来保护他的安全的。"

"晚了。"厨子狠狠瞪了他一眼，"早干什么来着？你就看看这个大院儿吧，昨儿个还好好儿的。"

"唉！都怪我来晚一步。"程德全问道，"将军灵柩现在哪里，我总应该和他告别吧？"

"灵柩？是不是棺材？早已出城了！"

"啊？"程德全惊叫一声，命令部下，"追！赶快出城，务必给我追回来！"

厨子吃惊地望着程德全："大人，你是谁？"

程德全并不答言，转身出去。当他出了后堂角门的时候，回头对准老厨子"啪"地打了一枪："你这老混蛋！"

第三十章

191

唐家骏率领二百亲兵，护卫着寿山将军的灵柩出了南面的迎恩门，疾速向将军的家乡奔去。

寿山将军原籍东布特哈的乡下，距省城卜魁约一百五十里。将军夫人的遗体已于几个时辰前先期到达，将军的爱妾桂珠业已自杀，小女儿金姐儿被乳母抱走避难民间，总算保住一条性命，但此女以后也没有回归袁家。一个封疆大吏，坐镇一方的诸侯，顷刻间家破人亡，他那些护卫亲兵无不叹息。他们走了大约三十里，程德全率领的追兵就赶上了，看见前边有一支人马，大喊道："站住！"

唐家骏见有兵追来，让公子荣谦带一部分亲兵保着灵柩先行，自己带一百多人断后，他要看一看是什么人来追赶。

程德全汗水直流，喘着粗气，一马当先来到近前，高声叫道："大帅在哪里？请停一下，我要见他有急事！"

"程大人，怎么是你呀？"唐家骏迎上前去，"找将军干什么？"

"啊，贤侄。"

唐家骏礼貌地抬抬手："不敢当，程大人是不是想见一见大帅？"

"是的是的，唐统带。"

唐家骏白了他一眼："见大帅，你还不到时候，到时候自然有你见面那一天。"

"他在哪里？现在为啥不能见？"

"他到五殿阎君面前告你去了，阎王传你的时候，你不想见也得见。"唐家骏冷笑道，"怎么，你害怕了？"

"你好大的胆子，俄国司令要他的尸体，你敢运走？"

"那就用你的身体代替吧，将军嘛，你永远找不到了。"唐家骏一挥手，百余亲兵一齐举起枪，对准程德全。唐家骏说道，"程大人，请回吧，你们再敢往前走一步，那就对不起了。"

程德全吓了一跳，回头命令："还不动手！"

"谁敢动！"唐家骏一甩手枪，"动一动，你们谁也别想活着回去。"

"贤侄！"程德全惊慌失措，"愚伯所提的亲事，还望贤侄考虑考虑。"

这是哪儿跟哪儿，程德全得将军遗体心切，居然说出曾经给唐家骏提过亲事的话，真是利令智昏！

"看在你给我提过亲的份儿上，今日留下你一条命。至于亲事嘛，我可没那个福分，告辞！"唐家骏又一抱拳，便率领百余亲兵缓缓地向东南退去。

唐家骏护送寿山将军的遗体归乡之后，便遣散了二百亲兵，他独自一人离开龙江，后来投向了革命党，民国时期当了东北军的师长，这是后话。

却说程德全怔了半晌，望着唐家骏一行已经走远，他气急败坏地骂道："一群废物，赶快给我追！"

一个心腹家将建议道："大人，这年头儿，做事可要留步啊！真要把将军给俄国人追回来，将来和约之时，上头要是追究起来，恐怕不好解释。"

"对，"程德全不住地点头，"你怎么不早提醒我，你的话真是金玉良言。"

"我没想到还真的追上了。"

"回城！"程德全拨转马头，吩咐道，"刚才的事，谁也不许乱说，不准走漏风声，没追上就是没追上。大路朝天，谁知他走哪一条！"

他们回返走了不足十里，又一队骑兵风驰电掣般飞奔而来，路上荡起一层尘土。两队人马相遇，程德全看清楚了，带队的长官是副都统萨保。

"萨大人，也是为将军的事而来吗？"

"啊，程大人。"萨保说明来意，原来他奉了俄军司令之命，无论如何也要把寿山的灵柩找到，因为俄人"死要见尸"。

程德全告诉他说："没从此道走，追不上了。"

萨保着急了："不行啊，俄国人追得紧，非要找到将军的尸首不可。"

程德全讪笑道："我都没追上，你上哪儿去找？现在青蒿遍地，深草没稞，哪里还藏不了？"

"那俄国人不答应咋办？"

"哼！"程德全向马屁股上轻轻抽了一鞭子，"叫他们自己找！"

萨保随后赶上来："程大人，咱们都是将军的同僚和故友，谁也不愿意看到这等事，形势所迫啊！"

程德全放慢了速度："是啊，仅仅就几天工夫，我们好像变了一个人，我们这是在干什么？"

萨保笑一笑道："拯救时艰。"

"后世如何看待我们今日的作为，能体谅你我兄弟忍辱负重的苦心吗？"

萨保不语。沉默片刻，程德全又说道："天意，都是天意，谁能想到局势会变得这样糟呢！"

萨保突然问了一句："'八国联军'占了北京，皇太后、皇上还能回来吗？"

"李中堂自有办法，皇上要回京，联军要撤走，大不了多拿点儿银子，割几块地盘儿。"

"可也是。"萨保又问道，"程大人观察得透彻，你看俄军什么时候能退去？"

"遥遥无期。"程德全对俄国人的心态是复杂的，应该说爱少恨多，他想向萨保表明心迹，因为他知道，萨保是满人，前途无量。况且寿山已死，江省乏人，唯一的继任者非他莫属。他不想让萨保同俄国人走得太近，以免遭到非议，影响仕途。他说："依我看，俄国兵可能要赖着不走，因为东三省靠近俄国，他们早有吞并的野心。"

"这我知道，谅他们现在还不敢。若那么做，别的国家也不会答应。"

"难说啊！"程德全讲出了理由，"强权时代，无有公理。列强大多离中国远，只有俄罗斯同中国搭界，一心想吞噬中国，已不是一年两年了，前车之鉴啊！"

"那咱们将来怎么办？"

程德全一笑："放心吧，老兄，这不会影响你我弟兄的前途，要紧的是审时度势，随机应变。"

"高见！"萨保诡谲地说，"程大人真是不可多得的人才，佩服！佩服！"

程德全若有所思，对萨保又像是对自己喃喃自语："可笑凤翔、寿山这些傻瓜，家破人亡，死也难辞其咎，何苦来呢！"

192

萨保、程德全总算还有一点儿中国人的良心，没有认真去追索寿山将军的灵柩，率军回了城。这时，俄军司令部的人正有急事找他们，二人只好去见连年刚波夫少将。

"程德全先生阁下，您方才干什么去了？全城都找不到您，这是不友好的表示，请您解释一下。"

程德全一听，心中老大不乐意，他冷冷地回答道："我是遵照贵司令的指示，同萨大人出城去寻找寿山的灵柩。怎么，不记得了？"

"噢，是这样。"俄军司令说，"找到了吗？"

"现在还没有。我想，他不会离开卜魁城，因为他没有那么多的时间。"

连年刚波夫转了一阵眼珠子，又盯着萨保问了一句："是这样的吗？"萨保点点头："是这样。"

连年刚波夫少将表示满意，他便转过话头说："我找阁下，是请阁下办另一件事，愿我们合作愉快。"

"请指示。"

"事情是这样的。"司令说，"第二路军司令官格里布斯基将军在城里稍事休息，两日后即南下奉天，请阁下今晚给安排一场舞会，再请几位年轻漂亮的小姐。"

"这，这……"

俄司令见程德全支支吾吾不肯答应，笑了笑道："俄罗斯是个文明的国家，斯拉夫民族也是最优秀的民族，绝对不会出现北京那些糟糕的事，这个我向程先生保证。"

北京那些"糟糕"的事，程德全当然知道，那就是"八国联军"攻入北京之后，在城内奸淫烧杀，无恶不作，他们的暴行都上了欧美各国的报纸，全世界无人不知。对于连年刚波夫的口头保证，程德全根本就信不过，但是在俄人的威逼下，他还是答应下来："那我试试看。"

程德全想到了卜魁城里的那些妓院，他打算从妓院里找一些年轻漂亮的妓女，让她们来应付目前的局面。妓院老鸨收了程德全的好处费，自然痛快地答应了，没有费多大的劲儿，二十名年轻貌美的妓女就凑齐了。

她们被集中到一起。

程德全平时根本看不起这些风尘女子，现在有求于她们，他也只得放下架子，开导她们："你们都是见过世面的人，又识大体，俄国人喜欢跳舞，今天请你们陪一陪他们。这次舞会不比寻常，都是俄军中的高级人物，你们一定要让他们满意。"

一个妓女说："我不干，老毛子黄眼珠儿大鼻子，我一见就害怕。"

还有一个年岁较大的妓女说："陪陪跳舞倒是可以，老毛子要那么可咋办？"

程德全默然无语。他不敢保证俄国人是否能干出什么意想不到的事情来。

这时，妓女们纷纷质问程德全，让他保证俄国人不得非礼。

程德全被纠缠得很是恼火，厉声道："得了，你们别装正经了，这场戏要是给我唱砸了，过后我封闭你们的妓院！"

这句话果然有效，妓女们不闹了。她们最怕的就是封闭妓院，她们无处挣钱，就得流浪街头。

一个妓女胆子比较大，她公然站出来顶撞道："程大人，我们身在江湖，想装正经也装不了。不像你程大人，中国人给外国人办事，还较起真儿来了，你这才是没牙照镜子——无齿（耻）装正经呢！"

"大胆！"程德全愠怒了，一个身份下贱的妓女竟敢奚落自己。他转而一考虑，现在什么时候了，好歹叫她们圆了这个场，俄国人不来找麻烦，那就是万幸。无奈之下，他只好放下大人老爷的架子，好言安抚她们。

193

光绪二十六年八月初七日，也就是俄国北满方面军第二路军总指挥格里布斯基中将到达齐齐哈尔的当晚，在省城最大一家餐馆举行招待会，为俄军总指挥接风洗尘。俄军方面也是在庆祝占领黑龙江省的伟大胜利。

宴会的东道主是北路援军总统、候补道员程德全，俄军官在格里布斯基将军的率领下，约四十人出席，中方有萨保副都统及几位四品以上官员作陪。另外，二十名妓女也被作为舞女夹杂在俄军将校里边，看得出来，由于舞女数量少，连年刚波夫露出不悦之色。程德全装作没看见，仍是笑容可掬地通过翻译向俄国"客人"致欢迎词。

俄军将校正襟危坐，尽量显示欧洲人的绅士风度，而且也更加彬彬有礼。

在俄国"客人"中，除了两位司令官及其属僚们，还有几位是对华作战立过功、有过贡献的人。郭尼玛神父又故地重游，小马克少校同托尔金商务代办那张地图起了作用，对俄军行动有所帮助。虽然在瑷珲前线地图没有带过江去，被清兵没收，但凭他们的记忆也足以提供比较重要的线索。代参谋长阿留申上校是个活跃人物，他和总指挥副官哈洛夫大尉似乎是今晚宴会的东道主，二人手舞足蹈，喧宾夺主，把程德全等人晾在了一边，忽视了他们的存在。

败军之将不言勇。

程德全忍气吞声地盯着这些胜利者们，心里说："小不忍则乱大谋，仅此一回，过了明天，他们就滚蛋了！"

格里布斯基将军不太爱喝酒，他坐了不大一会儿，便离席进入房间去休息，由一个妓女陪同照顾，别人送他到房间门口儿就退回来了。程德全发现，宴会开始时，由他派出的新军担当警卫，不知什么时候，中国兵不见了，整个餐馆都被俄军控制起来，布拉斯中校似乎是这里警卫兵的头目。程德全暗说不好，今晚可能要出事。萨保本来贪杯，喝起酒来全然不顾，他不住地同连年刚波夫碰杯，对这里的异常气氛浑然不觉。

连年刚波夫少将今晚心情特别好，攻占了龙江省城齐齐哈尔，中国的将军自杀，文武官员和军民统统投降，他将会得到彼得堡的嘉奖。他顺手搂住一个妓女，又是亲嘴又是啃脸的。不习惯这种动作的中国妓女吓得挣脱跑开，俄军司令半醉半醒地伸开双臂一扑，没有拉住，却从椅子上闪下来，被身旁的军官扶住，总算没有跌落地上。布拉斯中校气咻咻地瞪着程德全，阿留申参谋长潇洒地一耸肩，歪着脖子瞅着程德全点点头："不难理解，在东方的落后民族面前，是没有文明可言……"

程德全听译员翻译完这句话，觉得受到了污辱。他起身双手一拢，对俄军官说了句："抱歉！"然后对着刚走到门口的妓女喝道："回来！"

"我害怕。"妓女还是要出去，却被门外站岗的俄军挡了回来。

"这是俄国人的风俗习惯，有什么可怕的？"程德全一声接一声地招呼，"回来，回来，坐回去！"

妓女站在那里不动："啃得怪难受的，我……"

"那是司令喜欢你，真不识抬举！"程德全为了圆场，又耐心开导她说，"难得的机会，伺候司令官，你多有福气呀！"

"咋不叫你家太太小姐来伺候呢？我享不了那个福！"妓女还是往外挣，挣不出去，就坐在地上哭了起来。

这时，十余个妓女离席，拉起地上那个劝慰道："行了行了，别给这位程大人找麻烦，他不说要封咱们妓院嘛！"

"封了更好，你当我们爱干这一行吗？"好说歹说，那个妓女总算归座了。

格里布斯基将军离席不久，在座的俄军将校们开始肆无忌惮起来，完全背离了他们标榜的欧洲文明表率，有的搂住身旁的妓女亲嘴，还有两三个人争抢一个女人，妓女们哪里见过这种场面，吓得哭叫起来。俄军将校更是乐得开心，他们哇啦哇啦叫喊，俄语听不懂，他们也不用翻译。程德全实在看不下去了，与萨保对望着，他怕出事，就假装什么也没看见，一任俄军官所为。

宴会又进行了一会儿，布拉斯中校跳起来，从鞘里抽出刀来，照着一个盛鱼的大盘子用力一插，只听"咔嚓"一声，盘子粉碎，一柄指挥刀明晃晃地嵌在桌面儿上。满席人员尽皆失色，俄军官们鼓掌欢呼，程德全站起来赔笑道："阁下有话只管吩咐，何必生这么大的气？"布拉斯中校瞪起双眼"哇啦"了半天，经过翻译的解释，原来是鱼的味道很好，只是太少了，没吃够。

程德全哭笑不得，大声吩咐道："堂倌儿①，再上一盘红烧鲤鱼！"

194

宴会完了，俄军官都转到大厅里，这是已经布置好的舞场。谁知陪酒这些妓女们看到俄军将校们个个喝得酒气熏天的狼狈相，都不愿意去陪他们跳舞。程德全好说歹说，终于把她们劝好，同意只陪跳舞，而且也只跳一支曲子。

到了舞场，妓女们看到气氛不对，反回身来要离开。就在这时，突然出现十余名俄国士兵，端着枪，把她们驱赶到舞场里。夺路逃出几个也被抓回来，推到里边，门随之关上了。

---

① 宾馆饭店的服务员，清代叫"堂倌"或"跑堂的"。

接着发生了什么，外边的人无法知道，俄军官的淫笑声，妓女的叫骂伴随着哭号声远近皆闻。二十来个妓女，四十五名俄军将校，他们足足闹腾两个多时辰，然后门被打开，妓女们一个个衣冠凌乱地驱赶出来。再一看，门又关上了，就像方才什么事也没有发生一样，俄军的岗哨也撤了。

不用问，她们被集体轮奸了。

程德全没有离开餐馆，餐馆已被封锁，任何人也出不去。好容易挨到后半夜，妓女们一个个灰溜溜地走过来，见着程德全，有的痛哭，有的指责，有的叫骂，一定要讨个说法。

程德全心知肚明，这是意料中的事，否则，他也不会找妓女来满足俄人的要求。令他感到意外的是，几十名军官强迫二十来个女子在大厅里集体淫乱，这些代表欧洲文明的优秀人种，居然干出这等有伤风化、败坏伦理的丑恶勾当。

程德全听了妓女们哭诉，惊得目瞪口呆，对半醒不睡的萨保说："萨大人，以后无论谁来做将军，对这些姑娘们都要厚加赏赐，以示补偿。今晚发生之事，我们两个人作证。"

萨保似乎才明白今晚发生的尴尬事，他对程德全很不满，心里说："都是你，一味迎合俄国人，才闹出这样耻辱的事情来。"他像是回击程德全："老夫酒喝多了点儿，只顾睡觉，什么事情也不知道，有程大人一个人担着就行了。"

"这个老滑头！"程德全暗骂一声，即吩咐仆人去叫车子，把妓女们送回去。离开之前，他下了一道命令："今晚之事，不准泄露，就当什么事也没有发生，叫它成为千古之谜。"

俗话说，没有不透风的墙。尽管程德全一伙掩盖自身的劣迹，俄军官强奸妇女的事不久就成为人们街谈巷议的无聊新闻。大家传得比实际发生的还令人切齿，程德全就是有一百张嘴也无法把这事说清楚。他在黑龙江人民的心目中就是一个不折不扣的汉奸形象，直到近世还被人们詈骂。

程德全懊丧地回到公馆，疲乏加上气恼，又熬了一夜，他要好好儿睡上一觉。于是吩咐手下，他要休息半日，任何人也不会见，只有俄国人有事可以叫醒他。

他躺下不久，还没来得及睡着呢，就有一位官员来到程公馆，要见程观察。门上回绝道："大人有话，任何人不见，有事下午办。"

来人是一位老官僚，他说道："程观察可以不见任何人，但不能不见我。你去通报，就说有一个从瑷珲来的，姓来，他就知道了。"

仆人很不情愿，又不能不去，当他怀着忐忑的心情招呼程德全的时候，突然脸上挨了一巴掌，程德全骂道："混账东西，我不是说过了吗？不见任何人！"

仆人一手摸着腮帮子，委屈地说："小的对他说了，他说大人可以不见任何人，可是不能不见他。"

"你说啥？是个什么样的人？"

"六十左右岁，北京口音，从瑷珲来……"

"是不是姓来？"程德全一骨碌从床上爬起来。

"好像是。"

"他在哪里？"

"在门口。"

程德全跳下地，来人已经进了屋子。

"程大人好自在，日出三竿你在眠，不知城里闹翻天。"

"来大人！"

此人正是瑷珲前敌营务处总管来鹤年。

来鹤年怎么来的呢？

自北路军撤出瑷珲后，北大岭阻击失败，凤翔殉国，崇玉阵亡，恒龄重伤，三军瓦解。这一切的一切对来鹤年触动很大，也使他大彻大悟，仅仅十余天的时间，他就像换了一个人。他尾随齐齐哈尔练军来到省城，已知寿山将军自杀，军中几乎异口同声地痛骂程德全。他不想见任何人，打算在卜魁静养几天，看一看形势，准备回京。近一段时间社会秩序很乱，太后、皇上又离京西狩，李中堂的和约谈判还没有头绪，他现在是瞻前顾后，左右为难。程德全是来鹤年的挚友，因其名声不好，在这个时候见他，难免遭人非议，对这种人，还是敬而远之为好。

不想昨晚舞会上的事情，很快在齐齐哈尔城内传播开。人们不了解真相，均一口咬定这一切都是程德全的安排，说他为了讨好俄国人，用金钱收买一些年轻美女，送到俄国人那里供其淫乐。来鹤年听到这个消息也不问事情是真是假，他要亲自找到程德全。

"停战议和，大势所趋，可是你做得有点儿出格了，走得太远了！"

195

来鹤年找到程公馆，程德全还没等出来他就进去了。

程德全急忙迎接这位不速之客："翰臣兄，别来无恙。"程德全睡意全消，打起精神："自北大岭话别后，怎么今日才露面？"

"一言难尽。"来鹤年坐卜说道，"我回到卜魁后，暂栖息在大成店里。本想平定下来以后，告老还乡，做一个太平百姓，安身养命足矣！"

程德全笑道："翰臣兄是有抱负的人，经此一挫，怎么灰心了？"

来鹤年瞅一瞅显得有些消瘦的程德全，说道："凤翔的死，加上寿山的死，对我触动很大，我们都应该反思。"

"反思什么？凤翔刚愎自用，行事鲁莽；寿山独断专行，毫无谋略，他们自然要走绝路，所谓的咎由自取。"

"不然。"来鹤年摇摇头道，"我近来听军民说，瑷珲之失都怪我不尽力，又掣肘凤翔，所以引起惨祸。我扪心自问，虽属冤枉，可是也不无道理。"

"哼！"程德全是什么人，怎么能听不出弦外之音，"不就是变相指责我没有协助寿山，对他的自杀负责吗？"他站起来，"我们为天下大局着想，岂惧小人之口耶！"

来鹤年也站了起来，冷笑一声道："人固有自知之明，老兄真的对江省之事没有责任吗？"

程德全愠怒了："翰臣兄，你今早上门是不是找我毛病来了？那些市井之徒的污言秽语你也当真了？我们可是多年的至交啊。"

"恕我直言，老兄统兵北上，不仅不去御敌，反而投降了，将军之死能与此无关？眼下民怨沸腾，指我们为汉奸，一旦俄人退去，我们怎样面对国人？"

程德全听了这话，反倒平静了，遂对老朋友辩解道："我之投降，理由有三：一有李中堂电示，二有寿将军委托，三有瑷珲弃守，敌兵入境，大势已去，不投降还有别的路可走吗？"

"就算你说得有道理，那么请问，昨天晚上发生的事情，这又作何解释？"

程德全内心一惊："昨晚，昨晚发生什么事了？"

来鹤年笑道:"两个时辰以前的事就忘了? 你老兄这样做,不怕百姓唾骂吗?"

程德全理亏,终于泄了气,口气也软了下来:"翰臣兄,俄国人的专横你不是不知道,兄弟也是没办法啊! 再说,我找的都是妓女,没有良家女子。"

"妓女? 妓女也是中国人,有损国格。"

"唉,现在还谈什么国格不国格,'八国联军'攻入北京之后,连王公大臣府的小姐太太都给强奸了,哪还有什么国格可言。"程德全想缓解一下气氛,拉着来鹤年说,"你也乏了,咱们上床休息,别老提那些伤心的事了。我昨晚熬了一夜,刚躺下,你老兄就光临了。来,上床歇歇。"

"你实在困就睡一会儿吧,我觉已睡好,现在精神十足。你休息吧,我到外边溜达溜达①,等你睡醒,咱们再谈。"

"好,那就恕我失礼了。"

程德全太累了,他上床不大一会儿就进入了梦乡。

来鹤年走出屋子,步入院中,看一看程公馆的规模。这是一个普通的士绅住宅,宅院不大,是个两进的宅院,大约有十几间房屋,砖墙、门楼、灰瓦、青砖,院子很静。门房有马弁、听差的,也就四五个人,比起自己在瑷珲的公馆差得远了,可是如今,自己公馆早已变成瓦砾,他想到这里,无限伤感。

"无论如何也要把这老骨头带回家乡去,不能做异乡的浪荡鬼……"

他刚踱到大门口,听见门外有人喧哗,一伙不明身份的人给程公馆的大门旁贴上一副对联儿,霎时引来无数人围观。

来鹤年好奇,出门一看,正听人们小声议论,说对联儿上写的话没有人懂得。有人说:"这叫什么对联儿,是谁出的馊主意,写些像谜语一样的话。"

来鹤年一看,笑了:

上联儿:一二三四五六七

下联儿:孝悌忠信礼义廉

横批:千秋×罪

来鹤年心里说:编对联儿这个人还真有点儿常识,他居然用这个故

---

① 溜达:北方土语,即散步。

事讽刺程德全，可见人心不可欺。对联儿是有些古怪难懂，我可不能挑明这个典故，程德全毕竟是多年的挚友。想到这里，他招呼程公馆的人员，赶快驱散人群，撕下对联儿。可对联儿是用胶粘上的，结实得很难清除。于是又取来水，用水洗，用刀刮，总算把字迹除掉了。

人群并没有散去，他们仍对着大门指手画脚地议论着，还有人大声背诵对联儿上的句子。

来鹤年感到很无聊，想进院儿，吩咐仆人不要关大门，在门外守护，以免再有人贴。就在这时，不知从哪条街哪个胡同里走来一位花白胡子的老先生，他对大家说："你们懂得对联的意思吗？"

"太古怪了，没人懂。"

"没人看得懂，那不是白贴吗？"老先生说，"我给大家讲一讲对联儿的意思，你们都要记住。"

来鹤年刚迈进门槛儿，听了此话，又退了回来，要听听他怎么讲。

"一二三四五六七，缺少个'八'字，意为忘八；'八'字代表什么呢？孝悌忠信礼义廉耻八个字。可是对联却有七个，唯独没有第八个字'耻'字，意为无耻。忘八又无耻，这就是汉奸。横批是千秋×罪，特别那个×，你怎么理解都可以，如果理解为千秋功罪，要后人给以评说。"

"明白了，明白了！"

"对联写得好，写得好！"

"忘八，无耻！"

人们乱哄哄地嚷着。来鹤年走到那位老先生跟前，一抱拳："听了阁下方才解对联儿，定是饱学之士，佩服！这副对联儿还有一段历史公案，先生知道吗？"

"敝人不知，方才献丑，见笑了。"那位老先生看这个人气度不凡，知其为高明之士，忙双拳一拢，"愿闻其详。"

"我朝开国之初，明朝蓟辽总督洪承畴在松山战败，被太宗皇帝俘虏，投降了我大清。后来，这个洪承畴为大清效力，平定中原，消灭南明，成为大清朝的开国功臣。谁想，有一年的除夕晚上，有人在他府门上贴了一副对联儿，就是方才这两句话。"

"后来呢？"有人好信儿地问。

来鹤年长叹一口气："后来，洪承畴还算有点儿廉耻，他回去就关上门，上吊自尽了。"

"啊？他还算好样儿的！"

又有人问:"现在还有洪承畴这样的人吗?"

来鹤年意味深长地说:"从古至今,哪朝哪代都有,他们都比不了洪承畴。有些人为了眼前的利益,什么丧权辱国、损人利己的事都干得出来,你就在他门上贴一百副辱骂他的对联儿,他也毫不在乎,人心不古啊!"

人群中发出了笑声。

这工夫,不知谁喊了一声:"不好,毛子兵过来了!"

大家一看,从街道那边闪出一队穿白军服的俄国兵,人们惊慌地四散而逃,程公馆门前霎时寂然无声,街上又显得空荡荡的。

196

俄军终于离开齐齐哈尔南去了,途经伯都讷,守城官兵闻讯弃城逃走。俄军从伯都讷、阿勒楚喀、宁古塔、珲春各路聚会吉林,吉林将军长顺以迎宾之礼相待,结果还是被俄军洗劫了官银钱号和机器制造局。南满俄军北上陷沈阳,盛京将军增祺弃城逃走,结果被俄军俘虏于辽西,东北全境落入俄军控制之中。

八月中旬,吉林长顺将军参奏寿山和晋昌,说他们"纵容拳匪,鲁莽图功,不能知己知彼",把东三省失守的过错完全推到他们身上。结果晋昌被免去盛京副都统职务,听候查办;寿山虽死,也被革去官职,褫夺功名。

接着,清廷重新起用延茂任黑龙江将军,延茂未到任就自杀殉国,复改任黑龙江副都统萨保升为将军。投降有功,得到升迁,那时是很普遍的现象。至于那位公馆门上被贴了污辱性对联儿的程德全,也于光绪二十九年升任齐齐哈尔副都统,三十一年署理黑龙江将军。这位程德全一直官运亨通,民国时还做了几个省的督军,长顺、增祺这些投降大员们同样受到了嘉奖。

回头再说一说来鹤年。那天他没有再进程公馆,俄国巡逻兵过去以后,他回到下榻的馆驿,整理行装,准备离开齐齐哈尔。他见俄军在街上耀武扬威,感到不是滋味,堂堂中华大国,竟被外国兵任意驰骋,作为一个中国人,实在觉得脸上无光。他也不曾想到俄人如此不讲信义,自己当初也是厌战主和最力者,所以一直和凤翔意见相左,没有料到程德全投降后局面会是这个样子。他找出带在身上的一叠文件，从里边抽出一份，这是他在兴安岭上的军中拟的一份给朝廷的奏章底稿，准备找个机会拜发出去。在这份奏稿中，不仅对瑷珲的失守、斗沟子的撤退做了歪曲的描述，并且给凤翔加了几项罪名，他认真重复地看了一下：

　　……其罪有四：一曰无端启衅，侵入俄境；二曰临阵畏缩，逃避弃城；三曰袒护拳匪，姑息养奸；四曰作诗抒愤，怨谤朝廷。

　　他看了一会儿，又看看凤翔的诗，忽然悟道："奇怪，凤集庭平时不会作诗，他怎么写出那么几行诗句，这是怎么回事？"

　　正在这时，忽然从外边进来三个青年，来鹤年认识，在瑷珲在兴安岭，他们随军转移。自凤翔阵亡后，他们在军中很少露面儿，今日怎么会找到这里？三人给来总管请安："来大人安好！"

　　"你们不是副都统文案上的贴书吗？怎么知道我住在这里？"

　　"我们是奉了打牲总管云生大人之命，临时帮凤大人处理文案，今凤大人已殉难，我们也该返回乌拉了，特向来大人拜辞。"

　　"是啊，副都统把三位从乌拉请过来，你们为瑷珲也尽了力。如今世道凶险，也该回去了。惜军中辎重损失严重，没有银两作为酬劳，我这儿还剩几张银票，你们拿去做盘缠吧！"来鹤年说完，忙去翻找银票。

　　"来大人，不必了。"其中一人说，"我们是来向大人讨回一件东西的，请来大人行个方便。"

　　来鹤年愕然："什么东西？"

　　那人说："大人，副都统阵亡后，他留下一些文书档案，里边有份诗稿。"

　　"不错，是有一张纸签，上边有诗句，那不是副都统作的吗？"此时来鹤年的手里正拿着这张诗签，他扬了扬，"是这个吗？"

　　"正是。"

　　"怎么能证明不是凤大人所作？"

　　"小的一来可以背诵全诗，二来有字迹为证。那诗确实是小的所作。因为看到凤大人太辛苦了，又死得太惨了，才以他的名义写了这首诗，为他鸣不平。"

　　"你知道这么做的后果吗？"

"小人后来意识到，听说文书档案在来大人处，就冒昧登门恳求来了。"

来鹤年递过去："幸亏被我发现，不然，麻烦可就大了。还给你吧，赶紧拿走！"

那人双手接过，当着来鹤年的面儿刚要撕，被来总管阻止："不能毁，这是历史，明白吗？"

"是。"

这首诗就这样保留下来了，三个年轻人也实在感谢来鹤年。

东三省失守以后，俄国制定了《监理满洲原则》，东三省军政大权操纵在俄国人手里，在满洲大地上横行无忌两年多才有条件地交还，但中东铁路和旅顺大连的主权从此丧失，俄国仍在满洲驻有重兵。

两宫回銮，《辛丑条约》的签订，这场闹剧才算收场。太后还是太后，皇上还当皇上，中国的老百姓却从此陷入了水深火热之中。

皇上无福民遭难！

真的是这样。

后　　记

　　《碧血龙江传》是我祖父崇禄先生以其自身经历所见所闻自编自讲的满族说部故事。

　　依稀记得，还在我很小的时候，大概也就七八岁左右，祖父就对我说："黑龙江北海兰泡住的中国人，都被沙皇俄国赶到黑龙江里淹死了；江东六十四屯的人也叫俄国杀光了。"

　　我当时听不懂。

　　以后，他就常常提到这个话题，我都听得不耐烦了。

　　后来，过了些年，他每当提到这一话题时，都特别加了一句："你要记住，千万不要当耳旁风。"

　　我还是没有印象。

　　后来，就是认真听他讲"八国联军"，讲"庚子俄难"的故事，这也是我听他传讲满族说部的最后阶段，时间是一九五二年至一九五五年之间，因为一九五五年①夏他就辞世了。我确信，除了他传讲了七八个"乌勒本"以外，带走的东西可能会更多。

　　他在向我讲述这个悲壮的历史故事之前，首先交代了他传讲这段历史故事的起因。

　　以下是根据他的口述而整理的口碑资料，原文如下：

　　　　大清光绪二十六年端阳节刚过，总管云大人②派人把我叫到大人府邸，时称后府。后府是西太后赏银建造，是个大门向阳的三进院落。我差不多每月都跑几趟后府，因为云大人年届七旬，不能坚持长期应时"点卯"，常常在家里办公。一般事务，

---

　　①　祖父卒于一九五五年夏，《我的家族和满族说部》一文作卒于一九五四年是错记。

　　②　云生，赵姓，汉军正白旗人，伊尔根觉罗氏，光绪六年至二十六年任打牲乌拉三品总管，二十七年升任伯都讷（新城）二品副都统，转年卒于任所，享年七十二岁。

两翼八旗主官就处理了，若遇重大事情，或者京城及各省督抚公函需要送到府上，呈给大人过目批示，基本上每次都是我送去，官场的话叫作"瞧事"。

每次"瞧事"都是我往大人府上跑，这次是大人找我，这又是瞧的什么事呢？

到了后府，因为我是常客，不用通报，也没人敢拦。全府上下人等差不多都认识我，就是仆人看我进院，都说："又瞧事来了。"

我直接来到大人单独办事兼起居的地方，给大人照例打了个千，问候一声"大人好！"云大人骨瘦如柴，个子不高，身体不算健壮，但精神头儿十足。他从来没让我坐过，每次"瞧事"的时间很短，或者他用笔批示，或者他让我传口谕，有时还吩咐套车送他去衙门。我每次都是等大人谕示下来，转身就走，一般不超过两刻钟。

那次例外，大人挥挥手让我坐在炕沿上，我哪里敢坐，仍站在那里，垂手站立说："大人有什么吩咐，晚辈奉命照办。"

云大人说出了叫我去他府上的用意。他说："今年是大清国多事之秋，先是拳匪造乱，后又洋人闹事，局势危在旦夕。特别黑龙江一线，地处俄边，容易被祸。黑龙江副都统凤翔，吉林人，与云某交情深厚，前日派人来见，说是黑龙江军中缺管文案上的人才，要向乌拉借调三五人，帮他打理文牍。所以想来想去，就想起你们三个人最合适，一个笔帖式，两个帖写达。想派你们三人去黑龙江凤大人军中，听候他委派，怎么样？"

我们三人都是谁？大人说，一个是我，两个帖写达海全和奎寿，都是满洲八旗人，通满、汉文。

不久前，在云大人的提携下，我刚升了笔帖式，正式差使还没有交办，反正也闲着没事儿干，云大人交代的事情，我不能不听从。从形势上看，这是危险的差使；从前途上看，这又是一次机会，我还是愿意去黑龙江的。心里这么想，可不敢马上答应。

云大人看出我的心思，对我说："你阿玛方面我去说，我先听听你的意思。"

"是的，大人。"我说，"那年我跟海成跑到辽东依将军①驻地宽甸城去投奔举人②，回来后受到责骂，规定我再上哪儿去，必须经过他准许。"

云大人说："这我知道，你不用管，只要你愿意去，你阿玛那边好说。"

我说："那我听大人的。"

在打牲乌拉总管衙门云生大人的安排下，五月初七我们三人上路，由驿路走的，二百里加急，五月十三到达瑷珲，呈上云大人的信，自报了姓名、年岁、旗属、职务。凤翔大人听得很认真，听了后对我说："你懂满、汉文，又能说几句毛子话，你就留在我的身边，随时听用。"

"谢大人关照。"

凤翔又对另外二人说："你们俩先充实营务处文案，当几天帖书，遇缺即补。"

我们三人都有了活儿干，又能经常到一块儿，也不觉得孤单。

这时候，黑龙江谣言四起，局势混乱，军民加强战备，巩固边防。更有一些义和团从外地涌入，城乡一团糟。义和团到处设坛，习练拳术，造谣惑众，蛊惑人心，好像是大清国存亡完全取决于他们，洋人是兴是灭也都由他们说了算。义和团大讲佛祖、太上老君、神灵保佑，说他们练就的是金钟罩、铁布衫，刀枪不入，很多人都信了。事后证明，这全是瞎话，俄军攻瑷珲的时候，这些金钟罩、铁布衫全不管用，毛子枪炮一响，他们非死即伤，剩下的仅一少部分随军撤退，大多都逃得无影无踪。

我在黑龙江军中待的时间并不长，统共也就五个多月，可对于那次战争的整个过程，耳闻目睹，知之最详。

和约以后，我从黑龙江回来，听说俄军过乌拉时，全城文武官员均躲避到城外的山上，只有云生大人整冠束带，高坐堂上，守护着打牲总管衙门。俄军倒也没把他怎么样，反而优礼相待，全城得以保护。事后不久，他就升为新城（伯都讷）副都统了。

---

① 奉调参加甲午中日之战的黑龙江将军依克唐阿。

② 乡贤富隆阿，依尔根觉罗氏，满洲镶白旗人，光绪壬午科举人，与依将军友善，时在依军中总理粮台。

经过那次沧海桑田的大变革，黑龙江前线的经历使我久久难以忘怀。那些浴血奋战、视死如归的八旗将士，是中国人的骄傲。

后来，我看了一些这方面的材料和书籍，有很多都与事实不符或语焉不详。考虑到当时的一些人还在世，不便指名道姓说事，就用化名编了这个故事，为那些精忠报国的满、汉将士们树碑立传，也给后世子孙留下一点儿真实的历史。希望后代引以为鉴，自强不息，使国家日益强大，以雪先人之耻，民族昌盛，国家繁荣。

我讲的是历史故事，历史故事与历史有别。讲历史，三言五语就讲完了，那只是知识，没有感染力。讲历史故事就不同了，它要打动听众，那就要有故事情节，真真假假，错综复杂，但历史不容编造，必须是真实的。

"庚子俄难"这段历史，是一桩板上钉钉的铁案，谁也翻不了。

在整理这部书稿的时候，感到比整理别的说部吃力。一来，这不是一气呵成的说部故事，断断续续经历两年之久，是一段儿一段儿讲的，先后重复、前后矛盾的地方也不少。还有的故事情节并不连贯，后来发生的故事先讲，先头发生的故事后讲的现象时有发生。由于我有记录本，在我祖父生前就开始整理。祖父故世后，我理顺一下，先整理一个初稿。这部初稿写在报废公文的背面，三十二开双页共四本，把原始记录本做了调整，对讲述重复的地方予以删除或合并，矛盾、颠倒的地方做了甄别和修正，基本上形成了一个有机的整体和完整的说部。

二十世纪六十年代初，我想找个地方把它推出来，于是上海文艺出版社很感兴趣，让我把它修改成历史长篇小说，能不能出不一定，让我搞完送给他们看看再说。谁想，在我修改此书进入收尾阶段时，"文化大革命"爆发了，一切计划全被打乱。十年之后，我利用业余时间又修改一遍。到了一九九九年初夏，文化界某位朋友将这部书的内容推荐给一家出版社的总编，据说该社要出一套有关"庚子俄难"百年纪念性的丛书选题，让我把书稿交给他们。因以前有过交出书稿便被遗失的情况，我又不认识他们，在没有得到承诺和保证之前，我是不会轻易交出任何书稿的，因此也就不了了之。

多年以来，有关这方面的文献书刊我看了不少，我们家也保留了一些文献史料，我互相对照一下，历史事件大体没有出入，只是在故事情节、人物评价上存在歧义和异同。这很正常，因为这是说部故事，不是历史教科书，即使对人物评价有些偏颇，带有讲述者的个人情绪也是难免的，至于虚构故事情节亦是说部的需要，否则难以成型。

书中有两位主要人物值得交代一下：

瑷珲军中的来鹤年，我祖父同他打了几个月的交道，认为他并不是存心卖国，只是对待俄军入侵持退让态度，一开始就不相信清廷主战是坚定不移的，所以他对凤翔的抗战之举嗤之以鼻。结果不出所料，抗战的结果、局势的转折，完全按照他的预想发展。对这样复杂的人物很难给以定论，来鹤年是瑷珲军中三个有影响的领兵大员之一。

程德全，齐齐哈尔军中举足轻重的人物，然而他率军北上增援，却打白旗投降，在瑷珲军中人皆痛骂其为"汉奸""卖国贼"，尤其是寿山将军的死与他有关，他自然成为众矢之的。我祖父受了瑷珲军中的影响，因其为"汉奸""叛徒"，加以詈骂。但在历史上，对程德全评价还是不坏的。我在整理讲述稿时，磨去一些语言尖刻的棱角，使之客观一些，但他所作所为还是原原本本地摆在世人面前，千秋功罪，任人评说。

说部不是历史书，我们不能要求它同历史文献对号。说部是人民口碑的历史，它也反映了人民的声音，历史自在人民心中。

赵东升

二〇〇八年十月